NORD ET SUD

AMIS, ENNEMIS
Volume 2

**ŒUVRES DE JOHN JAKES
DANS PRESSES POCKET**

NORD ET SUD
1. LES JOURS HEUREUX
2. AMIS, ENNEMIS
3. GUERRE ET PASSION

Ce livre a été précédemment publié
aux Presses de la Cité sous le titre :
GUERRE ET PASSION

JOHN JAKES

NORD ET SUD
AMIS, ENNEMIS
Volume 2

PRESSES DE LA CITÉ

Titre original :

Love and War

Publié par
Harcourt BRACE JOVANOVICH Publishers

Traduit par
Jacques MARTINACHE

La loi du 11 mars 1957 n'autorisant, aux termes des alinéas 2 et 3 de l'article 41, d'une part, que les *copies ou reproductions réservées à l'usage privé du copiste et non destinées à une utilisation collective*, et, d'autre part, que les analyses et les courtes citations dans un but d'exemple et d'illustration, *toute représentation ou reproduction intégrale ou partielle, faite sans le consentement de l'auteur ou de ses ayants droit ou ayants cause, est illicite* (alinéa 1er de l'article 40). Cette représentation ou reproduction, par quelque procédé que ce soit, constituerait donc une contrefaçon sanctionnée par les articles 425 et suivants du Code pénal.

© 1984 by John Jakes.
© Presses de la Cité, 1986 pour la traduction française.

ISBN 2-266-01839-6

PROLOGUE

LES CENDRES D'AVRIL

Le feu prit une heure avant minuit, le dernier jour d'avril, et le tocsin lointain des cloches d'incendie réveilla George Hazard. Il descendit en trébuchant le couloir obscur, monta à la tour de la grande maison, sortit sur le balcon étroit. Un vent chaud et fort attisait le brasier. De son perchoir, dominant la petite ville de Lehig Station, il reconnut la bâtisse en flammes — la dernière de quelque importance dans le quartier miteux proche du canal.

Il redescendit quatre à quatre à sa chambre faiblement éclairée, prit des vêtements au hasard en ne leur accordant qu'un vague coup d'œil. Il s'efforça de s'habiller en silence mais réveilla sa femme, Constance. Elle s'était endormie en lisant les Ecritures saintes — non dans sa propre bible mais dans une de celles de la famille Hazard. Depuis la chute de Fort Sumter et le début de la guerre, Constance passait plus de temps que d'habitude à lire la Bible.

— George, où cours-tu?
— Il y a le feu en ville. Tu n'entends pas l'alarme?
— Mais tu ne te précipites pas derrière les pompes chaque fois que sonne le tocsin.
— La maison appartient à Fenton, l'un de mes meilleurs contremaîtres. Il y a eu des problèmes

chez lui, dernièrement. L'incendie n'est peut-être pas un accident.

George Hazard se pencha vers sa femme, embrassa sa joue chaude.

— Rendors-toi. Je reviendrai me coucher dans une heure.

Il éteignit la lampe à gaz, se rendit d'un pas vif à l'écurie, sella lui-même un cheval : c'était plus rapide que de réveiller un domestique et l'inquiétude accroissait sa hâte. Ce souci d'autrui l'intriguait car depuis la visite d'Orry Main, deux semaines plus tôt exactement, il avait sombré dans un étrange état de torpeur. Il se sentait à l'écart de la vie qui l'entourait, et plus particulièrement de celle du pays, dont une partie avait fait sécession et attaqué l'autre. L'Union était brisée, les troupes se rassemblaient. Comme si ces événements n'influaient aucunement sur son existence ou ses sentiments, George s'était volontairement retranché du monde.

Sur son cheval, il fila de l'arrière de la grande maison qu'il avait baptisée Belvedere et descendit la colline en direction de l'incendie. Les rafales de vent, fortes comme le souffle des hauts fourneaux des forges Hazard, devaient avoir transformé en torche la maison du contremaître.

La route serpentante et cahoteuse, exigeant du cavalier une grande maîtrise de sa monture, le conduisit le long des nombreux bâtiments des forges, d'où s'échappaient même à cette heure de la fumée, de la lumière et du bruit. L'entreprise Hazard tournait continuellement, produisant des rails et des tôles pour l'effort de guerre naissant de l'Union. Elle s'apprêtait à signer un contrat de production de canons mais, en cet instant précis, les affaires étaient la moindre préoccupation de l'homme qui passait devant les terrasses de maisons agréables, avant de s'engager dans les rues du quartier commercial.

Il connaissait depuis quelque temps les problèmes familiaux de Fenton. Lorsqu'un employé avait des ennuis, George en entendait généralement parler — il le voulait ainsi. Parfois, il fallait sévir mais il préférait discuter, comprendre, prodiguer des conseils, désirés ou non.

L'année précédente, Fenton avait pris chez lui un cousin célibataire, jeune gars énergique et robuste, de vingt ans son cadet. Temporairement démuni, le cousin avait besoin d'un emploi. Le contremaître lui en avait trouvé un aux forges Hazard et, pendant un mois ou deux, le nouveau venu avait donné satisfaction.

Quoique marié, Fenton n'avait pas d'enfant. Sa femme, jolie mais fondamentalement bête, était plutôt de la génération du cousin que de celle de son mari. George ne tarda pas à remarquer que son contremaître maigrissait et il apprit que les ouvriers montraient une nonchalance anormale quand Fenton était de service. Puis on l'informa d'une erreur coûteuse commise par Fenton. Suivie d'une autre huit jours plus tard.

Une semaine plus tôt, afin de prévenir de nouvelles fautes et d'aider Fenton s'il le pouvait, George l'avait convoqué pour lui parler. D'ordinaire d'un abord aisé, la parole facile même avec le patron, Fenton, une expression froide, renfermée, torturée dans le regard, n'avait fait qu'une seule déclaration importante : il avait des ennuis familiaux. George avait exprimé sa sympathie mais souligné que les erreurs devaient cesser. Le contremaître avait promis de régler le problème, le maître de forges lui avait demandé comment. « En faisant partir le cousin de la maison », avait répondu Fenton. Gêné, soupçonnant la nature des « ennuis familiaux », George en était resté là.

Devant lui, il voyait maintenant des silhouettes courant autour du brasier, des jets d'eau arrosant vainement la maison déjà écroulée. La lueur rouge se reflétait sur le métal de la pompe désuète et sur le pelage noir des quatre chevaux qui l'avaient tirée sur les lieux. Les bêtes piaffaient et renâclaient comme de terrifiants animaux surgis de l'enfer.

En sautant de sa monture, George entendit un homme crier dans une rue sombre, à gauche de la maison en flammes. Il se fraya un chemin parmi les spectateurs.

— Reculez, sacré bon sang ! beugla le chef des

pompiers bénévoles dans son porte-voix quand George émergea de la foule.

L'homme abaissa son porte-voix et ajouta sur un ton d'excuse :

— Oh ! Mr. Hazard. Vous avais pas reconnu.

Tout le monde connaissait pourtant George Hazard, l'homme le plus riche de la ville, peut-être de toute la vallée. Agé de trente-six ans, solidement bâti, il avait les yeux couleur de glace communs à la famille Hazard.

— Que s'est-il passé ? demanda-t-il.

Le chef des bénévoles répondit par un résumé bredouillant tandis que ses hommes continuaient à actionner les leviers de la pompe. Arroser la maison démolie, c'eût été gaspiller l'eau ; tout ce qu'on pouvait faire, c'était empêcher l'incendie de s'étendre avec le vent aux appentis et baraques proches. Le chef avait donc le temps de parler à l'homme le plus important de la ville.

Apparemment, Fenton avait surpris sa femme au lit avec le cousin un peu plus tôt dans la soirée et les avait frappés avec un grand couteau de cuisine avant de mettre le feu à la maison. Le cousin, mortellement blessé, avait réussi à retourner l'arme contre son assaillant et l'avait poignardé quatre fois. Les yeux de George s'embuèrent. Fenton avait été le plus aimable des hommes ; instruit, travailleur, intelligent, bienveillant envers ceux qu'il commandait.

— C'est lui qu'on entend hurler, dit le chef. Mais il vivra plus longtemps. Les deux autres étaient morts quand on est arrivés. On les a tirés des flammes, ils sont là-bas si vous voulez les voir.

Pour une raison ou une autre, George s'y sentit obligé. Il s'avança vers les cadavres puants, gisant au milieu de la rue sous un carré de toile. Les cris continuaient. Le vent faisait ronfler le feu, projetait en l'air des cendres et des débris rougeoyants. Les bénévoles pompaient furieusement, deux rangées d'hommes sur chaque levier, une par terre, l'autre sur la plate-forme de la pompe. Les tuyaux de cuir rivetés, amenés dans deux chariots en forme de cercueil, couraient jusqu'à la rivière en traversant le canal désaffecté.

George s'arrêta à une vingtaine de centimètres de la bâche, la souleva. Des deux amants morts, c'était la femme la plus horrible à voir, avec sa peau noircie, fendillée, racornie en de nombreux endroits. Les vêtements calcinés du cousin révélaient des centaines d'ampoules d'où suintait un liquide jaune brillant reflétant la lumière. Le visage, le cou, la langue pendante des deux victimes s'étaient enflés pendant leur agonie, quand, cherchant de l'air, ils n'avaient empli leurs poumons que de fumée brûlante. Leur gorge aussi était gonflée, mais, pour la femme, on n'aurait su dire si c'étaient les flammes ou l'asphyxie qui l'avaient tuée. Le cas du cousin semblait moins douteux : il avait les yeux exorbités, gros comme des pommes.

George laissa retomber la bâche et maîtrisa la nausée montant en lui. Ce qu'il venait de voir avait fait se lever d'étranges spectres. Pas seulement le feu mais la mort, la souffrance, le deuil. Et surtout la guerre, à la présence écrasante.

Frissonnant, il revint au chef des pompiers.

— Je peux vous aider, Tom ?

— C'est bien aimable à vous, Mr. Hazard, mais il est trop tard pour faire quoi que ce soit à part arroser les maisons voisines.

Un bénévole accourut pour annoncer la mort de Fenton. George frissonna de nouveau : pourquoi continuait-il à l'entendre crier ?

— Il était déjà trop tard quand on est arrivés, reprit le chef.

George hocha la tête d'un air sombre et retourna à son cheval.

En rentrant, George Hazard laissa sa monture aller au pas. Sous l'effet de l'horreur dont il venait d'être témoin, la torpeur dans laquelle il s'était enfoncé dernièrement s'évanouit.

Il savait avant la tragédie qu'il y avait une guerre civile, qu'elle durerait des semaines, peut-être des mois. Mais savoir ne signifiait pas comprendre, même pour un homme ayant combattu au Mexique. En remontant lentement la colline, tandis que le vent chassait des cendres au-dessus de sa tête, il prit enfin réellement conscience de la situation. La nation était *en guerre*, son frère cadet Billy, officier dans le Génie, l'était aussi, tout comme son ami le plus cher, camarade de West Point et de la campagne mexicaine. « Nul homme n'est une île », se rappela George, sans se souvenir du nom de l'auteur de la phrase.

Il considéra les deux semaines écoulées et tenta de découvrir dans l'humeur du pays une explication à la sienne. Pour beaucoup de citoyens du Nord — la plupart, peut-être — le bombardement de Fort Sumter, le 12 de ce mois d'avril 1861, avait été un événement sinon heureux, du moins bien accueilli. George, quant à lui, avait eu une réaction de tristesse : la canonnade signifiait que les hommes de bonne volonté n'avaient pas réussi à résoudre un douloureux problème né le jour où des marchands blancs avaient vendu les premiers Noirs sur la côte du désert américain.

Tristesse parce que le problème avait été si longtemps jugé insoluble — et, vers la fin, pas même susceptible d'être examiné — tant les murailles de rhétorique entourant les camps opposés étaient épaisses. Pour d'autres, les éternels égoïstes occupés d'eux-mêmes, le problème n'était ni menaçant ni même sérieux — un simple désagrément qu'il valait mieux ignorer, comme on enjambe un mendiant dormant dans un caniveau.

Toutefois, pendant les années que le chaudron de la guerre mit pour parvenir à ébullition, l'Amérique ne se divisa pas seulement en deux classes, les fanatiques et les indifférents. Il y eut des femmes, des hommes animés d'intentions honorables, et George pensait en avoir fait partie. Auraient-ils pu renverser le chaudron, éteindre le feu et réunir un conseil de gens raisonnables ? Ou les divisions étaient-elles si profondes, si répandues, que les têtes chaudes des deux camps ne l'auraient jamais permis ? Quelle que fût la réponse, les hommes de bonne volonté ne l'avaient pas emporté et la nation divisée était *en guerre*.

Cette tristesse, Orry Main l'avait partagée quand il s'était rendu à Lehig Station, deux semaines plus tôt. Son voyage courageux de Caroline du Sud en Pennsylvanie l'avait exposé à maints dangers, et la visite elle-même avait tourné à la tragédie quand la sœur de George, Virgilia — abolitionniste à tout crin, vouant une haine obsessionnelle à tout ce qui venait du Sud, chose ou personne — avait révélé la présence d'Orry à une foule que George avait tenue en respect avec un fusil pour laisser le temps à son ami de quitter la ville.

Jusqu'à la nuit de l'incendie, Hazard avait édifié autour de lui un mur l'empêchant de saisir véritablement le sens du mot guerre. Le feu avait brûlé cette barrière, lui réapprenant une leçon fondamentale : au diable les sots prédisant allègrement un conflit de trois mois « seulement » ! Il suffisait de brefs moments pour apporter la mort et la destruction.

Par-dessus les décombres du mur, George apercevait la menace qu'il avait tenté de se dissimuler au cours des deux dernières semaines. Une menace pour la vie de ceux qu'il aimait le plus au monde et pour les liens lentement noués entre sa famille et celle des Main de Caroline du Sud. L'incendie lui avait montré que ces êtres et ces liens étaient dangereusement fragiles. Fragiles comme Fenton, sa femme, son cousin et la maison qui avait abrité leurs passions, leurs imperfections et leurs rêves. D'eux-mêmes, de leur demeure et de leurs émotions, il ne restait que ces cendres portées par le vent qui suivaient George, s'accrochaient à son col ou effleuraient son oreille.

Les Hazard, maîtres de forges de Pennsylvanie, et les Main, planteurs de riz de Caroline du Sud, avaient noué leurs premiers liens un après-midi d'été de 1842, lorsque George et Orry avaient fait connaissance à bord d'un bateau de l'Hudson River faisant route vers le nord. Aussitôt débarqués, ils étaient devenus cadets de première année à l'Académie militaire de West Point.

Ils avaient ensuite partagé beaucoup de choses qui avaient renforcé leur affinité naturelle. Les études à l'Académie, par exemple : faciles pour George, qui n'avait guère envie d'une carrière militaire ; ardues pour Orry, qui ne voulait rien d'autre. Ensemble, ils supportèrent les brimades d'un « ancien » nommé Elkanah Bent — fourbe pour certains, dément pour d'autres — et réussirent même à le faire renvoyer après qu'il eut commis une série d'actes particulièrement haineux. Mais ses relations à Washington avaient ramené Bent à l'Académie militaire où il avait obtenu son diplôme et promis aux deux amis de leur faire expier leurs péchés.

Les Main et les Hazard apprirent à se connaître comme le faisaient souvent alors des familles du Nord et du Sud, tandis que la longue mèche du sectionnalisme* se consumait, rapprochant la flamme du tonneau de poudre de la sécession. On avait échangé des visites, forgé des alliances — des haines, aussi. George et Orry eux-mêmes s'étaient gravement querellés. George se trouvait à Mont Royal, la plantation des Main, quand un esclave en fuite avait été repris et cruellement châtié par le père d'Orry. Une discussion opposa les deux jeunes gens qui ne furent jamais aussi près de voir leur amitié détruite par l'esprit de discorde s'insinuant comme un poison lent dans le sang du pays.

La guerre du Mexique, pendant laquelle les deux amis furent lieutenants dans le même régiment d'infanterie, les sépara finalement de manière inattendue. Une rencontre avec le capitaine Bent, surnommé le Boucher, valut à George et à Orry d'être envoyés au combat sur la route de Churubusco, où un éclat d'obus emporta le bras gauche d'Orry et ses rêves de carrière. Peu après, la nouvelle de la mort du père de George le rappela chez lui. Sa mère, qui avait un jugement sûr, ne faisait en effet pas confiance à Stanley, le frère aîné

---

* Doctrine prônant le rapprochement de territoires et Etats en vastes « sections » (n.d.t.).

de George, pour diriger l'énorme entreprise familiale. George prit la direction des affaires Hazard et ne tarda pas à arracher le contrôle des forges à son frère ambitieux et irresponsable.

L'amputation de son bras gauche plongea Orry pour un temps dans un état de dépression. Mais, en s'efforçant de diriger la plantation et d'accomplir avec un seul bras des tâches qui en nécessitaient deux, il reprit le dessus, et l'amitié avec George renaquit. Orry fut témoin quand George épousa Constance, la jeune catholique qu'il avait connue au Texas en se rendant au Mexique. Billy, frère cadet de George, décida alors d'entrer à West Point tandis qu'Orry, cherchant désespérément à sauver Charles, son jeune cousin orphelin, d'une vie de mauvais sujet, le persuada d'essayer d'être admis à l'Académie. L'amitié de Charles Main et de Billy Hazard, qui se connaissaient déjà, fut bientôt la réplique de celle de leurs aînés.

Pendant la dernière décennie de paix, maints Nordistes et Sudistes maintinrent leur amitié personnelle malgré les discours de plus en plus véhéments, les menaces de plus en plus fortes des dirigeants politiques et des personnalités des deux camps. Ce fut le cas pour ces deux familles. Les Main allèrent dans le Nord, les Hazard se rendirent dans le Sud — quoique non sans difficulté dans les deux cas.

La sœur de George, Virgilia, dont l'abolitionnisme fervent avait basculé dans l'extrémisme, faillit rompre cette amitié en aidant un esclave des Main à s'enfuir pendant une visite des Hazard à la plantation.

Ashton, sœur d'Orry, belle et dénuée de principes, séduisit un temps Billy, mais il finit par découvrir les qualités authentiques de Brett, la sœur cadette d'Ashton. Aussi entêtée et folle que Virgilia à certains égards, la sœur délaissée attendit le moment de se venger et tenta de faire assassiner Billy dans un duel truqué, moins de deux heures après son mariage avec Brett à Mont Royal. Le cousin Charles s'occupa de cette machination à la manière assez violente d'un officier de cavalerie. Orry chassa à jamais Ashton et son cracheur de feu* de mari, James Huntoon, de la propriété des Main.

L'amant noir de Virgilia, l'esclave qu'elle avait aidé à fuir, fut tué à Harper's Ferry avec d'autres membres de la bande d'assassins de John Brown. Virgilia, qui assista à la scène, fut prise de panique et se réfugia à Belvedere. Elle s'y trouvait donc le soir où Orry y rendit sa dangereuse visite. C'est à cette nuit et aux circonstances qui y conduisirent qu'un George Hazard, affligé et pensif, songeait en gravissant à cheval la route escarpée menant chez lui.

Le frère aîné d'Orry, l'iconoclaste Cooper, était généralement en désaccord avec la plupart des Sudistes à propos de leur « institution particulière »**. A une économie reposant sur la terre et son exploitation par des hommes considérés comme des biens, il opposait l'exemple du Nord, loin d'être parfait, mais adapté à l'ère industrielle. Dans le Nord, des travailleurs libres avançaient à grands pas vers un avenir prospère au son des machines, sans traîner le boulet de méthodes et d'idéologies poussiéreuses. Quant aux arguments traditionnels en faveur du Sud — les esclaves étaient plus en sécurité donc plus heureux que les ouvriers du Nord, attachés à leurs machines par des chaînes invisibles —, Cooper les balayait d'un rire. Un ouvrier pouvait effectivement crever de faim avec ce que son patron lui donnait, mais on ne pouvait ni l'acheter ni le vendre comme du bétail. Il était libre de partir sans qu'une troupe se lance à sa poursuite. Il ne risquait pas d'être repris, fouetté et pendu au volant de sa machine.

Cooper cherchait à implanter une industrie de construction navale à Charleston. Il avait conçu et même commencé à construire un énorme navire en fer inspiré du bâtiment dessiné par Brunel, ingénieur britannique de génie. George avait placé des capitaux dans l'entreprise, aussi bien au nom de l'amitié et de sa foi dans les

---

* *Fire-eater* : nom donné aux extrémistes du Sud poussant à la sécession et à la guerre (n.d.t.).

** Euphémisme sudiste pour esclavage (n.d.t.).

principes de Cooper que dans la perspective — plutôt hasardeuse — d'en tirer rapidement profit.

Peu avant que Fort Sumter ne cesse d'être un bastion de l'Union, et alors que la guerre ne faisait plus aucun doute, Orry avait réuni autant d'argent liquide que possible en hypothéquant le domaine familial — six cent cinquante mille dollars — pour rembourser une partie du million neuf cent mille que George avait investi à Charleston. Malgré son accent du Sud prononcé, Orry avait résolu de porter l'argent à Lehig Station dans une petite serviette. Bien que les risques fussent immenses, il fit le voyage. Parce qu'il s'agissait d'une dette d'honneur, parce que George était son ami.

La nuit de la rencontre, Virgilia avait essayé de faire lyncher le visiteur mais la tentative avait échoué et Orry avait réussi à reprendre le train. Où était-il, maintenant ? En Caroline du Sud ? Chez lui, où il aurait au moins une raison d'être heureux ? Madeline LaMotte, la femme qu'il aimait comme elle l'aimait, bien que mariée à un autre, était accourue à Mont Royal pour l'avertir du complot contre la vie de Billy. Défiant alors un mari qui l'avait délibérément et systématiquement maltraitée pendant des années, elle y était restée.

L'attaque de Fort Sumter avait entraîné d'autres décisions, prises toutefois dans le doute et sous le coup de l'émotion. Charles s'était engagé dans la cavalerie de Caroline du Sud après avoir démissionné de l'armée des Etats-Unis. Billy, son meilleur ami, était resté dans le Génie de l'Union et Brett, son épouse née dans le Sud, vivait à Lehig Station. Le monde personnel des Main et des Hazard était en équilibre instable tandis que des forces énormes, menaçantes, imprévisibles se rassemblaient.

C'était cette réalité que George avait voulu ignorer pendant deux semaines. La vie est fragile, l'amitié aussi. Avant de se séparer, Orry et lui avaient juré que la guerre ne briserait jamais les liens qui les unissaient. George se demandait à présent s'ils n'avaient pas été naïfs.

Après avoir mis son cheval à l'écurie, il se rendit

directement à la bibliothèque de Belvedere, vaste pièce fleurant le cuir et le papier, aussi silencieuse que le reste de la maison. Comme il se dirigeait vers son bureau, son regard se porta sur l'objet conique, granuleux, haut d'une dizaine de centimètres de la base au sommet, qui y était posé. Sa couleur brune indiquait une forte teneur en fer.

George le prit et le soupesa en songeant à l'endroit où il l'avait découvert : les collines entourant West Point, à l'époque où il était cadet.

Il tenait dans sa main un fragment d'une météorite beaucoup plus grosse qui avait franchi, dans la nuit étoilée, des distances que l'esprit humain ne pouvait concevoir. Du fer d'étoile, disaient les anciens forgerons — ses ancêtres. Connu depuis le règne des pharaons sur les royaumes du Nil.

Le fer. La matière la plus puissante de l'univers, le matériau permettant de construire une civilisation ou de l'anéantir. C'était du fer que viendraient les armes de mort que George projetait de fondre pour toute une série de raisons : patriotisme, haine de l'esclavage, profits, responsabilité envers ceux qui travaillaient pour lui.

C'était la guerre, en un sens, qu'il tenait dans sa main.

Il reposa la météorite, alluma la lampe à gaz du bureau, ouvrit le tiroir du bas où il avait rangé la petite serviette — en souvenir. Il la regarda un moment puis, saisi d'une profonde émotion, il prit une plume et se mit à écrire très rapidement.

Mon cher Orry,

En me ramenant la serviette, tu as accompli un acte d'une honnêteté et d'un courage exemplaires. J'espère pouvoir te rendre la pareille un jour. Au cas où je ne le pourrais pas, je t'écris ces lignes pour que tu connaisses mes sentiments. Sache avant tout que je veux préserver les liens d'affection qui nous lient, nous et nos familles, depuis tant d'années; que je le veux malgré Virgilia, malgré Ashton, malgré ce que j'ai appris au Mexique sur la nature de la guerre, et que j'avais oublié jusqu'à ce soir. Je sais que ces liens te sont aussi précieux qu'à moi mais ils sont fragiles comme un épi de blé sous le fer de la faux. Si nous échouons à préserver ce qui mérite tant de l'être — ou si l'un de nous meurt, comme beaucoup mourront sans doute si ce conflit dure — tu sauras que jusqu'au bout je serai resté fidèle à notre amitié, sans jamais l'abandonner. Comme, je le sais, tu lui es resté fidèle. Je prie pour que nous nous retrouvions après la guerre mais, si cela est impossible, je t'adresse, du fond du cœur, un adieu affectueux.

Ton ami

Il s'apprêtait à signer de son prénom mais eut un sourire triste et griffonna rapidement à la place son surnom à West Point : *Stump**.

George plia la feuille de papier, la glissa lentement dans la serviette, referma le tiroir plus lentement encore et se leva en faisant désagréablement craquer ses articulations. Du fait de la chaleur de la nuit, toutes les fenêtres de Belvedere étaient ouvertes et le vent poussa dans la pièce une odeur fétide de brûlé. George Hazard se sentit vieux et glacé en montant l'escalier d'un pas fatigué.

---

* Trapu (n.d.t.).

LIVRE PREMIER

UNE VISION DU MONDE TIRÉE DE WALTER SCOTT

> *Le drapeau qui claque ici au vent flottera sur le dôme du Capitole, à Washington, avant le 1ᵉʳ mai.*
>
> Leroy P. WALKER, secrétaire à la Guerre de la Confédération, dans un discours prononcé à Montgomery, Alabama, en avril 1861.

1

Le soleil matinal inondait la pâture. Soudain, trois chevaux noirs surgirent au sommet d'une colline basse, deux autres les suivirent et descendirent avec eux jusqu'à l'herbe ondoyante. Pelage brillant, crinière et queue flottant au vent. Juste derrière les cinq bêtes apparurent deux sergents à cheval vêtus de vestes de hussard, lourdement ornées de galons. Au galop, un grand sourire aux lèvres, ils criaient et agitaient leur képi en direction des chevaux noirs.

Ce spectacle attira aussitôt l'attention de la troupe de jeunes volontaires de Caroline du Sud qui menaient leurs montures baies au pas sur une route serpentant entre les bois et les champs du comté du Prince William. Trois jours d'exercice sur le terrain les avaient entraînés bien loin au nord de leur camp, situé entre Richmond et Ashland, mais le capitaine Charles Main, qui les commandait, avait jugé qu'une longue chevauchée endurcissait ses hommes. C'étaient des cavaliers-nés, des chasseurs — le colonel Hampton ne voulait pas d'autres recrues dans les unités de cavalerie de la légion qu'il avait levées à Columbia. Mais leur réaction à la *Tactique* de Poinsett, nom officieux du manuel en vigueur dans la cavalerie depuis 1841, allait de l'indifférence discrète au mépris étalé.

— Délivrez-moi des soldats gentilshommes, marmonna Charles, tandis que plusieurs de ses hommes dirigeaient leur monture vers la barrière séparant la pâture de la route.

Les chevaux noirs tournèrent, galopèrent le long de la clôture et les sergents en sueur les poursuivirent, passant à toute vitesse devant la longue ligne de cavaliers en veste grise à boutons dorés.

— Qui êtes-vous, les gars ? cria le lieutenant le plus ancien de Charles, un jeune rouquin trapu et enjoué.

Le vent de juin porta la réponse par-dessus le bruit des sabots :

— Black Horse*. Comté de Fauquier.

— On les suit, Charlie, beugla le lieutenant Ambrose Pell à son supérieur.

Pour éviter le chaos, le capitaine ordonna d'une voix forte :

— Colonne par deux... Au trot... *En avant !*

L'exécution de la manœuvre donna lieu à une incroyable pagaille. Les cavaliers réussirent finalement à se mettre sur deux files à l'allure indiquée puis répondirent en poussant des cris et en agitant leur képi quand Charles ordonna le galop. Mais il était trop tard pour rattraper les sergents, qui chassèrent les cinq chevaux noirs vers la gauche, traversèrent la pâture et disparurent derrière un bosquet.

Charles sentit la morsure de l'envie. Si les sous-officiers faisaient effectivement partie des Black Horse dont il avait tant entendu parler, ils avaient trouvé des bêtes splendides. Il était mécontent de sa propre monture, Fringante, achetée à Columbia. Bien que provenant d'un bon élevage de chevaux de selle de Caroline, elle se dérobait souvent et ne faisait pas honneur à son nom.

La route obliquait vers le nord-est, se séparant de la pâture. Charles réduisit l'allure au trot, ignora une autre question frivole d'Ambrose, qu'il avait le malheur d'avoir en sympathie, et se demanda comment diable il formerait une unité de combat avec cet assortiment d'aristocrates qui l'appelaient par son

* Cheval noir (n.d.t.).

prénom, traitaient avec dédain tous les officiers de West Point et accueillaient à coups de poing les ordres qui ne leur convenaient pas. Deux fois depuis son arrivée au bivouac, dans le comté de Hanover, Main avait dû faire appel à ses muscles pour mater la désobéissance.

Dans la légion de Hampton, il avait hérité une troupe de laissés-pour-compte venus de tous les coins de Caroline du Sud. Presque toutes les autres unités commandées par Hampton avaient été levées dans un même comté, voire dans une même ville. En général, l'homme qui constituait une compagnie remportait l'élection par laquelle les volontaires choisissaient leur capitaine. L'unité de Charles rassemblait des soldats des montagnes, des collines et même de son propre plat pays. Cette troupe disparate avait besoin d'un chef, non seulement issu d'une bonne famille mais possédant aussi une solide expérience de l'organisation militaire. Ambrose Pell, qui avait été l'adversaire de Charles pour l'élection, remplissait la première condition mais non la seconde, et Wade Hampton avait clairement indiqué son choix avant le vote. Malgré cela, Main n'avait gagné qu'avec deux voix d'écart et il commençait à regretter de ne pas avoir fait campagne pour Ambrose.

Le visage caressé par la brise tiède, Charles se demanda toutefois s'il ne se préoccupait pas trop de discipline. Jusqu'à présent, la guerre était fraîche et joyeuse. Déjà un général yankee nommé Butler avait été taillé en pièces dans une rude bataille, à Bethel Church. On disait que la capitale nordiste, dirigée par un politicien de l'Ouest que nombre de Caroliniens du Sud avaient surnommé le Gorille, ressemblait à un village terrifié et désert. Le principal problème des quatre unités de cavalerie de Hampton, c'était apparemment l'épidémie de colique provoquée par les trop nombreuses fêtes données à Richmond.

Tous les volontaires avaient signé pour douze mois mais aucun d'eux ne pensait que l'empoignade entre les deux gouvernements durerait plus de quatre-vingt-dix jours. Respirant une odeur de cheval et d'herbe chauffée par le soleil, Charles avait peine à croire qu'il y avait vraiment la guerre. Agé de vingt-cinq ans, grand, fortement hâlé, il avait un beau visage taillé à coups de serpe.

— *Oh! young Lochinvar is come out of the west*, entonna Ambrose.

Aussitôt d'autres voix reprirent :

— *... through all the wide border his steed was the best.*

Charles sourit en entendant les vers de Walter Scott. La sympathie qu'il éprouvait pour ces jeunes gens pleins de fougue tempérait ses réserves sur le plan militaire. Bien qu'il eût dû les empêcher de continuer à chanter, il n'en fit rien. Il n'avait qu'un an ou deux de plus que la plupart d'entre eux mais avait l'impression d'être leur père.

So faithful in love and so dauntless in war
There never was a knight like young Lochinvar!

Comme ils aimaient Walter Scott, ces garçons du Sud ! Et les femmes n'étaient pas différentes. Tous adoraient sa vision chevaleresque du monde. Cette curieuse vénération du vieux sir Walter était peut-être l'une des explications de cette guerre décidément étrange qui n'avait pas encore commencé. Le cousin Cooper, considéré comme l'hérétique de la famille Main, aimait à répéter que le Sud se tournait trop vers le passé au lieu de se concentrer sur le présent — ou sur le Nord, où des usines comme les forges de la famille Hazard dominaient le paysage géographique et politique.

Soudain, devant, deux coups de feu. Un cri à l'arrière. Se retournant, Charles vit que le cavalier qui avait crié était toujours en selle, surpris mais indemne. Le capitaine regarda à nouveau devant lui et, maudissant intérieurement son inattention, porta les yeux sur un épais bosquet de châtaigniers bordant la route sur la droite. Les taches de bleu qu'il aperçut entre les arbres lui confirmèrent que les coups de feu étaient partis de là.

Ambrose et plusieurs autres cavaliers réagirent en souriant.

— Allons les prendre ! lança gaiement un soldat.

Idiot ! pensa Charles tandis que le milieu de la troupe se resserrait. Il entrevit des chevaux dans le petit bois et entendit d'autres mousquets, dont il couvrit les détonations du beuglement de sa propre voix ordonnant l'assaut.

2

La charge de la route au bosquet fut désordonnée mais efficace. Les taches bleues, brillantes comme un plumage d'oiseau, se révélèrent être les jambes de pantalon d'une demi-douzaine de cavaliers ennemis en patrouille. Les Yanks * s'enfuirent quand les hommes de Charles pénétrèrent au petit galop dans le bosquet, prêts à faire feu de leurs armes d'épaule disparates.

Le capitaine chevauchait en tête, son fusil de chasse à deux canons armé. West Point et la campagne du Texas lui avaient appris que les officiers qui gagnent les batailles mènent l'assaut et ne poussent pas leurs hommes devant eux. Nul n'en donnait un plus bel exemple que Hampton, le riche planteur à la stature puissante qui avait levé la légion.

Les fusils de chasse retentirent parmi les châtaigniers, les mousquets leur répondirent, la fumée s'épaissit. Les cavaliers de Main se dispersèrent, poursuivant un ennemi en retraite maintenant à peine visible.

— Où vous courez si vite, Yankees ?
— Venez donc vous battre !
— Ils n'en valent pas la peine, cria Ambrose Pell. Si nos nègres étaient là, ils se chargeraient de les poursuivre.

Un coup de mousquet tiré d'une partie sombre du bosquet ponctua la phrase. Instinctivement, Charles se baissa par-dessus l'encolure de Fringante. La jument baie semblait nerveuse bien que, comme tous les chevaux de la légion, elle eût été dressée au son du canon dans le camp de Columbia.

---

* Pour Yankees (n.d.t.).

Une balle siffla, le sergent Peterkin Reynolds poussa un cri. Charles tira ses deux cartouches en direction des arbres, entendit un gémissement. Il se retourna. Le sergent, pâle mais souriant, lui montra un trou légèrement taché de sang au poignet de sa veste grise. Mais les camarades de Reynolds prirent la blessure plus au sérieux.

— Fichus cordonniers et épiciers à cheval ! cria l'un d'eux.

Il passa au galop devant le capitaine, qui le rappela vainement. Par une trouée entre les arbres, Charles vit le traînard de la patrouille yankee, un blond grassouillet qui ne maîtrisait pas sa monture — un de ces lourds chevaux de trait typiques de la cavalerie nordiste, constituée à la hâte. L'homme éperonna l'animal et jura. En allemand.

C'était un si piètre cavalier que le soldat lancé à sa poursuite n'eut aucun mal à le rattraper et à le désarçonner. Le Nordiste heurta le sol et gémit jusqu'à ce qu'il réussît à défaire son pied de son étrier gauche.

La jeune recrue de Caroline du Sud avait dégainé son sabre — quarante pouces, six livres, deux tranchants, lame droite — forgé spécialement à Columbia sur les indications du colonel. Hampton avait équipé sa légion d'armes non réglementaires en puisant dans sa propre bourse.

S'approchant de Charles, Ambrose lui fit remarquer :

— Regardez, Charlie. Il a peur comme un moricaud réfugié dans un arbre.

Le lieutenant n'exagérait pas. Le Yankee à genoux tremblait tandis que le Carolinien descendait de cheval et brandissait son arme :

— Manigault ! Non ! cria Charles.

Le soldat Manigault se retourna. Charles confia son fusil à Ambrose, sauta de sa monture, se précipita vers le jeune homme et saisit le bras tenant le sabre.

— J'ai dit non.

Manigault se débattit en criant :

— Lâchez-moi, sale connard de West Point !

Charles le lâcha et lui expédia son poing droit dans

la figure. Saignant du nez, le jeune homme s'affala contre un arbre. Le capitaine lui arracha son sabre, se retourna pour affronter les autres cavaliers, qui le fixèrent d'un air menaçant. Charles soutint leur regard.

— Nous sommes des soldats, pas des bouchers, déclara-t-il. Le prochain qui désobéit à un ordre, m'injurie ou m'appelle par mon prénom passera en cour martiale. Après que je me serai occupé de lui personnellement.

Il promena les yeux sur quelques visages hostiles puis jeta le sabre et récupéra son fusil.

— Faites former les rangs, lieutenant Pell.

Ambrose évita le regard de son supérieur mais s'activa. Charles entendit des grognements : la joie du matin avait disparu. De toute façon, il avait été stupide d'y croire.

Découragé, il se demanda comment ses hommes pourraient survivre dans une vraie bataille s'ils considéraient une escarmouche avec moins de sérieux qu'une chasse au renard. Comment pourraient-ils vaincre s'ils refusaient d'apprendre à combattre comme une unité, ce qui impliquait avant tout d'apprendre à obéir ? Tous les officiers passés par West Point savaient qu'il fallait prendre la guerre au sérieux et cela expliquait peut-être le fossé qui séparait les militaires de carrière de l'armée régulière de ces amateurs au sang chaud. Même Wade Hampton se moquait parfois des anciens de West Point...

— Guère pire que des abeilles, non ? commenta un cavalier tandis que Pell reformait la troupe en deux files sur la route.

S'abstenant de répondre, Charles dirigea son cheval vers le prisonnier apeuré.

— Vous devrez marcher longtemps avec nous mais on ne vous fera pas de mal, promit-il. Compris ?

— *Ja, versteh'* — gompris.

Les hommes de Charles considéraient les Yankees comme un ramassis de maçons ou de mécaniciens et, en regardant le pauvre captif pansu, Charles comprenait leur point de vue. L'ennui, c'était que le Nord possédait des centaines de milliers de maçons et de mécaniciens de plus que le Sud.

Penser au Nord lui rappela son ami Billy. Où était-il? Le reverrait-il un jour? Leurs deux familles s'étaient rapprochées pendant les années précédant la guerre; resteraient-elles unies?

Trop de questions, trop de problèmes. Et, tandis que les deux colonnes s'ébranlaient en direction du sud, le soleil lui parut soudain manquer de chaleur. A huit cents mètres du lieu de l'escarmouche, Charles entendit et sentit Fringante tousser. Lorsqu'elle tourna la tête vers lui, il remarqua qu'elle avait les naseaux trop humides.

Prenait-elle le chemin de la réforme? L'animal toussa à nouveau. Pas la gourme, quand même — c'était une maladie d'hiver!

Mais la bête était jeune, fragile. Charles prit conscience qu'il avait un nouveau problème, potentiellement désastreux cette fois.

3

CHACUNE des épaulettes du jeune homme portait une barre d'argent brodée. Le col de sa veste était orné d'un château à tourelles entouré d'une couronne de laurier, le tout brodé au fil d'or sur un petit ovale de velours noir. Très chic, cet uniforme bleu marine, redingote et pantalon en tuyau de poêle.

Le jeune homme s'essuya la bouche avec sa serviette. Il avait mangé un délicieux steak aux oignons, des huîtres frites, et venait de terminer par un blanc-manger — à dix heures dix du matin. A Washington, on pouvait prendre son petit déjeuner jusqu'à onze heures. C'était une ville bizarre. Apeurée aussi. De l'autre côté du Potomac, sur les hauteurs d'Arlington, le général de brigade McDowell échafaudait des plans de bataille dans la grande maison abandonnée par les Lee. En attendant de nouveaux ordres, le jeune homme avait loué un cheval et s'était rendu là-bas l'avant-veille. Il n'avait guère été réconforté en découvrant le quartier général de l'armée, un endroit bondé, bruyant, où régnait une certaine confusion. On y avait apparemment conscience que des sentinelles confédérées montaient la garde à quelques kilomètres de là.

A la fin du mois de mai, des troupes fédérales avaient traversé le Potomac pour occuper la rive virginienne. La ville grouillait maintenant de troupes de la Nouvelle-Angleterre, dont la présence avait partiellement dissipé la terreur qui s'était emparée de la capitale juste après la chute de Fort Sumter. Les liaisons télégraphiques et même ferroviaires avec le Nord avaient été coupées ; on attendait une attaque d'un moment à l'autre et le Capitole avait été fortifié à la hâte. A présent, une partie des renforts y bivouaquaient et une boulangerie militaire fonctionnait au sous-sol. La tension était quelque peu retombée mais le jeune homme sentait encore dans la ville la même confusion qu'au quartier général de McDowell. Trop de nouvelles, trop d'événements alarmants.

La veille, il avait pris ses ordres au bureau du vieux général Totten, commandant du Génie : le lieutenant honoraire William Hazard était affecté au Département de Washington et devait se mettre temporairement à la disposition d'un certain capitaine Melancthon Elijah Farmer jusqu'au retour de son unité régulière, la Compagnie A — constituant à elle seule l'ensemble du Génie de l'armée des Etats-Unis. Billy avait manqué le départ de la Compagnie A parce qu'il se remettait d'une blessure, dans sa maison de Lehig Station, en Pennsylvanie, où il avait conduit Brett, sa jeune femme.

De temps à autre, Billy avait encore mal au bras gauche, là où avait pénétré la balle qui aurait pu le tuer. Cette douleur avait son utilité : elle lui rappelait qu'il serait éternellement reconnaissant à Charles Main, qui lui avait sauvé la vie.

A Washington, il souffrait de solitude, coupé qu'il était de ses camarades du Génie, de sa femme, qu'il aimait profondément et, par choix, d'un de ses frères aînés, qui vivait dans la capitale. Stanley Hazard s'y était en effet installé avec Isabel, son épouse acariâtre, et ses deux jumeaux, pour travailler au ministère de la Guerre auprès de son protecteur politique, Simon Cameron.

Billy aimait son frère George mais avait pour Stanley des sentiments ambigus et impossibles à qualifier, dépourvus de respect et d'affection. Il ne connaissait pas une seule personne à Washington mais ne pouvait pour autant se résoudre à voir Stanley. En fait, il avait précisément choisi de prendre son petit déjeuner au *National Hotel* parce qu'une grande partie de sa clientèle était encore prosudiste et qu'il ne risquait donc pas d'y rencontrer son frère.

Il régla l'addition, laissa un pourboire.

— Merci, monsieur, merci, dit le serveur avec effusion. J'en ai pas autant de ces fauchés de l'Ouest qui débarquent en ville pour obtenir du boulot de leur président ami des nègres. Heureusement, on n'en voit pas beaucoup ici. Ils boivent presque pas, ils doivent pas aimer la chose et ils portent eux-mêmes leurs bagages. Certains collègues d'autres hôtels...

Billy s'éloigna du geignard dont l'accent suggérait qu'il était originaire du Sud ou d'un *Border-State**. Apparemment, la capitale regorgeait de gens de son espèce. Yankees, mais seulement de nom. Si la ville tombait — ce qui était possible — ils descendraient dans la rue agiter le *Stars and Bars*** pour accueillir Jeff Davis.

Dehors, au coin de la 6ᵉ Rue et de Pennsylvania Avenue, il découvrit qu'un crachin tombait du ciel gris, coiffa son képi de feutre noir et se mit à marcher d'un pas rapide.

D'un an plus âgé que son ami Charles, Billy était un jeune homme puissamment bâti avec des cheveux bruns et les yeux de glace de la famille Hazard. Son menton carré lui donnait une expres-

---

* Les *Border-States*, situés entre Nord et Sud, comprenaient le Delaware, le Maryland, le Kentucky et le Missouri (n.d.t.).
** Drapeau sudiste (n.d.t.).

sion énergique et inspirait confiance. Il sacrifiait depuis peu à la mode des moustaches et les siennes, épaisses, plus sombres que ses cheveux, étaient presque noires.

Soupçonnant le capitaine Farmer d'être l'émanation de milieux politiques, il n'était pas pressé de se présenter à lui. Il décida donc de passer quelques heures à explorer la ville, les quartiers éloignés de la partie respectable et chic de Washington, située au nord de Pennsylvania Avenue.

Il ne tarda pas à regretter sa décision. La guerre avait porté la population de la capitale de quarante à cent vingt mille habitants. On ne pouvait traverser une artère importante sans prendre garde aux omnibus, aux soldats tapageurs, titubant d'ivresse, aux charretiers battant et injuriant leurs mules, aux chiens errants et aux troupeaux d'oies braillardes.

Pis, la ville empestait. Des odeurs pestilentielles s'élevaient des déchets dérivant en masses gluantes sur le City Canal, auquel Billy arriva en descendant la 3e Rue. Il s'arrêta sur l'une des passerelles menant à la partie sud-ouest de la capitale, appelée l'Ile, suivit des yeux le cadavre d'un terrier flottant entre des feuilles de salade et des excréments.

Ravalant quelques bribes de son petit déjeuner, il prit la direction du Capitole, encore dépourvu de son dôme. Soldats et politiciens avaient envahi les lieux ; des ouvriers se faufilaient à pas pressés entre des tas de bois de charpente, des piles de plaques de fer et d'énormes blocs de marbre. Au détour d'un de ces blocs, Billy se heurta à une vieille prostituée boulotte vêtue de velours et de plumes. Elle lui offrit le choix entre elle-même et sa fille blafarde, qui ne devait pas avoir plus de quatorze ans et se blottissait contre elle.

Billy s'efforça d'être poli :

— Madame, j'ai une femme en Pennsylvanie.

— Va te faire voir, gradé ! lui lança la putain avant de s'éloigner.

Billy se mit à rire mais sans conviction.

Quelques minutes plus tard, il contemplait par-delà le canal le monument élevé au président Washington, inachevé faute de souscripteurs. Quelques vaches broutaient l'herbe poussant autour de l'obélisque abandonné. Le crachin se transforma en pluie et Billy prit la direction du quartier surpeuplé où il avait retenu une chambre dans une pension. En chemin, il s'arrêta à une papeterie où il acheta un cahier avec des piécettes d'argent.

Dans sa chambre, à la tombée de la nuit, il tailla un crayon et se pencha sur la première page du cahier, éclairée par une lampe dont la flamme ne vacillait pas dans l'air lourd. Après avoir inscrit la date, il écrivit :

Ma chère femme,

Je commence ce journal que j'ai décidé de tenir pour que tu saches ce que je fais en pensant constamment à toi. Tu me manques terriblement. Aujourd'hui, j'ai visité la capitale, expérience peu plaisante pour des raisons que la délicatesse m'empêche de confier à ce cahier...

En songeant à Brett — à son visage, à ses mains, à son ardeur dans l'intimité de leur lit — il éprouva un besoin physique de sa présence et ferma les yeux. Lorsqu'il eut recouvré son calme, il se remit à écrire.

... La ville est déjà puissamment fortifiée, ce que j'interpréterais comme le présage d'une longue guerre, n'était l'opinion générale qu'elle ne durera pas. Une guerre courte serait hautement souhaitable pour de nombreuses raisons — la plus évidente étant mon désir de te retrouver bientôt. Sur le plan politique, un conflit de courte durée faciliterait le retour à la situation antérieure. Aujourd'hui, j'ai croisé dans la rue un nègre, un affranchi ou une « marchandise de contrebande », expression par laquelle le général Butler désigne les Noirs ayant fui le Sud. L'homme ne s'est pas écarté pour me céder le passage, et le souvenir de cet incident m'a troublé toute la journée. Je désire avec autant de ferveur que quiconque mettre fin à cette honte qu'est l'esclavage mais liberté pour l'homme noir ne signifie pas licence. Ma sœur me contredirait sur ce point mais je ne me sens ni injuste ni

immoral parce que je soutiens cette opinion. J'ai au contraire l'impression d'exprimer un point de vue majoritaire. Dans l'armée en tout cas, c'est l'avis général. On dit que le président lui-même souligne encore l'urgente nécessité d'installer les Noirs affranchis au Liberia. D'où mes craintes d'une guerre prolongée qui pourrait bien entraîner trop de changements rapides dans l'ordre social.

Billy s'arrêta, envahi par un sentiment inattendu de culpabilité. Il en était déjà à haïr la confusion idéologique engendrée par la guerre.

... Pardonne-moi de philosopher aussi curieusement. L'atmosphère de cette ville provoque des doutes, des réactions étranges, et je n'ai personne avec qui les partager, hormis celle avec qui je partage tout : toi, ma très chère femme. Bonne nuit et que Dieu te garde.

Billy tira un trait, referma le cahier. Peu de temps après, il se déshabilla, souffla la lampe, mais le sommeil ne vint pas. Le lit était dur et son envie de Brett le fit longtemps se retourner tandis que des vandales brisaient des vitres et tiraient des coups de pistolet dans les rues voisines.

— Lije Farmer ? Là-bas, mon gars.
Le caporal indiqua de la main l'une des nombreuses tentes blanches et coniques, donna à Billy une tape amicale sur l'épaule et s'éloigna en sifflant. Ce genre de manquement à la discipline était si courant chez les volontaires que le lieutenant n'y prêta pas attention. A l'entrée de la tente, il s'éclaircit la voix, glissa ses gants sous sa ceinture et s'avança, ses ordres à la main.
— Lieutenant Hazard au rapport, mon... capitaine.
Billy, étonné, murmura lentement le dernier mot. L'homme avait une cinquantaine d'années, des cheveux d'un blanc immaculé, l'air d'un patriarche. En sous-vêtements, les bretelles sur les hanches, il tenait une bible dans la main droite. Sur une table d'aspect fragile, Billy vit deux ou trois textes de Mahan sur le

Génie — sa stupeur l'empêcha de remarquer autre chose.

— Soyez le bienvenu, lieutenant. Je vous attendais avec impatience. Vous me surprenez au moment où je m'apprêtais à remercier et à honorer le Tout-Puissant par la prière matinale. Vous joindrez-vous à moi, lieutenant ?

Il tomba à genoux et la stupeur de Billy redoubla lorsqu'il comprit que la question du capitaine Farmer était en fait un ordre.

4

TANDIS que Billy se présentait au rapport à Alexandria, une des incessantes réunions gouvernementales se déroulait au ministère de la Guerre, dans la partie gauche de President's Park. Simon Cameron, ancien grand patron de la politique en Pennsylvanie, présidait derrière son bureau encombré d'un incroyable fatras. Ce n'était pourtant pas le ministre qui avait convoqué la réunion mais la vieille baudruche imbue d'elle-même qui prétendait commander l'armée. Du coin de la pièce où Cameron avait fait asseoir deux de ses assistants, Stanley Hazard examinait le général Winfield Scott avec un mépris qu'il avait peine à dissimuler.

Stanley approchait de la quarantaine. Pâle, ventripotent, il faisait toutefois figure de sylphe auprès du général, surnommé de longue date « le vieux chichiteux ». Âgé de soixante-quinze ans, le torse comme une barrique, Winfield Scott masquait de sa masse le plus large des fauteuils qu'on ait pu trouver dans le bâtiment.

Participaient aussi à la réunion Mr. Salmon Chase, ministre des Finances, bel homme au style pompeux, et un personnage vêtu d'un costume gris de coupe ordinaire, assis dans le coin opposé à celui de Stanley. Depuis le début de la discussion, l'homme n'avait guère parlé et s'était contenté d'écouter Scott d'un air poli et attentif. La première fois que Stanley avait rencontré le président, à une réception, il avait décidé qu'un seul mot convenait pour le décrire : répugnant. C'était affaire de style autant que d'aspect extérieur. Depuis, Stanley avait ajouté d'autres épithètes pouvant fournir une bonne description : clownesque, balourd, animal.

Pressé sur ses retranchements, Stanley eût avoué faire peu de cas de tous les participants, à l'exception peut-être de son supérieur. Son poste exigeait évidemment qu'il ait de l'admiration pour Cameron, qui l'avait fait venir à Washington en récompense de nombreuses et généreuses contributions à ses campagnes électorales.

Stanley n'avait pas tardé à découvrir les pires défauts du ministre. Il avait sous les yeux la preuve de l'un d'eux dans les piles de dossiers, de journaux de Richmond et Charleston — importantes sources d'informations — s'élevant sur le bureau et le dessus des classeurs. Le dieu qui gouvernait le ministère de la Guerre de Simon Cameron avait pour nom Chaos.

Le maître des lieux trônait derrière son bureau, les lèvres serrées, une expression indéchiffrable dans ses yeux gris. En Pennsylvanie, on l'appelait « Boss », surnom que plus personne n'utilisait maintenant, du moins en sa présence.

— ... trop peu de fusils, monsieur le ministre, plaidait Scott d'une voix sifflante. Nous manquons d'armes pour entraîner et équiper les milliers d'hommes qui ont répondu à l'appel du président.

Chase se pencha vers le bureau pour ajouter :

— Et l'on entend crier avec une insistance croissante : « A Richmond ! A Richmond ! » Vous comprenez certainement pourquoi.

— Le Congrès confédéré s'y réunit bientôt, répondit Cameron sèchement. (Il tira de sa poche un morceau de papier.) Le 20 juillet, pour être exact. C'est en juillet qu'expireront la plupart des engagements de quatre-vingt-dix jours.

— Alors McDowell doit bouger, répliqua Chase. Lui non plus n'a pas l'équipement adéquat.

Discrètement, Stanley écrivit sur une feuille : « Le

vrai problème, ce sont les volontaires », et se leva pour porter son message au bureau. Cameron s'en saisit, le lut, le chiffonna et adressa un hochement de tête à Stanley. Il comprenait la principale préoccupation de McDowell, qui n'était pas l'équipement, mais la nécessité de s'appuyer sur des volontaires dont on ne pouvait prédire le comportement. On retrouvait cette attitude dédaigneuse chez la plupart des officiers de West Point — du moins ceux qui n'avaient pas déserté après avoir reçu gratuitement une excellente formation dans cette école de traîtres.

Cameron préféra cependant ne pas soulever cette question et répondit au commandant en chef avec une déférence poisseuse.

— Général, je continue à penser que le problème n'est pas d'avoir trop peu de fusils mais trop d'hommes. Nous disposons déjà de trois cent mille soldats en armes. Beaucoup plus que ce dont nous avons besoin pour le moment.

— J'espère que vous avez raison, intervint le président dans son coin.

Personne ne lui prêta attention. « Quel ramassis de bouffons ! » pensa Stanley en remuant son derrière rebondi sur sa chaise dure. Scott, que les stupides Sudistes traitaient de « souteneur », mais qu'il fallait en fait surveiller étroitement, c'était un Virginien, non ? Avant la guerre, il avait facilité l'avancement de quantités d'officiers de Virginie au détriment d'hommes du Nord tout aussi qualifiés. Chase, qui aimait les nègres, et le président, ce fermier rustaud. Malgré sa personnalité sinueuse, Cameron apportait au moins un peu de raffinement dans l'art de gouverner.

Chase fit un laïus au lieu d'une réponse :

— Il faut faire plus qu'espérer, monsieur le président. Nous devons acheter davantage en Europe. Nous disposons de trop peu d'usines de matériel depuis que nous avons perdu Harper's Fer...

— La question des achats en Europe est à l'étude, coupa Cameron. Mais, selon moi, ce serait une décision inutilement dispendieuse.

Scott tapa du pied par terre.

— Bon sang, Cameron, vous parlez de décision dispendieuse face à une rébellion ?

— N'oubliez pas le 20 du mois prochain, dit Chase.

— Mr. Greeley et certains autres me le laissent rarement oublier, répliqua le Boss.

Mais la pointe fut couverte par le ministre des Finances, qui continuait à rugir :

— Nous devons écraser Davis et sa clique avant qu'ils n'affirment leur légitimité face à la France et à la Grande-Bretagne. Nous devons les anéantir. Je suis d'accord avec Stevens, membre du Congrès de votre propre Etat. Si les rebelles ne capitulent pas et ne rentrent pas au bercail...

— Ils ne le feront pas, lâcha Scott. Je connais les Virginiens, je connais les hommes du Sud.

Chase poursuivit :

— ... nous devons suivre à la lettre le conseil de Thad Stevens. Réduire le Sud à néant.

Le chef de l'exécutif se gratta alors la gorge. Son toussotement, quoique faible, tomba dans un moment de silence, et nul n'aurait pu l'ignorer sans être grossier. Lincoln se leva, plongea les mains dans les poches de sa veste, ce qui accentua son allure dégingandée. Sans élever la voix mais avec une autorité indéniable, il déclara :

— Je ne dirai pas que je suis d'accord avec la riposte de Stevens à l'insurrection. Je me suis efforcé d'empêcher la politique de ce gouvernement de dégénérer en une lutte violente, acharnée. En une révolution sociale qui laisserait l'Union à jamais déchirée. Je veux au contraire la rétablir. C'est pour cette raison et nulle autre que je ne souhaite pas une capitulation rapide du gouvernement provisoire de Richmond. Non pas pour satisfaire Mr. Greeley, notez bien, mais pour en finir et trouver quelque arrangement mettant fin à l'esclavage.

Sauf dans les *Border-States*, pensa cyniquement Stanley. Là, le président ne touchera pas à « l'institution » de peur qu'ils ne passent dans le camp sudiste.

— Je vous laisse trancher la question des achats,

monsieur le ministre, dit Lincoln à Cameron, mais je veux assez d'armes pour équiper l'armée du général McDowell, et nos camps d'instruction et les forces protégeant nos frontières.

Tous saisirent l'allusion au Kentucky et à l'Ouest.

— Considérez avec un peu plus d'audace la question des achats en Europe, poursuivit le président. Et laissez Mr. Chase s'occuper des dollars.

Les joues parcheminées de Cameron se colorèrent.

— Très bien, monsieur le président.

Le ministre griffonna quelques mots sur un morceau de papier qu'il glissa dans une de ses poches. Dieu seul savait s'il l'y retrouverait un jour.

Cameron conclut la réunion en promettant de charger un adjoint de prendre immédiatement contact avec des fabricants d'armes étrangers.

— Et de discuter en temps voulu avec le colonel Ripley, ajouta Lincoln en quittant la pièce.

Le président faisait référence au chef du service du Matériel, vestige, comme Scott, de la guerre de 1812.

Chase et Scott sortirent à leur tour, de meilleure humeur l'un et l'autre du fait de l'apparente souplesse de Cameron. De plus, les dernières nouvelles de Virginie occidentale étaient bonnes : George McClellan en avait délogé Robert Lee au début du mois de juin.

Les hommes qui venaient de se réunir incarnaient deux théories différentes de la victoire. Scott, que les souffrances de la goutte due à sa gloutonnerie faisaient occasionnellement grimacer, avait proposé quelques semaines plus tôt un plan prévoyant le blocus total des côtes confédérées puis l'envoi de canonnières ainsi que d'une armée par le Mississippi pour prendre La Nouvelle-Orléans et contrôler le golfe. Le général avait l'intention d'isoler le Sud du reste du monde, de lui couper le ravitaillement en produits essentiels qu'il ne pouvait produire lui-même. La reddition suivrait inévitablement, et Scott concluait son argumentation en promettant que sa stratégie assurerait la victoire avec un minimum de sang versé.

Certaines parties du plan ayant plu à Lincoln, le blocus était devenu réalité en avril. Mais l'ensemble du projet, que la presse avait fini par apprendre et qu'elle avait baptisé « l'Anaconda de Scott », suscita de vives attaques de la part d'ultras comme Chase — nombreux dans le parti républicain — qui prônaient un triomphe rapide. L'opinion de ces hommes se résumait dans le mot d'ordre, « A Richmond ! » qui retentissait partout, de la chaire des églises au bordel — ou, du moins, Stanley l'avait entendu dire. Bien qu'il mourût constamment d'envie de faire l'amour et que sa femme y consentît rarement, il était trop timide pour visiter les maisons closes.

L'Union marcherait-elle sur la capitale confédérée ? Stanley eut à peine le temps de supputer l'hypothèse que Cameron revenait après avoir reconduit ses visiteurs. Réunissant Stanley et quatre autres adjoints, le ministre commença à sortir de ses poches de petits morceaux de papier et à débiter des ordres.

— Stanley, nous avons une réunion sur les uniformes ce soir à...

Cameron explora ses poches à la recherche d'une feuille portant l'information qu'il cherchait.

— A six heures, dit Stanley. Au *Willard*.

— Oui, c'est ça. Je ne peux pas avoir tous ces détails en tête, répondit le ministre, avec un sourire indiquant que cela ne le préoccupait pas trop.

Peu avant six heures, Stanley et Cameron quittèrent le ministère de la Guerre et traversèrent l'avenue, que la pluie de la veille avait transformée en bourbier. Bien qu'il fît attention, Stanley éclaboussa son pantalon jaune, ce qui le contraria beaucoup. A Washington, les apparences comptaient plus que la réalité qu'elles recouvraient. C'était une des précieuses leçons que sa femme lui avait apprises. Stanley savait que, sans Isabel, il ne serait qu'un paillasson sur lequel son frère George s'essuierait les pieds quand cela lui chanterait.

Le ministre marchait en faisant tournoyer sa canne. Les ombres des passants s'étiraient dans la lumière ambrée de la fin d'après-midi. Trois zouaves braillards coiffés de fez et vêtus de pantalons bouffants traînaient dans leur sillage des relents de bière. L'un d'eux qui n'était qu'un enfant rappela à Stanley ses jumeaux, Laban et Levi. Il ne savait plus que faire avec ces deux diables de quatorze ans mais, Dieu merci ! Isabel était là.

— ... dicté un télégramme après notre réunion de ce matin, disait Cameron.
— A qui ?
— A votre frère George. Nous pourrions utiliser un homme de sa compétence au Matériel. J'aimerais qu'il vienne à Washington.

5

STANLEY eut l'impression d'avoir reçu un coup de pied.
— Un télégramme ?... Mon frère George ?
— Pour travailler au ministère de la Guerre, répondit Cameron avec un soupçon de malice. Cela fait des semaines que j'y songe. Votre frère est l'un des pontes de notre Etat, un as dans sa partie — je connais la métallurgie, ne l'oubliez pas. Il sait faire avancer les choses, il aime les idées neuves. Il pourrait donner un peu d'air frais au Matériel. Ripley en est incapable, c'est une momie. Et son adjoint...
— Maynadier, murmura Stanley au prix d'un gros effort.
— Oui. C'est de leur faute si le président m'a critiqué. Ces deux fossiles répondent non à toute proposition. Lincoln est intéressé par les armes d'épaule à canon rayé mais Ripley prétend qu'elles ne valent rien. Vous savez pourquoi ? Parce qu'il n'a dans ses magasins que des canons lisses.

Cameron opposait aux idées nouvelles une résistance souvent aussi opiniâtre que celle du colonel Ripley, mais Stanley avait l'habitude de voir son protecteur rejeter habilement sur d'autres les responsabilités. Il était passé maître en cet art en Pennsylvanie.
— Monsieur le ministre, j'admets qu'il nous faut du sang neuf mais pourquoi avoir télégraphié avant que nous n'en discutions ? Je...

Un regard appuyé interrompit Stanley.

— Allons, mon garçon. Je n'ai pas besoin de votre permission. Et je savais comment vous réagiriez. Votre frère a pris le contrôle des forges Hazard, il vous l'a arraché — et vous ne l'avez pas digéré.

« Oui, par Dieu, c'est vrai. J'ai vécu dans l'ombre de George depuis notre enfance. Maintenant que je me tiens enfin seul debout, le revoilà. Non, je refuse. »

Quelques pas encore et les deux hommes franchirent l'entrée principale du *Willard*. Cameron rayonnait, Stanley avait l'air pitoyable. Le hall de l'hôtel et les salles voisines étaient bondés, comme à presque toutes les heures de la journée. Devant une partie de l'établissement condamnée par un cordon, l'un des frères Willard discutait avec un peintre à la mine renfrognée. L'endroit sentait la peinture, le plâtre et les parfums lourds. Sous les lustres, des hommes et des femmes au visage figé et au regard fixe parlaient à voix basse, éclataient de rire, se penchaient l'un vers l'autre à se toucher le front. Washington en miniature.

Stanley s'était suffisamment ressaisi pour dire :

— Bien entendu, c'est à vous de décider, monsieur le...

— Exactement.

— Mais je vous rappelle que mon frère ne fait pas partie de vos plus chauds partisans.

— Il est républicain, comme moi.

— Il doit se souvenir du temps où vous étiez avec les Démocrates.

Stanley savait que George avait été particulièrement furieux du déroulement de la convention de Chicago, qui avait désigné le président comme candidat. Les directeurs de la campagne de Lincoln avaient eu besoin des votes contrôlés par Cameron, mais le Boss avait réclamé en échange un poste ministériel. Aussi fut-ce avec assurance que Stanley déclara :

— Il travaillera contre vous.

— Il travaillera pour moi si je sais le prendre. Il ne m'aime pas mais nous sommes en guerre, et il a combattu au Mexique. Un homme tel que lui est incapable de tourner le dos au drapeau.

Une lueur rusée s'alluma dans les yeux gris du ministre quand il ajouta :

— En outre, il est plus facile de contrôler quelqu'un lorsqu'on l'a sous la main. Mis à part son expérience, je préfère voir votre frère ici qu'à Lehig Valley, où il pourrait me nuire.

Cameron pressa le pas pour signifier que la discussion était close, mais Stanley insista :

— Il ne viendra pas.

— Si. Ripley est une vieille chèvre stupide qui me fait tort. J'ai besoin de George Hazard, et ce que je veux, je l'obtiens.

De sa canne, le ministre poussa une des portes battantes et pénétra dans le bar.

L'homme d'affaires qui avait sollicité un rendez-vous était un ami d'un ami du Boss et s'appelait Huffsteder. Le trio s'installa à une table que des militaires venaient de libérer, Huffsteder commanda et paya une tournée. Un officier reconnut le ministre et le salua respectueusement. Cameron semblait tout à fait à l'aise car il arrivait souvent aux membres du gouvernement de tenir des réunions dans un bar. La fumée, le bruit protégeaient des oreilles et des regards indiscrets.

— Venons-en immédiatement au fait..., commença Huffsteder.

— Vous voulez un contrat, coupa Cameron. Laissez-moi vous dire que vous n'êtes pas le seul. Mais je ne serais pas ici si vous ne méritiez pas... appelons cela un arrangement. En souvenir de services rendus. Qu'avez-vous à vendre ?

— Des uniformes. Livraison rapide à un bon prix.

— Fabriqués où ?

— Dans mon usine d'Albany.

— Oui, dans l'Etat de New York, je me souviens.

Huffsteder tira de sa poche un échantillon de tissu bleu marine qu'il posa sur la table. Stanley le prit à deux mains, le déchira facilement.

— Renaissance, commenta-t-il.

Ce n'était pas une allusion historique mais l'appellation technique des tissus faits avec des brins de laine pressés. Huffsteder garda le silence, Cameron palpa l'un des deux morceaux. Le ministre savait, comme Stanley, qu'un uniforme taillé dans une telle étoffe ne durerait que deux ou trois mois, moins s'il était exposé à de fortes pluies. Mais la guerre imposait certains compromis — ce que Cameron se hâta de souligner :

— En matière de fournitures, la loi est claire et mon ministère l'applique strictement. Nous procédons par un système de soumissions — soumissions sous scellés si le contrat est public. Par ailleurs, j'ai à ma disposition personnelle certains fonds que je peux verser à des agents autorisés du ministère afin de procéder à des achats discrétionnaires indépendants du système de soumissions. Vous voyez où je veux en venir ?

Huffsteder acquiesça de la tête.

— Quand nos courageux soldats ont besoin de manteaux ou de poudre, il ne faut pas se montrer trop tatillon. Les rebelles sont en Virginie, ils peuvent attaquer d'un moment à l'autre. Nous n'avons pas le temps d'attendre des soumissions sous scellés, n'est-ce pas ? Donc, conclut Cameron, agents spéciaux avec des fonds spéciaux.

« Versés à des amis spéciaux », pensa Stanley, qui, au bout de quelques mois, avait compris le système.

— Stanley, reprit le ministre, donnez à ce monsieur les noms et adresses de nos agents de New York. Voyez l'un d'eux, dit-il à Huffsteder, je suis sûr que vous conclurez l'affaire.

— Je ne sais comment vous remercier...

— C'est déjà fait, répondit le Boss en posant ses yeux gris sur le fabricant. Je me rappelle le montant exact de votre contribution. Une jolie somme. Je n'en attendais pas moins d'un homme désirant participer à l'effort de guerre.

— Il vaut mieux que j'écrive à nos agents, intervint Stanley.

— Oui, occupez-vous-en.

Cameron n'avait pas besoin de recommander à son élève d'utiliser des formules vagues : Stanley avait déjà rédigé une douzaine de lettres de ce genre. Le ministre se leva, prit congé de l'homme d'affaires et s'éloigna d'un pas vif, suivi par son collaborateur. « Si certaines pratiques du ministère éclataient au grand jour », songea Stanley. Enfin, il faisait de son mieux pour ne pas tremper dans les irrégularités les plus flagrantes. Pour rester à Washington, le centre du pouvoir, il était prêt à payer le prix, à se salir les mains. En outre, Isabel y tenait beaucoup.

Dans le hall, il fit une dernière tentative auprès de son supérieur :

— Vous devriez reconsidérer votre décision au sujet de George. N'oubliez pas que c'est un de ces prétentieux de West Point...

— Je ne les aime pas plus que vous, mon garçon, mais qui veut le bébé doit supporter ses cris.

— Monsieur, je vous en prie...

— Suffit !

Plusieurs têtes se tournèrent vers eux. Cameron, les joues écarlates, saisit Stanley par le bras et l'entraîna vers un sofa.

« Mon Dieu ! il va me congédier », pensa Stanley.

L'expression du ministre suggérait effectivement cette possibilité.

— Ecoutez-moi bien, dit le Boss en poussant son assistant vers les coussins. J'ai de la sympathie pour vous. Qui plus est, je vous fais confiance — et je ne peux en dire autant de beaucoup de mes collaborateurs. Cessez de vous tracasser à propos de votre frère, je saurai le manier. Vous feriez beaucoup mieux d'oublier le passé et de profiter des possibilités présentes.

— Que voulez-vous dire ? bougonna Stanley.

Calmé, le ministre s'assit.

— Prenez modèle sur le voleur que nous venons de rencontrer. Je dirige mon ministère en respectant strictement la loi, mais cela ne signifie pas que je m'oppose à voir prospérer des gens en qui j'ai confiance.

Stanley finit par comprendre :

— Vous pensez que je dois solliciter un contrat ?

— Exactement, dit Cameron en lui donnant une tape sur le genou.

— Un contrat de quoi ?
— N'importe quelle marchandise dont nos petits gars ont besoin, répondit le ministre. Ça, par exemple, ajouta-t-il en montrant l'une de ses bottes. La chaussure, c'est la seconde industrie du Nord mais elle a connu des difficultés dernièrement. Je parie qu'il y a des tas de petites usines à vendre en Nouvelle-Angleterre.
— Mais je n'y connais rien.
— Apprenez, mon garçon, dit Cameron en se penchant soudain vers Stanley. Apprenez.
— Je pense que je pourrai.
— J'en suis sûr, déclara le Boss en se levant. Nous manquons de chaussures, c'est une excellente occasion.
— J'apprécie la suggestion. Merci.
Le ministre eut un sourire radieux.
— Bonsoir, mon garçon.
— Bonsoir, monsieur.
Après le départ de Cameron, Stanley demeura un long moment à contempler ses pieds. Il avait toujours eu du mal à prendre une décision mais, cette fois, c'était encore plus difficile à cause de George. Il n'avait plus son mot à dire sur cette question. Saurait-il calmer la fureur d'Isabel lorsqu'elle apprendrait que l'homme qui les avait chassés de Lehig Station allait à nouveau devenir le rival de son mari ?

6

— Y aurait pas de guerre sans ces foutus nègres !
— Tu te goures. C'est les rebelles qui l'ont déclenchée en sortant de l'Union. On combat pour le drapeau, pas pour les négros.
— Là, je te suis. A mon avis, le meilleur moyen de régler le problème, c'est de tous les bousiller.
La proposition suscita de bruyantes approbations de la part de plusieurs autres civils du bar. Un officier solitaire partageait aussi cette opinion mais, étant en uniforme, il ne fit aucun commentaire.

L'homme pesait cent vingt kilos et sa bedaine tendait l'étoffe impeccable de sa veste. Son visage morne et pâle, que le soleil rendait rouge brique en une demi-heure, se tourna vers la table que deux hommes venaient de quitter, y laissant un troisième. Les traits du plus jeune lui avaient paru vaguement familiers et l'officier fouillait sa mémoire en buvant lentement son whisky. Il n'avait que trente-sept ans mais commençait depuis peu à grisonner et teignait régulièrement ses cheveux gris pour garder une apparence juvénile. « Si seulement la teinture pouvait aussi me les faire oublier », songeait le colonel honoraire Elkanah Bent.

Ces cheveux gris lui rappelaient qu'il était mortel et que sa carrière avait été une longue suite de frustrations. Le mois précédent, son sentiment de frustration s'était encore exacerbé dans cette maudite ville prosudiste. Bent haïssait les Sudistes presque autant que les Noirs, presque autant que George Hazard et son ami Orry Main. De plus, Washington abritait le seul être humain pour qui Bent eût quelque affection et qu'il lui était interdit de voir.

Comme le visage de l'inconnu du bar demeurait dans son esprit, il fit signe au serveur et lui demanda :

— Avez-vous vu l'homme qui vient de sortir ?

— Cameron, le ministre ?

— Non, celui qui l'accompagnait.

— Ah ! Stanley Hazard, un de ses larbins.

Bent serra les poings.

— De Pennsylvanie ?

— Je suppose. Cameron a fait venir pas mal de ses petits copains au ministère. Un autre ? dit le barman en désignant le verre de Bent.

— Oui. Un double.

Stanley Hazard... Sûrement le frère de George, ce qui expliquerait la familiarité des traits malgré la mollesse du visage. Bent fut envahi d'émotions si fortes qu'il en eut le vertige.

Orry Main et George Hazard avaient été de la promotion suivant celle de Bent à l'Académie militaire. Dès le début, ils l'avaient méprisé et s'étaient efforcés de monter les autres contre lui. Il les tenait pour responsables de ses échecs, aussi bien à West Point que pendant la guerre du Mexique. A la fin des années 1850, Bent avait été affecté au 2ᵉ de Cavalerie, au Texas, où Charles, jeune lieutenant du régiment et cousin d'Orry Main, avait achevé de le couvrir de boue.

Dans la guerre actuelle, les Main avaient naturellement pris fait et cause pour les traîtres sudistes. George Hazard avait quitté l'armée depuis des années mais son frère cadet, Billy, était dans le Génie nordiste. Bent ignorait ce que chacun d'eux était devenu mais il savait une chose avec certitude : une grande destinée attendait Elkanah Bent. Il serait le Bonaparte américain — même si un autre ancien de l'Académie, George McClellan, parvenu récemment réintégré dans l'armée, avait convaincu une presse crédule de lui décerner ce titre.

Aucune importance. Ce qui comptait, c'était le pouvoir lui-même. Un pouvoir qui récompenserait son génie militaire et lui fournirait l'occasion d'anéantir les Main et les Hazard.

Il vida son verre, sortit sa montre. Déjà plus de sept heures. Dans peu de temps il ferait nuit et les rues ne seraient plus sûres. Bien qu'il portât son sabre, il ne tenait pas à attirer l'attention des malandrins qui faisaient la chasse aux citoyens après la tombée de la nuit. Ces hommes le terrifiaient.

La main sur la poignée de son arme, il sortit du *Willard* et se hâta de rentrer à sa pension. Pantelant et encore apeuré, il monta le perron conduisant à la véranda éclairée et y demeura jusqu'à ce que sa frayeur soit totalement dissipée. Il passa ensuite au salon, où il trouva un autre client avec lequel il avait lié connaissance. Le colonel Elmsdale, homme du New Hampshire aux oreilles décollées, indiqua des papiers posés sur une table sans cesser de mâchonner son cigare.

— J'ai pris mes ordres aujourd'hui. Les vôtres aussi, les voilà. Les nouvelles ne sont pas très bonnes.

— Pas... très... bonnes ? bredouilla Bent.

Il prit les papiers, les lut. L'écriture, joliment calligraphiée, semblait serpenter sous ses yeux mais il parvint à déchiffrer chaque mot.

— Le... le Kentucky ?

— L'armée des Cumberland. Vous savez qui la commande ? Anderson, l'incapable qui a amené le drapeau à Sumter. Je veux bien être pendu si je le traite en héros — comme le font tant d'autres.

— Où se trouve ce camp Dick Robinson ?

— Près de Dabville. C'est un camp d'instruction de volontaires.

— J'ai été affecté à l'avant... en pays rebelle ?

— Oui, et moi aussi. Je ne suis pas mieux loti que vous, Bent. Nous aurons des bleus à commander, des francs-tireurs derrière chaque arbre. Personne pour combattre dans les règles.

— Il y a sûrement erreur, murmura Bent en se dirigeant vers l'escalier.

— Ça oui ! Le genre d'erreur que commet l'armée. Nous n'y pouvons absolument rien, dit le colonel.

Bent, qui montait les marches d'un pas mal assuré, ne l'entendit pas. Il traversa un couloir poussiéreux empestant le ragoût de mouton (le dîner qu'il se sentait trop malade pour manger) et entra dans sa chambre. Il claqua la porte, s'effondra sur son lit dans le noir. Affecté à l'avant. Commander des analphabètes dans un désert en risquant de se faire tuer par une balle sudiste. Loin de supérieurs qui oublieraient jusqu'à son existence.

Que s'était-il passé ? Où était son protecteur, l'homme qui l'aidait secrètement depuis des années, qui l'avait fait entrer à l'Académie ; qui, après les intrigues de Hazard et de Main ayant entraîné son renvoi, était intervenu auprès du ministre pour le faire réintégrer. Excepté l'inévitable épisode de la guerre du Mexique et une affectation au Texas, Bent avait toujours obtenu des postes de tout repos. On l'avait tenu hors de danger...

Jusqu'à maintenant.

Pourquoi son protecteur l'avait-il abandonné ? Il ignorait sans doute cette affectation, c'était sûrement l'explication...

Saisi de tremblements, Bent décida d'enfreindre la règle selon laquelle il ne devait jamais prendre directement contact avec l'homme qui le protégeait.

La situation, catastrophique, prenait le pas sur cet accord.

Il se rua hors de la chambre, dévala l'escalier et fit sursauter Elmsdale, qui était en train de monter.

— Le brouillard est épais, dehors, dit le colonel. Si vous devez sortir, prenez votre revolver.

— Je n'ai pas besoin de vos conseils, répliqua Bent en le bousculant. Laissez-moi passer.

Il se précipita dehors, le fourreau de son sabre s'agitant furieusement. Elmsdale jura et se demanda comment un tel fou avait réussi à rester dans l'armée.

7

LE fiacre tourna dans la 19e Rue, où les constructions étaient peu nombreuses. Les riches bâtissaient dans cette partie éloignée de la ville pour échapper aux saletés et aux dangers du centre.

— Quel numéro entre K et L * ? demanda le cocher ?

— Il n'y en a qu'un. Il fait tout le pâté de maisons.

Bent s'agrippait à la courroie d'appui comme à une ligne de sauvetage dans l'océan. Il avait la bouche sèche et brûlante, le reste du corps glacé. Le brouillard montant du Potomac accrochait des lambeaux de gaze sale jusqu'aux fenêtres les mieux éclairées.

Bent se rendait chez un nommé Heyward Starkwether. Originaire de l'Ohio, l'homme n'avait ni métier — au sens traditionnel du terme —, ni fonctions, ni source de revenus apparente bien qu'il vécût dans la capitale depuis vingt-cinq ans. Les reporters nouvellement arrivés à Washington — de jeunes hommes ayant généralement beaucoup d'aplomb et peu de sagesse — le décrivaient parfois comme un *lobbyiste* et les plus hardis parlaient de trafic d'influence. Elkanah Bent connaissait peu de chose sur les affaires de Starkwether mais il savait que le qualifier de *lobbyiste* équivalait à voir dans Alexandre de Macédoine un simple soldat.

* A Washington, les rues portent aussi des lettres (n.d.t.).

Selon la rumeur, Starkwether représentait d'énormes groupes d'intérêts new-yorkais, des hommes dont la richesse et l'influence étaient quasi sans limites. Des hommes pouvant ignorer la loi si cela les arrangeait et modeler la politique gouvernementale à leurs fins personnelles. On disait que Starkwether avait cultivé pour eux des amitiés aux plus hauts niveaux gouvernementaux pendant plus de deux décennies, fait qui teintait de crainte l'affection que Bent lui portait.

— Tournez ici ! s'exclama-t-il.

Le cocher avait failli manquer la grande allée courbe conduisant à la résidence, qui ressemblait davantage à un temple grec qu'à une maison. Bent fut intrigué de voir l'allée déserte, les fenêtres obscures. Chaque fois qu'il était passé le soir devant la demeure, il l'avait trouvée brillamment éclairée.

— Attendez-moi, dit-il au cocher.

Il monta le grand perron de marbre, laissa retomber deux fois la tête de lion du heurtoir de la porte. Le bruit résonna longuement à l'intérieur de la bâtisse. Son protecteur était-il en voyage ?

Il frappa de nouveau et, cette fois, un vieux domestique aux yeux rougis vint ouvrir. Sans lui laisser prononcer un mot, le visiteur annonça :

— Je suis le colonel Elkanah Bent. Je dois voir Mr. Starkwether. C'est urgent.

— Désolé, colonel, mais c'est impossible. Cet après-midi, Monsieur a eu... une attaque.

— Une attaque de paralysie ?

— Oui, monsieur.

— Comment va-t-il maintenant ?

— L'attaque a été fatale, monsieur.

Sans plus rien voir ni entendre, Bent retourna au fiacre en se demandant comment il allait se tirer d'affaire à présent qu'il avait perdu son père.

8

— Il vient ici ? Avec cette garce de catholique qui nous traite de haut comme une princesse ? Stanley, pauvre imbécile ! Comment as-tu pu laisser faire cela ?

— Isabel, commença-t-il d'une voix faible tandis que sa femme se dirigeait brusquement vers les fenêtres du salon donnant sur la 6e Rue.

Elle lui montra le dos de la robe à panier d'un gris triste qu'elle portait tous les jours et gémit, si fort qu'on eût pu croire qu'on la violait. « Aucune chance qu'elle se laisse faire ça », pensa Stanley avec irritation.

Isabel fit tourner le panier de la robe pour se retrouver face à face avec Stanley.

— Pourquoi, au nom du ciel, ne t'es-tu pas opposé à cette idée ?

— Je l'ai fait ! Mais Cameron veut George.

— Pourquoi diable ?

Stanley répéta de son mieux certaines des explications du Boss. Rien que l'appréhension de cette querelle avec Isabel l'avait épuisé. Toute la journée, il avait préparé ce qu'il dirait et l'avait complètement oublié en arrivant chez lui. Affalé dans un fauteuil, il conclut d'un ton plaintif :

— Il y a de fortes chances pour qu'il ne vienne pas.

— Si seulement nous n'étions pas venus non plus ! Je déteste cette maudite ville.

En silence, il la regarda arpenter le salon. Il savait qu'elle ne pensait pas vraiment ce qu'elle venait de dire. Elle aimait être à Washington parce qu'elle aimait le pouvoir et fréquenter ceux qui le détenaient.

Les circonstances n'étaient pas idéales, bien sûr. La rareté des logements décents les avait contraints à louer une vieille suite poussiéreuse au *National Hotel*, sorte de caverne grouillant de sécessionnistes. Politique mise à part, un hôtel n'était guère indiqué pour élever deux adolescents turbulents. Parfois Laban et Levi disparaissaient pendant des heures dans le dédale des couloirs et Dieu seul savait quelles pernicieuses leçons ils apprenaient en écoutant aux portes. A son arrivée, Isabel lui avait raconté qu'elle avait surpris Laban gloussant de façon familière avec l'une des jeunes femmes de chambre. Stanley avait fait la leçon à son fils — une torture pour le père, un moment assommant pour le garçon indocile. Ce soir-là, il avait enfermé les jumeaux dans leur chambre en leur ordonnant d'apprendre leurs déclinaisons latines pendant une heure. Dieu merci ! on ne les entendait plus se battre à présent, ils devaient être endormis.

Isabel traversa une dernière fois le salon et s'arrêta, les bras croisés sur sa maigre poitrine. Agée de deux ans de plus que son mari, elle devenait de plus en plus acariâtre en vieillissant.

— Essaie de comprendre, plaida-t-il. J'ai soulevé des objections mais...

— Pas avec force. Tu ne fais jamais rien avec force.

Stanley se leva en protestant :

— C'est injuste. Je n'ai pas voulu compromettre mes bons rapports avec Cameron. J'avais cru comprendre que tu les considérais comme un atout important.

Experte en l'art de manipuler les gens, et surtout son mari, Isabel se rendit compte qu'elle était allée trop loin.

— C'est exact, dit-elle, radoucie. Je m'excuse mais je déteste tellement George et Constance à cause de toutes les humiliations qu'ils t'ont fait subir.

La trêve établie, il s'approcha de sa femme.

— Et à toi aussi, ajouta-t-il.

— J'aimerais le leur faire payer un jour. S'ils ne viennent pas ici, je trouverai un autre moyen. Nous connaissons des gens importants. Tu as de l'influence, maintenant.

— Nous essaierons.

Stanley espérait que son manque d'enthousiasme ne se voyait pas. Parfois, il haïssait vraiment son frère mais il en avait toujours eu peur. Il prit Isabel par les épaules, la guida vers le bar.

— Sers-moi un whisky pendant que je t'annonce une bonne nouvelle.

— Quoi ? De l'avancement ?

— Non, non. Une proposition de Simon — une faveur pour apaiser mon mécontentement à propos de George.

Stanley raconta l'entrevue avec l'homme d'affaires et la conversation qu'il avait eue ensuite avec Cameron. Voyant aussitôt les possibilités offertes, Isabel claqua des mains.

— Pour une idée pareille, je laisserais dix George Hazard venir ici! s'écria-t-elle. Nous ne dépendrions plus de l'usine, ou du bon vouloir de ton frère. Imagine l'argent que nous pourrions gagner avec un contrat garanti...

— Simon n'a rien garanti, rappela Stanley. On ne parle pas de choses pareilles de façon explicite. Mais je crois que c'est ce qu'il a voulu dire. Le ministère fonctionne de cette manière. En ce moment, par exemple, je travaille sur un plan visant à réduire le coût des transports de troupes de New York à Washington. Le prix actuel est de six dollars par tête, nous pouvons le ramener à quatre en utilisant la ligne Northern Central qui passe par Harrisburg.

— Mais elle appartient à Cameron.

Détendu par le whisky, Stanley cligna de l'œil.

— Nous ne le crions pas sur les toits.

Isabel échafaudait déjà des plans :

— Nous devons nous rendre immédiatement en Nouvelle-Angleterre. Simon t'accordera un congé, non ?

— Oh! oui. Mais, comme je le lui ai dit, je ne connais rien à l'industrie de la chaussure.

— Nous apprendrons. Ensemble.

« Rends-moi mon oreiller, salaud ! »

Le cri qui s'éleva derrière la porte de la plus petite des chambres fut suivi par des jurons et des bruits de lutte.

— Stanley, fais-les taire immédiatement.

Le général avait parlé, il valait mieux ne pas discuter. Posant son verre, Stanley alla à contrecœur mettre fin à la guerre des jumeaux.

… 9

LE lendemain, en Pennsylvanie, la femme de Billy, quitta Belvedere pour faire une emplette. Un domestique aurait pu s'en charger mais elle avait préféré se rendre elle-même à Lehig Station afin de s'échapper un moment de la salle de couture étouffante où les dames de la maison faisaient des travaux d'aiguille pour les volontaires. Tricoter pour les soldats de l'Union lui posait un problème de conscience.

Belvedere, grande maison en pierre à l'italienne en forme de L, se dressait au sommet d'une colline surplombant la rivière, la ville et les forges Hazard. Elle voisinait avec une autre résidence deux fois plus vaste — quarante pièces — appartenant à Stanley et à son horrible femme, qui y avaient laissé un gardien en partant pour Washington.

Brett attendit dans la véranda ombragée qu'un domestique apporte le buggy. Elle le remercia du bout des lèvres, lui prit quasiment le fouet des mains et partit dans un nuage de poussière, furieuse contre elle-même de cette manifestation d'humeur injustifiée.

Agée de vingt-trois ans, Brett avait hérité les yeux et les cheveux noirs de la famille Main. Elle était séduisante mais d'une joliesse plus fraîche, plus ordinaire que sa sœur aînée Ashton, que tout le monde, intéressée comprise, considérait comme une beauté. Le charme d'Ashton convenait au soir, aux parfums suaves, aux lueurs de chandelles sur des épaules nues. Brett était fille de la lumière du jour et du grand air, à l'aise dans un décor simple. Les gens qui la rencontraient pour la première fois le devinaient rapidement à ses manières et surtout à son sourire, dépourvu de toute coquetterie. Elle avait une gentillesse, une franchise qui faisaient souvent défaut aux jeunes femmes de son âge.

Les choses étaient différentes dans la ville natale de son mari, dont les habitants savaient que Brett venait de Caroline du Sud et la traitaient parfois comme une fleur exotique dépérissante. Elle supposait que, pour beaucoup d'entre eux, elle était finalement coupable de trahison. Cela l'ennuyait, comme la chaleur infernale de l'après-midi. Sa robe de mousseline blanche collait à sa peau, l'humidité semblait encore pire que dans sa région d'origine.

Plus l'absence de Billy se prolongeait, plus Brett se sentait solitaire et malheureuse. Elle s'efforçait de ne pas le montrer à George et à sa femme Constance, avec qui elle vivait depuis le départ de Billy. C'était le domestique qui avait fait les frais de son humeur, comme une des femmes de chambre, la veille.

La sueur mouilla rapidement les paumes de ses mitaines en crochet. Pourquoi les avait-elle mises ? Il fallait tirer ferme sur les rênes pour maintenir le cheval du buggy au milieu de la route cahoteuse. Devant elle, les trois hauts fourneaux des forges Hazard dominaient la colline la plus proche des deux résidences. Plus bas, la ville en expansion s'étendait sur trois niveaux : d'abord de solides maisons en brique ou en bois, puis les bâtiments commerciaux, enfin les cabanes proches de la voie ferrée et du canal désaffecté.

Brett s'arrêta devant le magasin Herbert, attacha le cheval à l'un des six poteaux en fer plantés devant l'établissement. En traversant le trottoir, elle remarqua deux hommes l'observant d'un banc installé à l'ombre devant le café, quelques mètres plus loin. Leurs bras musclés et leurs vêtements de grosse toile lui firent penser qu'ils travaillaient probablement aux forges Hazard.

L'un d'eux murmura quelques mots à son compagnon, qui faillit renverser sa cruche à bière en éclatant de rire. Malgré la chaleur, Brett frissonna.

L'épicerie-bazar sentait la réglisse, la farine de seigle et autres marchandises vendues par Mr. Pinckney Herbert, petit homme aux yeux brillants qui rappelait à Brett un rabbin qu'elle avait rencontré à Charleston. Herbert avait passé son enfance en Virginie, où sa famille s'était établie avant la guerre de l'Indépendance. A vingt ans, sa conscience l'avait poussé à venir en Pennsylvanie, avec pour tout bagage sa haine de l'esclavage et le prénom, Pinckney, qu'il avait adopté de préférence à Pincus, son vrai prénom.

— Bonjour, Mrs. Hazard. Qu'est-ce que ce sera aujourd'hui ?

— Du gros fil blanc, Pinckney. Constance, Patricia et moi fabriquons des couvre-nuques.

— Des couvre-nuques... Bien, bien.

Le commerçant évita le regard de sa cliente, ce qui était une façon de s'étonner de voir une jeune femme du Sud travailler pour les soldats de l'Union. Quand la femme et la fille de George s'étaient mises à la fabrication de couvre-nuques — d'après Constance, la plupart des femmes de la ville se livraient à des travaux semblables — Brett s'était jointe à elles parce qu'aider un autre être humain à se protéger de la pluie ou du soleil ne lui semblait pas un acte partisan. Pourquoi alors éprouvait-elle en cousant un sentiment persistant de déloyauté ?

Elle sortit du magasin après avoir réglé sa demi-douzaine de bobines. En entendant une planche craquer, elle se tourna vivement sur la gauche et le regretta aussitôt en découvrant les deux hommes paressant sur leur banc.

— Z'avez des nouvelles de Jeff Davis, m'dame ? demanda l'un d'eux.

Elle eut envie de le traiter d'idiot mais jugea plus prudent d'ignorer la question. Elle se dirigea vers le buggy, inquiète de ne voir qu'une seule autre personne dans la rue : une matrone coiffée d'un bonnet qui disparut dans un magasin. La chaleur de l'après-midi avait vidé les trottoirs.

Le cœur battant, Brett passa devant son cheval. Elle entendit derrière elle une respiration sifflante, un bruit de bottes sur la terre battue, et sentit la présence de l'homme une fraction de seconde avant qu'il la saisît par l'épaule et la fît tourner.

C'était celui qui l'avait importunée. Sa barbe rousse en broussaille retenait entre ses poils des particules de mousse de bière. Brett sentit la crasse de ses vêtements, les relents de son haleine.

— J'parie que vous priez pour que le Vieil Abe* tombe raide mort d'une attaque, hein ?

Le compagnon du barbu trouva cela si drôle qu'il hurla de rire. Le bruit attira l'attention de deux hommes marchant de l'autre côté de la rue. Quand ils virent qui était en butte aux plaisanteries du barbu, ils passèrent leur chemin.

— Z'avez toujours des nègres, là-bas, en Caroline ?
— Stupide ivrogne, riposta Brett. Ne me touchez pas.

L'homme resté sur le banc gloussa :
— Le bon vieil esprit rebelle, hein, Lute ?

Le visage tordu par une grimace, le barbu enfonça ses doigts dans la chair de Brett.

— Vous avez un problème avec vos yeux, ma p'tite dame. Je suis un homme blanc, vous pouvez pas me parler comme à vos esclaves. Mettez-vous ça dans la tête et ça aussi : on veut pas de traîtres qui se pavanent dans nos rues. Compris ?

— Fessenden, lâche-la immédiatement ! cria Pinckney Herbert, du seuil de son magasin.

Le deuxième pochard quitta son banc pour se ruer vers lui.

— Rentre à l'intérieur, sale juif !

Un coup de poing plia le commerçant en deux, le renvoya dans la boutique. Il tenta de se relever tandis que Fessenden, lâchant sa cruche, saisissait les deux épaules de Brett et la secouait violemment.

Herbert agrippa l'encadrement de la porte, se remit debout mais le second pochard le frappa au menton. Le commerçant s'effondra sur le dos en poussant un cri. Brett avait conscience qu'elle pouvait appeler à l'aide mais ce n'était pas dans son caractère. Semblant tout à coup submergée de frayeur, elle se laissa aller sous l'étreinte de Fessenden, les yeux mi-clos.

— Je vous en prie, lâchez-moi, s'il vous plaît. Je ne suis qu'une faible femme. Pas forte comme vous...
— Ah ! c'est comme ça que les petites bonnes femmes du Sud doivent parler ! triompha Fessenden.

---

* Lincoln (n.d.t.).

(Il glissa un bras autour de la taille de Brett, la poussa contre la roue du buggy et se pencha vers elle, lui grattant la joue de sa barbe.) Répète voir « s'il vous plaît », gentiment, et on verra ce qui se passe...

Son autre main descendit, se posa sur la cuisse de la jeune femme. Libérée, Brett leva brusquement la jambe que l'homme ne tenait pas et lui donna un coup de genou dans les parties génitales. Il gémit, devint écarlate et tomba sur la terre battue quand elle le poussa. Pinckney Herbert, qui venait de se relever, pâle et grimaçant, se mit à rire devant cette soudaine résurrection de la fleur languissante.

L'ami de Fessenden fonça vers Brett, qui saisit son fouet et lui cingla le visage. L'ivrogne sauta en arrière, s'effondra sur le barbu qui se tenait l'entrejambe.

Brett jeta ses bobines dans le buggy, détacha son cheval, monta dans la voiture avec l'agilité d'un garçon manqué. Comme elle prenait les rênes d'une main, la seconde brute se releva, revint à la charge. Elle lui fouetta une deuxième fois le visage.

Deux ou trois citoyens pris de remords étaient apparus et enjoignaient aux deux hommes de cesser de rudoyer la jeune femme. « Un peu trop tard, merci. » Elle lança le buggy à l'assaut de la colline en soulevant derrière elle un nuage de poussière jaune semblable à ceux qui annoncent l'orage. « Comme je hais cette ville et cette guerre ! » pensa-t-elle, sa fureur cédant la place au désespoir.

10

SUR la tribune temporairement installée au fond de la grande salle du *Station House*, le bon hôtel de la ville, George Hazard souffrait. La chaleur, la verbosité de l'orateur et la dureté de sa chaise le mettaient à la torture. Devant lui, des visages moites, des mains agitant des éventails, des drapeaux décorant tous les murs.

Derrière George et les autres notables était accrochée une grande lithographie du président. Blane, le maire, contremaître de nuit aux forges, avait écourté son sommeil de la journée pour présider le rassemblement patriotique.

— Notre bannière a été violée ! beuglait-il en arpentant l'estrade. Profanée ! Déchirée par Davis et sa bande de traîtres qui jouent aux aristocrates ! Un tel sacrilège ne mérite que deux réponses : le peloton d'exécution et la corde pour ceux qui osent fouler au pied l'unité du pays et son symbole !

« Dieu du ciel ! soupira intérieurement George. Il va continuer longtemps ? » En principe, le maire devait se contenter de présenter les deux principaux orateurs : George lui-même — qui avait accepté à contrecœur de prendre la parole — et un dirigeant républicain de Bethlehem levant un régiment de volontaires dans la vallée.

Blane poursuivit son discours, ne s'interrompant qu'afin de laisser les participants applaudir ou agiter le poing pour approuver une phrase particulièrement belliqueuse. Depuis que, dans tout le Sud, on avait amené, déchiré ou brûlé les drapeaux fédéraux, le Nord connaissait une épidémie de ce que les journalistes appelaient « la fièvre étoilée ».

George, qui n'avait pas contracté la maladie, aurait préféré être à son bureau, s'occupant des forges ou mettant au point sa demande d'ouvrir une banque à Lehig Station, qui n'en possédait pas. Utiliser celles de Bethlehem était devenu trop peu pratique pour les forges Hazard et la plupart de leurs employés. George croyait à l'utilité et, au bout du compte, à la rentabilité d'une banque locale. Un esprit conventionnel eût renoncé à une telle entreprise dans des circonstances hasardeuses — mauvaises conditions économiques, confiance au plus bas — mais George était convaincu qu'on ne remporte jamais de grands succès sans prendre de grands risques.

La nouvelle banque serait constituée selon la loi bancaire de Pennsylvanie, révisée en 1824, avec une charte de vingt ans et treize membres du conseil d'administration, tous obligatoirement actionnaires et citoyens des Etats-Unis. Avec son avocat, Jupiter

Smith, George avait beaucoup à faire pour préparer les papiers nécessaires.

Pourtant, il participait au rassemblement parce qu'il était le seul de la région à avoir fait la guerre du Mexique et que le public voulait entendre des propos exaltants sur la gloire des armes. Eh bien, il leur servirait le plat désiré en s'efforçant de ne pas trop se sentir coupable. Il ne dirait rien de ce qu'il avait vraiment appris au Mexique quand Orry Main et lui y faisaient campagne : la guerre n'est jamais glorieuse, jamais grande — excepté dans les discours des politiciens et autres non-combattants. Il avait gardé le souvenir d'une expérience confuse, ennuyeuse, solitaire et parfois terrifiante.

« A Richmond ! A Richmond ! A la potence les vils mécréants de la Confédération ! »

George mit une main devant ses yeux pour cacher sa réaction. Il lui était impossible de penser à son ami Orry en termes de « vil mécréant » ; il ne pouvait pas davantage appliquer ces mots à la plupart des autres Sudistes qu'il avait connus à West Point et avec qui il avait combattu au Mexique. Tom Jackson, par exemple, le drôle de type dont les remarquables aptitudes militaires avaient été très tôt reconnues et symbolisées par ce surnom de « Général » qu'il avait reçu étant cadet. Enseignait-il toujours à l'école militaire, en Virginie, ou avait-il rejoint les troupes ? Ou encore George Pickett, qui se trouvait dans une garnison fédérale la dernière fois que George avait entendu parler de lui. C'étaient de bons officiers, même s'ils n'avaient pas pu ou voulu résoudre une crise qui s'était à présent transformée en combat. A vrai dire, George se sentait aussi coupable qu'eux d'avoir abandonné le problème aux tâcherons politiques et aux braillards de bar.

Se remettant à écouter l'orateur, il entendit :

— ... ancien combattant au Mexique, industriel éminent, généreux employeur...

« Ce n'est pas comme cela que tu soulèveras la salle, Blane. »

A peine cette pensée l'avait-elle traversé que George

en eut honte. « Je suis devenu un affreux cynique. » Il se pencha vers son voisin, lui murmura à l'oreille :

— J'ai mal suivi, je préparais mon intervention. Il a dit que j'ai fait West Point ?

L'homme secoua la tête. L'omission irrita George mais ne le surprit pas. L'école, qu'on avait toujours jugée à tort prosudiste, était encore plus impopulaire maintenant qu'un grand nombre de ses anciens avaient quitté l'armée régulière pour passer au Sud.

— ... Mr. George Hazard !

Il s'éclaircit la voix et s'avança sous les applaudissements, prêt, pour les besoins de la cause, à débiter de beaux mensonges sur les joies de la guerre.

11

A mi-hauteur de la colline, Brett ralentit le buggy. Le courage et la force qui l'avaient soutenue pendant l'incident avec les deux brutes l'abandonnaient. Elle souffrait à nouveau, et plus douloureusement encore, de l'absence du seul être capable de l'aider à traverser ces temps difficiles. Elle comprenait que Billy devait aller là où le devoir l'appelait, elle avait promis de le suivre. Mais sa détermination faiblissait, l'altercation avec les deux ivrognes avait en quelque sorte percé son armure.

Tandis qu'elle laissait le cheval marcher au pas, un sentiment de défaite, de solitude s'emparait d'elle. Tremblant un peu, elle ferma ses yeux embués de larmes, les rouvrit juste à temps pour empêcher la voiture de verser dans le fossé. Elle arrêta sa bête et demeura immobile dans la lumière aveuglante. L'air était si calme que les lauriers tant aimés des Hazard semblaient pétrifiés et un peu poussiéreux, là-haut au sommet de la colline. Brett aurait voulu être indifférente à l'animosité générale des gens de la ville mais n'y parvenait pas.

Se ressaisissant, elle agita les rênes et, lorsqu'elle arriva devant la grande écurie de Belvedere, elle avait totalement recouvré son calme. Résolue à ne pas souffler mot de l'incident, elle espérait que George n'en serait pas informé.

Lorsqu'il rentra chez lui, le reste de la famille était rassemblé pour le dîner. Il pénétra dans la salle à manger où Constance parlait à leur fille du ton amical mais ferme qu'elle réservait aux questions de discipline.

— Non, Patricia, tu ne peux pas dépenser ton argent de poche pour cela. Comme tu le sais, un œuf de marbre sert uniquement à rafraîchir les paumes d'une jeune fille trop excitée à un bal ou une réception. Il ne te serait donc d'aucune utilité avant plusieurs années.

— Carrie King en a un, fit Patricia, la lèvre boudeuse.

— Elle a treize ans — deux de plus que toi — et en paraît vingt.

— Elle se conduit comme si elle les avait, d'après ce que j'ai entendu dire, remarqua William avec un sourire salace.

Le commentaire amusa George mais il ne voulut pas le montrer et fronça les sourcils en regardant son fils, un beau et solide gaillard.

— Pardon d'être en retard, dit-il en s'arrêtant derrière la chaise de sa femme, je suis passé au bureau.

Explication familière en ces temps de production de guerre effrénée. Il la sentit remuer doucement sous la main affectueuse qu'il avait posée sur son épaule. Diable ! elle avait senti qu'il avait bu un verre.

— Ton discours a été applaudi ? demanda-t-elle tandis qu'il s'installait à l'autre bout de la longue table en bois.

— A tout rompre.

— Ne plaisante pas, je veux savoir.

Comme il répondait par un haussement d'épaules fatigué, elle ajouta :

— Parle-moi de la réunion, alors. Comment s'est-elle déroulée ?

— Comme on pouvait s'y attendre, soupira George tandis qu'une servante posait devant lui la soupe de tortue. On a voué les rebelles au désastre, agité le drapeau en paroles une bonne centaine de fois. Puis le politicien de Bethlehem a lu l'appel à s'engager et a récolté huit volontaires.

La soupe l'aida à se détendre, à réajuster son humeur à son univers domestique. Par-dessus sa cuillère, il regarda Constance à la dérobée et songea qu'il avait de la chance. Sa peau avait gardé le velouté du lait fraîchement écrémé, ses yeux bleus brillaient de ce même éclat qui l'avait charmé lorsqu'ils s'étaient rencontrés à Corpus Christi, à un bal donné aux officiers en route pour le Mexique.

Constance mesurait quelques centimètres de plus que son mari, ce qu'il considérait comme une incitation à se montrer digne d'elle. En dépit des prévisions méprisantes de Stanley, le fait qu'elle fût catholique pratiquante n'avait pas brisé leur couple. Les années passées à élever les enfants, à partager la même intimité, à supporter ensemble les ennuis avaient approfondi leur amour et maintenu vivace leur mutuelle attirance physique.

Patricia se trémoussait sur sa chaise, piquant son poisson de sa fourchette comme s'il était responsable du refus maternel.

— L'usine a produit beaucoup de couvre-nuques, aujourd'hui ? demanda George, adressant plus sa question à Brett qu'à quiconque.

Assise à sa gauche, les yeux baissés, les traits tirés, elle n'avait pas prononcé un mot depuis son arrivée.

— Pas mal, dit Constance.

En répondant, elle tendit le bras pour donner une chiquenaude à l'oreille de sa fille, qui cessa de martyriser son poisson.

A la fin du repas, George donna aux enfants la permission de quitter la table, adressa quelques mots à Constance puis suivit Brett dans la bibliothèque. Après avoir fermé les portes derrière lui, il annonça :

— J'ai appris l'incident.

— J'espérais que vous n'en sauriez rien, murmura sa belle-sœur avec lassitude.

— Notre ville est petite et, malheureusement, vous y attirez l'attention.

Brett soupira, feuilleta machinalement le journal posé sur ses genoux.

— C'était sans doute idiot de penser que personne n'en parlerait.

— D'autant que Fessenden et son cousin sont en état d'arrestation.

— Qui les a accusés ?

— Pinckney Herbert. Vous voyez, vous avez des amis à Lehig Station.

George alluma un cigare, informa Brett qu'il avait déjà ordonné le renvoi des forges de ses deux agresseurs et ajouta avec douceur :

— Je ne puis vous dire à quel point cette affaire me peine et suscite ma colère. Constance et moi nous soucions de vous autant que de n'importe quel autre membre de cette famille. Nous savons combien vous devez souffrir d'être loin de chez vous, séparée de votre mari...

Brett se leva d'un bond qui fit tomber le journal par terre et noua ses bras autour du cou de George comme une fille cherchant le réconfort paternel.

— Billy me manque tellement. J'ai honte de l'avouer...

— N'ayez pas honte, murmura George en lui tapotant le dos.

— Ma seule consolation, c'est de penser que je pourrai bientôt le rejoindre. Tout le monde dit que la guerre ne durera pas trois mois.

— Oui, tout le monde le dit, fit George. (Il la lâcha et tourna la tête pour lui masquer sa réaction.) Nous ferons de notre mieux pour que ces trois mois passent rapidement — sans autre incident. Je sais que ce n'était pas le premier. Vous êtes courageuse, Brett, mais ne livrez pas seule toutes les batailles.

— Tout ira bien, assura-t-elle en se forçant à sourire. Trois mois, ce n'est pas si long.

Que pouvait-il répondre ? Il s'excusa et quitta la pièce, laissant derrière lui un ruban de fumée bleue.

En haut, il trouva son fils marchant au pas dans le couloir en beuglant une chanson populaire où il était question de pendre Jeff Davis à un pommier. Il lui ordonna de se taire, le conduisit à sa chambre et lui fit faire des exercices de calcul pendant une demi-heure. Puis il passa le quart d'heure suivant avec Patricia, qu'il ne parvint pas à convaincre qu'elle n'était pas encore en âge d'avoir un œuf de marbre pour se rafraîchir les mains.

Au lit, vêtu de sa chemise de nuit, énervé par la chaleur malgré la brise pénétrant par les fenêtres, il tendit la main vers le renflement réconfortant des seins de sa femme et se serra contre son dos en lui racontant l'incident survenu devant le magasin Herbert.

— Elle compte sur la brièveté de la guerre pour voir rapidement cesser ce genre de choses, conclut-il.

— Moi aussi, George. Voilà des mois que je n'ai pas eu de nouvelles de père et je m'inquiète de le savoir au Texas. Tu sais qu'il n'a jamais caché sa haine pour l'esclavage et les propriétaires d'esclaves. Tout cela finira sûrement bientôt. Je ne puis croire que les Américains continueront longtemps à se battre entre eux. Il est déjà inconcevable qu'ils aient commencé.

— Comme dit Orry, nous avons eu trente ans pour empêcher la guerre et nous ne l'avons pas fait. Navré de décevoir les espoirs de Brett ou les tiens mais...

— Mais quoi ? Je t'en prie, finis ta phrase.

— Brett oublie que, en mai, Lincoln a réclamé quarante-deux mille hommes supplémentaires. Et pas pour une brève période. Les jeunes gens qui se sont portés volontaires au rassemblement se sont engagés pour trois ans.

— Je l'avais oublié moi aussi, murmura Constance. Tu ne crois pas à une guerre de courte durée ?

George hésita et finit par reconnaître :

— Si j'y croyais, j'aurais jeté le télégramme de Cameron dès sa réception.

12

TANDIS que Brett connaissait des ennuis aux Etats-Unis, son frère Cooper, sa femme et ses enfants arrivaient au terme d'un voyage en train en Grande-Bretagne.

Fumée et escarbilles s'engouffraient dans le compartiment de première classe par la fenêtre baissée où se relayaient Judah et Marie-Louise, les enfants. Cooper leur avait donné la permission mais Judith, son épouse, qui trouvait cela dangereux, se penchait en avant, le dos raide, pour les tenir tour à tour par la taille.

Assis en face d'elle, Cooper Main annotait au crayon un plan étalé sur ses genoux. Comme d'habitude, il avait l'air débraillé dans ses vêtements chics. C'étaient sa haute taille, son aspect efflanqué et son air de savant préoccupé qui donnaient cette impression. Judith avait une poitrine plate, des bras maigres, un long nez et une masse de cheveux blonds bouclés, caractéristiques que son mari jugeait toutes d'une extraordinaire beauté.

— Pa, il y a une rivière ! s'exclama Judah, le torse hors du compartiment, ses cheveux blonds brillant au chaud soleil de juillet.

— Laisse-moi voir, laisse-moi voir ! s'égosillait Marie-Louise, en se glissant à côté de son frère.

— Asseyez-vous immédiatement, tous les deux ! ordonna la mère. Vous voulez être décapités par ce pont ?

Les enfants se laissèrent tomber sur la banquette en protestant tandis que les losanges des poutrelles entrecroisées commençaient à défiler devant le compartiment. L'express de Londres passa dans un fracas métallique au-dessus de la Mersey, scintillant comme un champ d'éclats de miroir. Judah se releva, alla s'asseoir près de son père et lui demanda :

— On arrive bientôt à Liverpool ?

— Dans une demi-heure, environ.

Cooper replia le plan et songea à lui trouver une cachette dans ses bagages.

— On restera longtemps, papa ? voulut savoir Marie-Louise.

— Plusieurs mois, de toute façon.

— Le capitaine Bulloch sera à la gare ? dit Judith.

— C'est ce que signifiait la petite annonce du *Times*. Naturellement, il est possible qu'un agent de l'Union l'ait éliminé au cours des trois derniers jours.

— Cooper, tu ne devrais pas plaisanter. Des messages secrets dans les journaux, des espions ennemis partout — il n'y a pas là matière à plaisanterie, si tu veux mon avis.

— Peut-être pas, répondit Cooper. Mais on ne peut pas faire grise mine tout le temps, et si je prends mon travail au sérieux — de même que les incitations à la prudence que Bulloch formule dans sa lettre — je ne veux pas qu'il gâche notre voyage en Angleterre.

Il se pencha en avant, sourit en pressant le bras de sa femme et ajouta :

— Et surtout pas ton plaisir.

— Tu es adorable. Excuse-moi, je dois être fatiguée.

— Cela se comprend.

Ils avaient quitté King's Cross au milieu de la nuit et vu le soleil se lever sur les canaux paisibles d'une campagne verdoyante, sans parler ni l'un ni l'autre de leurs inquiétudes ou de leur mal du pays.

La famille avait pris à Savannah le dernier bateau en partance avant que le blocus de l'Union ne se referme sur les côtes du Sud. Le navire avait fait escale à Hamilton, aux Bermudes, avant de cingler sur Southampton. Depuis leur arrivée à Londres, ils avaient vécu à Islington dans des chambres minuscules mais on leur avait promis plus de confort à Liverpool, où Cooper devait assister l'agent principal de la Marine confédérée, arrivé quelques semaines plus tôt. Leur mission consistait à accélérer la construction de bâtiments corsaires destinés à perturber les transports maritimes yankees. Ce programme découlait d'une stratégie sensée : si la Confédération coulait ou capturait un bon nombre de navires marchands, les taux d'assurance grimperaient, l'ennemi serait contraint de retirer des bateaux de l'escadre affectée au blocus pour protéger son commerce.

Cooper était familier des questions maritimes car la mer le passionnait de longue date. Ne supportant ni la plantation familiale ni les querelles répétées avec son

69

défunt père à propos de l'esclavage et du droit des Etats, il s'était rendu à Charleston pour diriger une petite société de transports maritimes peu prospère dont Tillet Main était entré en possession presque par hasard. Par sa détermination et son travail, Cooper avait fait de la *Carolina Shipping Company* la plus moderne des lignes du Sud et lui avait assuré un taux de profit à peine moins élevé que celui de sa rivale, plus importante mais plus conservatrice : *John Fraser et Company*. Cette firme était à présent dirigée par George Trenholm, autre millionnaire *self-made man*, et son bureau de Liverpool, opérant sous le nom de *Fraser et Trenholm*, alimenterait secrètement en fonds les activités illégales que Cooper allait entreprendre.

Avant la guerre, sur un terrain dominant le port de Charleston, Cooper s'était attelé à son grand rêve : la construction d'un bateau conçu sur le modèle des immenses bâtiments en fer d'Isambard Kingdom Brunel, l'ingénieur britannique de génie que Cooper avait rencontré deux fois. Il voulait prouver que le Sud pouvait avoir des chantiers navals, que sa prospérité ne dépendait pas uniquement de la sueur coulant des peaux noires.

Tandis que les braillards réclamaient une sécession, il avait travaillé tranquillement. Trop tranquillement et trop lentement. La construction du *Star of Carolina* avait à peine commencé lorsque les batteries sudistes avaient ouvert le feu sur Sumter. Cooper s'était engagé dans la Marine confédérée et avait entendu dire récemment que son bateau avait été démonté pour utiliser ses plaques de fer à d'autres fins.

La fascination de Cooper pour la construction navale l'avait aidé à oublier les doutes que lui inspirait la cause sudiste. Longtemps il avait considéré que le Sud commettait une grossière erreur en ne reconnaissant pas l'essor industriel mondial et en s'accrochant à un système agraire reposant sur la servitude humaine. A présent, il admettait que, d'un point de vue réaliste, le problème ne pouvait se ramener à un énoncé aussi simple. Mais il n'en continuait pas moins à soutenir que quelques dirigeants riches et influents avaient poussé le Sud vers le désastre, d'abord en refusant un compromis sur l'esclavage, ensuite en prônant la sécession. Les abolitionnistes yankees avaient aussi fait leur part du travail en couvrant le Sud d'insultes pendant trente ans — et le fait que ces insultes eussent un fondement justifié ne les rendait pas plus supportables. Il en était résulté un affrontement que des hommes honnêtes comme son frère Orry et son vieux camarade George Hazard ne voulaient pas mais ne savaient comment empêcher. Cooper pensait que les hommes de bonne volonté des deux camps (il se comptait parmi eux) n'avaient pas eu le pouvoir d'intervenir mais avaient aussi manqué d'initiative.

Lorsque le conflit avait éclaté, un étrange changement s'était produit. Bien que détestant la guerre et ceux qui l'avaient provoquée, Cooper s'aperçut qu'il nourrissait un amour plus fort encore pour sa Caroline natale. Il remit donc sa compagnie de transports maritimes au nouveau gouvernement confédéré et prévint sa femme qu'il devait se rendre en Angleterre.

L'attitude de la Grande-Bretagne à l'égard de la Confédération était complexe, pour ne pas dire confuse. Aussi confuse, selon Cooper, que la politique étrangère du gouvernement Davis. Le Sud avait besoin d'importer des biens de consommation et du matériel de guerre qu'il pouvait acheter avec son coton mais le président avait décidé de retirer la production sudiste des marchés étrangers afin de provoquer une pénurie dont souffriraient les usines textiles d'Europe. Il espérait imposer ainsi la reconnaissance diplomatique de la nouvelle nation mais, pour l'instant, il n'avait obtenu qu'un demi-succès : tandis que Cooper traversait l'Océan, la Grande-Bretagne avait reconnu les Etats confédérés comme belligérants dans une guerre avec le Nord.

Si l'obtention d'une pleine reconnaissance dépendait de l'habileté des trois commissaires que Toombs, le secrétaire d'Etat, avait envoyés en Europe, Cooper doutait fort qu'elle pût être assurée. Rost et Mann étaient des médiocres et Yancey, l'un des premiers « cracheurs de feu », avait des positions si extrêmes que le gouvernement confédéré ne voulait plus de lui. Sa nomination en Grande-Bretagne équivalait à un exil. Un rustre coléreux n'était guère la personne indiquée pour discuter avec lord Russell, le ministre britannique des Affaires étrangères.

En outre, l'ambassadeur de Washington, Charles Francis Adams, passait pour un fin diplomate et exerçait des pressions sur le gouvernement de la reine pour l'empêcher de reconnaître la Confédération. Cooper avait été prévenu qu'Adams et ses consuls entretenaient un réseau d'espions pour contrecarrer le type même d'activités illégales qui l'amenaient à Liverpool.

— Lime Street ! Lime Street Station, annonça un employé dans le couloir avant de passer à un autre compartiment.

Par-dessus le mur de pierre le long duquel le train roulait en haletant, Cooper aperçut les cheminées et les toits très pentus de rangées de maisons noircies de poussière, d'un aspect solide rassurant. Cooper aimait la Grande-Bretagne et les Britanniques. Toute nation capable d'engendrer un Shakespeare et un Brunel, un Drake et un Nelson, méritait l'immortalité. Malgré les dangers possibles de cette affectation à Liverpool, il se sentit tout joyeux lorsque le train s'arrêta enfin à la gare de Lime Street.

— Judith, les enfants, suivez-moi.

Descendu le premier du compartiment, il héla un porteur. Tandis que ce dernier s'occupait des bagages, un homme ayant plus de poils sur les joues et le menton que de cheveux sur son crâne rond fendit la foule en direction de Cooper. Il avait une allure aristocratique, une mise élégante mais discrète.

— Mr. Main ? fit-il à voix basse, bien que le brouhaha et le sifflement de la vapeur eussent empêché quiconque d'autre de l'entendre.

— Capitaine Bulloch ?

James D. Bulloch, de Géorgie et de la Marine confédérée, souleva son chapeau.

— Mrs. Main, les enfants. Bienvenue à Liverpool. J'espère que le voyage n'a pas été trop éprouvant ?

— Les enfants ont regardé le paysage une fois le soleil levé, répondit Judith avec un sourire.

— J'ai passé une grande partie du trajet à étudier les dessins que vous m'avez envoyés à Islington, ajouta Cooper.

Ils lui avaient été remis par un homme prétendant apporter des échantillons de papier mural.

— Un fiacre nous attend pour nous emmener chez Mrs. Donley, dans Oxford Street, déclara le capitaine. Vous n'y resterez que le temps de trouver un logement plus vaste.

Bulloch avait adressé la remarque plus particulièrement à Judith sans pour autant cesser de jeter des coups d'œil autour de lui, scrutant les visages, les fenêtres des compartiments, les coins de la gare.

— Le quartier de Crosby vous plaira peut-être, dit-il en entraînant les Main vers la sortie.

De sa canne à pommeau d'or, il écarta trois gamins à la face triste proposant des plateaux de fruits gâtés. Puis les Main s'entassèrent dans le fiacre tandis que Bulloch, resté sur le trottoir, inspectait la foule. Il finit par monter à son tour, frappa de sa canne le toit de la voiture, qui démarra.

— Il y a beaucoup à faire ici, Main, mais je ne veux pas vous bousculer. Je sais qu'il vous faut du temps pour vous installer...

— Le pire, c'était d'attendre à Londres, assura Cooper. Je ne demande qu'à commencer.

— Très bien. Vous rencontrerez d'abord Prioleau, qui dirige *Fraser et Trenholm* à Rumford Place. Je veux aussi vous présenter John Laird et son frère mais il faudra prendre des précautions. Mrs. Main, vous comprenez les problèmes dont nous parlons, n'est-ce pas ?

— Je le pense. Les lois sur la neutralité interdisent la construction dans des chantiers britanniques de navires de guerre destinés à une quelconque autre puissance avec laquelle la Grande-Bretagne est en paix.

— Tout à fait exact. Cooper, mon vieux, vous avez épousé une femme intelligente. Ces lois s'appliquent aussi aux Yankees mais ils n'ont pas besoin comme nous des chantiers anglais. Le problème consiste donc pour nous à construire et à armer un bâtiment sans que le gouvernement anglais le sache ou intervienne. Par bonheur, la législation présente une faille dans laquelle nous pouvons nous glisser si nous en avons le courage. Un homme de loi d'ici dont j'ai loué les services me l'a exposée et je vous répéterai ses explications en temps utile.

— Les armateurs anglais enfreindront-ils les lois sur la neutralité ? demanda Judith.

— Les Anglais sont aussi des hommes, Mrs. Main. Certains d'entre eux le feront s'ils y trouvent leur compte. En fait, ils reçoivent plus d'offres qu'ils ne peuvent en satisfaire. Il y a en ville des messieurs qui n'ont rien à voir avec notre marine et veulent néanmoins faire construire des bateaux.

— Pour forcer le blocus ? dit Cooper.

— Oui. A propos, avez-vous rencontré l'homme pour qui nous travaillons ?

— Mallory, le ministre ? Pas encore. Tout s'est fait par lettre.

— Intelligent, cet homme, déclara Bulloch. Quelque peu défaitiste, toutefois.

Il n'était pas dans la nature de Cooper de permettre un malentendu sur une question aussi importante.

— Je l'étais aussi, capitaine.

Bulloch fronça les sourcils.

— Vous voudriez voir se reconstituer l'ancienne Union ?

— J'ai dit que je l'étais, capitaine. Mais, puisque nous devons collaborer étroitement, je dois être franc. Je déteste cette guerre, je déteste particulièrement les imbéciles des deux camps qui l'ont provoquée. Toutefois, j'ai décidé de demeurer fidèle au Sud et mes convictions personnelles n'interféreront en rien dans mon travail, je vous le promets.

— Je ne puis en demander davantage, dit Bulloch.

Désirant cependant quitter ce terrain glissant, il complimenta les Main sur la beauté de leur progéniture puis leur montra fièrement une petite photo d'un bébé, son neveu Theodore. Sa mère, la sœur de Bulloch, avait épousé l'héritier d'une vieille famille de New York, les Roosevelt.

— Je suppose qu'elle a des raisons de le regretter, maintenant, soupira le capitaine. Ah ! voici Mrs. Donley.

Bulloch descendit le premier pour déplier le marchepied du fiacre, Cooper aida Judith et les enfants tandis que le cocher s'occupait des malles attachées sur le toit. La voiture s'était arrêtée en face du numéro 6 d'une rangée de maisons en brique contiguës et toutes semblables. Une silhouette décrépite vêtue d'une jupe crasseuse et d'un chandail rapiécé s'avança.

Des cheveux gris en baguettes de tambour dépassaient du foulard de la femme, qui portait sur l'épaule un sac de chiffonnier. En passant, elle examina Cooper avec une insistance aussi étrange que son visage sans rides.

— Pardon, mon prince, marmonna-t-elle en s'éloignant.

Bulloch fit tournoyer sa canne et, de son autre main, saisit les cheveux de la chiffonnière. Le geste fut si soudain que Marie-Louise se précipita vers sa mère en criant. Bulloch tira ; cheveux gris et foulard tombèrent, révélant des boucles blondes.

— Ta perruque t'a trahie, Betsy. Dis à Dudley d'en acheter une meilleure la prochaine fois. File, maintenant !

Le capitaine brandit sa canne d'un air menaçant et la jeune femme recula, crachant des injures. En anglais, supposa Cooper, bien qu'il ne comprît pas un mot. Bulloch fit un pas vers la fausse pauvresse, qui déguerpit vers le coin de la rue et disparut.

— Qui diable était-ce ? s'exclama Cooper.

— Betsy Cockburn, une catin qui traîne dans un pub proche de Rumford Place. Elle fait partie des espions de Tom Dudley, je crois.

— Qui est Dudley ?

— Le consul yankee à Liverpool.

— En quel baragouin nous a-t-elle insultés ? voulut savoir Judith.

— En *scouse*. L'équivalent liverpoolien du *cockney*. J'espère que nul d'entre vous n'a compris.

D'un toussotement, le capitaine marqua son souci des sensibilités délicates.

— Pas un traître mot, assura Judith. Mais j'ai peine à croire que cette malheureuse créature soit une espionne.

— Dudley recrute ce qu'il peut — la lie des docks, essentiellement. Il ne choisit pas ses agents pour leur intelligence.

Bulloch épousseta sa manche, se tourna vers Cooper et poursuivit :

— Il se moque probablement que nous ayons percé à jour ce déguisement ridicule. Son but, c'était que cette femme s'approche suffisamment pour bien examiner votre visage. Dudley a eu vent de votre arrivée d'une manière ou d'une autre, un de mes informateurs me l'a appris hier. Mais je ne pensais pas que vous seriez repéré si vite...

La phrase s'acheva en un soupir de dépit.

— Enfin, reprit Bulloch, c'est une leçon sur la façon dont les choses se passent à Liverpool. Dudley n'est pas un ennemi à prendre à la légère. Cette souillon est inoffensive mais certains de ses autres sbires ne le sont pas.

Judith coula un regard inquiet à son mari.

— Si nous allions voir nos nouveaux quartiers ? proposa Cooper d'un ton enjoué.

Mais, en s'avançant vers le perron, il inspecta les deux bouts de la rue.

13

LES funérailles de Starkwether se déroulaient sous la pluie, dans un petit cimetière de la banlieue de Georgetown, loin des quémandeurs de poste et autres canailles du monde politique.

L'eau dégouttait de la visière du képi d'Elkanah Bent et mouillait son manteau bleu foncé à brandebourgs noirs. D'ordinaire, il aimait porter ce vêtement doublé extérieurement d'une courte cape, adopté par l'armée en 1851 d'après un modèle français. Il pensait qu'il masquait un peu son obésité et lui donnait de l'allure. Mais en ce jour sombre, déprimant, il n'éprouvait aucun plaisir.

Sous le vélum protégeant la tombe ouverte et la pelouse environnante, une quinzaine de personnes s'étaient rassemblées. Bent se trouvait trop loin pour identifier la plupart d'entre elles (il avait attaché son cheval à cinq cents mètres de là et était venu se poster derrière une grande croix en marbre) mais celles qu'il connaissait témoignaient de l'importance de son père. Ben Wade, puissant sénateur républicain de l'Ohio, était présent. Scott s'était fait représenter par un officier supérieur d'état-major, et Chase, l'ami des nègres, avait envoyé sa jolie fille. Le représentant du président était un moustachu à longs cheveux nommé Lamon.

Bent éprouvait plus de ressentiment que de chagrin. Même dans la mort, son père le tenait à distance.

Des croque-morts attendaient autour du cercueil lourdement orné, prêts à le descendre dans la fosse. Le prêtre parlait mais Bent ne pouvait l'entendre à cause de la pluie tambourinant sur les feuilles. Le cimetière, planté de nombreux arbres, était sombre comme une grotte. Comme lui.

Selon la presse, un service religieux avait eu lieu dans la matinée à Washington mais Bent n'avait pas davantage pu y assister. Sans aucun doute, tout avait été organisé par Dills, le petit avocat qui se tenait près de la tombe, entre deux civils d'allure fort prospère. Bent méprisait l'homme de loi mais n'avait pas voulu le mettre dans de mauvaises dispositions à son égard en se montrant. C'était par Dills que Heyward Starkwether avait communiqué avec son fils illégitime et lui avait donné de l'argent. C'était à Dills que Bent s'était adressé en cas d'urgence. Jamais en personne après leur première et unique rencontre ; toujours par écrit.

Le prêtre leva une main solennelle, le cercueil descendit dans la terre. De toute sa vie d'adulte, Bent n'avait vu son père qu'à deux reprises, chaque fois pour échanger avec gêne quelques banalités entre de longs silences. Il avait gardé le souvenir d'un homme séduisant, réservé, manifestement intelligent et qui ne souriait jamais.

Les yeux de Bent s'embuèrent lorsque le cercueil disparut. Pourquoi Starkwether ne l'avait-il pas reconnu ? Avoir un bâtard n'était plus maintenant considéré comme un péché grave. Alors pourquoi ? Il haïssait ce père — qu'il pleurait en même temps — parce qu'il avait laissé cette question et tant d'autres sans réponse.

D'abord, qui était la mère de Bent ? Pas la femme de Starkwether, morte depuis longtemps. Cela au moins Dills le lui avait dit, en le prévenant de ne plus jamais reposer la question. Comment l'avocat avait-il osé le traiter de cette façon ? Lors de leur seule entrevue, Dills avait daigné expliquer pourquoi Starkwether ne pouvait avoir de relations avec son fils. Ceux qui le payaient exigeaient qu'il eût une vie irréprochable et n'attirât jamais l'attention sur lui par ses propos ou ses actes. Bent, qui n'avait pas cru cette histoire, le soupçonnait d'avoir une raison plus simple et plus cruelle de l'abandonner. Starkwether n'avait pas eu d'enfant légitime ; c'était probablement un de ces carriéristes égoïstes trop occupés pour remplir un rôle de père.

Bent eut l'impression que Dills, qui parlait aux deux civils, regardait dans sa direction et il battit prudemment en retraite en s'efforçant de rester caché par la croix. Il heurta un piédestal soutenant un angelot, faillit tomber et poussa un cri en se rattrapant à la pierre humide.

L'avait-on entendu ?

Personne ne réagit. Lorsqu'il eut retrouvé son sang-froid, Bent retourna à l'endroit où il avait attaché son cheval et partit. Bientôt il remonta au petit trot une route boueuse longeant le campus du Georgetown College, où des sentinelles solitaires montaient la garde autour des tentes de la 69e milice de New York.

Il éprouvait encore de l'affliction mais ce sentiment cédait peu à peu la place à la colère. Fichu bonhomme !

Quelle idée de mourir maintenant ! Il fallait que quelqu'un intervienne pour empêcher son affectation dans le Kentucky.

Sa détresse le conduisit au *Willard*, où il commanda un solide dîner au milieu de l'après-midi : depuis son enfance, la nourriture lui tenait lieu de calmant. Cette fois, pourtant, elle ne l'apaisa pas et il continua à ruminer son ressentiment contre son père. Starkwether s'était même refusé à lui donner son nom et avait exigé que le petit garçon qu'il était prenne celui de la famille à laquelle il avait été confié.

Les Bent étaient des paysans sachant à peine lire et écrire qui exploitaient une ferme à Felicity, village perdu de l'Ohio. Le fils de Starkwether était trop jeune alors pour se rappeler son arrivée là-bas. Ou peut-être avait-il chassé ce souvenir de sa mémoire. Seules les scènes les plus douloureuses de cette époque étaient restées gravées en lui.

Mrs. Bent avait de nombreux parents dans le Kentucky, de l'autre côté du fleuve et lorsqu'elle ne traînait pas Elkanah en visite chez l'un d'eux, elle lui lisait la Bible à voix haute ou lui décrivait à voix basse la saleté du corps et de l'âme, de la plupart des actes et des désirs de l'homme. Lorsqu'il avait treize ans, elle l'avait surpris se livrant au plaisir solitaire et l'avait fouetté jusqu'au sang. Pas étonnant que Fulmer Bent, son mari, passât plus de temps dehors que chez lui. C'était un être renfermé que seul semblait amuser le spectacle de son bétail en train de s'accoupler.

Les années à Felicity avaient été les plus noires de la vie de Bent, non seulement parce qu'il exécrait ses parents adoptifs mais aussi parce qu'il avait appris, à quinze ans, que son vrai père était vivant et ne pouvait le reconnaître. Auparavant, il avait supposé que son père était un parent mort des Bent dont ils avaient honte pour une raison quelconque : ils se montraient toujours évasifs quand l'enfant leur posait des questions à ce sujet.

Ce fut Dills qui fit le long voyage de Washington à l'Ohio pour s'assurer que Bent était bien traité et lui révéler la vérité. L'avocat prit le garçon à part et lui parla longuement, avec tact, voire avec douceur, sans soupçonner un instant que ses propos blessaient profondément le jeune Elkanah. Plus tard, malgré l'aide et l'argent que Starkwether lui prodigua, Bent éprouva toujours de la rancœur à l'égard de son père.

Bien avant que Starkwether ne le fasse entrer à West Point, Bent rêvait de gloire militaire. Dans une librairie de Cincinnati où il traînait un jour tandis que Fulmer vendait ses bêtes, il avait acheté pour quelques sous une biographie sale et déchirée de Napoléon. Par la suite, avec l'argent que Dills lui envoyait deux fois par an, il acheta, lut et relut des livres sur Alexandre, César, Scipion l'Africain, mais Napoléon demeura son modèle.

Devenir le Bonaparte américain au Kentucky ? Il avait plus de chance d'y devenir un cadavre ! Le Kentucky était un Etat revendiqué par les deux camps ; la moitié de ses hommes avait rejoint l'Union, l'autre la Confédération. Et Lincoln se gardait d'importuner les propriétaires d'esclaves de l'Etat pour ne pas les inciter à faire sécession. Non, pas question d'aller dans un endroit pareil.

Les joues luisantes de sueur, il réclama au serveur un autre quartier de tarte, l'avala et se renversa sur sa chaise, les lèvres barbouillées de sucre. Gavé, il se sentit mieux, capable de réfléchir et de dresser des plans. Il croyait encore avoir un grand avenir dans l'armée — à condition de ne pas mourir au Kentucky. Un seul homme pouvait à présent intervenir en sa faveur. On avait formellement interdit à Bent de le rencontrer en personne mais à situation désespérée, mesures désespérées.

Le bureau de Jasper Dills donnait sur la 7e Rue, centre commercial de la ville. Tapissée de livres, la pièce était petite, étriquée, sans rapport avec la richesse et l'influence de celui qui l'occupait.

Bent eut quelque mal à glisser son gros derrière dans le fauteuil qu'un employé lui avait présenté. Il avait revêtu pour l'occasion son uniforme d'apparat mais l'expression de Dills indiquait que c'était en vain.

— Je croyais vous avoir fait comprendre que vous ne deviez en aucun cas venir ici, colonel.

— Il y a des circonstances atténuantes.

Dills haussa un sourcil, ce qui anéantit presque son visiteur affolé.

— J'ai besoin de votre aide de toute urgence.

L'avocat trempa une plume dans l'encre, se mit à dessiner sur la feuille de papier posée au milieu du bureau.

— Vous savez bien que votre père ne peut plus vous aider, dit-il en se concentrant sur l'étoile qu'il venait de faire apparaître. Vous avez rôdé autour du cimetière, aujourd'hui — ne niez pas, je vous ai vu. C'était une faute pardonnable...

Dills barra l'étoile d'un trait, leva la tête.

— Celle-ci ne l'est pas.

Bent rougit, effrayé et furieux à la fois. Comment cet homme osait-il le défier ? Jasper Dills avait soixante-dix ans, il ne mesurait pas plus d'un mètre soixante, il avait des mains et des pieds d'enfant.

— Je... je vous supplie de comprendre ma situation, commença Bent.

En quelques phrases confuses, il s'expliqua, tandis que l'avocat continuait à griffonner. Dans la lumière trouble tombant de la fenêtre aux vitres sales, Dills semblait avoir la jaunisse. A la fin de la plaidoirie de Bent, il fit attendre sa réponse une dizaine de secondes.

— Je ne comprends toujours pas pourquoi vous êtes venu me voir, colonel. Je n'ai aucune raison de vous aider. En ma qualité d'exécuteur testamentaire de votre père, j'ai pour seule obligation de suivre ses instructions verbales en continuant à vous verser de généreuses allocations annuelles.

— Cet argent ne me servira à rien si on m'envoie mourir au Kentucky !

— Qu'y puis-je ?

— Faites changer mon affectation. Vous l'avez déjà fait, vous ou mon père. Ou était-ce ses employeurs ?

La remarque porta : Dills se raidit perceptiblement. Le bluff, maintenant.

— Oui, je sais deux ou trois choses sur eux. J'ai

entendu des noms. J'ai rencontré deux fois mon père, ne l'oubliez pas. Pendant plusieurs heures chaque fois.
— Colonel, vous mentez.
— Vraiment ? Alors mettez-moi à l'épreuve. Si vous refusez de m'aider, je parlerai à des gens que les noms des employeurs de mon père intéresseront...

L'avocat garda le silence et Bent fut sûr d'avoir gagné.
— Colonel Bent, dit enfin Dills, vous avez commis deux erreurs. La première, je le répète, fut de venir ici ; la seconde, c'est cet ultimatum. (Il posa sa plume sur ses gribouillis.) Si j'apprends que vous avez cherché à rendre publics vos liens avec mon regretté client, ou à ternir sa réputation en utilisant des noms que je doute fort que vous connaissiez, vous mourrez dans les vingt-quatre heures. Au revoir, cher monsieur, conclut l'homme de loi avec un sourire.

Il se leva, alla prendre un livre sur un des rayonnages. Bent bondit, fit le tour du bureau en s'écriant :
— Comment osez-vous menacer le propre fils de...
Dills se tourna, referma le livre avec un claquement sec.
— J'ai dit au revoir.
En descendant le long escalier menant à la rue, Bent entendit une voix intérieure crier en lui : « Il ne bluffait pas, il le ferait. »

Dans son bureau, Dills remit le livre à sa place et retourna s'asseoir. Il remarqua que ses mains tremblaient et s'irrita de cette réaction, totalement injustifiée. Certes, les employeurs de son ancien client tenaient à garder leurs noms secrets mais il était sûr que Bent les ignorait. En outre, l'homme était manifestement un couard, donc facile à intimider. Grâce à certaines des relations de Starkwether, Dills aurait pu aisément s'arranger pour que Bent reçoive une balle de fusil. Dans le Kentucky, on eût pu même faire croire à l'acte d'un rebelle. Cette opération aurait été au détriment financier de l'avocat mais cela, Bent l'ignorait.
Que deux êtres ayant une personnalité aussi forte aient pu engendrer un fils aussi faible et tortueux

qu'Elkanah Bent le confondait. Né misérable dans une région de forêt de l'Ouest, Starkwether était doué de finesse et d'ambition. De son côté, la mère de Bent appartenait à une grande famille. Et regardez le résultat !

Incapable de chasser le visiteur de son esprit, Dills prit dans la poche de son gilet une petite clef en bronze, ouvrit un tiroir de son bureau, en sortit un trousseau de neuf grosses clefs et glissa l'une d'elles dans la serrure du placard. Dans la pénombre, il se servit d'une autre clef pour ouvrir une boîte métallique contenant une unique chemise.

Dills examina la lettre qu'il avait lue pour la première fois quatorze ans plus tôt. Starkwether, malade, la lui avait confiée définitivement en décembre dernier. L'avocat parcourut rapidement le recto puis le verso de la lettre, s'arrêta sur la signature et, une fois de plus, le nom célèbre lui fit le même effet. Dills était étonné, stupéfait, impressionné. Il relut un des passages du document :

Vous vous êtes servi de moi puis vous m'avez quittée, Heyward. Je dois avouer y avoir pris un certain plaisir et ne puis me résoudre à abandonner totalement le fruit de ma faute. Sachant quelle sorte d'homme vous êtes et ce qui vous intéresse vraiment, je suis prête à vous verser chaque année une somme substantielle à la condition que vous preniez la responsabilité de cet enfant, que vous l'aidiez — pas forcément par des prodigalités — mais surtout que vous le guidiez de manière à empêcher toute action, de sa part ou de quiconque d'autre, pouvant conduire à la découverte de ses liens avec nous. Dois-je ajouter que vous ne devez jamais lui révéler mon identité ? Si cela se produisait, quelle qu'en soit la raison, le paiement de l'allocation cesserait immédiatement...

Dills s'humecta les lèvres en songeant qu'il aurait voulu rencontrer cette femme, fût-ce une heure. Avoir un bâtard eût sali son nom, gâché toutes les possibilités qui lui étaient offertes. Elle avait eu l'intelligence de le comprendre à dix-huit ans. Pensant au mariage magnifique qu'elle avait fait, l'avocat tourna à nouveau la lettre pour regarder la signature. Ce pauvre Bent s'effondrerait probablement s'il apprenait ce nom.

Le paragraphe qui terminait le document concernait directement l'homme de loi :

... Enfin, si vous veniez à mourir, cette allocation serait versée à un avocat de votre choix tant que le garçon vivra et que les conditions exposées ci-dessus seront respectées.

L'air pensif, Dills retourna à son bureau et trempa à nouveau sa plume dans l'encrier. Vivant, le fils de Starkwether représentait pour lui une importante source de revenu ; mort, il ne valait pas un sou. Sans intervenir trop directement, il devrait peut-être s'arranger pour que Bent échappe à cette dangereuse affectation dans l'Ouest.

Oui, c'était décidé. Demain, il en parlerait à une de ses relations au ministère de la Guerre. Il griffonna quelques mots sur une feuille de papier, la plia et la glissa dans la poche de son gilet. Voilà qui était réglé pour Elkanah Bent. D'autres dossiers réclamaient son attention.

Les employeurs de Starkwether étaient devenus les siens et s'intéressaient à une éventuelle sécession de New York. C'était une idée époustouflante : une ville-Etat séparée, commerçant librement avec les deux camps dans une guerre dont ces messieurs contrôleraient dans une certaine mesure la durée. Des hommes politiques puissants, dont le maire Fernando Wood, avaient déjà prôné publiquement une sécession de la ville. Dills cherchait des précédents et préparait un rapport sur les conséquences possibles. Il rangea la lettre dans la boîte et, après avoir tourné les trois clefs dans les trois serrures, se remit au travail.

14

— QUELLE erreur avons-nous donc commise ? maugréa George en expédiant son mégot de cigare devant le bâtiment du bureau situé au cœur de l'immense usine.

— Je n'en sais franchement rien, répondit Christopher Wotherspoon.

C'était l'heure du changement d'équipe et des centaines d'ouvriers se croisaient dans l'allée de terre battue. George Hazard ne cherchait pas à leur masquer sa colère : la plupart d'entre eux avaient de toute façon entendu exploser le prototype sur le terrain d'expérimentation ménagé à flanc de colline, dans un coin reculé du domaine. Le gros canon à âme lisse, coulé autour d'un noyau refroidi par eau selon la méthode de Rodman, avait fracassé son affût en bois et projeté des morceaux de fer longs comme des dagues contre l'épaisse palissade protégeant les observateurs.

— Je n'en sais rien, répéta le directeur des forges.

C'était le second échec de la semaine.

— Bon, nous essayerons à nouveau en changeant la température, décida George. Nous recommencerons autant de fois qu'il faudra. Le gouvernement réclame à cor et à cri de l'artillerie pour protéger la côte est, et l'une des plus anciennes fonderies d'Amérique n'est même pas capable de produire un seul canon en état de marche !

— Nous n'avons jamais fabriqué de canons, plaida Wotherspoon.

— Mais nous devrions maîtriser la...

— Nous la maîtriserons, assura le directeur. Nous livrerons à la date prévue des canons donnant satisfaction. Mr. Stanley nous a aidé à obtenir le contrat et je ne veux pas le mécontenter.

— Je me demande bien pourquoi, grogna son patron. Tu pourrais l'allonger d'un seul coup de poing.

— Ce serait une perte de temps et nous n'en avons pas à gaspiller.

La plaisanterie n'améliora pas l'humeur de George,

qui sut cependant gré au jeune Ecossais de son effet. Wotherspoon connaissait les raisons de l'impatience de son employeur : impossible de quitter l'usine ou même de réfléchir sérieusement à la proposition de Cameron avant d'être sûr que la firme était en mesure de remplir le contrat.

George ne doutait pas que son entreprise en fût capable. Il avait vérifié plusieurs fois les calculs avec son directeur — et Wotherspoon était méticuleux. C'était une des raisons pour lesquelles George avait assuré un avancement aussi rapide au jeune célibataire.

Agé de trente ans, mince, la diction lente, Wotherspoon avait un regard triste, des cheveux châtains ondoyants et une ambition sans pitié cachée sous des manières irréprochables. Il avait fait son apprentissage dans une usine métallurgique agonisante appartenant aux successeurs de la grande famille Darby, à Coalbrookdale, dans la vallée de la Severn, la région même d'Angleterre que le fondateur de la famille Hazard avait fuie à la fin du XVIIe siècle. La métallurgie de la Severn perdant sa position dominante, Wotherspoon avait choisi d'émigrer en Amérique et était arrivé quatre ans plus tôt à Lehig Station, en quête d'un emploi, d'une femme et de la fortune. Il avait trouvé le premier, mais continuait à chercher le reste. Si l'Ecossais réussissait à résoudre l'énigme des coulées défectueuses, George pourrait lui confier l'usine sans inquiétude.

Il devait quitter Lehig Station pour servir son pays, cela ne faisait aucun doute. La seule question, c'était : Où ? En tirant quelques ficelles, il obtiendrait certainement le commandement d'un régiment. Cette idée ne le séduisait guère, non parce qu'il avait peur mais parce qu'il était convaincu que son expérience serait plus utile dans le Matériel — ce qui voulait dire Cameron, Stanley et Isabel. Un choix peu engageant.

— Pourquoi ne rentrez-vous pas, George ? suggéra Wotherspoon. (Pendant longtemps, l'Ecossais avait appelé son patron « monsieur » mais leur amitié grandissante et l'insistance de George l'avaient décidé à l'appeler par son prénom.) Je reverrai les notes de Rodman une fois de plus. Je crois sans trop savoir pourquoi que l'erreur vient de nous. L'inventeur du procédé est lui aussi un ancien de West Point...

— Exact. Promotion 41.

— Alors, il ne peut se tromper, n'est-ce pas ?

Cette fois, George sourit. Il alluma un autre cigare, le serra entre ses dents et dit :

— N'essaie pas d'en convaincre les politiciens de Washington. Une moitié d'entre eux pensent que c'est l'Académie qui a provoqué la guerre. Dans sa dernière lettre, Stanley écrit que Cameron a l'intention de démolir l'école dans un rapport qu'il va rendre public. Et j'envisage de travailler pour lui ! Je dois être toqué.

Wotherspoon pressa les lèvres, ce qui était sa façon de sourire.

— Songez donc que vous aiderez peut-être plus West Point là-bas qu'ici.

— Cette idée m'est venue à l'esprit. Bonsoir, Christopher.

En se faufilant dans le flot d'ouvriers, George repensa à la lettre de son frère qui, sous couvert de lui donner des informations, n'avait en fait cherché qu'à l'exaspérer. Qualifiant l'Académie de « berceau de la trahison », Stanley citait le ministre, selon qui le manque de discipline et « un penchant sudiste » expliquaient pourquoi tant d'officiers de l'armée régulière étaient passés dans l'autre camp. George ne devrait même pas envisager de travailler pour un tel minable.

Toutefois, Wotherspoon lui avait donné une bonne raison de le faire, et l'avocat de George à Washington en avançait une autre. Dans deux lettres récentes, l'homme de loi soulignait que le pays avait besoin d'hommes de talent et d'honneur pour contrebalancer les bandes d'incapables déjà installés par leurs protecteurs politiques. Dieu merci ! il ne devait pas prendre une décision tout de suite.

Monter à Belvedere était fatigant dans l'air lourd et moite de la fin d'après-midi. George ôta sa veste d'alpaga noire, desserra sa cravate et respira profondément en marchant. Sur le chemin poussiéreux, il s'arrêta un instant pour regarder les collines et se rappela les leçons que sa mère avait essayé de lui inculquer. Il vit sur les sommets le symbole de la plus importante d'entre elles : le laurier, agité par le vent.

Sa mère, Maude, à présent décédée, comparait la famille Hazard à cette plante vivace, capable de résister à tous les temps. Le laurier, c'est une force née de l'amour, disait-elle. Seul l'amour peut élever les hommes au-dessus de la petitesse inhérente à leur nature.

Elle lui avait parlé du laurier quand il s'était demandé s'il devait faire venir Constance à Lehig Station, où l'on méprisait les catholiques. Et George avait répété à son frère Billy les paroles de sa mère quand Orry Main s'était temporairement opposé à son mariage avec Brett.

Opiniâtreté et amour. Peut-être serait-ce suffisant ? Il l'espérait de tout son cœur.

La chemise trempée de sueur, il reprit haleine dans la vaste véranda de Belvedere. Rentré plus tôt que d'habitude, il aurait le temps de se détendre dans un bain tiède en fumant un cigare. Il monta l'escalier, passa prendre dans la bibliothèque le cahier contenant ses notes sur le procédé Rodman.

— George ? Tu es en avance. Quelle bonne surprise !

Il tourna la tête vers la porte.

— Il me semblait bien t'avoir entendu, poursuivit Constance en entrant. Tu as l'air soucieux, que se passe-t-il ?

— La chaleur. C'est infernal, là-bas.

— Non, il y a autre chose. Les essais, n'est-ce pas ?

Avec une désinvolture affectée, George répondit :

— Oui. Nous avons encore échoué.

— Oh ! je suis désolée.

Elle se pressa contre lui, l'embrassa et il se sentit beaucoup mieux. C'était elle, le laurier.

— J'ai enfin eu des nouvelles de père, annonça Constance.

— Une lettre ?

— Oui, cet après-midi.

— Je sais que tu t'inquiétais à son sujet. Il va bien ?

— Comment te répondre ? Viens, je t'expliquerai pendant que tu boiras un verre de cidre frais.

Elle le prit par la main et il se laissa conduire hors de la bibliothèque. Après avoir lu la lettre, il comprit l'hésitation de son épouse.

— Je vois qu'il est écœuré du Texas, dit-il. Il y a dans le Sud beaucoup de choses qu'il aime, mais l'esclavage n'en fait pas partie. Tu crois que la Californie est une solution ?

— Je ne le pense pas. Monter un nouveau cabinet d'avocat à son âge...

— Cela ne lui poserait pas de problème.

Assis sur la table de la vaste cuisine, les jambes ballantes, George songeait au juriste rubicond qui avait quitté le comté de Limerick pour le golfe du Mexique. La cuisinière et ses aides travaillaient en bavardant comme si les Hazard n'avaient pas été là. Constance s'efforçait de maintenir dans la maison un climat détendu et, hormis les questions d'argent, il y avait peu de secrets à Belvedere.

George but une gorgée de cidre, nota que sa remarque n'avait pas rassuré sa femme et ajouta :

— Ton père est un homme coriace, qui sait s'adapter.

— Mais il aura soixante ans cette année. Et la Californie n'est pas un endroit sûr. J'ai lu dans le journal de ce matin que les Sudistes manigancent l'établissement d'une seconde confédération sur la côte du Pacifique.

— C'est une rumeur courante de nos jours. Aujourd'hui, c'est la Californie, demain Chicago.

— Je maintiens que ce voyage serait trop pénible, trop dangereux. Père est âgé et seul.

— Pas tout à fait, dit George en souriant. Il voyage toujours avec un compagnon sûr : ce colt au canon long de trente centimètres. Il ne le quitte jamais, il le portait même le jour de notre mariage. Et il sait s'en servir.

Mais Constance n'était pas tranquillisée :

— Je ne sais que faire.

George vida son verre, plongea son regard dans les yeux bleus qu'il aimait tant.

— Pardonnez mon impertinence, Mrs. Hazard, mais je ne pense pas que vous puissiez faire quoi que ce soit. Dans sa lettre, ton père ne sollicite pas une permission, il t'informe de son départ — et il l'a écrite le 13 avril. Il doit être en pleine Sierra, maintenant.

— Mon Dieu ! la date. Je ne l'avais pas remarquée.

Il sauta par terre, serra sa femme dans ses bras pour lui apporter le réconfort qu'elle lui avait donné dans l'instant d'avant. Ils sortirent de la cuisine, remontèrent et George commença à se déshabiller.

— Je m'excuse de m'être énervée, en bas, dit Constance tandis que George enlevait son caleçon mouillé de sueur.

— Ton inquiétude est compréhensible, répondit-il en la prenant à nouveau dans ses bras. C'est moi qui me suis montré sarcastique.

— Alors, nous sommes à égalité.

Elle noua ses bras autour du cou de George, l'embrassa longuement.

— Si on continue comme ça, pas de bain, murmura-t-il.

Constance renifla.

— Et pourtant tu en as grand besoin.

Avec un rugissement, il la renversa sur le lit, la chatouilla jusqu'à ce qu'elle demande grâce. Puis il se dirigea vers la salle de bains, s'arrêta sur le seuil de la porte, se retourna.

— Nous avons d'autres problèmes pour lesquels nous pouvons faire quelque chose. L'invitation de Cameron, par exemple.

— A toi de décider, George. Je ne tiens pas à me rapprocher plus que nécessaire de Stanley et Isabel mais je sais qu'il y a pour toi des considérations plus importantes.

— Malheureusement, soupira-t-il. Thad Stevens, le parlementaire, prétend Cameron capable de voler un poêle chauffé à blanc.

— J'ai une suggestion à te faire. Pourquoi ne pas aller à Washington pour discuter avec certains responsables du Matériel ? Cela pourrait t'aider à prendre une décision.

— Excellente idée. Toutefois, je dois d'abord régler le problème des coulées, répondit George. (Il resta un moment silencieux.) Tu crois que je pourrai supporter de travailler avec Stanley ? Je lui ai pris la direction de l'usine, je lui ai condamné ma porte — je l'ai même frappé. Il ne l'a pas oublié. Et Isabel est vindicative.

— Je ne le sais que trop. Il faut prendre tout cela en considération. Mais, si tu acceptes, je te rejoindrai le plus vite possible avec les enfants.

Il passa dans la salle de bains avec un hochement de tête trahissant son état d'esprit hésitant.

La discussion sur la proposition de Cameron reprit au dîner. Rafraîchi, dans sa chemise blanche propre, George Hazard informa Brett d'une suggestion de Constance :

— Vous m'emmènerez ? s'exclama la jeune femme. Je pourrai voir Billy.

— Je n'irai pas tout de suite.

George donna l'explication de ce délai et vit la lueur d'espoir s'éteindre dans les yeux de Brett. Se sentant coupable, il réfléchit rapidement et ajouta :

— Mais il existe une autre possibilité. Je dois envoyer deux importants contrats à mon avocat de là-bas. Je pourrais charger un de mes employés digne de confiance de les lui apporter. Vous l'accompagneriez.

— Vous vous refusez toujours à me laisser partir seule ?

— Brett, nous avons réglé cette question il y a des semaines.

— Pas comme je l'aurais souhaité.

— Ne vous fâchez pas. Vous êtes une jeune femme intelligente et capable mais Washington est un cloaque. Vous ne pouvez y aller seule — même en ne tenant pas compte de votre accent du Sud, qui vous expose à toutes sortes de réactions hostiles. Non, je dénicherai un homme de confiance et lui demanderai de se préparer à partir dans un jour ou deux. Pendant ce temps, vous ferez vos valises.

— Oh ! merci, fit Brett en se levant pour prendre

George dans ses bras. Vous me pardonnez ma mauvaise humeur ? Vous êtes tellement gentils, tous les deux, mais j'ai si peu vu Billy depuis notre mariage...

— Je comprends, déclara George en lui tapotant la main. Il n'y a rien à pardonner.

Brett continua à le remercier, les larmes aux yeux, et ce fut une des rares fois où Constance vit son mari montrer son émotion.

Plus tard, dans leur chambre, pendant les jeux préludant à l'amour, elle lui demanda :

— Tu as vraiment des papiers à envoyer à Washington ?

— J'en trouverai.

Elle rit, l'embrassa et l'attira contre sa poitrine.

15

— CE sac est plus lourd que le « vieux chichiteux », gémit Billy.

— Je t'ai apporté quelques affaires : des livres, trois couvre-nuques que j'ai faits moi-même, des chaussettes, des caleçons, un poêlon, un nécessaire à couture pour soldats...

— Dans l'armée, on appelle ça une ménagère.

Il posa le sac par terre, ôta son képi et referma la porte derrière eux. Ils parlaient à voix basse comme s'ils avaient peur d'être entendus des autres pensionnaires. Il était trois heures de l'après-midi et, bien qu'ils fussent mariés, Brett avait la délicieuse impression de se mal conduire.

Etouffante et mansardée, la petite pièce n'avait qu'une lucarne par laquelle pénétraient les bruits de la rue. Mais Billy avait eu de la chance de trouver une chambre après avoir reçu le message télégraphique de sa femme.

— Je voulais tant te voir, Brett. Te voir, t'aimer, murmura Billy d'une voix étrange, empruntée, presque craintive. Je le désirais à en avoir mal.

— Je sais, mon chéri. J'éprouve la même chose. Mais nous n'avons jamais...

— Quoi ?

Ecarlate, elle détourna la tête. Il lui caressa le menton.

— Quoi, Brett ?

— Avant, dit-elle sans oser le regarder, nous avons toujours... fait l'amour dans le noir.

— Je ne veux pas attendre.

— Non, moi non plus.

Il l'aida à se dévêtir, rapidement mais sans brusquerie. Un par un les vêtements tombèrent, jetés n'importe où, et vint le moment pétrifiant où plus rien ne fut caché.

Les craintes de Brett se dissipèrent quand Billy tendit les bras vers elle. Il posa les mains sur ses épaules, glissa lentement le long des bras en une caresse à la fois tendre et excitante pour lui comme pour elle. Le sourire plein d'amour de Billy fit place à une expression proche de l'exaltation. Brett partit d'un rire mêlé de larmes de joie. Quelques instants plus tard, elle l'aida à pénétrer en elle, dans une fusion d'autant plus douce qu'ils en éprouvaient un désir ardent.

Ayant obtenu une permission de vingt-quatre heures du capitaine Farmer, Billy emmena Brett visiter le quartier de President's Park en fin d'après-midi. Le nombre de soldats circulant dans les rues étonna la jeune femme. Ils étaient vêtus de bleu marine, de gris et certains portaient des uniformes rutilants dignes des troupes de quelque prince arabe. Elle remarqua aussi de nombreux Noirs.

Une heure environ avant le coucher du soleil, ils traversèrent un canal nauséabond pour se rendre dans un autre parc, près des tours rouges de la Smithsonian Institution*. Plusieurs dizaines de voitures magnifiques y avaient conduit des civils élégants pour assister à un exercice de retraite effectué par le 1er régiment de volontaires de Rhode Island. Billy montra à Brett son commandant, le colonel Burnside, un homme doté de

---

* Institut scientifique fondé en 1846 (n.d.t.).

splendides favoris. La fanfare jouait, les drapeaux claquaient, tout était merveilleusement excitant et rassurant. L'heure passée dans la chambre de la pension avait mis Brett dans un état euphorique.

Billy lui expliqua que les exercices, défilés, revues de troupes et autres manifestations publiques tenaient une place importante dans l'emploi du temps des troupes cantonnées à Washington ou aux environs.

— Mais il y aura sûrement bientôt une bataille, conclut-il. On dit que Lincoln le souhaite — et Davis aussi, semble-t-il. Il a confié le commandement du front d'Alexandria à son général le plus populaire.

— Tu veux dire Beauregard ?

Billy prit le bras de sa femme et l'entraîna plus loin.

— Oui. Il fut un temps où notre armée avait haute opinion du Vieux Bory*. A présent, tout le monde le traite de petit paon apeuré. Il faut dire qu'il n'a rien arrangé en déclarant que notre camp ne voulait obtenir du Sud que deux choses : butin et catins. Plutôt insultant.

« Notre camp. » C'était devenu celui de Brett par alliance. Chaque fois qu'elle y pensait, elle se sentait troublée, envahie de vagues sentiments de déloyauté.

— Le capitaine Farmer sait-il quand les combats commenceront ?

— Non. Et je me demande parfois si quelqu'un le sait — y compris parmi nos chefs les plus élevés en grade.

— Tu ne les trouves pas capables ?

— Pour la plupart des officiers de carrière, ça va. Ce sont des anciens de l'Académie. Mais certains généraux ont eu leurs épaulettes grâce à leurs relations politiques. Au risque de paraître prétentieux, je te dirai que je suis content d'avoir fait West Point et d'être dans le Génie. C'est la meilleure arme.

— C'est aussi la première au combat.

— Parfois.

— Cela me terrifie.

Billy aurait voulu avouer que cela lui faisait peur

---

* Surnom du général Beauregard (n.d.t.).

également mais il n'eût fait qu'augmenter les craintes de Brett.

Pour la jeune femme, la ville commença à perdre son attrait tandis qu'ils gagnaient à pied l'hôtel où ils avaient choisi de dîner. Lorsqu'ils croisèrent deux sous-officiers traînant dans les rues, l'un d'eux ricana puis déclara que tous les officiers étaient des merdeux.

Billy se raidit mais ne s'arrêta pas et ne tourna même pas la tête.

— Ne fais pas attention. Si je relevais chaque fois ce genre de remarque, je n'aurais plus une minute pour le service. La discipline de l'armée est lamentable mais pas dans la compagnie de Lije Farmer. J'ai hâte de te le présenter.

— Quand le feras-tu ?

— Demain. Je t'emmènerai au camp voir les fortifications que nous construisons. Les plans prévoient une ceinture entourant complètement la ville.

— Tu aimes ton capitaine ?

— Beaucoup. C'est un homme extrêmement croyant, il prie énormément. Et les officiers prient avec lui.

— Toi aussi ? Aurais-tu... ?

Brett ne savait comment formuler la question avec tact.

— Non, je suis toujours le sale mécréant que tu as épousé. Je prie parce qu'on ne désobéit pas à Lije Farmer. Je dois dire que les hommes ayant des convictions aussi profondes sont rares dans l'armée.

Soudain, il la fit descendre du trottoir, où deux Blancs frappaient un Noir en guenilles. Une fois de plus, Billy ne s'arrêta pas.

— Je vois qu'on ne maltraite pas les esclaves uniquement dans le Sud, murmura Brett.

— C'est probablement un affranchi. Esclaves ou libres, les nègres ne sont pas très bien vus, par ici.

— Alors pourquoi diable vous battre pour eux ?

— Brett, nous en avons déjà discuté. Nous sommes en guerre parce qu'une poignée de fous de ton Etat natal ont brisé ce pays en deux. Personne ne s'apprête à combattre pour les nègres. L'esclavage est condamnable, j'en suis convaincu. Mais, d'un point de vue pratique, on ne peut et on ne doit peut-être pas le supprimer trop vite. Le président partage cette opinion, paraît-il. Et la plupart des soldats aussi.

Billy ne déformait pas la réalité : seule une minorité d'abolitionnistes pensaient partir en guerre pour liquider « l'institution particulière ». Les autres voulaient châtier les imbéciles et les traîtres qui avaient cru pouvoir démanteler l'Union. Le front plissé de Brett suggérait qu'elle avait l'intention de discuter et Billy fut content de voir l'entrée du *Willard* à quelques mètres devant.

Dans le hall brillamment éclairé et animé, il remarqua qu'elle fronçait encore les sourcils.

— Bon, fini la politique, décida-t-il. Tu n'es ici que pour deux jours, je veux que nous en profitions.

— Devrons-nous rendre visite à Stanley et Isabel ?

— Pas à moins que tu ne m'enfonces un fusil dans le dos. Je dois avouer à ma grande honte que je ne suis pas encore allé les voir. Je préférerais affronter toute l'armée du Vieux Bory.

Brett sourit ; la soirée prenait un tour très agréable. Devant la porte du restaurant, Billy déclara :

— J'ai faim. Et toi ?

— Je suis affamée. Mais ne perdons pas trop de temps à table.

En lui adressant un sourire qu'il interpréta correctement, elle suivit le maître d'hôtel. Billy prit son sillage et répondit en se rengorgeant :

— Tout à fait de ton avis.

Dans la nuit, Brett s'éveilla, alarmée par un grondement lointain et menaçant. Billy s'agita dans le lit, se réveilla lui aussi et se retourna pour faire face à sa femme.

— Qu'as-tu ? demanda-t-il.

— Quel est ce bruit ?

— Des chariots de l'armée.

— Je ne l'avais pas entendu avant.

— Tu ne l'avais pas remarqué. Dans cette ville ou dans cette guerre, le bruit dominant, c'est celui des chariots. Ils roulent jour et nuit. Viens dans mes bras, cela t'aidera peut-être à te rendormir.

Il n'en fut rien. Pendant plus d'une heure, Brett écouta le martèlement des sabots, le crissement des essieux, le grincement des roues, annonciateurs comme le tonnerre d'un inévitable orage.

Le lendemain, elle se sentit fatiguée mais un copieux petit déjeuner la revigora quelque peu. Billy avait loué une jolie calèche pour aller de l'autre côté du Potomac et ils se mirent en route sous un ciel menaçant, le vrai tonnerre faisant écho aux chariots, que Brett entendait tout le temps maintenant.

En traversant Long Bridge, Billy parla un peu plus de son capitaine. Célibataire, originaire de l'Indiana, Farmer était sorti de West Point trente-cinq ans plus tôt.

— A l'époque, un vent de renouveau de la foi soufflait sur l'Académie. Avec son camarade Leonidas Polk, Farmer dirigea le mouvement chez les cadets. Trois ans après avoir obtenu son diplôme, il démissionna de l'armée pour devenir pasteur méthodiste itinérant. Je lui ai demandé où il avait vécu pendant toutes ces années et il m'a répondu : « Sur un cheval. » En fait, il avait sa maison dans une petite ville nommée Greencastle.

— Je crois avoir entendu parler de Polk. C'est un évêque épiscopalien du Sud, non ?

— Exactement.

— Farmer n'était pas trop vieux pour réintégrer l'armée ?

— Aucun homme ayant l'expérience du Génie n'est jugé trop vieux. En outre, le Vieux Moïse déteste l'esclavage.

— Comment l'appelles-tu ?

— Moïse. On lui a confié le commandement de cette compagnie de volontaires en attendant le retour des vrais sapeurs. Le considérant comme un bon chef, les hommes l'ont surnommé le Vieux Moïse. Cela lui va bien, on dirait qu'il sort tout droit de l'Ancien Testament. Moi, je continue à l'appeler Lije... Ah ! nous y sommes. Voici l'un des magnifiques projets dont je suis responsable.

— Ces tas de terre ?

— Ces travaux de terrassement, corrigea Billy, amusé. Là-bas, nous devons construire une poudrière en bois.

— L'endroit a un nom ?

— Fort Quelque Chose... je ne me souviens plus, répondit Billy en faisant repartir la calèche.

Alexandria, petite ville de maisons en brique et d'immeubles commerciaux, semblait aussi noire de monde que Washington. Billy montra à Brett la *Marshall House* où le colonel Ellsworth, ami de Lincoln, avait été tué.

— C'est arrivé le jour où l'armée a occupé la ville. Ellsworth était en train d'amener un drapeau rebelle.

Après Alexandria, ils arrivèrent à une vaste cité de tentes. Autour, des soldats faisaient l'exercice dans les champs, des officiers galopaient en tous sens, des hommes, torse nu, creusaient des tranchées ou tiraient des rondins avec des chaînes. Observant un peloton, Brett fit observer :

— Je n'ai jamais vu de soldats aussi maladroits. Il n'y en a pas deux au pas.

— Ce sont des volontaires, expliqua Billy. Leurs officiers ne valent guère mieux : ils passent la nuit à potasser le manuel pour pouvoir le réciter le lendemain.

— Je n'ai aucun mal à reconnaître en toi un ancien de West Point, dit Brett, taquine.

Ils poursuivirent leur promenade à travers un paysage changeant fait de tentes de mess d'où montait de la fumée, de pièces d'artillerie tirées par des chevaux, de drapeaux claquant au vent, de tambours. Pour Brett, tout était nouveau, étonnant, gai et un peu effrayant aussi.

Ils passèrent devant une redoute en construction, s'arrêtèrent devant une tente semblable à toutes les autres. Billy y fit entrer Brett, salua.

— Capitaine ? Si le moment n'est pas trop mal

choisi, puis-je vous présenter mon épouse ? Mrs. William Hazard... Capitaine Farmer.

L'officier aux cheveux blancs se leva de la table couverte de plans de fortifications.

— Un honneur, Mrs. Hazard. Un honneur et un privilège.

Il prit la main de Brett, la serra avec une lenteur solennelle. « Billy a raison, pensa-t-elle. Une vraie tête de prophète. »

— Je suis ravi de faire votre connaissance et très heureux d'avoir votre mari sous mes ordres, assura Farmer. Mais je manque à mes devoirs d'hôte. Veuillez vous asseoir là, sur mon tabouret. Je crains que mon mobilier ne soit pas des plus adéquats.

En s'asseyant, Brett vérifia la justesse de cette affirmation. La tente ne contenait qu'une table, un lit de camp et cinq caisses portant toutes l'inscription American Bible Society. Sur l'une d'elles était posé un paquet de petites brochures intitulées « Pourquoi jurez-vous ? »

Farmer suivit la direction du regard de la jeune femme et dit :

— Jusqu'à présent, je n'ai pas eu le temps de m'occuper de l'école du dimanche ou de la prière du soir mais je suis prêt. Nous devons construire des ponts menant au ciel comme nous édifions des défenses contre les impies.

— Je regrette de devoir dire que je suis née parmi eux.

— Oui, je le sais. Soyez assurée qu'il n'y avait là aucune offense personnelle. Toutefois, je ne peux vous tromper. Je suis convaincu que le Tout-Puissant déteste ceux qui tiennent dans les fers nos frères noirs.

Les propos de Farmer irritèrent Brett — comme ils eussent irrité n'importe quel Carolinien du Sud. Et, cependant, elle trouvait dans la voix et l'éloquence du capitaine une force entraînante inattendue. Billy paraissait mal à l'aise, comme s'il pensait : « Ce ne sont pas *mes* frères noirs. »

— Je respecte votre franchise, capitaine, dit Brett. Je regrette seulement que le problème doive être résolu par la guerre. Billy et moi voulons vivre notre vie, fonder une famille. Et je ne vois devant nous qu'une période de dangers.

Lije Farmer croisa les mains derrière son dos.

— Vous avez raison, Mrs. Hazard. Nous l'affronterons parce que tel est notre lot — que la volonté de Dieu soit faite. Je suis toutefois persuadé que la guerre sera brève et que nous en sortirons vainqueurs. Comme nous l'enseignent les Saintes Ecritures, les pensées des justes sont justes, les conseils des méchants pernicieux. Les méchants seront terrassés et la maison du juste demeurera debout.

Billy vit sa femme frémir et l'exhorta silencieusement à la modération tandis que Farmer continuait :

— Le méchant est pris au piège de la transgression de ses lèvres, le juste voit la fin de ses ennuis.

Prête à répliquer, Brett fut surprise par le geste de Farmer, qui passa un bras paternel autour des épaules de Billy et sourit. La tension retomba.

— Si des temps périlleux nous attendent, le Seigneur veillera à ce que cet excellent jeune homme les traverse. Dieu est un soleil, un bouclier. Moi aussi je veillerai sur lui. En repartant, emportez dans votre cœur l'assurance que je ferai tout pour que William vous rejoigne bientôt sain et sauf.

A cet instant, Brett oublia tout le reste et tomba amoureuse de Lije Farmer.

16

A des kilomètres de Washington, en Caroline du Sud, vivait un homme au désir de vengeance aussi vif que celui d'Elkanah Bent.

Justin LaMotte, propriétaire de la plantation Resolute et rejeton appauvri d'une des plus anciennes familles de l'Etat, rêvait de punir sa femme Madeline, qui avait fui chez les Main pour dénoncer le complot visant à assassiner le Yankee ayant épousé la sœur d'Orry.

Mais la rancœur de Justin remontait à plus loin.

Pendant des années, Madeline lui avait fait honte en foulant aux pieds toutes les règles de la bonne conduite féminine. A présent, elle vivait ouvertement avec son amant et tout le district savait qu'elle avait l'intention d'épouser Orry dès qu'elle aurait obtenu le divorce. Justin ne le lui accorderait jamais mais cela ne suffisait pas. Pendant des heures, il ruminait chaque jour des machinations pour ruiner Orry ou imaginait des scènes dans lesquelles il châtiait Madeline par le fer et le feu.

Assis dans l'eau tiède qu'un de ses nègres avait versée dans le lourd baquet en zinc de sa chambre, Justin essayait de se détendre. Il avait d'autres problèmes que sa femme Madeline, notamment avec les *Ashley Guards*, le régiment que son frère Francis et lui s'efforçaient de lever.

Un pansement de soie blanche maculé de taches brunes masquait son profil gauche. Lorsqu'il avait tenté d'empêcher Madeline de quitter Resolute, elle s'était défendue avec une épée décrochée du mur du salon. Un seul coup de la lame ébréchée avait creusé une tranchée rouge du front au menton. La blessure, qui tardait à guérir, lui causait une souffrance morale aussi bien que physique. Justin avait toutes les raisons de haïr cette garce de Madeline.

L'après-midi touchait à sa fin ; il faisait étouffant. Les ombres des chênes moussus se dressant au-dehors se découpaient sur les lattes usées du plancher. En bas, Francis commandait l'exercice. Fatigué d'essayer de former les « petits Blancs » — tous les hommes du district exceptés ceux que ce gredin manchot de Main avait enrôlés dans d'autres unités —, Justin avait aujourd'hui confié l'instruction à son frère.

Francis avait dépensé sans compter pour équiper le régiment. Sur un valet proche du baquet pendaient un pantalon jaune canari et une élégante veste de chasseur verte soutachée, inspirée de l'habit-tunique des Français. Une paire de magnifiques bottes évasées au genou, à la mode européenne, complétait l'uniforme.

Justin était exaspéré de ne pouvoir trouver plus de Blancs appréciant la beauté de cette tenue ou le rare honneur d'être commandé par des LaMotte. Ce maudit Wade Hampton avait équipé sa légion d'uniformes aussi ternes que des nippes de vacher et on s'était cependant bousculé pour s'y enrôler.

Justin avait d'autres raisons de détester le planteur de Columbia. Bien que les LaMotte se fussent établis en Caroline bien avant les Hampton, le nom de ces derniers était aujourd'hui plus honoré que le sien. Justin voyait ses revenus fondre tandis que Hampton semblait accroître sa fortune sans effort. Aux yeux de tous, il passait pour l'homme le plus riche de l'Etat.

Hampton, qui avait refusé d'assister à la convention ayant décidé la sécession — qui s'était même publiquement prononcé contre — faisait à présent figure de héros. Il se trouvait déjà en Virginie, avec des fantassins, des artilleurs, des cavaliers qui le suivaient en pantelant comme des esclaves tandis que Justin se morfondait chez lui, cocufié par sa femme, incapable de lever plus de deux compagnies — des brutes qui buvaient, se battaient et tenaient leur vieux mousquet de façon fort peu réglementaire.

Comme cela le déprimait ! S'enfonçant plus profondément dans l'eau, il s'aperçut soudain qu'il n'entendait plus Francis aboyer ses ordres. Des cris, des exclamations hostiles montaient du dehors. « Ces lourdauds se chamaillent encore, se dit-il. Bon, que Francis se débrouille. »

Mais au lieu de cesser rapidement, les rires et les cris d'encouragement redoublèrent. La porte de la chambre s'ouvrit, un jeune Noir nommé Mem — diminutif d'Agamemnon — passa la tête dans la pièce.

— Mr. Justin ? Votre frère dit de venir, s'il vous plaît. Y a des ennuis.

Furieux, Justin sortit de son baquet en beuglant :

— Comment oses-tu entrer sans attendre ma permission ?

Il frappa Mem du poing. Le jeune Noir poussa un cri, ses yeux s'agrandirent et brillèrent un court instant d'une telle rage que Justin crut que l'esclave allait se jeter sur lui. Un esprit malsain agitait les nègres du district, maintenant que les Républicains yankees avaient lancé leur guerre pour dépouiller d'honnêtes gens de leurs biens. Dernièrement, les funérailles d'esclaves s'étaient multipliées de façon inexplicable et certains prétendaient que les cercueils enfouis sous terre contenaient des armes à feu destinées à une émeute. La vieille peur blanche de la peau noire soufflait sur le pays comme la brise nauséabonde de l'été.

— Sors d'ici ! tonna Justin.

Toute velléité de révolte évanouie, le Noir s'enfuit en claquant la porte. Au moment où Justin prenait sur son lit le corset destiné à lui comprimer le ventre, il entendit Francis l'appeler d'une voix effrayée.

Jurant, Justin reposa le corset, enfila son pantalon jaune sur lequel apparurent aussitôt des taches d'humidité. Il boutonna sa braguette en dévalant l'escalier, s'arrêta juste le temps de décrocher son vieux sabre et se précipita au-dehors.

La rixe se déroulait devant l'un des coins de la maison décrépite. Des *Ashley Guards* au bel uniforme déjà souillé entouraient deux hommes se disputant à coups de poing un vieux fusil Hall se chargeant par la culasse : les cousins Lemke, crétins hargneux exploitant une ferme prospère des environs.

Francis se précipita vers son frère.

— Pleins comme des outres, tous les deux. Il vaut mieux appeler les nègres — les autres s'amusent trop pour nous aider à arrêter la bagarre.

Cela ne faisait aucun doute. Deux des gardes ricanèrent en regardant le pantalon taché de Justin et le quart de globe qui s'arrondissait au-dessus.

— Bon Dieu, tu ne peux donc pas les discipliner ? murmura-t-il à son frère. Il faut toujours que ce soit moi ?

Pas cette fois. Chacun des Lemke tenait dans ses mains puissantes l'arme en litige et tirait avec force. L'un des cousins plongea, tête baissée, enfonça ses dents dans l'épaule de l'autre, assez profondément pour que du sang apparaisse sur l'uniforme. « Non, merci », pensa Justin. Il valait mieux envoyer quatre ou cinq nègres les séparer.

Comme il s'éloignait, l'un des Lemke changea la position de ses mains tandis que l'autre baissait le canon de l'arme. Les spectateurs les plus proches s'écartèrent juste avant que le coup ne parte.

Justin sentit une brûlure en tombant en avant. Il heurta le sol du menton, poussa un cri de douleur et de honte. Une grande fleur rouge s'épanouit sur le champ jaune canari de son fond de pantalon.

17

A Mont Royal, la grande plantation de riz située sur la rive gauche de la rivière Ashley, au-dessus de Charleston, le chef de la famille Main était confronté à une décision semblable à celle que devait prendre son ami George Hazard.

Depuis son enfance, Orry Main avait voulu être soldat. Diplômé de West Point en 1846, il avait pris part à quelques-uns des combats les plus acharnés de la guerre du Mexique. A Churubusco, devant Mexico, il avait perdu son bras gauche, en partie à cause de la couardise et de l'inimitié d'Elkanah Bent. Cette mutilation avait contraint Orry à abandonner son rêve chéri de carrière militaire.

Des années difficiles suivirent son retour en Caroline du Sud. Il s'était désespérément épris de la femme de Justin LaMotte mais son sens de l'honneur avait limité leur longue histoire d'amour à d'occasionnelles rencontres secrètes, sans la consommation physique que tous deux désiraient.

Si Madeline vivait maintenant sous son toit, l'épouser légalement était une autre affaire. La législation de l'Etat sur le divorce était complexe et LaMotte faisait tout pour empêcher sa femme de redevenir libre. La plupart des Blancs du Sud auraient pourtant agi tout à fait différemment puisque la mère de Madeline était une splendide quarteronne de La Nouvelle-Orléans. Madeline, octavonne, avait donc du sang noir, ce qui importait peu à Orry. Bien que la vérité eût constitué une arme puissante contre Justin, Madeline n'avait pas eu la cruauté de s'en servir, mais elle avait souvent imaginé la scène des révélations, en particulier la réaction de Justin.

Assis devant le vieux bureau encombré de papiers d'où son père et le père de son père avaient dirigé la plantation, Orry considérait un autre problème : le document qu'il devait signer s'il voulait montrer loyauté et soutien au nouveau gouvernement confédéré en lui versant une partie de ses profits.

Le soleil de l'après-midi inondait la pièce, l'air embaumait la violette et l'olive douce — une odeur qu'Orry pouvait toujours évoquer, aussi loin fût-il de Mont Royal. Il suivit des yeux un insecte trottinant le long d'une étagère, d'un endroit sombre à un autre. « Comme nous tous », pensa-t-il.

Irrité, il secoua la tête mais son humeur maussade refusa de se dissiper. Cessant de lire le document posé devant lui, il songea au poste qu'on lui avait proposé à l'état-major de Bob Lee, l'officier que sa loyauté à l'égard de sa Virginie natale avait contraint à quitter l'armée fédérale. A présent, Lee était conseiller militaire de Jefferson Davis à Richmond.

La perspective de travailler dans un bureau n'enchantait pas Orry, qui savait cependant qu'il ne pouvait raisonnablement espérer un commandement sur le terrain. Sauf si Richmond suivait l'exemple de l'ennemi : Phil Kearny, officier qui avait aussi perdu le bras gauche au Mexique, commandait maintenant une brigade de volontaires de l'Union.

Malgré son sens aigu du devoir, Orry hésitait à accepter la proposition pour un certain nombre d'autres raisons. On disait Davis difficile. Officier courageux — ancien de West Point — il aimait commander les troupes ou, à défaut, maintenir sous un rigoureux contrôle ceux qui les commandaient effectivement.

En outre, Ashton, la sœur d'Orry, et son mari James Huntoon vivaient à Richmond, où ce dernier exerçait des fonctions gouvernementales. Lorsque Orry avait découvert le rôle qu'Ashton avait joué dans la tentative d'assassinat de Billy Hazard, il l'avait chassée de Mont Royal avec son mari. L'idée de se trouver en quelque endroit où ils fussent lui répugnait.

Ensuite, il n'avait pas de régisseur. Les hommes jeunes qu'il aurait pu engager s'étaient enrôlés et il ne parvenait pas à trouver d'homme plus âgé encore assez vert pour ce travail. Une annonce dans les journaux de Charleston et de Columbia avait suscité trois candidatures, toutes inacceptables.

De plus, sa mère était en mauvaise santé. Et il ne pouvait se résoudre à quitter Madeline. Ce n'était pas là uniquement de l'égoïsme : en son absence, Justin essaierait peut-être de se venger des dommages infligés à son visage et à sa réputation.

Les esclaves aussi pouvaient constituer un danger. Orry n'en avait pas discuté avec Madeline pour ne pas l'alarmer inutilement mais il avait décelé des changements subtils dans le comportement de certains hommes. Par le passé, il avait rarement été nécessaire de punir à Mont Royal — exception faite d'un *cathaul*** infligé par son père. Dans la situation présente, Cuffey, l'ami d'enfance du cousin Charles, se montrait parmi les plus enclins à l'indiscipline et devait être surveillé.

A contrecœur, Orry ramena son attention sur l'épais document agrémenté de sceaux en cire. En signant, il céderait une partie importante de ses bénéfices de l'année en échange de bons gouvernementaux d'égale valeur. Cet « emprunt sur production » visait à financer une guerre pour laquelle Orry, comme son ami George, avait peu d'enthousiasme. Le planteur avait conscience de la vanité de l'aventure militaire sudiste parce qu'il connaissait certaines données simples sur lesquelles son frère Cooper avait été le premier à attirer son attention.

Le Nord comptait environ vingt-deux millions d'habitants. C'était dans le Nord aussi que se trouvaient la plupart des usines, des voies ferrées, des lignes télégraphiques, des ressources minérales et financières de

---

* Punition consistant à pousser un chat furieux à lacérer le dos de l'esclave (n.d.t).

l'ancienne Union. Les onze Etats de la Confédération avaient une population de neuf millions d'habitants, dont un tiers — les esclaves — ne participeraient à l'effort de guerre que de manière subalterne.

Des opinions douteuses, pour ne pas dire dangereuses, sur la guerre étaient fort répandues. Des imbéciles comme les frères LaMotte rejetaient avec mépris l'idée que le Sud pût être envahi — ou, si une telle éventualité se produisait, qu'elle pût se terminer autrement que par une glorieuse victoire des Confédérés. Des aristocrates aux paysans, la plupart des Sudistes croyaient fièrement en leurs capacités, ce qui les incitait à penser qu'un seul bon soldat du Sud pouvait venir à bout n'importe où n'importe quand de dix boutiquiers yankees. Amen.

Dans ses très rares moments de chauvinisme, Orry Main partageait certaines de ces opinions. A ses yeux, son jeune cousin Charles valait n'importe quel autre officier, et Wade Hampton, le supérieur de Charles, était de la même trempe. Selon Orry, il y avait du vrai dans cette maxime de Bonaparte : « Dans la guerre, les hommes ne sont rien, un homme est tout. »

Toutefois, imaginer que le Nord n'avait pas de soldats valant ceux du Sud, c'était de la stupidité. Du suicide. Orry aurait pu citer en exemple un grand nombre de Yankees diplômés de West Point, notamment un homme qu'il avait connu personnellement et beaucoup estimé. Qu'était donc devenu Samuel Grant ?

Impossible de répondre à cette question — ou de prévoir où conduirait cette étrange guerre non désirée. Il se força à reprendre la lecture de l'ennuyeux document aux formules juridiques parfois déconcertantes. Plus vite il aurait terminé le travail de la journée, plus vite il rejoindrait Madeline.

Vers quatre heures, Orry rentra de son inspection des rizières. Il portait des bottes, une culotte et une ample chemise blanche dont la manche gauche, vide, était épinglée sur l'épaule. A trente-cinq ans, il était aussi mince qu'il l'avait été à quinze et se déplaçait avec grâce et assurance malgré son handicap. Il avait des yeux marron, des cheveux châtains, un visage allongé. Madeline prétendait qu'il embellissait en vieillissant mais il en doutait.

Orry avait signé le document et, aussitôt après, avait cessé de s'inquiéter du remboursement de son argent. Une décision prise par patriotisme ne devait pas être assortie de conditions.

Il traversa l'extrémité du sentier menant à la rivière et que des chênes moussus cachaient à la lumière pendant la plus grande partie de la journée. Il tourna le coin de la grande maison devant laquelle s'étendaient un jardin et un débarcadère s'enfonçant dans les eaux lentes de l'Ashley. Des bruits de pas résonnèrent au-dessus de lui dans la véranda, s'arrêtèrent quand il s'avança pour se montrer. Une petite femme boulotte d'environ soixante-cinq ans contemplait avec ravissement le ciel sans nuages.

— Bonsoir, mère.

Clarissa Gault Main baissa les yeux, eut un sourire poli et intrigué.

— Bonsoir. Comment allez-vous ?
— Très bien. Et toi ?

Le sourire s'élargit, se fit bienveillant.

— Parfaitement bien. Merci.

Elle se retourna et disparut. Orry secoua la tête : sa mère ne l'avait pas reconnu, une fois de plus. Par bonheur, les Noirs de Mont Royal, à une ou deux exceptions près, adoraient Clarissa. Chacun de ceux qui l'approchait la surveillait et la protégeait discrètement.

Où était Madeline ? dans le jardin ? Comme il inspectait les alentours, il l'entendit dans la maison. Il la trouva au salon, examinant un paquet cylindrique de près d'un mètre cinquante de long. Elle courut vers lui, noua ses bras autour de sa taille.

— Attention, dit-il en riant. Je suis couvert de sueur et de poussière.

— Sueur, poussière — je t'aime quand même.

Elle planta sur les lèvres sèches d'Orry un long baiser tendre, rafraîchissant comme une source de montagne. Puis elle noua les bras derrière son cou et il sentit contre lui ses formes pleines. Bien que le mariage légal leur fût encore interdit, ils partageaient l'intimité physique d'un couple uni depuis longtemps et toujours amoureux. Ils dormaient nus : le caractère franc et affectueux de Madeline avait rapidement débarrassé Orry de toute gêne sur l'aspect de son moignon.

— Comment s'est passée la journée ? demanda-t-elle en se reculant.

— Bien. Guerre ou pas, ces dernières semaines ont été les plus heureuses de ma vie.

Elle murmura son accord en emprisonnant les doigts d'Orry entre les siens et ils demeurèrent un moment immobiles, front contre front. Madeline était une femme à la poitrine épanouie, aux yeux noirs et brillants comme sa chevelure, qui contrastait joliment avec son teint pâle.

— Justin a le moyen de me rendre un tout petit peu plus heureuse, je l'avoue.

— Je suis sûr que nous surmonterons cet obstacle.

A vrai dire, Orry n'en était pas sûr du tout mais ne le reconnaissait jamais. Par-dessus l'épaule de Madeline, il regarda le paquet.

— Qu'est-ce que c'est ?

— Je ne sais pas. C'est à toi qu'il est adressé. Il est arrivé du dock il y a une heure.

— C'est vrai, le sloop devait passer aujourd'hui.

— Le capitaine Asnip a ajouté une note précisant que le paquet est venu par le dernier bateau ayant relié Charleston avant le blocus. J'avais effectivement remarqué qu'il porte le nom d'une compagnie de transports maritimes de Nassau. Tu sais ce qu'il y a dedans ?

— Peut-être.

— C'est toi qui l'as commandé, alors. Ouvre-le.

Orry cessa de sourire en pensant que le contenu du paquet bouleverserait peut-être Madeline. Il le glissa sous son bras droit et dit :

— Plus tard. Pendant le dîner. Il faut un moment adéquat.

— Mystère, mystère, murmura Madeline tandis qu'Orry montait l'escalier.

Il remplaça sa tenue souillée par une autre semblable mais propre, versa deux cruches d'eau sur ses cheveux noirs puis les essuya avec une serviette. Il faisait nuit quand ils s'attablèrent pour dîner. Des cylindres aux contours flous, images renversées des bougies réelles, brillaient sur le plateau patiné de la table. Un petit Noir remuait l'air et chassait les mouches avec un éventail en plumes d'autruche. Comme à son habitude, Clarissa avait mangé dans sa chambre.

— Cela sent bon, dit Orry. (De sa fourchette, il toucha la croûte dorée recouvrant le mets délicat cuit dans une grande écaille d'huître.) C'est du crabe ?

— Pêché hier dans l'Atlantique. J'en ai commandé deux tonneaux, sur de la glace, et ils sont arrivés par bateau avec le paquet. Voilà pour la gastronomie. A présent, Mr. Main, je veux voir la surprise.

Orry avait posé le paquet par terre, près de lui. Une déchirure dans l'emballage de papier laissait voir de la toile huilée. Il piqua avec précaution un morceau de crabe, le porta à sa bouche.

— Délicieux.

— Orry Main, tu es insupportable ! Tu me le montres si je te donne des nouvelles de Justin ?

Redevenant sérieux, Orry posa sa fourchette.

— De bonnes nouvelles ?

— Oh ! rien à voir avec le divorce, j'en ai peur. Juste un événement drôle et un peu triste.

Madeline raconta ce qu'elle avait appris d'une des filles de cuisine qui avait fait des courses à Resolute dans la journée.

— Dans le derrière, fit Orry d'un air songeur. En plein dans le fondement du prestige de la famille LaMotte, hein ?

Madeline s'esclaffa.

— A toi, maintenant.

Il finit de déballer le paquet, dont le contenu arracha un cri d'admiration à Madeline.

— Magnifique. Cela vient d'où ?

— D'Allemagne. Je l'ai commandé pour Charles.
Il lui tendit l'arme rangée dans son fourreau. Madeline posa la main avec précaution sur la poignée en cuir entourée de fil de cuivre, tira de sa gaine la lame recourbée. Les yeux du petit Noir s'agrandirent lorsqu'il vit les bougies se refléter sur l'acier filigrané. Orry expliqua que c'était un sabre de cavalerie légère, modèle 1856 : quarante et un pouces de long.

Madeline inclina la lame pour lire l'inscription qui y était gravée. « A Charles Main, sa famille qui l'aime, 1861. » Elle la retourna, examina l'autre côté.

— Et là ? Je n'arrive pas à lire.
— Clauberg de Solingen. Le fabricant. L'un des meilleurs d'Europe.

Continuant à manipuler l'arme comme si elle était de verre, Madeline la remit dans son fourreau de fer bleu orné d'argent.

— Peut-être aurais-tu dû en commander un aussi pour toi, murmura-t-elle en évitant le regard d'Orry.
— Au cas où j'accepterais le poste ?
— Oui.
— Mais c'est un sabre de cavalerie. Je ne pourrais pas le porter même si je décidais de...
— Tu te dérobes, Orry. A ma question implicite et à la décision que tu dois prendre.
— Je plaide coupable pour le dernier chef d'accusation, dit le planteur. Je ne peux aller à Richmond maintenant, il y a trop de problèmes ici, à commencer par ta situation.
— Je peux me débrouiller seule, tu le sais très bien.
— Il y a aussi ma mère...
— Je peux également m'occuper d'elle.
— Tu ne peux pas diriger la plantation sans régisseur. Mon annonce est repassée dans le *Mercury*. Est-ce que le bateau a apporté des réponses ?
— Je crains que non.
— Alors je dois continuer à chercher. Il me faut une bonne récolte cette année si je veux aider le gouvernement — ce que j'ai accepté de faire en

signant les papiers aujourd'hui. En tout cas, pas question d'envisager d'aller à Richmond avant d'avoir trouvé l'homme adéquat pour la plantation.

Après le dîner, ils se rendirent dans la bibliothèque et choisirent sur les rayons que Tillet Main avait couverts d'ouvrages de qualité un exemplaire magnifiquement relié du *Paradis perdu*. Durant les années où ils s'étaient rencontrés en secret, ils avaient souvent lu de la poésie ensemble, à voix haute, le rythme des vers leur offrant un pauvre substitut à celui de l'amour physique. A présent que Madeline vivait à Mont Royal, ils avaient découvert que ces lectures leur procuraient encore un vif plaisir.

Ils prirent place sur un sofa qu'Orry avait fait installer uniquement à cette fin. Il s'asseyait toujours à la gauche de Madeline afin de pouvoir tenir le livre avec elle. Dans un coin obscur de la pièce était accroché l'un des uniformes qu'il avait portés au Mexique. Les deux manches de la veste étaient intactes. Il n'arrivait plus très souvent à Orry de le regarder, ce dont Madeline était heureuse.

Il feuilleta le premier livre du poème jusqu'à ce qu'il trouve un morceau de papier glissé entre les pages.

— C'est le passage, dit-il.

Il s'éclaircit la voix, commença à réciter :

Tel le soleil nouvellement levé,
Tondu de ses rayons, regarde à travers l'air
Horizontal et brumeux...

Madeline enchaîna, d'une voix qui était presque un murmure :

Tel, derrière la lune,
Dans une pâle éclipse, il répand un crépuscule funeste
Sur la moitié des peuples et par la crainte du changement
Rend les rois perplexes.

112

— Les gens de moindre importance aussi, fit Orry. Cooper prétend que nous avons la guerre parce que le Sud s'est refusé à accepter les changements se déroulant dans le pays. Je me rappelle en particulier l'avoir entendu dire que nous étions incapables d'affronter tant la nécessité du changement que son caractère inéluctable. Apparemment John Milton, lui, avait compris.

— Mais la guerre changera-t-elle quelque chose ? demanda Madeline en laissant tomber le livre sur ses genoux. Quand elle sera finie, les choses ne seront-elles pas comme avant, pour l'essentiel ?

— Certains de nos dirigeants aiment à le croire. Ce n'est pas mon avis.

Ne voulant pas gâter la soirée par de sombres considérations, Orry embrassa Madeline sur la joue et proposa de reprendre la lecture. Elle le surprit en prenant son visage entre ses mains fraîches et en le regardant avec des yeux brillant de larmes de bonheur.

— Rien ne changera mon amour. Je t'aime plus que ma vie.

Elle pressa ses lèvres contre les siennes, les entrouvrit pour un long baiser. Orry plongea sa main dans la chevelure de sa maîtresse, qui se laissa aller contre lui en murmurant :

— Je viens tout à coup de perdre tout intérêt pour les poètes anglais. Eteignons les lumières et montons.

Le lendemain, tandis qu'Orry se trouvait dans les rizières, Madeline chercha dans la penderie contiguë à la chambre de son amant un châle qu'elle voulait repriser.

Derrière une rangée d'habits de soirée accrochés à des cintres et qu'il ne portait jamais, elle remarqua un paquet à la forme familière. La dernière fois qu'elle avait vu le sabre d'apparat, c'était dans la bibliothèque. Pourquoi diable Orry l'avait-il monté et caché là ?

Retenant sa respiration, elle glissa la main derrière les vêtements, souleva le paquet et constata que son emballage était intact. Et dire qu'elle avait suggéré à Orry de commander un second sabre pour lui...

Elle remit le paquet en place, le dissimula à nouveau derrière les habits et décida de garder pour elle sa découverte. Orry lui en parlerait quand il le jugerait bon. En tout cas, elle ne pouvait plus douter de ses intentions, à présent.

Et par la crainte du changement rend les rois perplexes, récita-t-elle de mémoire. Debout devant l'unique fenêtre ovale de la penderie, elle se frottait les avant-bras comme pour les réchauffer.

18

LE lendemain soir, un soleil rouge sombrant à l'horizon répandait son sang par les fenêtres du bureau. Orry transpirait à sa table, las mais obligé de terminer la liste d'achats destinée à son agent de Charleston. Il avait été contraint de redonner sa clientèle à la compagnie Fraser — qui avait servi son père — puisque Cooper avait fait don à la Marine de sa société de transports maritimes. Comme il en détenait toutes les actions, il en avait parfaitement le droit mais cela posait à Orry des problèmes pratiques.

D'autres suivraient, à en juger par la dernière lettre de Fraser. Elle portait un cachet grossier avec l'inscription PAYE 5 Cts, excellent exemple de petites questions ennuyeuses se posant après une sécession, une fois les clameurs retombées. Les services fédéraux avaient continué à s'occuper du courrier du Sud jusqu'au 1er juillet. A présent, un ministre des Postes confédéré s'efforçait tant bien que mal de mettre sur pied une organisation et, probablement, d'imprimer des timbres. En attendant, les Etats et les municipalités utilisaient les leurs.

Fraser, qui devait un remboursement à la plantation, avait envoyé une partie de la somme en billets confédérés tout neufs, magnifiques et bucoliques avec leur déesse de l'agriculture, leurs nègres travaillant avec entrain dans un champ de coton. La lettre de Fraser précisait : « Ils sont imprimés à New York — ne nous demandez pas comment. » On aurait pu le déduire en examinant le billet de mille dollars, orné des portraits de John Calhoun et Andrew Jackson. Manifestement, les stupides Yankees qui avaient dessiné le billet ne connaissaient pas l'histoire et n'avaient jamais entendu parler de la « nullification* ».

Les villes imprimaient aussi leur monnaie. Le représentant d'Orry auprès de Fraser en avait joint un échantillon — un curieux billet de la société de Richmond, portrait de l'héroïque gouverneur sur papier rose d'une valeur de cinquante cents. Rares étaient les partisans de la sécession qui s'étaient souciés dans leur cervelle vide des conséquences pratiques de leur acte.

— Orry ! Orry ! Oh ! quelle nouvelle !

Madeline entra en trombe dans le bureau, souleva sa jupe à crinoline et se mit à danser autour de la pièce tandis qu'il se remettait de sa surprise. Elle gloussait en se trémoussant et des larmes coulaient sur sa joue.

— Je ne devrais pas être joyeuse — Dieu me foudroiera — mais je le suis ! Je le suis !

— Madeline, qu'est-ce...

— Qu'Il me pardonne, cette fois. (Elle mit l'index sous son nez mais continua à glousser, à pleurer.) Je le Lui demanderai si... si j'arrive à... m'arrêter.

— As-tu perdu la tête ?

— Oui !

Elle saisit Orry par la main, le fit se lever, l'entraîna dans une valse.

— Il est mort ! jubila-t-elle.

— Qui ?

— Justin ! Je sais, c'est... honteux de réagir comme cela. C'était... un être humain...

« Seulement au sens très large du terme », pensa le maître de Mont Royal.

— Tu en es sûre ?

— Oui, oui. Un des domestiques a rencontré le docteur Lonzo Sapp, qui revenait de Resolute. Mon

---

* Annulation. Droit pour un Etat de déclarer nulle et non avenue une loi fédérale. John Calhoun en fut l'un des théoriciens (n.d.t.).

mari... (Madeline essuya ses larmes, reprit sa respiration, se calma) a rendu ce matin son dernier soupir. Sa blessure avait provoqué une infection qui avait gagné tout l'organisme. Je suis libre.

Elle jeta les bras autour du cou d'Orry, se renversa en arrière en un grand arc de joie.

— Nous sommes libres, corrigea-t-elle. Je ressens un bonheur insoutenable, et j'ai honte.

— N'aie pas honte. Francis sera le seul à le pleurer, dit Orry, qui sentait monter en lui une grande allégresse, un énorme éclat de rire. Dieu aussi devra m'accorder son pardon. C'est trop drôle : le petit paon mort d'une balle dans le cul — excusez-moi — tirée par l'un de ses propres hommes !

— De son vivant, Justin n'avait rien de drôle, dit Madeline à voix basse.

Comme elle tournait le dos à la fenêtre et aux lueurs rouges, il discernait mal son visage mais n'avait aucune peine à imaginer son expression.

— C'était un homme vil, poursuivit-elle. Qu'on me jette en enfer, je n'assisterai pas à ses funérailles.

— Moi non plus. Quand pourrons-nous nous marier ?

— Le plus vite possible. Je refuse d'attendre en jouant les veuves éplorées. Après le mariage, nous prendrons des dispositions pour que tu puisses accepter le poste.

— Je veux toujours trouver un régisseur avant de prendre une décision, objecta Orry. La situation est trop incertaine, ici. Geoffrey Bull est passé me voir, cet après-midi. Il était bouleversé : deux des nègres en qui il avait le plus confiance se sont enfuis hier.

— Pour le Nord ?

— Il le suppose. Lis le *Mercury*, tu verras que cela se produit tous les jours. Pas chez nous, heureusement.

— Mais nous ne manquons quand même pas de problèmes. Je pense par exemple au jeune homme que tu as désigné comme contremaître après que Rambo fut mort de grippe, l'hiver dernier.

— Cuffey ?

Madeline acquiesça.

— Je ne suis ici que depuis peu mais j'ai constaté un changement. Il n'est pas seulement effronté, il est furieux. Et ne prend pas la peine de le cacher.

— Raison de plus pour ne rien décider avant d'avoir mis la main sur un régisseur, conclut Orry. Rentrons boire un verre de vin et préparer la noce.

Cette nuit-là, bien après que Madeline se fut endormie, Orry n'arrivait toujours pas à trouver le sommeil. Il avait sous-estimé les problèmes posés par les esclaves parce qu'il se refusait à admettre qu'une plantation dirigée de façon aussi humaine que Mont Royal puisse avoir des ennuis. Naturellement, Cooper se serait gaussé de sa naïveté et aurait rétorqué qu'aucun adepte de l'esclavage ne pouvait se prétendre juste, humain ou moralement irréprochable.

Quoi qu'il en soit, Orry avait senti un changement de climat sur son domaine. Cela avait commencé quelques jours après le déclenchement des hostilités. Inspectant les rizières à cheval, il avait entendu un nom et songé plus tard, en y réfléchissant, qu'on l'avait délibérément prononcé assez fort pour qu'il lui parvienne aux oreilles. Ce nom, c'était Linkum[*].

Peu après l'arrivée de Madeline, il y avait eu un incident grave plongeant ses racines dans une tragédie antérieure. En novembre, Cuffey, qui avait vingt-cinq ans et n'avait pas encore été nommé contremaître, était devenu père de deux jumelles. Anne, sa femme, avait eu un accouchement difficile et l'un des bébés n'avait vécu qu'une demi-heure.

L'autre, petite créature noire et frêle baptisée Clarissa en l'honneur de la mère d'Orry, avait été enterrée en mai. Orry avait appris sa mort en rentrant d'un voyage de trois jours avec Madeline à Charleston, où les habitants pavoisaient après la chute du fort commandant l'entrée du port. Arrivés à la tombée de la nuit, sous l'orage, ils avaient découvert la mère d'Orry errant dans la maison, le regard égaré.

Informé par une domestique, Orry s'était rendu à

---

[*] Lincoln, pour les Noirs (n.d.t.).

pied au village des esclaves. Trempé, il avait frappé à la porte de la case de Cuffey. La porte s'était ouverte, le jeune Noir avait regardé son maître en silence tandis qu'une femme gémissait doucement.

— Cuffey, on vient de me mettre au courant, pour ta fille. Je suis terriblement peiné. Puis-je entrer ?

Fait incroyable, Cuffey avait secoué la tête.

— Anne se sent pas bien.

Irrité, Orry s'était demandé si l'état d'Anne n'avait pas une autre raison. Il avait entendu dire que Cuffey maltraitait sa femme. Faisant preuve de modération, il avait répondu :

— J'en suis désolé. En tout cas, je tiens à t'exprimer...

— Rissa est morte à cause de vous. Parce que vous étiez pas là.

— Quoi ?

— Aucun de vos prétentieux domestiques a voulu aller chercher le docteur et votre maman comprenait pas qu'elle devait me faire un laissez-passer pour que je puisse y aller. Je l'ai suppliée pendant une heure mais elle a juste secoué la tête comme une folle. J'ai pris le risque de courir chez le docteur, sans laissez-passer ni rien. Quand je suis revenu, c'était trop tard, Rissa était morte. Le docteur l'a à peine regardée, il a dit « fièvre typhoïde » et il est reparti à toute vitesse. J'ai dû enterrer l'enfant moi-même... Si vous aviez été là, mon bébé serait vivant.

— Bon sang ! Cuffey, tu ne peux pas me reprocher de...

Le Noir avait claqué la porte. Des gouttes de pluie tombaient de l'auvent ; la nuit cernait Orry, pressante et noire. Quelque part, une voix de contralto avait entonné un chant à peine audible. Certain que de nombreux yeux l'observaient, Orry ne pouvait laisser passer l'insolence. Il avait à nouveau frappé à la porte.

Pas de réponse.

— Cuffey, ouvre !

La porte s'était entrouverte, Orry l'avait poussée de sa botte crottée de boue.

— Ecoute-moi, Cuffey. Je suis profondément désolé

de la mort de ta fille mais cela ne te donne pas le droit de défier mon autorité. Oui, si j'avais été là, je t'aurais donné un laissez-passer tout de suite ou je serais allé chercher le docteur moi-même. Mais j'étais absent et je ne pouvais absolument pas savoir ce qui se passait. Alors, si tu veux rester contremaître chef, tiens ta langue et ne me claque plus jamais la porte au nez.

Comme l'esclave ne répondait toujours pas, Orry avait agrippé le chambranle de la porte.

— Tu m'as compris ?
— Oui, monsieur.

Deux mots sans vie. A la lueur de la lampe éclairant la case, Orry avait vu les yeux de Cuffey briller de rage et s'était dit que sa mise en garde avait été vaine.

— Présente mes condoléances à ta femme.

Il s'était éloigné d'un pas lourd, peiné de la mort de l'enfant, furieux de la réaction de Cuffey, gêné de s'être conduit comme il venait de le faire pour des spectateurs invisibles. Ce rôle ne lui convenait pas mais il devait le jouer pour maintenir l'ordre. Cooper lui avait fait remarquer un jour que maîtres et esclaves étaient également victimes de « l'institution particulière », et, cette nuit-là, Orry l'avait compris.

« Et ce fut le début, pensait-il, la cuisse de Madeline pressée contre la sienne. La première carte du château qui, en tombant, avait entraîné les autres. »

Quatre jours après la confrontation, Anne, la femme de Cuffey, s'était présentée au bureau d'Orry à la tombée de la nuit. Elle avait un œil poché, autour duquel sa peau brune virait au noir. D'une voix hésitante, elle avait demandé :

— S'il vous plaît, maître. Vendez-moi.
— Anne, tu es née ici. Comme ton père et ta mère. Je sais que la mort de Rissa...
— Vendez-moi, Mr. Orry, avait-elle gémi en fondant en larmes. J'ai peur de Cuffey.
— Il te bat ? Il n'est plus lui-même depuis que Rissa...
— Il me battait déjà avant. Je vous l'ai caché mais les gens le savent. Hier soir, il m'a donné des coups de

poing, des coups de bâton. Je me suis sauvée. Il m'aurait ouvert le crâne, il était fou furieux. J'ai essayé de tout supporter comme une bonne épouse mais, maintenant, j'ai trop peur. Je veux partir.

— Si c'est ce que tu désires...
— Vous m'enverrez au marché, à Charleston ?
— Pour te vendre ? Sûrement pas. Mais je connais en ville de braves gens qui ont perdu leur servante l'automne dernier et n'ont pas les moyens de s'en procurer une autre. Je te confierai simplement à eux dans une semaine ou deux.
— Demain. S'il vous plaît ?

La peur d'Anne avait consterné Orry.

— Très bien, j'écris une lettre tout de suite. Va chercher tes affaires.

L'esclave s'était jetée contre la poitrine d'Orry.

— Je peux pas retourner là-bas, il me tuerait. J'ai juste besoin de cette robe. Me forcez pas à retourner là-bas, Mr. Orry.

Il l'avait calmée de son mieux.

— Si tu as peur à ce point, cherche Aristote dans la maison. Dis-lui de te trouver un endroit où dormir cette nuit.

Le lendemain matin, Orry avait revu Anne pour la dernière fois lorsqu'il avait rédigé le laissez-passer de l'esclave devant accompagner la jeune Noire à Charleston. Elle l'avait remercié avec effusion avant de partir.

Dans l'après-midi, Orry s'était rendu aux parcelles que l'on préparait pour les semailles de juin. En entendant le cheval du maître, Cuffey avait levé la tête dans la lumière aveuglante et avait longuement regardé Orry avant de se mettre à frapper un Noir dont il jugeait le rythme trop lent.

— Assez, avait ordonné Orry.

Cuffey l'avait à nouveau longuement fixé des yeux et le Blanc avait soutenu son regard pendant une dizaine de secondes. Puis il avait tiré sur la bride de son cheval avec une telle force que la bête avait renâclé.

Orry n'avait pas parlé de l'incident à Madeline mais elle avait assisté à la chute de la carte suivante. Au début du mois de juin, Cuffey avait emmené les hommes sur les parcelles où l'on plantait chaque année à cette époque, au cas où les oiseaux ou la rivière auraient détruit la première récolte.

De hauts remblais séparaient chaque carré de terre cultivée de ceux qui l'entouraient. Des conduits en bois appelés troncs permettaient à l'eau de l'Ashley d'inonder les parcelles puis de s'écouler, à marée descendante, quand les vannes étaient ouvertes. Madeline, qui chevauchait le long des digues, s'était dirigée vers l'endroit où les esclaves travaillaient. Il faisait un temps clair, agréable, avec un léger vent et un ciel de cette couleur pure, intense qui était pour elle le bleu de Caroline. Comme à son habitude, Madeline ne montait pas en amazone et portait un pantalon. Ce n'était certes pas convenable pour une dame mais sa réputation dans le district était déjà tellement mauvaise qu'elle n'en pâtirait pas.

Cuffey circulait entre les esclaves en agitant le bâton qui symbolisait son autorité. Comme Madeline s'approchait, un vieux Noir peinant près du remblai fit quelque chose qui déplut au chef.

— Sale moricaud ! grommela Cuffey.

Il frappa l'esclave aux cheveux gris, qui s'écroula. Sa femme, qui travaillait à ses côtés, poussa un cri et maudit Cuffey. Perdant son calme, le contremaître se rua vers elle en brandissant son gourdin. Le geste soudain effraya le cheval de Madeline qui hennit et fit un pas de côté sur la droite. L'animal serait tombé du remblai si un autre Noir, gravissant la pente, ne l'avait saisi par le licol. Madeline reprit aussitôt le contrôle de sa monture mais l'intervention de l'esclave avait irrité Cuffey.

— Redescends travailler, lança-t-il.

Ignorant l'ordre, le jeune Noir demanda à Madeline :

— Ça va, m'dame ?
— Oui, je...
— Tu entends, négro ? cria Cuffey.

Il avait déjà à moitié escaladé le remblai et menaçait l'autre esclave de son bâton.

— Tiens-toi tranquille pendant que je remercie cet

homme, intervint Madeline. C'est toi qui as causé l'incident, pas lui.

Cuffey parut stupéfait puis fou de rage. Entendant ricaner derrière lui, il se retourna mais les visages noirs étaient impassibles. Il redescendit en beuglant de plus belle et les esclaves se remirent au travail tandis que Madeline disait au jeune Noir :

— Je t'ai déjà vu mais je ne connais pas ton nom.
— Andy, m'dame. Comme le président Jackson.
— Tu es né à Mont Royal ?
— Non, Mr. Tillet m'a acheté avant de mourir.
— Je te remercie de ta prompte intervention. Tu as évité un accident.
— Heureusement. Cuffey n'a pas le droit de...

Le Noir s'interrompit, soudain conscient de son audace. Madeline le remercia à nouveau et il sauta du remblai. Ivre de colère, Cuffey le fixait en se frappant la paume de son bâton. Andy soutint son regard et le contremaître finit par détourner les yeux en aboyant des ordres pour cacher son humiliation. « Mauvaise situation », pensa Madeline en poursuivant sa promenade — et ce fut les mots qu'elle employa lorsqu'elle rapporta l'incident à Orry. Le soir, celui-ci envoya un domestique au village des esclaves et, peu après, on frappa à la porte du bureau.

— Entre, Andy.

L'esclave franchit le seuil de la pièce. Pieds nus, il portait un pantalon en toile et une chemise reprisée décolorée par de trop nombreuses lessives. Orry l'avait toujours considéré comme un jeune gaillard de bon aloi, musclé et bien proportionné, sachant se montrer poli sans être servile.

— Assieds-toi, dit le planteur en montrant le vieux fauteuil à bascule placé près du bureau.

Ce traitement inattendu désarçonna le jeune Noir, qui s'assit avec précaution dans le fauteuil, sans le faire osciller.

— Tu as épargné à Miss Madeline un accident qui aurait pu être grave, je t'en remercie. Je vais te poser quelques questions sur les circonstances de l'événement et je veux des réponses franches. Tu n'as rien à craindre de personne.

— Le contremaître, vous voulez dire ? Je n'ai pas peur d'un nègre qui doit crier et bousculer les autres pour se faire obéir.

Le ton assuré confirma l'impression favorable d'Orry.

— Après qui Cuffey en avait-il ? D'après Miss Madeline, l'homme avait des cheveux gris.

— C'était Cicero.

— Cicero ! Il a près de soixante ans.

— Oui, m'sieur. Lui et Cuffey, ils se sont déjà accrochés. Aussitôt que la maîtresse est partie, Cuffey a juré qu'il ferait payer le vieux.

— Bon. Je voudrais te prouver ma reconnaissance de façon tangible...

Andy ne comprit pas le dernier mot mais n'en dit rien.

— Tu as un jardin ? poursuivit le maître. Tu fais pousser des légumes pour toi ?

— Oui, m'sieur. Cette année, j'aurai du gombo et des pois. J'élève aussi trois poules.

Orry ouvrit un tiroir du bureau, y prit quelques billets.

— Avec trois dollars, tu pourras t'acheter de bonnes semences et de nouveaux outils si tu en as besoin. Dis-moi ce que tu veux, je le ferai venir de Charleston.

— Merci, Mr. Orry. Je vais réfléchir.

— Tu sais lire et écrire, Andy ?

— Les nègres n'en ont pas le droit. Je risque le fouet si je vous dis oui.

— Pas ici. Alors ?

— Je ne sais ni lire ni écrire.

— Tu apprendrais si tu en avais la possibilité ?

Andy soupesa les dangers qui le menaçaient peut-être avant de répondre :

— Oui, m'sieur. Lire, compter, ça aide dans la vie... Si je suis affranchi un jour, j'en aurai besoin, ajouta l'esclave d'un ton hésitant.

Le planteur sourit pour calmer l'appréhension du Noir.

— C'est un point de vue fort sage. Je suis content de cette conversation. Je ne te connaissais pas bien et je pense que tu pourrais être utile à la plantation.

— Merci, dit Andy, les billets à la main. Pour ça aussi.

Orry hocha la tête, regarda le jeune homme musclé se diriger vers la porte. Certains planteurs auraient fait fouetter Andy pour cet aveu ; Orry, lui, eût voulu avoir une dizaine d'autres esclaves animés du même esprit d'initiative.

La nuit était tombée. Au loin, des crapauds poussaient des coassements semblables aux sons d'un tambour fêlé. En suivant des yeux l'esclave qui s'éloignait, le maître remarqua qu'il était de taille moyenne : c'était sa démarche — et son caractère — qui le faisaient paraître plus grand.

Le lendemain matin, Orry se rendit à cheval sur les lieux où travaillaient ses esclaves et n'y vit pas Cicero. Cuffey tempéra ses rodomontades pendant le passage du maître puis les reprit de plus belle. Orry poursuivit son chemin jusqu'aux cases, descendit de cheval devant celle de Cicero et de sa femme. Un enfant nu au visage rieur urinait contre un des montants de la porte. Entendant Orry le chasser, la femme de Cicero se précipita au-dehors.

— Où est ton mari, Missy ?

— A l'intérieur, Mr. Orry. Il, euh, il travaille pas aujourd'hui. Il est un peu malade.

— Je voudrais le voir.

La réponse de la vieille — chapelet de propos quasi incohérents se ramenant à un refus — lui confirma qu'il se passait quelque chose. Il écarta doucement Missy, entra dans la case propre et nue juste au moment où Cicero poussait un gémissement. Le vieux Noir était étendu sur un grabat, les bras sur le ventre, le visage grimaçant, du sang séché sur ses paupières baissées et décolorées, le front marbré de marques. Nul doute que Cuffey eût fait usage de son bâton.

— Je vais vous envoyer le docteur, Missy, dit le

planteur en rejoignant l'esclave dehors. Je vais aussi régler cette affaire avant la fin de la journée.

Incapable de parler tant elle était secouée de sanglots, elle lui prit la main et la pressa.

Dans l'après-midi, bien qu'il fît étouffant, Orry alluma le poêle de son bureau avant de mander Cuffey. Le Noir entra, le bâton à la main — comme Orry l'avait prévu.

— C'est toi que j'aurais dû vendre au lieu de me séparer d'Anne. Donne-moi ça.

Il arracha le bâton de la main du Noir, ouvrit la porte du poêle et l'y jeta.

— Tu n'es plus contremaître, tu redeviens un esclave comme les autres. J'ai vu ce que tu as fait à Cicero sous je ne sais quel prétexte. Sors d'ici.

Le lendemain, une heure après le lever du soleil, Orry parla de nouveau à Andy dans son bureau.

— Je te nomme contremaître, déclara-t-il. C'est une grande marque de confiance : je te connais peu et les temps sont difficiles. Je sais que certains meurent d'envie de s'enfuir en territoire yankee. Il n'y aura pas de pardon pour quiconque essaiera de se sauver et sera repris. Je n'aime pas me montrer cruel mais je ne pardonnerai pas. Compris ?

Andy acquiesça d'un hochement de tête.

— Une dernière chose. Tu te rappelles que notre ancien régisseur, Salem Jones, que j'ai renvoyé pour vol, portait une badine. Cela avait sans doute impressionné Cuffey, qui a voulu l'imiter. J'aurais dû lui confisquer son bâton dès le premier jour. Porter un bâton est un signe de faiblesse, pas de force. Je ne veux pas en voir dans tes mains.

— Je n'en ai pas besoin, répondit Andy en regardant son maître dans les yeux.

C'est ainsi qu'Orry avait commencé à reconstruire son château en remplaçant la carte Cuffey par Andy. Il ne tarda pas à apprendre que la plupart des Noirs se réjouissaient du changement. Lui aussi était satisfait. Non seulement Andy avait l'esprit vif et assez de résistance pour travailler de longues heures, mais il avait l'art de mener les hommes. Ni faible ni brutal, il possédait une force intérieure qui lui donnait une totale assurance.

La confiance que le planteur avait placée en lui — sur une simple intuition — fit naître entre les deux hommes une estime mutuelle jamais exprimée mais bien réelle. Une ou deux fois, Orry avait entendu son père affirmer qu'il aimait certains de ses gens comme ses propres enfants et il commençait à comprendre ce que Tillet Main avait voulu dire.

Etendu à côté de Madeline, le maître de Mont Royal conclut que la situation était dans l'ensemble meilleure qu'une semaine plus tôt — même s'il fallait maintenant surveiller Cuffey de très près pour l'empêcher de répandre le mécontentement. Orry connaissait au moins une demi-douzaine d'esclaves qui prêteraient une oreille attentive aux propos de l'ancien contremaître. Toutefois, il pensait qu'Andy protégerait Madeline en cas d'ennuis s'il acceptait le poste de Richmond.

Une semaine plus tard, il reçut une lettre inattendue :

Chair Monsieur,

Ma couzine qui abite Charleston m'a montrait votre annonce demandant un régisseur. J'ai l'honeur de présenté ma candidature : Philemon Meek, âgé de soixante-quatre an mais en parfète santé et ayant une grande expérience...

— Expérience. Voilà un mot plutôt compliqué qu'il n'a pas estropié, dit Orry à Madeline en riant. A presque tous les autres il a fait une faute.

Ils se promenaient dans le jardin à la tombée de la nuit, en direction de la rivière.

— Prendrais-tu le risque d'engager un homme aussi peu instruit ? demanda Madeline.

— Oui, s'il avait l'expérience requise. Et la suite de la lettre semble l'indiquer. Il écrit que je recevrai des certificats signés de son ancien patron, un vieux veuf possédant une plantation de tabac près de Raleigh. Pas d'enfants, pas d'envie de maintenir le domaine. Meek aimerait l'acheter mais n'en a pas les moyens et la plantation sera divisée en petites fermes.

Ils atteignirent la jetée s'élançant dans les eaux lentes de la rivière. Sur l'autre rive, trois aigrettes se tenaient comme des statues dans l'eau peu profonde. Orry écrasa un moustique en se giflant le cou, les oiseaux s'enfuirent dans les ténèbres avec de grands battements d'ailes.

— Il y a un seul problème avec Mr. Meek, continua Orry en s'asseyant sur une vieille caisse. Il ne sera pas libre avant l'automne : il veut d'abord s'assurer que son employeur est bien installé chez la sœur qui doit l'accueillir.

— Ce genre d'attitude parle en sa faveur.

— Tout à fait, approuva le planteur. Je doute de pouvoir trouver quelqu'un de plus qualifié. Aussi vais-je lui écrire pour commencer à discuter de ses gages.

— Il a une femme, des enfants ?

— Ni l'un ni l'autre.

Madeline contempla en silence la surface lisse de l'eau, troublée de temps à autre par un insecte trop petit pour être vu.

— Je voulais justement connaître tes sentiments sur...

— Je veux des enfants, Madeline.

— Malgré ce que tu sais de ma mère ?

— Ce que je sais de toi est plus important. Oui, je veux des enfants.

— J'en suis heureuse. Justin me croyait stérile mais j'ai toujours pensé que le problème venait de lui. Nous le saurons bientôt — j'ai peine à imaginer un couple s'attaquant à la question avec plus d'ardeur que nous ne l'avons fait.

Elle lui pressa le bras et ils éclatèrent de rire.

— Je suis très contente que ce Mr. Meek t'ait écrit, reprit Madeline. Même s'il t'est impossible de partir avant l'automne, tu peux toujours envoyer une lettre à Richmond pour accepter le poste.

— Je pense que oui.

— Alors, tu as pris une décision !
— Eh bien...

Sa façon même de laisser sa phrase en suspens constituait un aveu.

— Les moustiques deviennent féroces ici, se plaignit Madeline. Rentrons à la maison boire un verre de vin. Peut-être même trouverons-nous une autre manière de célébrer ta décision.

— Au lit ?
— Oh ! non, murmura Madeline en rougissant. Ce n'est pas ce que je voulais dire. Enfin, pas tout de suite.
— Comment, alors ?

Incapable de retenir son sourire plus longtemps, elle suggéra :

— Je crois qu'il est temps de déballer le sabre que tu as si soigneusement caché en haut.

19

« NOTRE ROME », l'appelaient ses vieux habitants. Jeune fille, Mrs. James Huntoon avait préféré l'étude des garçons à celle des villes anciennes mais le peu de connaissances sur l'antiquité qu'on lui avait inculqué de force la mettait à même de ne voir dans cette comparaison qu'une preuve supplémentaire de la vanité virginienne. Cette arrogance imprégnait Richmond et dressait des barrières devant ceux qui venaient d'autres Etats. Au cours de la première réception privée à laquelle Ashton et son mari avaient été invités — afin d'examiner leurs personnes et leurs pedigrees, elle en était sûre — une femme aux cheveux blancs (« quelqu'un », de toute évidence) l'avait entendue déclarer avec irritation qu'elle ne comprenait tout simplement pas le caractère virginien.

La dame l'avait gratifiée d'un sourire au vitriol.

— C'est que nous ne sommes ni Yankees ni Sudistes — le Sud désignant ici des Etats ayant une forte population de planteurs de coton parvenus. Nous sommes Virginiens. Aucun autre adjectif ne suffit à nous définir, aucun autre mot n'en dit autant sur nous.

Ayant ainsi fustigé l'ignorance, la dame s'éloigna d'une démarche majestueuse. Ashton, qui bouillait de colère, se dit qu'elle venait de passer le moment le plus pénible de la soirée. Elle se trompait. Mary Chestnut, Sud-Carolienne à la langue acérée occupant une place de choix dans l'entourage de Mrs. Davis, la salua vaguement sans s'arrêter pour lui parler. Ashton craignit que la rumeur de sa complicité dans la tentative d'assassinat de Billy Hazard ne les eût suivis, en Virginie, elle et son mari James Huntoon.

Elle avait donc connu deux échecs en une seule soirée, mais il y aurait d'autres réceptions, et elle était résolue à vaincre. Bien qu'elle n'eût que mépris pour les gentlemen bien nés qui dirigeaient la Confédération — et pour leurs épouses, qui régnaient sur la société de Richmond — ils détenaient le pouvoir. Pour Ashton, il n'y avait pas d'aphrodisiaque plus puissant.

Comme Rome, Richmond avait des collines mais, comparée à la cité antique, la ville était fort petite. Même avec les quémandeurs de poste, les fonctionnaires et la racaille qui y affluaient, la population ne dépassait pas quarante mille habitants. Richmond avait aussi son Tibre : la rivière James, qui serpentait vers le sud puis vers l'est avant de se jeter dans l'Atlantique. Mais, sans aucun doute, l'air qu'on respirait sur le Capitolin avait une odeur plus raffinée que celle du tabac. Richmond empestait le tabac ; on se serait cru dans un entrepôt.

Pendant un mois et demi, la Confédération avait eu Montgomery pour capitale puis le Congrès avait voté un transfert en Virginie, non sans discussion. Richmond est trop près des lignes yankees, arguèrent les adversaires du changement. Mais le vote leur donna tort, comme la logique : Richmond, centre du Sud pour les transports et l'armement, devait être défendue, que le gouvernement s'y installe ou non.

Les vieux habitants de la ville vantaient ses belles maisons anciennes, ses églises, mais ne parlaient jamais des quartiers mal famés. Ils s'enorgueillissaient de ses familles de vieille souche mais ignoraient les créatures aviliés des deux sexes qui déambulaient l'après-midi sur les trottoirs ombragés de Capitol Square pour s'y vendre. On disait que les femmes, coriaces et rarement jeunes, étaient venues de Baltimore et même de New York en quête des possibilités qu'une capitale offre en temps de guerre. Dieu seul savait de quel égout leurs homologues masculins étaient sortis.

« Notre Rome », avec les Goths de Caroline et les Vandales de l'Alabama déjà à l'intérieur des murailles. Même le président provisoire — qui attendait encore confirmation officielle de son mandat de six ans — était considéré comme un primitif du Mississippi. Davis avait en outre le malheur d'être né dans le Kentucky, l'Etat même qui avait donné au monde l'incarnation suprême de la vulgarité sur terre : Abe Lincoln.

Bien que satisfaite de vivre près du pouvoir, Ashton n'était pas heureuse. Bien qu'habile avocat et sécessionniste farouche, son mari n'avait pu trouver mieux qu'un poste de collaborateur d'un des premiers assistants du ministre des Finances. C'était en conformité avec le mépris que le nouveau gouvernement témoignait aux Sud-Caroliniens. Très peu d'hommes de l'Etat au palmier nain* occupaient de hautes fonctions car on les jugeait extrémistes. L'exception, le ministre des Finances Memminger, n'était pas né en Caroline. Fils de quelque obscur soldat allemand, il avait été élevé à Charleston dans un orphelinat. Il n'avait jamais passé pour un « cracheur de feu » et c'était le seul Carolinien que Jeff Davis considérait comme digne de confiance.

Ashton et James Huntoon vivaient à l'étroit dans une chambre d'une des pensions proliférant dans Main Street. Cela aussi déplaisait à la jeune femme. Ils finiraient bien par trouver un logement adéquat mais attendre l'exaspérait d'autant plus qu'elle était contrainte de dormir dans le même lit que son époux. Il la laissait toujours insatisfaite les rares fois où elle lui permettait de la tripoter, de la fourgonner avec son instrument flasque en soupirant.

Richmond était une vieille pièce de monnaie ternie

---

* Le palmier nain est l'emblème de la Caroline du Sud (n.d.t.).

mais rare et précieuse à certains égards. On y trouvait des gens importants à cultiver, des occasions lucratives à saisir — ainsi qu'un bon nombre d'hommes séduisants, avec ou sans uniforme. D'une façon ou d'une autre, Ashton tirerait parti de toutes ces possibilités — et peut-être ce soir même, pour notre première réception officielle, pensait-elle en finissant de s'habiller.

La sœur d'Orry Main était une belle jeune femme aux formes pleines possédant l'art inné d'utiliser ses avantages. Elle avait insisté pour qu'ils louent un attelage afin de faire bonne impression dès leur arrivée, mais James avait répondu en geignant qu'ils n'en avaient pas les moyens. Elle l'avait laissé faire usage trois minutes de ses droits maritaux et il avait changé d'avis. Quel plaisir elle éprouva quand il l'aida à descendre de voiture devant le *Spotswood Hotel* et qu'elle entendit les murmures approbateurs des badauds !

Bien qu'il fît très chaud en cette soirée de juillet, Ashton portait tout l'attirail que la mode imposait à une femme élégante, à commencer par les quatre cerceaux d'acier gainés de tissu. Tous, sauf celui du haut, avaient une ouverture sur le devant pour faciliter la marche.

Par-dessus les cerceaux, des jupons, puis sa plus belle robe en soie, d'une couleur pêche faisant ressortir les paillettes de jais du filet retenant sa chevelure et les rubans de velours noir enserrant ses poignets. Les femmes à la mode portaient des cascades de bijoux, mais les revenus de son mari limitaient Ashton à une paire de gouttes d'onyx noir pendant à ses oreilles au bout de petits anneaux d'or. Elle comptait sur la façon dont elle avait coiffé ses cheveux noirs et sur sa beauté sensuelle pour attirer l'attention.

— Maintenant, écoute-moi, chéri, dit-elle à son mari tandis qu'ils traversaient le hall de l'hôtel en cherchant le Salon 83. Laisse-moi aller et venir à ma guise et fais de même de ton côté. Nous rencontrerons deux fois plus de gens si tu ne t'accroches pas constamment à moi.

— Oh ! je n'en ai pas l'intention, répliqua Huntoon.

Il avait pris ce ton vertueux qui lui avait souvent fait perdre des amis et avait nui à sa carrière. De six ans plus âgé que sa femme, James était un homme ventru au teint pâle, imbu de ses opinions.

— Par là — ce couloir, continua-t-il. J'aimerais que tu cesses de me traiter comme un gamin faible d'esprit.

Le cœur d'Ashton se mit à battre plus vite lorsqu'elle vit les portes ouvertes du Salon 83, où le président Davis donnait régulièrement des réceptions — il n'avait pas encore de résidence officielle. Elle entrevit des femmes en robe du soir bavardant avec des hommes en uniforme ou en habit. Le sourire en place, elle murmura à James :

— Conduis-toi en homme et je le ferai peut-être. Si tu gâches cette soirée, je te tue... Ah ! Mrs. Johnston !

La femme qui se trouvait devant eux et s'apprêtait à entrer tourna la tête.

— Oui ? fit-elle avec une expression polie mais intriguée.

— Ashton Huntoon. Puis-je vous présenter mon mari James ? James, voici la femme d'un de nos éminents généraux commandant le front d'Alexandria. James est aux Finances, Mrs. Johnston.

— Un poste des plus importants. Ravie de vous avoir vus, assura la générale avant de passer dans la salle.

Ashton se félicita de lui avoir parlé dans le couloir : Joe Johnston était l'officier le plus élevé en grade sur le front d'Alexandria — celui qui captivait tout le monde — mais son épouse ne faisait pas partie des intimes de Mrs. Davis.

— Je ne pense pas qu'elle t'ait reconnue, chuchota Huntoon.

— Comment l'aurait-elle pu, nous ne nous sommes jamais rencontrées !

— Quel aplomb tu as ! dit-il d'un ton d'admiration et de reproche.

— Cela compense ton caractère timoré, susurra Ashton. Oh ! regarde, ils sont là tous les deux : Johnston et Bory.

Emportée par le plaisir inattendu qu'elle éprouvait, la jeune femme s'avança dans la foule, hochant la tête, souriant à des gens qu'elle ne connaissait absolument pas. Au fond de la salle bondée, elle repéra le président et Varina Davis, très entourés.

Memminger accueillit les Huntoon, conduisit Ashton au buffet puis la présenta sur sa demande à l'officier que tout le monde voulait rencontrer, petit homme sec et nerveux, au teint plombé et aux yeux mélancoliques, aux traits indiquant sans contredit des origines françaises. Le général Beauregard se pencha sur la main gantée, la baisa.

— Votre mari a trouvé un trésor, madame, déclara Bory. Vous êtes plus belle que le jour, ajouta-t-il en français. Enchanté !

Le regard d'Ashton parut désapprouver la flatterie tout en en reconnaissant le bien-fondé : les femmes de Caroline connaissaient sur le bout des ongles l'art de la coquetterie.

— Tout l'honneur est pour moi, général. Etre présentée à notre nouveau Napoléon, celui à qui la Confédération doit sa première victoire, c'est, je le sais, le point culminant de ma soirée.

Ravi, le général créole fit une courbette et s'éclipsa : d'autres admirateurs attendaient.

De son côté, Huntoon promenait sur l'assistance un regard anxieux en se demandant si quelqu'un avait entendu Ashton. Etait-elle donc stupide au point d'ignorer que le point culminant de la soirée, c'était être présenté au président et à Mrs. Davis ? James Huntoon passait le plus clair de son temps à plonger dans les affres de la terreur pour de telles vétilles.

Son examen de la foule des invités suscita bientôt en lui un nouveau sentiment : la colère.

— Rien que des petits paons de West Point et des étrangers, grommela-t-il. Diable ! le juif nous a repérés. Par ici, Ashton.

Il tira sa femme par le coude mais elle se dégagea et, d'un signe de tête, lui signifia d'aller frayer ailleurs. Ainsi libérée, elle salua le petit homme replet s'approchant avec un sourire jovial, la main tendue.

133

— Mrs. Huntoon, n'est-ce pas ? Judah Benjamin. Je vous ai vue une ou deux fois au ministère des Finances. Votre mari y travaille, je crois.

— En effet, Mr. Benjamin, mais je m'étonne que vous m'ayez remarquée.

— Je n'offenserai pas ma femme, actuellement à Paris, en disant qu'il faut ne pas vous voir pour ne pas vous remarquer.

— Quel compliment bien tourné ! Mais j'ai entendu dire que notre ministre de la Justice est connu pour savoir trousser le madrigal.

Benjamin se mit à rire et Ashton le trouva sympathique — en partie parce qu'il déplaisait à son mari. Déjà la politique du président suscitait une vive opposition et l'on reprochait en particulier à Davis de favoriser la présence au gouvernement de juifs ou d' « étrangers ». Le ministre Benjamin, qui dirigeait un système judiciaire non existant, était l'un et l'autre.

Né à St. Croix, il avait grandi à Charleston et avait été renvoyé de Yale pour un motif resté secret mais qu'on disait scandaleux. Juriste, il était passé aisément du sénat des Etats-Unis, où il représentait la Louisiane, à la Confédération. Ses adversaires le traitaient de politicien d'appareil minable et opportuniste — entre autres choses.

Le ministre escorta Ashton jusqu'au buffet, disposa quelques friandises sur une assiette qu'il lui tendit. La jeune femme vit James, qui se rapprochait du président, lui lancer des regards furibonds. Elle en fut ravie.

— Un buffet copieux mais pas de première qualité, commenta Benjamin. Un de ces soirs, vous viendrez avec votre mari goûter mes canapés préférés : du pain blanc à la bonne farine de Richmond avec de la pâte d'anchois. Je les accompagne de Xérès que j'importe par fût.

— Comment pouvez-vous le faire venir d'Espagne avec le blocus ?

— Oh ! je me débrouille, répondit Benjamin avec un sourire innocent. Vous viendrez ?

— Bien sûr, mentit-elle, sûre que James refuserait l'invitation.

Il lui demanda son adresse et elle la lui donna de mauvaise grâce. Il l'avait sans nul doute située dans le quartier des pensions de famille mais cela ne réduisit en rien son amabilité puisqu'il promit de lui envoyer bientôt un bristol. Le ministre alla ensuite faire sa cour au général et à Mrs. Johnston, qui se tenaient seuls dans un coin, mécontents de leur solitude et de la foule se pressant autour du Vieux Bory.

Ashton songea à suivre Benjamin mais renonça en voyant Mrs. Davis s'avancer vers le ministre de la Justice et les Johnston. Elle ne se sentait pas le culot de se joindre à un groupe aussi impressionnant. Pas encore.

Elle considéra la présidente. Deuxième épouse de Davis, Varina était une belle femme de trente-cinq ans environ qui attendait un nouvel enfant. On la disait franche, sans artifice, n'hésitant pas à donner son opinion sur des questions publiques. Ce n'était pas là une conduite habituelle pour une femme du Sud et Ashton savait que Mrs. Johnston avait traité la première dame de « beauté de l'Ouest » — ce qui, dans sa bouche, n'était pas un compliment. Pourtant, Ashton aurait donné n'importe quoi pour lui être présentée.

Elle eut l'agréable surprise de constater qu'elle avait une bien meilleure chance de rencontrer le président lui-même, avec qui James avait réussi à entrer en conversation. Ashton se lança au milieu des épaules chamarrées des hommes et de celles parfumées des femmes.

Elle passa près de trois officiers qui en accueillaient un quatrième, homme d'allure fougueuse, propriétaire de splendides moustaches et de cheveux bouclés enduits d'une pommade presque aussi forte que le parfum d'Ashton.

— La Californie est bien loin d'ici, colonel Pickett, lui dit un des militaires. Nous sommes heureux que vous ayez fait le voyage sans encombre. Bienvenue à Richmond et dans le camp des justes.

L'officier à qui s'adressaient ces paroles remarqua la jeune femme et la gratifia d'un sourire galant, légèrement flirteur. Puis il fronça les sourcils, comme s'il cherchait à se rappeler où il l'avait vue. L'un des camarades de promotion d'Orry s'appelait Pickett. Etait-ce le même homme ? Avait-il trouvé une ressemblance entre Ashton et son frère ? Elle s'éloigna rapidement : elle n'avait aucune envie de parler de celui qui l'avait chassée de la maison familiale.

La voyant approcher, James tourna le dos. Le salaud, il ne voulait pas la présenter, il la punissait d'avoir bavardé avec le petit juif. Il le lui paierait.

Ashton chercha un visage familier, finit par en trouver un et imposa sa compagnie à Mary Chesnut. Cette dernière se montra ce soir-là plus amicale et encline aux commérages.

— Tout le monde déplore l'absence inexpliquée du général et de Mrs. Lee. Une scène de ménage, à votre avis ? Je sais, c'est un couple modèle. On dit qu'il ne jure jamais et ne perd jamais son calme. Mais même un homme d'une aussi grande rigueur morale doit bien se laisser aller de temps en temps, non ? S'il était ici, nous aurions probablement une réunion d'anciens de West Point impromptu. Pauvre vieux Bob ! La presse yankee s'est déchaînée contre lui quand il a démissionné pour rejoindre notre camp.

— Oui, je sais, dit Ashton.

On racontait que Mrs. Chesnut tenait un journal et qu'il fallait parler prudemment en sa présence.

— On aurait pu croire que cela le rendrait populaire parmi nos soldats, reprit Mary Chesnut.

— Et ce n'est pas le cas ?

— Non. Les premières classes et les caporaux de bonne famille l'ont surnommé le Roi des piques parce qu'il les envoie creuser des trous et suer comme des valets de ferme.

Ecoutant avec un intérêt feint, Ashton n'avait pas manqué de remarquer un homme grand et bien fait vêtu de velours bleu qui l'observait du buffet. L'inconnu laissa son regard descendre jusqu'à la soie couleur pêche épousant ses seins. Ashton attendit que ses yeux croisent à nouveau les siens avant de tourner la tête puis abandonna Mary Chesnut pour se rapprocher de James et du président.

Jefferson Davis paraissait quelques années de moins que ses cinquante et un ans, impression que contribuaient à créer son port militaire, sa minceur et sa chevelure abondante. Portée longue sur la nuque, elle ne montrait presque aucun cheveu blanc, et les touffes de ses favoris pas davantage.

— Mais Mr. Huntoon, disait-il, je soutiens qu'un gouvernement central doit prendre certaines mesures dictées par la guerre. La conscription, par exemple.

Aux deux hommes s'était joint Toombs, le secrétaire d'Etat, qui passait pour insatisfait et semait déjà le mécontentement au sein du gouvernement. Il critiquait en particulier West Point parce que Davis, de la promotion 1828, plaçait une grande confiance en certains de ses diplômés.

— Vous voulez dire que vous la décréteriez, demanda Huntoon, qui avait des opinions tranchées sur la question et se réjouissait de cette occasion de les faire connaître.

— Si cela devenait nécessaire, je le recommanderais instamment, oui.

— Vous ordonneriez la levée des troupes dans les divers Etats, comme l'a fait ce babouin, ami des nègres ?

Davis prit une expression ennuyée en soupirant.

— Mr. Lincoln a demandé des volontaires, rien de plus. Nous avons fait de même. Dans les deux camps, la conscription demeure pour le moment une hypothèse purement théorique.

— Mais je déclare, monsieur le président, avec tout le respect dû à votre personne et à vos fonctions, que cette hypothèse ne doit jamais devenir réalité. Elle est contraire à la doctrine de suprématie des Etats. S'ils sont contraints d'abandonner cette suprématie à un pouvoir central, nous aurons le même cirque qu'à Washington.

Les yeux gris du président étincelèrent et le gauche, presque aveugle, parut aussi chargé de colère que le droit. Huntoon avait entendu parler de l'irascibilité de Davis, qui prenait tout désaccord pour une attaque personnelle et réagissait en conséquence.

— Quoi qu'il en soit, Mr. Huntoon, ma responsabilité est claire. J'ai le devoir de rendre cette nouvelle nation viable et d'assurer sa victoire.

Egalement prompt à s'enflammer, Huntoon répliqua :

— Jusqu'où irez-vous, alors ? J'ai entendu dire que certains membres de la clique de West Point suggèrent que nous enrôlions des nègres afin qu'ils se battent pour nous. Vous feriez cela ?

Davis balaya l'idée d'un éclat de rire et Toombs s'exclama :

— Jamais. Le jour où la Confédération permettra à un moricaud d'entrer dans les rangs de son armée, ce sera pour elle la dégradation, la ruine et la honte.

— Je suis de cet avis, approuva sèchement Huntoon. Quant à la conscription...

— Simple hypothèse, coupa Davis, j'ai l'espoir d'obtenir la reconnaissance de notre gouvernement sans trop d'effusion de sang. Constitutionnellement, nous étions parfaitement en droit d'agir comme nous l'avons fait. Je ne me conduirai pas et je ne conduirai pas la guerre comme si nous avions tort. Néanmoins, un gouvernement central doit être plus fort que les parties qui le constituent, sinon...

— Non, monsieur le président, interrompit Huntoon. Les Etats ne le toléreront jamais.

— En ce cas, Mr. Huntoon, la Confédération ne durera pas un an. Il faut choisir entre la doctrine du droit des Etats, intouchable et scrupuleusement appliquée, et un nouveau pays. On ne peut avoir les deux sans quelque compromis. A vous de choisir.

Etourdi de colère, Huntoon bredouilla :

— Je choisis de ne pas m'associer à des visées autocratiques, monsieur le président. En outre...

— Si vous voulez bien m'excuser.

Les joues empourprées, Davis tourna les talons et s'éloigna, suivi de Toombs.

Huntoon écumait de rage. Si le président était en désaccord avec des principes fondamentaux, qu'il aille au diable ! Ce n'était décidément pas l'homme qu'il fallait. Il se contentait d'approuver en paroles les idéaux de Calhoun et des autres grands hommes politiques qui avaient essuyé pendant une génération les calomnies du Nord et s'étaient usés à combattre pour le droit de chacun à posséder ce que bon lui semblait. Huntoon se félicitait d'avoir déclaré à Davis que...

— *Espèce d'imbécile, de gaffeur...*
— Ashton !
— Je n'arrive pas à y croire. Au lieu de le flatter, tu as débité des boniments politiques.

Ecarlate, il la saisit par le poignet, pressant de ses doigts moites le ruban de velours.

— On dit qu'il se comporte en dictateur et j'ai voulu le confirmer. J'ai exprimé ma conviction profonde que...

Elle se rapprocha de lui, son sourire le plus suave aux lèvres.

— Ta conviction profonde, je la conchie. Au lieu de me présenter pour que je puisse t'aider à te tirer d'une situation délicate, tu as péroré à tort et à travers, tu as sonné le glas de ta minable carrière.

Ashton se retourna brusquement et se dirigea vers le buffet, les larmes aux yeux. « L'idiot, il a tout gâché ! » Sa colère fit bientôt place à un sentiment de dépression. La soirée s'acheminait vers sa fin ; déjà de nombreux invités commençaient à partir. Les mains crispées sur son verre de punch, elle aurait voulu disparaître dans le parquet et mourir. Elle était venue à Richmond chercher le pouvoir dont elle avait toujours rêvé et, en quelques phrases, James s'était condamné à ne jamais le conquérir pour elle.

Très bien — elle trouverait quelqu'un d'autre. Quelqu'un qui l'aiderait à s'élever. Un allié intellectuel, ou mieux, un homme sur qui elle pourrait utiliser certains talents qu'elle savait avoir. Un homme plus intelligent et plus adroit que James, plus attaché à la réussite et capable de l'obtenir.

En moins d'une minute, Ashton prit une décision dans le Salon 83 du *Spotswood*. Huntoon n'avait jamais vraiment été un mari pour elle — sa boîte à souvenirs spéciaux en témoignait. Dorénavant, il ne serait plus son mari que de nom. Et peut-être encore moins si elle lui trouvait un remplaçant adéquat.

Ashton posa son verre et, de nouveau souriante, demanda au Noir officiant derrière le buffet :

— Pourrais-je avoir du champagne ? Je ne supporte pas le punch éventé.

L'homme en habit de velours bleu éteignit son long cigare dans une urne de sable. Après avoir posé quelques questions pour être sûr de son fait, il se dirigea avec nonchalance vers sa cible : le lourdaud à lunettes qui venait d'avoir une sombre dispute avec sa femme.

Il avait environ trente-cinq ans, un corps musclé, des mains délicates. Bien qu'il se déplaçât avec grâce et portât l'habit avec élégance, il émanait de lui une certaine grossièreté, due en partie aux marques de variole de son visage. Ses cheveux lisses, légèrement pommadés, mêlant le gris au châtain foncé, lui descendaient sur la nuque comme ceux du président Davis.

Il s'approcha de Huntoon qui, bouleversé, perdu, essuyait interminablement ses lunettes avec un mouchoir humide.

— Bonsoir, Mr. Huntoon.

La voix profonde fit sursauter l'avocat, qui bafouilla :

— Bonsoir. Vous avez un avantage sur moi...

— C'est exact. Quelqu'un m'a appris votre nom. Vous appartenez à une vieille famille bien connue dans notre partie du monde, si je puis dire.

Huntoon se demanda ce que voulait cet individu. Lui proposer un investissement, peut-être ? Là, il n'avait aucune chance : Ashton contrôlait le peu d'argent qu'ils possédaient, les quarante mille dollars de sa dot.

— Etes-vous de Caroline du Sud, Mr... ?

— Powell. Lamar Hugh Augustus Powell. Lamar pour les amis. Non, monsieur, je ne suis pas de votre Etat mais d'à côté. Ma mère est de Géorgie, d'une famille de planteurs de coton, près de Valdosta. Mon père était anglais. Il a épousé ma mère à Nassau, où j'ai grandi et où il a exercé le métier d'avocat jusqu'à sa mort, survenue il y a quelques années.

— Les Bahamas. Voilà l'explication...

L'effort que fit Huntoon pour sourire et se montrer engageant parut tout à fait ridicule à Powell. Cet imbécile ne poserait aucun problème. Mais où donc était passée... ?

Ah !... Sans tourner la tête, Powell vit du coin de l'œil s'approcher une tache de couleur.

— L'explication de quoi ?
— De votre façon de parler. J'avais cru reconnaître l'accent de Charleston — mais pas tout à fait.

Pendant un moment, Huntoon ne trouva rien d'autre à dire puis, en désespoir de cause, finit par déclarer :

— Belle réception...
— Je ne me suis pas présenté à vous afin de discuter de la soirée, répondit Powell.

Huntoon se sentit piqué et son sourire se crispa.

— Pour être franc, reprit l'homme en bleu, je constitue un petit groupe en vue de financer un projet confidentiel qui pourrait se révéler extrêmement lucratif.

Le mari d'Asthon cligna des yeux.

— Vous parlez d'un investissement ?
— Dans les transports maritimes. Ce satané blocus offre des occasions fantastiques aux hommes qui ont la volonté et les moyens de les saisir.

Lamar Powell se pencha un peu plus vers Huntoon.

Après toutes les déceptions que la soirée avait apportées, Ashton prit enfin quelque plaisir à regarder le séduisant inconnu qui parlait à son mari. Comme James paraissait lamentable à côté de lui ! L'homme était-il aussi prospère que les apparences le suggéraient ? Aussi viril ?

Elle se dirigea vers eux et Huntoon, après l'avoir punie, était prêt maintenant à se montrer aimable.

— Ma chérie, puis-je te présenter Mr. Lamar Powell, de Valdosta et des Bahamas ? Mr. Powell, ma femme, Ashton.

141

En faisant ces présentations, Huntoon commit l'une des plus grandes erreurs de sa vie.

20

CHARLES attacha le bai d'Ambrose Pell en haut de la barrière. Une pluie fine mouillait son uniforme, le crâne chauve du fermier et la robe grise du cheval qu'il était venu voir.

— Un gris ? dit le capitaine. Seuls les musiciens montent des chevaux gris.

— C'est sûrement pour ça que j' l'ai encore, répondit le fermier. J'ai vendu toutes les aut' bêtes rapides que j'avais. Mais si vous voulez savoir, j'aime pas faire affaire avec vous aut', de la cavalerie. Il y en a deux qui sont passés ici la semaine dernière avec des papiers comme quoi ils étaient de l'intendance.

— Combien de poulets vous ont-ils volés ?

— Ah ! vous les connaissez ?

— Non, mais je sais comment certains d'entre eux opèrent.

Le vol, caché sous l'appellation officielle d' « aller au fourrage » contribuait à la mauvaise réputation que la cavalerie avait déjà acquise, tout comme l'opinion largement répandue que les soldats montés se serviraient de leur cheval pour fuir la bataille. Il y avait une chance sur deux pour que les hommes qui s'étaient présentés à la ferme aient fabriqué eux-mêmes les papiers qu'ils avaient présentés.

— Pour en revenir au cheval...

— J' vous ai dit le prix.

— C'est trop cher mais je suis prêt à l'acheter quand même s'il est bon.

Charles en doutait. Le hongre de deux ans était un animal quelconque, petit — une quinzaine de mains de haut — et ne pesant pas un millier de livres. Il avait les palerons et les paturons d'une bête rapide, mais les gris faisaient rarement de bons chevaux de selle.

— Faut que vous trouviez vous-même vot' remonte, hein ?

— Oui. Cela fait deux semaines que je n'ai plus de monture et que je cherche un cheval.

— On vous donne rien pour compenser que c'est vous qui fournissez vot' bête ?

— Quarante *cents* par jour, l'avoine, les fers et les services d'un maréchal-ferrant, si vous en trouvez un à jeun.

C'était une politique stupide, sans doute inventée par un fonctionnaire qui n'avait jamais monté rien de plus vif que le cheval à bascule de son enfance. Plus Charles se familiarisait avec la vie de camp, les nouvelles recrues, les règles militaires, plus il se demandait si l'armée de la Confédération relevait du comique ou du tragique. Des deux, probablement.

— Comment il est mort, vot' aut' cheval ?

Curieux, le vieux ronchon.

— Maladie.

Fringante avait succombé onze jours après que Charles eut décelé les premiers symptômes du mal. L'officier voyait encore le bai étendu par terre, les yeux tristes, sous toutes les couvertures qu'il avait pu acheter ou emprunter. Si elles masquaient les affreux abcès, elles ne pouvaient cacher les jambes gonflées ni la puanteur du pus crémeux coulant des lésions. Il aurait dû l'abattre mais n'avait pu s'y résoudre.

— La gourme, c'est une sale fin pour une bonne bête, marmonna le fermier.

— Je préfère ne pas en parler, dit Charles, pressé de conclure l'affaire. Pourquoi n'avez-vous pas déjà vendu le gris ? Il est trop cher ?

— Naan. Comme vous disiez, il y a que ceux de la fanfare qui veulent des gris.

— On ne trouve pas beaucoup de chevaux à vendre dans ce coin de Virginie, fit observer Charles. Qu'est-ce qu'il a ? Il est dressé, au moins ?

— Oh ! pour sûr. C'est mon cousin qui s'en est occupé. Je vais êt' franc avec vous, soldat...

— Capitaine.

— C'est une bonne petite bête, rapide, mais elle a quèque chose qui plaît pas. Deux aut' types avant vous l'ont regardée, ils en ont pas voulu. C'est p'têt parce qu'elle vient de Floride.

Aussitôt Charles dressa l'oreille.

— Il a du sang chickasaw ?

— J'ai rien pour le prouver, mais c'est ce que dit le cousin.

Alors le gris était peut-être une trouvaille. Les meilleurs chevaux de Caroline conjuguaient les qualités des pur-sang anglais et des mustangs de Floride. Charles se dit qu'il aurait dû deviner les origines chickasaw du hongre gris en le voyant folâtrer dans le pré.

— Il est difficile à monter ?

— Ça, y en a qui l'ont trouvé pas facile, répondit le fermier d'un ton impatient.

L'homme en avait assez des questions, et son air bougon invitait l'officier à se décider vite, dans un sens ou dans un autre.

— Il a un nom ?

— Le cousin l'appelait Joueur.

— Ça peut vouloir dire qu'il est vif — ou indocile...

— Je lui ai pas demandé, grogna le fermier. (Il se pencha en avant, cracha un jet de salive dans l'herbe.) Bon, vous le voulez ou pas ?

— Mettez-lui ce harnais et amenez-le ici, répondit Charles en ôtant ses éperons.

Le fermier entra dans le pré et Charles remarqua que Joueur avait essayé deux fois de mordre son propriétaire pendant qu'il le harnachait. Mais l'animal suivit ensuite docilement l'homme lorsqu'il le conduisit à la barrière.

Le capitaine Main s'approcha du bai d'Ambrose Pell, tira son fusil de la gaine de peau qu'il avait coupée et assemblée lui-même. Il vérifia rapidement l'arme sous le regard inquiet du fermier.

— Vous voulez faire quoi ?

— Le monter à ma manière.

— Sans selle, sans couverture ? Où vous avez appris ça ?

— Au Texas.

— Mais ce fusil...

— S'il a peur des détonations, il ne me servira à rien. Approchez-le encore.

Charles grimpa sur la barrière et se laissa retomber sur le hongre le plus doucement qu'il put. Il enroula la bride autour de sa main droite et sentit que l'animal commençait à résister. Il leva son arme, tira les deux coups en l'air. Le cheval ne se cabra pas mais se mit à galoper, droit vers l'autre barrière située au bout du pré.

Charles perdit son képi. Le visage giflé par la pluie, il voyait la barrière se précipiter vers lui. « S'il ne saute pas, je me brise le cou. » La crinière flottant au-dessus de son cou long et mince, Joueur passa l'obstacle sans même tutoyer le barreau supérieur. Avec un éclat de rire, le cavalier laissa aller la bête, qui partit dans un des galops les plus effrénés qu'il eût connus. Sur l'herbe. A travers un verger — et Charles baissa la tête plusieurs fois pour éviter des branches basses. En haut d'une colline puis dans l'eau froide d'un cours d'eau. Il vint à l'esprit de Charles que ce n'était pas lui qui essayait le hongre mais le hongre qui le mettait à l'épreuve.

Le capitaine Main rit à nouveau. Dans ce petit animal sans beauté, d'une couleur peu recherchée, il avait trouvé un remarquable cheval de guerre.

— Je le prends, annonça-t-il en retournant auprès du fermier. (Il tira de sa poche quelques billets.) Vous avez dit cent...

— Pendant que vous le faisiez gambader, j'ai décidé que je pouvais pas le laisser à moins de cent cinquante.

— Vous avez dit cent, c'est tout ce que vous aurez, répliqua Charles en relevant le canon de son fusil de chasse.

L'affaire fut conclue sans autre marchandage.

— Charlie, vous vous êtes fait avoir, déclara Ambrose Pell cinq minutes après le retour de Charles au camp avec le cheval gris. Le premier imbécile venu verrait que cette bête n'a rien qui la recommande.

— Les apparences sont parfois trompeuses, dit Charles en passant la main sur les naseaux légèrement incurvés de Joueur. En outre, je crois que je lui plais.

— Et cette couleur ! insista le lieutenant. Tout le monde vous prendra pour un joueur de cornet, pas pour un gentleman.

— Je ne suis pas un gentleman. J'ai cessé d'essayer d'en être un à sept ans. Merci de m'avoir prêté votre cheval. A présent, je vais donner à manger au mien.

— Laissez mon nègre s'en charger.

— Toby est votre domestique, pas le mien. De plus, depuis mon passage à West Point, j'ai cette idée curieuse qu'un soldat doit s'occuper lui-même de sa monture. C'est un autre lui-même, comme on dit.

— Je subodore une désapprobation. Quel mal y a-t-il à faire venir un esclave au camp ?

— Aucun — jusqu'à ce que le combat commence. Personne ne se battra à votre place.

Irrité par la remarque, Pell garda un moment le silence.

— A propos, Hampton veut vous voir, finit-il par marmonner.

— Pour quelle raison ?

— Sais pas. Le colonel ne me fait pas de confidences, peut-être parce qu'il trouve que je ne ressemble pas assez à un militaire de carrière. Oh ! je ne le nie pas. Je me suis engagé uniquement parce que j'aime monter à cheval et que je déteste les Yankees. Et aussi parce que je ne voulais pas qu'on dépose une nuit un jupon devant ma porte pour me traiter d'embusqué... Vous vous souvenez que nous dînons avec ce bon vieux prince, ce soir ?

— Merci de me le rappeler. Je l'avais oublié.

— Dites à Hampton de ne pas vous garder trop longtemps : Son Altesse compte sur notre exactitude.

Charles sourit en emmenant Joueur.

— C'est vrai que, dans cette armée, les dîners fins passent avant le service. Je ne manquerai pas de le rappeler au colonel.

Bien que le camp de Hampton fût le bivouac d'un régiment d'élite, il n'échappait pas aux maux affligeant habituellement ce genre d'endroit, comme Charles le constata trois quarts d'heure plus tard en se rendant au quartier général. Il vit des excréments humains laissés sur le sol et non dans les fosses creusées à cet effet. L'odeur en était d'autant plus pénétrante qu'il n'y avait pas de vent en cette fin d'après-midi.

Il vit tituber deux soldats ivres de l'abominable tord-boyaux vendu par l'inévitable cantinier dans son inévitable tente. Il vit trois femmes à la mise criarde qui n'étaient ni des lavandières ni des épouses d'officiers. Bien que n'ayant pas couché avec une femme depuis des mois, Charles ne se résolvait pas à s'adresser à ces beautés. Pas avec l'épidémie de chaude-pisse qui frappait le campement.

Contrairement au cantinier débordé, le colporteur à barbe grise n'avait aucun chaland et s'appuyait, solitaire, contre la roue de son chariot en lisant un des articles qu'il vendait. Une bible ? Non, une brochure. Peut-être *les Recommandations d'adieu d'une mère à son fils soldat*, huit pages de mise en garde moralisante présentées sous forme de lettre. Ce texte connaissait dans toute l'armée un gros succès, même si les légionnaires un peu instruits s'en moquaient.

Charles croisa deux jeunes gens dont le salut fut si bref qu'il frôla l'insolence. Avant même que l'officier ne leur eût répondu, les deux hommes recommencèrent à discuter du prix d'un remplaçant quand on ne voulait pas monter la garde. Le tarif habituel s'élevait à vingt-cinq cents par tour de garde.

Tableau déplaisant suivant, la grande tente dont on avait relevé les côtés à cause de la chaleur étouffante et de l'humidité. Elle accueillait les premières victimes de cette guerre sans coups de feu. La maladie était partout : l'eau contaminée donnait la diarrhée aux hommes, leur tordait les boyaux, et les boulettes de pâte d'opium ne soulageaient guère leurs souffrances. Survivre à la dysenterie au Texas n'avait pas empêché Charles de l'avoir à nouveau pendant une semaine en Virginie. A présent une nouvelle épidémie frappait l'armée : la rougeole.

S'il répugnait à appeler les combats de ses vœux, il ne pouvait nier que la vie de camp le rendait malade.

Peut-être ses désirs seraient-ils exaucés avant longtemps. Un vieux routier de la politique, le général Patterson, avait chassé Johnston et ses hommes de Harper's Ferry et le bruit courait que McDowell enverrait bientôt trente mille soldats au moins à l'embranchement ferroviaire stratégique de Manassas.

Parvenu au quartier général, Charles dut attendre parce que le capitaine Barker finissait de s'entretenir avec le colonel. Soudain, il éprouva une furieuse envie de se gratter et songea : ça y est, j'en ai.

Vers six heures, Barker sortit et Charles se présenta à l'homme pour qui il avait une profonde admiration : Wade Hampton, millionnaire, bon chef et excellent cavalier malgré son âge.

— Repos, capitaine, dit le colonel après le salut de rigueur. Asseyez-vous si vous le voulez.

Charles s'installa sur le tabouret situé en face du bureau de Hampton, dont un coin était réservé à un petit coffret de velours rouge au couvercle ouvert. Dedans, un cadre en argent entourait une miniature de la seconde femme de Hampton, Mary.

Le colonel se leva, s'étira. Avec ses deux mètres, ses larges épaules et sa force manifeste, c'était un homme imposant. Quoiqu'il montât parfaitement à cheval, il ne s'adonnait pas aux parades équestres fréquentes dans le 1er régiment de Virginie commandé par Beauty Stuart, un officier que Charles avait connu et apprécié à West Point. Jeb avait de la fougue, Hampton une lenteur puissante. Personne ne mettait en doute le courage de l'un ou de l'autre mais leur style était aussi différent que leur âge, et Charles avait entendu dire que leurs rares rencontres avaient été peu chaleureuses.

— Désolé d'avoir été absent quand vous m'avez demandé, colonel. J'étais à la recherche d'une remonte.

— Vous en avez trouvé une ?

— Oui, heureusement.

— Parfait, dit Hampton en prenant un document sur son bureau. Je voulais vous voir pour un nouveau problème de discipline. Aujourd'hui, l'un de vos hommes s'est absenté sans permission. Il était présent à l'appel du matin mais disparu à celui du petit déjeuner une demi-heure plus tard. On l'a arrêté à quinze kilomètres d'ici, tout à fait par hasard ; un officier a reconnu l'uniforme de la légion, l'a appelé pour lui demander où il se rendait. Et ce jeune imbécile lui a répondu la vérité : il allait participer à une course de chevaux.

— Avec des hommes du 1er de Virginie, peut-être ?

— Exactement, dit Hampton en frottant ses jointures contre ses favoris touffus, noirs comme sa moustache luxuriante et ses cheveux bouclés. L'épreuve doit avoir lieu demain, sous le nez des sentinelles ennemies, sans doute pour l'épicer d'une pointe de danger. On l'a ramené ici sous escorte et, quand le sergent Reynolds lui a demandé pourquoi il était parti comme cela, il a répondu (le colonel jeta un coup d'œil à son papier) : « Pour m'amuser. Les gars du 1er de Virginie sont des types gonflés. Ils ont de bons chefs qui savent que le premier devoir d'un soldat est de mourir en héros. » Fin de citation, soupira Hampton en posant sur Charles ses yeux gris-bleu.

— Je crois savoir de qui vous parlez, colonel Cramm, dit le capitaine Main en songeant au soldat qui avait voulu tuer le prisonnier yankee quelques semaines plus tôt.

— Lui-même. Soldat de 2e classe Custom Dawkins Cramm, troisième du nom. Héritier d'une riche et importante famille.

— Et un bel emmerdeur, si vous me passez l'expression.

— Nous en avons quelques-uns, reconnut Hampton. Des garçons courageux, je crois, mais incapables de faire des soldats. Pour le moment.

Les trois derniers mots indiquaient que le colonel avait l'intention de remédier à cet état de choses. Frappant la feuille de papier du dos de la main, il poursuivit :

— « Mourir en héros », quelle stupidité ! C'est peut-être la règle pour Stuart mais, moi, je préfère vivre et vaincre. Quant à Cramm, j'ai pouvoir de convoquer une cour martiale mais c'est votre homme. A vous de prendre une décision.

— Convoquez-la, répondit Charles sans hésiter. Avec votre permission, j'en ferai partie.

— Vous la présiderez.

— Où est Cramm, maintenant ?

— Consigné dans ses quartiers. Sous bonne garde.

— Je pense que je vais lui porter personnellement la nouvelle.

— Je vous en prie, dit Hampton, avec un regard démentant le ton neutre qu'il s'efforçait de garder. Cet homme se signale trop souvent à notre attention, il faut faire un exemple. McDowell bougera bientôt, et nous ne pourrons masser nos forces et écraser l'ennemi si chaque soldat fait exactement ce qu'il veut, quand il veut.

— Tout à fait exact, mon colonel.

Hampton, qui n'avait pas de véritable formation militaire, comprenait parfaitement cette règle du manuel. Charles salua, sortit, se rendit directement à la tente du soldat Cramm, devant laquelle un sous-officier montait la garde. Non loin, un vieux Noir au dos voûté — le valet de Cramm — astiquait les cornières en cuivre d'un coffre.

— Caporal, dit Charles, vous n'entendrez rien et vous ne verrez rien pendant les deux minutes qui suivront.

— Bien, mon capitaine !

A l'intérieur de la tente, le soldat Custom Dawkins Cramm III était mollement allongé parmi les nombreux livres qu'il avait fait venir au camp. Il portait une ample chemise en soie — non réglementaire — et ne se leva pas à l'entrée de son supérieur, qu'il gratifia d'un regard ennuyé.

— Debout.

— Pas question ! explosa Cramm en jetant par terre un livre de Coleridge magnifiquement relié. J'étais un gentleman avant de m'enrôler dans votre fichue troupe et je le suis toujours. Je refuse d'être traité comme un nègre !

Charles empoigna la belle chemise qui se déchira quand il força Cramm à se lever.

— Il y a cinq minutes, le colonel Hampton m'a chargé de présider la cour martiale devant laquelle vous comparaîtrez et je ferai tout pour que vous écopiez de la peine maximum : trente et un jours de travaux forcés. Vous les ferez intégralement, à moins que nous n'attaquions les Yankees avant, auquel cas ils vous puniront en vous faisant sauter la cervelle, parce que vous êtes trop bête pour faire un soldat. Mais, du moins, vous mourrez en héros.

Il poussa Cramm avec une telle violence que le soldat partit à la renverse, heurta le petit meuble en bois servant de bibliothèque, rebondit et se cogna contre le piquet arrière de la tente. Appuyé sur un genou, agrippant le piquet, Cramm jeta à Charles un regard noir.

— Nous aurions dû choisir un gentleman comme capitaine, dit-il. C'est ce que nous ferons la prochaine fois.

Le rouge aux joues, Charles sortit de la tente.

— Voici, messieurs. Des huîtres frites à la créole. Bien croustillantes, rien que pour vous.

Avec une politesse si marquée qu'elle confinait à la moquerie, Toby, l'esclave d'Ambrose Pell, se courba en présentant un plateau d'argent d'amuse-gueule. Le Noir avait été chargé d'aider les domestiques engagés par l'hôte offrant le festin, deux Belges d'allure interlope. Toby avait une quarantaine d'années et son attitude servile était démentie par l'éclat de ses yeux, où Charles croyait voir une lueur de rancœur.

Selon l'officier, plus un esclave se montrait expert dans ce rituel trompeur, plus il haïssait ses maîtres. D'ailleurs, Charles ne reprochait pas tellement aux Noirs ce sentiment. Quatre ans à West Point, le contact avec des gens et des idées différents de ceux du Sud avaient commencé à modifier sa façon de penser, et rien depuis n'avait arrêté ou renversé ce processus. Pour lui, tous les arguments en faveur de l'esclavage étaient aussi inutiles que cracher dans le vent, et par surcroît probablement erronés.

La grande tente rayée de leur hôte était inondée de

lumière — bougies à profusion — et de musique : Ambrose jouait du Mozart sur la meilleure de ses deux flûtes. Un côté de la tente était relevé pour laisser pénétrer l'air et remplacé par une moustiquaire empêchant les insectes d'entrer. Lavé, vêtu d'habits propres, Charles se sentait mieux. L'affaire Cramm l'avait mis de mauvaise humeur mais l'arrivée d'un colis de Mont Royal avait contribué à le rasséréner. L'inscription gravée sur le sabre — dont le fourreau reposait maintenant sur sa jambe gauche — l'avait touché.

Avec une petite fourchette en argent, il porta à sa bouche une huître, l'avala puis but un peu de l'excellent whisky de son hôte et nouvel ami, Pierre Serbakovsky. Ambrose et Charles avaient fait la connaissance du jeune homme, courtaud et courtois, pendant une tournée des meilleurs bars de Richmond.

Serbakovsky avait le grade de capitaine mais préférait se faire appeler prince. Il était aide de camp du major Rob Wheat, commandant un régiment de zouaves louisianais surnommés les Tigres. Cette unité, qui avait recruté la lie des rues de La Nouvelle-Orléans, était notoirement connue en Virginie pour ses vols et ses violences.

— Je crois que nous allons passer au champagne, dit le prince à Toby. Demande à Jules si le Mumm est frappé, et, si oui, sers-nous immédiatement.

Serbakovsky avait des manières trop hautaines, même pour un esclave, et Charles vit Toby serrer les lèvres en s'éloignant.

Le capitaine Main reprit du whisky pour chasser son sentiment de culpabilité : au lieu de festoyer, Ambrose et lui auraient dû faire l'instruction à leurs sous-officiers — comme presque tous les soirs — pour que ces derniers puissent ensuite essayer de transmettre la leçon aux recrues sur le terrain d'exercice.

Ambrose Pell cessa soudain de jouer de la flûte pour se gratter furieusement sous l'aisselle.

— Bon sang, j'en ai à nouveau, grommela-t-il en rougissant.

D'une propreté méticuleuse, il se sentait humilié.

Amusé, Serbakovsky se renversa dans son fauteuil.

— Si vous me permettez un conseil, cher ami, prenez des bains aussi souvent que possible. Même si l'eau est froide et le savon détestable, même si l'on répugne à se montrer nu devant des subalternes.

— Je me baigne, mon prince, mais ils reviennent.

— A vrai dire, ils ne partent jamais, corrigea Charles tandis que Toby entrait avec le plus jeune des Belges.

Le domestique portait des flûtes et une bouteille sombre fraîchissant dans un seau à glace. Glace si difficile à se procurer dans le Sud qu'elle avait peut-être coûté plus cher que le champagne.

— Ils sont dans votre uniforme, continua Charles. Il faut se débarrasser totalement de cette vermine.

— En jetant mon uniforme ?

— Et tout ce que vous portez.

— Pour ensuite le remplacer à mes frais ? Sûrement pas.

Le capitaine Main haussa les épaules :

— Déboursez ou grattez-vous. A vous de choisir.

Le prince se mit à rire puis claqua des doigts. Le jeune Belge s'avança aussitôt, Toby suivit plus lentement. Charles se demanda s'il était le seul à remarquer l'hostilité du Noir.

— Délicieux, commenta-t-il après avoir goûté le champagne. Tous les officiers européens reçoivent avec une telle munificence ?

— Seulement si leurs ancêtres ont accumulé de grandes richesses par des moyens dont il vaut mieux ne pas parler.

Charles aimait beaucoup Serbakovsky, dont l'histoire le fascinait. Son grand-père paternel, un Français, était colonel dans l'armée que Napoléon mena en Russie. Pendant l'invasion, il fit la connaissance d'une jeune femme de l'aristocratie russe. L'attrait physique balaya temporairement l'inimitié politique et la jeune Russe mit au monde un enfant, tandis que le colonel trouvait la mort pendant la sinistre retraite. La grand-mère de Serbakovsky donna à son fils illégitime son propre nom de famille, symbole d'orgueil national, et ne se maria jamais. Serbakovsky, fils de ce fils, était soldat depuis l'âge de dix-huit ans ; il avait d'abord servi dans le pays de sa grand-mère puis à l'étranger.

Tandis qu'Ambrose tentait vainement de boire et de se gratter en même temps, on apporta le premier plat : de l'alose au four. Suivraient ensuite des poulets à la provençale, spécialité de l'autre domestique belge.

— J'aimerais quitter ce fichu campement pour aller voir ceux d'en face, marmonna Ambrose avant d'attaquer le poisson.

— Mon ami, ne souhaitez pas ce dont vous ne savez rien, dit le prince, dont l'expression s'assombrit soudain.

Blessé en Crimée, il avait raconté à Charles quelques-unes des horreurs dont il avait été témoin là-bas.

— Votre souhait est d'ailleurs inutile, continua Serbakovsky. Votre Confédération occupe la même position que ma patrie en 1812.

— Expliquez-nous cela, prince, demanda Charles.

— C'est assez simple. Le pays lui-même gagnera la guerre pour vous. Il est si vaste, si étendu, que l'ennemi désespérera vite de le conquérir et abandonnera la partie. Il ne sera guère nécessaire de combattre pour remporter la victoire. Je vous donne l'avis d'un officier de carrière.

— J'espère que vous vous trompez, déclara Charles. J'aimerais avoir l'occasion de porter ceci pour accepter la reddition de quelques Yanks, ajouta-t-il en portant la main à son sabre.

Chassant de son esprit ce qu'il savait de la nature de la guerre, l'alcool lui procurait un plaisant sentiment d'invulnérabilité.

— Ce sabre est un cadeau de votre cousin, m'avez-vous dit. Puis-je le voir ?

Charles dégaina l'arme ; des reflets de bougie coururent le long de la lame comme des éclairs quand il la passa à Serbakovsky.

— Solingen, dit le prince en examinant le sabre. Très beau. A votre place, j'y ferais très attention. En commandant cette racaille de Louisiane, j'ai découvert que les soldats d'Amérique sont pareils à ceux de n'importe quel autre pays. Ils volent tout ce sur quoi ils peuvent mettre la main.

21

DE la valise, posée sur le plancher sale, Stanley tira des échantillons qu'il posa sur le bureau, propre et nu comme une feuille de papier. L'usine ne fonctionnait pas, elle était fermée. Un courtier y avait envoyé les Hazard peu après leur arrivée dans la ville de Lynn.

L'homme qui se trouvait derrière le bureau faisait temporairement office de gardien. C'était un personnage rougeaud, solide, au corps épaissi en son milieu. Après un coup d'œil à ses cheveux blancs, Stanley estima qu'il devait avoir environ cinquante-cinq ans. L'homme prit les modèles avec un empressement laissant supposer qu'il ne s'accommodait pas de son inactivité présente.

— Des Jefferson, dit-il en tapant du doigt sur le quartier de la chaussure. Utilisé dans la cavalerie comme dans l'infanterie.

— Vous connaissez votre métier, Mr. Pennyford, fit observer Stanley avec un sourire patelin. (Il ne faisait pas confiance aux habitants de la Nouvelle-Angleterre — des gens parlant avec un accent aussi étrange ne pouvaient être normaux — mais il avait besoin de cet homme.) Il y aurait un marché lucratif pour des bottines de ce genre.

— Pour l'amour du ciel, Stanley, intervint Isabel, appelle-les par leur nom. Ce sont des chaussures.

Elle se tenait près de la fenêtre, et le jour triste qui l'éclairait ne la flattait pas. Dehors, une averse de juin tombait sur les toits de Lynn.

Son mari prit plaisir à répliquer :

— Le gouvernement n'utilise pas ce terme.

Pennyford lui apporta son soutien :

— Dans les milieux militaires, Mrs. Hazard, le mot chaussure est réservé aux articles pour dames. Curieux, si vous voulez mon avis. D'ailleurs, il y a beaucoup de choses curieuses à Washington.

— Venons-en aux faits, Mr. Pennyford, dit Stanley. Les machines rouillées qui se trouvent en bas pourraient-elles fabriquer de grandes quantités de ce modèle, rapidement et à bas prix ?

— Rapidement ? Oui — une fois que j'aurai procédé aux réparations que les actuels propriétaires ne peuvent se permettre... Quant au prix, poursuivit Pennyford en palpant l'une des bottines, on ne peut pas faire moins cher que ce modèle : deux œillets, rien que des pointes entre la semelle et le haut...

D'une torsion de ses mains puissantes, il sépara les deux parties de la chaussure droite et reprit :

— C'est une honte pour la profession. Je n'aimerais pas être à la place du pauvre soldat qui les portera dans la boue ou la neige. Si Washington croit bon d'équiper nos braves garçons de pareilles saletés, ce n'est plus curieux, c'est méprisable.

— Epargnez-moi vos leçons de morale, je vous prie, rétorqua Stanley. La compagnie Lashbrook peut-elle produire ce genre de bottines ?

— Oui, acquiesça Pennyford de mauvaise grâce. Mais nous pouvons faire beaucoup mieux. Un type nommé Lyman Blake a inventé une machine qui constitue le plus grand progrès que j'ai vu dans le matériel — et je suis dans la partie depuis que j'ai commencé mon apprentissage, à l'âge de neuf ans. La machine de Blake coud semelles et dessus rapidement, proprement, en toute sécurité. Je parie qu'avant un an cette invention aura redonné vie à l'industrie de la chaussure et à cet Etat.

Isabel eut un sourire destiné à remettre l'homme à sa place.

— Ce qui rendra la prospérité au Massachusetts et à l'industrie de la chaussure, c'est une longue guerre, assortie de contrats que peuvent obtenir des gens bien introduits comme mon mari.

Les joues de Pennyford prirent la couleur de pommes mûres, et Stanley s'alarma.

— Monsieur essaie seulement de nous aider, Isabel. Dick, vous restez avec nous, n'est-ce pas ? Pour diriger l'usine comme vous le faisiez avant sa fermeture.

Pennyford demeura un moment silencieux.

— Mr. Hazard, j'ai neuf enfants à nourrir, soupira-t-il. Je resterai — à une condition : que vous me laissiez faire à ma façon, sans vous en mêler, du moment que je livre le produit demandé en temps voulu.

— Marché conclu ! déclara Stanley en frappant sur le bureau.

— Je crois qu'on peut avoir toute l'usine pour deux cent mille, ajouta Pennyford. La veuve de Lashbrook a désespérément besoin d'argent.

La vente se fit le lendemain à midi, quasiment sans marchandage, et Stanley se sentit euphorique lorsqu'il aida Isabel à monter dans le train pour le retour. Assis dans le wagon-restaurant où la chaleur était étouffante, il ne put contenir son enthousiasme en mangeant des œufs au bacon.

— Ce Dick Pennyford est une mine d'or ! Pourquoi ne pas acheter quelques-unes des nouvelles machines dont il nous a parlé ?

— Il faut y réfléchir, dit Isabel — ce qui signifiait qu'elle s'en chargerait. L'important, ce n'est pas de faire des chaussures solides mais de produire en grande quantité. Si ces nouvelles machines accélèrent la production — alors, peut-être.

Entre deux bouchées, Stanley demanda :

— Tu te rends compte que nous serons bientôt deux parfaits exemples de ce que le Boss appelle un patriote ?

— C'est-à-dire ?

— Quelqu'un pénétré de l'amour du drapeau et détenteur d'un contrat.

Il se remit à mastiquer avec énergie tandis que sa femme regardait pensivement le poisson poché auquel elle n'avait pas touché.

— Il ne faut pas voir petit, Stanley.

— Que veux-tu dire ?

— J'ai entendu des rumeurs extraordinaires avant notre départ. Il paraît que certains industriels cherchent un moyen de commercer avec la Confédération dans l'éventualité d'une longue guerre.

Stanley reposa bruyamment sa fourchette sur son

assiette, sa mâchoire inférieure tomba devant la serviette qu'il avait fourrée dans son col.

— Tu ne suggères quand même pas...

— Imagine qu'on puisse échanger des chaussures militaires contre du coton, reprit Isabel à voix basse. Combien y a-t-il d'usines de chaussures dans le Sud ? Peu ou pas du tout, je parie. Imagine le prix que tu obtiendrais d'une balle de coton en la revendant ici, multiplie cela par des milliers et pense aux bénéfices. Enormes.

— Mais ce serait...

Sentant quelqu'un près de lui, Stanley s'interrompit, leva les yeux.

— Nous n'avons pas terminé, garçon.

Il accompagna sa remarque d'un regard furieux à l'adresse du serveur noir, qui s'éloigna aussitôt. Penché en avant, le bord de la table lui sciant le ventre, Stanley murmura :

— Ce serait dangereux, Isabel. Pis, ce serait de la trahison.

— Ce serait aussi le moyen de gagner non pas seulement de jolis profits mais une vraie fortune.

Isabel tapota la main grassouillette de son mari et dit, comme si elle s'adressait à un enfant peu éveillé :

— Penses-y, mon chéri. Et finis tes œufs avant qu'ils ne refroidissent.

22

DES bruits faibles. Et lointains, pensa-t-il dans les premières secondes qui suivirent son réveil. De l'autre côté de la tente, Ambrose Pell émettait ses ronflements caractéristiques, mélange pernicieux de sifflements et de vrombissements.

Charles était étendu sur le flanc droit, son caleçon de lin trempé de sueur. Au moment où il allait tendre la main vers Ambrose pour le faire taire, les bruits se séparèrent en éléments reconnaissables : un bourdonnement d'insecte... et quelque chose d'autre. Charles retint sa respiration, ne bougea pas.

Bien qu'il eût la joue pressée contre son lit de camp, il pouvait voir l'entrée de la tente. Une silhouette masqua temporairement la lueur de la lanterne du poste de garde. Charles entendit le souffle de l'homme qui venait d'entrer.

« C'est le sabre qu'il veut. »

L'arme était posée sur un petit coffre, au pied du lit. « J'aurais dû la mettre en lieu sûr. » Charles se redressa soudain et, en se mettant debout, poussa un grognement destiné à effrayer le voleur. Au lieu de cela, le bruit éveilla Ambrose, qui cria tandis que Charles se jetait vers l'ombre.

— Lâche ça !

Le voleur enfonça son coude dans le visage de Charles, qui se mit à saigner de la narine gauche. Le capitaine chancela et l'homme se rua au-dehors, dans l'allée séparant les tentes soigneusement alignées. En jurant, Charles se lança à sa poursuite.

A la lumière de la lanterne du poste de garde, il vit que le fuyard, lourdement bâti, portait des guêtres blanches. Un des Tigres de Rob Wheat, pensa Charles en se rappelant la mise en garde de Serbakovsky. Le soir où il avait dîné avec le prince, il s'était senti trop bien pour s'apercevoir ou même se soucier de la présence de quelqu'un dans les parages — quelqu'un qui avait dû les observer à travers la moustiquaire, voir le sabre...

Charles Main courait à toutes jambes en crachant le sang qui tombait sur ses lèvres. Les pieds nus écorchés par les cailloux, il gagnait cependant du terrain. Le voleur se retourna, montrant la tache ronde de son visage. Charles s'élança, ses mains saisirent la ceinture du pantalon bouffant du Tigre.

Les deux hommes s'effondrèrent, Charles sur le dos du voleur qui lâcha le sabre et se débattit en ruant. Une botte frappa le capitaine, le voleur se releva.

Etourdi, Charles lui empoigna la jambe gauche et le fit retomber. Le Tigre tira d'un fourreau glissé sous sa ceinture un long couteau, Charles rejeta la tête en arrière pour éviter d'avoir la joue tailladée.

Il tomba à son tour, heurta une pierre et entendit Ambrose beugler :
— A la garde ! A la garde !
Le voleur s'assit sur la poitrine de Charles, qui ne put s'empêcher de remarquer son nez camus, ses moustaches recourbées, son haleine empestant l'oignon.
— Sale pédé de Carolinien, grogna l'homme en abaissant son arme.
Charles croisa les poings sous le poignet du voleur, poussa frénétiquement. Il avait de la force, le salaud. Le Tigre enfonça un genou dans le bas-ventre de l'officier qui, à demi aveuglé de souffrance, distinguait à peine la lame s'approchant de son menton.
Cinq centimètres, trois, deux...
— Bon Dieu ! gémit Charles.
Dans un instant, le couteau allait lui trancher la gorge. Risquant le tout pour le tout, il contint d'une seule main la poussée du voleur, glissa l'autre derrière le dos du Tigre, lui saisit les cheveux et tira. L'homme couina, ses doigts lâchèrent le couteau qui érafla en tombant le flanc gauche de Charles. Comme le voleur essayait de se relever, l'officier empoigna l'arme et l'enfonça dans une de ses cuisses.
Le Tigre cria plus fort, bascula en avant et s'affala dans l'herbe à quelques mètres de la dernière tente, le couteau fiché dans son beau pantalon de zouave.
— Ça va, mon capitaine ?
En se relevant, Charles adressa un signe de tête au sous-officier qui fut le premier à le rejoindre. D'autres soldats s'avancèrent dans l'allée, l'entourèrent.
— Emmenez-le à l'infirmerie se faire soigner la jambe, dit Charles en montrant le voleur gémissant dans l'herbe. Et attachez-lui une chaîne et un boulet à l'autre pour qu'il ne se sauve pas avant que son régiment le traduise en cour martiale.
— Qu'est-ce qu'il a fait, mon capitaine ? demanda le sous-officier.
Charles essuya de la main le sang coulant de son nez.
— Il a essayé de me voler mon sabre d'apparat.

« Aucun sens de l'honneur chez ces recrues, pensa-t-il. Peut-être suis-je idiot d'espérer une guerre dans les règles. »

Il prit l'arme là où elle était tombée et retourna d'un pas lent à sa tente. Ambrose, tout excité, voulut discuter de l'incident mais Charles insista pour se remettre tout de suite au lit. Il commençait à s'assoupir quand soudain, juste devant sa tente, des hommes entonnèrent *Camptown Races*, assez fort pour être entendus à Richmond.

— Ils vous donnent la sérénade, Charlie, murmura Ambrose. Vos propres soldats. Si vous ne sortez pas, ils se sentiront insultés.

Sceptique, à demi endormi, Charles releva la toile masquant l'entrée de la tente et éprouva une émotion inattendue : les hommes, qui avaient appris la capture du voleur, étaient venus rendre hommage à leur capitaine selon la tradition. Ou plutôt des hommes, corrigea mentalement Charles, qui en compta onze au total.

Ambrose sautillait sur place comme un gamin en accompagnant les chanteurs de sa flûte. Par-dessus son épaule, Charles lui lança :

— Ils s'attendent à recevoir la récompense habituelle pour une sérénade. Sortez donc notre réserve de whisky.

— Avec plaisir, Charlie. Oui, alors !

Les soldats lui témoignaient leur sympathie, pour changer. Autant en profiter tant que cela durait.

23

LE lundi 1ᵉʳ juillet, George arriva à Washington, passa à son hôtel puis prit un fiacre pour se rendre dans un quartier résidentiel. Le cocher lui montra la vaste demeure que le Petit Géant avait occupée pendant un temps très court. Stephen Douglas, mort en juin, avait fermement soutenu le président dont il avait été l'adversaire l'année précédente en tant que candidat.

Les logements étaient rares dans la capitale. Stanley et Isabel avaient eu la chance d'entendre parler d'une veuve de santé précaire, ne pouvant plus s'occuper de sa maison. Elle était partie vivre chez un parent après avoir signé avec Stanley un bail d'un an. Celui-ci avait récemment communiqué sa nouvelle adresse à son frère dans une note au ton si peu chaleureux que George soupçonnait Cameron d'avoir forcé Stanley à l'écrire. « Pourquoi ce vieux bandit est-il intervenu ? » pensait le maître de forges avec irritation. Il s'était résigné à répondre par cette visite de politesse, qui avait pour lui autant de charme qu'une promenade dans la charrette des condamnés.

— Une bien belle bicoque, commenta le cocher en s'arrêtant.

« Bicoque » n'était guère le mot approprié : la demeure de Stanley était, comme ses voisines, une splendide résidence.

Un maître d'hôtel l'informa avec condescendance (« Isabel doit lui donner des leçons », se dit George) que Mr. et Mrs. Hazard se trouvaient en Nouvelle-Angleterre. Il jeta un coup d'œil aux caisses non encore ouvertes, laissa sa carte et retourna au fiacre en souriant : pour cette fois, il échappait à la corvée.

Il mangea seul au restaurant de l'hôtel et entendit ses voisins discuter de rumeurs selon lesquelles le vieux général Patterson serait prêt à quitter Harper's Ferry pour marcher sur la Shenandoah. Dans sa chambre, il tenta de lire le *Scientific American* mais ne put se concentrer sur sa lecture tant il était préoccupé par les rencontres prévues pour le lendemain matin.

Il était neuf heures et demie lorsqu'il arriva devant un bâtiment de cinq étages, le Winder Building, situé en face de President's Park, au coin de la 17e Rue. George en examina la façade, le balcon en fer forgé courant le long du second étage et le trouva dépourvu de style.

Il passa devant les sentinelles protégeant les importantes personnalités gouvernementales ayant leurs bureaux dans l'immeuble, notamment le général Scott. Pénétrer dans le bâtiment lui fit l'impression de plonger dans la mer par une journée ensoleillée. En montant le sinistre escalier en fer, il remarqua le mauvais état des boiseries, la peinture qui s'écaillait partout.

Des civils, munis de dossiers ou de plans roulés, s'entassaient sur les bancs du couloir du premier étage. Des employés, des militaires passaient d'une pièce à l'autre pour remplir quelque tâche mystérieuse. George interrogea un capitaine qui l'aiguilla vers un bureau au sol dallé où régnait un désordre consternant. Des employés assis derrière leur table écrivaient ou remuaient de la paperasse ; deux lieutenants discutaient en examinant un modèle réduit de canon.

George et Wotherspoon avaient fini par trouver l'erreur dans le procédé de fonte, et les démarches nécessaires à la création d'une banque à Lehig Station progressaient. C'était donc la conscience tranquille qu'il effectuait cette visite — encore qu'il éprouvât en ce moment précis une puissante envie de déguerpir.

Un officier d'âge mûr s'approcha, rayonnant du sentiment de sa propre importance.

— Hazard ?

George acquiesça.

— Le chef du Matériel n'est pas encore là. Je suis le capitaine Maynadier. Vous pouvez vous installer pour l'attendre — ici, tenez, près du bureau du colonel Ripley. Désolé de ne pas avoir le temps de bavarder avec vous. Cela fait quinze ans que je suis dans ce service et je n'ai jamais réussi à mettre ma paperasse à jour. La paperasserie, c'est le fléau de Washington.

L'officier s'éloigna en se dandinant pour aller explorer plusieurs montagnes de dossiers. George s'assit. Au bout d'une vingtaine de minutes, il entendit dans le couloir :

— Colonel Ripley !

— Accordez-moi juste un moment...

— Laissez-moi vous montrer mon...

— Pas le temps.

La voix irritée appartenait à un lieutenant-colonel d'allure irascible, un vieil officier aux traits anguleux diplômé de West Point en 1814. Le chef du service du

Matériel portait ses responsabilités et ses soixante-six ans avec un mécontentement manifeste.

— Hazard, hein ? aboya-t-il quand George se leva. Pas beaucoup de temps pour vous non plus. Vous voulez le poste ou non ? Comme Cameron tient à ce que vous soyez nommé ici, c'est d'ores et déjà réglé si vous dites oui, je suppose.

En débitant cette entrée en matière, le colonel avait claqué ses gants et son képi sur son bureau. Son accès d'humeur aurait semblé drôle à toute personne extérieure au service — ou n'envisageant pas d'en faire partie. La salle au haut plafond était devenue silencieuse lorsque Ripley y avait pénétré.

— Asseyez-vous, asseyez-vous, marmonna-t-il. La société Hazard a un contrat avec mon service, n'est-ce pas ?

— Oui, colonel. Il sera respecté.

— Bon. Beaucoup de nos fournisseurs ne peuvent en dire autant. Allez-y, posez-moi des questions. Nous devons être au parc dans une demi-heure. Le ministre veut vous voir et comme c'est lui qui m'a nommé ici il y a deux mois, je n'ai rien à lui refuser.

— J'ai une question importante, colonel Ripley. Vous le savez, je suis maître de forges. En quoi cela m'aiderait-il à trouver ma place ici ? Quel serait exactement ma tâche ?

— Superviser les contrats d'artillerie, pour commencer. Vous dirigez une grande entreprise, ce qui suppose des talents d'organisateur qui nous seraient utiles. Regardez ce fouillis que j'ai hérité !

Maynadier, qui occupait le bureau voisin, remonta à l'assaut des pics de paperasses avec une ardeur quasi frénétique.

— Je me réjouirai de votre présence, Hazard — tant que vous ne m'ennuierez pas avec des propositions modernistes. Pas de temps pour ça. Les armes déjà éprouvées sont les meilleures.

Un autre Stanley. Résolument opposé au changement.

Les deux hommes discutèrent ensuite du salaire, de la date d'entrée en fonction — détails que George jugeait secondaires. Il était d'aussi méchante humeur que Ripley quand celui-ci, consultant sa montre de gousset, annonça qu'ils avaient déjà deux minutes de retard pour leur rendez-vous avec Cameron.

Lorsqu'ils sortirent dans le couloir, plusieurs quémandeurs suivirent le colonel dans l'escalier en piaillant comme des mouettes derrière un bateau de pêche. L'un d'eux, qui vantait en s'égosillant son « remarquable canon centrifuge » lançant des projectiles « comme une fronde », fit tomber le chapeau de George avec le rouleau de plans qu'il brandissait.

— Les inventeurs, fulminait Ripley en traversant l'avenue. On devrait tous les renvoyer dans les asiles d'où ils sortent.

Une autre innovation irritant sans aucun doute le colonel flottait au-dessus des arbres de President's Park. Des cordes reliaient au sol la nacelle vide du ballon *Enterprise*, dont George avait vu la photo dans les magazines du mois précédent. Il avait fait l'objet d'essais quelques jours auparavant et l'on disait Lincoln intéressé par les possibilités d'observation aérienne des troupes ennemies qu'il offrait.

Fait de morceaux de pongé aux couleurs vives, *Enterprise* était gonflé à l'hydrogène. Derrière la foule des badauds et des fonctionnaires, George vit un chariot dont les cuves en bois contenaient l'acide sulfurique et la limaille de fer produisant le gaz en se mélangeant.

Ils trouvèrent Simon Cameron en conversation avec un homme d'une trentaine d'années vêtu d'une longue blouse en lin. Avant la fin des présentations, celui-ci serra la main de George avec effusion.

— Dr Thaddeus Sobieski Constantine Lowe. Très honoré ! Bien que je sois du New Hampshire, je connais votre nom et la haute position que vous occupez dans notre industrie. Puis-je vous exposer mon plan de création d'une unité d'observation aérienne ? J'espère que les citoyens intéressés soutiendront mon idée et que le général en chef...

— Le général Scott accordera au projet la considération qui lui est due, intervint Cameron. Inutile d'organiser d'autres démonstrations de ce genre.

Malgré le sourire, le ton du vieux politicien signifiait que le gouvernement ne les permettrait plus sur des emplacements publics.

— Si vous voulez bien m'excuser, docteur, poursuivit le ministre, je dois m'entretenir avec notre visiteur.

Et il entraîna George à l'écart comme s'ils avaient toujours été des alliés politiques et non des adversaires.

— Vous avez eu une conversation intéressante avec le colonel, George ?

— Certainement, monsieur le ministre.

— Simon, nous sommes de vieux amis. Ecoutez, je sais que vous ne vous entendez pas toujours très bien avec Stanley, mais c'est la guerre. Nous devons oublier les questions personnelles. Moi, je ne pense jamais au passé. Qui m'a soutenu, qui ne l'a pas fait, là-bas en Pennsylvanie...

Après ce coup de patte, Cameron débita son boniment :

— Ripley a besoin d'urgence d'un homme capable de s'occuper de l'acquisition de canons. Quelqu'un qui comprend les métallurgistes, qui parle leur langue... Si nous voulons empêcher ce pays d'échouer, nous devons tous prendre notre part du fardeau. « Ne me crache pas tes homélies au visage, espèce d'escroc », pensa George. En même temps, il se sentit curieusement touché par les mots du ministre. Ils étaient justes, même si l'homme ne l'était pas.

Ripley s'approcha en toussotant.

— Alors, Hazard ? Décidé ?

— J'aimerais avoir la journée pour réfléchir.

— C'est tout à fait normal, approuva Cameron. A bientôt, George.

Le Boss tapota à nouveau l'épaule du visiteur avant de s'éloigner d'un pas rapide.

En réalité, le maître de forges avait déjà pris sa décision : il viendrait à Washington — avec de nombreuses réserves pour bagage. Pour le moment, il n'avait pas l'impression d'avoir agi en âme noble mais plutôt comme un crétin et se sentait en conséquence un peu déprimé.

Ripley se retourna en entendant des éclats de voix : le Dr Lowe chassait des gamins jouant sous la nacelle du ballon.

— Pas le temps pour de pareilles sottises en temps de guerre, grommela l'officier.

George ne prit pas la peine de lui demander s'il parlait du ballon ou des enfants.

Plus tard dans la journée, il loua un cheval et traversa le Potomac en suivant les indications que Brett lui avait données. Il ne parvint pas à trouver la compagnie de sapeurs du capitaine Farmer et dut faire demi-tour pour prendre le train de 19 h. Tout autour des fortifications, il vit des champs de tentes, des soldats à l'exercice. Cela lui rappela le Mexique, à une différence près : les hommes qui marchaient maladroitement au pas avaient l'air si jeune.

24

QUELQUES jours plus tard, Isabel prenait le thé dans la pièce qu'elle avait revendiquée pour elle dès la première visite de la maison. Pendant une heure, elle interdisait à quiconque de la déranger tandis qu'elle buvait son thé à petites gorgées en lisant les journaux.

C'était un rite quotidien qu'elle jugeait indispensable pour réussir dans cette ville labyrinthique. Prompte à apprendre, Isabel connaissait déjà quelques règles fondamentales. Il valait mieux être tortueux que franc, il ne fallait jamais dévoiler le fond de sa pensée. Il importait aussi de sentir les changements de rapport de forces dans les allées du pouvoir. Stanley étant aussi sensible qu'un soliveau à ce genre de choses, elle devait donc s'en remettre aux journaux.

Ce jour-là, Isabel lut le texte du message que le président avait envoyé au Congrès à l'occasion de la fête nationale. Lincoln y exposait à nouveau les causes de la guerre, dont il attribuait évidemment l'entière responsabilité au Sud. Selon lui, aucune considération stratégique ne justifiait réellement la prise de Fort Sumter par la Confédération. Des têtes brûlées avaient créé un faux problème de fierté patriotique et le Sud essayait à présent de savoir « si une République constitutionnelle ou une démocratie — un gouvernement du peuple par le peuple — pouvait ou non maintenir son intégrité territoriale ».

Isabel haïssait cet homme de l'Ouest aux allures de singe mais le détesta plus encore quand elle lut qu'il cherchait des « moyens légaux de rendre l'affrontement court et décisif ».

Légaux ! Alors qu'il venait de demander à Scott de suspendre l'*habeas corpus* dans certaines régions militaires situées entre Washington et New York ? Ses discours étaient paroles en l'air, il commençait déjà à se conduire en empereur.

Toutefois, deux passages du message plurent à Isabel. Bien qu'espérant une guerre de courte durée, Lincoln demandait au Congrès de placer quatre cent mille hommes à sa disposition. Isabel voyait déjà à leurs pieds les huit cent mille bottines modèle Jefferson.

De plus, le président n'épargnait pas les écoles militaires :

« Il mérite d'être noté que, en ces heures d'épreuve pour le gouvernement, un grand nombre de ceux qui avaient l'honneur d'être officiers dans l'armée et la marine ont donné leur démission, révélant ainsi leur déloyauté envers ceux qui les avaient comblés. »

Splendide. Quand son égotiste de beau-frère arriverait, elle pourrait peut-être tirer profit de cette hostilité croissante à l'égard de West Point. La nouvelle que George avait décidé de venir à Washington les avait attendus, Stanley et elle, à leur retour de Nouvelle-Angleterre. Isabel avait également appris que George était passé chez eux : feinte courtoisie faisant suite au mot que Stanley avait écrit sur l'insistance de Cameron. Tout cela l'agaçait.

Si George demeurait fidèle à West Point, beaucoup de personnes influentes réclamaient la suppression de l'école. La plupart d'entre elles appartenaient à une nouvelle clique en formation, alliance de sénateurs, de membres du Congrès et de hauts fonctionnaires de l'aile abolitionniste du parti républicain. On disait que le père de Kate Chase en faisait partie, de même que Thad Stevens, le parlementaire au pied-bot de l'Etat natal d'Isabel. Elle ne savait encore comment elle utiliserait ces informations contre George mais elle n'y manquerait pas.

Isabel avait vu cette nouvelle clique extrémiste prendre lentement corps. Elle connaissait déjà certains faits, notamment que le rusé Mr. Cameron n'avait aucun poids dans ce groupe. Ses membres préconisaient une guerre offensive et des conditions très dures après la victoire. Lincoln, quant à lui, avait des vues différentes sur la guerre et l'esclavage. Il ne voulait pas que les nègres soient libres de se livrer à toutes sortes de violence et de prendre leurs emplois aux Blancs. Isabel non plus. Mais cela ne l'empêcherait pas de cultiver les épouses des extrémistes s'il y avait quelque chose à y gagner.

Au dîner, ce soir-là, elle amena la conversation sur le message de Lincoln :

— Il dit exactement ce que nous avons entendu dans la bouche de certains parlementaires : West Point a formé des traîtres avec les deniers publics et devrait être fermée. Cette opinion pourrait nous servir contre ton frère.

La bonne humeur inhabituelle de Stanley — il souriait béatement depuis son retour à la maison — irritait Isabel, dont l'agacement crût encore quand il fit cette réponse obtuse :

— Et pourquoi voudrais-je nuire à George maintenant ?

— As-tu oublié ses insultes ? et celles de sa femme ?

— Non, bien sûr, mais...

— Suppose qu'il vienne ici et commence à s'imposer, avec ses manières arrogantes ?

— Et alors ? Le Matériel est placé sous l'autorité du ministère de la Guerre. Hiérarchiquement, j'ai une position supérieure à la sienne. Et j'ai l'oreille de Simon, ne l'oublie pas.

Cet imbécile se croyait-il vraiment en sécurité dans l'ombre du Boss ? Avant qu'Isabel ait pu le détromper, il poursuivit :

— Assez parlé de George. J'ai reçu aujourd'hui deux bonnes nouvelles. Les avocats que nous avons engagés à Lynn ont graissé les pattes qu'il fallait : les titres de propriété seront rapidement établis. J'ai aussi reçu une lettre de Pennyford, qui assure que l'usine sera prête à fonctionner dans un mois. Pas de problème de personnel, il y a deux ou trois candidats pour chaque emploi. Nous pourrons faire travailler des enfants, cela nous coûtera encore moins cher.

— Merveilleux, fit Isabel d'un ton sarcastique. Nous avons tout ce qu'il nous faut — excepté le contrat.

Plongeant la main dans sa poche, Stanley répondit :

— Cela aussi nous l'avons.

Isabel demeura bouche bée, ce qui lui arrivait rarement, et Stanley lui tendit le document fermé par un ruban comme s'il l'avait obtenu au prix d'une dure bataille.

— Comment... ? C'est très bien.

Elle prononça le compliment du bout des lèvres. Stanley avait réussi à obtenir seul le contrat, c'était inquiétant.

Son nouvel emploi avait-il fait de lui un homme véritable ? Cette perspective ne laissait pas de la troubler.

25

SERBAKOVSKY était mort.

La première semaine de juillet, ses camarades officiers l'avaient étendu dans un cercueil de pin jaune. Deux barbus en uniforme accompagnés d'un cocher civil se présentèrent avec un chariot. C'étaient des Russes parlant à peine anglais et porteurs de sauf-conduits signés par les autorités de l'Union comme par celles de la Confédération. La facilité avec laquelle ils étaient venus de Washington confirma ce que Charles avait maintes fois entendu : traverser les lignes dans un sens ou un autre ne posait guère de problème.

Le joyeux prince, qui avait échappé à la mort sur tant de champs de bataille, avait succombé à une maladie infantile qui décimait la troupe. Ceux qui en étaient atteints ne la prenaient pas au sérieux, la rougeole ! se relevaient trop tôt et faisaient une rechute fatale. Les médecins semblaient impuissants.

Le chariot s'éloigna en grinçant dans la poussière chaude tandis que Charles emmenait Pell à la cantine pour se soûler. Après quatre tournées, Ambrose voulut à tout prix acheter deux exemplaires de *The Richmond Songster*, un recueil de chansons très populaires dans l'armée. Charles glissa le livre dans sa poche, remarqua des taches sombres sur ses doigts. De l'encre fraîche. Désormais, il n'y avait plus que précipitation et opportunisme.

Une surprise désagréable les attendait dans leur tente. Toby avait disparu en emportant les meilleures bottes de son maître et de nombreux habits. Furieux, Ambrose se rendit aussitôt au quartier général de la légion tandis que Charles, sur une intuition, allait au camp des Tigres. Comme il le soupçonnait, la tente du prince avait disparu ainsi que ses domestiques.

— Je vous parie ma solde que Toby et ces deux lascars sont partis ensemble, dit-il plus tard à Ambrose.

— Sûrement. Les Belges peuvent l'amener de l'autre côté du Potomac, chez le vieil Abe, en le faisant passer pour leur nègre. Le colonel m'a accordé la permission de quitter le camp pour essayer de récupérer mon bien. Mais il a ajouté que j'ai aussi besoin de votre autorisation.

Le regard du lieutenant signifiait au capitaine qu'il ferait bien de ne pas la refuser.

Charles se laissa tomber sur son lit en déboutonnant sa chemise. La mort du prince, les vols, l'attente — tout le déprimait. Il ne pensait pas qu'on pût retrouver Toby — ni même qu'il fallait essayer — mais il avait besoin de changement.

— J'irai avec vous si c'est possible.
— Charlie, vous vous conduisez en véritable homme blanc.
— Je parlerai demain matin au colonel, promit Charles, impatient de s'endormir et d'oublier.

— Je ne vois pas d'objection à ce que vous aidiez Pell, répondit Hampton le lendemain. A condition que vos autres subalternes puissent diriger l'exercice.
— Pas de problème, mon colonel. Mais je ne voudrais pas être absent si nous sommes appelés à nous battre.
— Je ne sais pas quand nous combattrons ni même si nous le ferons, dit Hampton avec un ton furieux inhabituel chez lui. On ne m'informe de rien. Si vous remontez vers le nord, vous serez plus près des Yankees que nous le sommes et vous verrez peut-être des combats. Demandez au capitaine Barker de vous établir un laissez-passer et revenez au plus vite.

Charles remarqua en quittant le colonel qu'il avait des cernes autour des yeux. Commander un régiment dans la journée et assister tous les soirs aux réceptions de Richmond devait beaucoup fatiguer.

Le lieutenant et le capitaine se mirent en route à huit heures. Coiffé du shako qu'il portait rarement, Charles emportait son fusil de chasse, son sabre et des rations pour deux jours. Joueur caracolait dans l'air frais du matin. Le hongre était reposé et en parfaite santé : la légion avait de l'avoine en abondance et disposait de nombreux pâturages autour du camp.

Charles ne se serait pas cru capable d'éprouver pour une personne ou un animal une affection aussi profonde mais il s'était pris d'un amour inattendu pour le curieux petit cheval gris. Il s'en apercevait lorsqu'il dépensait son argent de poche pour acheter de la mélasse qu'il mélangeait à la nourriture de Joueur. Il s'en rendait compte quand il passait une heure à bouchonner la bête avec le linge le plus doux qu'il avait pu trouver. Il en prit plus encore conscience lorsqu'un sous-officier négligent mit Joueur avec les juments baies de la troupe à l'heure du picotin. Une bagarre éclata, Charles se précipita parmi les bêtes renâclantes pour conduire le gris en lieu sûr.

Les deux hommes s'arrêtèrent dans les hameaux et les fermes pour poser des questions sur les fugitifs et trouvèrent la piste facile à suivre. Plusieurs patrouilles vérifièrent leurs laissez-passer et ils profitèrent de ces haltes pour faire boire les chevaux. Charles veillait à mettre Joueur à l'ombre, les sabots dans l'eau pour prévenir les avalures.

Ils chevauchaient, le Blue Ridge et le soleil couchant sur leur gauche. Quand Ambrose entonna sa propre version monocorde de *Young Lochinvar*, Charles se joignit à lui avec ardeur.

Le lendemain matin, ils passèrent dans le comté de Fairfax et s'approchèrent de la base du vieux Bory à Manassas, embranchement ferroviaire d'une importance stratégique considérable. La voie venant de la Shenandoah y croisait celle d'Orange et d'Alexandria. La piste des fugitifs s'arrêta là : personne n'avait vu deux hommes blancs et un Noir répondant aux signalements qu'ils donnèrent. Près de Linkumland, il y avait trop de ravins, de bois, de petites routes tortueuses et d'endroits où se cacher.

— Inutile de continuer, déclara Charles vers deux heures. Nous les avons perdus.

— Vous avez raison, soupira Ambrose, clignant des yeux dans le soleil. Si nous nous arrêtions à cette ferme, là-bas ? Ma gourde est vide.

— D'accord, mais ensuite nous ferons demi-tour. J'ai cru apercevoir une tache bleue sur la crête il y a une minute.

Charles ignorait à quelle distance des lignes yankees il se trouvait et n'aurait de toute façon pas pu marquer sa position si on la lui avait donnée : il n'y avait pas de bonnes cartes.

Ils parcoururent les dernières centaines de mètres les séparant de la pimpante maison blanche au toit vert. Au nord s'étendaient des champs magnifiques. Charles mit Joueur au pas, désigna de la tête l'orme auquel était attaché un cheval attelé à un buggy.

— Regardez. Un autre visiteur nous a précédés.

Se courbant sur l'encolure de Joueur, il le dirigea vers l'arbre ombrageant l'arrière de la ferme. En descendant de cheval dans la cour, Charles crut voir bouger le rideau d'une fenêtre et sentit des picotements dans la nuque.

Il attacha sa monture, prit son fusil, s'avança vers la porte en faisant tinter ses éperons dans le silence, frappa, attendit, entendit à l'intérieur des voix étouffées.

— Restez sur le côté, prêt à tirer, murmura-t-il à Ambrose.

Le lieutenant se colla contre le mur, les mains serrant son fusil, les joues luisantes de sueur. Charles frappa plus fort à la porte, un vieil homme pauvrement vêtu l'ouvrit et grommela :

— Pourquoi que vous faites un raffut pareil ?

Le fermier demeurait campé sur le seuil comme pour cacher ce qu'abritait la pénombre de sa maison.

— Je vous demande pardon, monsieur, dit Charles, gardant son calme. Capitaine Main, de la légion de Wade Hampton. Le lieutenant Pell et moi cherchons un nègre en fuite et deux Blancs, des Belges, qui sont peut-être passés par ici pour se rendre à Washington.

— Qu'est-ce qui vous fait penser ça ? C'te route va à Benning's Bridge mais y en a plein d'autres dans le coin.

De plus en plus méfiant, Charles répondit :

— Je ne comprends pas votre manque de courtoisie, monsieur. De quel côté êtes-vous ?

— Du vot'. Mais j'ai de l'ouvrage qui m'attend.

Comme le vieux reculait pour fermer la porte, Charles la bloqua de son épaule, donna une poussée. Le fermier tomba à la renverse en jurant. Une grosse femme émit un petit cri aigu surprenant pour une personne de sa corpulence et planta sa masse sur le seuil de l'autre pièce afin d'empêcher Charles de regarder à l'intérieur. Mais il était trop grand. Terrifiée, la vieille baleine bredouilla :

— On est pris, Miz Barclay.

— Nous n'aurions pas dû l'empêcher d'entrer. A moins d'être McDowell déguisé, il est des nôtres.

La voix douce et le ton mordant de l'autre femme déroutèrent un moment le capitaine Main. Elle avait l'accent de Virginie mais ce qu'il voyait de sa jeune personne était incontestablement suspect. Sa jupe relevée révélait un jupon tendu par une crinoline et divisé en petites poches légèrement gonflées. Sur une chaise, Charles vit quatre paquets de toile cirée reliés par une ficelle. Tout à coup il comprit et faillit éclater de rire. Il n'avait jamais rencontré de contrebandière — et rarement de femme — aussi séduisante.

— Capitaine Charles Main, madame. De...
— De la légion Hampton. Vous avez la voix qui porte, capitaine. Vous essayez de nous mettre les Yankees sur le dos ?

En parlant, elle avait souri mais sans cordialité, et Charles ne savait que penser d'elle. Elle devait avoir à peu près le même âge que lui et mesurait une dizaine de centimètres de moins, avec des hanches larges, une poitrine épanouie, des yeux bleus et des boucles blondes. C'était une jeune femme qui réussissait à paraître à la fois robuste et diablement jolie. Pendant quelques secondes, Charles se sentit un cœur léger de jeune garçon puis se rappela son devoir.

— Il vaut mieux que ce soit moi qui pose les questions, madame. Puis-je vous présenter le lieutenant Pell ?

Quand Ambrose s'avança, le fermier se réfugia auprès de sa femme.

— Je l'ai vu faire le beau devant le miroir de l'entrée, répliqua la contrebandière. J'avais deviné que vous étiez de Caroline du Sud avant que vous ne parliez de la légion Hampton.

— Et vous, qui êtes-vous ?
— Mrs. Augusta Barclay, du comté de Spotsylvania. J'ai une ferme près de Fredericksburg, si tant est que cela vous regarde.

— Mais nous sommes dans le comté de Fair..., commença Charles.

— Mon Dieu, mon Dieu ! Aussi féru de géographie que de mauvaises manières, coupa la blonde en détachant un autre paquet de son jupon. Je n'ai pas de temps à perdre avec vous, capitaine. Je crains fort d'avoir des cavaliers à mes trousses. Des Yankees.

Plop ! fit le paquet en atterrissant sur la chaise.

— La veuve Barclay revient de Washington, expliqua la fermière. Une mission secrète pour...

— Chut, lui intima son mari. N'en dis pas plus.

— Oh ! pourquoi pas ? lança la jeune femme en se défaisant des paquets. Peut-être que si nous le mettons au courant, il nous aidera au lieu de rester planté comme un piquet, attendant qu'on l'admire.

Les yeux bleus avaient une expression si méprisante que Charles en demeurait coi. S'adressant aux paysans, la jolie blonde poursuivit :

— J'ai eu tort de donner rendez-vous aussi près du Potomac. En passant le pont, j'ai bien cru que les Yankees avaient tout découvert tant ils mettaient de temps à examiner mes papiers. Un sergent fixait ma robe comme s'il voulait voir au travers — et je ne suis pas belle au point de susciter une telle ardeur.

— Je veux savoir ce qu'il y a dans les paquets, déclara Charles.

— De la quinine. Denrée rare à Richmond mais abondante à Washington. Nous en aurons désespérément besoin quand la vraie bataille aura commencé. Je ne suis pas la seule femme à faire ce travail, capitaine. Loin de là.

Charles traversa la pièce en faisant sonner ses éperons. La joliesse et le patriotisme de la veuve Barclay lui plaisaient mais pas sa langue acérée, qui lui rappelait Virgilia, la sœur de Billy Hazard. Jugeant qu'il avait été un peu dur avec le vieux couple, il dit à la femme :

— Vous pouvez l'aider si vous voulez.

La fermière passa devant lui d'un pas pesant, s'agenouilla derrière la blonde et entreprit de détacher les paquets.

— Comme c'est aimable à vous, persifla Mrs. Barclay. Vous savez, je ne plaisantais pas en parlant de poursuivants.

Ambrose, qui se tenait devant la fenêtre nord de la pièce, s'exclama :

— Elle a raison !

Regardant par-dessus son épaule, Charles vit de la poussière s'élever sur la route à deux ou trois kilomètres de la ferme.

— Des Yankees, sûrement, pour galoper aussi vite, dit-il.

Il se retourna et ajouta :

— Je regrette la vivacité de mes propos, mesdames. Je ne voudrais pas que des efforts aussi louables aient été faits en vain, mais ce sera le cas si nous ne réagissons pas rapidement.

— Encore quelques-uns, haleta la grosse fermière.

Charles fit signe au fermier de ramasser les paquets et demanda :

— Où est l'endroit le plus sûr pour les cacher ?

— Le grenier.

— Allez-y. Ambrose, cachez le buggy parmi les arbres. Si vous n'avez pas le temps de revenir avant que les cavaliers puissent vous voir, restez à couvert. Vous avez terminé, Mrs. Barclay ?

La veuve lissa le devant de sa jupe tandis que la fermière déposait les derniers paquets dans les bras de son mari.

— Il suffit de regarder pour connaître la réponse, capitaine.

— Epargnez-moi vos railleries et sortez par-derrière. Cachez-vous dans la remise et ne dites plus un mot. Si vous le pouvez.

Curieusement, la pointe de Charles fit sourire Augusta Barclay.

Le fermier monta l'escalier d'un pas mal assuré et la jolie blonde s'empressa de sortir. Dehors, les roues du buggy déplacé par Ambrose grincèrent.

Charles revint à la fenêtre, vit les cavaliers plus nettement cette fois. Ils étaient une demi-douzaine, tous vêtus de bleu foncé, et approchaient au galop. Sous sa veste grise de cadet, le capitaine se mit à transpirer.

Le fermier redescendit.

— Il y a de l'eau dans la cuisine ? demanda Charles.

— Un seau, avec une louche, répondit la fermière.

— Remplissez la louche et apportez-la-moi. Ensuite, taisez-vous tous les deux.

Il défit son shako, le jeta sur le côté et, quelques instants plus tard, sortit à pas lents, le fusil au creux du bras gauche, la louche dans la main droite. En le voyant, les cavaliers dégainèrent sabres et armes d'arçon, le lieutenant qui les commandait leva la main.

Le moment où Charles aurait pu se faire abattre passa avant qu'il en prît conscience. Il s'appuya sur l'un des piliers du porche, le cœur tambourinant dans ses oreilles.

26

Les cavaliers se ruèrent dans la cour, les canons de plusieurs revolvers militaires se braquèrent vers la poitrine de Charles.

Le lieutenant nordiste, que la chaleur rendait écarlate, approcha son cheval du porche. Charles but à la louche, laissa retomber sa main et la pressa contre son flanc pour cacher son tremblement. Il avait déjà vu quelque part le jeune officier de l'Union.

— Bonjour, capitaine, fit le lieutenant d'une voix étranglée.

Charles s'abstint de rire ou même de sourire : un homme nerveux — ou humilié — réagit souvent sans réfléchir.

— Bonjour, répondit-il aimablement en promenant les yeux sur les visages des Yankees.

Quatre des cavaliers avaient à peine l'âge de se servir d'un rasoir et deux d'entre eux ne purent soutenir son regard. Ils ne seraient pas dangereux. En restant silencieux, Charles contraignit l'officier nordiste à se présenter :

— Lieutenant Prevo, des Dragons de Georgetown.

— Capitaine Main, légion de Wade Hampton. Serviteur, monsieur.

— Puis-je vous demander, capitaine, ce qu'un officier rebelle fait si près du Potomac ?

— Quoique je n'apprécie pas le mot rebelle, je

répondrai à votre question. Mon domestique noir, que j'avais pris la peine de faire venir de Caroline du Sud, s'est enfui avant-hier — en quête des libertés bénies du territoire yankee, je suppose. Je suis maintenant venu à la conclusion que je n'arriverai pas à le rattraper. J'ai perdu sa piste.

Montrant les deux chevaux à l'attache, le lieutenant déclara :

— Je vois que vous ne vous êtes pas lancé seul à sa poursuite.

— Mon lieutenant se repose à l'intérieur, répondit Charles.

Mais où diable avait-il déjà rencontré ce jeunot ?

— Vous dites que votre esclave s'est enfui...

— Ces rebelles se privent de rien, pas vrai, mon lieutenant ? marmonna un caporal aux dents saillantes armé d'un énorme pistolet de Dragon.

« De mauvais yeux, celui-là, pensa Charles. Et une arme à me fracasser le crâne. Il faut le tenir à l'œil. »

Adoptant comme tactique d'ignorer le caporal, Charles répondit au lieutenant :

— Oui, et j'en suis fort fâché.

Le caporal revint à la charge :

— C'est juste pour ça qu'on a la guerre, hein ? Vous autres du Sud, vous voulez pas perdre les nègres qui cirent vos bottes et les négresses que vous baisez chaque fois que...

Le lieutenant s'apprêtait à rabrouer le sous-officier mais avant qu'il n'ait eu le temps, Charles jeta la louche dans la poussière.

— Lieutenant Prevo, si vous voulez bien ordonner à cet homme de descendre de cheval, je lui répondrai d'une manière qu'il comprendra, lança sèchement le capitaine en saisissant la poignée de son sabre.

— Ce ne sera pas nécessaire, assura l'officier nordiste. Le caporal se taira.

Le sous-officier aux dents de lapin grogna en fusillant Charles du regard.

— Je dois avouer que je ne suis pas tout à fait insensible à vos arguments, reprit le lieutenant. Je suis originaire du Maryland. Mon frère y possédait sur sa ferme deux esclaves qui se sont enfuis eux aussi. Lorsqu'on a constitué cette unité, un tiers des membres de la milice ont refusé de prêter serment de fidélité et ont démissionné. Je fus tenté de les imiter mais, comme je n'en fis rien, je dois maintenant accomplir mon devoir... Dites-moi, je ne parviens pas à me défaire de l'impression que nous nous sommes déjà rencontrés.

— Pas dans le Maryland, dit Charles, à qui la réponse vint soudain à l'esprit. West Point ?

— Oui, par Dieu. Vous étiez...?

— De la promotion 57.

— J'étais de la suivante. Mais j'ai dû quitter l'école après la première année, je n'arrivais pas à suivre. J'aurais bien voulu continuer, pourtant. J'adorais l'Académie. Eh bien ! le mystère est éclairci. Si vous voulez bien nous excuser, nous allons poursuivre notre mission.

— Mais certainement.

— Nous recherchons une contrebandière qui est passée par cette route. Nous fouillons toutes les fermes.

Comme le lieutenant s'apprêtait à descendre de cheval, Charles partit d'un rire qu'il voulait convaincant :

— Une contrebandière ? Ménagez votre peine, lieutenant. Je suis ici depuis une heure et je vous donne ma parole qu'il n'y a pas de contrebandière dans cette maison.

Le Nordiste se rassit sur sa selle, l'air hésitant. Les pistolets demeuraient braqués sur Charles, qui ajouta :

— Ma parole d'officier et d'ancien de l'Académie.

Le capitaine avait pris un ton cavalier qui, espérait-il, rendrait crédible sa vérité tronquée. Plusieurs secondes s'écoulèrent, Prevo inspira une longue bouffée d'air. « Ça n'a pas marché, pensa Charles. Qu'est-ce qu'ils vont faire, maintenant ? »

— Capitaine Main, j'accepte votre parole et je vous remercie de votre coopération. Vous nous avez fait gagner du temps.

Le lieutenant rengaina son sabre, donna des ordres et le détachement reprit la route en direction du Sud. Le visage déçu du caporal disparut dans la poussière.

Charles ramassa la louche et, soulagé, s'appuya contre le pilier.

27

APRÈS avoir attendu une dizaine de minutes, au cas où les Yankees reviendraient, le capitaine Main fit sortir Augusta Barclay et Pell de leur cachette.

— Laissez le buggy dans les fourrés, dit-il à Ambrose. Les Bleus pourraient repasser.

— Je suppose que votre éloquence les a convaincus, capitaine, dit la jeune femme en brossant les brindilles accrochées à sa robe.

— Je leur ai donné ma parole qu'il n'y avait pas de contrebandière dans la maison.

Estimant d'un coup d'œil la distance séparant le bâtiment blanc de la remise, Charles ajouta :

— A deux mètres près, c'était un fieffé mensonge.

— Très habile.

— Ce compliment embellit ma journée, madame.

Il n'avait pas cherché à être mordant mais la tension qu'il venait d'éprouver donna à la phrase un ton sarcastique. Se retournant, il se pencha au-dessus de l'abreuvoir pour s'asperger le visage. Pourquoi se préoccupait-il de ce que disait cette femme ? Il sentit une main sur son épaule.

— Capitaine ?

— Oui ?

— Vous avez le droit d'être irrité car j'ai tenu des propos inconsidérés. Vous vous êtes conduit avec courage. Je vous dois des remerciements et des excuses.

— Vous ne me devez rien, Mrs. Barclay. C'est aussi ma guerre. A présent, rentrez donc dans la maison et restez-y jusqu'à la tombée de la nuit.

Elle répondit d'un hochement de tête, laissa un

moment ses yeux bleus dans les siens et Charles ressentit une émotion inaccoutumée, troublante.

Vers quatre heures, il donnait à boire à Joueur et au bai d'Ambrose quand un bruit de sabots et de la poussière annoncèrent la venue de cavaliers se dirigeant vers le nord. Lorsque le détachement de Prevo passa devant la ferme, le lieutenant fit un signe de la main, Charles lui répondit, puis les soldats disparurent derrière la maison.

Le fermier et sa femme invitèrent à dîner les deux officiers, qui acceptèrent d'autant plus volontiers qu'Augusta Barclay soutint la suggestion. Une brise rafraîchissante soufflait dans la maison quand ils s'attablèrent devant un plat simple mais succulent : jambon fumé, pommes de terre, haricots verts.

Charles ne cessait de regarder Augusta par-dessus le verre de la lampe posée sur la table. A présent, elle gardait les yeux baissés, comme il se devait pour une femme du Sud de bonne famille. Cette pudeur délicate était cultivée par les jeunes filles du Sud et hautement appréciée par ceux qui leur faisaient la cour. Pourtant, cette veuve aux cheveux blonds ne correspondait pas à l'idéal sudiste. Elle avait un parler trop franc, elle était trop robuste, même, quand on y songeait. Charles se demandait combien elle chaussait. Une femme aux grands pieds était condamnée, tant sur le plan des relations mondaines que sentimentales.

Essayant timidement d'entretenir la conversation, le vieux fermier dit à Ambrose :

— C't' une belle bête que vous montez.

— Certainement. Les chevaux de selle de Caroline du Sud sont les meilleurs du monde.

— Ne dites pas cela à un Virginien, répliqua Augusta.

— J'ai parfois l'impression que les Virginiens s'imaginent avoir inventé le cheval, intervint Charles.

— On est bien fiers d'hommes comme Turner Ashby et le colonel Stuart, déclara la fermière, dont ce furent les seules paroles pendant tout le repas.

— Je suis d'accord avec Charlie, reprit Ambrose en se servant de pommes de terre. Les Virginiens ont l'art de vous mettre plus bas que terre d'un seul mot ou d'un regard.

— Certains d'entre eux, reconnut la veuve en souriant. Mais comme dit le poète, lieutenant, l'erreur est humaine, le pardon appartient à Dieu.

— Vous aimez Shakespeare ? demanda Charles.

— Oui, mais c'était une citation d'Alexander Pope, l'écrivain satirique anglais. C'est mon poète préféré.

— Oh ! marmonna Charles, honteux de sa stupidité. Je les confonds toujours, ces deux-là. Il faut dire que je ne suis pas grand lecteur de poésie.

— J'ai presque toutes ses œuvres. Un esprit brillant mais sombre, à de nombreux égards. L'homme lui-même était une sorte de nabot au dos déformé — voûté comme un arc, selon ses contemporains. Il ne se faisait pas d'illusions sur la vie mais savait chasser la souffrance par la raillerie.

— Je vois.

Charles avait appris quelque chose sur un poète anglais mais, surtout, il avait l'impression de mieux connaître Augusta Barclay. Quelle souffrance cachait-elle derrière ses moqueries ?

La fermière apporta de la tarte et du café tandis que son mari demandait à la veuve quand et comment la quinine serait transportée à Richmond.

— Un homme viendra la prendre demain, répondit-elle.

— Votre lit est fait dans l'aut' chambre, cria la fermière de la cuisine. Capitaine, vous et vot' lieutenant, vous pouvez aussi dormir ici. Je mettrai des paillasses par terre.

Augusta se tourna vers Charles et dans le visage partagé par le verre de la lampe, il crut voir une attente mêlée d'espoir. Ou n'était-ce qu'un effet de son imagination ? Charles se sentait tiraillé entre le devoir et le désir.

Ambrose attendait un signe de son supérieur et, n'en voyant aucun, il se risqua à dire :

— Je passerais bien une bonne nuit ici. Surtout si vous me laissez jouer de votre mélodion, ajouta-t-il à l'adresse du fermier.

— Sûrement, acquiesça le vieux paysan, ravi.
— Alors nous restons, décida Charles.
Augusta eut un sourire à peine esquissé mais bien réel. La fermière sortit un cruchon d'alcool de pomme, servit le capitaine et la veuve, qui s'installèrent face à face tandis que Pell essayait le vieil harmonium. Bientôt, il se lança dans un morceau au rythme enlevé.
— Vous jouez bien, le complimenta Augusta. J'aime l'air que vous interprétez mais je ne le reconnais pas.
— Cela s'appelle *Dixie's Land*. C'est un *minstrel song**.
— On l'a joué aussi dans le Nord, à l'automne dernier, quand Abe s'est présenté aux élections, dit le fermier. Les Républicains défilaient au son de c'te musique.
— C'est possible, convint Ambrose. Mais les Yankees ont perdu ce chant comme ils perdront la guerre. Tout le monde le joue et le chante dans les camps qui entourent Richmond.
Tandis que le lieutenant continuait à jouer, Augusta demanda à Charles :
— Parlez-moi un peu de vous, capitaine Main.
Il choisit ses mots avec précaution de peur d'être de nouveau la cible d'un sarcasme débité avec le sourire. Il évoqua West Point, le Texas, l'amitié de Billy Hazard — et aussi les doutes qu'il avait au sujet de l'esclavage.
— Je n'ai jamais cru non plus à cette institution, dit Augusta. A la mort de mon mari, l'année dernière en décembre, j'ai affranchi ses deux esclaves. Dieu merci ! ils sont restés avec moi, sinon j'aurais été forcée de vendre la ferme.
— Que cultivez-vous ?
— De l'avoine, du tabac. Je cultive aussi mes relations avec mes voisins pour qu'ils ne s'offusquent pas trop de me voir travailler au champ. Mon mari me l'interdisait, il pensait que cela me ferait perdre ma féminité.
Elle renversa la tête sur le coussin brodé du vieux

---

* Les *minstrels* étaient des chanteurs blancs déguisés en Noirs parcourant les Etats du Sud au siècle dernier (n.d.t.).

fauteuil à bascule. Comme elle était jolie et douce à la lumière de la lampe! Perdre sa féminité? Son mari devait être fou.

— Il était fermier, si j'ai bien compris?

— Oui. Il a vécu toute sa vie dans la même ferme, comme son père avant lui. C'était un homme honorable, gentil avec moi — quoique montrant une profonde méfiance pour les livres, la poésie, la musique...

Elle tourna la tête vers Ambrose, perdu dans une douce mélodie classique que Charles ne reconnaissait pas.

— J'ai accepté de l'épouser sept mois après la mort de sa première femme, continua Augusta. Il est mort comme elle, d'une grippe. Il avait vingt-trois ans de plus que moi.

— Vous l'aimiez, pourtant.

— Je l'aimais bien.

— Alors pourquoi l'avoir épousé?

— Ah! Encore un disciple de ce romantique sir Walter! Les Virginiens le vénèrent un tout petit peu moins que le Seigneur et George Washington.

Elle vida son verre et la lueur combative s'alluma à nouveau dans ses yeux.

— La réponse à votre question est prosaïque, poursuivit-elle. Sans une once de romantisme. J'avais perdu mes parents et mon frère, je n'avais plus de famille du tout dans le comté. Quand Barclay m'a demandée en mariage, je n'ai réfléchi qu'une heure avant de dire oui. Je pensais que personne d'autre ne voudrait de moi.

— Mais pourquoi? Vous êtes belle, dit Charles.

Elle le regarda. Un courant d'émotion jaillit entre eux comme un éclair.

La petite moue, le sourire défensif disparurent quand elle détourna les yeux et se leva brusquement. Ses seins lourds gonflaient le corsage de la robe, sur lequel elle tira avec gêne.

— Vous êtes galant, capitaine, mais je sais que je ne suis pas belle. Je me sens fatiguée, maintenant, je vous prie de m'excuser. Merci encore et bonne nuit.

— Bonne nuit, murmura Charles en se levant à son tour.

Lorsqu'elle fut sortie, il lança à Ambrose :

— Fichue bonne femme !

Abandonnant l'harmonium, le lieutenant sourit.

— Ne tombez pas amoureux, Charlie. Le colonel a besoin de vous.

— Ne dites pas d'idioties, grommela Charles, d'un ton qu'il espérait convaincant.

Après une excellente nuit, il se réveilla à l'aube avec une envie inhabituelle de se lever et de bouger. Il laissa Ambrose continuer à ronfler et se coula au-dehors pour donner à manger aux chevaux. Sifflant doucement *Dixie's Land*, il regarda les fenêtres du premier étage et se demanda où était « l'aut' chambre ».

Un soleil rouge apparut au-dessus des collines et des bois situés à l'est de la route. Les oiseaux chantaient et Charles s'étira, tout joyeux. Il ne s'était pas senti aussi bien depuis des mois mais ne cherchait pas trop à savoir pourquoi.

Une fumée pâle et âcre s'éleva de la cheminée de la cuisine : quelqu'un préparait le petit déjeuner. Tant mieux, il mourait de faim. En rentrant, il se rappela qu'il devait sortir son pistolet personnel de son coffre, le nettoyer et le graisser. Charles ne l'avait pas porté depuis son retour du Texas. C'était un colt de l'armée à six coups, calibre 44, modèle 1848, auquel il avait fait ajouter quelques accessoires coûteux comme des plaquettes de crosse en châtaignier, une monture amovible permettant d'appuyer l'arme contre l'épaule, un barillet gravé représentant des dragons attaquant des Indiens. Avec ce revolver, son fusil et son sabre, il ne lui manquait rien pour écraser les Yankees — tâche qu'il brûlait d'entreprendre ce matin-là.

Dans la cuisine, Augusta aidait la fermière à préparer des œufs au jambon.

— Bonjour, capitaine Main, dit la jolie Mrs. Barclay avec un sourire cordial.

Bientôt, tout le monde se retrouva à table. Ambrose passait à Charles un pain encore chaud cuit à la ferme quand des bruits de sabots résonnèrent dans la cour. Dans sa hâte à se lever, le capitaine Main renversa sa chaise, mais Augusta, qui était assise à sa droite, le retint par le poignet.

— C'est sans doute l'homme venu de Richmond. Il n'y a rien à craindre.

Les doigts de la jeune femme se retirèrent aussitôt, laissant Charles tout troublé. « Je me conduis comme un vrai gosse », pensa-t-il tandis que le fermier faisait entrer le visiteur. Les joues roses, Augusta fixait son assiette comme si elle avait peur qu'elle s'envole.

L'homme de Richmond appela la veuve par son nom mais ne révéla pas le sien. Mince, d'âge mûr, vêtu d'un costume marron et d'un chapeau à bord plat, il avait l'air d'un employé. Il accepta l'invitation du fermier, approcha une chaise de la table en disant :

— La quinine est là ? Pas de problème ?

— Dans le grenier, répondit Augusta. Il n'y a pas eu de problème grâce à l'intervention du capitaine Main et du lieutenant Pell.

Après le récit des événements de la veille, l'homme exprima sa gratitude puis se mit à manger. Il ne prononça plus un autre mot et dévora assez de nourriture pour six hommes de sa corpulence. Pendant ce temps, Charles et la veuve bavardaient, plus aisément que la veille. En réponse à ses questions sur Billy, il lui décrivit l'infortune des Main et des Hazard, qui se retrouvaient dans des camps opposés.

— Nos familles sont proches depuis longtemps. Unies par le mariage et par West Point, ainsi que par les sentiments que nous éprouvons les uns pour les autres. S'il y a une chose que nous espérons maintenant, c'est de demeurer unis quoi qu'il arrive.

— Ma famille aussi est divisée par la guerre.

— Je croyais que vous n'en aviez plus.

— Je n'en ai plus dans le comté de Spotsylvania mais mon oncle, le frère de ma mère, est général dans l'armée de l'Union. Il s'appelle Jack Duncan, il est sorti de West Point en 1840, si je me rappelle bien.

— George Thomas faisait partie de cette promotion ! s'exclama Charles. J'ai servi sous ses ordres au 2e de cavalerie. C'est un Virginien...

— Qui est resté dans le camp de l'Union, acheva Augusta.

— C'est exact. Voyons, qui d'autre encore ? Bill Sherman. Un bon ami de Thomas nommé Dick Ewell, qui vient de recevoir le commandement d'une des brigades de Manassas.

— Dites-moi, les anciens de West Point ne se perdent pas de vue.

— En effet. Et cela nous vaut de ne pas être très estimés. Parlez-moi de votre oncle. Où est-il ?

— Sa dernière lettre provenait d'un fort du Kansas, mais je suppose qu'il est de retour dans cette partie du pays, maintenant. Il s'attendait à être nommé ailleurs. Dans un journal de Washington, j'ai lu un article concernant les officiers supérieurs originaires de Virginie. Neuf ont rejoint la Confédération, onze sont restés avec l'Union. Mon oncle fait partie de ces derniers.

D'un geste preste, Ambrose s'empara du dernier morceau de jambon, battant le courrier de Richmond sur le poteau. Quand tout le monde eut terminé, le lieutenant amena le buggy devant la ferme tandis que Charles se chargeait du sac d'Augusta. Il mit le bagage dans la carriole, regarda la jeune femme nouer un foulard jaune sur ses cheveux.

— Vous ne risquez rien à faire seule le reste du trajet ?

— Il y a un pistolet dans le sac que vous venez de porter. Je ne voyage jamais sans cette arme.

Il lui prit la main pour l'aider à monter dans le buggy.

— Capitaine, je vous exprime à nouveau ma reconnaissance. Si votre devoir vous amène un jour à Fredericksburg, rendez-moi donc visite. La ferme Barclay n'est qu'à quelques kilomètres de la ville. N'importe qui vous indiquera le chemin...

Augusta s'interrompit puis ajouta précipitamment :

— Cette invitation s'adresse aussi à vous, bien sûr, lieutenant Pell.

— Certainement. C'est bien ainsi que je l'avais compris, dit Ambrose en glissant un regard malicieux à son ami.

— Au revoir, capitaine Main.

— Il est un peu tard pour vous prier de m'appeler Charles.

— Si vous m'appelez Augusta.

— Augusta, c'est un peu sévère. Pourquoi pas Gus ?

C'était une de ces choses qu'on dit sans réfléchir, parce qu'elles vous passent par la tête et semblent sans importance.

— Mon frère m'appelait toujours Gus. Je détestais ça.

— Pourquoi ? Cela vous va bien. Gus travaille au champ, je doute qu'Augusta en fasse autant.

— « J'admets votre règle générale... »

— Quoi ? dit Charles, avant de comprendre qu'elle devait à nouveau citer ce satané Pope.

— « ... qui veut que tout poète soit un sot. Mais vous pourriez vous-même illustrer celle selon laquelle tout sot n'est pas poète. » Au revoir, capitaine.

— Attendez ! s'écria Charles.

Mais l'occasion de s'excuser s'enfuit aussi vite que le buggy. Augusta fouetta son cheval, qui fila hors de la cour et prit la direction du sud. Ambrose s'approcha en s'efforçant de paraître catastrophé.

— Charlie, cette fois, vous avez commis une énorme bourde. Elle s'est enflammée, la petite veuve. Bah ! une femme ne peut pas être très féminine avec une langue de vipère ou un nom comme Gus...

— Fermez-la, Ambrose. De toute façon, je ne la reverrai jamais. Elle ne supporte pas la plaisanterie mais ne se prive pas d'en lancer aux autres. Qu'elle aille au diable, avec son Pope !

Charles sella Joueur, porta la main à son shako pour saluer le couple de fermiers et partit à toute allure vers le sud. Ambrose dut éperonner son cheval bai pour rester dans son sillage et ne pas le perdre de vue.

Au bout de quelques kilomètres, le capitaine se calma, ralentit et repensa en silence aux conversations qu'il avait eues avec cette fichue pimbêche de veuve, qu'il continuait à trouver diablement attirante malgré la façon dont ils s'étaient quittés. Elle n'aurait pas dû prendre la mouche aussi vite pour une gaffe innocente. Elle non plus n'était pas parfaite, après tout.

Charles aurait voulu la revoir, arranger les choses. C'était impossible pour le moment avec les combats qui s'annonçaient. L'attitude de Prevo, le lieutenant yankee, lui faisait à nouveau croire à la possibilité d'une guerre de gentlemen, menée selon des règles de gentlemen. Peut-être suffirait-il d'une grande bataille pour que tout soit terminé. Il se mettrait alors à la recherche de la jeune veuve que, malgré ses efforts, il continuait à appeler mentalement Gus.

28

LE 13 juillet tombant un samedi, Constance avait eu un jour de plus pour finir de faire ses bagages. George était parti quelques jours auparavant, manifestement à contrecœur. La veille de son départ, il avait mal dormi et s'était levé dans la nuit. Il était revenu dans la chambre une dizaine de minutes plus tard avec des brins de laurier poussant sur les collines entourant Belvedere. Il les avait glissés dans sa valise sans donner d'explication — mais Constance n'en avait pas eu besoin.

Brett s'occuperait de la maison, Wotherspoon des forges et Jupiter Smith, l'avocat de George à Lehig Station, de la constitution de la nouvelle banque. Tous télégraphieraient en cas d'urgence et Constance ne craignait donc pas de laisser des affaires importantes à l'abandon.

Elle était pourtant de mauvaise humeur, ce samedi. Il y avait trop de valises à faire et ses deux plus belles robes, qu'elle n'avait pas mises depuis un mois, la serraient un peu. Elle avait grossi. George ne lui avait fait aucune remarque mais, en s'examinant dans la glace, Constance se trouvait confrontée aux preuves indiscutables que constituaient le renflement de son ventre, l'épaisseur de ses cuisses.

Tard dans la matinée, Bridgit entra dans la chambre encombrée de bagages de sa maîtresse et dit d'une voix hésitante :

— Mrs. Hazard ? Il y a quelqu'un qui vous demande, dans la cuisine.

— Pour l'amour du ciel, ne viens pas m'importuner avec des commerçants alors que...

— Ce n'est pas un commerçant, madame, répondit la femme de chambre, étrangement pâle.

— Qui est-ce, alors ? On dirait que tu as vu Belzebuth en personne.

— C'est la sœur de Mr. Hazard.

Perdant son sang-froid coutumier, Constance se précipita en bas. Elle était stupéfaite, sidérée, outrée. Comment Virgilia osait-elle revenir à Belvedere après tout ce qu'elle avait fait pour créer des frictions entre les Hazard et les Main ?

Virgilia, qui gravitait autour de l'aile la plus extrémiste du mouvement abolitionniste, s'était montrée en public avec des Noirs connus pour être ses amants. Lors d'une visite à Mont Royal, elle avait trahi la confiance des Main en profitant de leur hospitalité pour aider un esclave à s'échapper. Elle avait ensuite vécu pauvrement avec ce Noir, nommé Grady, dans les taudis de Philadelphie. Elle l'avait aidé à prendre part au raid mené contre Harper's Ferry par l'infâme John Brown, qui avait et exprimait des vues aussi extrêmes qu'elle-même.

Virgilia haïssait tout ce qui venait du Sud et l'avait à nouveau montré lorsque Orry avait entrepris son dangereux voyage à Lehig Station pour rembourser une partie de l'emprunt fait aux Hazard. Elle avait ameuté autour de Belvedere une foule que George avait dû tenir en respect avec son fusil. Cette nuit-là, le maître de forges avait à jamais chassé sa sœur de chez lui. Et voilà qu'elle osait revenir ! Elle méritait...

« Stop, se dit Constance devant la porte fermée de la cuisine. Du calme, de la compassion. Fais un effort. » Elle remit en place une mèche de cheveux, contrôla sa respiration, pria silencieusement, se signa et entra.

Excepté la visiteuse, il n'y avait personne dans la cuisine où cuisait le pain de la journée. Par la fenêtre du fond, Constance vit son fils William jouer dehors avec un arc et des flèches. L'atmosphère intime et familiale de la pièce semblait profanée par la créature qui se tenait près de la porte avec un sac de voyage crasseux, une robe sale, un châle troué.

Agée de trente-sept ans, Virgilia avait un visage carré portant des marques de variole. Naguère plantureuse, elle était maigre, presque émaciée, avec une peau jaunâtre, des yeux éteints enfoncés dans leurs orbites. Elle sentait la sueur et d'autres odeurs plus désagréables encore. Constance se félicita de ce que Brett fût partie faire des courses à Lehig Station avec la cuisinière. La jeune femme se serait peut-être jetée sur Virgilia — comme Constance elle-même en mourait d'envie.

— Que fais-tu ici ?
— Puis-je attendre George ? Je dois le voir.

La voix de Virgilia avait perdu sa perpétuelle arrogance, son regard paraissait blessé. Constance le remarqua et il s'alluma en elle une flamme de plaisir que la honte et sa bonté naturelle finirent par éteindre.

— Ton frère est à Washington. Il travaille pour le gouvernement.
— Ah ! murmura Virgilia en fermant les yeux un instant.
— Comment peux-tu venir ici ?

Elle inclina la tête comme pour accepter l'accusation et la colère que Constance n'avait pas réussi à chasser de sa voix.

— Puis-je m'asseoir sur ce tabouret ? Je ne me sens vraiment pas bien.
— Oui, répondit Constance après un temps d'hésitation. (Elle tendit le bras vers le sac de voyage.) C'est celui que tu as emporté en avril, avec l'argenterie ? Après nous avoir fait honte de mille manières, tu en as trouvé encore une autre : le vol.

Virgilia se laissa tomber sur le siège avec la lenteur d'une personne beaucoup plus vieille.

— Il fallait vivre.

— C'est une explication, pas une excuse. Et où as-tu vécu depuis ton départ ?
— Dans des endroits dont j'aurais honte de parler.
— Pourtant, tu as le toupet de revenir ici.

Des larmes apparurent dans les yeux de Virgilia, qui murmura :
— Je suis malade, je peux à peine me tenir debout. J'ai cru m'évanouir en montant la colline.

Après un long soupir, elle donna l'ultime raison :
— Je n'ai pas d'autre endroit où aller.
— Tes bons amis abolitionnistes ne veulent pas de toi ?

Constance, qui n'avait pu s'empêcher d'avoir un ton méprisant, eut à nouveau honte. « Arrête. »
— Non, finit par répondre la visiteuse. Plus maintenant.
— Qu'es-tu venue chercher ici ?
— Un endroit où me reposer. Me remettre. Je voulais supplier George de...
— Je te répète qu'il est à Washington.
— Alors c'est toi que je supplie, Constance, si c'est cela que tu veux.
— Tais-toi !

Constance se retourna brusquement, se couvrit les yeux. Une minute plus tard, elle fit de nouveau face à Virgilia, l'air sévère mais calme.
— Tu peux rester quelque temps seulement.
— Entendu.
— Pas plus de quelques mois.
— Entendu. Merci.
— Et George ne doit pas le savoir. William t'a vue ?
— Je ne crois pas. J'ai fait attention, il était occupé avec son arc...
— Je pars demain rejoindre George, j'emmène les enfants. Il ne faut pas qu'ils te voient. Tu resteras cachée dans une des chambres des domestiques jusqu'à notre départ. De cette façon, je serai la seule à devoir mentir.

Ce fut dit avec un mordant qui fit frissonner Virgilia. Malgré ses efforts, Constance ne pouvait se maîtriser totalement.

— Si George apprenait ta présence, il te chasserait de nouveau, ajouta-t-elle.

— Oui, je suppose.

— Brett vit ici aussi pendant l'absence de Billy. Il est dans l'armée.

— Oui, je m'en souviens. Je suis heureuse que Billy combatte et que George fasse également sa part. Il faut que le Sud soit complètement...

— Virgilia, coupa Constance, si tu profères un seul mot de ce fatras idéologique que tu as déversé sur nous pendant des années, je te jetterai moi-même dehors immédiatement. D'autres ont le droit moral de s'élever contre l'esclavage et les propriétaires d'esclaves, pas toi.

— Je suis désolée, j'ai parlé sans réfléchir. Plus jamais je ne...

— C'est exact : plus jamais. J'aurai déjà assez de mal à convaincre Brett de te laisser rester à Belvedere pendant que je serai partie et qu'elle s'occupera de la maison. Ne discute pas mes conditions.

— Non.

— Ou tu les acceptes toutes, ou tu repars comme tu es venue. Je me fais bien comprendre ?

— Oui, oui. Oui, murmura Virgilia en baissant la tête.

Encore troublée, encore furieuse, Constance se couvrit de nouveau les yeux. Les épaules de Virgilia commencèrent à s'agiter et elle pleura, presque sans bruit d'abord, puis plus bruyamment, avec une sorte de gémissement animal. Constance s'empressa de sortir par la porte de derrière et la referma aussitôt pour que William n'entende rien.

29

JE vous demande et vous ordonne...

D'autres voix s'élevèrent soudain, couvrant partiellement celle du révérend Saxton, recteur de la paroisse épiscopalienne. Orry, qui portait son costume le plus élégant — et le plus chaud — coula prestement un regard en direction des fenêtres ouvertes.

Madeline se tenait à son côté, vêtue d'une robe d'été en lin blanc. Les esclaves, qui avaient un jour de repos, avaient été invités à écouter la cérémonie de la petite place et une quarantaine d'entre eux s'étaient rassemblés dehors, au soleil. Les domestiques, appartenant à une caste supérieure et attendant d'être traités comme tels, avaient été admis au salon, où une seule personne était présentement assise : Clarissa.

— ... si l'un de vous a connaissance d'un obstacle s'opposant à ce que vous soyez légalement unis par le mariage...

A l'extérieur, le bruit de la querelle redoubla. Quelqu'un cria.

— ... qu'il le dise maintenant. Car soyez assurés...

Le recteur bredouilla, perdit le fil de sa lecture, toussa deux fois et poussa un soupir parfumé par le sherry qu'il avait bu quelques instants auparavant avec les promis. Avant de conduire Madeline au salon, Orry avait dit en plaisantant que Francis LaMotte viendrait peut-être s'opposer à ce qu'ils se marient si peu de temps après les funérailles de Justin.

— Soyez assurés..., reprit Mr. Saxton.

Dehors, un homme se mit à jurer et Orry, reconnaissant sa voix, se pencha vers le recteur.

— Excusez-moi un instant.

Orry sortit à grands pas, s'avança vers le demi-cercle de Noirs masquant les combattants. Il entendit Andy s'écrier :

— Laisse-le, Cuffey. Il n'a rien...

— Me touche pas, négro. Il m'a poussé.

— C'est toi qui m'as poussé, répliqua une voix plus faible, appartenant à un esclave nommé Percival.

Orry, que personne n'avait remarqué, ordonna :

— Arrêtez.

Une petite fille à nattes poussa un cri aigu, la foule s'écarta, révélant Cuffey, assis à califourchon sur les cuisses de Percival. Andy, qui se tenait à un mètre de Cuffey, portait des vêtements propres, comme tous les autres esclaves. C'était jour de fête à Mont Royal.

— C'est mon mariage, je ne veux pas être dérangé, lança Orry. Que s'est-il passé ?

— C'est sa faute, gémit Percival en montrant Cuffey. Il est arrivé après tout le monde et il m'a poussé pour prendre ma place.

Cuffey baissa ses yeux pleins de haine et marmonna :

— Je l'ai pas poussé. J'ai glissé et je suis tombé sur lui, c'est tout. J'ai glissé.

Comme l'exigeait le protocole, Orry interrogea Andy du regard.

— Percival dit la vérité, déclara le contremaître.

— Cuffey, regarde-moi, reprit Orry. Double travail pendant une semaine.

L'esclave, furieux, n'osa pas répondre et le maître retourna dans la maison.

Peu après, Madeline et Orry joignirent leurs mains droites tandis que le recteur récitait :

— Vivez unis en cette vie pour avoir la vie éternelle dans l'autre monde. Amen.

Le soir, dans leur chambre, Madeline tendit une main vers Orry et le caressa dans le noir.

— Sapristi ! On dirait que le marié n'a jamais connu la mariée, gloussa-t-elle.

— Pas en qualité de mari.

Il était assis à côté d'elle, sa cuisse velue contre la douceur de la sienne. Madeline avait les pointes des seins aussi sombres que ses cheveux et ses yeux ; le reste de sa personne était du marbre. Elle posa les bras sur les épaules d'Orry, l'embrassa.

— Mon Dieu ! comme je t'aime !

— Je vous aime, Mrs. Main. Je suis navré de l'incident qui a troublé la cérémonie. Je devrais vendre Cuffey. Je ne veux pas qu'il crée des ennuis pendant que je serai à Richmond.

— Mr. Meek s'occupera de lui.

— Je l'espère, soupira Orry, qui n'avait pas encore reçu de nouvelles de Caroline du Nord.

Madeline lui caressa la joue.

— Dès que tu seras installé en Virginie, je te rejoin-

drai. D'ici là, tout ira bien. On peut faire confiance à Andy.
— Je sais, mais...
— Ne te tourmente pas, chéri.
Elle se retourna, fit craquer le lit en exposant la blancheur de son ventre et de sa poitrine à la faible lueur provenant du dehors. Lorsqu'il s'étendit à côté d'elle, elle approcha sa bouche de son visage et chuchota :
— Pas de soucis ce soir. Un mari a certains devoirs à remplir, tu sais.

Ils furent tous deux réveillés par un bruit rauque.
— Mon Dieu ! Qu'est-ce que c'est ? s'écria Madeline en se redressant.
Le cri s'éleva à nouveau, des oiseaux piaillèrent dans la nuit. En bas, une servante posa une question d'un ton angoissé.
— On aurait dit un cri d'animal sauvage, murmura Madeline avec un frisson.
— C'est un cri de panthère. Du moins, une imitation. Les nègres en poussent parfois pour effrayer les Blancs.
— Mais personne ici ne voudrait faire une chose par...
Madeline s'interrompit et, frissonnant à nouveau, se pressa contre le dos de son mari.

30

CE soir-là, Washington en effervescence retentissait de bruits divers : grincement des roues de chariot, grondement des sabots et tintement des fers, chants de régiments marchant vers les ponts de Virginie. C'était le lundi 15 juillet.
George avait passé la journée à régler mille détails pour préparer l'arrivée de Constance et des enfants. A neuf heures trente, il entra au restaurant du *Willard* et son frère lui fit signe d'une table du centre de la salle.
Le maître de forges se sentait emprunté et ridicule

avec le chapeau français porté par les officiers d'état-major : galon doré, aigle en cuivre, cocarde noire. Il avait acheté l'épée réglementaire la moins chère qu'il avait pu trouver, une arme en fer-blanc tout juste bonne à parader. Aucune importance, il la porterait le moins souvent possible — idem pour le fichu chapeau.

— Dieu nous vienne en aide — quelle élégance! s'exclama Billy tandis que son frère s'asseyait. Et je vois que vous avez un grade supérieur au mien, mon capitaine.

— Arrête ou je te flanque un rapport, grogna George avec bonhomie. Je serai probablement nommé major dans un mois ou deux. Tout le monde dans le service doit avoir de l'avancement.

— Ça te plaît, le Matériel ?

— Pas du tout.

— Alors pourquoi... ?

— Nous devons tous faire parfois des choses qui ne nous plaisent pas. Si je ne pensais pas pouvoir me rendre utile, je ne serais pas ici.

George alluma un cigare dont la fumée fit tousser le serveur qui se tenait près de la table. Le capitaine composa son menu avec le ton sec d'un cadet de dernière année rudoyant un bizuth et le garçon avait peine à suivre avec son crayon.

— Moi aussi des côtelettes de veau, dit Billy.

Après le départ du serveur, il but une gorgée de whisky et reprit :

— Tu sais, George, tu n'auras peut-être pas l'occasion de te rendre utile. Une percée jusqu'à Richmond et tout pourrait être fini. McDowell fait mouvement ce soir.

— Il faudrait être sourd et aveugle pour ne pas le savoir. De toute façon, Stanley m'avait prévenu. Nous avons déjeuné ensemble ce midi.

— Tu crois que nous aurions dû l'inviter ce soir ? demanda Billy d'un air coupable.

— Oui, mais je suis heureux que nous n'en ayons rien fait. En outre, Isabel ne l'aurait probablement pas laissé sortir.

— **Tu as trouvé à te loger ?**

— Ici même. Une suite. Ruineux mais c'était cela ou rien.
— Le *Willard* est bondé. Comment as-tu fait ?
— Cameron s'est débrouillé. J'ai l'impression qu'il peut obtenir n'importe quoi.

George tira une bouffée de son cigare.
— Es-tu aussi en forme que tu en as l'air ? demanda-t-il.
— Oui, je vais bien, mais Brett me manque beaucoup. J'ai un excellent commandant. Beaucoup plus porté que moi sur la religion mais expert en génie militaire.
— A tu et à toi avec Dieu, hein ? Qu'il cultive ses relations, cela pourrait nous être utile. J'ai observé des volontaires à l'exercice, cet après-midi.
— Mauvais ?
— Effroyable.
— Combien d'hommes McDowell conduit-il en Virginie ?
— Trente mille, à ce que j'ai entendu dire, répondit George. Je suis sûr que le nombre exact paraîtra demain dans la presse. L'information intéressera le Vieux Bory : il paraît qu'il se fait envoyer tous les jours par courrier spécial les journaux d'ici.

Billy sourit.
— Je n'ai pas ton expérience mais je n'aurais jamais cru qu'on pouvait faire la guerre de cette façon.
— Ce n'est pas la guerre, c'est... comment appeler ça ? Une mascarade. Un rassemblement d'amateurs pleins d'ardeur conduits par une kyrielle de politiciens à qui tout le monde fait confiance et quelques officiers de carrière dont on se méfie.

Le serveur apporta un bouillon laiteux et fumant où flottaient des huîtres grasses. George se débarrassa de son cigare, prit sa cuiller.
— Je vais te dire une chose, poursuivit-il. Pour hâter la fin de la guerre, il faudrait armer tous les Noirs qui affluent ici en provenance du Sud.

Remarquant l'air désapprobateur de son frère, il ajouta :
— Pourquoi pas ? Je parie qu'ils se battraient plus

vaillamment que beaucoup des beaux messieurs que j'ai vus parader en ville.

— Mais ce ne sont pas des citoyens si l'on se fonde sur le jugement rendu dans l'affaire Dred Scott.

— Encore faut-il croire à la justesse de cette décision. Ce n'est pas mon cas. Billy, dit George en se penchant au-dessus de la table, la sécession est le tonneau de poudre qui a déclenché cette guerre mais, la mèche, c'était l'esclavage. C'est le fond du problème. Pourquoi ne pas laisser les Noirs se battre pour leur propre cause ?

— Peut-être as-tu raison sur le plan politique mais je connais l'armée. L'incorporation de nègres provoquerait de violentes réactions.

— Tu veux dire que les soldats blancs ne feraient pas confiance aux Noirs ?

— Exactement.

— Toi non plus ?

Cachant son embarras derrière une attitude provocatrice, Billy répondit :

— Moi non plus. Je me trompe peut-être mais c'est ce que je pense.

— Alors il vaut mieux changer de conversation.

Ce qu'ils firent, et le reste du repas se déroula agréablement. Ils sortirent du restaurant juste au moment où un régiment d'infanterie passait dans l'avenue, baïonnettes pointant dans toutes les directions. Les tambours auraient tout aussi bien pu donner la cadence sur la lune.

— Sois prudent, Billy, dit George. Une grande bataille se prépare, ce sera peut-être pour cette semaine.

— Ne t'en fais pas. De toute façon, je ne pense pas que notre unité sera envoyée à Richmond avec les autres.

— Pourquoi tout le monde est-il si sûr que nous allons atteindre Richmond ? Les gens se comportent comme si les rebelles étaient tous de prétentieux imbéciles. Je connais certains des anciens de West Point passés au Sud. Ce sont les meilleurs officiers. Quant à la troupe, les jeunes gars du Sud ont l'habitude de vivre au-dehors, de travailler dans les champs. Leur mode de vie les avantage. Aussi ne les sous-estime pas et suis mon conseil : sois prudent. Ne serait-ce que pour Brett.

— Je serai prudent, promit Billy. Désolé de cette discussion sur les nèg... sur l'autre question.

— Je n'ai pas besoin de partager les opinions stupides de mon frère pour me soucier de son sort.

George ouvrit les bras, les deux hommes s'étreignirent et Billy s'éloigna dans le noir en suivant le miroitement des baïonnettes et le roulement de tambours invisibles.

Constance et les enfants arrivèrent le lendemain matin avec des tonnes de bagages, un paquet de nourriture et de livres que Brett avait préparé pour Billy. Patricia était tout excitée de voir la capitale, ravie par la perspective d'y aller à l'école à la rentrée. Son frère, plus vieux de dix mois, exprima le même enthousiasme pour la ville mais lorsqu'il entendit parler d'école, il tira la langue — dans le hall du *Willard*. Cette énergique manifestation lui valut une taloche et une réprimande de sa mère.

George déclara qu'ils seraient peut-être rentrés à la maison en automne et que, de toute façon, la bataille qui se préparait donnerait une indication sur la suite des événements. Le prix des chevaux et des voitures de louage avait grimpé vertigineusement en deux jours. Des centaines de personnes projetaient de se rendre en Virginie pour assister au spectacle, qui promettait d'être excitant. Bien que connaissant les réalités de la guerre, George avait succombé lui aussi et loué une calèche.

Le mercredi soir, il rentra à l'hôtel après avoir tenté pendant des heures de voir un peu clair dans le chaos du service de Ripley. Constance, l'air contrarié, lui tendit une carte de visite.

— On l'a déposée pendant que je faisais des courses, dit-elle.

George retourna la carte, lut avec consternation l'invitation à dîner pour le lendemain, écrite par Isabel.

— Allons-y cette fois pour être débarrassés, décida-t-il. Sinon elle ne cessera de nous relancer.

— Si tu peux les supporter, moi aussi, je suppose, soupira Constance. Nous savons tous deux ce que cache probablement cette démonstration d'amitié. Le vieux Simon veut que tu sois content.

— Possible, répondit George avec un haussement d'épaules. Mais Isabel tient peut-être vraiment à nous recevoir.

— Sois sérieux, voyons.

— Je le suis. Cela lui donnera l'occasion d'éblouir les nouveaux venus que nous sommes. Je me demande de quoi elle va faire étalage, cette fois, marmonna George en se grattant le menton.

Il s'avéra qu'Isabel disposait de tout un arsenal, à commencer par la vaste maison de la Rue I que les invités furent contraints d'admirer pendant un quart d'heure.

— Je vous plains, fit-elle avec commisération. Entassés comme ça au *Willard*... Nous avons eu de la chance de quitter le *National* pour nous installer ici, vous ne trouvez pas ?

— Oh ! si, répondit Constance avec une politesse impénétrable. C'est fort aimable à vous de nous avoir invités.

— Le passé est le passé — surtout dans des moments pareils.

Isabel avait adressé la remarque à George, qui eut toutes les peines du monde à la digérer. Il se sentit soudain las, maussade et mal à l'aise dans son uniforme de soldat de plomb. La poignée de son épée ridicule ne cessait de battre contre sa ceinture.

A table, on sortit les couteaux. Stanley et Isabel truffèrent leurs propos de noms de personnalités en laissant entendre qu'ils étaient au mieux avec chacune d'elles : Chase, Stevens, le général McDowell — et bien sûr Cameron.

— Tu as vu son dernier rapport mensuel, George ? demanda Stanley.

— Ma position ne me permet pas de le voir. J'ai lu ce qu'on a écrit à son sujet.

— Les remarques sur l'Académie... ?
— Oui, reconnut George en se contrôlant.
— Qu'a-t-il dit exactement, chéri ? fit Isabel.

George eut l'impression d'entendre se refermer le piège dans lequel on venait de le pousser.

— Simplement que la rébellion n'aurait pas été possible — du moins pas à une aussi grande échelle — sans la trahison des officiers formés à West Point avec les deniers publics. Simon conclut en demandant si cette trahison n'est pas directement due à quelque défaut fondamental de notre système national — à savoir l'existence même de cette institution élitiste.

Elitiste. Deniers publics. Trahison. C'était la même bande de chiffonniers auxquels leurs nouveaux habits bleu-blanc-rouge donnaient une respectabilité nouvelle.

— Balivernes, lâcha George, en pensant un mot plus fort.

— Permettez-moi de ne pas être de votre avis, objecta Isabel. J'ai entendu ces propos dans la bouche d'un grand nombre de femmes de parlementaires. Même le président les a repris dans son message du 4 juillet.

Stanley secoua la tête en prenant un air attristé :

— Je crains fort que ton ancienne école ne connaisse des temps difficiles.

Par-dessus la soupière de potage à la tortue, George posa sur sa femme un regard bouillonnant de colère, auquel elle répondit par une exhortation muette à la patience.

La seconde attaque fut lancée quand les domestiques présentèrent le poisson-tuile grillé et le rôti de chevreuil.

— Nous avons une autre bonne nouvelle, annonça Isabel avec un sourire. Parle-leur de l'usine, Stanley.

Il s'exécuta comme un écolier récitant sa leçon.

— Des bottines militaires ? fit George. Je suppose que tu as déjà un contrat ?

— En effet, acquiesça Isabel. Toutefois, ce n'est pas principalement pour gagner de l'argent que nous avons acheté Lashbrook. Nous voulions contribuer à l'effort de guerre.

George ne put s'empêcher de lever les yeux vers le plafond.

— Je reconnais que nous avons été aussi guidés par une considération quelque peu égoïste, continua Isabel. Si l'usine marche, Stanley ne dépendra plus de l'entreprise Hazard pour suppléer le maigre salaire versé par le ministère de la Guerre. Il sera indépendant.

« Ou plus probablement dans les pattes de Cameron », pensa George.

— Naturellement, nous présumons que Stanley continuera à toucher ses dividendes, poursuivit Isabel.

— Ne craignez rien, personne ne vous fera tort d'un *cent*.

Constance sentit le grognement sous la remarque et posa la main sur le poignet de son mari en disant :

— Nous ne pouvons rester tard. George a beaucoup à faire demain.

Le climat de politesse forcée se recréa et Isabel se montra d'excellente humeur pendant le reste du repas, comme si elle avait joué ses atouts et gagné la partie.

Dans la voiture les ramenant, Constance et lui, à l'hôtel, George éclata :

— Avec cette histoire de contrat, je me fais l'impression d'un profiteur, moi aussi. Nous vendons des plaques de fer à la marine, des canons au service dans lequel je travaille...

Constance lui tapota la main.

— Je crois qu'il y a une différence.

— Trop subtile pour moi.

— Que ferais-tu si l'Union avait désespérément besoin de canons mais pas d'argent pour payer ? Que dirais-tu si on te demandait de fabriquer des pièces d'artillerie dans ces conditions ?

— Je hurlerais. J'ai des obligations envers ceux qui travaillent pour moi. Ils attendent la paie chaque semaine.

— Mais si tu pouvais payer leurs salaires, tu accepterais. C'est la différence entre Stanley et toi.

L'air dubitatif, George secoua la tête.
— Je ne crois pas être aussi pur. Ce que je crois, c'est que nos canons sont probablement bien mieux faits que les bottines de Stanley.
— Voilà pourquoi Stanley finira peut-être dans la peau d'un profiteur. Toi, tu resteras toujours le même George Hazard, dit Constance. (Elle le prit dans ses bras, l'embrassa sur la joue.) Et j'en suis heureuse.

A l'hôtel, elle retrouva avec soulagement son fils, parti visiter les camps de Virginie. Elle l'avait jugé trop jeune pour une telle expédition mais George l'avait persuadée d'être moins protectrice avec son enfant. Le jeune garçon ne semblait pas avoir souffert de l'expérience.
— McDowell est en marche! s'exclama-t-il avec enthousiasme. Oncle Billy dit que nous affronterons probablement les rebelles samedi ou dimanche.
Pendant le repas, Stanley avait fait part de son intention d'assister à la bataille. Dans leur chambre, en se déshabillant, George et Constance discutèrent des risques d'une telle entreprise. Elle était pour et, comptant sur le consentement de son mari, avait commandé un panier de victuailles chez Gautier. George s'étonnait en silence : en quelques jours, sa femme avait appris tout ce qu'il fallait savoir dans cette ville, notamment qu'on ne pouvait tout bonnement pas donner sa clientèle à un traiteur moins prestigieux.
— Entendu, capitula-t-il. Nous irons.

Ce soir-là, Billy écrivit dans son journal :

Aujourd'hui mon neveu, qui porte le même nom que moi, est venu de la ville. Avec la permission du capitaine, je l'ai emmené voir notre armée en marche. C'était un spectacle grandiose avec drapeaux claquant au vent, baïonnettes étincelant au soleil et roulements de tambour. Les volontaires, certains de se battre bientôt, montraient leur ardeur. Plusieurs unités ont déjà essuyé le feu de batteries invisibles en débarrassant les routes d'arbres abattus par les rebelles. Notre compagnie doit rester derrière avec les forces du district, ce qui me déçoit beaucoup. Je dois cependant avouer que je suis aussi soulagé dans une certaine mesure. La bataille ne sera peut-être pas une partie de plaisir, quoique les volontaires se comportent comme s'ils le pensaient. A Mont Royal, au printemps dernier, C. m'a raconté que, avant de combattre, les soldats, nerveux, ne cessent de plaisanter. J'ai pu le vérifier : jamais je n'avais entendu autant de rires et de blagues qu'aujourd'hui. Ils chantent aussi — toujours le même chant, J. Brown's Body — et se soûlent de musique jusqu'à oublier tout le reste. Ils ne savent pas se tenir en rangs ou exécuter correctement un ordre. Pas étonnant que McDowell soit méfiant. En retournant au camp sur la haquenée d'un cordelier — nous n'avions pas trouvé de chariot allant dans notre direction — nous sommes passés William et moi devant la tente du capitaine F. et l'avons entendu prier à voix haute : « Voici le jour du Seigneur. Il brisera les pécheurs. » « Qu'est-ce que c'est que ça ? » s'exclama mon neveu, sidéré. A quoi je répondis : « Je crois que c'est d'Esaïe. » Lorsque je rectifiai mon erreur — il voulait savoir qui priait — il me dérouta en me demandant si Dieu s'était détourné de nos amis les Main. Je lui donnai la réponse la plus honnête possible : « Oui, selon ceux de notre camp. » Mais j'expliquai que l'ennemi comptait sur Son aide avec une confiance égale à la nôtre. Le jeune William a l'esprit vif de son père ; je crois qu'il a compris le paradoxe. Le cap. F. l'a invité au mess, l'a traité fort courtoisement et l'a félicité de l'intelligence de ses questions. William est resté jusqu'à ce que les feux de guet s'allument dans la campagne puis il est remonté sur son cheval de louage pour retourner à Washington où, m'a-t-on dit, règne aussi une grande agitation. Au moment où j'écris, j'entends encore l'armée au loin : les chariots, la cavalerie, le chant des volontaires. Bien que je n'aie jamais été au feu et que j'en serais effrayé, je regrette de ne pas être parti avec eux.

31

CONSTANCE manquait d'autant plus à Brett qu'une autre femme l'avait remplacée à Belvedere. Une femme que Brett n'aimait pas du tout.

Après le départ de Constance, Brett essaya à maintes reprises d'engager la conversation avec Virgilia, qui se contenta de répondre par monosyllabes. Elle ne prenait plus un ton outragé ou vertueux, comme avant, mais avait trouvé une nouvelle façon d'être grossière.

Pourtant la jeune femme estimait de son devoir d'être aimable car Virgilia était une créature blessée. Le lendemain du jour où Constance et George dînèrent chez Stanley, Brett décida de faire une nouvelle tentative.

Ne trouvant pas sa belle-sœur dans la maison, elle interrogea les femmes de chambre et l'une d'elles répondit :

— Je l'ai vue monter dans la tour avec le journal, m'dame.

Brett monta l'escalier de fer en colimaçon que George avait dessiné et fabriqué dans ses forges. Une fois dans le bureau tapissé de livres, elle ouvrit la porte menant à l'étroit balcon entourant la tour. En bas, les lumières de Lehig Station brillaient dans le soir, la rivière étirait son ruban sombre. Une lueur rouge salie de fumée recouvrait au nord la vaste et bruyante usine où le travail ne cessait jamais.

— Virgilia ?
— Oh ! Bonsoir.

La sœur de Billy ne se retourna pas. Avec ses mèches flottant au vent, on aurait pu la prendre pour la Méduse dans la lumière déclinante. Sous son bras, elle serrait un exemplaire du *Lehig Station Ledger*, qui avait récemment transféré son patriotisme dans son titre pour devenir le *Ledger-Union*.

— Des nouvelles importantes ?
— On dit qu'il y aura une bataille en Virginie dans quelques jours.
— Peut-être nous apportera-t-elle une paix rapide.

— Peut-être, dit Virgilia avec indifférence.
— Vous descendez dîner ?
— Je ne crois pas.
— Virgilia, ayez l'amabilité de me regarder.

Elle s'exécuta lentement. Ses yeux captèrent la lumière du ciel et Brett crut revoir un bref instant l'ancienne Virgilia : martyrisée, furieuse. Puis le regard s'éteignit et l'épouse de Billy s'efforça à une gentillesse qu'elle ne ressentait pas.

— Je sais que vous avez connu des moments terribles...
— J'aimais Grady. Tout le monde me hait parce qu'il était noir mais je l'aimais.
— Je comprends combien vous devez vous sentir perdue sans lui.

C'était un mensonge : Brett ne pouvait comprendre l'amour d'une Blanche pour un nègre.

Tombant dans l'apitoiement sur soi, Virgilia murmura :

— Personne ne veut de moi dans ma propre maison.
— Vous vous trompez. Constance vous a recueillie. Moi aussi j'aimerais vous aider. Je sais que... nous ne serons jamais de grandes amies mais ce n'est pas une raison pour nous ignorer. J'aimerais vous aider à vous sentir mieux...

Enfin l'ancienne Virgilia réapparut et lança, mordante :

— Comment ?
— Eh bien..., bredouilla Brett. D'abord, il faut changer de tenue. Cette robe ne vous va pas. En fait, elle est horrible.
— Quelle importance ? Aucun homme ne condescend à me regarder.
— Vous vous sentiriez peut-être mieux si vous jetiez cette robe, preniez un long bain et arrangiez votre coiffure. Pourquoi ne pas me laisser vous coiffer après le repas ?
— Parce que cela ne changerait rien.
— Venez, nous essaierons.

D'un geste maternel, Brett prit Virgilia par le poignet et, ne sentant aucune résistance, tira doucement.

— Je m'en moque, marmonna Virgilia avec un haussement d'épaules.

Mais elle se laissa conduire en bas.

Après le dîner, Brett fit remplir un baquet d'eau chaude et poussa dans la salle de bains une Virgilia apathique. Avant de fermer la porte, la jeune femme recommanda à sa belle-sœur :

— Passez-moi vos vêtements. Tous. Je vous trouverai autre chose.

Puis elle s'assit dans la chambre obscure dont Virgilia avait tiré les rideaux. Après avoir attendu une dizaine de minutes, Brett s'inquiéta, colla l'oreille à la porte et appela :

— Virgilia ?

Elle écouta, le cœur battant, finit par entendre du bruit et se recula. La porte s'ouvrit, une main tendit un paquet d'habits que Brett aurait préféré ne pas toucher. Elle descendit en les tenant à bout de bras, dit à une servante :

— Jette ça au feu et trouve une chemise de nuit pour Miss Virgilia. Les miennes sont trop petites.

Comme l'ordre semblait révolter la domestique, Brett ajouta :

— Je te donnerai le double de ce que cela vaut.

La servante s'empressa d'apporter une chemise de nuit et un peignoir que Brett monta à Virgilia. Celle-ci sortit quelques minutes plus tard de la salle de bains, s'avança presque timidement dans la chambre dont Brett avait allumé toutes les lampes.

— Asseyez-vous là, dit la jeune femme en montrant le pouf placé devant une grande glace ovale.

À l'aide d'une serviette, elle entreprit de sécher les cheveux de Virgilia et de les brosser longuement. Virgilia demeurait raide sur son siège, fixant le miroir. Après le brossage, Brett partagea la chevelure de sa belle-sœur en son milieu — comme le voulait la mode — tourna une mèche autour de son doigt et la fixa au-dessus de l'oreille gauche, répéta l'opération de l'autre côté.

— Cela vous fera de jolies boucles, assura-t-elle.

Demain, nous vous mettrons un filet, vous serez magnifique.

Brett vit dans le miroir son propre visage souriant au-dessus de la face sans vie de sa belle-sœur. S'efforçant de ne pas montrer son découragement, elle poursuivit :

— Ensuite, nous irons en ville vous acheter des vêtements neufs.

— Je n'ai pas d'argent.

— Considérez cela comme un présent.

— Vous n'êtes pas obligée de...

— Je veux que vous vous sentiez mieux. Vous êtes une femme séduisante, vous savez.

Cette remarque amena enfin sur les lèvres de Virgilia un sourire — condescendant et plein de méfiance. Vexée, Brett détourna les yeux.

— Dormez bien. A demain.

Virgilia demeura immobile et Brett conclut qu'elle avait perdu son temps.

Longtemps après que la porte se fut refermée sur sa belle-sœur, Virgilia resta assise, les mains sur les genoux. Personne n'avait jamais utilisé le mot « séduisante » pour la décrire ; personne ne lui avait jamais dit qu'elle était jolie. Elle n'était ni l'un ni l'autre, elle le savait. Pourtant, en contemplant son reflet dans le miroir, elle voyait une femme nouvelle, qui n'avait rien de repoussant.

Lorsque Brett lui avait proposé son aide, Virgilia avait d'abord eu une réaction de méfiance puis d'indifférence lasse. A présent, elle sentait quelque chose s'éveiller en elle. Pas de la joie — elle était rarement capable d'être heureuse. Plutôt de l'intérêt, de la curiosité. Un petit bourgeon de vie qui venait d'éclore de façon inattendue.

Elle se leva, dénoua la ceinture du peignoir, l'ouvrit pour se regarder.

Prise dans un corset, sa poitrine deviendrait attirante. Les privations endurées après qu'elle eut vendu les dernières pièces de l'argenterie volée l'avaient amincie. Elle laissa retomber les pans du vêtement et, soudain bouleversée, fit un petit pas en avant. Une main tremblante se tendit vers la glace, toucha l'étonnant reflet.

— Oh ! murmura Virgilia, les larmes aux yeux.

Le lendemain matin, vêtue de la chemise de nuit et du peignoir, elle attendait dans la salle à manger quand Brett descendit pour le petit déjeuner.

32

LE dimanche matin, George s'éveilla à cinq heures, se leva et ne tarda pas à tirer Constance et les enfants de leur sommeil par le bruit qu'il faisait.

— Tu es excité comme un gosse, dit-elle en bâillant tandis qu'il s'habillait à la hâte.

— Je veux voir la bataille. La moitié de la ville s'attend à ce que ce soit la première et la dernière de la guerre.

— Toi aussi, p'pa ? demanda William, aussi agité que son père.

— Je ne me risquerai pas à faire des prévisions.

Il passa sa ceinture militaire autour de sa taille, s'assura que son colt 1847 était dans l'étui. Constance, qui remarqua ces préparatifs, se borna à froncer les sourcils.

— William, reprit George, occupe-toi de ma gourde de whisky. Patricia, aide ta mère à porter le panier. Je vais chercher la voiture.

La petite fille fit la grimace :

— Je préférerais rester ici.

— Allons, allons, dit Constance tandis que George sortait. Ton père a tout organisé. Nous partons.

Il s'avéra qu'une importante partie de la population de Washington était dans les mêmes dispositions. Malgré l'heure matinale, une longue file de cavaliers et d'attelages attendaient à la sortie de la ville, devant Long Bridge, tandis que des sentinelles vérifiaient les laissez-passer. On échangeait des propos animés, on riait, on montrait les jumelles de théâtre et les télescopes achetés ou loués pour l'occasion. La journée s'annonçait chaude, agréable ; les odeurs de la terre et de l'air se mêlaient à celles des parfums et du crottin de cheval.

Lorsque vint enfin le tour des Hazard, George tendit son laissez-passer du ministère de la Guerre en disant :

— Il y a du monde, ce matin.

— Et autant devant vous, mon capitaine. Ça défile depuis des heures, répondit la sentinelle.

La calèche franchit le fleuve. George conduisait habilement les deux rosses faisant partie de l'attelage qui lui avait coûté la somme exorbitante de trente dollars pour la journée. Il avait payé sans protester et s'estimait encore heureux : parmi les phaétons, les fiacres et les cabriolets encombrant la route semée d'ornières, il avisa plus d'un véhicule insolite, notamment une charrette de laitier et un chariot portant le nom d'un photographe de la ville.

La distance à couvrir n'était pas courte puisqu'il fallait parcourir environ quarante kilomètres en direction du sud-ouest pour retrouver les armées. Deux heures, puis trois s'écoulèrent tandis qu'ils passaient devant les champs d'avoine, de petites fermes, des cases délabrées. Sur le bord de la route, Blancs et Noirs regardaient la cavalcade avec un égal étonnement.

L'armée de McDowell avait défoncé la route, dont les nids-de-poule faisaient rebondir Constance et les enfants sur leur siège. Patricia se plaignait de l'inconfort et de la durée du voyage.

Un arrêt près d'un bosquet se révéla nécessaire pour tous. Puis George baissa la capote de la calèche pour que les enfants puissent mieux profiter du paysage et du soleil. Cela amadoua quelque peu William mais Patricia continua à exprimer son ennui.

Un cavalier passa à gauche de la voiture et George reconnut en lui un sénateur important. Ils se trouvaient encore à deux ou trois kilomètres de Fairfax quand William tira la manche de son père et s'exclama :

— Papa ! Ecoute !

George n'avait pas remarqué le grondement lointain noyé dans les bruits de roues et de sabots.

— Oui, c'est le canon.

Des picotements lui parcoururent la nuque et il se rappela le Mexique. L'explosion des obus, les hommes s'effondrant, les cris des blessés, les râles des mourants. Il se rappela l'obus qui fit sauter la hutte de la route de Churubusco — et le bras de son ami Orry...

Il revint à la réalité, se concentra sur sa conduite. Le fracas de l'artillerie provoqua sur la route une vive excitation. On pressa l'allure mais quelque obstacle situé devant ralentit bientôt le mouvement. D'énormes nuages de poussière apparurent à l'horizon.

— Qu'est-ce que c'est ? se demanda George.

Il ne tarda pas à voir qu'il s'agissait de soldats de l'Union se dirigeant vers Washington et rejetant les voitures — dont la sienne — sur le bas-côté de la route.

— Qui êtes-vous ? lança-t-il à un caporal conduisant un chariot lourdement chargé.

— 4e de Pennsylvanie.

— La bataille est terminée ?

— Sais pas mais nous, on rentre. Notre engagement a fini hier.

Le chariot passa, suivi par de petits groupes de volontaires qui marchaient d'un pas tranquille en tenant leur fusil comme un jouet. Des taches violettes de mûres coloraient les lèvres de plus d'un jeune soldat ; des fleurs des champs dépassaient de plus d'un canon de mousquet. Les Pennsylvaniens s'égayèrent dans les prés bordant la route pour uriner, se reposer, faire ce que bon leur semblait tandis que les canons grondaient au sud.

Après Fairfax, les pique-niqueurs de Washington aperçurent une fine brume bleue flottant au-dessus de crêtes encore distantes de plusieurs kilomètres. Le roulement de l'artillerie se fit plus fort et, vers midi, George commença aussi à entendre des détonations d'armes légères.

Quoique vallonné et boisé, le paysage offrait aussi en cet endroit des espaces découverts. Ils traversèrent Centreville puis durent s'arrêter derrière un embouteillage de voitures et de chevaux entassés des deux côtés de la route sur une hauteur. Un courrier militaire galopant en direction de l'arrière leur cria qu'il valait mieux ne pas aller plus loin.

— Je ne vois rien, p'pa, protesta William.

Son père conduisit la calèche sur la gauche, derrière les pique-niqueurs installés dans l'herbe avec paniers et couvertures. Devant, une colline descendait jusqu'à un cours d'eau portant le nom de Cub Run. En cherchant un endroit où s'installer, George remarqua assez d'uniformes étrangers pour donner une réception diplomatique. Il vit aussi des hommes politiques, dont le sénateur Trumbull, de l'Illinois, accompagné d'un groupe nombreux. Un visage familier lui fit faire la grimace.

— Bonjour, Stanley, dit-il sans s'arrêter, en se félicitant qu'il n'y eût plus de place à côté du phaéton de son frère.

— Trois paniers et du champagne, murmura Constance. Quel luxe!

— Je vois toujours rien, gémit William.

— C'est possible mais, nous, nous n'irons pas plus loin, dit George. Voici une place.

Il était une heure dix quand il arrêta la calèche au bout de la file de voitures. Pour eux, le spectacle de la bataille se réduisait à des panaches lointains d'épaisse fumée.

— On ne tire plus, fit observer Constance.

L'air soulagé, elle déplia et étala leur couverture dans l'herbe. Etait-ce déjà fini? George alla aux nouvelles.

La politesse le força à faire halte un moment auprès de son frère, dont les jumeaux se flanquaient des coups derrière un arbre. Stanley, en sueur, les yeux vitreux, avait bu trop de champagne. Isabel raconta qu'il y avait eu des tirs d'artillerie « terrifiants », que les rebelles s'enfuyaient probablement à toutes jambes vers Richmond. George toucha le bord de son chapeau et se mit en quête de sources plus sûres.

Il passa devant plusieurs groupes braillards dont la jovialité l'agaça — peut-être parce qu'il soupçonnait ce qui se cachait probablement derrière la fumée. Cherchant autour de lui quelqu'un qui lui parût digne de confiance, il vit un cabriolet franchir le pont suspendu enjambant le Cub Run.

Le véhicule s'arrêta de l'autre côté de la route et le civil corpulent, bien vêtu, qui s'y trouvait posa sur son nez des lorgnons retenus par une chaîne. De dessous son siège, il tira un bloc et un crayon.

— Vous êtes reporter ? lui demanda George en traversant.

— C'est exact, monsieur, répondit l'homme avec un accent anglais qui étonna le capitaine. Je m'appelle Russell...

Le journaliste s'attendait sans doute à une réaction et c'est plus fraîchement qu'il ajouta :

— Du *Times* de Londres.

— Bien sûr, j'ai lu vos dépêches. Vous êtes allé loin ?

— Autant que la prudence le permettait.

— Et quelle est la situation ?

— Difficile à dire mais les Fédéraux semblent l'emporter. Des deux côtés, les troupes font preuve de bravoure. Un général confédéré s'est distingué dans un combat acharné qui s'est déroulé autour d'une ferme proche de Suddley Road. Une vedette de l'Union m'a fourni les détails, notamment le nom de cet officier... (Le journaliste feuilleta ses notes.) Jackson.

— Thomas Jackson ? Un Virginien ?

— Je ne saurais vous le dire, mon vieux. A présent, on se repose et on se regroupe dans les deux camps, mais la bataille va reprendre, je n'en doute pas.

Le Britannique évita d'autres questions en se penchant sur son bloc et en se mettant à écrire.

George était certain que le héros de la ferme était son vieil ami et camarade de West Point, l'étrange Virginien emporté avec lequel il avait étudié, mangé et bavardé dans les *cantinas* ensoleillées après la chute de Mexico. Avant la guerre, Jackson enseignait dans une école militaire mais il était logique qu'il reprenne du service actif et se distingue. Déjà à l'Académie, on émettait sur Tom Jackson deux avis différents : il était brillant et il était fou.

George retourna auprès de sa famille et, vers deux heures, tandis qu'ils mangeaient, la trêve cessa. La canonnade reprit, excitant William et terrifiant Patricia. Des centaines de spectateurs regardaient à travers leur lunette d'approche mais ne voyaient guère que des flammes déchirant de temps à autre les nuages bleus tourbillonnants. Une heure s'écoula sans que le bruit des armes légères s'interrompît. Comme le meilleur des soldats ne pouvait tirer plus de quatre fois par minute avec un fusil se chargeant par la gueule, George en déduisit qu'un grand nombre d'hommes participaient à la fusillade.

Soudain des chevaux apparurent, suivis d'un chariot puis de deux autres. Tous se dirigèrent vers le pont du Cub Run — trop rapidement. Des blessés, qu'on ne pouvait voir, poussaient des cris à chaque secousse.

— George, il y a quelque chose de malsain dans tout ceci, dit Constance. Devons-nous rester ?

— Absolument pas. Nous en avons assez vu.

Ces propos furent confirmés par l'arrivée d'une charrette d'officiers dont les casques, ornés de queue de cheval, étaient posés de guingois. L'un d'eux se leva, tituba et tomba par terre. La charrette s'arrêta. Ses camarades, qui l'aidèrent à remonter, furent arrosés de vomi.

— Oui, décidément, nous...

Un brouhaha interrompit George, qui se retourna et suivit des yeux la direction que ses voisins indiquaient du doigt. Une douzaine d'hommes en uniforme bleu couraient vers le pont. Le premier d'entre eux poussait des cris inintelligibles, ceux qui se trouvaient derrière jetaient képis, sacs et même mousquets.

Le capitaine Hazard comprit alors ce que criait le jeune soldat :

— Nous sommes battus. Ecrasés !

— Constance, monte dans la calèche, dit aussitôt George. Vous aussi, les enfants. Ne vous occupez pas du panier. Vite.

Il ôta aux chevaux les sacs dans lesquels ils mangeaient et répéta à sa famille :

— Vite. Pressez-vous.

Son ton les alarma. Parmi les spectateurs, seuls deux cavaliers s'étaient mis en selle, les autres ne réagissaient pas. George dégagea la voiture et prit la direction de la route. Des soldats montaient la colline en courant, d'autres fuyards surgissaient des bois situés de l'autre côté du cours d'eau. Une jeune recrue se mit à hurler :

— Les *Black Horse !* Les *Black Horse* juste derrière nous !

George avait entendu parler de ce redoutable régiment du comté de Fauquier. Il tira sur les rênes pour réveiller ses canassons, passa devant Stanley et Isabel, qui parurent intrigués par sa hâte.

— A votre place, je filerais, leur lança-t-il. Si vous ne voulez pas vous retrouver...

Le sifflement d'un obus couvrit le reste de sa mise en garde. Tendant le cou, George vit une ambulance arriver au pont suspendu juste avant que l'obus n'éclate. Les chevaux se cabrèrent, la voiture se renversa : le pont était bloqué.

D'autres véhicules, d'autres hommes à pied affluèrent. Les obus tirés par une artillerie lointaine touchaient la pente de la colline et les rives du cours d'eau, soulevant des geysers de fumée et de terre. Les volontaires de l'Union s'enfuyaient. Le pont étant impraticable, ambulances et chariots de ravitaillement se retrouvèrent bloqués sur l'autre rive. Rapide comme un feu de brousse, la terreur se répandit parmi les spectateurs.

Un civil sauta dans la calèche, essaya de prendre les rênes. Ses ongles s'enfoncèrent dans le dos de la main de George, qui se recula et lui expédia son pied dans le ventre. L'homme tomba par terre.

— *Black Horse ! Black Horse !* criaient les soldats en fuite, de plus en plus nombreux.

La plupart d'entre eux ruisselaient après avoir traversé à gué le Cub Run. Un obus éclata dans un champ, à droite de la calèche ; Constance laissa échapper un petit cri et serra ses enfants contre elle.

George dégaina son colt, le fit passer dans sa main gauche et, conduisant de sa seule main droite, s'efforça de faire tourner les chevaux. Ce n'était pas facile, les soldats battant en retraite l'empêchaient d'avancer.

217

Dans la foule des fuyards, les uniformes bleus de l'armée régulière se mêlaient aux habits chatoyants des zouaves : toutes les forces de l'Union avaient dû s'effondrer.

— Accrochez-vous ! cria-t-il.

Il lança la calèche dans un champ couvert de chaume situé au sud de la route, obliqua précipitamment pour éviter un tuba abandonné par un musicien. Quelques minutes plus tard, des centaines d'hommes les rattrapèrent et les dépassèrent. George était indigné par la déroute, par les soldats en fuite et les spectateurs. Au bout du champ, il vit deux civils jeter trois femmes à bas de leur buggy pour s'en emparer. Il braqua son colt vers eux puis prit conscience de la vanité de son geste et ne tira pas.

En traversant un autre petit cours d'eau, la calèche s'embourba près de la rive. George fit descendre tout le monde, demanda à William de venir l'aider à dégager les roues arrière. Le cabriolet de Stanley passa alors à toute allure et un soldat dut bondir sur le côté pour ne pas être écrasé. Isabel regarda la calèche au passage mais, à en juger par son expression de panique, elle ne dut reconnaître personne.

Voyant un sergent et deux hommes de troupe patauger dans l'eau en direction de son véhicule, George arma son colt et leur cria :

— Aidez-nous ou décampez !

Le sous-officier, qui avait le regard égaré, lui lança une insulte et fit signe aux soldats de continuer leur chemin. Planté dans la boue avec de l'eau jusqu'à mi-cuisse, George, presque aveuglé par la sueur, cala son épaule contre une roue et ordonna à son fils de l'imiter.

— Pousse !

Finalement, la calèche s'arracha à la vase. Furieux, couvert de boue et saisi de peur, George repartit en direction de Washington en se demandant s'il y arriverait.

Hommes et chariots, chariots et hommes. Les rayons du soleil d'été devenaient plus obliques, la fumée gênait la visibilité. La puanteur était insupportable : laine imprégnée d'urine, animaux perdant leur sang, entrailles d'un jeune homme mort dans un fossé, la bouche ouverte.

Devant, les bois paraissaient infranchissables et George ramena la voiture sur la route. Il entendit quelqu'un sangloter :

— Les *Black Horse* nous ont taillés en pièces.

Comme des fuyards ne cessaient d'essayer de monter dans le véhicule, il donna le colt à Constance et s'arma du fouet. A l'approche d'un bosquet, il dut ralentir puis s'arrêter : un cheval blessé, tombé en travers de la route, bloquait le passage d'une douzaine de zouaves aux uniformes souillés. Tous firent le tour de l'animal à l'agonie mais le dernier, un jeunot grassouillet à la joue profondément entaillée, s'arrêta et fixa la bête. Soudain il leva son mousquet et en abattit la crosse sur la tête du cheval.

Pleurant et jurant, il frappa à plusieurs reprises, avec une férocité croissante. Quand George sauta à terre, le soldat avait déjà fracassé le crâne de la bête, qui battait des jambes. Le cri révolté de George n'empêcha pas le soldat de lever son fusil pour un nouveau coup.

— Je vous ordonne de...

Les paroles de George furent couvertes par les obscénités entrecoupées de sanglots du jeune zouave et les hennissements du cheval. Le capitaine fit en courant le tour de l'animal, posa sans le vouloir les yeux sur le crâne éclaté, dont la vue lui donna la nausée. Il arracha l'arme des mains du soldat pris de folie et l'en menaça.

— Allez-vous-en ! Filez !

Indifférent à la colère de l'officier, le zouave le regarda avec des yeux vides puis descendit dans le fossé pour poursuivre son chemin, sans cesser de marmonner et de pleurer. George s'assura que le mousquet était chargé, tira pour mettre fin aux souffrances du cheval. Il arrêta ensuite trois soldats et, avec leur aide, traîna le cadavre de la bête sur le côté.

Haletant, un goût de vomi dans la bouche, il chercha des yeux la calèche et vit Constance debout au bord de la route, le colt pendant au bout de sa main droite. La voiture, chargée d'uniformes bleus, filait vers Centreville.

— Ils l'ont prise, George, dit Constance. Je ne pouvais pas tirer sur nos propres soldats...

— Non, bien sûr. C'est ma faute, je n'aurais pas dû te laisser seule. Patricia, ne pleure pas, cela ne sert à rien. Nous nous en sortirons, tout ira bien. Continuons à pied.

Au Mexique, il avait appris qu'un soldat ne perçoit jamais qu'une partie des combats, que même les généraux ont parfois toutes les peines à en avoir une vue d'ensemble. Pour George, la bataille du Bull Run resterait à jamais une route encombrée de chariots renversés et de matériel abandonné, un lit de cours d'eau envahi par un torrent bleu prenant sa source dans l'effondrement de quelque grand plan stratégique.

Constance le tira par la manche de son uniforme.

— George, regarde. Là-devant...

Il vit le cabriolet de Stanley couché sur le côté. Les chevaux avaient disparu — volés, probablement. Isabel et les jumeaux entouraient le frère de George qui était assis sur une borne, la cravate dénouée pendant entre les jambes, les mains pressées contre le visage.

— Bon Dieu ! il faut que je m'occupe encore de lui ? protesta George.

— Je sais ce que tu ressens, mais nous ne pouvons les laisser là, plaida sa femme.

— Pourquoi pas ? intervint Patricia. Laban et Levi sont de vraies pestes. On les laisse aux rebelles !

Constance gifla la petite fille mais la serra aussitôt dans ses bras en s'excusant.

George approcha de son frère.

— Debout, Stanley. (Il lui prit la main droite, la décolla de son visage.) Lève-toi, tes enfants ont besoin de toi.

— Il s'est... effondré quand la voiture a versé, expliqua Isabel.

Sans lui prêter attention, George secoua son frère jusqu'à ce qu'il se lève puis le tourna dans la bonne direction et le poussa. Stanley se mit à avancer.

Sous la conduite de George, le petit groupe se

dirigeait vers Washington, dépassé régulièrement par des soldats noirs de poudre et de suie, souvent blessés. Ils rencontrèrent quelques officiers de volontaires s'efforçant courageusement de maintenir une petite escouade en formation mais c'était l'exception. La plupart des gradés n'avaient plus personne sous leurs ordres et s'enfuyaient plus vite que leurs subalternes.

L'effondrement de Stanley rendait Isabel furieuse mais, curieusement, elle rejetait sa colère sur George. Les jumeaux ne cessèrent de se plaindre et de grommeler des remarques désobligeantes pour leur oncle jusqu'à ce qu'ils s'égarent dans un champ à la tombée de la nuit. Après avoir poussé des cris frénétiques pendant cinq minutes, Laban et Levi retrouvèrent le groupe et marchèrent désormais juste derrière George, sans plus rien dire.

Partout gisaient les débris de la défaite : cantines, cornets et tambours, poires à poudre et baïonnettes. Dans l'obscurité, des voix s'élevaient par-dessus les cris des blessés et des mourants :

— ... ordure de capitaine s'est débiné. Il s'est débiné ! Pendant qu'on tenait bon...

— ... les pieds qui saignent. Je peux plus...

— Les *Black Horse*. Ils devaient être mille au moins...

— La brigade de Sherman a été enfoncée par les voltigeurs de Hampton...

Ce dernier nom accrocha l'oreille de George. Hampton ? N'était-ce pas le nom de la légion de Charles Main ? Avait-il combattu aujourd'hui ? Etait-il en vie ?

La lune, souvent masquée par de minces nuages, éclairait faiblement la campagne ; l'air sentait la pluie. Il devait être dix ou onze heures et George se sentait si fatigué qu'il aurait voulu se coucher dans un fossé pour dormir.

A Centreville, ils virent enfin des lumières — et des blessés partout. Des volontaires de New York montés sur un chariot de ravitaillement proposèrent d'emmener les enfants jusqu'à Fairfax Courthouse. Ils n'avaient pas de place pour les adultes. George fit des recommandations à William, à qui il savait pouvoir faire confiance et, lorsqu'il fut sûr que son fils connaissait le point de rendez-vous, il aida les enfants à monter dans le chariot. Isabel marmonna de vagues protestations, Stanley contemplait la lune striée de pluie.

Le chariot disparu, les adultes reprirent leur marche. Après Centreville, ils virent d'autres blessés dormant ou se reposant sur le bord de la route. Les visages meurtris, les membres déchiquetés, les yeux de garçons trop jeunes pour qu'on leur demande de regarder la mort rappelaient constamment à George le Mexique et la maison en flammes de Lehig Station.

Savoir qu'il n'avait pas alors imaginé les dangers qui les cernaient maintenant ne le consolait guère. La cloche d'alarme de Lehig Station avait annoncé une tragédie plus vaste dans laquelle ils étaient à présent pris au piège. Prisonniers de la bêtise et de la folie de la guerre. Ce gigantesque incendie était l'ennemi mortel de tout ce que les Main et les Hazard voulaient préserver. Il ne s'éteindrait pas rapidement, comme celui de Lehig Station. La journée et la nuit avaient montré à George que personne ne pouvait plus maîtriser le feu.

LIVRE DEUX

LA DESCENTE

Personne ne peut sauver le pays. Nos hommes ne sont pas de bons soldats. Ils fanfaronnent mais n'agissent pas, se plaignent s'ils n'obtiennent pas tout ce qu'ils désirent et sont épuisés par une marche de quelques kilomètres. Il faudra longtemps pour surmonter ces obstacles. Quant à ce qui nous attend maintenant, je n'en sais rien.

Colonel William T. Sherman, après la première bataille du Bull Run, 1861.

33

Toute la nuit, des rumeurs de déroute coururent dans la ville. Incapable de dormir, Elkanah Bent traînait dans les bars ou dans les rues où une foule silencieuse attendait des nouvelles. Il priait pour qu'on annonçât une victoire — rien d'autre ne pouvait le sauver.

Vers trois heures, il finit quand même par retourner à la pension avec Elmsdale, le colonel du New Hampshire, et sommeilla quelques heures avant d'être réveillé par le bruit de la pluie, un peu avant l'aube. Entendant des voix dans la rue, il s'habilla à la hâte, descendit, sortit et vit dans un terrain vague situé à une centaine de mètres une dizaine de soldats allongés sur l'herbe. Trois autres, à l'uniforme sali, démontaient une palissade pour faire un feu.

Elmsdale le rejoignit en bâillant et marmonna, avec un signe de tête en direction du terrain vague :

— Mauvais, on dirait.

Les deux colonels marchèrent d'un pas vif vers Pennsylvania Avenue, croisèrent un officier endormi sur son cheval. Devant une autre pension, des zouaves mendiaient de la nourriture. Un civil en costume blanc portant plusieurs bidons et un mousquet zigzaguait dans le crachin. Des souvenirs du champ de bataille ? Bent, qui sentait monter en lui la panique, s'efforça de maîtriser ses tremblements.

Dans l'avenue, ils virent des ambulances, des hommes errant avec une expression hagarde. Des dizaines de soldats dormaient dans President's Park ou gisaient sur le gazon, le visage ou les membres ensanglantés. Bent se sépara d'Elmsdale pour le retrouver quelques minutes plus tard.

— Une déroute, je m'en doutais, dit le colonel du New Hampshire. Si McDowell avait gagné, le président aurait aussitôt fait connaître la nouvelle. Eh bien... (Il alluma un cigare en inclinant la tête pour protéger la flamme de la pluie.) Voilà un avant-goût de ce qui nous attend dans l'Ouest.

Quoique peu croyant, Bent avait la veille imploré Dieu de donner la victoire à l'Union. A présent, la guerre durerait peut-être des mois et il lui faudrait utiliser le billet de train pour le Kentucky qu'Elmsdale et lui avaient déjà reçu. Là-bas, il risquait de mourir, sans que son génie soit mis à profit...

Il n'osait à nouveau faire appel à Dills, qui mettrait peut-être sa menace à exécution. A moins de déserter — ce qui anéantirait définitivement ses rêves de gloire militaire — il ne voyait d'autre solution que de prendre le train pour le Kentucky.

Le lendemain de Manassas, Charles et ses hommes installèrent leur campement non loin du quartier général confédéré, à moins de deux kilomètres du Bull Run, dont les eaux rougies charriaient encore des cadavres des deux camps.

Au crépuscule, le capitaine entreprit de bouchonner Joueur. Ravi de la victoire, il était en même temps furieux de n'avoir pu y prendre part. Le vendredi, après son retour du comté de Fairfax, la légion avait reçu l'ordre de quitter Ashland pour renforcer Beauregard. Mais le train de la ligne Richmond-Fredericksburg-Potomac n'avait pu prendre dans ses wagons que les six cents fantassins de Hampton, laissant ses quatre unités de cavalerie et sa batterie d'artillerie volante.

Hampton avait atteint Manassas le matin de la bataille, alors que sa cavalerie cheminait encore le long d'une route tortueuse de deux cents kilomètres, traversant à gué le South Anna, le North Anna, le Mattapony, le Rappahannock, l'Aquia, l'Occoquan et autres cours d'eau de moindre importance. Malgré des ralentissements exaspérants dus à deux orages violents, Charles avait ressenti pendant le voyage une confiance inattendue. Il croyait que, une fois dans le feu de l'action, ses hommes se comporteraient bien. En dépit de la répugnance qu'ils montraient pour la discipline, ils constituaient une unité de cavalerie convenable.

Le capitaine Main n'eut pas l'occasion de vérifier son impression puisque ses hommes arrivèrent le lendemain de la victoire. Ils apprirent que leur colonel s'était distingué et avait été légèrement blessé à la tête en conduisant ses fantassins à l'assaut des régiments fédéraux en perdition. La nouvelle ne contribua pas à apaiser certains des jeunes fils de famille de Charles, qui se plaignirent d'avoir manqué non seulement la bagarre mais aussi l'occasion de récupérer les armes et équipements abandonnés par les Yankees en fuite. Charles comprenait cette réaction et se préparait mentalement pour la prochaine bataille car il était déjà clair que la première n'avait rien réglé.

Le président était venu en personne de Richmond féliciter les divers commandants, dont Hampton, que Davis et le Vieux Bory avaient rencontrés dans sa tente. Lundi soir, toutefois, Charles entendit dire que certains membres du gouvernement reprochaient déjà à Beauregard de ne pas avoir exploité son avantage en marchant sur Washington et en s'en emparant.

Le capitaine Main se garda bien de faire la leçon aux autres. Les fonctionnaires gras à lard qui émettaient des critiques derrière leurs bureaux ne comprenaient pas la guerre ni les limites qu'elle imposait aux hommes et aux bêtes. Ils ignoraient combien de temps on peut exiger d'un soldat qu'il se batte ou d'un cheval qu'il galope. Un temps relativement court, en fait. Se battre épuise et finit par saper le courage le plus grand, la volonté la mieux trempée.

Ces récriminations mises à part, Manassas avait été un triomphe, la preuve — comme on le pensait depuis longtemps — que des gentlemen pouvaient écraser la racaille quand ils le voulaient. Charles se laissa aller, lui aussi, à l'euphorie qui suit le combat et s'efforça de ne pas remarquer indûment certaines odeurs portées par le vent ou la procession des ambulances se dessinant sur un coucher de soleil rouge.

La légion avait subi des pertes. Le lieutenant-colonel Johnson, son commandant en second, avait été tué par la première salve que ses hommes et lui avaient essuyée. Barnard Bee, un des camarades du cousin Orry à West Point, avait été mortellement blessé juste après être venu épauler Tom Jackson, ce professeur de l'école militaire de Virginie qui passait pour fou. Avant de mourir, Bee avait fait l'éloge de Jackson, qui avait tenu comme un mur, et « Tom le Dingue » avait ainsi hérité un surnom plus élogieux*.

Tous les membres de la famille Hampton étaient indemnes : Wade, le fils aîné, de l'état-major de Joe Johnston, dont l'armée avait été transportée de la vallée au Bull Run par chemin de fer; et Preston, frère cadet de Wade, jeune gandin de vingt ans célèbre pour ses gants jaunes, aide de camp de son père. Frank, frère de Hampton servant dans la cavalerie, s'en était lui aussi tiré sain et sauf.

Tandis que Charles nettoyait les sabots de Joueur, Calbraith Butler, autre commandant, passa devant lui. C'était un homme courtois et plein de prestance marié à la fille du gouverneur Pickens. Du même âge que Charles, il avait quitté un cabinet juridique fort lucratif pour lever les hussards d'Edgefield. Bien que Butler n'eût aucune expérience militaire, Charles était persuadé qu'il ferait

---

* « Stonewall » Jackson, Jackson le Mur (n.d.t.).

un excellent combattant. Il avait de la sympathie pour lui.

— Vous devriez confier ce travail à un nègre, lui conseilla Butler.

— Je le ferais si j'avais autant d'argent que les avocats.

Le commandant s'esclaffa.

— Comment va le colonel ? reprit Charles.

— Son moral est bon, si l'on tient compte des pertes que nous avons subies.

— Elles sont élevées ?

— On ne sait encore. Vingt pour cent, peut-être.

— Vingt pour cent, répéta Charles en hochant la tête.

Il valait mieux penser en chiffres plutôt qu'en personnes, cela aidait à dormir la nuit.

Butler s'accroupit à côté du capitaine.

— Il paraît que le seul nom de nos *Black Horse* a fait fuir les Yankees, dit le commandant. Même devant des bais, des gris ou des rouans, ils déguerpissaient en criant : « *Black Horse !* » Je regrette vraiment que nous ayons manqué cela. Mais que nous ayons combattu ou non, nous goûterons les fruits de la victoire à Richmond dans une semaine environ. Tout au moins ceux d'entre nous qui pourront retourner là-bas.

Butler expliqua que des citoyens reconnaissants avaient déjà annoncé un grand bal auquel seraient invités des officiers de Manassas.

— Et vous savez, Charlie, qu'on apprécie par-dessus tout les officiers de cavalerie. Nous n'aurons pas besoin de dire aux dames que nous nous trouvions à des kilomètres de la bataille. Enfin, je parle pour vous parce que je n'y assisterai certainement pas par égard pour ma femme.

— Pourquoi ? Beauty Stuart est marié et je parie qu'il sera de la fête.

— Ces Virginiens ! Il faut qu'ils soient partout en première ligne.

Pendant le combat, Stuart avait mené une charge fort discutée qui avait encore accru sa réputation de bravoure — ou de témérité, selon les points de vue.

229

— Un bal — l'idée est attrayante.

— On y invitera de charmantes personnes à des kilomètres à la ronde. Les organisateurs ne veulent pas que nos braves manquent de danseuses.

— J'irai peut-être si je parviens à chiper une invitation, dit Charles d'un air pensif.

— A la bonne heure ! Un signe de vie chez le cavalier épuisé.

Butler s'éloigna et Charles se remit à s'occuper de Joueur en sifflotant. Il songeait qu'avec de la chance il retrouverait peut-être Augusta Barclay...

34

ILS étaient arrivés dans la capitale à sept heures du matin, trempés, au bord de l'épuisement. George, Constance et les enfants se rendirent tout droit au *Willard*; Stanley, Isabel et les jumeaux regagnèrent leur maison sans qu'il y eût un seul au revoir d'échangé.

George se lava, se rasa — en se coupant deux fois — but un doigt de whisky et se rendit au Winder Building, l'esprit engourdi. La défaite avait provoqué un désespoir si profond que rien ne fut fait de toute la matinée. A onze heures et demie, Ripley ferma les bureaux. George entendit dire que le président avait sombré dans une de ses phases dépressives. Pas étonnant, pensait-il en rentrant à l'hôtel, croisant çà et là des groupes de soldats à la dérive.

Il tomba dans un sommeil léthargique dont Constance le tira doucement vers neuf heures du soir afin qu'il prenne quelque nourriture. Au restaurant de l'hôtel, bondé mais étrangement silencieux, George posa des questions à ses voisins de table et obtint des réponses qui lui firent faire la grimace. Le lendemain, il posa d'autres questions ; l'ampleur de la tragédie du Bull Run et de ses conséquences devint plus claire.

Tout le monde parlait de la conduite honteuse des volontaires et de leurs officiers, de la férocité des troupes ennemies, notamment de la cavalerie des *Black Horse*. C'était à croire que les rebelles ne montaient que des chevaux noirs, ce dont George doutait fort.

Si les pertes n'avaient pas encore été évaluées avec précision, on connaissait avec certitude le nom de certaines victimes : le frère de Simon Cameron, par exemple, était mort à la tête d'un régiment de Highlanders, le 69e de New York. D'une façon générale, on rejetait sur Scott et McDowell la responsabilité de la défaite. Pendant que George dormait, McDowell avait été relevé de son poste et on avait confié le commandement de l'armée à McClellan (vieux camarade de George à West Point), sans doute pour qu'il l'organise, l'entraîne et en fasse une troupe plus digne de ce nom.

Mardi, le travail reprit au service du Matériel. George reçut l'ordre de se rendre à West Point pour se familiariser avec les activités de la fonderie de Cold Spring, qui se trouvait juste en face de l'Académie, de l'autre côté de l'Hudson. Cette entreprise fabriquait de grosses pièces d'artillerie frettées, conçues par Robert Parker Parrott. Le capitaine Stephen Benet y représentait le service du Matériel.

Le soir, une fois les valises faites, George et Constance parlèrent avant de s'endormir des changements affectant le haut commandement.

— Lincoln, le gouvernement, le Congrès — tout le monde a poussé McDowell en avant, rappelait George. On l'a forcé à envoyer au combat des amateurs mal préparés. Les volontaires ne se sont pas conduits comme des soldats de l'armée régulière et c'est McDowell qui en est accusé — par Lincoln, le gouvernement, le Congrès.

— La première danseuse du président s'est révélée maladroite, il change de partenaire, commenta Constance.

— Oui, tu as parfaitement résumé la chose. Je me demande combien de fois il changera de partenaire avant la fin du bal, soupira George en relevant sa chemise de nuit pour se gratter la cuisse.

George fut heureux de quitter l'atmosphère désespérée de Washington pour la splendeur de la vallée de l'Hudson, plus éclatante encore que d'ordinaire sous un soleil radieux. Le vieux Parrott (de la promotion 1824), qui dirigeait la fonderie, insista pour en montrer personnellement les moindres recoins au visiteur. Pour George, baigner dans la chaleur et la lumière constitua une sorte de joyeux retour en arrière. Il fut fasciné par la précision avec laquelle les ouvriers alésaient un canon puis chauffaient, enroulaient et martelaient les barres de fer de dix centimètres d'épaisseur pour former les bandes qui étaient la marque de fabrique de l'usine.

Parrott semblait apprécier la présence au service du Matériel d'un homme connaissant ses problèmes de fabricant et de directeur. George avait de l'estime pour le vieil homme mais la vraie trouvaille, tant sur le plan personnel que professionnel, c'était le capitaine Stephen V. Benet, de la promotion 1849.

Natif de Floride, assez noir de cheveux pour être espagnol, Benet partageait son temps entre la fonderie et West Point, où il enseignait la théorie du matériel et la balistique. Ensemble, les deux hommes traversèrent le fleuve un après-midi pour retourner sur les lieux qu'ils avaient fréquentés dans leur jeunesse.

Le soir, pendant le dîner à l'auberge, ils discutèrent de leurs promotions respectives et des attaques récemment lancées contre l'école.

— J'admire le patriotisme qui vous a incité à accepter vos fonctions, dit Benet. Quant à être sous les ordres de Ripley — toutes mes condoléances.

— Ce service est un capharnaüm infernal, convint George. Des inventeurs fous dans tous les coins, des piles de paperasses vieilles d'un an, aucune standardisation. Je m'efforce d'établir la liste de tous les types de munitions que nous utilisons et c'est un travail de Romain.

— Je l'imagine. Il doit bien y en avoir cinq cents.

— Nous finirons par nous battre nous-mêmes, ce qui épargnera la tâche aux rebelles.

— Travailler pour Ripley découragerait n'importe qui. Il cherche des raisons de rejeter les idées nouvelles...

Benet s'interrompit, fit tourner son verre de porto, regarda le visiteur et décida de lui faire confiance.

— C'est peut-être la raison pour laquelle le président envoie désormais les prototypes directement ici pour les faire étudier. Vous saviez qu'on passe par-dessus Ripley ?

— Non, mais cela ne me surprend pas. D'un autre côté, je dois vous dire que Lincoln n'est guère aimé au ministère de la Guerre du fait de ses ingérences incessantes.

— C'est compréhensible, mais comment nous débarrasser autrement des Ripley ?

George rapporta à Washington la question demeurée sans réponse.

Tout au long du mois de juillet, il fit une chaleur étouffante et George travailla tard le soir au bureau. Il vit rarement Stanley, fréquemment Lincoln. Le chef de l'exécutif aux allures d'échassier vaguement grotesque ne cessait de se précipiter d'un service à un autre avec des piles de plans, de dossiers, de rapports, et quelque plaisanterie nouvelle, souvent salace. Selon la rumeur, la petite femme boulotte qu'il avait épousée lui refusait la permission de les raconter en sa présence.

De temps à autre, le président se présentait au Winder Building en fin d'après-midi pour inviter un des officiers à s'exercer au tir avec lui dans Treasury Park. George eut un jour envie de se porter volontaire mais s'en abstint, non parce que Lincoln l'intimidait — le chef de l'Etat se montrait généralement très cordial — mais parce qu'il craignait de laisser s'épancher son mécontentement devant lui. Tant qu'il travaillait au Matériel, il devait se taire par loyauté envers Ripley.

Si la paperasserie comptait plus que l'efficacité dans les méthodes de travail du service, le bilan de Ripley n'était pas entièrement négatif. George découvrit que le vieil homme avait réclamé trois mois plus tôt l'achat de cent mille armes d'épaule en Europe pour suppléer les vieux stocks des magasins fédéraux. Mais Cameron avait exigé que l'armée utilise exclusivement des armes de fabrication américaine — ce qui laissait supposer que certains des amis du ministre devaient avoir des contrats de fourniture d'armes. La débâcle de Manassas assombrit les nuages menaçant Cameron et l'on se mit à dénoncer sa décision sur les achats d'armes. La guerre ne finirait pas avec l'été ; il n'y aurait pas assez de fusils pour entraîner et armer les recrues qui s'étaient déjà présentées aux camps d'instruction, de la côte est au Mississippi.

On chargea George de rédiger une nouvelle proposition d'achat, qui fut transmise au ministère de la Guerre. Après avoir vainement attendu une réponse pendant trois jours, George se rendit en personne au ministère pour s'enquérir du sort de sa proposition.

— Je l'ai trouvée sur un bureau, rapporta-t-il à son retour. Avec la mention « Refusé ».

Sans cesser de brasser de la paperasse, Maynadier demanda :

— Pour quelle raison ?

— Le ministre veut qu'on la soumette à nouveau en réduisant la quantité de moitié.

— Quoi ? fit Ripley. Seulement cinquante mille ?

Et l'explosion de fureur du colonel rendit tout travail impossible pendant près d'une heure.

Le soir, George raconta l'incident à Constance :

— C'est Cameron qui a pris la décision mais c'est Stanley qui a porté la mention « Refusé ». Je suis sûr qu'il y a pris grand plaisir.

— Ne sombre donc pas dans la manie de la persécution.

— Je sombre plutôt dans le regret d'avoir accepté ce poste.

Le lendemain, Ripley informa George et certains autres collaborateurs qu'ils obtiendraient de l'avancement en août, le colonel lui-même devenant général de brigade. George aurait droit à trois galons de soie noire et à l'étoile d'or de major. Mais les erreurs commises quotidiennement par le service — omissions ou commissions — l'abattaient trop pour qu'il s'en réjouît.

Ripley confiait des contrats à tout intermédiaire prétendant pouvoir se procurer des armes étrangères.

Cette seule allégation suffisait à obtenir la confiance et les fonds du service.

— Tu devrais voir les escrocs qui se font passer pour des marchands d'armes ! s'exclama George un soir qu'il épanchait sa bile devant Constance. Des maquignons, des apothicaires, des parents de parlementaires — tous jurent sur la Bible de livrer en vingt-quatre heures des armes européennes. Ripley ne les interroge même pas sur leurs sources d'approvisionnement.

— Tu as les mêmes problèmes avec l'artillerie ?

— Non. Je reçois au moins un postulant par jour et j'élimine les charlatans en leur posant quelques questions. Ripley est en proie à une telle panique qu'il ne prend même pas cette peine.

Pour les besoins du service, George se rendait fréquemment à l'arsenal de Washington situé à Greenleaf's Point, pointe de terre marécageuse au confluent du Potomac et de l'Anacostia. Sous les arbres entourant les vieux bâtiments s'alignaient des pièces d'artillerie de tous types et de toutes dimensions. George y découvrit un jour un curieux engin muni d'une manivelle sur le côté et d'un auget sur le dessus. Il interrogea à son sujet le colonel Ramsay, commandant de l'arsenal.

— Trois inventeurs nous l'ont apporté au début de l'année. Dans nos dossiers, il porte le nom officiel de fusil à répétition de l'Union calibre 58 mais le président l'a baptisé le moulin à café. Après les premiers essais, Mr. Lincoln fut d'avis de l'adopter et je crois savoir qu'il envoya une note dans ce sens à votre commandant.

— Avec quel résultat ?

— Aucun.

— A-t-on procédé à d'autres essais ?

— Pas à ma connaissance.

— Pourquoi ?

George devinait déjà la réponse, que Ramsay lui fournit en imitant la voix du nouveau général de brigade :

— Pas le temps !

Un après-midi du mois d'août, alors que George était

déjà en retard pour assister à des essais de mortier à l'arsenal, Maynadier tint à tout prix à lui faire rencontrer le cousin de quelque parlementaire de l'Iowa. L'homme proposait un gilet pare-balles dont le prototype n'était malheureusement pas encore arrivé à cause d'un retard de livraison.

— Mais je devrais l'avoir demain, assura-t-il. Je sais que vous serez impressionné, général.

— Major. Parlez-moi de cette veste, demanda George d'un ton sec.

— Faite avec l'acier le plus fin, elle arrête tout projectile lancé par une arme d'épaule ou de poing.

George lissa sa moustache avec un sourire de félin.

— Oh! vous êtes métallurgiste. Ravi de l'apprendre. C'est aussi ma partie. Vous avez donc une usine dans l'Iowa?

— Eh bien.. c'est-à-dire que le prototype a été fabriqué par une firme de Dubuque. Moi, je suis... chapelier de mon état.

— Chapelier. Je vois.

— Mais le modèle a été fait selon mes indications très précises. Je vous garantis l'efficacité de ce gilet. D'ailleurs, un seul essai suffira à en apporter la preuve.

— Voudriez-vous rester à Washington jusqu'à ce que nous puissions y procéder? proposa George.

Encouragé, le chapelier eut un sourire radieux.

— Si les chances d'obtenir un contrat paraissent bonnes.

— Et, naturellement, comme vous ne doutez pas de l'efficacité de votre invention, vous seriez prêt à la porter vous-même pendant cet essai? Nous ferions tirer sur vous plusieurs salves afin de vérifier...

Le chapelier s'enfuit, avec chapeau et plans.

La décision de Cameron donna aux agents de la Confédération trois mois pendant lesquels ils raflèrent les meilleures armes en vente sur le continent européen. Lorsque les échantillons de ce qui restait parvinrent au Winder Building, le climat devint aussitôt fort maussade.

Un jour, en fin d'après-midi, George emmena à l'arsenal un fusil à percussion calibre 54 équipant les bataillons autrichiens. Conçue d'après le modèle Lorenz de 1854, c'était une arme hideuse, lourde, avec un recul violent. Après avoir tiré trois coups sur les cibles normalement utilisées pour les essais d'artillerie — cinq gros pilotis plantés à trois mètres l'un de l'autre au milieu du Potomac — il eut l'impression d'avoir reçu une ruade de mule dans l'épaule.

Entendant une voiture, il quitta le bout de la jetée sur laquelle il se trouvait pour voir qui arrivait. L'attelage passa sous les arbres bordant le pénitencier qui partageait la pointe de terre avec l'arsenal puis, sous un ciel d'un rose brumeux, s'arrêta devant la jetée. George reconnut l'homme qui tenait les rênes : William Stoddard, l'un des secrétaires de Lincoln. Il entassait dans son bureau les prototypes d'armes que des inventeurs envoyaient directement au président dans l'espoir de court-circuiter Ripley.

Le chef de l'Etat descendit du véhicule, une arme à la main, tandis que Stoddard attachait les chevaux. Dans la lumière crépusculaire, Lincoln paraissait plus pâle encore que de coutume mais semblait de bonne humeur. Il adressa un signe de tête à George, qui salua.

— Bonsoir, monsieur le président.

— Bonsoir, major... Excusez-moi, je ne connais pas votre nom.

— Moi si, intervint Stoddard. Major George Hazard, dont le frère Stanley travaille avec Mr. Cameron.

Lincoln se raidit légèrement, ce qui suggérait que les liens de George avec l'un de ces hommes, voire les deux, ne parlaient pas en sa faveur. Toutefois, le président garda un ton aimable pour expliquer :

— Je ne peux pas m'entraîner au tir ce soir dans Treasury Park, il y a un match de base-ball. (Il examina l'arme avec laquelle George venait de tirer.) Qu'avons-nous là ?

— Un des fusils que nous pourrions acheter au gouvernement autrichien, monsieur le président.

— Satisfaisant ?

— Quoique je ne sois pas expert en armes légères, je répondrai non. Je crains pourtant que nous ne puissions en obtenir de meilleurs.

— Oui, Mr. Cameron a quelque peu tardé à entrer dans le quadrille, n'est-ce pas ? dit Lincoln. (Sa main osseuse souleva le fusil qu'il portait comme s'il ne pesait rien.) Nous pourrions plutôt utiliser ce type d'arme mais votre chef n'aime pas les modèles qui se chargent par la culasse...

George examina l'arme du président, distingua sur la plaque droite le nom du fabricant : C. Sharps.

— J'ai cru aussi comprendre que les mots *récent* et *nouveau* ne font pas partie du vocabulaire de votre général, poursuivit Lincoln avec un sourire. Mais je sais de source sûre qu'on connaissait déjà le chargement par la culasse à l'époque du roi Henri VIII. Alors, il ne s'agit pas exactement d'un machin flambant neuf, non ? Je suis pour les fusils à un coup se chargeant par la culasse et l'armée en aura, nom d'un petit bonhomme !

— En a-t-on commandé en Europe ? demanda Stoddard au major Hazard.

— Je ne pense pas...

— Non, répondit Lincoln, l'air plus attristé qu'irrité. Voilà pourquoi j'y ai récemment envoyé mon propre commissaire d'achat avec deux millions de dollars et carte blanche. Si je ne peux obtenir satisfaction par Cameron et compagnie, je dois me débrouiller autrement.

Dans le silence gêné qui suivit, Stoddard toussota.

— Monsieur le président, il fera bientôt noir.

— Oui. Il vaut mieux que je commence à tirer.

— Si vous voulez bien m'excuser, monsieur le président..., dit George.

— Certainement, major. Content de vous avoir vu ici. J'admire les hommes qui cherchent toujours à apprendre. C'est ce que j'essaie moi-même de faire.

George s'éloigna avec l'impression d'avoir reçu un coup sur la tête. Cameron et compagnie étaient dans une situation bien plus mauvaise qu'il ne l'avait imaginé. Et il travaillait pour eux.

Stanley avait effectivement pris plaisir à rejeter la proposition préparée par son frère. S'il ne gardait pas un souvenir très clair du long et horrible retour de Manassas, il se rappelait que George l'avait bousculé et rudoyé comme un nègre de plantation. Aussi avait-il maintenant une raison supplémentaire de rabaisser son frère ou de lui compliquer la tâche.

Par ailleurs, il s'inquiétait pour son propre sort car, à en croire les ragots de salon, l'étoile du Boss commençait à pâlir. Pourtant, rien ne changeait apparemment au ministère. Cameron s'était absenté quelques jours pour enterrer son frère puis le travail et le désordre avaient repris comme d'habitude.

Des parlementaires influents avaient cependant commencé à poser des questions, oralement ou par voie de presse, sur les méthodes d'achat du ministère de la Guerre. Les camps d'instruction continuaient à se plaindre du manque de vêtements, d'armes légères et d'équipement. On déclarait de plus en plus ouvertement que Cameron était coupable de mauvaise gestion, que l'armée n'avait pas la moitié de ce qui lui était nécessaire.

Bottines mises à part, pouvait se dire Stanley en s'adressant des félicitations. Pennyford produisait en grandes quantités, à la date convenue. Les prévisions de bénéfice pour l'année donnaient le vertige à Stanley et ravissaient Isabel, qui prétendait s'être attendue à ce pactole.

Malheureusement, la réussite personnelle de Stanley ne pouvait l'aider à résoudre la crise que traversait le ministère. Les demandes orales et écrites d'information s'assortissaient désormais d'épines comme *pénurie scandaleuse, irrégularités constatées.* Lorsqu'on faisait état de ces irrégularités, Cameron ne niait pas, il ne répondait rien du tout. Un jour, Stanley entendit deux employés discuter de cette technique.

— Le ministère a eu droit à un nouveau savon, ce matin, dit le premier. Cette fois, ça venait des Finances. J'admire la façon dont le Boss réagit : il se tait et il tient bon, comme ce fou de Jackson à la bataille du Bull Run.

— Je croyais que c'était à Manassas, fit observer le deuxième.

— Pour les rebelles. Pour nous, c'est le Bull Run.

— Comment les écoliers s'y retrouveront-ils dans cinquante ans?

— On s'en fout. Ce qui me tracasse, c'est maintenant. Même le Boss ne peut pas se déguiser éternellement en mur. Si tu veux mon avis, empoche ton salaire et...

Remarquant Stanley, l'employé donna un coup de coude à son collègue et l'entraîna plus loin.

L'attitude des deux hommes illustrait le climat qui commençait à régner dans le ministère. La situation précaire de Cameron n'était plus un secret connu seulement de quelques personnes. Le Boss avait de graves ennuis — et ses protégés aussi, par voie de conséquence.

En retournant à son bureau, Stanley songeait qu'il devait mettre de la distance entre lui et son vieux mentor. Comment? Aucune réponse ne lui vint à l'esprit. Il fallait en discuter avec Isabel, elle saurait le conseiller.

Mais, ce soir-là, Isabel n'était pas d'humeur à discuter de ce problème. Stanley la trouva tremblante de rage, un journal à la main.

— Qu'est-ce qui te met dans cet état, ma chérie?

— Notre chère belle-sœur. Par ses manigances, elle s'insinue dans les bonnes grâces de ceux-là mêmes que nous devrions cultiver.

— Stevens et sa clique?

Isabel acquiesça d'un véhément hochement de tête.

— Qu'a-t-elle fait, Constance? demanda Stanley.

— Elle a repris ses activités abolitionnistes. Elle et Kate Chase seront les hôtesses d'une réception donnée en l'honneur de Martin Delany.

Ce nom ne signifiait rien pour Stanley — ce qui redoubla la fureur de son épouse.

— Ne sois donc pas si obtus! Delany, c'est ce docteur nègre qui a écrit un roman dont tout le monde parlait, il y a deux ans. *Blake*, cela s'appelait. Il se promène en boubou, donne des conférences.

Stanley se souvint. Avant la guerre, Delany avait lancé l'idée d'un nouvel État africain où les Noirs américains pourraient — et selon lui devraient — émigrer. Le projet de Delany prévoyait que les Noirs cultiveraient le coton en Afrique et ruineraient le Sud par le système de la libre concurrence.

Stanley prit le journal, trouva l'annonce de la réception et lut la liste partielle des invités.

— Je sais que tu ne supportes pas les nègres et ceux qui les défendent, dit-il prudemment. Mais tu as raison. Nous devons, pour reprendre ton expression, « cultiver » les personnalités abolitionnistes qui assisteront à cette soirée. Simon est sur le déclin. Si nous n'y prenons garde, il nous entraînera dans sa chute. Il entachera notre réputation et tarira le flot d'argent que Lashbrook nous apporte.

Avec dans la voix une fermeté inaccoutumée, Stanley conclut :

— Il faut faire quelque chose, et vite.

35

LES brumes de chaleur du mois d'août enveloppaient le front d'Alexandria. Bivouaquant au nord de Centreville, la légion attendait des renforts et les Enfield que le colonel avait payés de ses propres deniers. Ces fusils, achetés en Angleterre, devaient être transportés par un navire qui forcerait le blocus.

Hampton réorganisa ses troupes pour compenser les pertes de Manassas et Calbraith Butler, promu major, prit le commandement des quatre unités de cavalerie. Dans un premier temps, ce changement suscita chez Charles un ressentiment qu'il eut la sagesse de taire. A la réflexion, toutefois, ce choix ne lui paraissait pas tellement surprenant. Butler était un volontaire, un gentleman — et son mariage avec la fille du gouverneur avait sans doute aussi facilité les choses.

Charles savait qu'en se montrant strict sur les questions de discipline, il n'avait pas servi sa propre cause. Aucune importance. Il s'était engagé pour gagner la guerre, pas des galons. D'ailleurs, Butler était un excellent cavalier, un bon officier palliant par l'instinct son manque de formation. Il menait les hommes comme il le fallait : en montrant l'exemple. Aussi Charles félicita-t-il son nouveau supérieur avec une sincérité non feinte.

— C'est très aimable à vous, répondit le nouveau major. Sur le plan de l'expérience, vous le méritiez plus que moi. Ecoutez, puisque j'ai ces nouvelles responsabilités — et que je suis marié, par surcroît — courez donc à Richmond pour me représenter au bal. Emmenez Pell avec vous, si vous voulez.

Charles ne se le fit pas dire deux fois. Il mit son plus bel uniforme, se hâta de remplir les tâches les plus urgentes et termina juste à temps pour l'appel du soir. Il y eut une brève cérémonie pendant laquelle le colonel reçut officiellement le nouveau drapeau de bataille du régiment, cousu par des dames de Virginie. Des feuilles de palmier nain et les mots « Légion de Hampton » en décoraient la soie écarlate.

Charles s'occupait des derniers préparatifs du voyage quand il fut interrompu par un soldat nommé Nelson Gervais, qui venait de recevoir une longue lettre d'une jeune fille de Rock Hill, son pays. Le jeune paysan de dix-neuf ans se balançait d'un pied sur l'autre en expliquant :

— J'ai fait ma cour à Miss Sally Mills pendant trois ans, mon capitaine. Sans résultat. Maintenant, elle dit que mon départ à l'armée lui a montré à quel point elle tient à moi. Elle dit qu'elle accueillerait favorablement une demande en mariage.

— Félicitations, Gervais. Je ne pense pas qu'on vous accordera une permission de sitôt mais que cela ne vous empêche pas de demander sa main.

— Oui, mon capitaine. C'est ce que je veux faire.

— Vous n'avez pas besoin de mon consentement.

— Mais j'ai besoin de votre aide, répondit le soldat avec un regard implorant. Miss Sally Mills écrit vraiment bien mais moi... (Il devint aussi rouge que le nouveau drapeau.) Je sais pas.

— Pas du tout ?

— Non, mon capitaine. Je sais pas lire non plus.

C'est un camarade qui m'a lu la lettre. Là où Sally dit qu'elle m'aime et tout...

Charles avait compris.

— Dès mon retour de Richmond, j'écrirai une lettre de demande en mariage et nous la reverrons ensemble.

— Merci, mon capitaine ! Merci, vraiment. Je vous remercierai jamais assez...

Le voyage de nuit dans un wagon de l'Orange et Alexandria se révéla épuisant du fait de retards imprévus et inexpliqués. Sommeillant sur son siège dur, Charles se déroba de son mieux aux tentatives d'Ambrose Pell pour alimenter la conversation. Le lieutenant n'appréciait pas d'être séparé de Hampton et autres officiers supérieurs voyageant dans la voiture précédente.

Charles était fourbu et sale lorsque le train arriva à Richmond, tard dans la matinée du lendemain. Comme une unité du Mississippi leur offrait l'hospitalité, il put se plonger dans un baquet d'eau puis s'étendre sur une couchette pour tenter de dormir une heure. Impossible, il était trop énervé.

La salle de bal du *Spotswood* étincelait de galons dorés, de bijoux et de lumières. Sous les nombreuses bannières confédérées, des centaines d'invités se pressaient dans la salle même, les salons voisins et les couloirs. Peu après son arrivée, Charles aperçut au bout de la piste de danse sa cousine Ashton et sa larve de mari évoluant à proximité du président Davis. Il ferait de son mieux pour les éviter.

De jeunes femmes élégamment mises, souvent jolies et pleines de vivacité, dansaient avec les officiers, trois fois plus nombreux qu'elles. Charles ne tenait pas tellement à avoir de la compagnie — à moins de trouver celle qu'il cherchait. Ne la voyant nulle part, il se dit qu'il avait été trop optimiste en espérant la rencontrer : Fredericksburg était bien loin.

Un lieutenant trapu portant un embryon de barbe quitta le groupe qui entourait Joe Johnston pour se précipiter vers Charles et le serrer contre lui.

— Bison ! Je me doutais que tu serais ici.

— Fitz, tu as l'air en pleine forme. J'ai appris que tu fais partie de l'état-major du général Johnston.

Fitzhugh Lee, neveu de Robert E. Lee, avait été l'ami de Charles à West Point et au Texas.

— Pas autant que toi, capitaine, répondit le lieutenant en prononçant le dernier mot avec une feinte déférence.

— Pas de ça, dit Charles en riant. Je sais qui est le supérieur de qui. Tu es dans l'armée régulière, moi seulement dans la milice.

— Pas pour longtemps, j'en suis sûr... Oh oh! Une autre magnifique binette que tu devrais reconnaître. Et précisément là où on s'attend à la voir : au milieu d'un essaim d'admiratrices.

Charles tourna la tête, sentit son cœur battre plus vite à la vue d'un autre vieil ami qui était théoriquement le rival de son colonel. Jeb Stuart, barbe rousse resplendissante, rose jaune à la boutonnière, regard étincelant, taquinait et flattait les dames se pressant autour de lui.

Le commandant du 1er de cavalerie de Virginie était en première année quand Charles avait été admis à West Point. L'ancien avait infligé au jeune bizuth une coupe de cheveux que Charles n'oublierait pas de sitôt. Fitz et lui se dirigèrent vers le commandant qui, les avisant, s'excusa auprès des dames fort déçues. A ce moment précis, Charles vit un major du 1er de Virginie inviter à danser une blonde à la poitrine épanouie vêtue de soie bleu clair, Augusta.

Stuart s'avança, chaussé des bottes aux éperons d'or dont tout le monde parlait.

— Bison Main! Maintenant, la soirée est parfaite!

Charles répondit avec politesse et modération.

— Mon colonel.

— Allons, allons. Ce n'est pas ainsi qu'on dit bonsoir à son vieux barbier.

— Comme tu voudras, Beauty. C'est formidable de te retrouver. Toi et le général Beauregard êtes les héros de l'heure.

— J'ai entendu dire que les Yankees pensent que nous montons tous des étalons noirs crachant le feu par les naseaux. Excellent ! Nous les écraserons plus vite s'ils ont la frousse. Viens donc boire un whisky.

Le trio s'approcha du buffet où des Noirs servaient avec déférence.

— Il paraît que vous n'avez pas été de la fête ? reprit Stuart, avec un brin de condescendance. Question de chance. Comment trouves-tu ton commandant ?

D'un geste, il montra Hampton, qui conversait avec un civil à quelques mètres d'eux et n'avait droit à aucune cour.

— Il n'y en a pas de meilleur, répondit Charles.

— Il ne fera jamais un cavalier. Trop vieux.

— Il monte parfaitement, Beauty. Et il est aussi solide que n'importe lequel d'entre nous.

Le sourire éclatant de Stuart et le whisky détendirent l'atmosphère. Bientôt les trois officiers parlèrent de l'oncle de Fitz, qui avait, un temps, dirigé West Point. Lee affrontait à présent les Fédéraux sur la frontière ouest de l'Etat.

Le regard de Charles revenait sans cesse à Augusta, qui dansait un galop avec le même major, dont l'imagination jalouse du capitaine faisait un modèle de prétention assommante.

— Joli brin de femme, commenta Fitz.

— Tu la connais ?

— Certainement. C'est une veuve relativement aisée. La famille de sa mère, les Duncan, est une des plus anciennes du Rappahannock. Une des meilleures, aussi.

— Si on excepte le fichu traître qu'elle a pour oncle, précisa Stuart. Il est passé aux Africaniseurs, comme mon beau-père.

— Mais tu as donné à ton fils le prénom de son grand-père Cooke, fit remarquer Fitz.

— Sur mon insistance, Flora a changé le nom du petit. Il ne s'appelle plus Philip mais James.

Le sourire glacé de Stuart et la lueur fanatique de son regard gênèrent Charles. Le commandant alla retrouver d'autres admiratrices et la séparation, quoique amicale, laissa Charles sur l'impression que beaucoup de choses les opposaient à présent — et qu'ils en avaient tous deux conscience. Cette réflexion le plongea dans une morosité qui ne fit que s'accroître lorsque l'orchestre attaqua un nouvel air et que le major invita à nouveau Augusta.

— Si c'est elle que tu veux, vas-y, murmura Fitz.
— Il a un grade plus élevé que le mien.
— Aucun homme du Sud qui se respecte ne verrait là un obstacle. En outre, ajouta Fitz, baissant encore la voix, je le connais. C'est un crétin. Vas-y, Bison, dit-il en poussant Charles. Sinon tu seras bredouille quand la réception s'achèvera.

En se demandant pourquoi il se sentait aussi nerveux et hésitant, Charles s'approcha du bord de la piste où les couples tourbillonnaient. Il surprit Augusta à le regarder — avec plaisir et soulagement, lui sembla-t-il. Charles mit rapidement au point sa stratégie, attendit la fin du morceau et partit à l'assaut.

— Cousine Augusta! Major, pardonnez-moi cette interruption. Je ne m'attendais absolument pas à voir ma cousine ici ce soir.
— Votre cousine? fit l'officier du 1er de Virginie d'une voix qui semblait sortir d'un tonneau. Mrs. Barclay, vous ne m'aviez pas dit que vous avez de la famille en Caroline du Sud.
— Ah! non? Les Duncan ont une ribambelle de parents là-bas. Et je n'ai pas vu mon cher Charles depuis deux — oh! cela doit faire trois ans, maintenant. Major Parsley, capitaine Main. Vous voulez bien nous excuser, major?

En souriant, Augusta prit Charles par le bras et l'entraîna loin du Virginien dépité.

— Porcelet, avez-vous dit? murmura Charles.

Le whisky bouillonnait en lui et la pression d'un sein contre sa manche acheva de le troubler.

— C'est ainsi qu'on devrait l'appeler. Une cervelle de plume et des pieds de plomb. Je me croyais condamnée à sa compagnie pour le reste de la soirée.
— La plume et le plomb, c'est encore de Mr. Pope?
— Non, mais vous avez une excellente mémoire.
— Assez bonne pour ne plus vous appeler Gus.

Lui tapant légèrement la main de son éventail, elle répliqua :

— Prenez garde ou je retourne au porcelet.

— Je ne le permettrai jamais, dit Charles en regardant par-dessus son épaule. Attention ! il nous suit. Allons au buffet.

Charles tendit à Augusta une tasse de punch puis entreprit de remplir deux petites assiettes. Plusieurs jeunes filles se pressaient derrière lui et l'une d'elles, avec des gestes théâtraux et une diction emphatique, récitait un texte satirique que Charles avait déjà entendu au camp. Cette fable de l'orang-outang appelé le Vieil Abe avait été à l'origine publiée dans le *Richmond Examiner*.

— L'orang-outang fut choisi pour roi et cette élection provoqua une grande agitation dans les Etats du Sud car les bêtes de cette partie du pays avaient importé d'Afrique un grand nombre de singes noirs dont elles avaient fait des esclaves. Et Abe, l'orang-outang, avait déclaré que c'était une offense à son espèce...

Sans raison apparente, Augusta trébucha et renversa du punch sur la robe en soie beige de la jeune fille.

— Oh ! pardon.

La récitante et ses amies se mirent à piailler tandis que Mrs. Barclay entraînait Charles loin d'elles.

— Petites sottes sans cervelle, fit-elle avec colère. J'aime le Sud, je le jure, mais je n'aime certainement pas tous ceux qui l'habitent. Elle ne tiendrait pas de tels propos dans ma maison, elle aurait droit à la cravache. Mes nègres sont de braves gens.

Charles porta les assiettes jusqu'à un petit balcon donnant sur la rue.

— Je ne suis vraiment pas à ma place ici, soupira Augusta. Je ne supporte pas les gens qu'on y rencontre. (Elle prit dans une assiette un toast dont le caviar brilla à la lumière.) Enfin, la plupart, ajouta-t-elle en levant les yeux vers Charles.

— Alors, pourquoi être venue ?

— On avait besoin de danseuses. J'ai pensé... que mon devoir de patriote me commandait d'y assister.

L'un de mes affranchis a fait le voyage avec moi. Non pas que je n'aurais pu conduire seule... Pourquoi souriez-vous ?

— Parce que vous êtes sacrément — euh, je veux dire, terriblement...

— Sacrément ne me gêne pas. J'ai déjà entendu ce mot-là.

— Si confiante. Vous avez plus de culot que Jeb Stuart.

— Et ce n'est pas une qualité féminine ?

— Je n'ai pas dit cela.

— Alors pourquoi cette remarque ?

— Parce que c'est... surprenant.

— Surprenant ? Vous ne trouvez rien de mieux ? Dites-moi donc ce que vous en pensez vraiment, capitaine.

— Ne vous hérissez pas. Si vous voulez le savoir, cela me plaît.

Elle rougit, ce qui l'étonna. Elle l'étonna à nouveau en murmurant :

— Je ne voulais pas être désagréable. C'est une mauvaise habitude. Je ne me conduis pas toujours comme il le faudrait.

— Je vous approuve cependant. Du fond du cœur.

— Merci, cher monsieur.

Elle avait à nouveau baissé la barrière. La désarçonnait-il par ses attentions ? En tout cas, il était lui totalement désarçonné par cette jolie veuve peu conventionnelle. Pourtant, il ne serait parti pour rien au monde. Dans un silence gêné, ils regardèrent passer voitures et piétons dans la rue. Richmond grouillait de gens venus d'ailleurs et la criminalité grimpait en flèche. Vols, meurtres, viols...

Quand l'orchestre recommença à jouer, Charles proposa :

— Voulez-vous danser, Augusta ?

La façon dont il lâcha ces mots, d'une voix un peu rauque, alarma de nouveau la jeune femme. « Nous avons tous deux des raisons d'être prudents, pensa Charles. Ce n'est ni le lieu ni le moment de songer à autre chose qu'à une conversation anodine et une amitié banale. »

Elle était douce et souple dans ses bras. Charles était resté si longtemps sans femme qu'il devait maintenir un écart entre eux pour ne pas lui faire sentir les effets de cette privation. Ils passèrent en valsant devant un groupe d'officiers, et Fitz Lee applaudit silencieusement ; devant Huntoon, à qui Charles adressa un signe de tête ; devant l'officier du 1er de Virginie, qu'il salua d'un sonore « Major Porcelet ».

Augusta se mit à rire, s'abandonna un instant contre lui. Il sentit la pression de son corps, dont l'épanouissement rendait le contact plus sensuel.

Augusta consentit de tout cœur à rester la partenaire de Charles pour le reste de la soirée puis il la raccompagna à pied à la pension où elle avait réservé une chambre. Son affranchi attendait devant le *Spotswood* avec le buggy mais elle l'envoya se coucher. Charles fut heureux de pouvoir être plus longtemps seul avec elle. Son train partait à trois heures, ce qui leur laissait près d'une heure.

Le sabre d'apparat battait contre sa jambe tandis qu'ils marchaient dans les rues silencieuses, désertes à l'exception de quelques silhouettes furtives ou d'une calèche ramenant un invité du bal. Ils passèrent devant des cafés bruyants où civils et militaires faisaient encore la fête mais personne ne les importuna. La taille et la musculature de Charles avaient un effet dissuasif. Augusta semblait aimer avoir son bras pour la protéger.

— Je vous dois la vérité, Charles, déclara-t-elle lorsqu'ils parvinrent devant le perron sombre de la pension. (Elle monta sur une marche pour mettre son regard à la hauteur du sien.) Ce soir, nous avons discuté de tout, de mes récoltes au caractère du général Lee, mais nous avons laissé de côté le seul sujet que nous aurions dû aborder.

— Lequel ?

— Je suis patriote mais pas autant que je l'ai affirmé. La seule raison pour laquelle j'ai entrepris ce long voyage... (Augusta prit une profonde inspiration, comme pour s'apprêter à plonger dans l'eau.) C'est que j'espérais vous voir à ce bal.

Ignorant la voix intérieure qui lui recommandait de ne pas s'engager, Charles avoua :

— Je... J'espérais la même chose.

— Je suis effrontée, n'est-ce pas ?

— Tant mieux. Jamais je n'aurais pu parler le premier.

— Vous ne m'avez pas fait l'impression d'un timide, capitaine.

— Avec des hommes comme Porcelet, non. Avec vous...

A un clocher lointain, une cloche sonna le quart. La nuit était encore chaude, et Charles se sentait brûlant. La main droite d'Augusta se posa sur la sienne, la pressa.

— Viendrez-vous me voir à la ferme, quand vous le pourrez ?

— Même si je vous appelle Gus ?

Elle le regarda, se pencha vers lui. Des boucles blondes effleurèrent le visage de Charles.

— Même, murmura-t-elle.

Elle l'embrassa sur la joue, s'enfuit aussitôt à l'intérieur de la pension.

Charles regagna la gare en sifflant. La voix intérieure poursuivait ses mises en garde : « Attention. Un cavalier ne doit pas s'encombrer de bagages ! » Mais il ne l'écoutait pas.

36

AU ministère des Finances, James Huntoon sortait d'une réunion convoquée d'urgence par le ministre pour discuter du problème des faux billets. Il s'assit à son bureau, dans la lumière automnale tachetant le meuble, et posa devant lui un billet de dix dollars qui avait l'air authentique mais ne l'était pas. On l'avait chargé de le montrer à Pollard, le rédacteur en chef de l'*Examiner*, pour que le journal alerte ses lecteurs sur la fausse monnaie en circulation, malheureusement mieux imprimée que la vraie.

Pollard aimerait cette histoire et Huntoon savourait l'idée de la lui raconter : il partageait l'hostilité du journaliste pour le président, sa politique et l'ensemble du gouvernement. L'*Examiner* prenait en ce moment pour cible le colonel Northrop, intendant général de l'armée, qui devenait rapidement l'homme le plus haï de la Confédération du fait de sa mauvaise gestion. Les éditoriaux de Pollard éreintant Northrop ne manquaient jamais de mentionner que, une fois de plus, Davis soutenait un petit copain de West Point. Le seul ancien de l'Académie trouvant grâce aux yeux de Pollard était Joe Johnston, parce que le général et le président se querellaient amèrement sur le grade auquel l'officier croyait pouvoir prétendre.

En privé, le journaliste se montrait plus incisif encore et traitait Davis de « parvenu du Mississippi ». Il l'accusait de recevoir ses ordres de son épouse (« Il est de la cire dans ses mains »), rappelait qu'il s'était opposé à la décision du Congrès de transférer la capitale à Richmond, et qu'il avait paru « accablé de douleur », selon l'expression de sa femme, en apprenant qu'il avait été choisi comme président.

Pollard n'était pas un cas isolé. Un cyclone d'opposition, s'exprimant parfois dans un langage extrême et violent, se levait au sud. Stephens, le vieux vice-président, parlait ouvertement du chef de l'Etat en termes de « tyran » et de « despote ». Beaucoup exigeaient le départ de Davis — et l'élection devant ratifier sa désignation n'aurait lieu qu'en novembre.

Le désenchantement de Huntoon à l'égard du gouvernement était une des causes de son état dépressif. Ashton en était une autre. Elle passait l'intégralité de son temps à tenter de se hisser plus haut sur l'échelle sociale et l'avait traîné deux fois de force aux réceptions données par Benjamin, le petit juif roublard. Ashton et lui avaient beaucoup de points communs. Ils avançaient tous deux à pas feutrés, cherchant à plaire à tous, à n'offenser personne — car qui pouvait dire dans quel sens soufflerait demain le cyclone.

Deux semaines après la soirée au *Spotswood*, l'homme à l'élégance tapageuse ayant des attaches à Valdosta et aux Bahamas se présenta à la résidence où Huntoon et Ashton avaient emménagé quelques jours plus tôt. Il proposa de céder à James une part de ce qu'il appela sa compagnie maritime. Il prétendit avoir repéré à Liverpool, sur la Mersey, un vapeur rapide pouvant être réarmé pour un prix raisonnable afin de forcer le blocus entre Nassau et la côte confédérée.

— Que transporterait-il ? demanda Huntoon. Des fusils, des munitions, des choses de ce genre ?

— Oh ! non, répondit Mr. Lamar H. A. Powell. Des produits de luxe : il y a bien plus d'argent à gagner avec ce genre de marchandises. Comme vous le savez, le navire courrait des risques considérables et il vaut mieux penser à court qu'à long terme en matière de profits. Selon mes calculs, avec une cargaison soigneusement choisie, deux voyages réussis rapporteraient un bénéfice de 500 % — minimum. Ensuite, les Yankees pourront couler le bateau quand il leur plaira. Et s'il fait d'autres voyages, les gains potentiels des actionnaires frôleront l'astronomique.

Huntoon remarqua alors que sa femme regardait attentivement le visiteur. Il craignait les beaux hommes parce qu'il ne l'était pas mais n'aurait su dire si c'était le plan irréaliste de l'individu ou son allure séduisante qui titillait Ashton. Dans un cas comme dans l'autre, il ne voulait rien avoir à faire avec Mr. L. H. A. Powell, sur qui il s'était renseigné après avoir reçu la lettre sollicitant un rendez-vous.

Powell avait été mercenaire en Europe puis flibustier en Amérique du Sud. Selon les dossiers de l'administration, il avait échappé à toute sorte d'enrôlement en vertu d'une loi exemptant les propriétaires de plus de vingt esclaves. Powell avait prétendu en posséder soixante-quinze dans sa plantation familiale, proche de Valdosta. Un télégramme d'Atlanta répondant à celui envoyé par Huntoon révéla que la « plantation » se réduisait à une ferme délabrée et quelques bâtiments extérieurs où vivaient trois personnes nommées Powell : un couple de vieillards et une brute de quarante ans à cervelle d'enfant. Bref, des références guère satisfaisantes, qui justifiaient la réponse que Huntoon fit au visiteur :

— Je ne veux pas participer à ce projet, Mr. Powell.

— Puis-je connaître la raison de votre attitude ?

— J'en ai plusieurs mais la principale suffirait à elle seule : votre plan n'est pas patriotique.

— On peut être patriote et riche.

— Importer du parfum, de la soie et du sherry pour le ministre Benjamin n'est pas ma conception du patriotisme, monsieur.

— Mais James..., commença Ashton.

Poussé par un sentiment de danger mal défini mais clairement ressenti que Powell faisait naître en lui, Huntoon coupa :

— La réponse est non.

Après le départ du visiteur, le couple eut une bruyante dispute qui se prolongea tard dans la soirée.

— Bien sûr que je pense ce que j'ai dit ! cria Huntoon. Je ne veux pas tremper dans ce genre d'opération sans scrupule. Pour plusieurs raisons, comme je l'ai déclaré à ce type.

— Lesquelles ? répliqua Ashton, poings et dents serrés.

— Eh bien !... les risques personnels, pour commencer. Imagine les conséquences si cela se savait !

— Tu es un lâche.

Huntoon s'empourpra.

— Comme je te hais, parfois, murmura-t-il.

Mais il avait tourné la tête avant d'ouvrir la bouche.

Plus tard, Ashton revint à la charge avec plus de fureur encore :

— C'est avec *mon* argent que nous vivons, ne l'oublie pas. Tu gagnes à peine plus que les nègres qui cueillent le coton. C'est moi qui gère nos fonds...

— Parce que je le permets.

— Tu crois ça ? Je peux faire ce que je veux de cet argent.

— Tu oserais le vérifier devant un tribunal ? Selon la loi, ces fonds sont devenus miens à notre mariage.

— Toujours le même avocaillon content de lui, hein ?

Elle tira violemment sur les draps pour les arracher du lit, ouvrit la porte et les jeta dans le couloir :

— Dors sur le sofa, espèce de salaud — si tu n'es pas trop gros pour ça.

Les yeux larmoyants derrière ses lunettes, il leva la main dans un geste d'apaisement, mais elle le poussa hors de la chambre.

Ils s'étaient réconciliés le lendemain — comme toujours — mais elle ne l'en priva pas moins de rapports physiques pendant les deux semaines suivantes. Puis l'humeur d'Ashton s'améliora ; elle retrouva son entrain, comme si Powell et son projet n'avaient jamais existé.

A Richmond, la journée de travail finissait à trois heures et l'on prenait peu après un plantureux repas. Toutefois, cet horaire ne s'appliquait pas aux familles des fonctionnaires du gouvernement : la plupart du temps, James rentrait chez lui après sept heures et demie, pour un léger dîner.

Ce jour-là, Ashton passa un long moment à se faire belle et ne sortit pas avant deux heures. Homer amena la voiture et ils quittèrent la maison de trois étages de Grace Street, située dans un quartier respectable mais un peu trop loin du centre pour être en vogue.

Bien qu'il fît doux, Ashton étouffait. Le risque qu'elle prenait était énorme mais plusieurs facteurs l'incitaient à le courir, notamment la pusillanimité de son mari, son incapacité à pénétrer dans la bonne société de Richmond. Elle voyait à cela deux raisons : ils n'avaient ni position sociale ni véritable fortune. James avait échoué sur les deux tableaux, tout comme il échouait chaque fois qu'il essayait de lui donner du plaisir avec son lamentable petit instrument.

Appuyée contre le velours capitonnant l'intérieur de la voiture, elle regardait par la fenêtre. Oserait-elle aller jusqu'au bout ? Il lui avait fallu une semaine rien que pour trouver l'adresse où elle se rendait, plusieurs autres jours pour rédiger avec soin la note annonçant sa visite « au sujet d'une affaire d'intérêt commun ». Elle imaginait le regard amusé avec lequel il avait dû la lire.

S'il l'avait lue. Elle n'avait reçu aucune réponse. Et s'il était absent ?

Elle avait fait porter la lettre par un jeune Noir à qui elle l'avait confiée à Capitol Square. Comment savoir si le négrillon avait bien remis l'enveloppe cachetée de cire ? Préoccupée par ces doutes, elle ne remarqua pas que le bruit des sabots du cheval avait cessé. Par-dessus le coup de sifflet d'un train de la gare de Broad Street, Homer cria :

— On est au coin que vous vouliez, Miz Huntoon. Je vous reprends dans une heure ?

— Non, je ne sais pas combien de temps les courses me prendront. Je rentrerai en fiacre ou je passerai voir monsieur au bureau.

— Très bien, madame.

Ashton descendit, entra d'un pas vif dans le magasin le plus proche, en ressortit quelques minutes plus tard avec deux bobines de fil dont elle n'avait nul besoin. Après avoir rapidement inspecté les lieux pour s'assurer du départ de Homer, elle héla le premier fiacre qui passait.

Le cœur battant, elle en descendit devant une des ravissantes maisons à haut perron de Church Hill, dans Franklin Avenue, à quelques portes du coin de la 24e Rue. L'imposante résidence, aux volets clos pour empêcher la chaleur de l'après-midi d'y pénétrer, semblait assoupie sous les érables qui commençaient à perdre leur feuillage.

Sans regarder à droite ni à gauche, elle monta les marches, sonna.

Lamar Powell vint ouvrir en personne, se recula dans la pénombre.

— Entrez, je vous prie, Mrs. Huntoon.

Elle s'avança dans la fraîcheur du vestibule, découvrit plusieurs portes s'ouvrant sur des pièces richement décorées. Splendides boiseries, lustres de cristal, meubles de prix. Dernièrement, James avait à nouveau prononcé le nom de Powell pour annoncer qu'il avait fait une enquête sur lui. « Apparemment, il vit de culot, de vantardises et de crédit. » Si la remarque insidieuse avait quelque chose de vrai, Powell devait jouir d'un immense crédit.

— J'ai envoyé mon valet à la pêche, annonça-t-il en souriant. Il n'y a personne d'autre dans la maison, votre réputation ne risque rien.

Ashton se sentit gênée comme une gamine. Il était si grand, si parfaitement à l'aise dans son pantalon sombre et son ample chemise de coton blanc. Il avait les pieds nus.

— Vous avez une magnifique maison! s'exclama-t-elle.

Amusé par sa nervosité, il lui prit le bras et dit :

— Lorsque nous nous sommes rencontrés au *Spotswood*, je savais que vous finiriez par venir ici. Vous êtes ravissante dans cette robe mais je soupçonne que vous devez l'être plus encore quand vous l'ôtez.

Sans hésiter, il la conduisit au pied de l'escalier, qu'ils montèrent en silence. Dans une chambre dont les stores dessinaient des raies sur le lit, ils commencèrent à se déshabiller — lui calmement, elle avec des gestes brusques. Aucun homme auparavant ne l'avait mise dans cet état.

Le silence se prolongeait. Il l'aida à défaire les boutons de son corsage, l'embrassa sur la joue avec une grande douceur puis sur la bouche, promenant lentement la pointe de sa langue sur la lèvre inférieure d'Ashton. Elle eut l'impression de sombrer dans un brasier.

Il fit glisser de ses épaules les bretelles en dentelle, la dénudant jusqu'à la taille. D'un geste tendre, il souleva un sein puis l'autre, pressa doucement les mamelons tour à tour. Il continuait à sourire, l'air curieusement détaché. Lorsqu'il se pencha en avant, elle renversa la tête et ferma les yeux, s'attendant à sentir sa langue.

Il la gifla à toute volée, l'expédia sur le lit. Trop terrifiée pour crier, elle le regarda, debout près d'elle, un pied posé sur le tas que faisait la robe, souriant.

— Pourquoi... ?
— Pour qu'il n'y ait aucun doute sur le rapport de forces, Mrs. Huntoon. J'ai tout de suite compris en vous voyant que vous avez du caractère. Réservez donc cette qualité à d'autres.

Brusquement, il se pencha et entreprit de lui ôter le reste de ses vêtements. La frayeur d'Ashton se transforma en une excitation si intense qu'elle ressemblait à de la folie. Elle ruisselait quand il enleva son caleçon de coton, lui écarta les jambes et la pénétra sans fermer les yeux.

Ashton ne pouvait croire à ce qui lui arrivait. Elle se tordait sur les draps humides, rendue frénétique par le coup qu'il lui avait donné. Elle se mit à pleurer lorsqu'il accéléra le rythme. Lorsqu'il donna la poussée finale, elle sanglota, cria et perdit conscience.

Appuyé sur le coude, il l'observait en souriant quand elle s'éveilla, couverte de sueur, vannée, effrayée par sa pâmoison.
— Je me suis évanouie...
— La petite mort. Tu veux dire que c'est la première fois ?
— La première.
— Ce ne sera pas la dernière. Cela fait plus d'une demi-heure que je te regarde. Assez pour qu'un homme reprenne des forces. Embrasse-moi là.
— Mais je n'ai jamais fait cela...
Il la saisit par les cheveux.
— Tu as entendu ce que j'ai dit ?
Elle obéit.

Au terme du deuxième acte, qui s'acheva longtemps après, Ashton s'endormit à nouveau. Elle se réveilla pour la seconde fois libérée des terreurs antérieures et se pressa contre le flanc de Powell.

Les ombres s'épaissirent, la pièce s'obscurcit : l'après-midi touchait à sa fin. Ashton n'en avait cure. Ce qu'elle venait de vivre l'avait transfigurée, lui révélant qu'elle n'était pas, sur le plan sexuel, la femme avertie qu'elle croyait. Elle avait eu sa part d'amants, sa collection de souvenirs en témoignait, mais Lamar Powell lui avait appris qu'elle n'était qu'une novice.

Lentement, toutefois, la seconde raison de sa visite lui revint à l'esprit.

— Mr. Powell..., commença-t-elle.

Il éclata de rire.

— Je crois que nous nous connaissons assez bien pour nous appeler par nos prénoms.

Ecarlate, elle releva une mèche noire humide tombée sur son front.

— Je voulais te parler affaires, reprit-elle. A la maison, c'est moi qui gère l'argent. Reste-t-il une part à acheter dans ta compagnie maritime ?

— C'est possible, répondit-il. (Ses yeux de verre opaque cachaient ce qu'il pensait.) Combien peux-tu mettre ?

— Trente-cinq mille.

Investir cette somme ne lui laisserait que quelques milliers de dollars en cas d'échec. Mais elle était aussi sûre du succès que de coucher à nouveau avec Powell si elle se représentait chez lui.

— Cette somme te donnera une part équitable du navire. Et des profits. Ta décision signifie-t-elle que ton mari a changé d'avis ?

— James ignore tout de ma démarche.

— Dès que j'aurai l'argent, nous pourrons aller de l'avant.

— J'apporterai un projet de contrat à ma prochaine visite.

— Tu ne perds pas la tête. Nous ferons un couple assorti.

Il roula sur le côté, se pencha pour embrasser le ventre nu d'Ashton. Cette fois, ce fut lui qui s'endormit après l'amour.

Ashton possédait un coffret que son mari n'avait jamais vu et dans lequel elle conservait les souvenirs de ses liaisons, qu'elles aient duré un mois, une semaine ou une nuit. C'était une boîte en bois laqué du Japon avec, sur le couvercle, des incrustations montrant un couple en train de prendre le thé. A l'intérieur, on retrouvait l'homme et la femme mais ils avaient ôté leur kimono et copulaient avec de larges sourires. Vues les dimensions du sexe de l'homme, Ashton comprenait l'expression heureuse de la Japonaise.

Elle gardait dans ce coffret des boutons de braguette, collection qu'elle avait commencée longtemps avant la guerre, lors d'une visite à West Point pour voir le cousin Charles, qui y était cadet. La coutume voulait alors que les jeunes filles échangent de petits cadeaux — le plus souvent des friandises — contre un bouton de tunique de cadet. Ce soir-là, Ashton régala non pas un mais sept cadets dans l'obscurité de la poudrière et réclama à chacun d'eux un souvenir peu conventionnel : un bouton de braguette.

Tandis que Powell dormait, elle se glissa hors du lit, chercha le pantalon qu'il avait jeté par terre, trouva la braguette et tira en silence jusqu'à ce qu'un des boutons se détache. Puis elle le rangea dans son sac et retourna au lit toute contente. Ce serait le vingt-huitième de sa collection — un pour chaque homme à qui elle avait accordé ses faveurs. Le seul qui ne fût pas représenté par un bouton était James, son mari.

37

A Washington, cet automne-là, le temps fut aux boucs émissaires. On continua à critiquer vivement McDowell mais Scott partageait désormais la responsabilité de la défaite du Bull Run et Cameron était attaqué de tous bords.

— Même Lincoln s'y met, annonça Stanley à Isabel, un soir à la maison. Un de nos informateurs m'a transmis des notes prises par Nicolay, son secrétaire.

Stanley sortit de sa poche un morceau de papier sur lequel il avait griffonné les propos alarmants : « Président déclare Cameron totalement incompétent. Egoïste. Nuisible pour le pays. Incapable organiser détails ni concevoir plans généraux. » Il tendit la feuille à Isabel :

— Il y en a d'autres, de la même veine.

Ils étaient en train de dîner, seuls comme à leur habitude. A la fin de la journée, Isabel, excédée par les jumeaux, les faisait généralement manger à la cuisine — ce qui convenait d'ailleurs parfaitement aux enfants.

— Nous avons attendu trop longtemps, décréta-t-elle après avoir lu la note. Tu dois te dissocier de Cameron avant qu'on ne lui coupe la tête.

— Je ne sais comment faire.

— J'y ai réfléchi longuement et je crois que ce qui est arrivé à cet imbécile de Frémont doit nous servir de leçon.

Le célèbre pionnier, commandant militaire de Saint Louis, avait de son propre chef déclaré libres tous les esclaves du Missouri. La proclamation avait plu aux extrémistes du Congrès mais Lincoln, qui continuait à traiter les Blancs des *Border-States* avec beaucoup de déférence, de crainte de se les aliéner, avait cassé la décision.

— Il y a schisme, c'est certain, et il faut parier sur le camp des vainqueurs.

— Mais c'est lequel ? bredouilla Stanley, décontenancé.

— Je te répondrai en disant que j'ai rendu visite à Caroline Wade, cet après-midi.

— La femme du sénateur ? Isabel, tu m'étonneras toujours. Je ne savais pas que tu la connaissais.

— Je ne la connaissais pas il y a un mois mais j'ai réussi à me faire présenter. Aujourd'hui, elle s'est montrée très cordiale et je pense l'avoir convaincue de mon soutien à son mari et à sa clique : Chandler, Grimes, etc. J'ai aussi laissé entendre que tu n'approuves pas la façon dont Simon dirige le ministère de la Guerre mais que ta loyauté envers lui te lie les mains.

Perdant soudain toute couleur, Stanley demanda :

— Tu n'as pas parlé de Lashbrook ?

— Stanley, c'est toi qui commets les gaffes, pas moi. Mais, même si je l'avais fait, il n'y a rien d'illégal dans les contrats que nous avons obtenus.

— Non. Ce qui est illégal, c'est la façon dont nous les avons obtenus.

— Pourquoi es-tu sur la défensive ?

— Je suis inquiet. J'espère que ces foutues bottines résisteront à l'hiver. Pennyford ne cesse de me mettre en garde contre...

— Fais-moi le plaisir de surveiller ton langage et de ne pas détourner la conversation.

— Pardon. Continue.

— Sans être explicite, Mrs. Wade m'a fait comprendre que le sénateur souhaite former une nouvelle commission parlementaire qui réduirait les pouvoirs dictatoriaux que le président s'arroge et contrôlerait la conduite de la guerre. Une telle commission ferait du renvoi de Cameron l'une de ses premières préoccupations.

— Tu crois ? Ben Wade est l'un des plus solides amis de Simon.

— Il l'était, mon cher, il l'était. Les anciennes alliances se dénouent. Publiquement, Wade soutient peut-être fermement le Boss, mais je gage que c'est une autre histoire en coulisse. Simon est toujours en voyage ?

Stanley acquiesça : le ministre faisait la tournée des popotes dans l'Ouest.

— Alors, c'est l'occasion rêvée. Va voir Wade. Moi je donnerai une réception pour lui et sa clique. J'inviterai peut-être aussi George et Constance, pour sauver les apparences.

— Parfait, mais que suis-je censé dire au sénateur ?

— Tais-toi, je vais t'expliquer.

Le vendredi, Stanley attendait dans l'antichambre du sénateur Benjamin Franklin Wade. L'estomac noué, il serrait comme quelque objet religieux le pommeau d'or de sa canne. Le rendez-vous était fixé à onze heures et, au quart, le visiteur attendait encore. A la demie, alors qu'il s'apprêtait à déguerpir, la porte du bureau s'ouvrit, un petit homme bedonnant portant barbe et lunettes s'avança.

— Bonjour, Mr. Hazard. Vous êtes ici pour une affaire concernant le ministère ?

— Je... en fait, je suis venu pour des raisons personnelles, monsieur Stanton, répondit Stanley, pris de panique.

Le personnage de petite taille mais fort intimidant qui s'était arrêté pour essuyer les verres de ses lunettes était comme Wade originaire de l'Ohio. Démocrate, il avait longtemps été l'un des meilleurs avocats de Washington avant de devenir procureur général. C'était aussi l'avocat personnel de Simon Cameron.

— Moi de même, assura Edwin Stanton. Désolé d'avoir empiété sur votre rendez-vous. Comment va mon client ? Il est rentré de voyage ?

— Non, mais je l'attends sous peu.

— A son retour, présentez-lui mes amitiés et dites-lui que je me tiens à sa disposition pour l'aider à rédiger son rapport de fin d'année.

Sur ce, Stanton disparut dans les couloirs du Capitole où flottaient encore les relents de la nourriture que les volontaires y avaient fait cuire quand ils y étaient cantonnés.

— Entrez, s'il vous plaît, suggéra l'adjoint de Wade de son bureau.

— Quoi ? Oui, merci.

Ebranlé par la rencontre inattendue de Stanton, terrorisé par celle qui allait suivre, Stanley passa dans l'autre pièce et ferma la porte.

Autrefois procureur dans le nord-est de l'Ohio, Ben Wade avait gardé l'allure sévère de ses anciennes fonctions. Elu au Sénat en 1851, il y siégeait depuis dix ans. Pendant la crise provoquée par le raid de Brown, il était monté à la tribune armé de deux pistolets d'arçon pour montrer à ses collègues du Sud qu'il était prêt à débattre de quelque manière qu'ils choisiraient.

D'un pas mal assuré, Stanley s'approcha du grand bureau en noyer. Wade avait au moins soixante ans, mais l'énergie et la tension qui l'habitaient dégageaient une impression de jeunesse.

— Asseyez-vous, Mr. Hazard.

— Merci, murmura Stanley, impressionné par l'éclat des petits yeux de jais et la moue dédaigneuse de la lèvre inférieure.

— Que puis-je pour vous ?

— Je ne sais comment dire...

— Parlez ou partez, Mr. Hazard. Je suis un homme occupé.

« Si Isabel se trompe... »

Stanley se jeta à l'eau comme s'il se suicidait :

— Je suis ici parce que je partage votre désir de voir la guerre menée avec efficacité et l'ennemi châtié comme il le mérite.

Wade posa sur le bois vernis des mains fortes, puissantes.

— Continuez.

Il était trop tard pour battre en retraite et les mots tombèrent de la bouche de Stanley :

— Je ne crois pas que la guerre soit menée avec efficacité en ce moment. Ni par le chef de l'Etat ni par mon ministère. Je ne puis rien quant au premier...

— Le Congrès peut intervenir et il le fera. Poursuivez.

— J'aimerais apporter mon aide en ce qui concerne le second, reprit Stanley. Il y a... (Il se força à croiser le regard perçant de Wade.) des irrégularités dont vous avez certainement entendu parler, et...

— Un instant. Je vous croyais l'un des élus.

Interloqué, Stanley balbutia :

— Je ne vois pas ce que...

— L'un des Pennsylvaniens que notre ami commun a fait venir à Washington parce qu'ils l'ont aidé à financer ses campagnes électorales. J'avais l'impression que vous faisiez partie de la meute — vous et votre frère qui travaille pour Ripley.

— Je ne puis parler pour mon frère, sénateur. En ce qui me concerne, j'ai effectivement été un ferme partisan de, euh, notre ami commun. Mais les gens changent. Le ministre était autrefois démocrate...

— Il est gouverné par l'opportunité du moment, Mr. Hazard, dit Wade. (La bouche impitoyable s'étira brièvement, ce qui était sa façon de sourire.) Nous en sommes tous là, dans ce métier. Moi-même j'étais whig avant de devenir républicain. La question n'est pas là. Que proposez-vous ? De le trahir ?

Stanley pâlit.

— Sénateur, votre façon de parler...

— Brutale mais exacte. J'ai raison ? (Les joues luisantes de sueur froide, le visiteur détourna les yeux.) Bien sûr que j'ai raison. Bon, voyons votre proposition. Elle intéressera peut-être certains membres du Congrès. Il y a deux ans, Simon, Zach Chandler et moi étions inséparables. Nous avions conclu un pacte : attaquer l'un de nous, c'était attaquer les deux autres et s'exposer aux représailles du trio. Mais les temps et les amitiés changent, comme vous l'avez fait remarquer avec sagacité.

Stanley s'humecta les lèvres en se demandant si le sénateur se moquait de lui.

— L'effort de guerre s'embourbe, continua Wade. Le président est mécontent de Simon, tout le monde le sait. Si Lincoln n'agit pas, d'autres le feront, même s'ils doivent le regretter sur un plan personnel. Que leur offrez-vous, Mr. Hazard ?

— Des informations sur des contrats irrégulièrement octroyés, murmura Stanley. Des noms, des dates. Tout. Oralement. Je refuse d'écrire un mot. Mais je pourrais être très utile à, disons, une commission parlementaire...

— Quelle commission ? lança sèchement Wade.

— Je, je ne sais pas. N'importe quelle instance habilitée...

Satisfait par cette réponse vague, Wade se détendit quelque peu.

— Et que demanderiez-vous en échange de votre aide ? L'immunité pour vous-même ?

Stanley acquiesça d'un signe de tête. Wade se renversa en arrière, posa un regard méprisant sur le visiteur, qui se crut perdu. Cameron serait informé de sa démarche dès son retour. Maudite Isabel qui l'avait poussé à...

— Cela m'intéresse, dit le sénateur. Mais il faut me convaincre que vous ne m'offrez pas de la pacotille. (Le procureur se pencha vers le témoin.) Donnez-moi deux exemples. Soyez précis.

Stanley servit à Wade deux échantillons de son éventail de secrets. Lorsqu'il eut terminé, il trouva les manières du sénateur notablement plus cordiales. Celui-ci lui demanda de fixer avec son adjoint un autre rendez-vous dans un endroit plus sûr où il pourrait entendre les révélations de Stanley sans crainte d'être interrompu. Etourdi, Stanley comprit que la visite était terminée.

A la porte, Wade lui serra la main avec vigueur.

— Ma femme m'a parlé d'une réception qui aura bientôt lieu chez vous. Je suis impatient d'y assister.

Stanley sortit comme un héros venant de subir le baptême du feu. Dieu bénisse Isabel, elle avait raison. Il y avait bien un complot visant à renverser le Boss, soit par une action parlementaire, soit par la soumission au président de révélations accablantes. Se pouvait-il que Stanton fît partie de la machination, lui aussi ?

Peu importait. L'essentiel, c'était le marché conclu avec la vieille fripouille de l'Ohio. Comme Daniel, Stanley était descendu dans la fosse aux lions et avait survécu. Vers le milieu de l'après-midi, il s'était convaincu que tout le mérite lui en revenait et qu'Isabel ne jouait dans l'affaire qu'un rôle mineur.

38

IL s'appelait Arthur Scipio Brown. Agé de vingt-sept ans, il avait la couleur de l'ambre, de larges épaules, une taille de jeune fille et des mains si fortes qu'elles faisaient penser à des armes. Pourtant il parlait d'une voix douce, avec l'accent légèrement nasillard de la Nouvelle-Angleterre. Il était né à Roxbury, dans la banlieue de Boston, d'une mère noire délaissée par son amant blanc.

Brown raconta à Constance Hazard que sa mère avait juré de ne pas s'abandonner à la tristesse causée par cette trahison ou par les obstacles que la couleur de sa peau dressait devant elle, même dans une ville libérale comme Boston. Elle avait mis son intelligence et son énergie — toute sa vie, disait-il — au service de sa race. Elle avait fait l'école aux enfants d'affranchis dans une misérable cabane, six jours par semaine, et dispensé un autre enseignement tous les dimanches aux ouailles d'une paroisse noire. Elle était morte d'un cancer un an plus tôt, tenant la main de son fils et refusant jusqu'au bout de prendre du laudanum.

— A quarante-deux ans, elle n'avait guère profité de la vie, conclut Brown. Jamais il n'y eut sur cette terre femme plus courageuse.

Constance venait de faire la connaissance de Scipio Brown à la réception donnée en l'honneur du Dr Delany, le panafricaniste. Dans son magnifique boubou, le docteur déambulait parmi la soixantaine de personnes invitées chez les Chase, les captivant par sa conversation. C'était lui qui avait amené le jeune Scipio à la soirée.

Bien que mal vêtu — la veste de son habit, visiblement acheté chez le fripier, avait des revers luisants d'usure et des manches trop courtes — Brown ne paraissait pas mal à l'aise. Il entra en conversation avec les Hazard et lorsqu'il se dit disciple de Martin Delany, Constance lui demanda :

— Vous partiriez pour le Liberia si vous en aviez la possibilité ?

Brown but une gorgée de thé avant de répondre :

— Il y a un an, je vous aurais dit oui sans hésiter. Maintenant, j'en suis moins sûr. L'Amérique nourrit des sentiments de haine à l'égard des nègres — et j'imagine qu'elle continuera à le faire pendant plusieurs générations. Mais je prévois des améliorations. Je crois aux Corinthiens.

La tête légèrement inclinée en arrière du fait de la haute taille de Scipio Brown, George exprima son incompréhension :

— Pardon ?

— La première épître de Paul aux Corinthiens, expliqua le Noir avec un sourire plein de charme. « Je vais vous faire connaître un mystère. Nous ne mourrons pas tous, mais tous nous serons transformés. En un instant, en un clin d'œil, les morts ressusciteront incorruptibles et, nous, nous serons transformés. »

Il but un peu de thé et ajouta :

— J'espère seulement que nous ne devrons pas attendre « la trompette finale », comme il est dit dans la partie du verset que j'ai omise.

— Votre race a connu d'immenses souffrances, j'en conviens, reconnut George. Mais, vous-même, n'avez-vous pas eu de la chance ? Vous êtes né libre, vous l'êtes resté toute votre vie.

Brown montra une colère inattendue :

— Pensez-vous franchement que cela change quoi que ce soit, major Hazard ? Dans ce pays, toute personne de couleur est esclave de la peur des Blancs. Vous êtes abusé parce que mes chaînes ne se voient pas. Mais j'en porte. Je suis un Noir, cette lutte est mienne. Toute croix est ma croix — en Alabama, à Chicago ou ici même.

Quelque peu hérissé, George répliqua :

— Si ce pays vous semble si mauvais, qu'est-ce qui vous empêche de le quitter ?

— Je croyais vous l'avoir dit. L'espoir du changement. Mes études m'ont appris que le changement est l'une des rares constantes de ce monde. L'image hypocrite de la liberté américaine est destinée à changer parce que l'institution de l'esclavage est mauvaise, qu'elle n'a jamais été rien d'autre. J'espère que la guerre hâtera l'abolition. Autrefois, j'étais assez naïf pour croire que la loi accomplirait cette tâche mais l'affaire Dred Scott m'a montré que la Cour suprême constitue le dernier rempart du despotisme.

George refusa de capituler :

— Je vous accorde qu'il y a beaucoup de vrai dans vos propos, Brown, mais votre remarque sur l'hypocrisie de la liberté américaine n'est pas fondée. Je pense que vous exagérez.

— Je ne le crois pas, répondit Brown. Mais si c'était le cas... (Son sourire chaleureux dissipa tout antagonisme.) voyez-y un des rares privilèges de ma race.

— C'est donc l'espoir d'un changement qui vous retient ici..., commença Constance.

— Ainsi que mes responsabilités envers les enfants.

— Ah! vous êtes marié.

— Non.

— Alors de quels enf...

Kate Chase interrompit Constance en réclamant le silence : le Dr Delany avait accepté de dire quelques mots. La jolie fille du ministre invitait ses hôtes à remplir leurs verres et leurs assiettes avant de s'asseoir.

Devant le buffet, où une jeune Noire en tablier de soubrette couvait Brown des yeux, George reprit :

— J'aimerais discuter plus longuement avec vous. Nous habitons au *Willard*...

— Je sais.

La remarque de Brown étonna Constance mais pas son mari, qui poursuivit :

— Voulez-vous y dîner avec nous un soir ?

— Merci, major, mais je doute que la direction aimerait cela. Si les frères Willard sont de braves hommes, je fais quand même partie de leur personnel.

— Quoi ?

— Je suis portier au *Willard*. C'est le meilleur emploi que j'aie pu trouver ici. Je ne veux pas travailler pour l'armée, qui possède ces temps-ci sa propre « institution particulière ». Elle embauche les miens pour faire la cuisine, couper du bois, porter de lourdes charges en échange d'une maigre pitance. Nous sommes assez bons pour creuser des latrines, pas pour nous battre. Voilà pourquoi je préfère être portier.

— Au *Willard*, murmura George. Je suis ébahi. Nous est-il arrivé de nous croiser dans le hall ou les couloirs ?

— Des dizaines de fois, répondit Brown en dirigeant les Hazard vers des chaises. Vous me regardez parfois mais vous ne me voyez jamais. Autre privilège de ma couleur, Mrs. Hazard, voulez-vous vous asseoir ?

Plus tard, comprenant que Brown avait raison,

George voulut s'excuser mais le grand Noir l'interrompit avec un sourire et un haussement d'épaules. Constance était intriguée par les « enfants » dont il avait parlé et le lendemain après-midi, à l'hôtel, elle le chercha et finit par le trouver dans le hall, en train de vider les cendriers. Sans se soucier des regards des autres clients, elle lui demanda des explications.

— Ces enfants sont des fugitifs — ce que le général Butler appelle de « la marchandise de contrebande ». Un flot noir nous arrive du Sud ces temps-ci. Parfois les enfants s'échappent avec leurs parents puis les perdent. Parfois, ils n'ont aucune famille et suivent simplement les adultes qui tentent l'aventure. Aimeriez-vous les voir, Mrs. Hazard ?

Le regard de Brown s'accrocha à celui de Constance, comme pour l'éprouver.

— Où ? riposta-t-elle.
— Là où je vis, dans la 10ᵉ Rue Nord.
— *Negro Hill* ?

La légère inspiration que prit Constance avant de parler trahit les sentiments qu'elle éprouvait.

— Ce n'est pas parce que c'est un quartier noir qu'il faut avoir peur. Nous avons simplement notre lot d'indésirables, comme vous ici. Non, se reprit Brown avec un sourire. Vous, vous avez les politiciens en plus. Vraiment, vous ne risqueriez rien. Je ne travaille pas le mardi, nous pourrions y aller dans la journée.

— Entendu, acquiesça Constance, en espérant que George serait d'accord.

Il le fut :

— Si quelqu'un peut protéger ma femme où que ce soit, c'est ce grand gaillard. Va donc voir sa communauté d'enfants perdus. Je suis curieux de savoir à quoi elle ressemble.

George loua un attelage qui s'arrêta le mardi suivant devant les portes du *Willard*. Le rustre qui l'avait amené fit grise mine en voyant Brown et Constance s'installer côte à côte sur la banquette du conducteur. Il marmonna une remarque désobligeante mais un coup d'œil du grand Noir le réduisit au silence.

— Quand êtes-vous arrivé à Washington ? demanda

Constance tandis que Brown engageait la voiture dans le flot d'omnibus, de chariots de l'armée et de chevaux.
— L'automne dernier, après la victoire du Vieil Abe.
— Pourquoi ?
— Je ne vous l'ai pas expliqué à la réception ? Le plan de retour en Afrique est suspendu à cause de la guerre et j'ai pensé que cela conduirait peut-être à des changements. J'espérais trouver ici quelque travail utile et c'est ce qui est arrivé. Vous verrez.

Bientôt ils parvinrent aux terrains vagues envahis d'herbe situés tout au bout de la 10ᵉ Rue. *Negro Hill* était une enclave de petites maisons, non peintes pour la plupart, de taudis faits de planches et de toile de sac. Constance remarqua les poulaillers, les carrés de légumes, les pots de fleurs et songea que ces petites touches ne changeaient guère cet affligeant tableau de pauvreté.

Les Noirs qu'ils croisaient posaient sur eux des regards curieux, parfois méfiants. Brown tourna dans un chemin sillonné d'ornières au bout duquel se dressait un cottage en pin jaune éclatant comme des pétales de tournesol.

— Toute la communauté m'a aidé à le construire, dit-il. Il est déjà trop petit, nous ne pouvons loger et nourrir qu'une douzaine d'enfants. Mais c'est un début.

La petite maison pimpante sentait le bois brut et le savon. L'intérieur, éclairé par de grandes fenêtres, se composait de deux pièces. Dans la première, une Noire corpulente assise sur un tabouret lisait la Bible à douze enfants pauvrement vêtus installés à ses pieds. Le plus jeune devait avoir quatre ou cinq ans, le plus âgé, dix ou onze, et la couleur de leur peau allait de l'ébène au tabac. De l'autre côté de l'arcade séparant les deux pièces, Constance vit des lits de camp soigneusement alignés.

Une jolie petite fille de six ou sept ans au teint cuivré courut vers Brown en piaillant :
— Oncle Scipio ! Oncle Scipio !
— Rosalie.

Il la prit dans ses bras, la souleva, l'embrassa. Après

l'avoir reposée, il entraîna Constance à l'écart et murmura :

— Rosalie s'est enfuie de Caroline du Nord avec sa mère, son beau-père et sa tante. Près de Petersburg, un fermier blanc armé d'une carabine les a surpris dans sa meule de foin. Il a tué la mère et le beau-père, mais Rosalie et sa tante ont pu s'échapper.

— Où est la tante ?

— En ville. Elle cherche du travail. Cela fait trois semaines que je ne l'ai pas vue.

D'autres marmots vinrent se frotter contre les jambes du grand Noir en poussant des cris joyeux. Il caressa des têtes, des visages, des épaules, offrant à chacun la question ou l'encouragement souhaités tout en se dirigeant vers un vieux poêle où mijotait une soupe.

Constance mangea avec Brown, la Noire, qui s'appelait Agatha et les enfants. D'eux d'entre eux, tristes et graves, portaient la nourriture à leurs lèvres avec des gestes las de vieillards. Constance dut détourner les yeux pour ne pas pleurer.

Sur le chemin du retour, elle demanda à Brown :

— Quels sont vos projets pour ces enfants ?

— D'abord, je dois les empêcher de mourir de faim. Les politiciens ne feront rien pour eux, je le sais.

— Vous ne les estimez vraiment pas, Mr. Brown.

— Appelez-moi donc Scipio. J'aimerais que nous soyons amis. Oui, je méprise cette engeance. Les politiciens ont contribué à mettre les Noirs dans les fers et, pis encore, à les y maintenir.

Pendant une minute, ils roulèrent en silence puis Constance reprit :

— Outre les aider à survivre, envisagez-vous quelque chose d'autre pour ces enfants ?

— Du nécessaire nous passons à l'idéal. Si je trouvais un endroit approprié pour les douze gosses que vous avez vus — un lieu où ils seraient à l'abri en attendant que je leur procure un foyer — je pourrais en accueillir douze autres. Mais avec ce que je gagne à vider les crachoirs... Il nous faudrait l'aide d'un bienfaiteur.

— Est-ce pour cette raison que vous m'avez emmenée à *Negro Hill* ?
— Bien sûr, dit Brown en souriant.
— Et bien sûr, vous saviez que j'accepterais — quoique je ne voie pas comment nous réglerons les détails.
— Ne faites pas cela uniquement pour soulager votre conscience de Blanche.
— Ne soyez pas impertinent, Brown. Je le ferai pour les raisons qui me plaisent. Ces enfants abandonnés m'ont fendu le cœur.
— Bon, dit-il.
Ils passèrent devant la première maison des quartiers blancs, où deux enfants jouaient sur une pelouse avec un poney. Constance s'éclaircit la voix.
— Veuillez excuser la façon dont je vous ai parlé il y a un instant. De temps à autre, mon caractère soupe au lait se manifeste. Je suis d'origine irlandaise, vous savez.
— Je l'avais deviné, dit Brown avec un grand sourire.

A la grande joie de Constance, George fit plus que consentir à son désir d'aider Brown :
— S'il a besoin d'un endroit pour accueillir ces enfants, pourquoi ne pas le lui fournir ? Ainsi que de la nourriture, des vêtements, des livres. Tout cela ne grèvera guère notre budget et nous ferons œuvre utile. Dieu sait que les petits Noirs ne devraient pas souffrir de la stupidité passée et présente des adultes blancs !
Il alluma son cigare et regarda sa femme à travers la fumée avec une expression qui lui donnait un air de pirate, encore accentué par la moustache qu'il portait depuis peu. Ce masque cachait une fibre sentimentale que Constance avait découverte de longue date. De l'ongle du pouce, George expédia l'allumette droit dans l'âtre.
— Oui, décidément, je pense que nous devrions proposer à Brown d'installer ses enfants à Belvedere.
— Où exactement ?
— Pourquoi pas l'ancien atelier ?

— L'endroit est bon mais le bâtiment petit.

— Nous l'agrandirons en ajoutant un ou deux dortoirs, une salle de classe, un réfectoire. Les menuisiers de l'usine pourront s'en charger.

La réalité vint troubler l'enthousiasme de George quand Constance demanda :

— Tu crois qu'ils le feront ?

— Ils travaillent pour moi, bon sang ! Je ne comprends pas ta question.

— Ces enfants sont noirs, George.

— Tu penses que c'est important ? demanda-t-il naïvement.

— Oui. Pour beaucoup, peut-être pour la plupart des habitants de Lehig Station.

— Mmm. Je n'avais pas songé à cela, grommela George. (Il alla jusqu'à la cheminée en tournant son cigare entre ses doigts, comme il avait coutume de le faire lorsqu'il se heurtait à un problème.) Ce n'est quand même pas une raison pour rejeter cette idée. Elle est excellente, nous l'adoptons.

Ravie, Constance battit des mains.

— Peut-être pourrais-je retourner quelques jours à la maison avec Mr. Brown pour mettre le projet en route.

— Si tu veux, je prends un congé et je vous accompagne.

Elle s'apprêtait à applaudir à la suggestion quand un nom surgit dans son esprit, éclatant comme un fanal dans la nuit : Virgilia.

— C'est gentil à toi mais je sais que tu as beaucoup de travail, dit-elle. Je suis sûre que Mr. Brown et moi nous débrouillerons seuls.

— Bon, fit George avec un haussement d'épaules qui soulagea sa femme. J'envoie à Christopher une lettre autorisant tous les travaux que tu lui demanderas. A propos de lettre, tu as vu celle-ci ?

Il prit sur le dessus de cheminée une enveloppe froissée et tachée, fermée par un cachet de cire.

— C'est de père ! s'exclama Constance en reconnaissant l'écriture.

Elle ouvrit la lettre, se laissa tomber sur le sofa, lut quelques lignes avec une expression tendue.

— Il est arrivé à Houston... En portant constamment son revolver et en se mordant constamment la langue pour ne pas répondre aux balivernes sécessionnistes qu'on entend partout. Oh! j'espère qu'il finira le voyage sain et sauf!

George s'approcha de son épouse, posa doucement la main sur son épaule. « Nous sommes tous embarqués dans un long voyage, pensa-t-il. Et Dieu sait combien d'entre nous le finiront sains et saufs. »

Constance et Brown quittèrent Washington quelques jours plus tard, avec trois enfants que le Noir avait choisis pour les accompagner : Leander, un costaud de onze ans aux manières belliqueuses ; Margaret, une timide fillette à la peau anthracite ; et Rosalie, jolie petite dont la gaieté emplissait les silences des deux autres.

Constance découvrit rapidement que les craintes dont elle avait fait part à George n'étaient pas sans fondement. A la gare de Washington, un contrôleur exigea que Brown et les enfants s'installent dans la voiture de seconde classe réservée aux personnes de couleur. Le regard du Noir trahit sa colère, mais il ne fit pas d'esclandre. En quittant le compartiment avec les trois marmots, il dit à Constance :

— Je vous rejoindrai plus tard, Mrs. Hazard.

Après son départ, l'employé demanda à Constance :

— Ce nègre est votre domestique, madame ?

— Cet homme est mon ami.

Le contrôleur s'éloigna en secouant la tête.

Après un changement à Baltimore, ils poursuivirent leur route en direction de Philadelphie à travers des paysages d'automne dorés. Autour de Constance, des hommes vantaient la supériorité des soldats yankees en appuyant leurs propos de grands coups de journaux sur les banquettes. Dans une localité de l'ouest de la Virginie appelée Cheat Montain, le général ennemi autrefois considéré comme le meilleur officier américain s'était fait étriller.

— On dit que, à Richmond, on l'a surnommé Lee l'Evacuateur. Voilà une étoile rebelle qui pâlit diablement vite !

La vallée de la Lehig, embrasée par les rouges et les jaunes de l'automne, donnait une impression de paix et de fraîcheur. Sur le quai de la gare, les enfants ébahis regardaient les maisons s'étageant sur les terrasses, l'usine dominant le paysage sur un fond de montagnes et de ciel vespéral.

— Mon Dieu ! murmura la petite Rosalie.

Constance avait prévenu de son arrivée par télégramme et un domestique était venu à la gare avec une voiture. Elle remarqua son changement d'expression lorsqu'il comprit que Brown et les enfants l'accompagnaient.

Dans le véhicule remontant la rue en pente, les deux petites filles poussaient des cris en se serrant contre Brown parce que le vent agitait leurs robes et leurs cheveux. Du seuil de son magasin, Pinckney Herbert lui fit signe, mais d'autres habitants de la ville montrèrent un visage hostile, notamment un ancien ouvrier de la forge nommé Lute Fessenden.

Au sommet de la colline, la grande maison baignait dans la lumière du couchant. Brett attendait dans la véranda en compagnie d'une femme que Constance ne reconnut pas immédiatement. La voiture remonta l'allée, s'arrêta ; Constance descendit, courut vers le perron.

— Virgilia ? Comme tu es jolie ! Je n'en crois pas mes yeux.

— C'est l'œuvre de notre belle-sœur, dit Virgilia en désignant Brett du menton.

Elle avait parlé avec désinvolture, comme si la transformation importait peu, mais la vivacité de son expression trahissait ses véritables pensées.

Constance s'émerveilla. La robe en soie rouille avec des poignets de dentelle flattait la silhouette de Virgilia, à laquelle une grande perte de poids avait donné des formes voluptueuses. Ses cheveux, coiffés en chignon sur la nuque, brillaient d'un éclat que Constance ne leur avait jamais connu. Elle avait sur les joues un léger maquillage masquant presque totalement les marques de variole. Bref, si Virgilia ne pouvait toujours pas prétendre être belle, elle était devenue assez jolie.

— Je néglige mes devoirs, dit Constance.

Après les présentations, elle expliqua en quelques phrases pourquoi elle avait amené Brown et les enfants à Belvedere. Brett se montra polie mais froide et le grand Noir, de son côté, ne manqua pas de remarquer l'accent de la jeune femme. Constance surprit Virgilia en train de promener un regard langoureux du visage à la poitrine de Brown. Gêné, celui-ci s'empressa de s'occuper des enfants. Constance, qui se rappelait le goût de sa belle-sœur pour les hommes noirs, songea que, à certains égards, Virgilia n'avait pas du tout changé.

Le lendemain matin, tandis que Virgilia gardait les enfants et tentait vainement de faire parler Leander, Constance et Brown se rendirent à l'usine en voiture, franchirent les grilles et inspectèrent l'ancien atelier. Brown y entra, ressortit quelques minutes plus tard en disant :

— Avec quelques travaux, ce sera parfait.

Ils en discutèrent en retournant vers les grilles. Les ouvriers s'écartaient respectueusement au passage de la voiture, mais la plupart regardaient d'un œil désapprobateur la femme du patron se montrant en compagnie d'un Noir.

Ils parlèrent ensuite à Wotherspoon, qui envoya quelques hommes abattre une paroi de l'atelier et passer les trois autres au lait de chaux. Dans l'après-midi, Constance et Brown vinrent voir les travaux. Le chef d'équipe, un quinquagénaire nommé Abraham Fouts, travaillait depuis quinze ans aux forges Hazard et s'était toujours montré aimable. Ce jour-là, il se contenta d'adresser un signe de tête à Constance sans la saluer. Le soir, alors qu'adultes et enfants dînaient, une pierre fit voler en éclats la vitre d'une des fenêtres de devant. Leander sursauta, Virgilia se leva, furieuse.

A la surprise de Constance, ce fut Brown qui se montra le plus tolérant.

— Il faut s'attendre à ce genre de choses lorsqu'un homme comme moi entre dans une maison comme celle-ci. Par la porte de devant.

— C'est exact, Mr. Brown, approuva Brett.

Le commentaire, quoique débité d'un ton aimable, alluma une lueur de colère dans l'œil du Noir. Soudain abattue, Constance prit conscience d'un problème potentiel auquel elle n'avait pas songé. On ne pouvait demander à Brown d'aimer les gens du Sud ni à une jeune femme de Caroline du Sud d'accepter tout de go un Noir à sa table.

Le lendemain, elle se leva tôt, prit la voiture et arriva à l'atelier en même temps qu'Abraham Fouts et son équipe de quatre ouvriers. Deux d'entre eux retinrent mal un ricanement en voyant les grandes lettres noires dont on avait barbouillé un des côtés du hangar : « Nous sommes pour la guerre mais pas pour les nègres. »

Attristée et furieuse, Constance souleva ses jupons, s'approcha, passa son pouce sur les dernières lettres comme pour les effacer. Elles étaient sèches.

— Mr. Fouts, veuillez repeindre sur ces saletés pour qu'on ne les voie plus. Si cela se reproduit, vous passerez une nouvelle couche et vous continuerez jusqu'à ce que cela cesse ou que ce hangar s'écroule sous le lait de chaux.

Le chef d'équipe tira nerveusement sur sa lèvre inférieure.

— Les gars parlent beaucoup de l'ancien atelier, marmonna-t-il. Ils disent qu'on va y loger des petits nègres et ça leur plaît pas.

— Ce qui leur plaît ou non m'indiffère. Mon mari est propriétaire de ce hangar, j'en fais ce que bon me semble.

Aiguillonné par le regard des autres ouvriers, Fouts releva la tête en rétorquant :

— Votre mari serait peut-être pas...

— Mon mari connaît mes projets et les approuve. Si vous voulez rester aux forges, mettez-vous au travail.

Fouts gratta le sol de la pointe du pied sans répliquer mais un de ses camarades fut plus hardi :

— On n'a pas l'habitude de recevoir des ordres d'une femme, même si c'est la femme du patron.

— Très bien, rétorqua Constance, envahie par la colère et le doute. Je suis sûre qu'il ne manque pas d'usines où vous n'aurez pas à vous plaindre. Passez prendre votre paie au bureau de Mr. Wotherspoon.

Sidéré, l'homme leva la main.

— Attendez. J'ai pas...

— Vous êtes renvoyé.

Remarquant une tache entre le pouce et l'index de l'ouvrier, Constance ajouta :

— Je vois que vous avez utilisé de la peinture noire, cette nuit. Comme c'est courageux d'attendre l'obscurité pour exprimer votre point de vue !

Elle fit deux pas vers l'homme en lui lançant :

— Filez chercher ce qu'on vous doit !

L'ouvrier détala. Aussitôt, la colère de Constance fit place à de l'anxiété : elle avait à coup sûr outrepassé les pouvoirs que George lui avait donnés. Mais il était trop tard pour s'en inquiéter.

— Je regrette cet incident, Mr. Fouts, mais je maintiens ma position, déclara-t-elle. Voulez-vous passer le hangar à la chaux ou quitter l'usine ?

Elle vit s'approcher trois autres hommes portant des outils de menuisier et se dit qu'il faudrait leur poser la même question.

— Je le ferai, votre boulot, maugréa Fouts. Mais pour une bande de nègres ? C'est pas juste.

En retournant à Belvedere, Constance songeait que le Nord n'était pas une pure fontaine d'humanisme et de générosité. Les arguments abolitionnistes soutenant le contraire avaient d'ailleurs exaspéré les gens du Sud pendant trois décennies et plus. Fouts croyait sans aucun doute en toute sincérité à l'infériorité du nègre par rapport à l'homme blanc, et selon George, Lincoln lui-même passait pour avoir exprimé la même opinion. Constance pouvait comprendre que Fouts était le produit de l'époque, parfaitement à l'aise pour exprimer le point de vue de la majorité.

Mais justifier ce point de vue, rejoindre cette majorité ou se laisser intimider par elle ? Pas question. Elle était la femme de George Hazard. La fille de Patrick Flynn.

— Abominable ! s'exclama Virgilia quand Constance eut relaté l'incident. Si nous avions à Washington le gouvernement qu'il faut, les choses seraient différentes. Je crois qu'elles ne tarderont plus à changer.

— Pourquoi ? demanda Brett.

La jeune femme était assise de l'autre côté de la table servie pour l'habituel déjeuner gargantuesque : agneau rôti assorti de cinq autres plats. Rosalie, Margaret et Leander ne mangeaient pas, ils dévoraient. Même Brown semblait ne pas parvenir à se rassasier.

— Le président est un homme faible, déclara Virgilia, retrouvant le ton qui avait causé tant de problèmes par le passé. Regardez la façon dont il a réagi à la décision de Frémont d'affranchir les esclaves du Missouri. Lincoln rampe devant les esclavagistes du Kentucky et des autres *Border-States*...

— Pour des raisons stratégiques, m'a-t-on dit.

Sans prêter attention à Constance, Virgilia poursuivit :

— Mais Thad Stevens et d'autres semblent vouloir le mettre au pas. Avec de bons Républicains aux guides, Lincoln aura ce qu'il mérite. Et les rebelles aussi.

— Veuillez m'excuser, dit Brett avant de quitter la pièce.

Après le repas, Constance s'arma de courage et prit Virgilia à part :

— J'aimerais que tu ne fasses pas... de grandes déclarations en face de Brett. Elle a pris la peine de t'aider, elle t'a transformée...

— Cela n'a rien à voir avec la vérité ni...

S'apercevant enfin que Constance était furieuse, Virgilia s'interrompit, poussa un long soupir.

— Tu as raison, reconnut-elle. Je n'abandonnerai jamais mes convictions...

— Personne ne te le demande.

— ... mais je comprends parfaitement que Brett a droit à certains égards.

— Sans parler de simple politesse.

— Absolument. Elle fait désormais partie de la famille et s'est montrée gentille envers moi, comme tu l'as rappelé. Je ferai de plus grands efforts. Cependant, étant donné l'arrangement présent, il y aura fatalement des accrochages.

— Puisque tu abordes la question de cet arrangement, je propose que nous en discutions, dit Constance d'un ton calme.

Virgilia hocha la tête.

— Je sais que mon sursis touche à sa fin. Je suis impatiente de partir, de me replonger dans la réalité mais j'ignore comment faire. Où trouverai-je à gagner ma vie ? Que puis-je faire sans métier et sans expérience ?

Virgilia approcha lentement de la fenêtre du salon. Dehors, une pluie d'orage criblait les vitres et les gouttes qui s'y accrochaient dessinaient sur son visage de nouvelles cicatrices. D'une petite voix triste, elle murmura :

— Ce sont des questions que je n'avais jamais dû me poser auparavant. Attendre des réponses qui ne viennent pas, c'est effrayant, Constance.

« N'attends pas, cherche ! » pensa la femme de George. Mais son irritation se dissipa aussitôt et elle éprouva à nouveau de la compassion pour sa belle-sœur.

Leur brève conversation avait clarifié deux points : Virgilia devait partir avant que George découvre sa présence ou que Brett, poussée par la colère, la lui apprenne. Mais, par ailleurs, elle était incapable de trouver seule son chemin et ce fardeau aussi incombait à Constance.

39

A la fin du mois d'octobre, Mrs. Burdetta Halloran, citoyenne de Richmond, sombra dans une profonde détresse.

Veuve depuis deux ans, sans enfants, elle était encore à trente-trois ans d'une beauté sculpturale, avec une magnifique chevelure auburn, une chute de reins extraordinaire, des seins — selon elle — tout juste passables. L'ensemble avait charmé le négociant en vins qui l'avait épousée quand elle avait vingt et un ans. De seize ans son aîné, Halloran était mort d'une crise cardiaque en s'efforçant de satisfaire les puissants appétits sexuels de son épouse.

Le pauvre, elle l'aimait bien, même s'il manquait de vigueur et de technique pour la contenter physiquement. Il l'avait bien traitée et elle ne l'avait cocufié que deux fois : la première liaison avait duré quatre jours, la seconde une seule nuit. La mort de son mari l'avait laissée dans l'aisance — du moins le pensait-elle jusqu'au déclenchement de cette maudite guerre.

Ce jour-là, alors que toute la ville se réjouissait d'une victoire remportée près du Potomac, à Ball's Bluff, Burdetta Halloran s'alarmait en faisant le tour des boutiques. Les prix grimpaient. Sa livre de bacon lui avait coûté cinquante *cents*, son demi-kilo de café un dollar vingt-cinq ! La semaine précédente, l'affranchi qui lui apportait du bois de chauffage de la campagne lui avait réclamé huit dollars la corde au lieu de cinq. A ce train-là, elle devrait bientôt se restreindre.

Née Soames, d'une famille installée depuis quatre générations dans le Vieux Dominion*, elle déplorait les changements qui avaient affecté sa ville, son Etat et l'ordre social. Bob Lee, le meilleur parmi les meilleurs, se faisait traiter de « grand-mère » à cause de ses défaites. Elle avait entendu dire qu'il serait bientôt envoyé dans l'une des obscures régions militaires du Sud profond, où pousse le coton.

---

* La Virginie (n.d.t.).

La reine Varina outrageait les membres de la bonne société locale en s'entourant d'une cour composée principalement d'étrangers à la ville. Certes, la femme de Joe Johnston en faisait partie mais sans doute dans le seul but d'aider la carrière de son mari. La générale n'avait rien de commun avec les parvenues qui gravitaient autour de la présidente : Mrs. Mallory, papiste enragée ; Mrs. Wigfall, vulgaire Texane ; Mrs. Chestnut, garce de Caroline. Toutes méprisables. Et pourtant en faveur.

La ville grouillait de prostituées et de spéculateurs dont chaque train apportait une nouvelle fournée. Des hordes de nègres, probablement en fuite pour la plupart, grossissaient les bandes d'oisifs des rues. Des prisonniers yankees s'entassaient dans des camps de fortune comme la fabrique de tabac Liggon, au coin de la 25ᵉ Rue. Leur arrogance, leur mépris pour tout ce qui touchait au Sud insultaient de fermes citoyennes comme Burdetta, qui portait courageusement la croix de Jeff Davis et passait tout son temps libre à tricoter des chaussettes pour la troupe.

Elle avait cessé de tricoter deux semaines plus tôt, quand sa détresse avait pris des dimensions tragiques. Cet après-midi-là, dans le fiacre qui l'emmenait à Church Hill, elle but discrètement une gorgée de whisky à une petite bouteille emmaillotée dans un cosy en crochet. Cela faisait des jours qu'elle envisageait cette visite et son désespoir croissant l'avait finalement décidée à agir.

La voiture ralentit, Mrs. Halloran but une autre gorgée et cacha la bouteille dans son sac.

— J'attends ? demanda le cocher après s'être arrêté au coin de la 24ᵉ Rue.

Une prémonition de mauvais augure incita la veuve à acquiescer. Elle fila le long de l'allée, monta le perron avec une telle précipitation qu'elle faillit tomber. L'alcool qu'elle avait bu pour se donner du courage ne faisait que lui engourdir l'esprit et aviver son angoisse. Elle souleva le heurtoir, le laissa retomber.

Son cœur se mit à battre à lui faire mal. Les rayons obliques du soleil d'octobre annonçaient l'hiver — la tristesse et la solitude. Et s'il n'était pas là ? Elle frappa à nouveau, plus fort et plus longuement.

La porte s'entrouvrit, Burdetta faillit s'évanouir de bonheur. Puis elle examina plus attentivement son amant, vit des cheveux en broussaille, un coin de peau entre des revers de velours bordeaux. En peignoir, à cette heure ?

Elle pensa d'abord qu'il était souffrant mais comprit ensuite la vérité et l'étendue de sa stupidité.

— Burdetta, dit-il.

Sans surprise, sans chaleur. Sans ouvrir davantage la porte.

— Lamar, tu n'as pas répondu à une seule de mes lettres.

— Je pensais que la signification de ce silence ne t'échapperait pas.

— Seigneur ! tu ne veux pas dire que... Tu ne me rejettes pas comme ça, pas après six mois d'incroyable...

— Cette situation est embarrassante, reprit-il d'une voix dure en regardant le cocher, juché en haut du fiacre. Pour toi comme pour moi.

— Tu as quelqu'un d'autre ? une jeune traînée ? Elle est ici ? demanda Mrs. Halloran en reniflant. Mais oui ! Tu empestes son parfum.

Les larmes aux yeux, elle passa la main dans l'entrebâillement de la porte.

— Chéri, laisse-moi au moins entrer, qu'on parle. Si je t'ai offensé...

— Retire ta main, Burdetta, conseilla Lamar Powell en souriant. Sinon tu auras mal quand je fermerai la porte.

— Infâme salaud, murmura-t-elle.

La porte baignée de soleil commença à se refermer et Burdetta aurait eu le poignet ou les doigts cassés si elle n'avait promptement retiré sa main. Le pêne cliqueta dans la serrure. Pendant six mois, elle avait risqué sa réputation, elle s'était livrée à toutes sortes de perversions pour en arriver là ? Pour se faire renvoyer comme une fille ?

Burdetta Soames avait été élevée dans le respect des

valeurs du Sud, notamment le courage et la sauvegarde des apparences. S'il lui faudrait sans doute des jours, des semaines, pour se remettre (Lamar avait éveillé en elle un côté animal et elle n'avait jamais aimé aucun homme plus complètement), elle ne mit qu'une dizaine de secondes pour composer son visage. Lorsqu'elle se retourna pour descendre la première marche du perron, soulevant sa jupe de ses mains gantées, elle souriait.

— On y va ? demanda le cocher.
— Oui. Il ne m'a fallu qu'un moment pour en finir avec cette affaire, répondit Burdetta.

En fait, cela ne faisait que commencer.

40

EN automne, un tourbillon s'abattit sur la côte de la Caroline. Le 7 novembre, la flottille du commodore Du Pont pénétra dans le détroit de Port Royal et ouvrit le feu sur l'île de Hilton Head. Sous la canonnade, la petite garnison confédérée se réfugia sur la terre ferme avant le coucher du soleil. Deux jours plus tard, non loin de là, le petit port de Beaufort tomba et l'on parla de maisons incendiées, pillées par de cupides soldats yankees et des Noirs assoiffés de vengeance.

Chaque jour apportait de nouvelles rumeurs : le feu détruirait bientôt Charleston, qui serait remplacée par une ville de fugitifs noirs ; Harriet Tubman était en Caroline, ou s'y rendait, ou envisageait de le faire, pour inciter les esclaves à la révolte ; après ses défaites en Virginie, Lee, en disgrâce, avait reçu le commandement de la nouvelle région militaire de Caroline du Sud, de Géorgie et de Floride orientale.

Cette dernière rumeur se confirma. Le célèbre général et trois de ses officiers supérieurs apparurent un soir à cheval dans l'allée de Mont Royal et passèrent une heure en compagnie d'Orry Main avant de poursuivre leur route vers Yemassee.

Le planteur n'avait rencontré Lee qu'une fois, au Mexique, mais, du fait de sa réputation, tant sur le plan militaire que sur le plan personnel, il avait l'impression de bien le connaître. Il éprouva donc un choc en découvrant que le visiteur ne ressemblait plus aux portraits qu'on publiait de lui. Agé de cinquante-quatre ans, il avait un visage sillonné de rides, des yeux cernés, une barbe striée de blanc et un air las qui le faisaient paraître beaucoup plus vieux. Comme Orry s'étonnait de lui voir porter la barbe, le général répondit :

— Oh! j'ai ramené cela de la campagne de Cheat Montain. Avec toute une série de surnoms dont je serais heureux de me débarrasser. Comment va votre jeune cousin Charles ?

— Bien, aux dernières nouvelles. Il s'est enrôlé dans la légion de Hampton. Je suis surpris que vous vous souveniez de lui.

— Impossible de l'oublier. Quand je commandais West Point, il en était le meilleur cavalier.

Lee aborda ensuite l'objet de sa visite : il tenait à ce qu'Orry accepte un poste à Richmond, même si lui-même ne s'y trouvait plus et ne pourrait pas l'avoir directement sous ses ordres.

— Vous seriez très utile au ministère de la Guerre. Il n'est pas vrai, comme le prétendent les mauvaises langues, que le président Davis multiplie les ingérences ni qu'il dirige en fait personnellement le ministère... Enfin, pas entièrement vrai.

— Je prévois de me rendre là-bas dès que possible, mon général. J'attends d'un jour à l'autre l'arrivée d'un nouveau régisseur qui s'occupera du domaine en mon absence.

— Bonne nouvelle. Vous et tous les anciens de West Point de votre trempe êtes des hommes infiniment précieux pour l'armée. Si je puis me permettre une confidence, le grand tort de Mr. Davis, c'est de croire qu'il n'y a aucun mal à faire sécession. Je peux vous assurer que, à Washington, on considère cela comme une trahison. Je ne suis pas assez expert en constitution pour affirmer que cette décision était illégale mais j'estime que ce fut une erreur dont on ne perçoit l'ampleur que maintenant. Cependant, quels que soient nos sentiments personnels à l'égard de la sécession, nous devons à présent gagner notre droit à la faire — notre droit d'exister en tant que nation séparée. Quand je dis gagner, je parle de victoire militaire. Mr. Davis pense malheureusement qu'il suffira de réclamer ce droit avec assez d'insistance pour qu'il nous soit accordé. C'est un rêve d'idéaliste. Ce que nous avons fait a paru abominable à la majorité de nos anciens compatriotes. Seule la force des armes nous permettra de conquérir et de garder notre indépendance. Les anciens de West Point le comprendront et livreront le combat nécessaire.

— Nous combattrons, approuva l'un des aides de camp.

— Voilà l'esprit qui doit nous animer, conclut Lee.

Il se leva en faisant craquer ses genoux, serra la main d'Orry, bavarda quelques instants avec Madeline puis partit prendre son obscur commandement. Le planteur passa le bras autour des épaules de sa femme et la pressa contre lui en songeant que, désormais, leur séparation était inévitable.

D'autres nouvelles parvinrent le lendemain matin. Neuf Noirs de la plantation de Francis LaMotte avaient descendu l'Ashley dans des bateaux d'osier confectionnés en secret. Ils avaient abandonné leurs nacelles après Charleston et s'étaient probablement enfuis en direction des lignes yankees entourant Beaufort.

En plus des nouvelles, Mont Royal vit arriver ce jour-là Philemon Meek, le régisseur de Caroline du Nord, monté sur une mule.

Orry fut d'abord déçu : il s'attendait à voir un homme de soixante ans mais pas une sorte de vieux maître d'école au dos voûté, avec des besicles au bout du nez. Toutefois, après une heure de discussion dans la bibliothèque, l'impression du planteur commença à changer. Meek répondait aux questions de son nouveau patron avec concision et franchise, avouant parfois son ignorance. Il déclara qu'il ne croyait pas à la nécessité d'une dure discipline, à moins que les esclaves ne la justifient par leur conduite. Orry répondit que, à l'exception de Cuffey et de quelques autres, il y avait peu de trublions à Mont Royal.

Le régisseur précisa qu'il était un homme pieux, ne possédant et ne lisant qu'un seul livre : les Saintes Ecritures. Il reconnut cependant que toute lecture lui était difficile, ce qui contribuait peut-être à lui faire dire que tous les livres profanes, et plus particulièrement les romans, étaient inspirés par Satan. Orry ne fit aucun commentaire : ce genre d'attitude n'était pas rare chez les dévots.

— Je ne sais trop que penser de lui, avoua-t-il à Madeline ce soir-là.

En une semaine, il se forma une opinion plus positive. Malgré son âge, Meek était robuste et ne se laissait pas conter des balivernes par ceux qu'il faisait travailler. Andy ne semblait pas l'apprécier beaucoup mais s'entendait avec lui. Aussi Orry fit-il ses malles — sans oublier l'épée de Solingen.

La veille de prendre le train, il se promena avec Madeline en fin d'après-midi. Le soleil, juste au-dessus de la cime des arbres, était entouré de piques de lumière. Le ciel, d'un blanc brumeux à l'ouest, était d'un bleu profond à l'est. Quelque part dans les rizières, un esclave chantait en gullah* d'une belle voix de baryton.

— Tu es impatient de partir, n'est-ce pas ? dit Madeline tandis qu'ils revenaient vers la grande maison.

Clignant des yeux dans le soleil, Orry répondit :

— Je ne suis pas pressé de te quitter, quoique la présence de Meek me rassure quelque peu.

— Cela ne répond pas à ma question, cher monsieur.

— Oui, je suis impatient de partir, et tu ne devinerais jamais pourquoi. C'est à cause de mon vieil ami Tom Jackson. En six mois, il est devenu un héros national.

— Tu me surprends. Je ne te connaissais pas cette sorte d'ambition.

— Oh ! je n'en nourris aucune. Plus depuis le Mexique, en tout cas. Jackson et moi étions de la même

---

* Créole anglais des Etats-Unis (n.d.t.).

promotion. Il s'est empressé de faire son devoir alors qu'il m'a fallu six mois pour répondre à l'appel. Non sans bonne raison mais je ne m'en sens pas moins coupable.

Madeline lui prit le bras, le pressa contre sa poitrine.

— Tu ne devrais pas. Ton attente est finie et, dans quelques semaines, lorsque Meek sera bien installé, je prendrai le chemin de Richmond.

Tandis qu'ils approchaient de la maison, traînant derrière eux de longues ombres, Orry éprouvait un sentiment de paix, l'impression que, pour une fois, les événements se déroulaient comme il le souhaitait.

— J'ai vu une lithographie de Tom la semaine dernière. Il a une splendide barbe broussailleuse, comme la plupart des officiers. Tu aimerais que je laisse pousser la mienne ?

— Je ne peux te répondre sans savoir si cela grattera horriblement quand nous...

Madeline s'interrompit en voyant Aristotle courir vers eux en gesticulant. Orry fut le premier à remarquer le chariot branlant et la mule arrêtés au bout de l'allée.

— De la visite, Mr. Orry, annonça le domestique. Deux négresses prétentieuses qui veulent dire ce qui les amène seulement à vous et Miss Madeline. Je les ai fait attendre dans la cuisine.

Intrigués, Orry et sa femme se dirigèrent vers le bâtiment de la cuisine, centre d'un nuage de savoureuses odeurs de barbecue. En s'approchant, ils reconnurent la vieille Noire assise près de la porte dans un fauteuil à bascule. Sa jambe droite, maintenue grossièrement par des bouts de bois et des chiffons, reposait sur une caisse à clous vide.

— Tante Belle ! s'exclama Madeline.

Orry s'interrogeait sur l'identité de la compagne de l'octavonne qui venait de sortir de la cuisine. C'était une jeune fille d'une beauté stupéfiante, nubile et noire comme l'ébène. Elle portait une robe décolorée par de trop nombreuses lessives, des chaussures à la semelle décollée.

Madeline prit la frêle vieille femme dans ses bras, lui demanda précipitamment :
— Comment vas-tu ? Qu'est-ce que tu as à la jambe ? Elle est cassée ?

La tante Belle Nin, sage-femme depuis de longues années, vivait seule et libre dans les marais. Madeline avait fait sa connaissance à Resolute, où la Noire se rendait parfois pour un accouchement difficile. C'était chez tante Belle qu'elle avait conduit Ashton, la sœur d'Orry, quand celle-ci, tombée dans un fâcheux état, avait imploré l'aide de Madeline.

— Ça fait beaucoup de questions, marmonna l'octavonne avec une grimace. Oui, elle est cassée en deux ou trois endroits. A mon âge, c'est pas une bénédiction. Je suis tombée hier soir en voulant monter dans notre chariot.

Des yeux brillants profondément enfoncés dans une chair d'un jaune marbré examinèrent Orry comme une pièce de musée.

— Je vois que vous vous êtes dégoté un autre mari.

— Oui, tante Belle. C'est Orry Main.

— Je sais qui c'est. Il est un rien mieux que celui d'avant. Ce joli brin de fille, c'est ma nièce, Jane. Elle appartenait à la veuve Milsom, là-bas sur la Combahee, mais la vieille dame est morte de pneumonie l'hiver dernier. Dans son testament, elle a affranchi ma nièce, qui vit depuis avec moi.

— Ravie de faire votre connaissance, dit la jeune fille sans courbette ni autre marque de déférence.

Orry se demandait s'il devait croire tante Belle, dont la « nièce » pouvait être une esclave en fuite espérant que personne ne vérifierait son histoire en ces temps troublés.

Dans le silence qui suivit, quelqu'un fit tomber une marmite dans la cuisine. Une servante s'en prit à une autre, une troisième intervint ; un rire signala l'harmonie rétablie. Jane s'aperçut que les Blancs attendaient une explication.

— Tante Belle ne se porte pas très bien depuis quelque temps mais j'ai eu du mal à la convaincre d'abandonner sa maison des marais pour un endroit plus sain.

— Tu veux dire ici ? interrogea Orry, qui ne voyait toujours pas ce que désiraient les deux femmes.

— Non, Mr. Main. La Virginie. Puis le Nord.

— C'est un voyage long et dangereux, surtout pour des femmes, en temps de guerre.

Il avait failli dire des femmes noires.

— Ce qui se prépare est encore pire. Nous allions partir quand tante Belle s'est cassé la jambe. Elle a besoin de soins, d'un lieu sûr pour se reposer.

— Ta maison n'est plus sûre ? demanda le planteur à la sage-femme.

Ce fut Jane qui répondit, ce qui irrita quelque peu Orry.

— Vendredi dernier, deux inconnus ont essayé d'y pénétrer. Des hommes de couleur. Ils sont nombreux à errer sur les petites routes. Je les ai chassés avec le vieux mousquet de tante Belle mais nous avons eu peur. Hier, quand elle a eu son accident, j'ai décidé qu'il fallait partir.

La vieille octavonne se tourna vers Madeline.

— J'ai dit à Jane que vous êtes une bonne chrétienne, que vous accepteriez sûrement de nous héberger un moment. Tout ce que je possède est dans la carriole — il n'y a pas grand-chose.

Orry et sa femme se questionnèrent du regard. Tous deux connaissaient les problèmes que cet appel à l'aide soulevait. Comme Orry s'apprêtait à partir, Madeline estima qu'il lui incombait de les résoudre.

— Nous t'accorderons toute l'aide possible. Chéri, tu peux demander à Andy de leur trouver une place dans une case ?

Devinant que sa femme souhaitait rester seule avec les deux Noires, Orry hocha la tête et s'éloigna.

— Tante Belle, mon mari part pour Richmond demain matin. Il s'enrôle dans l'armée. C'est moi qui m'occuperai du domaine jusqu'à ce que je le rejoigne. Je serai très heureuse de t'offrir un refuge, mais à une condition. A tort ou à raison, les Noirs de Mont Royal ne sont pas libres d'aller dans le Nord comme tu en as le projet. Ils pourraient t'en vouloir ou me créer des ennuis.

— Madame ? intervint Jane pour attirer l'attention de la femme blanche. Les esclavagistes ont tort en tout, raison en rien.

La réponse de Madeline avait de la dureté :

— Même si je suis de ton avis, trouver une solution pratique est une autre affaire.

Jane pesa ces paroles avec une expression de défi que Madeline admira mais qu'elle ne pouvait tolérer. Finalement, la jeune Noire soupira :

— Je ne pense pas que nous pouvons rester, tante Belle.

— Réfléchis encore. Cette dame fait preuve de bonne volonté. Fais-en autant. Ne te bute pas comme une chèvre.

Jane hésita puis proposa :

— Accepteriez-vous l'arrangement suivant, Mrs. Main ? Je travaillerai pour gagner ce que nous vous coûterons. Je ne révélerai nos projets à personne et ne ferai rien pour créer des troubles. Dès que tante Belle pourra voyager, nous partirons.

— Cela me paraît convenable, approuva Madeline. Notre nouveau régisseur n'aimerait peut-être pas cet arrangement mais...

Des voix s'élevant dans l'obscurité l'interrompirent ; Orry et le contremaître s'avancèrent dans le halo de lumière orange entourant la lanterne posée à côté de la porte de la cuisine.

— J'ai expliqué la situation à Andy, dit Orry. Il y a une case disponible. Du moins, si...

— Oui, nous sommes d'accord, répondit Madeline. Andy, je te présente tante Belle et sa nièce Jane.

Elle exposa les détails de l'arrangement au contremaître, qui ne quittait pas la jeune Noire des yeux. « En pure perte, songea Madeline. Cette fille est déjà amoureuse d'un idéal. »

— Vous avez un chariot, m'a dit Mr. Main, fit Andy. Je vais vous conduire à la case.

— Prenez à manger dans la cuisine, proposa Orry. Vous devez avoir faim.

— Nous sommes affamées, dit la fragile octavonne. Je vous connais pas, Mr. Main, mais vous me faites l'impression d'un bon chrétien vous aussi.

Tandis que le chariot roulait lentement vers le village des esclaves, Andy ne cessait de regarder Jane par-dessus son épaule. Rassemblant son courage, il déclara :

— Vous parlez drôlement bien, miss Jane. Vous savez lire ?

— Et écrire, répondit-elle. Je sais aussi compter. C'est Mrs. Milsom qui m'a appris.

— C'est contre la loi.

— Mrs. Milsom se moquait de la loi. Elle voulait me préparer à me débrouiller seule. Et vous, vous savez lire et écrire ?

— Non.

Cherchant désespérément à faire bonne impression, Andy ajouta :

— J'aimerais bien, pourtant. Oui, alors. On ne peut pas améliorer sa condition sans instruction.

— On ne peut pas améliorer sa condition quand on appartient à...

Tante Belle donna une tape sur la main de sa nièce.

— Je suis disposée à vous donner des leçons, avec la permission de Mrs. Main, reprit Jane.

— On verra ça plus tard, grogna la vieille Noire avec agacement.

Le chariot s'engagea entre les petites maisons des esclaves. Assis au pied d'un chêne énorme poussant entre deux d'entre elles, Cuffey, une brindille entre les dents, se grattait paresseusement l'entrejambe. Avisant sur le chariot un visage inconnu, il se redressa. Qui était cette fille ? Il n'avait pas entendu dire qu'on avait acheté de nouveaux esclaves. En tout cas, elle méritait qu'il s'intéresse à elle.

Cuffey lança un regard mauvais à Andy — qui n'y prêta pas attention — puis reposa les yeux sur la poitrine aguichante de la fille. La main, dans l'entrejambe, s'agita de plus belle.

Le lendemain matin, Orry, vêtu comme pour un enterrement, embrassa sa mère. Elle lui adressa un vague sourire en disant :

— Merci de votre visite, cher monsieur. Revenez donc nous voir.

Lorsqu'il prit sa femme dans ses bras, elle se serra contre lui et murmura :

— Dieu te garde, mon amour.

— Ne t'inquiète pas. Je ne crois pas qu'on tire sur les officiers assis derrière un bureau. Tu verras, nous serons bientôt de nouveau ensemble.

41

CERTAINS civils américains se rappelaient que, pendant la guerre de Crimée, deux des principaux ennemis de l'armée britannique avaient été la poussière et la maladie. Peu après la chute de Sumter, ils décidèrent de prévenir, s'ils le pouvaient, une répétition des erreurs commises douze ans plus tôt de l'autre côté du globe.

Dès que ce plan devint public, les médecins de l'armée raillèrent les civils et les traitèrent d'amateurs se mêlant des affaires des autres. Même attitude chez la plupart des dirigeants gouvernementaux. Les civils, obstinés, fondèrent la Commission sanitaire des Etats-Unis et placèrent à sa tête Frederick Law Olmsted, l'homme qui avait dessiné les plans de Central Park en 1856 et fait une description critique de l'esclavage dans un carnet de voyage beaucoup lu.

Lincoln et le ministère de la Guerre ne voulaient pas accorder leur sanction à l'organisme mais y furent contraints parce que d'importantes personnalités le soutenaient, notamment Mr. Bache, petit-fils de Ben Franklin, et Samuel Gridley Howe, célèbre médecin et humaniste de Boston. Même après leur reconnaissance officielle, certains membres de la commission ne pardonnèrent pas au président de les avoir qualifiés de cinquième roue du carrosse.

Que cela plût ou non aux esprits rétrogrades, la

commission avait l'intention de fournir aux soldats ce qui leur manquait, de mettre de l'ordre dans les camps et les hôpitaux pour les maintenir propres. L'opposition à cette action faiblit après la bataille du Bull Run, où seize ambulances de la commission allèrent récupérer les blessés alors que la plupart des soldats de l'Union s'enfuyaient dans l'autre sens.

La commission recruta et organisa un grand nombre de femmes dans tout le Nord, unifiant et orientant un travail bénévole mené essentiellement sur un plan individuel dans les premières semaines de la guerre. A Lehig Station comme ailleurs, les dames tinrent des kermesses sanitaires pour collecter des fonds et des dons en nature.

Tandis que Scipio Brown installait le reste de ses enfants perdus dans l'atelier agrandi, avec un couple de Hongrois engagés pour s'occuper des lieux, Constance préparait activement une kermesse pour les seconds vendredi et samedi de novembre. Elle se déroulerait dans l'entrepôt de l'usine situé près de la voie ferrée et du canal.

Wotherspoon fit travailler ses ouvriers deux jours et deux nuits afin de vider le bâtiment et d'expédier d'énormes stocks de plaques de fer par trains spéciaux. Virgilia apporta son aide en qualité de membre du comité d'organisation et Brett fit de même, justifiant son acte par deux arguments : son mari était officier de l'Union, et les considérations humanitaires prévalaient sur les opinions partisanes.

Dès son ouverture, la kermesse accueillit une foule de visiteurs venus de toute la vallée. Des drapeaux décoraient les murs et pendaient aux poutres de l'entrepôt, où l'on se pressait pour voir notamment des photos des courageux soldats du 47e régiment de volontaires de Pennsylvanie, commandé par le colonel Tilghman Good, ainsi qu'un portrait agrandi du général McClellan. Le dessinateur du journal local exposait ses caricatures de Slidell et Mason, deux émissaires rebelles se rendant en Europe et dont les Fédéraux s'étaient emparés en arrêtant en mer le paquebot-poste anglais *Trent*. Les deux hommes étaient à présent recrues aucune formation médicale ou scientifique. Il fallait simplement avoir plus de trente ans et n'être pas jolie. Aussi put-elle répondre en toute sincérité :

— Tu serais parfaite. Veux-tu que j'écrive au Dr Howe pour lui demander une lettre de recommandation ?

— Oui. Oui, s'il te plaît.

Dans le mot accompagnant sa lettre de recommandation, le Dr Howe prodiguait deux conseils : Virgilia ne devait pas revêtir une tenue trop élégante pour son entrevue avec Miss Dix, et quoique la directrice des infirmières fût prompte à déceler la flagornerie grossière, un discret éloge des *Conversations on Common Things* ne nuirait pas. Ce petit manuel de conseils ménagers de Miss Dix se vendait fort bien depuis sa parution en 1824. On en était à la sixième édition et l'auteur s'enorgueillissait de son enfant.

Virgilia arriva à Washington au début du mois de décembre, pendant une période de redoux. En posant le pied sur le quai baigné de soleil, elle sentit une odeur désagréable s'élevant des longues caisses en sapin empilées sur un chariot à bagages. De l'eau dégouttait par les jointures, tombait sur le sol. Virgilia demanda à un porteur ce que ces caisses contenaient.

— Des soldats, répondit-il. D'un temps pareil, la glace tient pas.

— Il y a eu des combats ?

— Pas de grande bataille, pour ce que j'en sais. Ces gars-là sont sûrement morts de dysenterie ou de quelque chose de ce genre. Si vous restez un peu dans le coin, vous en verrez des centaines, de ces caisses.

A dix heures, le lendemain matin, Virgilia pénétra dans le bureau de Dorothea Dix, vieille fille aussi nette et ordonnée dans sa mise et ses gestes que dans sa façon de parler.

— Ravie de faire votre connaissance, Miss Hazard. Vous avez un frère dans les services de Mr. Cameron, je crois ?

— Deux, en fait. Et un troisième dans le Génie, en

Virginie. C'est sa femme qui m'a recommandé votre livre, que j'ai pris beaucoup de plaisir à lire.

Virgilia espérait que Miss Dix ne l'interrogerait pas sur le contenu de l'ouvrage, qu'elle n'avait pas pris la peine d'acheter.

— J'en suis heureuse. Verrez-vous vos frères pendant votre séjour ici ?

— Naturellement. Nous sommes très proches. Je les verrai davantage si je reste ici pour de bon. Je voudrais devenir infirmière mais je crains de ne pas avoir la formation requise.

— Toute femme intelligente peut rapidement acquérir ces connaissances, assura Miss Dix. Par contre, il y a une qualité essentielle qu'elle n'acquerra jamais si elle ne la possède déjà.

La vieille fille croisa les bras, posa sur Virgilia des yeux gris-bleu dont la sévérité ne s'accordait pas avec la féminité de sa voix douce et de son long cou.

— Laquelle ? demanda Virgilia.

— La force d'âme. Les femmes de mon corps d'infirmières doivent affronter la saleté, le sang, le spectacle de dépravations que la décence m'empêche de décrire. Elles sont en butte à l'hostilité des malades comme à celle des médecins. J'ai des idées précises sur notre tâche et la façon dont nous devons l'accomplir. Je ne tolère aucun désaccord — ce qui m'aliène docteurs et politiciens. Voilà les obstacles auxquels nous nous heurtons. Si vous entrez chez nous, Miss Hazard, non seulement vous verrez l'enfer mais vous le traverserez.

La respiration légèrement sifflante, Virgilia s'efforçait de cacher l'excitation qui s'était emparée d'elle. Miss Dix disparut derrière des visions de jeunes soldats en uniforme gris perdant leur sang et gémissant. Grady, son amant mort, se délectait de ce spectacle et montrait dans un sourire les fausses dents qu'elle lui avait achetées pour remplacer celles qu'on lui avait arrachées afin de marquer sa condition d'esclave...

— Miss Hazard ?

— Excusez-moi. Un vertige passager.

Froncement de sourcils.

— Cela vous arrive souvent ?

— Non, non. C'est la chaleur.
— Oui, elle est inhabituelle pour décembre. Que pensez-vous de ce que je vous ai dit ?
— J'ai participé activement au mouvement abolitionniste, Miss Dix, répondit Virgilia. J'ai vu... (Elle donna plus de fermeté à sa voix.) les corps mutilés d'esclaves en fuite fouettés ou brûlés par leurs maîtres. J'ai vu des cicatrices horribles, des visages défigurés. Je l'ai supporté.

La Bostonienne sourit enfin à la visiteuse.

— J'admire votre certitude. C'est un bon signe. De plus, le Dr Howe vous recommande chaleureusement. Si nous discutions de votre salaire et de vos indemnités ?

42

LES premières quarante-huit heures que le lieutenant-colonel Orry Main passa à Richmond furent bien remplies. Il trouva un logement provisoire dans une pension, signa des papiers, prêta serment, acheta un uniforme et se présenta au colonel Bledsoe, responsable des opérations au siège du ministère de la Guerre, Capitol Square, côté 9e Rue.

Un employé nommé Jones, Marylandais aux manières furtives, lui désigna un bureau caché derrière l'une des minces cloisons divisant la grande salle. Le lendemain, Orry fut reçu par le ministre Benjamin. Ce petit homme dodu avait remplacé Walker, avocat de l'Alabama au parler franc à qui on reprochait de ne pas avoir su exploiter la victoire de Manassas et d'avoir sombré dans l'inaction.

— Enchanté de vous avoir enfin parmi nous, colonel, assura le ministre. (Toute sa personne débordait de cordialité, excepté son regard, indéchiffrable.) Si j'ai bien compris, nous dînons ensemble samedi.

Comme Orry exprimait sa surprise, Benjamin reprit :

— L'invitation est probablement chez votre logeuse. Angela Mallory offre à ses hôtes une table superbe, et les *mint juleps* de mon collègue sont renommés. Mr. Mallory ne tarit pas d'éloges sur le travail que votre frère et Bulloch réalisent à Liverpool... Mais je suppose que vous préféreriez apprendre en quoi consiste le vôtre.

— Oui, monsieur.

— Le poste que vous allez occuper est resté trop longtemps vacant. C'est une tâche à la fois nécessaire et difficile parce qu'elle vous mettra en contact avec des personnes détestables. Le nom de Winder vous dit-il quelque chose ?

Orry réfléchit un peu avant de répondre :

— A West Point, on parlait du général William Winder, qui perdit la bataille de Bladensurg en... 1824, je crois ? (Benjamin acquiesça d'un signe de tête.) Oui, cela me revient, maintenant. Bien que disposant de forces supérieures en nombre et occupant une meilleure position que l'ennemi, Winder se fit battre par les Britanniques, qui marchèrent ensuite sur Washington sans rencontrer de résistance et brûlèrent la ville. Plus tard, lors de la reconstruction, on donna son nom à un bâtiment de la capitale. Les officiers de carrière citent toujours Winder comme l'un des imbéciles suggérant de réformer l'armée en réformant West Point.

— C'est de son fils que je parle. Il fut professeur de tactique à l'Académie quand le président Davis la fréquenta. Aussi ce dernier se souvint-il parfaitement de lui quand le major Winder quitta son Maryland pour venir ici, il y a quelques mois. Il a été nommé général de brigade et grand prévôt, chargé d'appréhender les criminels dans l'armée et au-dehors. En d'autres termes, c'est un flic, la gloriole en plus. Cela ne poserait pas de problème en soi s'il n'était aussi de ces hommes que l'âge rend inflexibles. Bref, c'est un vrai garde-chiourme mais il jouit de la faveur du président. Pour le moment.

Benjamin poursuivit en expliquant que le grand prévôt avait recruté des hommes qualifiés de détectives professionnels.

— Moi je les qualifie de vauriens. Et venus d'ailleurs, qui plus est. De la racaille yankee qui ne comprend pas les gens du Sud et est incapable de se comporter comme eux. Ils semblent plus aptes à éjecter les voyous des cafés qu'à effectuer un vrai travail de détective. Mais, comme je l'ai indiqué, ce sont eux qui enquêtent sur les méfaits commis par les militaires et les civils. Etant donné le, euh, caractère du général, ils ont tendance à outrepasser leur autorité. Quelle que soit la gravité des délits dont ils s'occupent, je ne les laisserai pas nuire aux intérêts bien compris de l'armée. Je ne les laisserai pas empiéter sur les prérogatives de ce ministère. S'ils s'y risquent, nous les materons. Naturellement, il faut quelqu'un pour se charger de cette tâche et le dernier homme qui s'y est attelé ne fut pas à la hauteur de ses responsabilités. C'est pourquoi je suis ravi de votre arrivée.

Orry, déjà impressionné par ce qui l'attendait, allait éprouver un nouveau choc.

— Je dois aussi vous informer que Winder est responsable des prisons locales, poursuivit Benjamin. S'il n'applique pas les règles humanitaires concernant le traitement des prisonniers, cela pourrait nous nuire dans les milieux diplomatiques — d'autant que notre reconnaissance par les pays européens n'est pas encore assurée. Bref, colonel, il y a bien des manières dont le général peut faire tort à la Confédération et nous devons l'en empêcher.

Il vint à l'esprit d'Orry que le ministre s'avançait sur un terrain contestable : il était responsable de l'armée, pas de la politique étrangère. Devinant sans doute les pensées du colonel, Benjamin poursuivit :

— Vous découvrirez que les lignes de partage des responsabilités ne sont pas très nettes dans ce gouvernement. Il ressemble à un labyrinthe de maison de campagne anglaise : on a du mal à le saisir dans sa totalité, du mal à s'y retrouver parce que beaucoup d'allées s'y croisent. Laissez-moi me soucier des problèmes interministériels, occupez-vous du général.

— Permettez-moi de vous faire observer que le général Winder a un grade supérieur au mien.

— S'il représente une menace directe contre le bon

fonctionnement de ce ministère, nous verrons qui est le supérieur de qui.

Benjamin adressa à Orry un regard révélant le fer sous la soie.

— Je suis persuadé que vous vous acquitterez de votre tâche avec tact et habileté, colonel.

Pas un espoir, ça. Un ordre.

Le lendemain matin, Orry rendit visite au grand prévôt, dont les bureaux se trouvaient dans un hideux bâtiment en bois de Broad Street, près de Capitol Square. Dès qu'il y pénétra, l'impression fut négative. Deux des « vauriens » de Winder, civils portant des bottes boueuses et des chapeaux mous, le lorgnèrent du banc où ils étaient vautrés.

Il eut grand-peine à attirer l'attention des employés, lancés dans une bruyante discussion. Quand l'un d'eux condescendit à s'occuper de lui, Orry déclina son identité et le motif de sa visite.

Le général de brigade John Henry Winder le fit attendre une heure dans une pièce où flottaient des relents de bière. Enfin introduit, Orry découvrit un officier empâté paraissant beaucoup plus que la soixantaine. Ses cheveux blancs se dressaient sur sa tête en touffes qui semblaient n'avoir été ni peignées ni lavées depuis quelque temps. Il avait la peau sèche, squameuse, et le U inversé de sa bouche laissait penser qu'il n'avait pas pour habitude de sourire.

Orry se présenta d'un ton courtois, exprima l'espoir d'avoir avec lui de bonnes relations de travail. Le prévôt ne parut pas intéressé :

— Je sais que votre patron est un ami de Davis, mais moi aussi. Nous nous entendrons si vous suivez deux règles : ne pas m'importuner, ne pas mettre mon autorité en question.

D'un ton moins amène, Orry répliqua :

— Je crois que le ministre a également deux règles, mon général. Dans les questions concernant l'armée, en tout cas, j'ai pour instruction de veiller à ce que la procédure adéquate soit resp...

— Au diable la procédure. Nous sommes en guerre,

il y a des ennemis dans tout Richmond, déclara Winder en posant sur Orry des yeux de vieille tortue. Je les liquiderai sans m'occuper de procédure. Vous pouvez disposer.

— Serviteur, général, dit Orry en saluant.

Mais Winder, déjà penché sur un dossier, ne lui rendit pas son salut.

Le travail avait vidé les bureaux du ministère, où il ne restait que quelques employés, dont Jones. Orry lui narra l'entrevue et Jones déclara d'un ton méprisant :

— Attitude typique. Il n'y a pas d'homme que je déteste plus que lui, et vous serez bientôt dans les mêmes dispositions que moi.

— Du diable si je ne le suis déjà.

Avec un ricanement, Jones se remit à écrire dans un carnet. Plus tard, Orry le vit le ranger furtivement dans un tiroir de son bureau. « Il tient un journal ? se demanda-t-il. Je ferais bien de surveiller mes propos devant lui. »

A la fin de la journée, toujours sous le coup de son entrevue avec Winder, Orry éprouva le besoin de boire un verre. Sur le chemin du retour, il s'arrêta dans un endroit bruyant et animé appelé le *Lager Beer Saloon* de Mrs. Muller. Devant une pinte de bière, il feuilleta l'*Examiner*, qui fustigeait à nouveau le gouvernement Davis, cette fois pour l'état du système ferroviaire du Sud. Le journal dénonçait son incapacité à transporter des troupes de l'Est sur le théâtre d'opérations du Kentucky et du Tennessee.

L'accusation n'était pas nouvelle. Orry savait que le matériel roulant était ancien, les voies usées, et que le Sud ne possédait pas d'usine pouvant les remplacer. L'avertissement que Cooper Main lançait depuis dix ans sur les insuffisances de l'industrie du Sud se révélait fondé et les ennemis que Davis comptait dans la presse écrivaient à présent qu'elles pouvaient conduire à une défaite.

Il finit sa bière, en commanda une autre avec un vague sentiment de culpabilité. Il voulait oublier la tâche que Benjamin lui avait confiée. Lui, un officier expérimenté, chargé d'espionner un autre officier ! Des bribes de conversation pleines d'invectives et de prévisions catastrophiques lui parvinrent par-dessus le brouhaha. Davis était un « foutu dictateur », Judah Benjamin « le favori du tyran » et la guerre « une sotte affaire ». « Nul doute que nombre de ceux qui tiennent ces propos ont applaudi au bombardement de Fort Sumter », pensa Orry en sortant.

Il régnait un climat plus optimiste le samedi soir au dîner donné chez le ministre de la Marine, Stephen Mallory. Né en Floride de parents yankees, il avait la chance — ou l'infortune, selon le point de vue — de diriger un ministère dont Jefferson Davis n'avait cure. Le ministre ne tarda pas à faire connaître ses opinions tranchées à son hôte :

— Je n'ai jamais vu dans le mot sécession autre chose qu'un synonyme de révolution. Mais, maintenant que nous nous battons, j'ai l'intention de tout faire pour vaincre l'ennemi, pas pour obtenir son approbation ou la reconnaissance de notre droit à exister en tant que nation. Sur ce point et sur de nombreux autres, nous divergeons, le chef de l'Etat et moi. Un autre *julep*, colonel ?

Pendant le repas, on porta de nombreux toasts à la Confédération et plus particulièrement à ses représentants emprisonnés, Mason et Slidell, enfants chéris de la faction ultra-sécessionniste. Benjamin avait lui aussi la faveur des convives, comme Orry le découvrit pendant la conversation à table. Il admirait l'aplomb de l'adroit petit homme mais s'interrogeait sur la sincérité de ses convictions. Le ministre lui faisait plus l'effet d'un politicien habile à survivre que d'un farouche prosélyte.

A la fin de la soirée, Benjamin l'invita à l'accompagner dans un des lieux qu'il aimait fréquenter :

— Chez Johnny Worsham. J'aime jouer au pharaon chez lui. C'est un endroit agréable. On peut s'y frotter à dame Fortune tout en étant sûr de ne pas être grugé et de bénéficier d'une totale discrétion.

Benjamin proposa une promenade dans l'air de la

nuit et Orry n'y vit pas d'objection. Le ministre renvoya son cocher, les deux hommes se mirent à marcher. Ils venaient de passer devant le *Spotswood* quand ils tombèrent sur un groupe bruyant sortant sans doute d'une autre soirée.

— Ashton !

Surpris, Orry avait donné à son exclamation un ton plus amical qu'il ne l'eût fait en d'autres circonstances. Accrochée au bras de son mari aux traits porcins, sa sœur lui adressa un sourire aussi chaleureux qu'une nuit de janvier.

— Ce cher Orry ! J'ai appris ta venue ici — et ton mariage. Madeline est avec toi ?

— Non, mais elle me rejoindra bientôt.

— Tu es splendide dans ton uniforme ! Il travaille pour vous, Judah ?

— Oui, j'ai plaisir à le dire.

— Comme vous avez de la chance ! Orry, il faudra venir dîner à la maison un de ces soirs quand nous serons libres. James et moi sommes littéralement happés par un tourbillon d'invitations. Certaines semaines, nous ne passons guère plus de cinq minutes en tête à tête.

— C'est exact, marmonna Huntoon, les lunettes embuées par le froid.

Ces trois mots furent sa seule contribution à la conversation. Ashton flirta un moment du regard avec le ministre puis monta en voiture avec l'aide de son mari.

— Séduisante jeune femme, murmura Benjamin quand les deux hommes reprirent leur marche. Elle m'a charmé dès notre première rencontre. C'est agréable pour vous d'avoir une sœur à Richmond.

Orry ne vit pas l'utilité de cacher ce qui finirait par être de notoriété publique.

— Nous ne sommes pas en très bons termes, j'en ai peur.

— Dommage, dit Benjamin avec un sourire de compassion parfaitement réussi et totalement dépourvu de sincérité.

« Je navigue en compagnie d'un maître louvoyeur »,

pensa Orry. Il savait qu'Ashton ne lui reparlerait plus jamais de son invitation à dîner et cela lui convenait tout à fait.

— Ashton ?
— Non.

Repoussant la main de son mari, elle fit glisser son oreiller jusqu'au bord du lit, le plus loin possible de James. Au moment où elle commençait à s'assoupir en pensant à Powell, son mari l'importuna à nouveau.
— Quelle surprise de tomber sur ton frère.
— Une surprise désagréable.
— Tu veux vraiment l'inviter à dîner ?
— Après qu'il m'eut chassée de la maison où j'ai grandi ? Laisse-moi donc tranquille, je suis lasse.

Lasse de James, en tout cas. De Powell, elle n'était jamais rassasiée. Jamais rassasiée de sa science amoureuse ou de sa personnalité décidément originale, qu'elle commençait à découvrir et à apprécier.

Ashton voyait Lamar au moins une fois par semaine, deux, si les horaires de James le lui permettaient. Son mari ne la questionnait jamais sur son emploi du temps, il ne connaissait même pas ses mystérieuses absences de la maison. Il était trop stupide, trop absorbé par sa petite besogne aux Finances, qui le retenait chaque jour jusqu'à huit, voire neuf heures.

Non seulement Powell contentait Ashton par sa façon de faire l'amour, parfois cruelle, mais il la fascinait en tant que personne. C'était un ardent patriote, montrant toutefois un attachement impitoyable à sa propre cause. Il aimait la Confédération mais détestait le roi Jeff ; il croyait à la sécession mais non au gouvernement sécessionniste. Enfin, il avait bien l'intention de survivre à la guerre et de prospérer.

— J'ai un an environ pour le faire, expliquait-il. Davis continuera encore quelque temps à accumuler les bourdes sans que personne intervienne. Notre cause est juste — nous devrions et nous pouvons gagner. Avec l'homme adéquat à la tête du pays, je deviendrais le prince d'un nouveau royaume mais dans les circonstances présentes, avec le dictateur que nous avons, tout ce que je peux devenir, c'est riche.

Patriote, spéculateur, amant incomparable — jamais Ashton n'avait rencontré d'homme aussi complexe, et Huntoon souffrait encore plus que d'habitude de la comparaison.

Aucune importance. Leur couple, fragile dès le début, avait maintenant sombré. Ces derniers mois avaient convaincu Ashton que James ne lui apporterait jamais la réussite sociale ou financière parce qu'il n'avait ni l'habileté, ni les nerfs, ni le cerveau requis. Au cours de la brève discussion qu'il avait eue avec Davis, il s'était passé la corde au cou et avait ouvert la trappe. De semaine en semaine, sa haine pour Huntoon croissait, tout comme sa certitude d'être amoureuse de Lamar Powell.

Amoureuse. Comme il semblait étrange que ce mot familier pût s'appliquer à elle ! Elle n'avait éprouvé ce sentiment qu'une seule fois auparavant. Puis Billy Hazard l'avait rejetée en faveur de Brett, déclenchant une chaîne d'événements qui avaient conduit son fichu frère à la chasser de Mont Royal.

Ashton doutait que Powell fût épris d'elle. Elle le jugeait incapable d'aimer quiconque d'autre que lui. Cela ne l'inquiétait pas, elle avait assez à donner pour...

— Ashton ?

Le dos toujours tourné à son mari, Ashton marmonna un mot grossier, enfonça son poing dans l'oreiller. Pourquoi ne la laissait-il pas en paix ?

— Qu'est-ce qu'il y a encore ?

Une main molle, répugnante, se posa sur l'épaule de la jeune femme.

— Pourquoi cette froideur ? demanda Huntoon. Cela fait des semaines que tu ne me laisses pas exercer mes droits d'époux.

Seigneur ! Même lorsqu'il mendiait de l'amour d'une voix geignarde, il parlait comme un avocat. Il allait payer. Elle roula sur le côté, prit une allumette, la frotta contre le grattoir, ôta le verre de la lampe de chevet, alluma la mèche, remit le verre en place. Appuyée sur les coudes, elle retroussa sa chemise de nuit jusqu'à la taille.

— Bon, allons-y, dit-elle.
— Qu-quoi ?
— Prends ce que tu veux pendant que tu en as les moyens.

Elle plia les genoux, les écarta, serra les dents.
— Allez !

Huntoon entreprit d'enlever sa chemise de nuit en flanelle et murmura :
— Je ne suis pas sûr de pouvoir, comme ça, sur commande...

Lorsqu'il laissa tomber le vêtement au pied du lit, révélant son corps blanc, Ashton constata qu'il avait raison.

— Tu ne peux jamais ! ricana-t-elle. Même quand il durcit un peu, ton misérable petit truc me fait l'effet d'une brindille. Et tu t'imagines pouvoir satisfaire une femme ? Tu es lamentable !

Elle referma les jambes, rabattit sa chemise de nuit, prit la lampe et sortit de la chambre. Huntoon l'entendit descendre l'escalier ; sans se soucier d'être entendu des domestiques, il cria :
— Sale garce !

Sa colère s'évanouit aussi vite que la légère érection qu'il avait réussi à avoir tandis que sa femme l'insultait. Outre qu'elle le blessait, la cruauté d'Ashton confirmait les soupçons qu'il nourrissait depuis quelques jours : il y avait un autre homme.

Huntoon se jeta sur le lit, enfouit son visage au creux de son bras. Tout à Richmond allait de travers. Il s'échinait sur un travail subalterne pour un gouvernement dont il s'était d'abord méfié et qu'il méprisait maintenant. Il éprouvait les mêmes sentiments à l'égard de Davis, dont les ennemis ne formaient plus une compagnie ou un régiment mais une petite armée : des hommes importants comme le vice-président Stephens, le général Johnston, les gouverneurs Vance, de Caroline du Nord, et Brown, de Géorgie, qui accusaient Davis d'usurper leurs pouvoirs ; Toombs, l'ancien secrétaire d'Etat, dont le président avait fait taire les attaques en le nommant général de brigade.

Davis dictait sa loi à l'armée et s'aplatissait devant la clique de Virginie, comme si c'était le seul moyen de faire accepter ses origines obscures. Il dirigeait la guerre aussi mal que le pays et, conséquence logique pour un Huntoon en pleine détresse, il ruinait ses ambitions, creusant ainsi le fossé entre Ashton et lui.

James imagina sa femme nue avec un autre homme. Un officier, peut-être ? Ou ce malin petit juif avec ses belles manières ? Ou encore ce Powell de Géorgie, individu manifestement peu recommandable ? La bouche sèche, Huntoon vit Ashton faisant l'amour avec divers suspects.

Après être resté longtemps étendu, il se leva, passa sa robe de chambre et descendit.

— Ashton ? Je m'excuse pour...

Il s'interrompit, fit la grimace. La respiration légère et régulière, elle dormait dans un grand fauteuil, les jambes ramenées contre la poitrine, les bras autour des genoux. Sur son visage, le sourire des rêves, une expression de plaisir sensuel.

James retourna vers l'escalier, les larmes aux yeux. Il la haïssait mais se savait incapable de faire quoi que ce soit, ce qui exacerbait encore ses sentiments. L'horloge du vestibule sonna trois heures lorsqu'il monta les marches, d'un pas de vieillard.

43

A Belvedere, Brett continuait à livrer sa guerre quotidienne contre la solitude.

Seule consolation, les lettres de Billy avaient un ton plus optimiste. Son ancienne unité, la compagnie A, était rentrée à Washington et avait installé ses quartiers à l'arsenal fédéral, avec deux des trois nouvelles compagnies de volontaires que le Congrès avait approuvées en août : B pour le Maine, C pour le Massachusetts.

Quoique fier d'appartenir à « la vieille compagnie »,

Billy écrivait que la plupart des soldats de l'armée régulière faisaient bon accueil aux nouvelles recrues et s'efforçaient de leur apprendre rapidement à jeter des pontons sur une rivière ou à construire des routes.

Le bataillon du Génie ainsi constitué était rattaché à l'armée du Potomac de McClellan et commandé par le capitaine James Duane (promotion 48), un officier pour qui Billy avait du respect. Afin de rester avec le bataillon, Lije Farmer avait dû démissionner de son poste de capitaine de volontaires et devenir lieutenant dans l'armée régulière. « Le plus vieux de l'armée du Potomac, prétend-il, mais il est satisfait, et je suis content de l'avoir avec nous. »

Brett était heureuse de savoir son mari content. Elle espérait que, avec l'hiver, sa compagnie serait relativement peu active, ce qui le mettrait hors de danger pour plusieurs mois. Elle se demandait s'il avait une chance d'obtenir une permission. Il lui manquait tellement.

Elle participait le plus possible aux travaux ménagers mais cela lui laissait quand même de longues heures vides à occuper. Constance était retournée auprès de George, à Washington, et Brown, l'étrange homme de couleur irascible, avait recommencé à recueillir les enfants perdus dans la capitale. Virgilia, admise parmi les infirmières de Miss Dix, ne reviendrait pas. Brett était seule, maussade et solitaire.

Un jour de décembre, elle alla jusqu'à l'ancien atelier, y vit deux enfants, un garçon et une fille, récitant une phrase écrite au tableau noir sous la gouverne de Mr. Czorna. Près du poêle, la femme du Hongrois remuait la soupe. Brett les salua tous deux.

— Bonjour, madame, répondit la femme aux cheveux blancs, poliment mais sans trop de chaleur.

Brett savait que le couple n'avait pas confiance en elle — ce qui n'était pas très original à Lehig Station. Elle allait poursuivre par une banalité lorsqu'elle découvrit dans la pièce voisine une fillette assise sur un lit de camp, tête baissée.

— La petite est malade, Mrs. Czorna ?

— Non, pas malade. Avant de partir, Mr. Brown lui avait acheté une tortue. Il y a deux jours, quand il a neigé, la tortue est sortie par la fenêtre et est morte de froid. La petite veut pas que je l'enterre. Elle mange plus, elle parle plus, elle rit plus. Je ne sais pas quoi faire.

Touchée par la vue de la petite silhouette solitaire, Brett proposa :
— Je peux vous aider ?
— Allez-y.

Le ton de la Hongroise et son haussement d'épaules signifiaient qu'une femme née dans une plantation de Caroline n'était pas la personne indiquée pour s'occuper d'une petite Noire.
— Elle s'appelle Rosalie, n'est-ce pas ?
— Oui.

Brett passa dans le dortoir, s'assit à côté de la petite fille, qui ne bougea pas. Elle tenait dans sa main ouverte la tortue morte, renversée sur le dos et dégageant une odeur peu agréable.
— Rosalie ? Je peux prendre ta tortue pour la mettre dans un endroit bien chaud, où elle se reposera ?

L'enfant posa sur l'adulte un regard vide, secoua la tête.
— Il fait froid ici. Tu ne le sens pas ? Viens m'aider à la mettre au chaud. Ensuite, nous irons chez moi boire du chocolat et manger des biscuits. Tu verras la maman chat qui a eu des petits la semaine dernière.

Brett attendit, sous le regard fixe de Rosalie. Lentement, elle tendit la main vers la tortue, la prit. Rosalie baissa les yeux mais ne réagit pas. Après avoir aidé la petite fille à passer un manteau, Brett demanda une cuillère à Mrs. Czorna puis sortit. Elle conduisit Rosalie derrière le bâtiment, s'agenouilla, creusa un trou dans la terre avec la cuillère. Elle y plaça la tortue, enveloppée dans un chiffon propre, la recouvrit. Relevant la tête, elle vit que la petite fille s'était mise à pleurer. Son chagrin s'épanchait enfin en sanglots, d'abord silencieux puis violents.
— Ma pauvre chérie ! s'écria Brett en ouvrant les bras.

Rosalie s'y précipita et Brett serra contre elle le petit corps tremblant. Elle caressa les cheveux de la gamine, fit soudain une découverte. A la plantation, il lui était arrivé très souvent de prendre dans ses bras des bébés noirs emmaillotés, de tenir la main d'enfants plus âgés mais jamais elle ne les avait serrés contre elle.

Etait-ce parce qu'elle pensait confusément que les Noirs, pour une raison quelconque, n'étaient pas dignes du contact d'une Blanche ? Elle l'ignorait mais cet instant, dans le matin gris, lui révéla que Rosalie n'était aucunement différente de n'importe quel autre enfant ayant de la peine.

Brett sentit les bras de la petite fille autour de son cou, la froideur humide d'une joue cherchant la chaleur de la sienne.

44

TANTE Belle Nin mourut le 10 décembre, victime de ce que le docteur appela un « poison dans le sang ». Elle demeura consciente jusqu'au bout, fumant la pipe de maïs que Jane bourrait pour elle et commentant ses visions de la vie dans l'au-delà.

— J'aurais pas peur de partir si j'étais pas sûre de retomber là-bas sur mes deux maris. Ça, je m'en passerais. Je quitte un monde aujourd'hui meilleur qu'au jour de ma naissance et je sais, au fond de mon cœur, que le jour d'allégresse viendra l'année prochaine ou la suivante.

La tante et la nièce étaient depuis longtemps convaincues que, en cas de guerre, le Sud s'effondrerait. Il flottait à présent dans le vent une senteur de liberté, comme celle de la pluie avant l'orage. Tante Belle tira une dernière bouffée de sa pipe, sourit à Jane et ferma les yeux.

Madeline consentit volontiers à ce que la vieille Noire fût enterrée à Mont Royal le lendemain — le jour même où le feu ravagea Charleston. L'incendie détruisit six cents immeubles, causa des millions de dollars de dégâts, et on accusa les nègres de l'avoir provoqué. La nouvelle parvint à la plantation le lendemain des funérailles : un courrier avait galopé pour prévenir les planteurs de l'Ashley d'un soulèvement possible.

Tandis que l'homme bavardait avec Madeline et Meek, Jane se promenait seule au clair de lune, le long de la rivière. Un craquement de planches au bout du quai la fit sursauter. En se retournant, elle vit la silhouette menaçante d'un homme et pensa que Cuffey l'avait suivie — il ne cessait de lui tourner autour, ces temps derniers. Elle se tint immobile, envahie par la peur.

— Ce n'est que moi, Miss Jane.
— Oh ! Andy. Bonsoir.

Soulagée, elle serra son châle autour de ses épaules. La lune tôt levée de l'hiver éclaira le visage du jeune Noir, qui s'approchait timidement.

— Je voulais vous dire à quel point la mort de votre tante m'a fait de la peine. Je n'ai pas osé vous parler pendant l'enterrement...

— Merci, Andy.

Jane se surprit à le regarder un peu plus longtemps que la politesse ne l'exigeait.

— Vous voulez vous asseoir une minute ? proposa le contremaître. Je n'ai pas souvent l'occasion de vous parler, avec tout ce travail.

Lorsqu'elle s'assit au bord du quai, il lui prit la main pour l'empêcher de tomber. Se rendant aussitôt compte qu'il avait eu l'audace de la toucher, il eut une expression mortifiée. A vrai dire, Jane paraissait aussi nerveuse que lui. A Rock Hill, elle n'avait guère eu de contacts avec les garçons. Elle était vierge et la veuve Milsom lui avait sévèrement recommandé de le rester jusqu'à ce qu'elle trouve un homme qu'elle aimât et voulût épouser. Elle se savait jolie — en tout cas pas trop laide — mais aucun des messieurs des environs de Rock Hill qui l'avaient courtisée ne songeait au mariage.

— Terrible, cet incendie, dit Andy.
— Terrible, approuva Jane.

En réalité, elle ne compatissait nullement au

sort des propriétaires blancs et toutes les plantations de l'Etat auraient pu brûler sans qu'elle en ait cure.

— Je suppose que vous partirez bientôt.

— Oui. Maintenant que tante Belle est enterrée, je suis...

Elle ravala le mot « libre », de peur de blesser Andy.

— Je suis prête, acheva-t-elle.

Il examina le bout de ses doigts, regarda la rivière étincelante et lâcha finalement :

— J'espère que vous ne m'en voudrez pas si je vous dis autre chose.

— Je ne peux pas le savoir avant de l'entendre, non ?

Il rit, un peu plus à l'aise.

— J'aimerais que vous restiez, Miss Jane.

— Vous n'êtes pas obligé de m'appeler « miss » tout le temps.

— C'est plus correct. Vous êtes jolie, plus intelligente que je le serai jamais.

— Mais vous êtes intelligent, Andy. Vous vous étonnerez vous-même quand vous saurez lire et écrire.

— Justement. Quand vous serez partie, il n'y aura plus personne pour m'apprendre. Ni moi ni les autres...

Se penchant vers la jeune fille, Andy ajouta :

— Les soldats de Lincoln arrivent. Mais je ne me débrouillerai jamais dans le monde des Blancs si je reste comme je suis. Les Blancs écrivent des lettres, font des additions. Je ne suis pas plus prêt pour la liberté qu'un vieux chien de chasse qui flemmarde toute la journée au soleil.

C'était moins une prière qu'une sommation à préparer la communauté noire du Sud.

— Vous essayez de me culpabiliser, répliqua Jane, piquée au vif. Ce n'est pas mon rôle d'apprendre aux autres à lire.

— Ne vous mettez pas en colère. Ce n'est pas tout.

— Comment ça ? Je ne vous comprends pas.

— Miss Madeline va partir rejoindre Mr. Orry.

Meek n'est pas méchant mais il est sévère. Nos gens auront besoin d'une autre amie comme Miss Madeline.

— Vous pensez que je pourrais la remplacer ?

— Vous... vous n'êtes pas blanche mais vous êtes libre.

Pourquoi Jane se sentait-elle déçue par les propos du contremaître ? Elle l'ignorait.

— Pardon de vous avoir mal compris, et merci de votre confiance mais...

Elle poussa un petit cri quand il lui prit la main.

— Je ne veux pas que vous partiez parce que je vous aime beaucoup, déclara-t-il précipitamment.

Il referma aussitôt la bouche, parut sur le point de mourir de honte. Elle l'entendit à peine quand il murmura :

— Je m'excuse.

— Ne vous excusez pas. Ce que vous m'avez dit est... très gentil, répondit Jane, qui se sentait la langue liée.

Inclinant la tête, elle effleura la joue d'Andy de ses lèvres. Jamais elle ne s'était conduite d'une façon aussi effrontée. Aussi embarrassée que le jeune Noir, elle ajouta :

— Il fait froid. Nous devrions rentrer.

— Je peux vous raccompagner ?

— J'en serais ravie.

Ils marchèrent jusqu'aux cases dans un silence tendu, parvinrent à la rue principale dont l'extrémité était éclairée par la lampe de la maison du régisseur.

— Bonne nuit, Miss Jane, fit Andy d'une voix étranglée. (Sans s'arrêter, il laissa Jane devant sa case et continua en direction de la sienne.) J'espère que je ne vous ai pas trop fâchée.

Non, mais il l'avait troublée. Profondément. L'intérêt qu'elle éprouvait pour la personne d'Andy contrebalançait l'attraction qu'exerçait l'aimant du Nord. Après l'enterrement, Jane était sûre de partir mais à présent, elle hésitait, elle se sentait...

— Le seul nègre assez bon pour toi, c'est le contremaître, hein ?

Jane scruta la pénombre, vit une forme se détacher d'une case non éclairée, sur la gauche. Cuffey s'avança vers elle en poursuivant :

— Moi aussi j'ai été contremaître. Ça me donne le droit de te balader au clair de lune ? Je connais tous les trucs qui donnent du plaisir aux filles — j'apprends depuis que j'ai dix ans.

Jane voulut reculer mais il lui saisit le bras.

— Je t'ai demandé quelque chose, négresse. Je suis assez bon pour toi ou pas ?

La jeune Noire luttait pour cacher sa frayeur.

— Lâche-moi ou je te plante les ongles dans les yeux et je crie pour réveiller Mr. Meek.

— Meek va mourir, gronda Cuffey en approchant son visage de celui de Jane. Lui et tous les Blancs qui nous ont battus et commandés toute notre vie. Leurs chouchous noirs aussi vont mourir. Alors, petite garce, tu ferais mieux de choisir ton camp...

— Lâche-moi ! Ignorant, sauvage ! Un homme comme toi ne mérite pas d'être libre.

Jane avait à présent un auditoire. Une femme gloussa, un homme éclata de rire. Cuffey tourna la tête à droite, à gauche, le blanc de ses yeux éclairé par la lune. Occupé à chercher les rieurs invisibles, il laissa la jeune fille s'échapper. Elle se rua dans sa case, se tint le dos contre la porte, haletante.

Avec son lit de camp et celui de tante Belle, elle se barricada pour la nuit et décida de laisser la lampe allumée. Le papier huilé des fenêtres n'empêchant pas le froid de pénétrer dans la case, elle s'enveloppa de ses deux minces couvertures, s'assit sur un des lits, le dos contre la porte. Elle regarda brûler la mèche de la lampe, vit dans la flamme deux visages d'hommes. Elle partirait dès que possible.

Demain.

Pendant la nuit elle rêva de routes de campagne envahies par des milliers de Noirs errant sans but. Elle s'éveilla au chant du coq, l'image de Cuffey flottant encore dans son esprit. Elle la chassa, repensa aux Noirs perdus sur les routes dont elle avait rêvé. Tante

Belle croyait aux rêves, même s'il était souvent difficile d'en saisir la signification. Jane s'efforça de comprendre le sien et prit une décision.

Rester serait plus dur que partir mais, malgré Cuffey, il y aurait des compensations : d'abord l'aide qu'elle apporterait aux siens en les préparant un peu à une libération qu'elle jugeait certaine; ensuite, Andy, peut-être. Jane s'habilla, se coiffa et se rendit d'un pas pressé à la grande maison.

Madeline, qui prenait le petit déjeuner, lui proposa :

— Veux-tu une tasse de thé ? Un biscuit ?

Stupéfaite par cette invitation à s'asseoir à la table de la maîtresse blanche, Jane remercia Madeline, s'installa en face d'elle mais ne toucha à rien. Elle remarqua l'air scandalisé d'une servante retournant à la cuisine.

— Je suis venue parler de mon départ, Miss Madeline.

— Je m'en doutais. C'est pour bientôt ? Où que tu ailles, tu nous manqueras — et tu manqueras aussi à beaucoup d'autres.

— C'est ce dont je voulais vous parler. J'ai changé d'avis, j'aimerais rester plus longtemps à Mont Royal.

— Jane, cela me ferait tant plaisir ! J'espère partir pour Richmond à la fin du mois. Après mon départ, tu serais d'une grande aide à Mr. Meek.

— Ce sont les miens que je désire aider. Ils doivent être prêts pour leur libération.

Le sourire de Madeline disparut.

— Tu crois que le Sud perdra ?

— Oui.

La femme d'Orry regarda autour d'elle pour vérifier qu'elles étaient seules.

— Je dois avouer que j'ai le même sinistre pressentiment, mais je n'en parle pas afin de ne pas saper l'autorité de Meek. Et Dieu sait comment mon mari dirigeait la plantation sans...

Elle s'interrompit, chercha le regard de Jane.

— J'en ai trop dit. Je compte sur ton silence.

— Je me tairai.

— Que pourrais-tu faire pour préparer les tiens, pour reprendre ton expression ?

Jane estima qu'il était trop tôt pour parler de les instruire mais qu'il fallait obtenir une première concession.

— Je ne sais trop mais je crois pouvoir trouver la réponse dans votre bibliothèque. J'aimerais avoir la permission d'y prendre des livres et de les lire.

Madeline fit tinter sa tasse en frappant le bord doré avec une toute petite cuillère.

— Tu te rends compte que c'est illégal ?
— Oui.
— Qu'espères-tu trouver dans les livres ?
— Des idées, des moyens d'aider ceux de cette plantation.

— Jane, si je te donne ma permission et si tes lectures ou tes actes nuisent à quiconque vit ici, Noir ou Blanc, je ne demanderai pas à Mr. Meek de te punir, je le ferai moi-même, de mes propres mains. Je ne tolérerai pas qu'on sème le désordre ou la violence.

— Je ne le ferai pas.
— Je considère cela comme une autre promesse.
— Vous le pouvez. Et la première tient toujours : je n'encouragerai pas non plus les miens à s'enfuir. Mais je voudrais trouver des idées pour les aider lorsqu'ils seront libres de choisir entre partir et rester.

— Tu as de la franchise, reconnut Madeline en se levant. Viens avec moi.

Jane la suivit dans l'entrée où la lumière tombant de l'imposte dessinait des ombres. La maîtresse tendit le bras vers les portes de la bibliothèque en disant :

— Cela pourrait me valoir d'être fouettée et chassée de l'Etat.

Elle ouvrit les portes d'un geste théâtral, s'écarta, fit entrer la jeune Noire et referma aussitôt derrière elle.

— Les idées ne m'ont jamais fait peur, Jane. Elles sont au contraire le salut de cette planète. Prends tous les livres que tu voudras.

Une odeur de cuir émanait des étagères où il n'y avait guère d'espaces vides. Jane eut l'impression d'être dans une cathédrale. Inclinant la tête en arrière, elle leva les yeux vers les livres et son visage prit une expression rayonnante.

45

— GEORGE, ne te mets pas dans un état pareil. Tu vas avoir une attaque.
— Mais...
— Prends un cigare, je vais te servir un whisky. Tous les soirs c'est pareil, tu rentres hors de toi. Les enfants l'ont remarqué.
— Seule une statue resterait calme dans un endroit pareil, répondit George Hazard. (Il déboutonna le col de son uniforme, s'approcha de la fenêtre, où des flocons de neige se collaient aux vitres et fondaient aussitôt.) Tu sais à quoi j'ai passé l'après-midi ? A regarder un crétin du Maine faire une démonstration de son appareil à marcher sur l'eau : deux petits canoës fixés à ses chaussures. Exactement ce dont l'infanterie a besoin ! Nos fantassins vont traverser les fleuves de Virginie en marchant sur les eaux !

Voyant Constance pouffer, il poursuivit en agitant le doigt :
— Je te défends bien de rire. Le pire, c'est que j'ai reçu le mois dernier *quatre* inventeurs de ce genre d'appareils ! Est-ce servir son pays que d'écouter des gens qu'on devrait enfermer ?

Il se passa la main dans les cheveux, regarda sans la voir la neige de décembre. L'obscurité et le découragement pesaient sur la ville. Seul rayon de lumière, les préparatifs de la campagne de printemps, auxquels McClellan s'était attelé.
— Tu dois bien voir de temps en temps des inventeurs intelligents, fit observer Constance.
— Bien sûr. Mr. Sharps, par exemple — dont Ripley a refusé de commander le fusil à chargement par la culasse, bien que le régiment spécial du colonel Berdan fût disposé à payer la légère différence de prix. Pour Ripley, c'est encore un « nouveau truc ». Un comité de l'armée a procédé à des essais

concluants il y a déjà onze ans mais c'est quand même nouveau !

— Impossible de passer par-dessus Ripley ? Cameron ne peut pas intervenir ?

— Il est assailli par ses propres problèmes. Je ne crois pas qu'il finira le mois. Mais on peut effectivement passer par-dessus Ripley. Lincoln l'a fait en octobre, il a commandé vingt-cinq mille fusils se chargeant par la culasse.

George se laissa tomber sur le sofa en soupirant.

— Tu veux un autre exemple ? Un nommé Christopher Spencer, jeune ajusteur chez Colt, à Hartford, a mis au point un ingénieux fusil à répétition qu'on charge en inserrant un tube de sept cartouches dans le magasin. Tu sais quelle objection Ripley a soulevée ? « Nos soldats tireront trop vite, ils gâcheront leurs munitions. »

— Je peux à peine y croire.

— C'est la vérité ! dit George en levant la main, comme un témoin appelé à la barre. Nous n'osons pas équiper l'infanterie d'armes qui pourraient hâter la fin de la guerre. Ripley a dû céder sur les fusils à chargement par la culasse — nous en commanderons pour la cavalerie — mais il refuse obstinément les armes à répétition. Aussi le président continue-t-il à faire notre travail. Cet après-midi, Bill Stoddard m'a informé que Lincoln a commandé dix mille Spencer. Les tireurs d'élite de Hiram Berdan pourront en essayer quelques-uns avant Noël.

George tira une bouffée de son cigare, parut se calmer mais explosa à nouveau :

— Tu as une idée des ravages causés par Ripley ? Du nombre de jeunes soldats qui mourront peut-être parce que l'idée de gâcher des munitions lui fait horreur ? Je n'en peux plus. En feignant d'écouter les élucubrations de quelque idiot de village, je ne cesse de penser aux morts dont nous sommes responsables.

Constance avait souvent assisté aux colères de son mari mais elles étaient rarement mêlées de désespoir comme cette fois. Elle s'assit près de lui, le prit dans ses bras.

— J'ai deux nouvelles à t'apprendre. Père se trouve dans le Territoire du Nouveau-Mexique. Il s'efforce de rester hors du chemin des armées de l'Union et de la Confédération qui y font mouvement. Il a bon espoir d'arriver en Californie à la fin de l'hiver.

— Bien, grogna George, distraitement. L'autre nouvelle ?

— Nous sommes invités à une soirée en l'honneur de ton vieil ami le général en chef.

— Petit Mac ? Il ne m'adressera probablement pas la parole maintenant qu'il est en haut de l'échelle.

McClellan avait été nommé à la tête des armées le 1er novembre ; Scott était un homme fini.

— George, George, fit Constance d'un ton de reproche. Comme tu es devenu amer !

— Venir ici fut une catastrophe. Je perds mon temps, je ne suis pas utile. Je devrais donner ma démission et rentrer avec toi et les enfants.

D'une main apaisante, elle caressa le visage de son mari, la barbe qui déjà repoussait sous les pointes cirées des moustaches.

— Tu te souviens de notre rencontre à Corpus Christi ? murmura-t-elle. Tu voulais que le vapeur parte sans toi pour le Mexique...

— C'est vrai. Je désirais rester te faire la cour.

— Mais tu as embarqué avec les autres.

— Cela avait un sens alors. J'espérais accomplir quelque chose. Aujourd'hui, je participe à un gâchis qui coûtera peut-être des milliers de vies.

— La situation pourrait s'améliorer si Cameron était contraint de démissionner.

— A Washington ? C'est un bourbier de chicanerie, de stupidité, de paperasserie — mais l'autoprotection y est élevée au rang d'art. Quelques visages changeront, rien de plus.

— Attends encore un peu. La guerre n'est facile pour personne. Je l'ai appris pendant la campagne du Mexique, quand je demeurais éveillée toutes les nuits, craignant pour ton sort.

Elle lui donna un baiser, simple tendre pression de ses lèvres sur les siennes. Une partie de la tension qui habitait George se dissipa et son visage redevint presque celui d'un jeune garçon, malgré les marques des ans.

— Que ferais-je sans toi, Constance ? Je ne survivrais jamais.

— Si. Tu es fort. Mais je suis heureuse que tu aies besoin de moi.

Il la serra contre lui en murmurant :

— Plus que jamais. Bon, je reste. Mais promets-moi de me trouver un bon avocat si je craque et si j'assassine Ripley.

Le lundi 16 décembre, l'Angleterre pleurait le mari de la reine.

La nouvelle de la mort du prince Albert, survenue le samedi précédent, n'avait pas encore traversé l'Atlantique mais certaines dépêches diplomatiques, approuvées au château de Windsor avant le décès du prince consort, étaient parvenues à Washington. Sans user d'un ton excessivement belliqueux, Albert continuait à réclamer la libération des émissaires confédérés.

Stanley savait que cette libération serait bientôt accordée, mais non pour les nobles motifs qu'on jetterait en pâture à la presse et à l'opinion. Le gouvernement devait capituler pour deux raisons : la Grande-Bretagne, principal fournisseur du salpêtre indispensable à la fabrication de la poudre à canon américaine, avait suspendu ses livraisons. De plus, on ne pouvait risquer une seconde guerre, surtout quand les dernières dépêches annonçaient que les Anglais cuirassaient en toute hâte plusieurs de leurs vaisseaux de guerre. Les canons à âme lisse défendant les ports américains seraient impuissants contre de tels navires.

En décembre, le gouvernement se retrouva aux prises avec un faisceau de problèmes cachés mais angoissants, qui menaçaient par contrecoup le petit empire industriel de Stanley. La panique le poussa à des mesures extrêmes. Le soir, il forçait les tiroirs de certains bureaux, en sortait des dossiers confidentiels assez longtemps pour les lire et recopier des passages importants. Il rencontrait fréquemment un collaborateur de Wade dans des jardins publics ou des cafés mal famés proches du canal et lui remettait des informations, sans vraiment savoir si cela aiderait sa cause. Il risquait tout sur une seule éventualité, que d'aucuns prétendaient certaine : la chute de Cameron.

Lincoln, lui-même, était menacé par l'ardeur de Wade et de son équipe. La nouvelle commission du Congrès, en passe d'être annoncée, serait dominée par les plus purs des Républicains. Elle limiterait l'initiative du président et orienterait la guerre dans le sens désiré par les ultras.

Pour toutes ces raisons, l'atmosphère était devenue tendue au ministère de la Guerre. Aussi Stanley quitta-t-il son bureau avec soulagement le lundi matin après avoir encore reçu une mauvaise nouvelle. Sous la neige, il se rendit rapidement au 352 Pennsylvania Avenue où, au-dessus d'une banque et d'une pharmacie, s'étalait sur trois étages le premier studio de la ville et du pays, la Galerie d'art photographique Brady. La montre de Stanley indiquait qu'il avait près d'une demi-heure de retard pour la séance.

Au premier étage de la galerie, une réceptionniste pimpante trônait au milieu d'images de grands de ce monde encadrées d'or ou de noyer noir. Fenimore Cooper avait un regard perçant sur son daguerréotype jauni ; le riche Corcoran, photographié grandeur nature, avait été artistiquement colorié au crayon, technique très en vogue.

L'employée informa Stanley qu'Isabel et les jumeaux se trouvaient déjà dans le studio.

— Merci, bredouilla-t-il en se précipitant vers l'escalier.

A l'étage au-dessus, il passa devant des artistes retouchant des photographies à l'encre de Chine ou au pastel. Avant même d'arriver au dernier étage, il entendit ses fils se quereller.

Lorsqu'il entra dans le vaste studio où la lumière pénétrait par de grands châssis vitrés, Isabel l'accueillit en lui lançant d'un ton sec :

— Le rendez-vous était à midi.
— J'ai été retenu au ministère. Nous sommes en guerre, tu sais.

Il avait répliqué avec plus de sécheresse encore que sa femme, ce qui l'avait étonnée.

— Mr. Brady, mes excuses. Laban, Levi, arrêtez immédiatement.

Stanley ôta son chapeau mouillé par la neige, gifla l'un des jumeaux puis l'autre. Surpris par cette réaction inhabituelle de leur père, les deux garçons cessèrent de se chamailler.

— Il faut s'attendre à des retards avec une personne de votre position, dit le photographe, doucereux. Il n'y a pas de mal.

Brady n'avait pas réussi dans sa partie en insultant les clients importants. C'était un barbu mince approchant de la quarantaine, vêtu d'une veste noire luxueuse, d'un élégant pantalon en daim gris, d'une chemise d'un blanc éclatant et d'une lavallière en soie noire flottant au-dessus d'un gilet en daim assorti.

D'un geste nerveux, il appela un jeune collaborateur qui replaça sur le fond de tentures rouges une grosse horloge en or portant le nom de Brady.

— La lumière est limite, aujourd'hui, déclara-t-il. Je n'aime pas faire des portraits quand il n'y a pas de soleil. La pose est trop longue. Mais comme c'est pour Noël, nous allons essayer quand même. Chad ? Légèrement à gauche.

L'assistant se précipita pour déplacer le trépied portant un réflecteur blanc. Brady inclina la tête, étudia les deux fils turbulents de Mr. et Mrs. Hazard.

— Les parents assis et les garçons debout derrière, je crois, proposa-t-il. Ils sont pleins de vie, ces gaillards. Il va falloir leur mettre la tête dans les immobilisateurs.

Laban commençait à protester, mais un grognement de son père l'arrêta. La séance dura trois quarts d'heure pendant lesquels Brady plongea à plusieurs reprises sous l'abat-jour noir de son appareil, murmura des instructions à son collaborateur, qui glissait les grandes plaques derrière l'objectif avec précision et rapidité. A la fin, Brady remercia les Hazard, leur suggéra de voir la réceptionniste au sujet de la date de livraison du portrait et sortit du studio d'un pas vif.

Une fois dehors, Isabel se plaignit :

— Evidemment, nous ne sommes pas assez importants pour être reçus plus d'une fois.

— Pour l'amour du ciel, tu ne peux pas penser à autre chose qu'à ta position sociale ?

Plus surprise qu'irritée, elle répondit :

— Stanley, tu es d'humeur massacrante ce matin. Pour quelle raison ?

— Il s'est produit quelque chose de terrible. Expédions les garçons en fiacre à la maison, je t'expliquerai en mangeant au *Willard*.

La sole aux amandes était succulente, mais Stanley ne songeait qu'à épancher son anxiété :

— J'ai réussi à mettre la main sur le projet de rapport annuel de Simon sur les activités du ministère. Un chapitre, apparemment rédigé par Stanton, déclare que le gouvernement a le droit, et peut-être l'obligation, d'armer les « marchandises de contrebande » et de les envoyer combattre leurs anciens maîtres.

— Simon propose de donner des armes aux esclaves en fuite ? C'est bizarre. Qui pourrait croire que le vieux brigand s'est transformé en croisé ?

— Il doit penser que cela prendra.

— Alors il a perdu l'esprit.

Stanley lorgna vers les tables voisines : personne ne leur prêtait attention. Il se pencha vers sa femme, baissa le ton.

— Le plus terrible, c'est que ce rapport a été envoyé à l'imprimerie gouvernementale mais pas à Lincoln.

— Le président revoit habituellement ce genre de rapports ?

— Il les revoit, il approuve leur publication.

— Alors pourquoi... ?

— Parce que Simon sait que Lincoln aurait été contre. Tu te souviens qu'il a annulé la décision d'émancipation prise par Frémont ? Simon veut à tout prix faire publier son rapport. Il est en train de couler et pense que seuls les ultra-abolitionnistes peuvent lui lancer une bouée de sauvetage. Moi, je suis persuadé qu'ils n'en feront rien, pour la raison que tu as toi-même soulignée. La manœuvre de Simon est transparente.

— L'aide que tu as donnée à Wade devrait te sauver si Cameron fait naufrage, non ?

— Je n'en sais rien ! explosa Stanley en se frappant la main du poing.

Ignorant sa réaction, Isabel réfléchit et murmura quelques instants plus tard :

— Quoi qu'il arrive, ne te laisse pas convaincre de parler en faveur de ce chapitre controversé.

— Pourquoi pas, bon Dieu ? Wade l'approuvera sûrement. Stevens aussi et je ne sais combien d'autres.

— Je ne le pense pas. Simon est un combinard, toute la ville le sait. On ne le laissera jamais se draper dans un manteau d'idéaliste, il aurait l'air ridicule.

Isabel ne se trompait pas. Dès qu'il reçut un exemplaire du rapport, le président ordonna qu'il soit immédiatement republié sans le passage litigieux. Ce jour-là, Cameron parcourut le ministère en vociférant. Il envoya un messager au cabinet de Mr. Stanton à neuf heures et demie, puis à midi et à trois heures. Nul besoin d'être grand clerc pour deviner que l'avocat du Boss, à présent reconnu comme l'auteur du chapitre, ne répondait pas aux appels à l'aide de son client.

— Le mal est fait, dit Stanley à Isabel le lendemain soir.

Le teint blafard, il lui tendit l'*Evening Star* de Mr. Wallach, le journal le plus résolument démocrate — d'aucuns disaient « pro-Sudiste » — de la capitale.

— Ils ont réussi d'une façon ou d'une autre à se procurer le rapport.

— Mais tu m'as expliqué que le passage avait été supprimé.

— Ils ont mis la main sur l'original.

— Comment ?

— Dieu sait ! D'ici à ce qu'on m'accuse...

Insensible à l'humeur sombre de son mari, Isabel répondit d'un ton songeur :

— Nous aurions pu communiquer le rapport à la

presse. C'est un joli coup, qui ne manquera pas d'attiser les passions dans les deux camps. Aucun parti ne veut distribuer des fusils aux moricauds. Oui, un fort joli coup — j'aurais aimé y penser moi-même.

— Comment peux-tu sourire ? Si le Boss plonge, il m'entraînera peut-être avec lui. J'ignore si Wade a jugé mes informations utiles, si je lui en ai fourni assez. Je ne l'ai pas revu depuis notre réception. Rien n'est sûr...

Stanley martela la table du poing et répéta d'une voix étranglée :

— Rien.

Isabel lui saisit le poignet.

— Quand le bateau affronte la tempête, le capitaine s'attache à la barre. Il ne pleurniche pas dans l'entre-pont.

Le ton méprisant d'Isabel — la comparaison même — humilia Stanley mais ne contribua pas à dissiper sa peur. Cette nuit-là, il ne cessa de se retourner dans son lit et ne dormit guère plus de trois heures.

Le lendemain matin, il bondit de son fauteuil lorsque Cameron entra dans son bureau avec un contrat d'achat de chaussures et de vêtements qu'il venait d'approuver. Le ministre expédia la question en quelques phrases puis demanda :

— Avez-vous vu Mr. Stanton dernièrement, mon garçon ?

— Non, répondit Stanley, le cœur battant. Nous ne fréquentons pas du tout le même milieu.

— Ah ? fit le Boss en posant sur son protégé un regard bizarre. Je n'arrive pas à le joindre et il ne répond pas à mes messages. Etrange. L'auteur du passage qui me met dans le pétrin refuse de dire un mot pour le défendre. Ou pour me défendre. Je montre que je suis dans le camp de Wade mais on ne veut pas de moi. Stanton feint de soutenir le président mais, la semaine dernière, je l'ai entendu traiter Abe de Gorille originel. Cela a fait beaucoup rire Petit Mac, paraît-il. J'essaie toujours de découvrir comment le rapport a pu parvenir au *Star*...

Le regard de Cameron se posa à nouveau sur Stanley, qui pensa, affolé : « Il sait. *Il sait.* »

Le Boss secoua la tête, l'air vaguement attristé. Il semblait moins compétent à présent, moins sûr de lui. Ce n'était plus qu'un homme ordinaire, fatigué par surcroît. Avec un sourire amer, il poursuivit :

— Je trouverais toute cette affaire extrêmement curieuse si je ne savais de quoi il s'agit en fait. De politique. A propos, avez-vous reçu une invitation pour la réception que le président donne en l'honneur de McClellan ?

— Ou-oui, monsieur, bredouilla Stanley. Je crois qu'Isabel m'en a touché un mot.

— Hmm. Je n'ai pas encore la mienne. Une erreur de la poste, vous ne pensez pas ?

Cameron fixa longuement son subordonné avant d'ajouter :

— Excusez-moi Stanley, je me sauve. J'ai des quantités de choses à faire avant de rendre mon portefeuille. On me le réclamera d'un jour à l'autre, maintenant.

Le ministre sortit d'un pas vif. Etourdi, Stanley posa les mains à plat sur son bureau, ferma les yeux. Avait-il réussi à tirer son épingle du jeu ? Isabel avait-elle réussi ?

46

JE suis trop cynique, pensait George. Non, répondait une autre partie de lui-même. Tu es simplement devenu, en peu de temps, un Washingtonien.

Les roues arrière du fiacre s'embourbèrent dans une ornière gorgée d'eau, en ressortirent. Encore quelques centaines de mètres et il serait de retour au *Willard*, où l'on donnait un dîner en l'honneur du visiteur de Braintree.

Il neigeait et la ville que George appelait parfois Canaille-sur-Canal était jolie comme une gravure. Les lumières de Noël donnaient temporairement quelque éclat aux esprits insipides des bureaucrates ; la riche odeur des sapins supplantait pour un temps la puanteur de la peur, de l'humidité et du froid qui s'insinuaient partout en ce mois de décembre. Malgré les splendides revues que McClellan avait mises en scène pendant tout l'automne, en dépit des fréquentes déclarations du général prédisant une proche victoire, George se demandait si le spectacle reposait sur quelque chose de solide. Il se reprochait son incrédulité mais il s'interrogeait.

Il revenait de l'arsenal, où Billy était installé avec son bataillon — assez satisfait bien que montrant une certaine vivacité d'humeur. C'était — George le savait — un symptôme courant pendant les quartiers d'hiver. La veille, Constance était rentrée d'un court voyage à Lehig Station. Brown, qui l'avait accompagnée, restait là-bas quelques jours de plus pour préparer la venue d'autres enfants. Brett avait confié à Constance des cadeaux de Noël pour Billy, et George avait saisi ce prétexte pour se rendre à l'arsenal.

Les deux frères avaient discuté du visiteur de Braintree. Billy avait entendu parler de la soirée mais n'y était pas invité. Pour le réconforter, George déclara :

— Je serai probablement le moins gradé des invités. On m'a prévenu que la moitié de l'état-major de Petit Mac y assisterait — mais pas le général lui-même.

— As-tu déjà rencontré l'invité d'honneur ?

— Une fois, après une remise de diplômes. Je ne peux prétendre le connaître.

A l'hôtel, George se précipita dans sa suite, embrassa sa femme, ses enfants, brossa ses cheveux et sa moustache avant de redescendre précipitamment, en retard pour la réception précédant le dîner organisé en l'honneur d'Emeritus Sylvanus Thayer. Agé de soixante-treize ans, depuis longtemps à la retraite, Thayer, ancien commandant de West Point, était venu du Massachusetts pour assister à la soirée McClellan.

Une impressionnante quantité de brillants cerveaux et d'épaulettes emplissait le salon où évoluaient une soixantaine d'officiers, pour la plupart colonels ou généraux. La qualité commune d'ancien de l'Académie rendait moins sensible la barrière des grades. Protégés des curieux par les portes closes, les vieux diplômés de l'école buvaient de généreuses rasades de porto ou d'excellent bourbon servis par des Noirs en livrée. George se félicita que Brown eût quitté son emploi de portier et accepté le salaire que les Hazard lui avaient proposé afin qu'il pût consacrer tout son temps aux enfants.

Comme la foule se pressait autour de l'invité d'honneur, mince et étonnamment en forme, George entra en conversation avec un major et un colonel qu'il avait connus au Mexique. Près de la moitié des officiers de l'armée régulière avaient servi là-bas.

Baldy Smith et Fitz-John Porter, deux généraux de la promotion précédant celle de George, se joignirent à eux. Bien que Smith parût agacé par l'assistance, le buffet, l'éclairage — c'était un personnage bougon — il plaisait davantage à George que Porter. Déjà à l'Académie, ce dernier avait frappé George par son goût de l'épate, sa propension à se vanter — comme le général auquel il était à présent attaché.

Le bourbon détendit les officiers, qui se rappelèrent bientôt le temps où ils étaient sur un pied d'égalité. Thayer s'approcha du groupe, salua chaleureusement chacun de ses membres. Il avait une mémoire phénoménale, une sorte de vaste fichier permanent contenant le nom et la carrière de chaque ancien de West Point — même ceux d'hommes qui, comme George et les généraux, y étaient passés bien après son époque.

— Hazard — oui, certainement, dit Thayer. Où êtes-vous maintenant ? (George répondit.) Dommage. Vous aviez d'excellentes notes à l'Académie. Votre place est sur le champ de bataille.

Ne voulant pas l'offenser, le major Hazard expliqua :

— Je ne me sentais pas la capacité de commander.

Il voulait dire qu'il n'en avait jamais eu le goût.

— Ce que nous faisons en Virginie, intervint Baldy Smith d'un ton méprisant, ce n'est pas commander, c'est mener du bétail.

« A l'abattoir ? » pensa George, à qui le souvenir du Bull Run donnait encore des cauchemars. Souriant, il haussa les épaules :

— J'ai pris le poste qu'on m'a proposé.

— Vous n'en paraissez pas satisfait, fit remarquer Thayer, dont la franchise était le style.

— Je ne pense pas devoir faire de commentaires à ce sujet, commandant.

— Ce genre de réponse indique que vous avez l'étoffe d'un général, lança un Pennsylvanien jovial nommé Winfield Hancock, général de brigade lui-même.

Ils allèrent s'asseoir à une grande table en fer à cheval pour déguster un repas où chapon et rôti de bœuf occupaient la vedette. Whisky, porto et vin coulèrent à flots et lorsqu'on donna la parole à Thayer, George était prêt à rouler sous la table.

D'une voix fluette mais passionnée, le vieil officier souligna un fait que les convives connaissaient déjà : West Point était à nouveau la cible d'attaques, d'autant plus dangereuses cette fois qu'on cherchait à rendre l'école responsable de la démission de tous les officiers passés au Sud. Thayer appela chacun à promettre de défendre l'Académie si, comme il le craignait, le Congrès tentait de la faire disparaître en lui coupant les vivres.

— Je me réjouis de voir tant d'entre vous servir la nation qui vous a éduqués et vous a donné un noble métier. Je sais que vous aurez la force nécessaire pour tenir. J'ai été consterné par de nombreux articles de journaux que j'ai lus avant la grande bataille de juillet, et selon lesquels la lutte serait rondement menée à son terme. Connaissant nos collègues des Etats en rébellion — leur intelligence, leur courage, leur carrière, aussi exemplaire que la vôtre à l'exception d'un acte gravissime — je répondrai à toutes ces déclarations par un seul fait.

On n'entendait dans la salle nul autre bruit que le sifflement du gaz et le frêle vieillard retenait tous les regards.

— Un fait qui est pour vous tous un principe et une vérité fondamentale : il faut trois ans pour forger une armée. Et, même après ces trois années, elle doit endurer de dures épreuves pour vaincre. La guerre n'est pas une partie de plaisir. Ceux d'entre vous qui ont fait la campagne du Mexique le savent ; ceux qui se sont battus dans l'Ouest le savent. La guerre exige un lourd tribut de vies et de souffrances. Ne l'oubliez jamais. Soyez forts. Soyez patients. Mais soyez aussi sûrs de vous. Vous triompherez.

Lorsque Thayer s'assit, les applaudissements et les cris retentirent comme un coup de tonnerre. Les anciens de West Point entonnèrent *Benny Haven's, Oh!* et même George le Cynique eut la larme à l'œil en entendant le dernier vers.

La grande réception donnée en l'honneur du général George Brinton McClellan eut lieu quelque temps plus tard, dans un climat de doute et de lutte feutrée. Rumeurs et proclamations abondaient : les prisonniers du *Trent* seraient libérés parce que l'Union ne pouvait se passer de salpêtre ; la formation de la commission du Congrès sur la conduite de la guerre serait annoncée incessamment ; McClellan écraserait la Confédération au printemps — ne l'avait-il pas promis dans diverses déclarations ? Les détracteurs de Petit Mac prétendaient qu'il avait manigancé la destitution de ce pauvre vieux goutteux de Scott pour s'octroyer aussi le poste de général en chef.

A la résidence présidentielle brillamment éclairée, un orchestre de cordes jouait pour accueillir les invités de marque. George promit à Constance de la présenter à son ancien camarade de West Point mais seulement après avoir repéré le terrain, pour ainsi dire.

McClellan ne paraissait guère plus âgé qu'à l'époque où George et lui potassaient ensemble. Il s'était laissé pousser une spectaculaire moustache auburn mais, à ce détail près, il était resté le même gaillard solidement bâti et sûr de lui de la promotion 46 dont George avait gardé le souvenir. Tout en lui, de son nez nettement dessiné à ses larges épaules, semblait proclamer : voilà la force, voilà la compétence. Il avait quitté la compagnie de chemin de fer de l'Illinois pour réintégrer l'armée, et sa brillante ascension donnait à George un léger sentiment d'infériorité.

Brillante était le mot. Une aura de célébrité entourait les McClellan qui passaient d'un groupe à l'autre, traînant derrière eux deux des nombreux aides de camp européens du général, le comte de Paris et le duc de Chartres, joyeux exilés français.

Tous les indiscrets tendirent l'oreille lorsque McClellan et son épouse entrèrent en conversation avec le président et Mrs. Lincoln. Depuis qu'il s'était établi dans une maison de la rue H, défiant ceux qui auraient voulu le voir vivre au camp, McClellan ne laissait aucun doute sur le point de savoir qui, du président ou du général en chef, prenait le pas sur l'autre. La ville parlait encore de l'incident de novembre : un soir, Lincoln et John Hay, un de ses secrétaires, s'étaient rendus rue H pour une affaire gouvernementale. Le général, absent, arriva une heure plus tard, monta directement au premier sans voir les visiteurs et se mit au lit. On dit que le président fut furieux mais il avait tendance à masquer de tels sentiments derrière une modestie et une bonne humeur d'homme de l'Ouest. Contrairement à McClellan, l'arrogance n'était pas son style.

— Cela grouille de politiciens, murmura George à Constance du coin de la bouche. Voici Wade, qui dirigera la nouvelle commission. Et Thad Stevens.

— Sa perruque est de travers. Comme toujours.

— Tu joues les Isabel, ce soir ?

Constance frappa de son éventail la manche galonnée de son mari.

— Ne dis pas d'horreurs.

— A propos d'horreurs, j'aperçois la dame en question, avec mon frère.

Stanley et Isabel n'avaient pas encore remarqué George, trop occupés qu'ils étaient à regarder Cameron. Le ministre venait de faire son entrée, seul, et circulait dans la foule avec des mines de conspirateur. Comment s'était-il procuré une invitation ? Pourquoi les évitait-il ?

Stanton, qui bavardait en tête à tête avec Wade, n'adressa même pas un signe à son client. Stanley se sentit moins l'âme d'un Judas : d'autres trahissaient aussi, apparemment. Mais pour qui ? dans quel but ? Il avait l'impression d'être un enfant ignorant, conscient de son ignorance.

— Je parie que Stanton veut la place de Simon, chuchota Isabel derrière son éventail déployé. Cela expliquerait pourquoi tu l'as surpris sortant du bureau de Wade, pourquoi il s'abstient de défendre le rapport original et même d'en endosser la paternité.

Cette idée, totalement nouvelle, laissa Stanley bouche bée.

— Ferme la bouche, lui glissa sa femme. Tu as l'air d'un crétin.

— Ma chère tu ne cesses de m'étonner. Je crois que tu pourrais avoir raison.

Isabel l'entraîna dans un coin pour lui demander :

— Quel genre d'homme, ce Stanton ?

— Brillant avocat originaire de l'Ohio. Farouche abolitionniste. Volontaire, dit-on. Et retors. Très redoutable.

Isabel prit son mari par le bras.

— Leur conversation est finie. Il faut que tu parles à Wade pour savoir où tu en es.

— Mais je ne peux pas lui demander comme ça...

— Nous allons le saluer. Tous les deux. Maintenant.

Il n'y eut pas de discussion : Isabel referma la main sur le poignet de son époux et l'entraîna. Au moment où ils rejoignaient Ben Wade, Stanley craignit de ne plus contrôler sa vessie. Isabel sourit, imitant de son mieux les coquettes de vaudeville.

— Ravie de vous revoir, sénateur. Où est votre charmante femme ?

— Quelque part dans la foule. Il faut que je la retrouve.

— Je suppose que tout va bien pour cette nouvelle commission dont nous entendons tant parler ?

— En effet. Nous donnerons bientôt à l'effort de guerre des bases plus solides. Une orientation plus claire.

La pointe contre Lincoln étant manifeste, Isabel s'empressa d'approuver :

— Un objectif qui a mon soutien, et celui de mon mari.

— Ah ! oui.

Wade eut un sourire dans lequel Stanley crut discerner une nuance de mépris qui lui était destinée.

— Sa loyauté, son dévouement sont connus d'un grand nombre des membres de la commission, reprit le sénateur. Stanley, nous espérons que vous continuerez à faire preuve d'esprit de coopération.

— Sans aucun doute, sénateur.

— Voilà une excellente nouvelle. Bonsoir.

Stanley faillit s'évanouir en regardant Wade s'éloigner. Il avait survécu à la purge.

— Isabel, je crois que je vais me soûler ce soir, avec ou sans ta permission.

L'inévitable rencontre des deux frères et de leurs épouses eut lieu quelques minutes plus tard, près des saladiers de punch. Les salutations furent polies de part et d'autre, sans plus. George eut du mal à paraître sincère en souhaitant à Stanley et à Isabel un joyeux Noël.

— Tu connais notre jeune Napoléon ? bredouilla Stanley, qui buvait punch sur punch.

— Je ne lui ai pas encore parlé ce soir mais je n'y manquerai pas, répondit George. Nous nous sommes connus à West Point.

— Vraiment ? fit Isabel, avec une expression suggérant qu'elle venait de perdre un point dans un jeu quelconque.

— Comment est-il ? demanda Stanley. Comme homme, je veux dire. Je crois savoir qu'il a d'excellentes origines mais c'est un démocrate. Mou sur la question de l'esclavage, paraît-il. Curieux choix que le président a fait là, tu ne trouves pas ?

— Pourquoi ? N'est-on pas censé faire abstraction des considérations politiques en période de crise ?

— Si vous le croyez vraiment, vous êtes naïf, laissa tomber Isabel.

Voyant les joues de Constance s'empourprer, George lui prit la main, passa son bras sous le sien.

— Pour répondre à la question de Stanley, McClellan est extrêmement brillant, dit-il. Second de notre promotion, il est monté trois fois en grade au Mexique pour bravoure. D'après Billy, les hommes l'adorent, ils l'acclament quand il passe à cheval. Il nous fallait un homme en qui la troupe aurait confiance et je puis dire que nous l'avons trouvé. Il me semble que le président a fait un choix intelligent, non un choix politique.

— Le président n'aurait pas dit mieux.

Isabel parut sur le point de s'enfoncer dans le parquet lorsqu'elle découvrit derrière George celui qui venait de parler. Lincoln leva un long bras, posa la main sur l'épaule de George.

— Comment allez-vous, major Hazard ? Cette jolie dame est votre épouse ? Vous devez me présenter.

— Avec plaisir, monsieur le président.

Après avoir présenté Constance, George demanda à Lincoln s'il connaissait son frère et sa belle-sœur. L'homme aux allures d'épouvantail répondit poliment qu'il croyait avoir fait leur connaissance, mais George crut comprendre que Lincoln n'avait pas gardé de cette rencontre une impression positive. Isabel saisit aussi la nuance et en fut manifestement irritée.

Constance montrait à l'égard du chef de l'Etat une déférence adéquate mais restait détendue, sans grimacer ou tirer nerveusement sur la dentelle de ses gants comme Isabel.

— Mon mari m'a dit qu'il vous a rencontré un soir à l'arsenal, monsieur le président.

— C'est exact. Nous avons discuté d'armes à feu.

— J'espère ne pas être déloyal envers mon ministère en disant que j'ai été content d'apprendre la décision d'acheter des Spencer et des Sharps à répétition, déclara George.

— Votre supérieur se refusait à les acquérir, il fallait bien que quelqu'un le fasse. Mais je ne veux pas ennuyer les dames avec ce genre de propos.

Lincoln orienta la conversation sur Noël, se rappela une histoire qu'il raconta avec un plaisir évident, en imitant divers accents. La chute provoqua des rires sincères, sauf chez Isabel qui se mit à hennir si fort que plusieurs invités se retournèrent.

— Parlez-moi un peu de vous, Mrs. Hazard, demanda le président à Constance.

Elle s'exécuta. Ils évoquèrent un moment le Texas puis une remarque de Constance rappela à Lincoln une autre histoire drôle. Il l'avait à peine commencée quand sa femme, boulotte et habillée avec trop de recherche, fondit sur lui et l'emmena. Isabel saisit l'occasion pour partir elle aussi, et Stanley suivit.

— George, c'était formidable, dit Constance. Mais je me sentais mal à l'aise : j'ai pris du poids, je suis laide.

— Tu as peut-être pris une livre ou deux. Le reste, c'est dans ta tête, dit George en lui tapotant la main. As-tu remarqué comme Lincoln buvait tes paroles ? Il a l'œil pour les jolies femmes — c'est pour cette raison que sa moitié l'a quasiment enlevé. Il paraît qu'elle ne supporte pas de le voir en compagnie d'une autre femme. Ah ! voici Thayer. Allons le saluer.

Constance charma aussi l'ancien commandant de West Point et le trio s'approcha de McClellan, libéré temporairement de ses admirateurs.

— Un de vos camarades de promotion..., commença Thayer.

— Stump Hazard ! Je t'ai vu dans la foule il y a un moment, je t'ai tout de suite reconnu.

L'accueil de McClellan était chaleureux mais George le trouva quelque peu artificiel. Peut-être n'était-ce qu'un effet de son imagination...

— Bonsoir, général.

— Non, non. Mac, comme avant. Dis-moi, qu'est devenu ce type avec qui tu étais si lié ? Un homme du Sud, je crois ?

— Oui. Orry Main. Je ne sais pas ce qu'il est devenu. Je ne l'ai pas vu depuis avril.

Nell, la femme du général, se joignit au groupe et la conversation porta sur Washington puis sur la guerre. McClellan devint grave :

— L'Union est en danger, le président semble incapable de la sauver. C'est à moi que le rôle de sauveur est dévolu. Je le remplirai de mon mieux.

Pas la moindre nuance ironique n'atténuait cette déclaration, et George sentit la main de Constance se crisper sur son bras. L'instant d'après, les McClellan s'excusèrent pour aller rejoindre le général Meade et madame. Lorsqu'ils furent assez loin pour ne plus être entendus, Constance dit à mi-voix :

— C'est ahurissant. Il y a quelque chose qui ne tourne pas rond chez un homme qui se proclame lui-même sauveur.

— Mac n'a jamais été un type ordinaire, plaida George. Ne nous hâtons pas de le juger. Dieu sait quelle tâche redoutable on lui a confiée.

— Je maintiens qu'il ne tourne pas rond.

George s'avoua *in petto* que McClellan lui avait laissé la même impression.

Portés par les mouvements de la foule des invités, les Hazard se retrouvèrent dans un groupe où se tenait Thad Stevens, l'avocat de Pennsylvanie qui serait le membre de la Chambre le plus influent de la commission de Wade. Presque tout le monde le trouvait bizarre, avec son pied-bot, son toupet de cheveux drus, et son air sinistre, éclairé seulement par une froide passion.

— Je ne suis pas de l'avis du président sur tous les sujets mais je partage son opinion sur un point au moins. Comme il l'affirme, l'Union n'est pas un simple contrat d'amour libre que n'importe quel Etat peut rompre à sa guise. Les rebelles ne sont pas des frères égarés, comme Mr. Greeley les appelle affectueusement, mais des ennemis, des ennemis acharnés du temple de la liberté qu'est notre pays. Pour ces ennemis acharnés, il ne peut y avoir qu'un sort : le châtiment. Nous devons libérer tous les esclaves, exécuter tous les traîtres, réduire en cendres toutes les demeures des rebelles. Si le pouvoir exécutif n'en a pas le cran, notre commission l'aura.

Le regard du zélote parcourut son auditoire impressionné.

— Je vous en fais la promesse solennelle, mesdames et messieurs, reprit Stevens. Notre commission l'aura.

Et il s'éloigna en claudiquant.

— Rentrons, Constance, décida George.

Madeline et Hettie, une servante, nettoyaient une malle piquée de moisissure quand des pas retentirent dans l'escalier menant au grenier.

— Miss Madeline ? Venez vite.

Lâchant son chiffon, la femme d'Orry se leva aussitôt.

— Qu'y a-t-il, Aristotle ?

— C'est miss Clarissa. Elle est sortie pour sa promenade, après le petit déjeuner et on l'a retrouvée dans le jardin.

Une peur glacée comme l'air de ce matin d'hiver saisit Madeline. Elle courut au jardin, vit Clarissa étendue sur la pelouse encore couverte de givre, entre deux buissons d'azalées. La mère d'Orry regarda sa belle-fille avec des yeux brillants, leva vers elle un regard implorant. Elle essaya de parler mais n'émit qu'une sorte de gargouillis.

— C'est une attaque, dit Madeline au domestique noir rongé d'angoisse.

Elle avait envie de pleurer. A présent, il lui faudrait remettre son départ jusqu'au rétablissement de sa belle-mère.

— Va chercher de l'aide pour la porter à l'intérieur.

Aristotle fila vers la maison, revint accompagné d'autres domestiques et, avec leur aide, souleva la vieille femme. Sous le corps frêle, le givre avait fondu, dessinant comme une ombre sur un champ de neige.

Le docteur sortit de la chambre de la malade à onze heures et demie. Avec un calme apparent, Madeline l'entendit déclarer que Clarissa était presque totalement paralysée du côté droit et qu'il lui faudrait peut-être un an pour se remettre.

47

LE jour du réveillon de Noël — un mardi — George n'était toujours pas parvenu à se défaire de la morosité qui l'assaillait depuis la réception en l'honneur de McClellan. La guerre, la ville et même le temps le déprimaient pour des raisons qu'il ne pouvait s'expliquer totalement.

Un feu fleurant bon éclairait l'âtre du salon, où la famille se tenait après le dîner. Patricia avait repris ses leçons de musique avec un professeur local mais, la suite exiguë ne permettant pas d'avoir un vrai piano, George avait acheté un petit harmonium. La fillette ouvrit un recueil de chants de Noël, appuya sur les pédales de l'instrument et se mit à jouer.

Constance sortit de la chambre avec trois gros paquets qu'elle plaça auprès des autres cadeaux, au pied du sapin décoré de guirlandes et de bougies. Derrière l'arbre, on avait mis des seaux d'eau et de sable, et on avait éteint toutes les lampes à gaz de la pièce. La lumière était douce, plaisante — tout à fait à l'opposé de l'humeur de George.

— Chante avec moi, papa, réclama Patricia entre deux vers.

Il secoua la tête, demeura sur son fauteuil. Constance s'approcha de l'harmonium, ajouta sa voix à celle de la petite fille. De temps à autre, elle jetait un coup d'œil à son mari, dont l'abattement l'inquiétait.

Après le chant, William demanda à son père :

— On peut ouvrir un de nos cadeaux ce soir ?

— Non. Tu m'as cassé les pieds avec ça toute la soirée. J'en ai assez.

— George, excuse-moi, intervint Constance. Il te l'a demandé une seule fois.

— Une ou cent fois, la réponse est non. William, nous ouvrirons les cadeaux demain matin après la messe.

— Après la messe ? s'écria le garçonnet. C'est trop long. Pourquoi pas après le petit déjeuner ?

— Parce que ton père en a décidé ainsi, dit Constance d'une voix douce mais avec un froncement de sourcils que George ne remarqua pas.

— C'est pas juste ! protesta William.

— Je vais te montrer ce qui est juste, petit impertinent...

— George ! fit Constance en s'interposant entre son fils et son mari. Essaie de te souvenir que c'est demain Noël. Tu nous traites comme des ennemis. Que se passe-t-il ?

— Rien — je ne sais pas — où sont mes cigares ?

Le dos tourné à sa famille, il se pencha vers le dessus de cheminée et son regard tomba sur le brin de laurier qu'il avait amené de Lehig Station. Il le prit par une de ses feuilles sèches et jaunies, le jeta dans le feu.

— Je vais me coucher.

Lorsque Constance vint le rejoindre, il dormait déjà, perdu dans un cauchemar où des obus explosaient avec une lenteur exquise sur la route de Churubusco. Une énorme tête de carnaval à l'expression mauvaise s'inclinait vers lui, menaçante, toujours plus grosse. Elle avait les traits de Thad Stevens et sa bouche immense, caverneuse, criait : « Libérer tous les esclaves, exécuter tous les traîtres, réduire en cendres toutes les demeures. »

Sur la route du Cub Run, le cheval tombé à terre. Le jeune zouave abat son mousquet sur la seule cible qu'il peut offrir à sa peur et à sa colère. Le cheval, fou de douleur, retrousse ses babines, découvre ses dents. Le zouave frappe à nouveau, le crâne se fend comme un fruit mûr, crache sa pulpe rouge en jets spasmodiques qui deviennent un flot.

La scène explose puis réapparaît. Tout recommence. Le zouave lève à nouveau son arme...

« Arrêtez. »

— George...

« Arrêtez, arrêtez ! »

Une voix d'enfant craintive :

— P'pa ? Maman, il va bien ?

— Oui, William.

« Arrêtez ! »

— Retourne au lit, William. Ce n'est qu'un cauchemar.

George s'éveilla, frissonnant dans le noir, et murmura :

— Seigneur.

— Là, dit Constance.

Elle le prit dans ses bras, releva les mèches de cheveux tombées sur son front moite, l'embrassa. Comme elle était douce et chaude. Il se blottit contre elle, honteux de sa faiblesse mais reconnaissant du réconfort que Constance lui apportait.

— A quoi rêvais-tu ? Ce devait être horrible.

— Au Mexique, au Bull Run. Je m'excuse d'avoir été si désagréable, ce soir. Je parlerai aux enfants dès leur réveil et nous ouvrirons les paquets. Je veux qu'ils sachent que je regrette ma conduite.

— Ils comprennent, ils savent que tu ne vas pas bien. Seulement, ils ne savent pas pourquoi. Moi-même, je ne suis pas sûre de le savoir. C'est la guerre ?

— Sans doute. Je ne supporte pas la malhonnêteté, la cupidité cachée derrière de beaux discours patriotiques. Tu sais que Stanley est en train de faire fortune, avec ses bottines ? Tu sais qu'elles ne tiendront pas une semaine sur les routes caillouteuses ?

— Je préférerais ne pas le savoir.

— Ce qui m'inquiète, c'est ce que Thayer a déclaré au dîner donné en son honneur. On ne construit pas une armée en trois mois, il faut deux ou trois ans.

— Il pense que la guerre pourrait durer aussi longtemps ?

— Oui. La guerre printanière, brève et saine, ce fut une cruelle illusion. Ce n'est jamais cela, la guerre. A présent, tout change. On assiste à l'ascension d'hommes comme Thad Stevens, qui veulent un massacre. Billy en réchappera-t-il ? Et Orry, et Charles ? Si je revois Orry un jour, m'adressera-t-il la parole ? Les longues guerres font les haines tenaces. Elles changent les hommes, elles les usent, les écrasent de désespoir lorsqu'elles ne les tuent pas rapidement. Regarde l'effet que cette guerre a sur moi.

Constance serra George contre sa poitrine, lui fit comprendre par son silence qu'elle partageait sa peur et n'avait pas de réponse à ses questions. Dehors, il avait recommencé à neiger.

48

DE tout l'automne, Charles Main n'avait tiré que trois coups de feu. Chaque fois, il s'était trouvé à la tête d'un détachement d'éclaireurs aventuré bien au-delà des trous de tirailleurs que l'infanterie de Hampton avait creusés le long des défenses confédérées ; chaque fois il avait eu pour cible des cavaliers yankees en fuite. Il avait blessé l'un d'eux, manqué les autres.

Ces trois coups de feu rendaient parfaitement compte des mois écoulés depuis Manassas : pas d'événements majeurs, à l'exception de la victoire encourageante de Ball's Bluff, à la fin du mois d'octobre. Dans le Nord, on avait accusé d'incompétence, voire de trahison, le commandant de l'Union qui avait ordonné à ses hommes de traverser le Potomac. Repoussés par les Confédérés, de nombreux soldats nordistes étaient tombés sous le feu de l'ennemi ou s'étaient noyés. Shank Evans, un Carolinien du Sud que Charles avait affronté au Texas dans les courses de chevaux, s'était distingué à Ball's Bluff comme il l'avait fait à Manassas. Il semblait cependant peu probable qu'il obtienne de l'avancement car il buvait et était d'un tempérament violent.

En revanche, la promotion de Hampton au grade de général de brigade paraissait assurée. Il jouissait de la faveur de Johnston, à qui était échu le commandement de toute la Virginie dans le cadre de la réorganisation qui avait suivi Ball's Bluff. Le Vieux Bory, tenu en échec, était relégué au commandement du district du Potomac. En fait, Hampton remplissait les fonctions de général de brigade depuis novembre puisqu'il avait sous ses ordres trois régiments d'infanterie supplémentaires : un de Géorgie, deux de Caroline du Nord. Calbraith Butler commandait la cavalerie, qui assurait les tâches les plus diverses, de la reconnaissance des positions yankees à la protection des chariots de l'officier trésorier.

Charles avait profité de ses deux seuls jours de permission pour se rendre dans le comté de Spotsylvania. Après une longue et épuisante chevauchée, il avait facilement trouvé la ferme Barclay... pour découvrir que sa propriétaire était absente. Washington, le plus vieux de ses deux affranchis, l'avait informé qu'elle s'était rendue à Richmond avec Boz, le plus jeune, pour vendre la récolte d'avoine. Charles retourna au front en proie à une morosité que des heures de pluie battante ne contribuèrent pas à dissiper.

La légion avait établi ses quartiers d'hiver près de Dumfries. Le soir du réveillon, Charles se trouvait seul dans la hutte de rondins et de torchis qu'il avait construite avec Ambrose, sans l'aide d'un seul Noir. Excepté quelques obstinés comme Custom Cramm III, la plupart des soldats avaient mieux aimé renvoyer leurs esclaves chez eux plutôt que les voir s'enfuir.

On avait sonné la retraite une demi-heure plus tôt mais il n'y aurait pas de couvre-feu à cause de la fête du lendemain. Ambrose, qui était de patrouille, avait quitté le camp avant la nuit en direction de Fairfax Courthouse pour une surveillance de routine des lignes de l'Union. Son détachement comprenait le soldat de deuxième classe Nelson Gervais, à qui Miss Sally Mills avait promis sa main grâce aux talents épistolaires de Charles. Les deux jeunes gens projetaient de se marier à la première permission de Gervais.

Un petit feu brûlait dans la cheminée faite de briques chapardées dans la plus pure tradition de la cavalerie par le sergent Reynolds. La hutte, qui mesurait quatre mètres sur quatre, comportait deux bancs disposés de chaque côté, un râtelier pour les sabres et les fusils, du mobilier de fortune : une table, simple assemblage de grosses planches sur un tonneau, deux chaises au dossier arrondi taillées dans des barils de farine. Ambrose s'y connaissait en menuiserie, même s'il se plaignait que ce fût un travail d'esclave.

Bien que le feu rendît l'endroit confortable, Charles n'était pas de la meilleure humeur. La soirée avait mal commencé, le bœuf en conserve servi au dîner se révélant immangeable. Malgré la salaison, il avait une couleur violacée et un aspect gluant. Il avait fallu se contenter de pois et de biscuits.

Pour Noël, on avait promis de la dinde, des patates douces et du pain d'avoine frais, mais Charles ne croirait à ce festin que lorsqu'il l'aurait sous les yeux. Ses hommes haïssaient l'Intendance et réservaient à Northrop, l'officier qui la dirigeait, des injures aussi fleuries, voire davantage, que celles dont ils couvraient le vieil Abe.

Les colis envoyés par la famille contrebalançaient dans une certaine mesure cette baisse récente de la qualité des rations. Charles avait devant lui, posé sur la table, un de ces paquets — ou ce qui en restait. Il était arrivé de Richmond dans l'après-midi, précédé d'une lettre d'Orry l'informant qu'il était à présent lieutenant-colonel au ministère de la Guerre et coincé à un poste qu'il n'aimait pas.

Orry avait pris la précaution de joindre à la lettre une liste de ce que contenait le colis : deux oranges, qui arrivèrent écrasées mais mangeables ; deux numéros du *Southern Illustrated News*, dont un comportant un long article sur la victoire de Ball's Bluff. La liste mentionnait aussi quatre romans, qui avaient disparu du paquet éventré.

La déchirure de l'emballage expliquait probablement la moisissure verte qui recouvrait les deux douzaines de gâteaux secs. De son couteau, Charles gratta l'un d'eux, le mangea. Cela irait. Il essuya la lame à sa manche gauche qui, comme le reste de son uniforme, avait pris une patine de crasse dont aucun nettoyage ne viendrait à bout.

Orry avait aussi envoyé trois petits pots de confiture, qui s'étaient tous fendus et que Charles avait dû jeter. Enfin, le paquet contenait un gâteau au chocolat qui semblait être passé sous un boulet de canon mais dont on pouvait récupérer les débris.

Charles sortit sa montre de sa poche : huit heures et demie. Il avait ce soir des obligations à remplir — certaines officielles, d'autres pas — et ferait bien de commencer à s'en acquitter. De ses ongles, il gratta la barbe qu'il se laissait pousser pour avoir chaud aux joues et dont les poils mesuraient déjà plus de deux centimètres. Un vrai nid à poux mais jusqu'à présent, il avait réussi à tenir les petites bêtes à l'écart. A la différence de nombre de ses hommes, il se lavait en effet le plus souvent possible, non seulement parce qu'il détestait se sentir sale mais parce que, dans la perspective d'une soirée en tête à tête avec Gus

Barclay, il ne tenait pas à ce que ses parties intimes soient infestées de vermine. Cela tuerait tout romantisme.

Le visage de la jeune femme revenait souvent dans ses pensées ces temps derniers et, ce soir-là, il lui apparaissait avec une netteté particulière. Il se sentait solitaire et aurait voulu être à la ferme, écoutant Augusta lui réciter des vers de Pope devant une tasse de vin chaud.

Il secoua la tête, se leva, mit son képi au moment où une voix de ténor entonnait *Sweet Hour of Prayer*. Chantonnant lui aussi, il attacha son revolver à sa taille, décrocha ses gants de leur clou. En franchissant la porte, il découvrit qu'il neigeait. Ambrose serait de retour à minuit et ils déboucheraient alors une bouteille de gnôle achetée au cantinier. Peut-être devraient-ils organiser d'abord une bataille de boules de neige : l'inaction rendait les soldats irritables et querelleurs.

Trois soldats originaires de la région de Savannah sortirent de leur tente pour regarder avec étonnement les flocons blancs tombant entre les grands arbres sombres.

— C'est la première fois que vous voyez de la neige, les gars ? leur demanda Charles en s'approchant.

— Oui, mon capitaine.

— Attention, capitaine Main. Une boule de neige pourrait envoyer votre képi en l'air.

En riant, Charles descendit la rangée de tentes d'hiver faites de palissades de rondin surmontées de toile. Il entendit sur sa gauche un bruit familier et furieux, se tourna dans cette direction. Il fit quelques pas, découvrit le coupable, pantalon et caleçons sur les chevilles.

— Bon sang ! Pickens. Je vous ai déjà dit d'utiliser les feuillées. Ce sont des types comme vous qui propagent la maladie dans le camp.

— Je sais ce que vous m'avez dit, mon capitaine, plaida le jeune garçon, effrayé, mais j'ai la courante...

— Les feuillées, répéta Charles, impitoyable. Allez.

Remontant maladroitement ses vêtements, le soldat

s'éloigna en marchant de côté comme un crabe. Charles regagna l'allée, se dirigea vers l'entrée du camp : deux piliers et une arche faits de branches écorcées et tressées ensemble. Une œuvre d'art, cette grille. Elle tiendrait jusqu'au printemps, date à laquelle ils partiraient probablement en campagne contre McClellan.

Charles passa devant des sentinelles à qui il rendit leur salut sans vraiment les voir. Le visage de Gus Barclay l'obnubilait. Parvenu devant une hutte deux fois plus grande que la sienne, il demanda au caporal montant la garde :

— Comment va le prisonnier ?

— Il a pas arrêté de râler pendant une demi-heure, mon capitaine. Mais comme je répondais pas, il a fini par la fermer.

— Libérez-le. Personne ne doit être puni le soir du réveillon.

Le caporal hocha la tête, se baissa pour entrer dans la hutte. Charles le suivit, partagé entre la mansuétude et le sentiment de mal faire ; l'homme emprisonné juste avant l'appel du soir était l'éternelle forte tête, le soldat Cramm. Le sergent Reynolds lui ayant donné un ordre qui ne lui plaisait pas, Cramm s'était gratté la gorge et avait craché bruyamment au moment où le sous-officier s'éloignait. Charles avait ordonné de le boucler pour la nuit.

Le prisonnier, assis sur la terre battue de la cabane, regarda l'officier avec des yeux mauvais. Il avait les poignets attachés à un rondin passé derrière ses genoux.

— Vous ne le méritez pas, Cramm, mais je vais vous libérer parce que c'est Noël. Le caporal vous conduira à votre tente et vous y resterez jusqu'à la diane. Compris ?

Le puni, détaché par le caporal, se frotta les poignets en grimaçant, comme s'il souffrait atrocement. Son regard n'exprimait aucune gratitude mais un profond mépris.

— Oui, mon capitaine, bougonna-t-il.

Sentant monter sa colère, Charles s'empressa de sortir.

La neige tombait à présent plus dru. Charles devait encore rendre la visite la plus importante de la soirée et décida de le faire sans attendre. En remontant l'allée, il passa devant une tente à l'intérieur de laquelle quelqu'un gémissait :

— Oh ! seigneur. Seigneur !

Il reconnut la voix de Reuven Sapp, neveu du docteur qui avait drogué Madeline LaMotte au laudanum pendant si longtemps. Ce jeune garçon de dix-neuf ans ferait un excellent cavalier le jour où il ne se laisserait plus intimider par ses camarades plus braillards et moins compétents.

— Oh ! seign...

Charles frappa, entra aussitôt. Un soldat aux cheveux blonds assis sur un des lits de camp et tenant une lettre à la main releva la tête.

— Capitaine ! Je ne savais pas qu'il y avait quelqu'un tout près...

Charles ôta son képi, en fit tomber la neige, descendit trois marches en planches jusqu'au sol, creusé pour mieux protéger la tente du froid.

— Où sont tes camarades ?

— Partis à la chasse au lapin, répondit Sapp en s'efforçant de reprendre une voix normale. C'était maigre, le rata, ce soir.

— Infect, approuva l'officier. Puis-je m'asseoir ?

— Certainement, mon capitaine. Excusez...

Comme le soldat se levait, l'officier lui fit signe de se rasseoir et attendit, persuadé qu'il finirait par lui raconter ce qui n'allait pas. Charles avait raison : montrant la lettre, Sapp dit d'un ton hésitant :

— En août dernier, j'ai écrit à une fille pour lui demander si elle voulait de moi comme soupirant. Elle m'a envoyé un cadeau de Noël mais elle répond dans cette lettre que je suis pas assez respectable parce que je vais pas à l'église...

— Alors nous sommes deux à ne pas être respectables. C'est vraiment dommage de recevoir une nouvelle comme ça pour Noël. Je voudrais pouvoir...

Les larmes du seconde classe interrompirent Charles.

— Mon capitaine, j'ai le mal du pays. J'ai honte mais j'y peux rien. Cette foutue guerre me dégoûte.

Sapp se pencha en avant, cacha sa face dans ses mains. Charles s'approcha de la couchette, posa une main sur l'épaule secouée de sanglots.

— Moi aussi, j'ai souvent le mal du pays, Reuven. Ne te culpabilise pas. (Le jeune garçon leva vers son capitaine un visage rouge et humide.) Oublie tout ça. Oublie aussi la règle qui interdit aux hommes de troupe de boire avec les officiers. Passe à ma hutte dans un moment, je te donnerai un remontant.

— Je bois pas d'alcool, dit Sapp en reniflant. Merci quand même, mon capitaine.

Charles hocha la tête, sortit de la tente en espérant qu'il avait quelque peu réconforté le soldat.

Il reprit sa route vers les abris aux toits en pente où couchaient les chevaux, entendit les bêtes avant de les voir. Elles semblaient nerveuses. Le ventre du capitaine se contracta quand il aperçut une silhouette accroupie près de Joueur. En trois enjambées, Charles fut sur l'homme, le saisit par le col, le tourna vers lui. C'était un sous-officier placé directement sous les ordres de Calbraith Butler.

— Ce sont « mes » planches que vous essayez de voler, sergent. Je les ai placées sur le sol pour que mon cheval ait les jambes au sec. Allez chercher ailleurs du bois de chauffage pour le major Butler. Et remerciez votre bonne étoile, je ne lui parlerai pas de l'incident.

Charles poussa le voleur loin des chevaux agités, lui botta le train pour faire bonne mesure. Le sous-officier déguerpit sous la neige sans un regard en arrière.

Joueur reconnut son maître, qui ôta ses gants pour redresser la lourde couverture grise protégeant l'animal. Charles s'agenouilla dans la boue pour vérifier que les planches offraient une assise stable aux sabots du hongre. Puis il s'avança vers la mangeoire quasi vide, roula entre ses doigts un reste de fourrage : de la paille sèche, de mauvaise qualité. Déjà les pâturages d'hiver devenaient rares car les milliers de chevaux de la cavalerie et de l'artillerie tondaient rapidement toutes les prairies de Virginie.

Charles flatta l'encolure de Joueur puis, décrochant une lanterne pendue à un clou, passa lentement derrière les chevaux. Les bêtes s'étaient calmées depuis le départ du voleur. Elevant sa lanterne, il chercha des signes de maladie, ne vit rien d'alarmant. Un petit miracle.

Quel ramassis de canassons ! Depuis la fin de l'été, plus question d'avoir des bêtes de la même couleur. La plupart des bais étaient morts au printemps à cause des maladies, du manque de soins ou sous le feu de l'ennemi. On avait dû les remplacer par des animaux bruns ou rouans, gris comme Joueur, et même par un pie aux lignes lourdes de cheval de trait. Pourtant les Yankees vivaient toujours dans la frayeur d'une diabolique cavalerie de *Black Horse* en grande partie imaginaire. Curieux.

Les chevaux le firent penser au printemps, si lointain et si différent qu'il semblait appartenir à une autre année, à une autre vie. Le changement avait été brutal. Il y avait plus d'un mois qu'il n'avait pas entendu Ambrose chanter *Young Lochinvar* et si les hommes lisaient toujours Walter Scott, ils n'y cherchaient plus des leçons de chevalerie. A présent, la conduite de l'officier yankee lancé à la recherche de la passeuse de quinine aurait paru étrange et imbécile. Charles se surprit à espérer qu'Ambrose rentrerait tôt pour qu'ils puissent se mettre à boire.

De retour dans sa hutte, il sortit la bouteille, certain que le lieutenant ne tarderait plus : il était déjà onze heures. Pour se protéger du froid, il s'allongea sur son lit de camp, se glissa sous les couvertures et finit par s'endormir. Il se réveilla en sursaut, se frotta les yeux, regarda sa montre.

Trois heures et quart.

— Ambrose ?

Pas de réponse.

Engourdi par le froid, il roula sur le côté, constata que l'autre couchette était vide. Ne parvenant pas à retrouver le sommeil, il se leva, fit le tour des sentinelles. Il trouva l'une d'elles endormie, faute passible du peloton d'exécution. Mais c'était Noël, et Charles se contenta de réveiller le jeune garçon et de le réprimander avant de poursuivre sa route.

A la grille, il demanda au garde si le détachement du lieutenant Pell était rentré.

— Non, mon capitaine. Ils sont drôlement en retard, hein ?

— Ils rentreront bientôt, j'en suis sûr, répondit Charles.

Un pressentiment lui souffla qu'il mentait.

Il retourna inspecter les chevaux, refit le tour des sentinelles. La neige avait cessé de tomber pendant son sommeil. Charles attendit jusqu'aux premières lueurs orangées de l'aube. Personne ne franchit la grille du camp : Ambrose ne reviendrait pas. Aucun de ceux qui l'accompagnaient ne reviendrait. Charles songea que Nelson Gervais en faisait partie et qu'en plus des lettres aux familles, il lui faudrait aussi écrire à Miss Sally Mills.

Les changements arrivaient, inexorables comme les saisons. Walter Scott avait disparu ; McClellan attendait de faire son entrée.

De retour dans sa hutte, le capitaine Main courba la tête, avala plusieurs fois sa salive en serrant les dents puis se redressa. Sans même enlever ses gants, il saisit la bouteille de tord-boyaux, ôta le bouchon avec ses dents et la vida avant la diane.

LIVRE TROIS

UN ENDROIT PIRE QUE L'ENFER

Le peuple s'impatiente : Chase n'a pas d'argent ; le général commandant l'armée de terre a la typhoïde. Le baquet n'a plus de fond. Que dois-je faire ?

Abraham Lincoln au général Montgomery Meigs, directeur de l'Intendance militaire, 1862.

49

— CAVALIERS droit devant, mon capitaine.

Charles, monté sur Joueur, se tenait sous un grand saule où il avait arrêté son détachement pour attendre le rapport de l'éclaireur. Ils étaient six et revenaient du quartier général de Stuart en ce troisième jour de 1862 : Charles ; le lieutenant remplaçant Ambrose Pell ; le sous-lieutenant Julius Wanderly ; deux sous-officiers et l'éclaireur Abner Woolner, qui venait de surgir du brouillard.

L'hiver virginien se révélait cruel, et bien que la température fût ce matin-là au-dessus de zéro, le froid saisissait Charles à travers ses vêtements. Il était un peu plus de sept heures et on ne voyait pas au-delà de quelques mètres. Le monde se réduisait au sol boueux, aux piliers noirs et humides des troncs d'arbres, à une brume blanche, que le soleil rendait lumineuse mais ne parvenait pas à percer.

— Combien sont-ils, Ab ? demanda Charles.

— Pas pu voir dans cette purée de pois, mais au moins une escouade.

L'éclaireur, homme efflanqué d'une trentaine d'années, portait un pantalon de velours maculé de boue, une veste de paysan et un chapeau mou cabossé. Il essuya le bout de son nez, où pendait une goutte, avant de poursuivre :

— Ils avancent tranquillement, de l'autre côté de la voie ferrée.

La ligne Orange et Alexandria. Le détachement de Charles devait la traverser en revenant du camp Qui Vive.

— Dans quelle direction vont-ils ?
— Vers le Potomac.

Ce qui signifiait que les cavaliers étaient presque à coup sûr yankees. Peut-être s'étaient-ils glissés derrière les lignes confédérées pour arracher des rails pendant la nuit.

Calbraith Butler avait envoyé Charles au camp de Stuart pour trois raisons, dont une tenant à la personne du capitaine. La cavalerie du major n'avait plus de fourrage, il fallait en réclamer et Butler avait pensé qu'une requête présentée par un vieil ami du général de brigade (Stuart avait obtenu son avancement, Hampton attendait toujours le sien) serait plus promptement prise en considération qu'une lettre envoyée par courrier.

Le détachement demeura deux jours au camp et Beauty, plus joyeux que jamais, s'épanouissant dans ce climat de guerre, avait invité Charles dans sa petite maison de Warrenton où il avait installé sa femme, Flora, son fils et sa fille. Bien sûr qu'il pouvait prêter un peu d'avoine à des frères dans le besoin ! En automne, il avait ramené de Dranesville un convoi entier de fourrage — en prenant quelques risques. Il avait manœuvré trop hardiment, comme à son habitude, et l'infanterie de Pennsylvanie, lui tendant une embuscade, l'avait contraint à livrer pendant deux heures une bataille au cours de laquelle il avait failli perdre le convoi.

Mais il s'était finalement sorti de sa fâcheuse situation et plusieurs chariots de fourrage seraient rapidement envoyés au major Butler, avec les compliments du général Stuart. Beauty s'enquit poliment de la santé du colonel Hampton et Charles en conclut que, à cet égard, rien n'avait changé : Stuart reconnaissait les mérites de son aîné mais n'avait aucune sympathie pour lui.

La seconde raison de Calbraith Butler concernait le remplaçant d'Ambrose Pell. Venu de Richmond l'avant-veille de la nouvelle année, l'homme avait, selon ses dires, attendu deux mois avant d'être envoyé au front. Butler, qui voulait savoir comment il se comporterait sur le terrain, avait pris Charles Main à part, le lendemain de l'arrivée du nouveau.

— On nous l'a refilé parce qu'il est plus ou moins apparenté au Vieux Pete ou à sa famille. (Le Vieux Pete était le général de division Longstreet, originaire de Caroline du Sud.) Quand j'ai signalé la disparition de Pell, son remplaçant est arrivé si vite que quelqu'un devait attendre l'occasion de se débarrasser de lui. Je lui ai parlé il y a une demi-heure, il m'a fait l'impression d'un crétin et d'un intrigant. Dangereuse combinaison, Charles. Soyez sur vos gardes.

Le lieutenant Reinhard von Helm, citoyen de Charleston d'ascendance allemande, avait huit ou neuf ans de plus que Charles. Petit, mince, le crâne chauve cerné d'une couronne de cheveux bruns, il avait un dentier mal adapté à sa bouche qui le faisait souffrir.

Il prétendait avoir délaissé son cabinet d'avocat pour répondre à l'appel des armes, et cette confidence, ainsi que les noms de personnalités de Charleston citées dans la conversation impressionnèrent beaucoup Wanderly. Aussi le sous-lieutenant devint-il le compagnon inséparable de von Helm dès qu'il eut fait sa connaissance.

Le jour de l'an, Chester Moore, officier d'une autre unité originaire lui aussi de Charleston, avait invité Charles dans sa hutte pour lui offrir à boire et lui révéler des détails supplémentaires sur le lieutenant von Helm.

— Il était effectivement avocat mais guère brillant. En réalité, c'était son père et ses trois associés qui assuraient la réussite du cabinet. Sous la pression du paternel, le fiston y était entré. Grave erreur. L'argent qu'il hérita et la grande vie achevèrent de le pourrir. Lorsqu'on lui permettait de plaider quelque affaire sans importance, il était généralement ivre. Une fois le père dans la tombe, les autres associés mirent le fils à la porte et aucun autre cabinet ne voulut de lui. Seule sa fortune l'empêcha de sombrer totalement. C'est un incapable, Charles. Qui plus est, il le sait. Les ratés sont souvent vindicatifs. Méfiez-vous.

— Capitaine ? fit l'éclaireur. Vous voulez que je retourne les regarder de plus près ?

— Pour quoi faire ? intervint von Helm en approchant sa monture de celles des deux hommes. Ils sont forcément des nôtres.

Charles se sentait recru de fatigue et mort de froid.

— Vous en êtes certain, lieutenant ?

— Naturellement. Pas vous ? répliqua von Helm, d'un ton soulignant la stupidité du capitaine. Le mieux, c'est de leur faire signe pour qu'ils ne nous tirent pas dessus par erreur. J'y vais.

— Une minute, dit Charles.

Mais von Helm éperonnait déjà sa monture et fonçait dans le brouillard.

— Il y a en lui un peu de la fougue de Stuart, n'est-ce pas ? commenta le sous-lieutenant Wanderly, admiratif.

Charles n'eut pas le temps d'exprimer une opinion contraire. La voix de von Helm retentit dans la brume blanche, d'autres s'élevèrent en réponse :

— Qui va là, un rebelle ?

— Bien sûr que c'est un rebelle. Tu reconnais pas l'accent ?

— Hé, tu couches avec combien de négresses ?

Lorsque des coups de feu claquèrent, Charles leva son fusil de chasse et ordonna au détachement de le suivre au trot. Tête baissée, il évitait les branches basses et autres obstacles que le brouillard cachait jusqu'au dernier moment. Derrière lui, Wanderly poussa un long cri d'excitation. Une balle cassa une brindille qui effleura l'œil de Charles. Aller plus vite présentait un grand risque du fait du brouillard et de la nature du terrain, mais le capitaine s'y vit contraint pour sauver le lieutenant sans cervelle.

— Au galop !

Joueur obéit à la pression des genoux de son maître, qui entendit tonner la carabine de von Helm. Presque aussitôt après, le lieutenant se mit à jurer, sans doute parce qu'il avait des difficultés à recharger. « L'imbécile, pensa Charles. Jamais Hampton ne se lancerait ainsi au combat sans connaître la force de l'ennemi. »

Courbé pour passer sous les branches défilant au-dessus de lui, Charles entrevit des éclairs orangés dans la brume et entendit des coups de feu se succédant à une rapidité incroyable. Ou les Yankees étaient plus nombreux que Woolner ne l'avait estimé, ou ils tiraient sans presque s'arrêter.

Cette réflexion détournant son attention, il découvrit trop tard le tronc d'arbre abattu qui lui barrait le chemin. Du fait de sa vitesse et de sa position en tête du détachement, il ne pouvait plus tourner. L'éclaireur galopait derrière lui, la bride entre les dents, un revolver dans chaque main.

— Woolner, à gauche! cria Charles. Il y a un arbre devant!

Joueur et son cavalier étaient déjà sur l'obstacle. Aucun chapitre du manuel sur le franchissement de la double barrière ne pouvait l'aider; il ne pouvait compter que sur son instinct et les qualités de son cheval. Il serra cuisses et jambes, tira légèrement sur la bride.

« Bon Dieu! ce tronc fait au moins un mètre cinquante de diamètre... »

Charles se pencha en avant au moment où Joueur s'apprêtait à sauter et se dressa sur les étriers. Soudain, l'homme et l'animal quittèrent le sol, s'envolèrent, retombèrent de l'autre côté de l'arbre. Le hourra de Woolner apprit à Charles que l'éclaireur avait entendu l'avertissement à temps et évité l'obstacle. Wanderly, médiocre cavalier, tira trop vite sur les rênes avant d'arriver au tronc d'arbre et passa par-dessus sa monture. Les deux sous-officiers, effrayés, laissèrent leurs bêtes lancées au galop passer de chaque côté de l'arbre.

Entre les oreilles rabattues de Joueur, Charles aperçut trois ou quatre Yankees descendus de cheval et faisant feu derrière un talus. Von Helm avait mis pied à terre lui aussi, s'était abrité et tirait alternativement au revolver et à la carabine.

Celui qui commandait la petite troupe yankee donna soudain l'ordre de remonter à cheval et de battre en retraite. Une balle siffla à l'oreille de Charles, le sous-officier qui le suivait poussa un cri, porta la main droite à son bras gauche et faillit tomber avant de ressaisir les rênes qu'il avait lâchées. Le blessé s'agrippa à son cheval qui continua à galoper en obliquant vers la gauche.

Charles chercha parmi les ennemis, à présent en selle, l'homme qui tirait aussi rapidement. Il le trouva. Le jugeant à sa portée, il mit Joueur au trot, abaissa son fusil de chasse et fit feu. La double charge projeta en arrière le Yankee, qui roula des yeux horriblement blancs au moment où il s'effondrait.

Woolner abattit deux autres Nordistes et von Helm un troisième. Les autres, dont le nombre demeurait un mystère, s'éparpillèrent dans le brouillard.

Lorsque le bruit de sabots s'éloigna, von Helm sortit de son abri en brandissant sa carabine et cria :

— Va dire au Gorille que nous délaissons nos négresses quand il y a du Yankee à étriller !

— Youpie ! s'exclama l'un des sous-officiers en guise d'approbation.

Il ôta son képi, s'en frappa la jambe et partit au galop secourir son camarade tombé à terre. Manifestement, le caporal était impressionné par la bravade du lieutenant, dont la témérité aurait pourtant pu les faire tous tuer.

Charles se laissa glisser de sa selle, appuya le fusil de chasse aux canons brûlants contre un arbre et s'efforça de réprimer les frissons qui s'emparaient de lui. Il se retourna, cria au brouillard :

— Comment va Loomis ?

— Une simple éraflure, mon capitaine. Je m'en occupe.

Charles s'approcha du talus en disant à Helm :

— Nous avons eu de la chance. Si nous nous étions frottés à une troupe plus nombreuse...

Le lieutenant répliqua d'un ton agressif :
— Ce ne fut pas le cas.

Ils découvrirent trois Nordistes morts, un quatrième qu'une blessure au ventre faisait gémir. Il faudrait l'emmener pour lui donner des soins, mais il ne survivrait pas longtemps de toute façon : les blessures au ventre étaient souvent fatales.

Woolner et le sous-officier indemne accoururent, prêts à jouer aux charognards. La première fois que Charles s'était permis une telle conduite, il avait eu l'impression d'être une goule. A présent, il récupérait sans aucune gêne tout ce qui pouvait l'aider à combattre mieux et plus longtemps.

Le caporal, agenouillé sur la poitrine d'un cadavre, s'employait à lui fouiller les poches. Ne trouvant qu'une pipe et un peu de tabac, il grommela :
— Merde.

Au même instant, Charles vit ce qu'il cherchait, en bas du talus, dans l'herbe jaunie. Von Helm, qui avait eu probablement la même idée, le découvrit aussi et tenta de passer devant son capitaine. Charles l'écarta en déclarant :
— C'est pour moi. Une chose encore : la prochaine fois, attendez mes ordres ou je vous fais passer en cour martiale.

Von Helm serra ses fausses dents, tourna les talons et s'éloigna.
— C'est bien vrai, ce qu'on dit, marmonna le caporal en se penchant vers les pieds du soldat mort. Ces Yankees, y a rien à en tirer à part une paire de godasses...

Il ôta la chaussure droite, jura en s'apercevant que la semelle était décollée, regarda à l'intérieur.
— *Lashbrook of Lynn.* Qu'est-ce que ça veut dire ?

Personne ne prit la peine de lui répondre. Un peu calmé, Charles se laissa glisser en bas du talus, ramassa l'arme tombée dans l'herbe. D'un aspect totalement nouveau pour lui, elle mesurait environ cent vingt centimètres et présentait une mystérieuse ouverture au bout de la monture. Le nom du fabricant était inscrit au-dessus du magasin :

Cie Spencer, carabine à répétition.
Boston, Mass.
Breveté le 6 mars 1860

Un déclic se fit dans la mémoire de Charles, qui se rappela un article d'un des nombreux journaux de Washington qu'on lisait derrière les lignes sudistes. Une unité spécialement constituée et commandée par un tireur d'élite new-yorkais avait reçu ou devait recevoir une carabine à répétition d'un type nouveau. Se trouvait-il devant une de ces armes — volées, peut-être ? A sa connaissance, l'unité était encore à Washington.

La mort avait relâché les sphincters des cadavres, mais, malgré la puanteur envahissant le talus, Charles se refusait à partir sans les munitions correspondant à la carabine. Il trouva le soldat qui s'en était servi. Woolner l'avait déjà délesté de ce qu'il avait dans les poches, délaissant toutefois trois curieux chargeurs tubulaires. Charles en prit un, l'ouvrit, vit à l'intérieur sept cartouches en cuivre alignées l'une derrière l'autre. Il comprit la fonction de la mystérieuse ouverture.

L'éclaireur rejoignit le capitaine.

— C'est l'arme qui canardait si vite ? Jamais vu un truc pareil.

— Espérons que nous n'en verrons pas d'autre. J'ai récupéré les munitions. Je veux l'essayer.

Le soleil perçait à présent le brouillard de longs rayons brillants. Charles et ses hommes jetèrent le blessé yankee en travers du cheval de Loomis et, abandonnant les morts, reprirent la direction du camp. Lorsqu'ils y parvinrent, Loomis toucha le Nordiste, dont le sang n'avait cessé de couler sur le pelage de la bête.

— Hé, Yank, réveille-toi !

S'apercevant qu'il était mort, le sous-officier pâlit, perdit conscience et tomba de cheval.

Epuisé et encore un peu secoué, Charles ordonna qu'on s'occupe du cadavre, libéra ses hommes puis entreprit de bouchonner Joueur, de lui donner à manger et à boire. Von Helm se débarrassa négligemment de cette corvée en trois fois moins de temps que son capitaine.

Quand Charles eut terminé, il tapota le flanc de son cheval puis se rendit au mess pour calmer les grondements de son estomac. Von Helm, lui, avait aussitôt regagné la hutte qu'il partageait avec son capitaine. Au cours des premiers jours de cohabitation, les deux hommes ne s'étaient guère parlé plus que le service ou la politesse ne l'exigeaient. Désormais, les échanges seraient encore plus restreints s'il ne tenait qu'à Charles.

La journée était bien avancée lorsqu'il fit son rapport à Calbraith Butler :

— Ce fut à mon avis un engagement tout à fait inutile et que nous aurions dû éviter.

La silhouette du major, penché au-dessus de son fauteuil, se dessinait dans le soleil qui brillait à présent au-dehors.

— Vous ne me dites pas tout ? Ab Woolner est aussi passé me voir. Il est de votre avis mais m'a également raconté comment le détachement s'est débandé. Von Helm vous a entraîné.

— C'est la première et la dernière fois, promit Charles.

— Je vous avais prévenu, reprit Butler, d'un ton exprimant moins la réprimande que la compréhension. Peut-être pourrai-je obtenir une nouvelle mutation de ce petit animal nuisible. Je dois dire qu'il a fait grosse impression sur Wanderly. Votre sous-lieutenant chante ses louanges et le compare à Stuart, dont il illustre parfaitement selon lui le premier axiome : « Au galop pour charger l'ennemi, au trot pour s'en éloigner. » Aucune importance s'il n'y a plus personne pour trotter après la charge.

— Je m'occuperai de von Helm, assura Charles avec plus de confiance qu'il n'en éprouvait. Toujours rien sur Ambrose ?

— Non. Franchement, je ne crois pas que nous saurons un jour ce qui s'est passé.

Le capitaine hocha la tête d'un air grave puis parla de l'arme qu'il avait récupérée.

— Je veux l'essayer, dit-il après l'avoir décrite. Même si elle ne me servira plus à rien lorsque j'aurai tiré les vingt et une balles contenues dans les trois tubes.

— J'aimerais assister aux essais.

— Il y a exercice de tir demain. Je passerai vous prendre.

Charles salua d'une main lasse et quitta son commandant. Répugnant à rejoindre von Helm, il retourna s'assurer que Joueur était bien couvert et se tenait sur les planches, les sabots au sec. Passant lentement la main sur l'encolure tiède du cheval gris, il se sentait triste et furieux à la fois.

C'était le lot du soldat après presque toute bataille. Personne ne pouvait expliquer pourquoi cette réaction était si fréquente mais l'expérience le lui avait appris. Voir Gus Barclay le tirerait peut-être de son état dépressif. Au moment même où Charles songeait à elle, il se rappela que ce n'était pas raisonnable. La guerre n'était pas le bon moment pour avoir une liaison.

La détonation se répercuta dans les bois. Percée en son milieu, la cible en papier fixée à un arbre claqua dans la lumière pâle de l'après-midi.

Charles abaissa le pontet de l'arme, éjectant la douille de la culasse. Il releva le pontet, arma la carabine, tira. Abaisser le pontet, relever, armer, tirer. Une demi-douzaine de soldats l'entouraient et le regardaient, l'air plus étonné à chaque coup de feu. Ab Woolner se gratta l'entrejambe en marmottant :

— Doux Jésus.

Calbraith Butler avait compté à voix haute en frappant sa botte de sa badine à poignée d'argent. Lorsque l'écho de la dernière détonation mourut, la partie inférieure de la cible se détacha et tomba en voletant. Butler regarda Charles.

— Cela fait sept balles en treize secondes environ.

Un des soldats ramassa les douilles en cuivre, sans doute pour les garder comme souvenir. Charles posa la crosse de l'arme sur la pointe craquelée de sa botte et hocha la tête, l'air maussade. Il sentait à travers son gant la chaleur du canon bleuté. Ce fut l'éclaireur qui exprima ce que tous pensaient :

— Pourvu que les Yankees aient pas trop d'engins comme ça. Ils pourraient les charger le lundi et nous tirer dessus le reste de la semaine.

Charles retourna à sa hutte d'un pas lourd, mit l'arme à répétition au râtelier et rangea les deux derniers chargeurs dans sa cantine. Von Helm était sorti — tant mieux. Charles se rappela les mises en garde du cousin Cooper sur la supériorité de l'industrie nordiste et songea que cette carabine en apportait une preuve de plus. Etait-il cynique de ne pas souscrire aux proclamations de ceux, très nombreux dans l'armée, qui croyaient avec une absolue certitude que le cran et la bravoure triompheraient d'un meilleur armement ?

Il alluma un méchant cigare acheté trois fois son prix au cantinier. Qui avait raison ? Le sceptique qui hantait son esprit ou ses soldats vantards qui découvraient d'excellents présages dans les journaux yankees vieux d'une semaine. Parce que McClellan n'avait pas fait mouvement, certains Républicains réclamaient déjà son remplacement.

Des rumeurs encourageantes en provenance de Norfolk étaient par ailleurs parvenues au camp. Le *Virginia*, redoutable nouveau dreadnought, quitterait bientôt ses couettes. C'était en fait un ancien navire de l'Union — le *Merrimack* — que les Yankees avaient essayé de saborder en abandonnant les chantiers navals. On l'avait renfloué, recouvert de plaques protectrices auxquelles il devait son nom de cuirassé. Au camp, les hommes en parlaient comme s'il pouvait mettre fin à la guerre en tirant une ou deux salves. Là encore, le sceptique qui habitait la tête de Charles demandait à voir.

Le courrier du lendemain apporta une agréable surprise, un colis posté à Fredericksburg à la fin du mois de novembre. Charles y trouva un exemplaire relié cuir de l'*Essai sur l'homme* d'Alexander Pope. Sur la page de garde, on avait écrit :

Au capitaine Charles Main
pour la Noël de 1861

Sous la signature « A. Barclay », la jeune femme avait ajouté :

« Je suis désolée d'avoir manqué votre visite. J'espère que vous reviendrez bientôt. » Charles voyait nettement la jolie blonde dans les volutes que sa gracieuse main avait tracées.

De nombreux soldats portaient une petite bible dans la poche de leur veste et cela donna une idée à Charles. Il chaparda une pièce de cuir souple, en fit un sac muni d'un lacet et y ajouta un cordon plus long pour l'attacher autour de son cou. Il mit le petit volume dans le sac, qu'il glissa entre sa chemise et sa poitrine.

Pendant plusieurs jours, le cadeau lui procura une allégresse que même la présence de von Helm ne pouvait altérer. Le lieutenant entrait et sortait brusquement de la hutte sans presque jamais prononcer un mot. Un soir que des maux d'estomac avaient ôté à Charles toute envie d'assister à une représentation donnée par des comédiens amateurs du camp, son sergent se présenta à la hutte.

— Qu'y a-t-il, Reynolds ?

— Mon capitaine, je..., bredouilla le sous-officier en rougissant. Je crois qu'il est de mon devoir de vous parler.

— Allez-y.

— Le sous-lieutenant Wanderly et le deuxième classe Cramm régalent la troupe à la cantine. Ils, euh, ils font campagne.

— Pour quoi ?

— Pour le lieutenant von Helm.

Fatigué, tenaillé par ses crampes stomacales, Charles répliqua avec irritation :

— Je ne comprends toujours pas. Parlez clairement, bon sang.

L'air catastrophé, Peterkin Reynolds répondit :

— Ils veulent le faire élire capitaine, mon capitaine.

Une heure plus tard, von Helm rentra, traînant derrière lui des relents de bourbon.

— Vous avez manqué un excellent spectacle. Ces acteurs..., commença le lieutenant. (Ses yeux marron s'écarquillèrent lorsqu'il remarqua le changement dans la hutte.) Que s'est-il passé ? Où sont mes affaires ?

— Je les ai fait porter chez votre plus chaud partisan, répondit Charles de sa couchette.

— Mon plus... ? Oh ! je vois.

La bouche de von Helm s'étira comme si on en avait relevé les coins en tirant sur une ficelle.

— Très bien. Bonsoir, capitaine, dit-il avant de sortir.

Au moins, maintenant l'ordre de bataille était clair : le capitaine Main contre l'intrigant poseur de Charleston.

50

STANLEY frappa, entra dans le bureau du ministre. En proie à une grande nervosité, il était sûr qu'on l'avait dénoncé et qu'il allait entendre sa condamnation.

A sa stupéfaction, il trouva le Boss d'humeur rayonnante, parcourant la pièce pour inspecter les caisses pleines de dossiers et de notes personnelles. Il avait les joues roses et luisantes d'un récent rasage et sentait la lavande. Fait sans précédent, rien n'encombrait sa table de travail.

— Asseyez-vous, Stanley, mon garçon. Je mets de l'ordre en vitesse mais j'ai tenu à vous voir avant mon départ.

Le ministre indiqua un siège à son collaborateur, prit sa place habituelle derrière son bureau. Tremblant, Stanley posa son gros postérieur sur le fauteuil.

— J'ai été atterré en apprenant la nouvelle de votre démission, samedi dernier, monsieur le ministre.

— Plus de « monsieur le ministre ». Vous pouvez recommencer à m'appeler Boss ou Simon, comme vous voudrez, dit Cameron d'un ton enjoué.

— C'est une perte tragique pour l'effort de guerre.

Le commentaire maladroit fit naître un petit sourire sur les lèvres de l'ancien ministre.

— C'est ce que diront sans doute maints industriels qui ont passé un contrat avec nous. Toutefois un serviteur dévoué de l'Etat doit aller là où ses supérieurs le jugent le plus utile. La Russie est fort lointaine mais, à dire vrai, Stanley, je ne regretterai pas l'agitation et les médisances de cette ville.

Mensonge, pensa Stanley. Le Boss avait été parmi les plus médisants. Les trop nombreuses irrégularités du ministère avaient finalement contraint Lincoln à agir, en laissant toutefois Cameron sauver la face en présentant cette nomination d'ambassadeur des Etats-Unis en Russie comme une promotion.

— Je suppose que vous vous entendrez avec mon successeur, poursuivit le Boss d'un ton détaché. Il ne se montrera cependant pas aussi coulant que moi. C'est un ardent défenseur des gens de couleur... (le bref accès de fièvre abolitionniste de Cameron avait été oublié par tout le monde, à commencer par lui) ... sévère pour ceux qui ne répondent pas à son attente. Moi, j'étais plus enclin à fermer les yeux sur une erreur ou un faux pas. Oui, mon cher, il va falloir apprendre la discipline, avec le nouvel occupant de ce bureau.

— Je ne vous suis pas, marmonna Stanley. Je ne connais même pas le nom du nouveau ministre.

— Vraiment ? Je pensais que Wade vous l'avait confié. Dans ce cas, vous devrez attendre l'annonce officielle de sa nomination.

Cameron éclata de rire devant l'air dépité de Stanley et reprit :

— Je ne vous en veux pas trop, mon garçon. A votre place, j'aurais fait la même chose. Vous avez bien assimilé les leçons que je vous ai apprises. Un dernier conseil, vendez vos bottines aussi longtemps que vous le pourrez. Et mettez l'argent de côté, vous en aurez besoin. Dans cette ville, il y a toujours quelqu'un qui attend le bon moment pour vous trahir.

Cameron fit le tour du bureau, serra la main de Stanley à lui faire mal et ajouta :

— Il faut que je me presse, maintenant.

Stanley sortit, laissant le Boss s'activer gaiement parmi les ruines de son ancien empire.

Le lendemain soir, George apprit la nouvelle à Constance en rentrant chez lui :
— C'est Stanton.
— Mais il est démocrate !
— Il sait aussi plaire aux Républicains extrémistes. Ceux qui l'apprécient le qualifient de patriote, les autres parlent de son dogmatisme et de son esprit tortueux. On le dit prêt à tout pour parvenir à ses fins, y compris à suspendre l'*habeas corpus* — je veux dire à faire un large usage de sa suspension. Je n'aimerais pas me trouver à la place d'un directeur de journal de l'opposition ou d'un partisan d'une paix modérée qui attirerait l'attention de Mr. Stanton. Même s'il a été désigné par Lincoln, c'est une créature de Wade et consorts.

Le général McClellan se remettait d'un cas aigu de typhoïde mais demeurait atteint d'une autre maladie que Lincoln avait appelée la « lambinite ». Sous des pressions croissantes, le président ordonna le 31 janvier au général en chef de mettre en mouvement l'armée du Potomac avant le 22 février.

Du front ouest parvinrent des nouvelles si glorieuses qu'une foule en liesse se pressa devant les sièges des journaux, où l'on affichait un résumé des dernières dépêches télégraphiques. Une offensive combinée sur terre et sur fleuve avait provoqué la reddition de Fort Henry, bastion rebelle capital situé sur le Tennessee, juste sous la frontière du Kentucky.

Dix jours plus tard, c'était au tour de Fort Donelson de tomber. Ces deux victoires revenaient en principe au commandant de la région militaire, le général Halleck, mais l'homme à qui les correspondants de guerre tressaient des couronnes de laurier était un ancien de West Point à qui George n'avait pas songé depuis longtemps. Sam Grant était en première année lorsqu'il avait défendu le bizuth Orry Main contre les brimades excessives d'Elkanah Bent.

George l'avait retrouvé au Mexique et avait vidé plus d'un verre avec lui dans les *cantinas* après la prise de Mexico. C'était un officier sympathique, plutôt courageux, mais dépourvu du brio d'un Tom Jackson, par exemple. La dernière fois que George avait entendu parler de lui, Grant avait dû démissionner de l'armée parce qu'il buvait trop. Il était à présent général de division dans la milice et surnommé « Reddition inconditionnelle » parce qu'il avait fait cette réponse au commandant de Fort Donelson lui demandant ses conditions. « J'ai l'intention d'attaquer immédiatement vos défenses », avait-il écrit à Buckner. Ce qu'il fit, arrachant aux Confédérés l'ouest du Kentucky et du Tennessee ainsi que le nord du Mississippi. Le Sud chancela, le Nord cria victoire et le nom de Grant devint connu de tout écolier dont les parents lisaient le journal.

En revanche, des rumeurs alarmantes continuaient à sourdre de la résidence présidentielle. Lincoln souffrait d'une dépression si profonde que certains le disaient au bord de la folie. Il ne dormait plus la nuit, restait de longues heures immobile puis se dressait soudain pour décrire d'étranges visions prophétiques. Les colporteurs de ragots de Washington — presque aussi nombreux, selon Constance, que les hommes en uniforme — proposaient un éventail de mets convenant à tous les palais : le président sombrait dans la démence ; Mary Lincoln, qui avait de la famille chez les rebelles, était une espionne ; le petit Willie Lincoln, âgé de douze ans, luttait contre la typhoïde. Ce dernier bruit se confirma et le garçonnet mourut deux jours avant la date à laquelle McClellan aurait dû marcher sur Manassas.

Le général n'en fit rien, son armée demeura sur place. Lincoln n'apparut à aucune des cérémonies officielles commémorant la naissance de Washington — date que les armées des deux camps ne manquèrent pas de célébrer, comme avant la guerre.

Billy rendit un soir une visite surprise à George et les deux frères commentèrent la situation en prenant un whisky avant le dîner.

— Qu'est-ce qu'il fabrique, Mac ? demanda le cadet. Il devait sauver l'Union il y a deux semaines.

— Comment le saurais-je ? répliqua l'aîné. Je ne suis qu'un employé de bureau galonné, je n'entends que des bruits de couloir. Tu devrais en savoir plus que moi : c'est ton commandant.

— Il a été ton camarade de promotion.

— Ne prends pas ce ton sarcastique, on croirait entendre un Républicain.

— Un Républicain fervent.

— Voici ce que j'ai entendu, dit George. Bien que disposant de forces deux à trois fois supérieures en nombre à celles de l'ennemi, Petit Mac ne cesse de réclamer des renforts et de nouveaux délais. Dieu sait ce qu'il a dans la tête ! Parle-moi plutôt de tes nouvelles recrues.

— Elles ont eu près de sept semaines d'entraînement mais bien entendu, un bon comportement à l'exercice ne garantit pas une bonne conduite au combat. La semaine dernière, notre bataillon a construit un grand radeau sur le canal. La prochaine fois, nous essayerons d'installer un pont flottant. Le président a assisté à l'exercice. Il a fait de son mieux pour paraître intéressé mais il a l'air exténué. Un vrai cadavre. Il...

Tous deux relevèrent la tête quand Constance entra dans la pièce, toute pâle.

— Un planton de ton bataillon attend à la porte.

Billy sortit aussitôt, revint quelques instants plus tard et annonça :

— Ordre de rentrer au camp pour nous préparer à partir.

— Où allez-vous ?

— Je ne sais pas.

Les deux frères s'étreignirent.

— Prends soin de toi, dit George.

— Oui. Peut-être que Mac s'est décidé à bouger, répondit Billy.

Sur ce, il s'empressa de quitter la pièce.

51

CHARLES devina qu'il y avait des problèmes quand Calbraith Butler le convoqua après l'appel du soir. Il trouva le major en compagnie du colonel Hampton qui, après les saluts d'usage, lui proposa :

— Asseyez-vous, si vous le voulez, Charles.

— Non, merci, mon colonel.

— Je suis venu vous parler personnellement, reprit Hampton. Le major Butler est confronté à un problème épineux... Inutile de tourner autour du pot : il a reçu une pétition signée par nombre de vos hommes et réclamant une nouvelle élection des officiers.

Dès que Charles avait été mis au courant de la campagne lancée contre lui, il s'était efforcé de surveiller discrètement son développement. Von Helm, qui voulait devenir capitaine, avait promis de l'avancement à Julius Wanderly s'il parvenait à ses fins. Peterkin Reynolds, tout en gardant une attitude déférente, se montrait moins amical à l'égard de Charles. Lui avait-on promis des galons de sous-lieutenant ?

— Signée par combien d'hommes ? demanda Charles.

— Plus de la moitié, répondit Butler, embarrassé.

Le capitaine réussit à sourire.

— Grand Dieu ! je me savais mal aimé mais pas aussi impopulaire qu'un Yankee. Je ne me doutais pas que...

— Vous êtes un excellent officier, coupa Hampton.

— C'est aussi mon avis, approuva Butler.

— Mais cela ne vous rend pas pour autant populaire, reprit le colonel. Comme vous le savez, Charles, les hommes n'ont pas droit à de nouvelles élections avant le renouvellement de leur engagement d'un an. J'ai tenu toutefois à vous informer et à vous demander...

L'interruption vint cette fois de Charles :

— Laissez-les faire... demain, s'ils le veulent ; je m'en moque.

C'était faux mais il cachait ses sentiments, immobile et raide devant ses supérieurs.

— Et si vous perdez ? demanda Butler avec un froncement de sourcils.

— Pardon, major, mais pourquoi poser cette question ? Vous savez bien que je perdrai. Le nombre de signatures le garantit. Je n'insiste pas moins pour que cette élection ait lieu. Je trouverai une autre façon de servir mon pays.

Hampton échangea un regard avec Butler avant de déclarer :

— J'apprécie l'esprit qui vous anime, Charles. J'apprécie de même les qualités qui font de vous un officier remarquable. Bravoure incontestable, sollicitude paternelle pour vos hommes. Je soupçonne votre attachement à la discipline d'être à l'origine de cette histoire car beaucoup de légionnaires se considèrent davantage comme des gentilshommes de Caroline que comme des soldats, attendant le bon plaisir du général McClellan. Votre formation d'officier de West Point vous a peut-être également porté tort.

« Elle n'a nui ni à Stuart ni à Jackson ni à beaucoup d'autres », songea Charles avec amertume. Mais il était stupide de rendre quiconque d'autre responsable de ses propres déficiences.

— Je ne veux pas que cette unité vous perde, déclara le colonel d'un ton emphatique. Si vous ne tenez pas à faire campagne contre votre, euh, adversaire...

— Je ne m'abaisserai pas à affronter ce crétin !

— Nous avons une autre proposition à vous faire, dit Butler. Vous êtes un solitaire, Charles, mais cela peut être une qualité. Accepteriez-vous de commander Abner Woolner et quelques autres de mes meilleurs hommes, qui formeraient une escouade d'éclaireurs ?

— C'est une tâche capitale et très dangereuse, ajouta Hampton. Un éclaireur affronte des périls constants. Seuls les meilleurs cavaliers peuvent remplir cette mission.

Charles ne réfléchit pas très longtemps avant de répondre :

— J'accepte, à une condition. Avant de commencer, j'aimerais avoir une courte permission.

Butler fronça à nouveau les sourcils.

— Mais l'armée va bientôt faire mouvement.

— Vers l'arrière, si j'ai bien compris. Vers le Rapidan et le Rappahannock. La dame que je désire voir habite dans ce secteur, à Fredericksburg. Je pourrais rejoindre rapidement la légion en cas de besoin.

— Accordé, dit Hampton en souriant. Pas d'objection, major ?

— Non, mon colonel.

— Dans ces conditions, j'accepte la mission d'éclaireur, déclara Charles. Avec plaisir.

Même s'il souffrait — et souffrirait longtemps — d'avoir été rejeté par ses hommes, il se sentait libéré, heureux. Il retourna à sa hutte d'un pas vif et allègre en se demandant si un Noir affranchi éprouvait les mêmes sentiments.

Son laissez-passer militaire, contresigné à Richmond, mentionnait son âge, sa taille, la couleur de ses yeux et de ses cheveux, et précisait qu'il avait l'autorisation de voyager aux environs de Fredericksburg. A mesure qu'il parcourait avec Joueur les kilomètres le séparant du comté de Spotsylvania, affrontant d'abord plusieurs orages puis une froidure qui couvrit de givre les champs morts et les arbres dénudés, il se sentait plus impatient d'arriver à la ferme d'Augusta, plus effrayé aussi de la trouver à nouveau absente. Enfin il découvrit la maison trapue et ses dépendances sur la gauche de la route étroite.

— La cheminée fume ! cria-t-il à son cheval.

A en juger par la configuration des champs, les terres d'Augusta devaient s'étendre de chaque côté de la route. La maison, vénérable et solide, ressemblait à une forteresse dressée derrière deux gros chênes roux. La ferme paraissant fort ancienne, les arbres n'étaient sans doute que de jeunes plants au moment de sa construction. A présent, ils étendaient leurs grosses branches au-dessus des bardeaux du toit et cognaient aux lucarnes du grenier.

En arrêtant son cheval dans la cour, Charles entendit un grincement, un sifflement. Sur sa droite, une gerbe d'étincelles fusa dans la pénombre d'un hangar. Il descendit de cheval. Un Noir d'une vingtaine d'années s'avança, vêtu d'un vieux pantalon et d'une chemise reprisée. Il tenait à la main le fer de faux qu'il venait d'aiguiser sur une meule.

— Je peux faire quèque chose pour vous, m'sieur ?
— Ça va, Boz. Je connais cet homme.

Un autre Noir plus âgé, le visage rond et la bouche édentée, apparut de derrière la maison, un sac de graines à l'épaule. Charles l'avait rencontré à Richmond, le soir du bal.

— Comment ça va, capitaine ? On dirait que vous avez chevauché des heures dans la boue.
— C'est ce que j'ai fait. Elle est là, Washington ?

Le Noir partit d'un rire aigu.

— Oui, oui ! C'est de bonne heure pour une visite mais vous en faites pas pour ça. Elle est toujours debout avant l'aube. Elle est probablement en train de faire frire le jambon pour notre petit déjeuner.

Avec un signe de tête vers la droite, l'affranchi ajouta :

— C'est plus court par-derrière.

Charles passa devant lui, monta le perron de bois en faisant tinter ses éperons.

— Mets le cheval du capitaine à l'écurie, Boz, lança Washington à l'autre affranchi.

Charles songea qu'il aurait dû s'occuper lui-même de Joueur mais il était trop impatient de frapper à la porte. Gus ouvrit, porta à ses lèvres une main blanche de farine.

— Capitaine Main. C'est bien vous ?
— C'est ce que dit mon laissez-passer.
— Je ne vous ai pas reconnu tout de suite, avec cette barbe...
— Elle vous plaît ?
— Je m'y ferai.
— C'est chaud, en tout cas.
— Vous passez dans le coin ?
— Je ne croyais pas cette barbe aussi repoussante.

— Arrêtez de parler de votre barbe et répondez à ma question.

— Chère madame, je réponds même à votre invitation à venir vous rendre visite. Je peux entrer ?

— Bien sûr. Excusez-moi de vous laisser à la porte.

Sa vieille robe en coton, qui avait presque perdu sa couleur jaune, n'enlevait rien à son charme. Elle paraissait surprise mais en même temps ravie et excitée. Charles remarqua qu'il manquait un bouton à la rangée courant sur le renflement de la poitrine d'Augusta et entrevit un coin de peau dans l'entrebâillement du tissu.

Elle posa la cuiller avec laquelle elle avait remué sa pâte à frire, mit les poings sur les hanches.

— Une question avant que nous ne passions sérieusement au chapitre visite. Allez-vous vous obstiner à m'appeler par ce nom affreux ?

— Très probablement. C'est la guerre. Nous sommes tous exposés à quelque désagrément.

Remarquant que Charles avait essayé d'imiter son ton mordant, elle sourit.

— Je ferai un effort pour le bien de la patrie. Le petit déjeuner est bientôt prêt mais je peux faire chauffer de l'eau si vous voulez vous laver d'abord.

— Il vaudrait mieux, sinon je vais transformer votre maison en bourbier.

Elle le surprit en lui saisissant la manche gauche.

— Vous allez bien ? J'ai entendu dire qu'il y aurait de grandes batailles prochainement. Jusqu'ici vous avez survécu mais tant d'hommes sont déjà tombés, à ce qu'on raconte... Pourquoi riez-vous ? Vous vous moquez de moi ?

— Non, madame, mais vous faites les demandes et les réponses.

Elle rougit, ou du moins il en eut l'impression. Dehors, il faisait encore sombre, et seul le feu brûlant dans la grande cheminée en pierre éclairait la pièce.

La cuisine, immense et carrelée, était meublée de tables et de chaises robustes et simples, dégageant une impression de solidité s'harmonisant avec la bâtisse. Charles se dit que feu Barclay avait dû, comme

Ambrose, exceller dans le travail du bois et éprouva un petit pincement de jalousie.

Augusta entreprit de retourner les tranches de jambon qu'elle avait mises à frire dans une poêle en fer noir.

— Vous ne m'avez pas écrit, reprocha-t-elle. J'étais inquiète.

— Les lettres, ce n'est pas mon fort. Surtout quand il s'agit d'écrire à quelqu'un d'aussi cultivé que vous. De plus, le courrier de l'armée est très lent : votre cadeau est arrivé en retard. Je vous remercie de vous être souvenue de moi.

— Comment aurais-je pu..., commença Augusta (elle détourna la tête) ... oublier Noël ?

— Le livre est beau.

— Mais vous ne l'avez pas lu.

— Je n'ai pas encore eu le temps.

— Voilà une bien piètre échappatoire. Combien de temps pouvez-vous rester ?

Sous le ton désinvolte de la question, Charles crut entendre des mots différents, inattendus et extrêmement agréables.

— Jusqu'à demain matin, si cela ne doit pas vous compromettre. Je dormirai dans l'écurie avec mon cheval.

A nouveau le poing sur la hanche.

— Me compromettre aux yeux de qui, capitaine ? Washington, Boz ? Ce sont des hommes discrets, compréhensifs. J'ai une chambre d'amis et pas de voisins à moins de deux kilomètres.

— Je pensais simplement que...

Entendant un bruit mat, Charles baissa les yeux : une plaque de boue se détachant de son pantalon était tombée sur le carrelage.

— Enlevez-moi tout cela, ordonna Mrs. Barclay en agitant sa cuiller. Allez dans ma chambre — là, devant vous. Je vous ferai porter de l'eau et une chemise de nuit de mon mari. J'ai gardé certaines de ses affaires dans le grenier. Laissez votre uniforme dans l'entrée, je lui donnerai un coup de brosse. Filez ! ajouta-t-elle du ton d'un sergent instructeur.

Charles déguerpit en riant.

Vêtu de la chemise de nuit de feu Barclay, le capitaine retourna dans la cuisine, où les affranchis avaient pris place. Augusta expliqua qu'ils prenaient leurs repas dans cette pièce.

— Mais ils passent toujours par la porte de derrière, précisa-t-elle. Certains de mes voisins — de bons croyants, la messe tous les dimanches — mettraient sans doute le feu à la ferme s'ils voyaient des Noirs franchir ma porte à toute heure du jour. Nous en avons discuté, Washington, Boz et moi, et nous pensons que nous pouvons endurer une petite blessure d'amour-propre si c'est le prix à payer pour garder un toit sur nos têtes.

Les deux Noirs hochèrent la tête en souriant. Charles songea qu'ils formaient avec Gus une famille, dans laquelle il s'était immédiatement senti le bienvenu.

Après qu'il eut remis son uniforme dûment nettoyé, elle lui montra avec fierté ses champs. Le givre fondait, la terre nue dégageait une odeur annonçant le printemps. En se promenant d'un pas lent, ils parlèrent de diverses choses. De Richmond, où elle avait vendu sa récolte :

— J'ai l'impression que tout le monde, dans cette ville, cherche à rouler tout le monde d'une façon ou d'une autre.

Des désillusions de Charles :

— Les officiers d'état-major sont très occupés. Ils passent cinquante pour cent de leur temps à faire de la politique, cinquante pour cent à brasser de la paperasse, cinquante pour cent à combattre.

— Cela fait cent cinquante pour cent.

— Voilà pourquoi il n'y a guère eu de combats.

De l'oncle d'Augusta, le général de brigade Jack Duncan. Elle aurait voulu savoir où il était pour lui écrire. Des courriers non officiels — des contrebandiers, en quelque sorte — passaient n'importe quoi à travers les lignes en faisant simultanément usage de faux passeports et de pots-de-vin.

Puis, sans raison particulière, Augusta se mit à évoquer le passé :

— Je voulais un enfant, Barclay aussi. Mais je ne suis tombée enceinte qu'une seule fois...

Ils descendaient une allée bordant un petit verger et les rayons obliques du soleil projetaient sur eux un filet d'ombres enchevêtrées. Gus, emmitouflée dans un vieux manteau, avait croisé les bras sur sa poitrine et glissé ses mains dans les manches. Elle ne regardait pas Charles en parlant de sa grossesse mais ne semblait pas pour autant embarrassée.

— Pendant les quatre premiers mois, je fus constamment malade. Puis une nuit, je fis une fausse-couche. Ç'aurait été un garçon. Je connais Pope mais, pour les choses simples, je pourrais prendre des leçons de la vieille vache qui nous donne régulièrement du lait et des veaux.

Le soir, Washington et Boz prétendirent avoir trop de travail pour dîner à la cuisine et Augusta accepta cette fable sans poser de question. En tête à tête avec elle, Charles mangea à la lueur de l'âtre un des meilleurs repas qu'il eût jamais faits : rôti de bœuf tendre et savoureux, pommes de terre sautées, pain encore chaud. Elle posa sur la table un cruchon de rhum, emplit leurs deux verres. Charles lui confia ses pensées sur la guerre :

— La volonté d'indépendance est une qualité louable chez un homme. Mais une armée qui veut vaincre ne peut s'en accommoder.

— Il me semble que le gouvernement est pris dans le même dilemme, dit Augusta. Chaque Etat place ses propres objectifs et sa prospérité au-dessus de toute autre considération. Le principe d'indépendance pour lequel nous combattons sera peut-être ce qui causera notre perte... Mais nous devenons sinistres. Encore un peu de rhum ? Parlez-moi de votre unité.

— Elle a fondu depuis que nous avons dansé ensemble à Richmond.

Charles poursuivit en mentionnant la pétition, son affectation chez les éclaireurs de Butler. Le fixant gravement de ses yeux bleus, Gus murmura :

— Les missions des éclaireurs sont très dangereuses.
— Moins que d'essayer de mener des hommes qui galopent dans toutes les directions. Je m'en tirerai. Je tiens à mon cheval et à ma peau — dans cet ordre.
— Vous êtes d'humeur bien joyeuse.
— C'est votre compagnie, Gus.
— Curieux. Je peux presque entendre ce nom sans grincer des dents. La compagnie, comme vous dites...

Une bûche se brisa dans la cheminée, des ombres dansèrent sur les murs. Dans l'intimité de la pièce, Charles et Augusta prirent conscience de leur trouble mutuel. Il ramena ses jambes sous la table, elle se leva pour débarrasser.

— Vous devez être épuisé, dit-elle. Et une longue route vous attend demain, non ?
— Réponse affirmative aux deux questions.

Il avait envie de la suivre, de l'entourer de ses bras, de faire en sorte qu'une seule chambre soit occupée cette nuit dans la maison obscure. S'il s'en abstint, ce ne fut ni par souci des convenances ni par crainte d'un refus mais à cause d'une mise en garde proférée par sa propre voix et qu'il avait déjà entendue. Une mise en garde contre les circonstances qui les avaient réunis.

— Je ferais bien d'aller me coucher, ajouta-t-il en se levant. J'ai passé une merveilleuse journée.
— Moi aussi, Charles. Bonne nuit.

Il s'approcha de la jeune femme, se pencha vers elle et l'embrassa doucement sur le front avant de se diriger vers la chambre d'amis.

Etendu sous le couvre-pieds, il s'accabla de reproches pendant une heure. « J'aurais dû la toucher, pensait-il. Elle le désirait, je l'ai vu dans ses yeux. » Il rejeta les couvertures, alla à la porte, écouta les petits craquements de la maison. Il tendit la main vers la poignée, arrêta son geste au dernier moment et retourna se coucher en jurant.

Il s'éveilla le cœur battant, sur ses gardes. Il entendit du bruit dans le couloir, vit de la lumière sous la porte. Il se leva, l'ouvrit brusquement, découvrit Augusta Barclay au pied de l'escalier menant au grenier. Elle portait une chemise de nuit en flanelle décolletée et avait tressé ses cheveux blonds en nattes.

— Que se passe-t-il ? demanda Charles.

Elle s'approcha de lui, un vieux fusil à percussion d'une main, une lampe de l'autre.

— J'ai entendu quelque chose dehors, murmura-t-elle.

Voyant les pointes de ses seins dressées sous l'étoffe, il perdit tout contrôle de soi. Il posa la main droite sur la poitrine d'Augusta, se pencha pour respirer la chaleur de sa peau. Elle se pressa contre lui, ferma les yeux, ouvrit les lèvres. Au moment où la langue de Gus touchait la sienne, des coups retentirent à la porte.

— Que m'as-tu fait, Charles Main ? haleta-t-elle en se reculant.

Les coups se firent plus forts, la voix de Washington s'éleva au-dehors. Charles retourna dans la chambre prendre son revolver, retrouva Augusta à la porte de derrière où il découvrit les deux affranchis, visiblement alarmés.

— Désolé de vous réveiller en pleine nuit, Miz Barclay, dit le plus âgé, mais il y a du remue-ménage sur la route.

Charles entendit effectivement des grincements d'essieux, des bruits de sabots, des hommes jurant et maugréant. Il alla jeter un coup d'œil à la fenêtre de devant, revint annoncer :

— J'ai vu les lettres C.S.A.* sur la bâche de deux des chariots. Ils se dirigent vers Fredericksburg. Je ne crois pas que nous serons dérangés.

Charles et Augusta se postèrent à la fenêtre, côte à côte mais prenant garde à ne pas se toucher, et regardèrent le convoi passer au clair de lune. Quand le dernier chariot eut disparu et que les cris des cochers s'estompèrent, l'aube commençait à poindre. Il n'était plus temps de se coucher, pour quelque raison que ce fût. La nuit et la visite de Charles s'achevaient.

* Armée des Etats confédérés (n.d.t.).

Après le petit déjeuner, Augusta l'accompagna jusqu'à la route, où Joueur, bien reposé, piaffait d'impatience.

— Vous reviendrez ? lui demanda-t-elle en touchant sa main gantée.

— Si je peux.

— Bientôt ?

— Cela dépendra beaucoup du général McClellan.

Elle lui prit la main, la porta à ses lèvres, se recula.

— Il faut que vous reveniez. Je n'avais pas été aussi heureuse depuis des années.

— Moi aussi.

Charles engagea son cheval sur la route où les chariots avaient creusé des sillons. Il éperonna l'animal, se retourna pour faire signe à la silhouette qui se tenait devant la maison et les chênes roux. Il se rappela la chaleur de sa poitrine, de ses lèvres, le contact de leurs langues avant que Washington ne frappe à la porte.

Il ne devait pas tomber amoureux.

Il l'était déjà.

52

LE premier samedi d'avril, l'atmosphère était au beau fixe dans les bureaux de Liverpool du capitaine James Bulloch. Il venait de rentrer d'Amérique à bord d'un bateau qui avait forcé le blocus et s'était entretenu à Savannah avec plusieurs collaborateurs de Mallory.

Le capitaine avait notamment discuté du succès de son premier projet : le 22 mars, le vapeur *Oreto* avait filé des chantiers de Toxteth sans que les autorités britanniques interviennent. Deux des détectives du consul Dudley l'avaient regardé partir en s'agitant sur le quai mais leur action s'était limitée à cela.

Bulloch avait choisi ce nom d'*Oreto* pour semer la confusion. Pendant sa construction, le bâtiment avait été enregistré comme navire marchand dont le port d'attache serait Palerme. En fait, sa véritable destination était Nassau. Le capitaine britannique chargé de lui faire traverser l'Atlantique le remettrait au capitaine Maffitt, de la Marine confédérée, car l'*Oreto* n'avait rien d'un humble cargo. Il avait été conçu comme une canonnière et les pièces d'artillerie qui l'équiperaient seraient transportées séparément jusqu'à Nassau à bord du trois-mâts *Bahama*. Une fois armé, l'*Oreto* deviendrait un redoutable vaisseau de guerre.

Combien de temps ce stratagème permettrait-il de tourner la loi anglaise ? Nul ne pouvait le dire. Assez pour le lancement d'un deuxième navire, espérait Bulloch. Quelques jours après son retour, il avait exprimé ce vœu devant Cooper quand les deux hommes s'étaient retrouvés dans leur lieu de rencontre le plus sûr : le salon du capitaine.

Bulloch informa Cooper que la valise diplomatique venait d'apporter un message urgent selon lequel il fallait accélérer la construction de la seconde canonnière. Le plan de Lincoln visant à étrangler le Sud devenait de plus en plus efficace à mesure que de nouveaux bâtiments yankees renforçaient le blocus. Le *Florida*, nom que prendrait l'*Oreto* une fois armé, avait une mission claire : capturer ou couler des navires marchands de l'Union afin de faire grimper le prix des assurances maritimes. Les armateurs pousseraient alors de grands cris et réclameraient à Lincoln une protection accrue. Ce dernier — toujours selon les suppositions confédérées — serait donc contraint de détacher des vaisseaux des escadres assurant le blocus.

Un second navire de course, rapide et bien armé, accroîtrait la pression. L'*Enrica*, supérieur à l'*Oreto* à plusieurs égards, était en cours d'achèvement aux chantiers Laird. Ce serait le 209e bâtiment construit par cette entreprise, dont le fondateur, le vieux John, s'était lancé dans la politique, laissant ses fils William et John junior s'occuper de l'énorme affaire née d'une petite fabrique de chaudières.

Il fallait accélérer la construction du n° 209, ou *Enrica* : c'était le message que Cooper devait remettre en ce samedi de printemps. La tâche n'était pas aussi aisée qu'il semblait car ni lui, ni Bulloch, ni aucun de leurs collaborateurs n'auraient osé s'aventurer chez Laird. Dudley avait des espions partout. Si l'un d'eux apercevait des Sudistes aux chantiers, ou même conversant simplement avec l'un de ses propriétaires, Adams, l'ambassadeur yankee, réclamerait une enquête et tout serait découvert. C'était la raison pour laquelle le contrat de construction de l'*Enrica* avait été négocié au cours de rencontres clandestines au 1 Hamilton Square, Birkenhead, la résidence de John Laird junior.

Cooper aimait cette atmosphère d'intrigue. Judith la jugeait dangereuse et condamnait le plaisir que son mari y prenait. Elle avait peut-être raison mais, pour Cooper, cela donnait un sens à son travail et le rendait plus excitant. A mesure que l'heure du départ approchait, il sentait au creux des paumes un picotement qui n'avait rien de déplaisant.

La valise diplomatique avait aussi apporté plusieurs journaux sudistes, dont le *Charleston Mercury* du 12 mars, qui portait en titre : « Grand combat naval à Hampton Roads. » Cooper lut que, le 9 mars, un vapeur confédéré cuirassé de fer avait échangé des salves avec le *Monitor*, bâtiment de l'Union à la forme étrange, encore appelé la Batterie d'Ericsson, du nom de l'inventeur de sa tourelle mobile.

Captivé, Cooper poursuivit sa lecture. Le *Virginia* avait affronté le cuirassé yankee, dont une quarantaine de mètres au plus le séparaient, et avait remporté, selon le journaliste, une « éclatante victoire ». Apparemment, le naïf reporter n'avait pas saisi la véritable signification de la bataille.

Cooper y voyait les derniers jours du bois et de la voile, l'ascension rapide du fer et de la vapeur aussi bien sur mer que sur terre. Brunel, le grand ingénieur anglais dont Cooper s'était inspiré, en Caroline du Sud, avait prédit cette évolution des années auparavant.

Après avoir regardé sa montre, Cooper rangea ses affaires et se dirigea vers l'escalier. Bulloch émergea de l'espace cloisonné qui constituait son minuscule bureau et lui lança :

— Mes respects à Judith.
— Mes amitiés à Harriott.
— J'espère que vous passerez un bon dimanche.
— Je me reposerai après la messe.
— Vous avez notre donation ?
— Oui.

Pendant l'échange, regards et demi-sourires avaient exprimé une autre série de questions et de réponses. Deux des employés du bureau étaient nouveaux, on ne pouvait jamais être sûr de la loyauté de quelqu'un.

En descendant, Cooper ôta son haut-de-forme pour saluer Prioleau, le directeur de Fraser et Trenholm. En bas, il traversa la cour pavée, hâta le pas dans le court tunnel passant sous les bureaux de Rumford Place. Il tournait à gauche quand les cloches de l'église Saint-Nicholas sonnèrent le quart. Il aurait tout le temps de prendre le ferry de seize heures.

Au coin de la rue, il inspecta les environs, ne remarqua aucun suspect parmi les passants qui se pressaient ou flânaient sous un soleil printanier. Il prit à droite en direction de la Mersey. L'eau séparant Birkenhead du centre de la ville brillait de mille éclats tremblotants. Un cargo passa, Cooper entendit sa cloche lointaine.

La Caroline du Sud lui manquait parfois mais, avec Judith, les enfants, son travail, il était probablement plus heureux à Liverpool. A l'exception de Prioleau et de deux autres employés de Fraser et Trenholm, personne ne connaissait son histoire et nul ne lui faisait donc remarquer l'absurdité d'œuvrer pour une cause en laquelle il ne croyait pas tout à fait. Lui-même ne s'expliquait pas comment un Cooper Main continuait à haïr l'esclavage tandis qu'un autre aimait et servait le Sud avec une ferveur nouvelle née de la guerre.

Il n'était même pas sûr que la Confédération survivrait. La reconnaissance par les deux plus importantes nations d'Europe, la France et la Grande-Bretagne, demeurait à l'état d'espoir et, sur le plan militaire, il se passait apparemment peu de chose mis à part l'étonnante victoire de Hampton Roads.

Il prit un ticket, traversa le débarcadère, s'appuya à la balustrade. A quatre heures une, le ferry quitta le quai, emportant une foule d'employés terminant plus tôt le samedi. Cooper avait succombé au charme de Liverpool comme il s'était laissé séduire par celui de Charleston. Pourtant les deux villes n'auraient pu être plus dissemblables : Charleston était une dame au teint pâle faisant la sieste dans la chaleur de l'après-midi, Liverpool une jeune serveuse au visage criblé de taches de rousseur qui tirait de la bière dans un pub.

Cooper adorait l'animation du port. Tout le commerce d'un empire passait par la Mersey, qui voyait aussi partir les bâtiments neufs qu'on venait de lancer. Il aimait la gouaille des marins qui allaient et venaient, comme la marée. Liverpooliens ou lascars des Indes orientales, ils parlaient la même langue, appartenaient à la même confrérie d'hommes ne tenant pas en place.

Il aimait les immeubles sombres, aussi solides que leurs habitants joviaux. Il se plaisait dans l'hôtel particulier que Judith et lui avaient loué juste en face de chez Prioleau, de l'autre côté d'Abercromby Square. Il avait même appris à manger du boudin noir, spécialité locale dont il n'était cependant pas très friand.

Il trouvait la population de la ville fascinante, des magnats qui, d'un trait de plume, envoyaient des hommes doubler des caps tempétueux, aux personnages de moindre importance comme Mr. Lumm, son marchand de légumes, soudain devenu veuf à trente-sept ans et qui ne s'était jamais remarié parce qu'il avait découvert que le monde grouillait de femmes consentantes. Agé à présent de soixante-quatorze ans, Mr. Lumm continuait à tenir boutique six jours par semaine et vantait à Cooper, d'homme à homme, les immenses ressources de ses « roubignoles ». « De quoi peupler tout un pays, j' vous dis. » Cooper aimait le vieux bonhomme autant que le vicaire de la paroisse, qui élevait des bull-terriers, organisait des promenades-leçons de choses dans le Wirral et prenait la peine de rendre visite aux Main au moins une fois par semaine parce qu'il savait qu'on manque d'amis en terre étrangère. Le vicaire était cependant fortement opposé à l'esclavage et au Sud mais cela ne changeait rien à ses dispositions amicales sur un plan personnel.

Le soir, Cooper aimait marcher le long des quais en contemplant les étoiles au-dessus de la Mersey et des collines du Wirral. Même loin de son pays, il se sentait bien dans « cette sale vieille ville », comme disait souvent Mr. Lumm avec affection.

Plongé dans ses rêveries, promenant le regard sur les docks, Cooper Main se sentit soudain observé. Il se retourna, vit un homme d'une cinquantaine d'années : moustaches imposantes, nez en pied de marmite, costume bon marché trop lourd pour la saison. Assis au bout d'un banc où s'entassaient déjà une mère de famille et ses cinq enfants, il tenait à la main un sac en papier dont il tira un poireau et mordit à belles dents dans le bulbe blanc.

En mâchant son légume, il jeta à Cooper un coup d'œil machinal, ni curieux ni hostile, mais l'Américain savait maintenant repérer les agents de Dudley. A en juger par la largeur de ses épaules, l'homme pouvait en être un.

Quand le ferry toucha le débarcadère de Birkenhead, Cooper fut l'un des premiers à descendre, rapidement mais sans avoir l'air de fuir. Il se faufila entre les cochers de fiacre attendant un client, monta une rue pavée jusqu'à une impasse tapie derrière Hamilton Square, s'y engouffra. Après une dizaine de mètres, il se retourna, inspecta la ruelle, ne vit pas trace de l'amateur de poireaux. Rassuré, il entra dans un pub appelé le *Pig and Whistle*.

Comme d'habitude, la clientèle se réduisait à cette heure-là à quelques marins et dockers. Cooper s'installa à une petite table ronde, la femme du tenancier lui apporta une pinte de bière sans attendre sa commande.

— Bonjour, Mr. Main, dit-elle. Evensong aura deux heures de retard.

— Tant que ça ? s'exclama Cooper. Pourquoi ?

— Je n'en sais rien.

— Bien. Merci, Maggie.

Bon sang ! Deux heures à tuer. Y avait-il des problèmes ? Charles Francis Adams était-il parvenu à convaincre les autorités anglaises de saisir le navire ? Des visions alarmantes se bousculaient dans la tête de Cooper, gâchant la saveur de sa bière. Il sursauta lorsque la sonnette accrochée au-dessus de la porte tinta.

L'homme au sac de poireaux alla directement vers lui, tendit une main grassouillette avec un sourire patelin.

— Mr. Cooper Main, je crois ? Marcellus Dorking. Détective privé. Je peux m'asseoir ?

Qu'est-ce que cela signifiait ? Ni Maguire, ni Broderick, ni aucun autre agent de Dudley n'agissaient de cette façon.

— Je ne vous connais pas, répondit Cooper, le cœur battant.

Dorking laissa retomber sa main, prit place sur la banquette située sous la fenêtre aux vitres sales. Il commanda un gin, posa son sac sur la table, en tira un poireau avec lequel ses doigts se mirent à jouer.

— Mais nous vous connaissons. Vous faites partie de l'équipe de Bulloch, hein ? Pas de problème. Nous admirons les gens qui font leur travail consciencieusement.

— Qui ça nous ?

— Ceux qui m'ont chargé de prendre contact avec vous, sir. Ils n'apprécient pas la façon dont le capitaine Bulloch interprète la loi anglaise.

Cooper songea au message caché dans son haut-de-forme. Le trouverait-on si on le fouillait ? Quelle erreur de mettre de telles choses par écrit ! se dit-il, un peu tard. Serait-il arrêté, emprisonné ? Pourrait-il prévenir Judith ?

Dorking mordit dans son poireau, mastiqua et reprit :

— Vous êtes dans le mauvais camp, sir. L'esclavage des nègres, ma femme est contre. Moi aussi.

— C'est votre conscience ou votre portefeuille qui vous dicte vos convictions, Dorking ?

— A votre place, je ne plaisanterais pas, sir. Vous êtes un ressortissant américain coupable de graves violations de la loi sur les engagements à l'étranger... Oh! je connais la parade. Les chantiers anglais n'ont pas le droit d'armer des vaisseaux de guerre pour des belligérants avec lesquels la Grande-Bretagne est en paix, mais rien dans la loi n'empêche de construire un navire ici et de l'équiper de canons là-bas. Cela n'a rien d'illégal mais c'est une interprétation jésuitique de notre législation, vous ne trouvez pas ?

Comme Cooper gardait le silence, Dorking se pencha vers lui, l'air menaçant.

— Très jésuitique, en fait. Mais en ce qui vous concerne, nous pourrions fermer les yeux — et même vous verser une petite récompense — si mes clients recevaient un ou deux brefs rapports sur ce que doit devenir un certain bateau qu'on appelle parfois le 209, parfois l'*Enrica*. Vous me suivez, sir ?

Pâle de rage malgré sa frayeur, Cooper répliqua :

— Vous m'offrez un pot-de-vin, Mr. Dorking ?

— Non, non ! Juste une modeste rétribution en échange de quelques renseignements. Par exemple sur le comportement étrange de jeunes matelots qui déambulaient dernièrement dans Canning Street en chantant un air intitulé *Dixie's Land*. Ces jeunes marins avaient été repérés peu auparavant derrière les grilles de chez John Laird. Qu'est-ce que cela signifie, Mr. Main ?

— Qu'ils aiment chanter *Dixie's Land*, Mr. Dorking. Et vous, qu'en pensez-vous ?

— Je pense que Laird recrute peut-être un équipage pour un nouveau vaisseau de guerre confédéré...

Le détective jeta sur la table le reste de son poireau, beugla en direction de la tenancière :

— Et mon gin, femme ?

Puis il laissa le temps à Cooper d'observer ses yeux rapprochés et ses dents cariées avant de poursuivre :

— Je serai franc avec vous, sir. Il y aura plus qu'une rétribution si vous nous aidez. La sécurité de votre femme et de vos enfants sera garantie.

Comme Maggie approchait de la table, Cooper saisit

le verre de gin et en aspergea le visage du détective. Dorking jura, s'essuya ; Cooper lui empoigna la gorge de la main gauche.

— Si tu touches à ma famille, je te retrouverai et je te tuerai, menaça-t-il.

— Je vais chercher Percy, dit Maggie en s'éloignant. C'est un costaud, mon mari.

Dorking fila vers la porte, s'arrêta sur le seuil le temps de crier :

— Fumier d'esclavagiste ! On t'aura ! Tu peux y compter.

La clochette sonna, vibra longtemps après que la porte se fut refermée derrière le détective.

— Ça va, Mr. Main ? s'enquit Maggie.

— Oui, murmura Cooper.

L'incident l'avait ébranlé, et pas seulement à cause de son aspect personnel. Il révélait que les enjeux devenaient plus importants, la tension plus grande dans les deux camps. Cooper finit sa bière, en but une seconde sans parvenir à se détendre.

L'heure vint finalement de se rendre à l'église Sainte-Marie, située près de la Mersey, juste à côté des chantiers et du bateau qu'il n'avait jamais vu.

— Vous voulez que Percy vous suive, pour plus de sûreté ? proposa Maggie quand Cooper se leva.

Bien qu'il eût désespérément envie d'accepter, il secoua la tête.

Dehors, les rues étroites menant à l'église lui parurent singulièrement désertes. Ne cessant de jeter derrière lui des coups d'œil nerveux, il finit par arriver sans encombre à l'édifice cruciforme construit au début du siècle.

Un homme sans signes particuliers s'avança vers lui, s'excusa de son retard et en expliqua brièvement les raisons. Après avoir soigneusement inspecté les environs, Cooper ôta son chapeau et remit le message à l'homme, qui partit aussitôt.

Cooper courut pendant presque tout le trajet menant à l'embarcadère mais manqua quand même le ferry et dut attendre une heure pour le suivant. Il flottait sur le quai des odeurs de friture et de saucisse auxquelles se mêlait celle d'un ivrogne ronflant dans un coin. Pendant la traversée, Cooper s'appuya de nouveau au bastingage mais, au lieu de la ville et de l'eau, il vit cette fois les yeux, les moustaches, les dents cariées de Marcellus Dorking.

« On t'aura. »

Dans son esprit s'insinuait une question qui, une semaine plus tôt, l'aurait fait rire. Mais à présent...

— Monsieur ?
— Quoi ? marmonna Cooper.
— Nous sommes arrivés, dit le marin. Tout le monde est déjà descendu.
— Merci.

Cooper s'éloigna dans le soir en se répétant silencieusement la question, qui n'était plus ridicule : dois-je me procurer une arme ?

53

« PRENEZ le commandement du régiment, colonel Bent. »

Il ne cessait d'entendre cet ordre dans sa tête. Malgré le fracas de l'artillerie déchirant l'air frais de ce dimanche. Malgré le bruit des avant-trains de canon tirés à toute allure vers le front. Malgré les cris des soldats de l'Ohio blessés ou effrayés qu'il devait maintenir sur leurs positions. Malgré le vacarme infernal de ce matin d'avril.

« Prenez le commandement du régiment, colonel Bent. »

Au quartier général, proche de la Maison commune de Shiloh, le regard du commandant de la division s'était posé sur lui une heure après les premiers coups de feu et le retour des patrouilles confirmant leur signification : l'armée d'Albert Sidney Johnston se trouvait au sud-ouest et les avait pris par surprise.

Bent avait été choisi parce que le commandant ne l'aimait pas. Au lieu de désigner un officier moins gradé à la tête du régiment de l'Ohio dont le colonel, le lieutenant-colonel et le capitaine avaient été tués, il avait porté son choix sur un colonel d'état-major — envers qui il s'était montré cassant et désagréable dès leur première rencontre.

Jamais aucun officier n'avait servi dans de plus mauvaises circonstances. Le général était un incapable totalement abruti, le commandant un petit pète-sec, chez qui la peur de Johnston avait déclenché une attaque de nerfs en automne. Bent était convaincu que William Tecumseh Sherman était fou. Et rancunier. « Prenez le commandement du régiment... »

Bent le haïssait plus que personne — hormis Orry Main et George Hazard — parce qu'il avait ajouté :

— Et qu'on ne vienne pas me dire qu'on vous a retrouvé derrière un arbre, la main tendue pour recevoir une permission. Je sais que vous avez des relations à Washington.

Ces relations avaient sauvé Bent — du moins, il le croyait jusqu'à ce dimanche matin. Le jour de son départ en train pour l'Ouest, avec Elmsdale, il avait envoyé une lettre d'excuses — un ultime appel — à l'avocat Dills. En arrivant au Kentucky, Bent avait reçu de nouveaux ordres l'affectant à l'état-major d'Anderson.

A la suite d'une réorganisation du commandement, Anderson avait cédé la place à Sherman, qui avait pour frère un influent sénateur de l'Ohio. Comment ce fou avait-il eu vent de l'intervention de Dills ? Bent l'ignorait. Il savait seulement que son commandant avait attendu l'occasion de le punir.

Clignant des yeux dans la fumée, le colonel vit ses phantasmes de terreur devenir réalité : une nouvelle vague d'assaut se formait dans les bois. Les hommes de Hardee, sale racaille aux uniformes miteux, teints couleur noix cendrée. Au sommet de la faible pente que les rebelles devaient gravir, les soldats du régiment de l'Ohio se cachaient derrière les arbres ou dans l'herbe. Surpris au petit déjeuner, les Fédéraux n'avaient pas creusé de tranchées parce que le général Grant avait négligé d'en donner l'ordre. Halleck* avait maintenant une bonne raison de ne pas faire confiance à Grant.

Tremblant, Bent vit les rebelles se lancer à l'assaut.

— Restez sur vos positions, les gars, ordonna-t-il.

Au prix d'un gros effort, il s'éloigna du chêne derrière lequel il était caché, braqua ses jumelles vers l'ennemi. Quand les soldats de la première vague grise commencèrent à tirer, il se précipita à nouveau derrière l'arbre. La racaille se mit à pousser les cris sauvages qui accompagnaient désormais les charges confédérées — bien que personne ne sût où et quand cette habitude avait commencé. Bent eut l'impression d'entendre hurler des chiens enragés.

Les balles sifflaient de toutes parts. Sur sa gauche, un soldat agenouillé se dressa brusquement, comme soulevé par les bras. Un morceau de sa joue gauche vola en l'air puis l'homme s'effondra, le crâne fracassé.

Les gris continuaient à charger, montant la colline déployés en éventail. Ceux de derrière tiraient quand leurs camarades de devant s'agenouillaient pour recharger et faire feu dans cette position. Puis toute la ligne reprenait l'assaut, baïonnettes au canon, les officiers beuglant aussi fort que les hommes de troupe.

Bientôt les rebelles ne furent plus qu'à cinquante mètres : gris et noix cendrée, barbes et haillons, yeux féroces et immenses bouches ouvertes. Des éclats d'obus constellaient le ciel bleu, de la fumée flottait à la cime des arbres, la terre tremblait. Bent entendit un cri plus fort que les autres.

— Oh ! non, mon Dieu, non !

Les premiers rebelles atteignirent les soldats de l'Ohio, qui n'avaient jamais été au feu auparavant et cherchaient maladroitement à échapper aux baïonnettes des assaillants. Bent vit une pointe d'acier s'enfoncer dans une vareuse bleue, ressortir rouge de l'autre côté. A nouveau le cri :

— Mon Dieu, non !

---

* Commandant en chef des forces de l'Union dans l'Ouest (n.d.t.).

De son sabre, il frappa le dos d'un soldat de l'Ohio. Titubant dans l'herbe haute, il se précipita derrière l'homme qui s'enfuyait. Les rebelles se ruaient au sommet de la colline; les bleus, enfoncés, abandonnaient leurs positions. Bent continua à frapper le deuxième classe jusqu'à ce qu'il s'écroule.

Il se débarrassa de ses jumelles et de son arme, poursuivit sa course vers le Tennessee avec des centaines d'autres fuyards. L'un après l'autre, les régiments de l'Union s'effondraient. Bent devait sauver sa peau, même si tous les hommes placés sous son commandement mouraient. A lui seul, il les valait tous.

Les fugitifs précédant le colonel avaient tracé dans l'herbe une trouée qui facilita sa fuite jusqu'à ce qu'il se heurte à un obstacle : un petit soldat, boitant, les mains crispées sur le bord bleu émaillé d'un tambour. Bent saisit les frêles épaules du jeune garçon, le poussa sur le côté. En tombant, l'adolescent lui lança un regard à la fois apeuré et méprisant.

La panique du colonel s'accrut quand il arriva dans une zone d'arbres. Entendant un obus siffler, il se précipita vers un chêne, en étreignit le tronc en fermant les yeux. Au moment de l'explosion, il se rendit compte que c'était lui qui avait crié juste avant :

— Mon Dieu, non !

Il reprit conscience trempé par la pluie et, dans un premier moment d'incohérence, se crut mort. Puis il entendit des cris dans l'obscurité. Des gémissements, des plaintes aiguës et soudaines. Reniflant, il promena les mains le long de son corps, des chevilles à la gorge en passant par le bas-ventre. Il était engourdi, raide mais entier. Entier, il avait survécu.

Un éclair brilla au-dessus des branches bourgeonnantes. Quand le tonnerre retentit, Bent se mit à ramper. Il se cogna la tête contre un arbre, le contourna, s'enfonça dans un buisson aux épines acérées. Devant lui, le terrain s'abaissait doucement. Il eut l'impression de sentir de l'eau, rampa plus vite.

Un deuxième roulement de tonnerre couvrit le

chœur ininterrompu des blessés. Ils devaient être des milliers gisant dans les prés et les bois entourant la Maison commune de Shiloh. Qui avait gagné la bataille ? Bent s'en moquait.

Sentant de la boue sous ses paumes, il tendit les bras, plongea les mains dans l'eau. Il but avidement, eut un haut-le-cœur, faillit vomir. Elle avait un goût étrange, cette eau.

A la lueur d'un éclair, il vit des cadavres flottant à la surface, un liquide rouge coulant entre ses doigts. Il se plia en deux, hoqueta. « Je suis au Mexique », pensa-t-il, complètement perdu.

Il se remit péniblement debout, traversa le petit cours d'eau. Chaque fois qu'un mort venait se frotter à ses jambes, Bent était saisi de nausée. Il monta sur la berge, s'élança dans un bois, trébucha sur une pierre, tomba en avant. L'une de ses mains s'accrocha à quelque chose qui l'aida à freiner sa chute. Au toucher, cela ressemblait à une douille de baïonnette. Les cheveux dans les yeux, il se redressa, s'agenouilla.

La lueur d'un éclair lui révéla que la baïonnette avait cloué au sol un autre jeune tambour, lui perçant la gorge. Bent cria jusqu'à en perdre le souffle puis se releva. Peu à peu, il recouvra une lucidité qui le contraignit à voir la réalité en face. Il avait été parmi les premiers à fuir, crime d'autant plus grave qu'il avait la responsabilité du régiment. Il savait que les survivants rapporteraient sa conduite, ruinant à jamais sa carrière.

Il fit demi-tour, explora les broussailles à tâtons et finit par retrouver le cadavre du petit tambour.

« Je n'y arriverai jamais », pensa-t-il en regardant à la lueur d'un éclair la gorge empalée.

« Il le faut. C'est le seul moyen de te sauver. »

Haletant, il saisit la baïonnette, tira doucement, la tourna pour la dégager de la chair. Puis, adossé à un arbre, il rassembla son courage. Les yeux fermés, il plaça la pointe de l'arme contre le devant de sa cuisse gauche et poussa.

Dans les deux camps on revendiqua la victoire de Shiloh. Mais, le lendemain, Grant dirigea l'offensive et l'armée confédérée dut finalement battre en retraite vers Corinth après avoir perdu un de ses grands héros, Albert Sidney Johnston. Ces seuls faits en disaient plus que les déclarations prononcées de part et d'autre.

A l'hôpital, Elkanah Bent apprit que la conduite du régiment de l'Ohio n'était pas un cas isolé. Des milliers de soldats de l'Union s'étaient enfuis. Des lambeaux de régiment éparpillés le long du Tennessee avaient attendu à l'abri l'issue de la bataille, défaite le dimanche et victoire le lundi.

Aucune de ces circonstances n'atténuait cependant les menaces pesant sur Bent. Bientôt on procéda à une enquête sur sa conduite et il répéta avec une assurance croissante sa version des événements :

— Effectivement, je courais. Pour arrêter mes hommes. Pour enrayer la débâcle.

Lorsqu'on l'interrogeait sur l'endroit où on l'avait retrouvé inconscient — à près de deux kilomètres de la position de son régiment — il répondait :

— Je me trouvais sur notre position d'origine quand j'ai reçu le coup de baïonnette. Je ne m'enfuyais pas, je faisais face à l'ennemi : l'emplacement de ma blessure le prouve. J'ai peu de souvenirs de ce qui s'est passé ensuite. Je me rappelle seulement que j'ai abattu mon assaillant d'un coup de sabre et que j'ai couru pour arrêter la déroute.

L'enquête fut finalement menée par Sherman lui-même, à qui Bent déclara :

— Je courais pour arrêter mes hommes.

— Selon certains témoignages, vous avez été parmi les premiers à fuir, répliqua le général d'un ton froid.

— Je ne fuyais pas, mon général. Je tentais d'arrêter les fuyards. Si vous tenez à me faire passer en cour martiale, je réitérerai mes déclarations devant cette instance — et devant tout témoin m'accusant de m'être enfui. Que mes accusateurs s'avancent ! Le régiment que vous m'avez confié était composé d'hommes qui n'avaient jamais été au feu. Comme tant d'autres, ils ont fui. J'ai couru pour les arrêter. Pour enrayer la débâcle.

— Epargnez-moi vos litanies, colonel, grommela Sherman. (Il se pencha pour cracher par terre à côté du bureau installé dans sa tente.) Je ne veux plus de vous sous mes ordres.

— Cela signifie-t-il que vous avez l'intention...

— Vous l'apprendrez quand je jugerai bon de vous en informer. Vous pouvez disposer.

Bent salua, sortit en s'appuyant sur sa béquille. Les menaces implicites de Sherman le tourmentaient plus que sa blessure. Qu'est-ce que ce petit fou avait imaginé pour le punir ?

Dans la péninsule située au sud-ouest de Richmond, McClellan affrontait Joe Johnston sans guère de résultats. Le long de la Shenandoah, Stonewall Jackson manœuvrait brillamment et infligeait aux Yankees une défaite lavant en partie la honte de Shiloh. Sur le Mississippi, l'amiral Farragut parvenait à La Nouvelle-Orléans malgré les batteries confédérées. Quasiment sans défense, la ville se rendit le 25 avril. Une semaine plus tard — et près d'un mois après l'entrevue épineuse avec Sherman —, Bent obtint une nouvelle affectation.

— A l'état-major de l'armée du Golfe ? dit Elmsdale quand Bent l'en informa. C'est surtout une troupe d'occupation. Un poste de tout repos mais qui n'aidera pas beaucoup votre carrière.

— Ça non plus, marmonna Bent en montrant sa jambe blessée.

Elmsdale lui serra la main, lui souhaita bonne chance mais avec une expression que Bent jugea suffisante. Blessé à l'épaule pendant la bataille, Elmsdale avait reçu une citation. Bent, lui, connaissait une nouvelle ignominie dont il rendait les autres responsables, de Sherman, le petit dément à la barbe en broussaille, à cet ivrogne de Grant, l'artisan de la victoire de Shiloh.

Elkanah Bent voyait son étoile pâlir et n'y pouvait pas grand-chose.

— Faites avancer les chariots ! cria Billy. Nous avons besoin de bateaux.

Enfoncé dans la boue jusqu'à mi-bottes, Lije Farmer saisit le bras du jeune officier.

— Pas si fort, mon garçon. Il y a peut-être des sentinelles ennemies sur l'autre rive.

— Elles ne peuvent y voir plus que nous dans cette obscurité. Quelle est la largeur de ce cours d'eau, de toute façon ?

— Le haut commandement ne nous gratifie pas de telles informations. Ni d'ailleurs de cartes topographiques. Tout ce qu'il nous donne, ce sont des ordres : nous devons construire un pont sur le Black Creek.

— Il porte bien son nom *, fit Billy d'un ton bougon.

Le convoi transportant le matériel — pontons, poutrelles, madriers, outils, forge de campagne — avait parcouru péniblement des routes rendues boueuses par la pluie, qui avait commencé à tomber en début de soirée. Après une légère accalmie, il pleuvait à présent de plus belle et le vent s'était levé. Billy examinait le pont inachevé à la lumière de trois lanternes se balançant en haut de poteaux plantés dans la vase. Ils prenaient des risques en révélant ainsi leur position mais on ne pouvait se passer de lumière : le cours d'eau était profond, le courant rapide.

Le pont de bateaux s'étendait jusqu'au milieu du Black Creek. Ses pontons, reliés par des poutrelles de neuf mètres, étaient retenus par deux ancres, l'une en amont, l'autre en aval. Des sapeurs déchargeaient des madriers, les plaçaient sur les poutrelles tandis que d'autres fixaient le parapet sur les traverses déjà posées. C'était une rude besogne, rendue plus pénible encore par le balancement de l'ouvrage sous l'effet d'un vent violent.

Personne ne répondit à l'appel de Billy, qui ne voyait d'ailleurs plus de chariots de bateaux.

---

* *Black Creek* : ruisseau noir (n.d.t.).

— Ils ont dû s'embourber, supposa Farmer. Allez donc voir. Moi, je reste ici, ajouta-t-il en logeant son vieux mousquet dans le creux de son bras gauche.

On détachait d'ordinaire des fantassins pour assurer la protection du site de construction mais les soldats du Génie de l'armée du Potomac se fiaient davantage à eux-mêmes qu'à cette bleusaille et travaillaient rarement sans armes. Billy portait son revolver dans un étui dont il avait ôté la patte.

Couvert de boue, gagné par l'engourdissement, il remonta sur la berge derrière un chariot d'outils. Quel jour était-on ? Le 10 avril, peut-être. L'énorme armée de McClellan, deux fois plus nombreuse, disait-on, que les forces conjuguées de Joe Johnston et du prince Magruder, était descendue par bateau jusqu'au Fort Monroe, situé à la pointe de la péninsule séparant l'York et le James. L'embarquement avait commencé le 17 mars, six jours après que Petit Mac eut perdu le commandement en chef. Pour expliquer cette destitution, certains invoquaient son refus de marcher sur Manassas ; d'autres se contentaient de citer le nom de Stanton, le nouveau ministre, à qui les généraux faisaient désormais directement leurs rapports.

Bien qu'il ne commandât plus que l'armée du Potomac, McClellan continuait à réclamer de l'artillerie et des munitions supplémentaires, ainsi que le corps d'armée de McDowell, affecté à la défense de Washington. Quand le gouvernement eut rejeté la plupart de ses requêtes, le général décida d'assiéger Magruder au lieu de l'attaquer, choix que plusieurs officiers, dont Lije Farmer, avaient mis en question.

— Qu'est-ce qu'il a ? avait demandé le capitaine à Billy. On dit qu'il double les estimations des effectifs ennemis fournies par les agents de Pinkerton. Mais même alors, nos forces sont supérieures en nombre. De quoi a-t-il peur ?

— De perdre sa réputation. Ou peut-être les prochaines élections présidentielles, avait répondu Billy, mi-plaisantant mi-sérieux.

La marche sur Yorktown avait commencé le 4 avril. La tâche du bataillon du Génie consistait notamment à fasciner les routes et à jeter des ponts sur les cours d'eau pour que les hommes et l'artillerie de siège puissent approcher des lignes de Magruder, qui s'étiraient sur plus de vingt kilomètres entre Yorktown et la Warwick. Selon les éclaireurs, des canons puissants et nombreux étaient installés sur les défenses ennemies.

La presqu'île était un labyrinthe de routes et de cours d'eau ne figurant sur aucune carte dans lequel il devint de plus en plus difficile d'avancer avec la pluie. Mais les sapeurs étaient prêts. Le soir d'hiver où Billy avait quitté précipitamment Washington, son bataillon avait été envoyé sur le Potomac pour mettre à l'épreuve les nouvelles recrues. Elles avaient passé l'examen en réussissant à construire un pont de bateaux complet, ce qui avait ranimé l'orgueil frisant l'arrogance des sapeurs. A présent, Billy n'éprouvait plus cette fierté. Les nuits passées sous une tente humide, les journées de travail de dix-huit ou vingt heures sous une pluie battante l'avaient vidé de tout sentiment. Il survivait, simplement, forçant ses hommes et lui-même à passer d'une tâche à une autre.

Il parvint aux chariots de pontons, immobilisés à près d'un kilomètre du pont. Chacun d'eux transportait un long bateau en bois et son équipement : rames et tolets, ancres, crochets et filins. Comme il l'avait craint, le premier chariot était enfoncé dans la boue jusqu'aux essieux.

Billy examina la situation à la lumière d'une lanterne. Il suggéra de détacher les bœufs, de les faire avancer, de nouer à leur joug des cordes qu'on ferait passer par-dessus une grosse branche d'arbre avant de les attacher au chariot. Lorsque le dispositif fut en place, le cocher du chariot frappa les bêtes de son fouet à longue mèche mais au lieu de partir droit devant eux, les bœufs obliquèrent sur la droite. La branche émit un craquement menaçant.

— Lâchez tout ! cria Billy.

Il se rua vers le conducteur, le poussa sur le côté juste avant que la branche ne se casse et tombe sur l'avant du bateau, l'écrasant et brisant sous son poids l'essieu avant du chariot.

Furieux contre lui-même, Billy Hazard s'arracha à la boue, monta sur le chariot, constata qu'il bloquait le passage des autres.

— Bon, je vous envoie du renfort, dit-il aux cochers. Nous porterons les bateaux à dos d'homme. Nous sommes déjà en retard.

Dans l'obscurité, une ombre lança :

— La faute à qui ?

— Les porter ? se plaignit un autre conducteur. Du dernier chariot, ça fera près de deux kilomètres !

— Cela pourrait en faire cinquante, je m'en moque, répliqua Billy avant de repartir en trombe, honteux de lui-même.

Sur le pont inachevé, les fantassins fatigués avaient cessé le travail. On ne pouvait rien faire avant que le bateau suivant soit mis à l'eau et placé à neuf mètres du dernier ponton.

— Lije, j'ai besoin d'hommes pour porter les bateaux, expliqua Billy. Au lieu de dégager le chariot qui bloquait, je l'ai complètement immobilisé. On ne peut plus avancer.

— J'ai vu, répondit Farmer en hochant la tête avec une lenteur majestueuse. Ne vous accablez pas de reproches. Il n'est pas un sapeur vivant qui n'ait commis une erreur en son temps. Et nous ne sommes pas dans des conditions qui favorisent une réflexion rapide. Remerciez le ciel d'avoir perdu un chariot et non une vie.

Le jeune officier songea que lorsque Brett et lui auraient des enfants, il s'efforcerait de les conseiller avec autant de sagesse et de compréhension que Farmer le faisait pour ceux qu'il avait sous ses ordres.

Une langue de feu déchira la nuit sur l'autre rive ; sur le pont, un soldat poussa un cri en portant la main à sa jambe, bascula vers l'eau mais ses camarades le retinrent. Aussitôt, Farmer saisit son mousquet par le canon, fit tomber du poteau la lanterne la plus proche. Billy bondissait vers une autre quand la fusillade se déclencha. Les sapeurs se retirèrent sur la berge, ripostèrent. Un quart d'heure plus tard, les rebelles cessèrent de tirer ; Billy et Lije attendirent un peu puis ordonnèrent de rallumer les lanternes et de reprendre le travail.

Vers deux heures et demie, les sapeurs avaient mis à l'eau assez de bateaux et placé assez de poutrelles pour atteindre l'autre rive. Billy rédigea une brève dépêche annonçant que le pont était achevé et envoya un courrier la porter au quartier général. Les hommes se couchèrent par terre, abritant de leur mieux leur carcasse et leur poudre. Adossé à un arbre, une couverture humide sur les jambes, Billy éternua pour la quatrième fois.

— Lije ? Ce soir, avant notre départ, vous avez entendu ce qu'on dit des pertes essuyées à Shiloh ?
— Oui, répondit Farmer de l'autre côté de l'arbre. Chaque armée aurait perdu un quart des forces engagées.
— C'est incroyable. Cette guerre change, Lije.
— Elle continuera à changer.
— Mais où mènera-t-elle ?
— Au triomphe final du juste.

Je ne suis pas sûr que nous vivrons tous pour le voir, songea Billy en fermant les yeux. Bien qu'il claquât des dents et fût parcouru de frissons, il finit par s'endormir sous la pluie.

Le lendemain matin, les sapeurs fixèrent les derniers câbles sur le pont, envoyèrent sur l'autre rive des éclaireurs qui constatèrent que les rebelles avaient déguerpi. Puis ils attendirent qu'on les expédie ailleurs, ce qui ne pouvait tarder.

Un soir qu'il bivouaquait près de Yorktown, Charles Main fit observer à Abner Woolner :
— Voilà plusieurs semaines que nous chevauchons ensemble mais je ne sais pas grand-chose de vous.
— Y a pas grand-chose à savoir. Je sais à peine lire et écrire, pas du tout compter. J'ai été marié. Ma femme est morte en accouchant. Le bébé aussi. J'ai une ferme près de la frontière de la Caroline du Nord, à King's Mountain. Là où mon grand-père a combattu les Anglais.
— Que pensez-vous de cette guerre ?

L'éclaireur souleva sa lèvre supérieure de sa langue avant de répondre :

— Ça pourrait vous vexer si je vous le disais.

— Allez-y.

— C'est les gros planteurs qui mènent la grande vie sur la côte qui nous ont foutus dans ce pétrin. Y en a quèques-uns de bien, mais ils sont rares.

— Vous avez des esclaves ?

— Pas un. Et j'en voudrais pas. J'aime pas spécialement les Noirs mais je pense qu'aucun homme devrait être enchaîné. Je sais qu'un juge a déclaré que Dred Scott* et le reste des moricauds sont pas des personnes mais j'en connais qui sont des types bien. Alors je sais pas trop ce que je pense de la question.

— Je partage votre opinion sur la plupart des planteurs, concéda Charles.

Ab Woolner sourit :

— Je savais bien que j'avais raison de vous avoir à la bonne.

Billy écrivit dans son journal :

Le général est un paradoxe. Il nous demande d'installer son artillerie de siège — rien que des pièces de soixante-douze — pour bombarder une position dont beaucoup pensent qu'on pourrait s'emparer avec une seule attaque concertée. Il faudrait une page entière pour décrire le système de rouleaux et de grues utilisé pour descendre les canons. Nous devons construire des rampes pour mettre en place chaque pièce et un observateur non averti croirait que ce siège doit durer un an.

Les hommes posent des questions : pourquoi ce siège ? Pourquoi prendre pour objectif Richmond et non l'armée confédérée, dont la défaite contraindrait le Sud à capituler ? Bien que fréquentes, ces questions ne sont jamais formulées à proximité d'un des officiers à la loyauté inébranlable dont le général s'entoure.

Le paradoxe que je mentionnais est le suivant : bien

---

* Dans l'affaire Dred Scott, le tribunal récusa le témoignage d'un Noir parce qu'il n'était qu'un bien, pas une personne (n.d.t.).

qu'il agisse peu, le général est très aimé. Les hommes dont il a fait la plus magnifique troupe combattante jamais vue se tournent les pouces — et continuent à l'acclamer lorsqu'ils l'aperçoivent. Est-ce parce qu'il leur épargne les dangers d'un affrontement décisif ?

Brett, je deviens amer. Mais il y a tant de factions dans cette armée ! Certains appellent le général « McNapoléon », et ce n'est pas pour faire son éloge.

Lorsque les Confédérés évacuèrent Yorktown, au début du mois de mai, les sapeurs de l'Union furent parmi les premiers à arriver sur les fortifications désertées. Billy courut à un emplacement de canon, jura en découvrant que la grosse pièce noire n'était qu'un tronc d'arbre peint. L'emplacement comprenait cinq autres leurres semblables.

— Des canons de Quaker*, fit-il, écœuré.

Farmer, dont la barbe blanche flottait au vent, trouva une citation de la Bible convenant à la situation :

— Tu m'as trompé et j'ai été abusé. Chacun se moque de moi.

— Le prince est un expert en artillerie qui aime aussi le théâtre amateur. Redoutable combinaison. Je me demande s'il y a d'autres faux canons.

Il y en avait. Un déserteur rebelle révéla en outre que Magruder avait promené quelques unités dans tout Yorktown pour faire croire à l'ennemi qu'il disposait de forces plus importantes que les treize mille hommes qu'il avait à présent repliés. Tandis qu'il retenait McClellan par son audace et ses stratagèmes, le gros de l'armée rebelle s'était retiré sur de meilleures positions défensives préparées en secret plus au nord de la presqu'île. Les énormes canons de McClellan, qu'il avait fallu trois semaines pour installer, étaient braqués sur un objectif sans valeur. Les atermoiements de Petit Mac avaient aussi donné à Johnston plus de temps pour faire venir des renforts de la partie ouest de l'Etat.

---

* Ou faux canons, à cause du pacifisme des Quakers (n.d.t.).

— Cette fichue guerre pourrait bien durer un moment, déclara Billy. Nous avons plus d'usines mais il me semble que les autres ont plus de cervelle.

Cette fois, Farmer ne trouva pas de réponse dans les Saintes Ecritures.

Les bois sentaient la pluie de mai. Charles, Ab et un troisième éclaireur nommé Doan se tenaient immobiles sur leur selle, cachés par les arbres, et regardaient le détachement passer sur la route de campagne : douze Yankees, sur deux files, venant au pas de Tunstall'Station et se dirigeant vers le pont Bottom, sur la Chickahominy. Johnston s'était retiré de l'autre côté de la rivière et les pessimistes de son armée faisaient observer qu'en plusieurs points, cette ligne de démarcation liquide se trouvait à moins de quinze kilomètres de Richmond.

Les trois éclaireurs reconnaissaient la rive yankee depuis deux jours sans avoir glané de renseignements concluants. Ils avaient surveillé la voie ferrée Richmond-York, n'y avaient vu aucun signe de trafic et avaient fait demi-tour. Ils approchaient des terres basses et marécageuses bordant la rivière quand ils avaient entendu les Yankees.

Un papillon jaune voletait dans un rayon de soleil à un mètre de Charles, qui avait dégainé son colt 44. Il tenait beaucoup moins à se battre qu'à découvrir qui étaient ces hommes et ce qu'ils faisaient sur cette route.

— Des fusiliers montés ? murmura-t-il, en se fondant sur le pompon orange du képi des deux officiers menant le détachement.

— Les gradés peut-être, répondit Woolner. Mais si les autres sont restés plus de deux heures à cheval de toute leur vie, je suis Varina Davis.

— Alors, ils sont quoi ? chuchota Doan. Impossible à dire, leurs uniformes sont tellement crottés.

Charles caressa sa barbe, dont les poils mesuraient à présent trois centimètres. La boue le fit penser aux berges, les berges à son ami Billy.

— Je parie que ce sont des sapeurs.

— Possible, dit Ab. Mais ils font quoi, alors ? Ils reconnaissent les marais ?

— Oui. Pour y trouver des gués, des endroits où construire un pont. C'est peut-être le premier indice d'une avance ennemie.

Joueur fit un écart. Tout en le calmant d'une pression des genoux, Charles entendit, venant du sol, un curieux bruissement auquel il ne prêta pas attention parce que Doan lui demandait :

— On leur tire un peu dessus pour les remuer, capitaine ?

— J'aimerais bien mais il vaut mieux poursuivre jusqu'à la route suivante. Il faut ramener cette information au camp le plus vite possible.

— Un serpent à sonnette, chuchota Woolner, plus fort qu'il n'aurait dû.

Le reptile se glissa devant les sabots de son cheval, qui recula en poussant un long hennissement.

— C'est fichu, dit Charles.

Il entendit sur la route quelqu'un crier des ordres. Le serpent, plus effrayé que les trois hommes, disparut.

— Filons, décida Charles.

Ab ne parvenait pas à calmer son cheval.

— Allons Cyclone. Satanée b...

Habitué aux coups de feu mais pas aux serpents, l'animal rua et faillit désarçonner son cavalier. Saisissant le licou du cheval, Charles le força à reposer ses sabots avant sur le sol et Woolner reprit le contrôle de sa monture. Mais des secondes avaient été perdues et, dans son agitation, Cyclone avait exposé son pelage à l'un des rayons de soleil filtrant à travers les arbres. Les deux Yankees fermant la marche repérèrent Ab, braquèrent sur lui leur arme d'épaule.

Charles saisit son fusil de chasse, tira ses deux cartouches puis fit feu trois fois de la main droite avec son revolver. Les Yankees se dispersèrent en criant :

— A couvert !

— En avant, les gars, ordonna Charles.

Il avait tablé sur la marge de temps que les bleus laisseraient aux éclaireurs en s'abritant dans le fossé bordant la route. Il éperonna Joueur, le lança parmi les

arbres, non pas dans la direction opposée à la route —
comme il en avait d'abord eu l'intention — mais vers
elle, en remontant le côté d'un triangle imaginaire qui
les conduirait loin devant le détachement ennemi.

Après quelques secondes de galop effréné, il déboula
sur la route, suivi d'Ab et de Doan. Un regard en arrière
lui montra deux Yankees au bord du fossé, les autres
avaient disparu.

Les deux soldats de l'Union tirèrent; une balle perça
le bord du chapeau de Charles. Quelques secondes
encore et les éclaireurs furent hors de portée des
mousquets ennemis. Charles rengaina son revolver, se
concentra sur la route serpentant à travers des bois où
miroitaient des étangs marécageux.

Quelques centaines de mètres plus loin, l'eau cernait
la route de toutes parts. Les arbres semblaient s'élever
d'une surface recouverte d'une pellicule verte, mou-
chetée par de minuscules insectes. Dans moins de deux
kilomètres, ils traverseraient la rivière.

Derrière eux, la route explosa en une grande flamme,
une fontaine d'éclats d'obus. Ab faillit tomber dans
l'eau avec son cheval; Charles fit demi-tour, vit un trou
fumant et Doan qui essayait de se dégager de sa
monture gisant au sol.

Les yeux écarquillés, Doan haletait. La bête était
condamnée. L'obus enterré, mis à feu par un détona-
teur à friction, avait projeté des éclats mortels dans le
garrot et la poitrine de l'animal.

Doan parvint à libérer son pied de l'étrier gauche,
son cheval glissa dans le trou. L'éclaireur se mit
debout, tourna en rond comme un enfant perdu. On
entendit les Yankees, cachés par les méandres de la
route, approcher au galop.

Charles dirigea Joueur vers le bord du trou mais
l'animal fit un écart en arrivant près du cheval agoni-
sant et souffla par ses naseaux en longs jets tremblés.

— Montez, dit Charles à Doan en frappant la croupe
de Joueur.

L'éclaireur hagard se mit soudain à pleurer.

— Je peux pas le laisser.
— Il est fichu, répliqua Charles.

Les premiers cavaliers ennemis apparurent sur la route.

— Monte, bon sang! répéta Charles en agrippant Doan par le col. Sinon nous serons tous pris.

Doan parvint à grimper sur le cheval gris, passa ses bras autour de la taille de Charles, qui lança Joueur vers la Chickahominy. Ab s'écarta pour laisser passer son capitaine, déchargea son arme sur leurs poursuivants. Il avait peu de chances de les atteindre mais les coups de feu les ralentiraient.

Malgré sa double charge, Joueur galopait vaillamment en direction de la rivière. Doan, que Charles sentait trembler derrière lui, s'écria soudain :

— Foutus sauvages!
— Qui ?
— Les Yanks qui ont enfoui cette machine infernale dans le sol.
— Prenez-vous-en plutôt au général Rains ou à un autre officier de notre camp. Avant d'évacuer Yorktown, Rains a semé des mines comme celles-là dans les rues et sur les quais de la ville... On s'en tire, Ab ?

Woolner, qui chevauchait à sa hauteur, répondit :
— On est loin devant ces marchands de boutons et de dés à coudre. Attention, voilà le pont.

La proximité de la rivière mit fin à la discussion sur la mine qui avait tué la monture de Doan. Le général Longstreet qualifiait ces engins d'inhumains et interdisait leur usage. Une interdiction singulièrement efficace...

Rétrospectivement, Billy devait se dire plus tard qu'il était mûr pour une bagarre lorsqu'il était entré dans la tente du cantinier, un soir de la fin du mois de mai.

Depuis des jours, une nervosité obstinée s'était emparée des armées de la péninsule. Les rebelles, retranchés de l'autre côté de la Chickahominy, étaient prêts à mourir pour Richmond. Dans le camp de l'Union, le doute régnait, des rumeurs alarmantes circulaient : Jackson humiliait les fédéraux sur la Shenandoah et McDowell, qui tenait bon près de

Fredericksburg, serait peut-être envoyé là-bas pour conjurer le danger. Petit Mac continuait à réclamer des renforts bien qu'il disposât de plus de cent mille hommes. Il se plaignait aussi des attaques de la meute de Washington, menée par ce chien enragé de Stanton.

Des clans se formaient, soutenant chaque partie. Les détracteurs de « McNapoléon » affirmaient que son entourage d'officiers supérieurs, notamment Porter et Burnside, exécuteraient sans poser de question n'importe quel ordre du général et le défendraient contre Washington, fût-ce au prix d'une défaite.

Tout cela, s'ajoutant à la fatigue de longues heures de veille, avait fortement éprouvé Billy. Le soir où il se rendit à la cantine, il y aperçut un officier qu'il ne connaissait que de vue et trouvait cependant antipathique. C'était un ancien de l'Académie, affecté à l'état-major. Billy l'avait vu plusieurs fois trotter à cheval dans le sillage de Petit Mac. L'homme avait un teint de fille et l'arrogance désinvolte d'un familier des clubs. Même son uniforme irritait Billy : à la différence de ceux des autres, couverts de boue, il était d'une propreté impeccable, comme ses bottes resplendissantes. Avec ses longues mèches bouclées et le foulard rouge noué autour de sa gorge, il ressemblait davantage à un cavalier de cirque qu'à un officier.

Ce qui agaçait le plus Billy, penché au bout de la planche faisant office de comptoir, un verre sale à la main, c'était l'attitude de cet homme. De deux ou trois ans plus jeune que Billy, il ne portait pas d'épaulettes mais se comportait comme un officier supérieur.

Un officier supérieur hâbleur.

— Le général remporterait la victoire s'il n'y avait pas ces canailles abolitionnistes de Washington. Pourquoi les supporte-t-il ? Je l'ignore. Même notre vénéré président l'humilie. Il a osé traiter le général de traître la semaine dernière. En pleine figure !

Billy but une gorgée. Il en était à son deuxième verre de ce que le cantinier appelait du cidre — un cidre rudement corsé mais qu'il valait encore mieux ingurgiter que les mixtures douteuses (sucre brun, pétrole de lampe, alcool de grain) présentées sous le nom de whisky.

Ce « cidre » avait des effets néfastes sur votre estomac et votre humeur si vous n'aviez rien avalé depuis midi. Et Billy, chargé de diriger une corvée de gabionnage, n'avait pas eu le temps de manger.

L'officier d'état-major s'interrompit le temps de vider son verre du breuvage maison. Sa petite coterie, constituée de cinq autres gradés, capitaines et lieutenants, attendait impatiemment qu'il reprenne la parole.

— Connaissez-vous la dernière ? L'estimable Stanton attaque l'honneur du général et met en question sa bravoure — derrière son dos, naturellement — tout en persuadant le Gorille originel de ne pas accorder les renforts dont nous avons désespérément besoin.

— Une vraie conspiration, grommela un lieutenant.

— Exactement. Et vous savez pourquoi, n'est-ce pas ? Le général aime et respecte les gens du Sud. Beaucoup dans cette armée ont les mêmes sentiments et j'en fais partie. Or l'estimable Stanton n'apprécie qu'une seule sorte de gens du Sud : ceux qui ont la peau noire. Il est comme tous les Républicains.

— Mais il est démocrate, dit Billy en claquant son verre sur le comptoir.

L'officier aux longues boucles écarta ses admirateurs comme Moïse fendant les eaux de la mer Rouge.

— M'avez-vous adressé la parole ?

Du calme, se dit Billy. Mais il ne suivit pas son propre conseil. Curieux que, lui, qui n'avait aucune sympathie particulière pour les gens de couleur, se fît le défenseur d'un de leurs partisans.

— Oui. J'ai rappelé que Mr. Stanton est démocrate, pas républicain.

Sourire froid du lieutenant arrogant.

— Puis-je avoir le plaisir de savoir qui nous offre cette précieuse information ?

— Lieutenant Hazard. Actuellement affecté à la compagnie B, bataillon du Génie.

— Sous-lieutenant Custer, affecté à l'état-major. Serviteur, monsieur. Vous avez probablement fait West Point, vous aussi. J'en suis sorti en juin, dernier de ma promotion. Trente-sixième sur trente-six.

Custer semblait ravi de ce classement et son entourage ricana complaisamment.

— Quant à votre déclaration, poursuivit-il, elle n'est exacte que si l'on a une vision étroite des choses. Me permettez-vous d'oublier toute considération hiérarchique pour vous dire ce qu'est Stanton en réalité ?

Le sous-lieutenant s'approcha de Billy et tous les officiers présents se turent pour l'écouter. Un chien galeux, au poil jaune couvert de boue, entra en trottinant dans la tente et vint se frotter aux bottes de Custer. Il y avait dans le camp des dizaines de chiens, errants ou adoptés par la troupe.

— Stanton est un homme vil, hypocrite, dépravé. S'il avait vécu au temps du Seigneur, Judas aurait paru respectable à côté de lui.

Plusieurs des officiers observant la scène réagirent avec colère. L'un d'eux se leva mais son compagnon le retint. Seul Billy, énervé par le cidre, eut la témérité de répondre :

— Ce genre de propos n'a pas sa place dans l'armée. On y fait déjà trop de politique.

— Trop ? Pas assez, oui !

La coterie approuva en tambourinant sur le comptoir.

— Non, lieutenant Custer, c'est de la victoire que nous devons avant tout nous soucier. Mon frère, qui travaille au ministère de la Guerre, m'écrit que...

— Un planqué, lança un capitaine par-dessus l'épaule de Custer.

— Il est major au service du Matériel, répliqua Billy. Il fait un travail très important.

— Lequel ? demanda Custer. Il cire les bottes de Stanton ? Il offre des rafraîchissements aux visiteurs noirs du ministre ?

— Il lui baise le postérieur ? ajouta le capitaine.

Billy se précipita vers l'homme dont les propos avaient choqué jusqu'à Custer :

411

— Capitaine Rawlins, vous allez un peu loin...

Billy écarta le sous-lieutenant, expédia son poing vers le visage du capitaine, qui mesurait une tête de plus que lui. Le coup ne fit qu'effleurer le menton de Rawlins. Les autres officiers se mirent à crier comme les spectateurs d'un combat de coqs.

— Faites de la place pour ces messieurs !
— Pas ici, protesta le cantinier.

Personne ne l'écouta. Le capitaine déboutonna son col, un vague sourire aux lèvres. « Quel imbécile je fais ! » se disait intérieurement Billy en serrant et desserrant les poings. Quelqu'un entra dans la tente, l'appela par son nom, mais Billy concentrait toute son attention sur le capitaine, qui s'avançait à présent vers lui en grommelant :

— Je vais t'arranger, petit merdeux de Républicain.

Billy n'était pas encore en garde lorsque le poing de Rawlins s'écrasa sur son visage. Il bascula en arrière, sur le comptoir, un filet de sang coulant de chaque narine. Le capitaine voulut porter un autre coup mais le lieutenant se redressa, détourna le poing lancé vers lui. Rawlins enfonça son genou dans le bas-ventre de Billy, qui s'écroula. Avec un grand sourire, le capitaine leva sa botte au-dessus du visage de son adversaire.

— Ah ! vous voilà ! fit la voix familière derrière les spectateurs.

— Cela suffit, Rawlins, intervint Custer. C'est peut-être un républicain ami des nègres mais il a droit à un combat loyal.

— Sûrement ! ricana le capitaine.

La botte commença à descendre, Billy tenta de rouler sur le côté.

Soudain, Rawlins bascula mystérieusement en arrière, agitant le pied avec lequel il allait frapper. Billy se releva, s'appuya sur un coude, cligna des yeux et découvrit Lije Farmer, qui tenait le capitaine par les épaules. Le visage courroucé, Farmer poussa sur le côté l'adversaire de Billy avec une telle force que l'homme tomba par terre. Puis Lije aida Billy à se relever en grondant :

— Sortez de cet infâme établissement.

Personne n'osa sourire. La taille de Farmer, le regard qu'il promena sur le groupe des partisans de McClellan eurent un effet dissuasif.

— N'essayez pas d'invoquer dans cette affaire votre supériorité hiérarchique, lança-t-il à Rawlins. Si vous l'osez, je témoignerai contre vous.

Billy ramassa son képi et sortit. Il avait à peine fait quelques pas dehors qu'il entendit Custer éclater de rire. Ses partisans l'imitèrent et même son chien se mit de la partie en aboyant.

— Des officiers comme eux divisent l'armée, murmura Billy en se tâtant le visage avec précaution.

— C'était à prévoir, répondit Farmer. Le général a une profonde connaissance de l'art militaire mais aussi une ambition effrénée. Cela se sent dans ses ordres, ses discours aux troupes, dans la composition et la conduite de son état-major.

— Le sous-lieutenant aux belles boucles en fait partie.

— Oui, je l'avais déjà remarqué. Pas étonnant, il s'habille de manière à attirer l'attention.

— Je sais que j'ai eu tort de m'emporter mais ils avaient insulté mon frère. Merci de m'avoir tiré des pattes de ce capitaine. Une minute de plus et j'aurais eu le visage en compote. Vous êtes arrivé à point nommé.

— Ce n'était pas par hasard, je vous cherchais. Nous avons reçu l'ordre de partir avant l'aube. Laissez à d'autres les guerres politiciennes, nous avons la nôtre à livrer.

Songeant aux forêts épaisses à travers lesquelles ils avaient ouvert un passage à la hache, aux routes qu'ils avaient façonnées, aux ponts qu'ils avaient construits, Billy approuva du fond du cœur.

— Je ne vous en remercie pas moins, Lije. C'est vrai.

« Rien d'étonnant à ce que le climat soit malsain », songea-t-il. Ils se trouvaient quasiment aux portes de la capitale confédérée, défendue par des forces inférieures en nombre, et la campagne s'éternisait, indécise et coûteuse. Cette nuit, il en avait découvert une des raisons. Il craignait qu'avant la fin de l'offensive des centaines d'hommes soient inutilement sacrifiés aux ambitions du général et à sa manie de la persécution. Billy ne tenait pas à être l'un d'eux.

55

Dans la dernière semaine de mai, la fin sembla proche. Chaque matin, Orry Main se faisait cette réflexion en buvant l'infecte décoction d'avoine grillée que la pension servait à la place de café. Depuis la chute de La Nouvelle-Orléans, on n'avait même plus de sucre à y mettre.

Comme tout le monde à Richmond, Orry effectuait son travail quotidien en appréhendant la reprise des tirs d'artillerie qui faisaient trembler les vitres des fenêtres. Il se félicitait que Madeline n'ait pu encore le rejoindre du fait de l'état de santé de sa mère. Clarissa se remettait très lentement.

Quelle ironie de se rappeler que, en février, les journaux locaux avaient vanté les victoires militaires remportées dans le Sud-Ouest et la création du Territoire confédéré de l'Arizona, dont pas une personne sur cent mille ne pouvait délimiter les frontières ! A quoi bon un bastion dans le Sud-Ouest après la chute des forts Henry et Donelson ? Benjamin, supérieur hiérarchique et ami d'Orry, était passé au Département d'Etat parce qu'il fallait rejeter la responsabilité de ces revers sur quelqu'un.

George Randolph, son successeur, était un Virginien plein d'ardeur issu d'une famille irréprochable. Juriste d'excellente réputation, il avait une expérience militaire toute fraîche puisqu'il avait commandé l'artillerie de Magruder. Si Randolph détenait le portefeuille du ministère de la Guerre, il ne pouvait en faire grand-chose. Chacun savait désormais que le véritable ministre de la Guerre habitait la résidence présidentielle.

L'Ile n° 10 avait été perdue le mois précédent, ce qui avait de graves conséquences sur le contrôle du cours inférieur du Mississippi. Les Yankees s'étaient aussi emparés de Norfolk, contraignant la marine confédérée à couler le déjà légendaire *Virginia* pour empêcher sa capture.

Avril apporta un autre indice révélateur de la situation de la Confédération. Davis approuva une loi ordonnant la conscription pour trois ans de tous les hommes âgés de dix-huit à trente-cinq ans. Orry savait cette mesure nécessaire et s'irrita lorsque le président fut critiqué aussi bien par les vagabonds que par les gouverneurs. Deux de ces derniers déclarèrent qu'ils garderaient autant d'hommes qu'ils le jugeraient bon pour défendre leur Etat, conscription ou pas.

McClellan, tout proche maintenant, semblait prêt à marcher sur la ville. Bien que sa stratégie ne fût pas claire, sa simple présence plongeait Richmond dans un climat de peur et Davis avait déjà envoyé sa famille à Raleigh. Jackson poursuivait ses brillantes manœuvres dans la vallée mais sans pour autant éloigner la menace des tenailles qui pouvaient se refermer à tout moment sur la capitale.

Vers la mi-mai, Richmond vécut dans la terreur lorsque cinq navires fédéraux, dont le *Monitor*, remontèrent le James jusqu'à Drewry's Bluff, à quinze kilomètres de la ville. Les sbires de Winder vidèrent les rues et les cafés en embauchant de force de la main-d'œuvre pour construire un pont provisoire reliant Richmond à la rive fortifiée du James. Les vitres de Richmond vibrèrent sous l'effet de la canonnade qui finit par chasser les bâtiments fédéraux mais la ville avait senti pendant quelques heures le vent de la défaite et nul ne pouvait en oublier l'odeur.

Après Drewry's Bluff, Orry ne dormit plus qu'une heure ou deux chaque nuit. Alors que la situation s'aggravait, il se demandait si la tâche qu'on lui avait confiée conservait un sens. Sur la requête de Benjamin, il alla trouver le général Winder au sujet d'un domestique ayant disparu au moment où les hommes de main du général « recrutaient » de la main-d'œuvre pour la construction du pont. Le grand prévôt démentit ces pratiques et repoussa l'enquête d'Orry sans prendre la peine de cacher son animosité.

Les réfugiés affluaient dans la capitale par tous les

moyens de transport concevables. Ils dormaient à Capitol Square ou pénétraient par effraction chez les habitants déjà partis en train, à cheval ou à pied. Orry apprit qu'Ashton faisait partie de ceux qui refusaient de quitter la ville et cela atténua quelque peu ses sentiments hostiles à son égard.

Les militaires grossissaient aussi le flot des réfugiés : blessés renvoyés à l'arrière, déserteurs qui s'étaient mutilés eux-mêmes ; spectres vêtus de lambeaux gris, amaigris par la faim, les yeux rougis par la fièvre, sales, couverts de pansements tachés de sang et de pus. Certaines femmes leur venaient en aide, d'autres se détournaient. Tout le jour, toute la nuit, on entendait le grondement des chariots et des voitures quittant la ville ou y entrant ; il devenait impossible de dormir.

Orry se rendit à nouveau — cette fois à la demande de Randolph — dans le bâtiment en pin abritant Winder et ses hommes. Le ministre possédait une grande ferme familiale dans les environs et l'un de ses amis, fermier lui aussi, avait refusé de vendre sa récolte au prix excessivement bas fixé par le prévôt. Dans une lettre polémique adressée au *Richmond Wigh*, l'homme avait écrit que Winder était pour le peuple une plus grande menace que McClellan. Il fut enlevé un soir à la sortie de l'*Exchange Bar* et expédié à la sinistre fabrique de Cary Street où Winder détenait ceux dont il jugeait les propos séditieux.

Venu pour réclamer la libération du prisonnier, Orry ne fut pas reçu par le général et eut affaire à l'un de ses collaborateurs civils, personnage efflanqué vêtu de noir.

Israel Quincy ressemblait davantage à un pasteur du Massachusetts qu'à un détective et jubilait visiblement de recevoir en quémandeur, dans son minuscule bureau lugubre, un officier aussi élevé en grade qu'Orry.

— Nous ne donnerons pas l'ordre de le libérer. Cet homme a provoqué la colère du général Winder.

— Le général a provoqué celle du ministre et de la plupart des habitants de Richmond avec ses tarifs absurdes, répliqua Orry. La ville a désespérément besoin de vivres mais aucune des fermes voisines n'acceptera de lui en vendre aux prix fixés par vos services.

Orry reprit sa respiration avant de demander :

— Votre réponse est non ?

Le regard bienveillant, Quincy sourit au visiteur. Puis son expression se craquela, révélant ses véritables sentiments.

— Catégoriquement non, colonel. L'ami du ministre restera au « donjon ».

— Certainement pas, rétorqua Orry en se levant. Le ministre a pouvoir de passer par-dessus la tête du général et il le fera. Il aurait préféré suivre la procédure normale mais vous vous y opposez. Je tirerai le prisonnier de ce trou à rats dans moins d'une heure.

Comme il quittait le bureau, la voix de Quincy l'arrêta :

— Réfléchissez avant de faire cela, colonel.

Incrédule, Orry se retourna, vit l'expression arrogante du détective et explosa :

— Pour qui vous prenez-vous ? Vous croyez avoir le droit de terroriser les citoyens et d'étouffer toute opinion différant de la vôtre ? Nous ne laisserons pas les Pinkerton faire la loi dans la Confédération !

— Je vous mets à nouveau en garde, colonel, dit Quincy à voix basse. Ne défiez pas nos services, vous pourriez avoir un jour besoin de notre indulgence.

— Menacez-moi, Mr. Quincy, et je vous casse les os avec mon seul bras.

Quarante-cinq minutes plus tard, le « donjon » perdit un de ses pensionnaires. Mais il en gardait de nombreux autres pour lesquels Orry ne pouvait rien. Quant aux avertissements du voyou ivre de pouvoir en costume noir, il n'y prêta aucune attention.

Mai s'acheva dans la crainte avec la bataille de Fair Oaks, qui se disputa quasiment aux portes de la capitale. McClellan repoussa maladroitement l'attaque confédérée au cours de laquelle Joe Johnston, gravement blessé, fut remplacé dans les vingt-quatre heures par l'ancien conseiller militaire du président, rappelé d'exil.

« Grand-maman » Lee prit pour la première fois le commandement de l'armée de Virginie du Nord. Comme on n'avait guère confiance en lui, on accéléra dans les ministères la mise en caisse des dossiers, notes et archives. Un train spécial se tenait prêt à partir pour emporter les réserves d'or au cas où l'assaut final des Fédéraux briserait les lignes de Lee. Orry, qui surveillait l'emballage au ministère de la Guerre, entendit dire que les services de Winder préparaient une machination contre lui. Les menaces oubliées de Quincy lui revinrent en mémoire et il remercia le ciel une fois de plus que Madeline ne fût pas exposée aux mêmes dangers que lui.

— S'il vous plaît, dit la femme.

Agée de trente ans à peine, elle paraissait plus vieille et sentait la boue qui maculait ses vêtements. Trois enfants, souris grises affamées, s'accrochaient à sa jupe ; derrière elle, une jeune Noire aux dents cariées, coiffée d'un foulard rouge, regardait par-dessus son épaule.

Le jardin luxuriant bruissait et s'égouttait après l'averse, qui avait cessé une heure plus tôt, vers six heures et demie. En haut des dix marches menant à la maison, Ashton se tenait derrière Powell, pressant l'une de ses mains contre le dos de la chemise en lin blanc de son amant.

Pour toute réponse, Powell arma son revolver.

— S'il vous plaît, répéta la femme en mettant dans ces mots sa lassitude, son désespoir. Nous venons de Mechanicsville, les Yanks étaient trop près. Mon mari est avec Jackson, dans la vallée, nous n'avons nulle part où aller. La grille était ouverte...

— Des nègres l'ont forcée la nuit dernière pour s'installer dans le jardin. Je les ai chassés comme je vous chasse.

— M'man, où on va aller ? demanda un des enfants.

— Pose la question au président Davis, dit Powell. Il

a expédié sa femme à la campagne, il aura peut-être de la place pour vous. Filez, vermine, conclut-il en agitant son arme.

La femme lui décocha un regard haineux avant d'emmener sa progéniture dans le jour finissant. Au loin, le ciel vibrait avec un bruit de timbales. Powell glissa le revolver sous sa ceinture, descendit les marches, ferma la grille d'un coup de pied.

— Va me chercher de la corde, demanda-t-il sans se retourner.

Ashton fila à l'intérieur, revint un instant plus tard, Powell attacha la corde aux montants de la grille, fit plusieurs nœuds. Des gouttes tombèrent des feuilles dans le silence puis le ciel se remit à gronder.

De retour dans la chambre, dont toutes les fenêtres étaient ouvertes sur la chaleur suffocante du soir, il laissa Ashton le caresser comme il l'aimait et, quand son érection devint puissante, il la pénétra comme un taureau. Dans leurs mouvements, ils arrachèrent les draps du lit, les firent tomber par terre. Powell lui procura comme à chaque fois un plaisir qu'elle ne pouvait exprimer et libérer qu'en criant.

Epuisée et comblée, elle s'endormit. Lorsqu'elle s'éveilla, elle trouva son amant plongé dans la lecture de son livre de chevet : les *Contes*, d'un certain Poe. Il lui avait expliqué qu'il aimait ces histoires fantastiques, écrites par un homme qui avait publié pendant quelque temps à Richmond le *Literary Messenger*.

Las et couverts de sueur, ils demeuraient étendus l'un contre l'autre, Powell confiant à Ashton ses réflexions, comme il aimait à le faire après l'amour.

— J'ai discuté hier de la loi sur la conscription. De l'avis unanime, c'est une infamie. Sommes-nous des singes que Jeff peut mettre en cage à son gré ? Heureusement, il y a des moyens de tourner la loi.

Ashton, la joue appuyée sur la poitrine velue de Lamar, traçait de l'ongle de petits cercles autour du mamelon de son amant.

— Quels moyens ?
— D'abord l'exemption pour les propriétaires de cent vingt esclaves. Je doute que le roi Jeff prendra le

train pour Valdosta à seule fin de vérifier que les cent huit miens sont imaginaires.

— Je t'aime, murmura Ashton. Mais, parfois, je ne te comprends pas.

— Comment ça ?

— Tu critiques la conscription et le roi Jeff, comme tu l'appelles, mais tu restes à Richmond alors que la plupart des résidents permanents se sont enfuis.

— Je tiens à protéger ce qui m'appartient. Ce qui t'inclut, chère associée.

— Moi je suis restée pour toi, dit Ashton.

C'était vrai. Les tirs d'artillerie la terrorisaient au point qu'elle avait parfois envie de sauter dans le premier train. Elle restait cependant, persuadée que Powell la quitterait si elle montrait le moindre signe de faiblesse.

Elle avait trop besoin de lui. En Lamar Powell elle avait enfin trouvé un homme capable de s'élever dans le monde, de détenir un grand pouvoir et de posséder une immense fortune. Dans la Confédération en cas de victoire, ailleurs dans le cas contraire. Ashton se refusait à prendre le risque d'une séparation.

Elle planta un baiser sur le mamelon qu'elle avait caressé et ajouta :

— Ce pauvre James veut toujours me conduire en toute hâte à la gare. Je ne cesse d'inventer des excuses pour rester.

Powell embrassa sa maîtresse sur la joue.

— Bravo, dit-il. Je ne voudrais pas d'une femme sans caractère, comme l'épouse du tyran.

Sans caractère ? songea Ashton. Quelle plaisanterie ! Hormis Powell, tous les hommes avec qui elle avait folâtré s'étaient toujours pliés de bon gré à ses désirs. Qu'elle ne pût le dominer le rendait terriblement attirant.

— Tu hais réellement Davis, n'est-ce pas ? lui demanda-t-elle.

— Ne dis pas cela comme si c'était anormal. Oui, je le hais, et ceux qui partagent mes sentiments sont assez nombreux pour former une ou deux divisions, ici à Richmond. S'il était fort, je le soutiendrais. Mais c'est un faible, un raté. Te faut-il une autre preuve que la présence du général McClellan à moins de vingt kilomètres du lit du président ? Le roi Jeff conduira les funérailles du Sud si on ne l'arrête pas.

— L'arrêter ?
— C'est ce que j'ai dit.

Une pénombre moite chargée des odeurs du jardin avait envahi la chambre. Malgré la passion de ses convictions, Powell gardait un ton calme.

— Ce ne seront pas les beaux discours qui sauveront la Confédération et mettront un terme à la carrière de gaffeur de Mr. Davis. Il faudra quelque chose de plus décisif.

Nue contre son amant, Ashton revit soudain en pensée le revolver qu'il avait montré à la réfugiée de Mechanicsville. Il n'avait quand même pas en tête une idée de ce genre...

Comme l'homme dont il soupçonnait l'existence mais ignorait le nom, James Huntoon haïssait le président des Etats confédérés d'Amérique. Il aurait aimé le voir destitué, voire mort. A en juger par l'évolution de la situation en ce mois de juin, les Yankees atteindraient peut-être ces deux objectifs.

Dans un état constant de fatigue nerveuse, Huntoon dormait mal, ne se réjouissait guère des exploits de Jackson dans la vallée ou de Stuart qui, avec douze cents hommes, avait contourné l'armée de McClellan. Une manœuvre spectaculaire, certes, mais sans grande utilité pour la capitale assiégée.

Aux Finances aussi, on emballait les dossiers. Huntoon peinait comme un esclave, ce qui le mettait en fureur. Pour achever de le tourmenter, il y avait les absences d'Ashton, fréquentes ces temps-ci, souvent longues et toujours inexpliquées.

Quel monde de fous ! Pour défendre la maison de Grace Street contre les réfugiés et les militaires en maraude, il avait confié un mousquet à Homer, leur principal domestique. Jamais Huntoon n'aurait imaginé qu'il armerait un jour un esclave mais avec la canaille qui rôdait partout, les vauriens qui gravissaient les collines pour écouter l'artillerie ou voir les ballons d'observation de l'Union, il n'avait pas le choix.

Lui aussi écoutait les canons, les tambours et les fifres de la relève marchant vers les fortifications. Il entendait malgré lui le grincement incessant des ambulances entrant dans la ville sur une longue file, avec un air de fête trompeur lorsque s'allumait leur guirlande de lanternes. Il n'y avait aucun air de fête dans les églises et les halls d'hôtels où l'on déposait en rangs les blessés et mourants que les hôpitaux ne pouvaient plus accueillir.

Huntoon voulait désespérément fuir la ville. Il avait acheté deux billets de chemin de fer — en versant un pot-de-vin pour avoir le privilège de payer trois fois le prix normal — mais Ashton refusait catégoriquement de partir. Pour elle, le simple fait de s'être procuré les billets était déjà de la couardise. Le pensait-elle vraiment ou n'était-ce qu'un subterfuge ? D'où lui venaient ce courage, ce patriotisme dont elle n'avait jamais fait preuve auparavant ? De son amant ?

Un soir qu'elle n'était pas encore rentrée, il chercha une plume dans le bureau personnel de sa femme et y trouva un paquet de documents et de lettres.

— Qu'est-ce que c'est que ce compte en banque à Nassau ? cria-t-il une heure plus tard en lui jetant le paquet. Nous n'avons pas de compte en banque à Nassau.

Ashton saisit son bien en ripostant :

— Comment oses-tu fouiller dans mes affaires ?

Il crispa les lèvres, battit en retraite vers les hautes fenêtres ouvertes donnant sur Grace Street. La rue était encombrée de chariots de la *Southern Express Company* faisant office d'ambulances.

— Je... je n'ai pas fouillé, bredouilla-t-il. J'avais besoin d'une plume...

Il explosa soudain avec un courage inhabituel chez lui :

— Je n'ai pas d'explications à te donner. C'est toi qui m'en dois. Que signifient ces papiers ? J'exige une réponse.

Ashton comprit qu'elle était allée trop loin. Il fallait faire preuve d'habileté pour ne pas compromettre sa liaison avec Powell.

— James, calme-toi. Assieds-toi et je vais te répondre.

Il se laissa tomber dans un fauteuil qui gémit sous son poids. L'ombre de Homer passa devant les fenêtres ouvertes. Avec son mousquet, l'esclave rendait Ashton nerveuse. Haut dans le ciel, une fusée explosa ; une détonation sourde suivit la pluie de brillantes banderoles de lumière.

— As-tu lu tous les papiers, examiné les chiffres ? commença Ashton en choisissant ses mots avec soin (Elle tira un document du paquet, le déplia et le tendit à James.) Voici l'état de notre compte le mois dernier.

Huntoon ne manqua pas de remarquer l'adjectif possessif. *Notre* compte, avait-elle dit. Eberlué, il marmonna :

— Ce sont des livres sterling...

— Exact. Au cours actuel, nous avons un quart de million de dollars — des dollars yankees, pas de l'argent confédéré sans valeur.

Elle courut vers lui en faisant bruisser ses jupons, s'agenouilla. C'était humiliant mais cela aiderait peut-être à lui faire avaler le plus difficile.

— Nous avons réalisé un profit d'environ sept cents pour cent rien qu'avec deux traversées, dit-elle.

— Deux traversées ?

— Nassau-Wilmington, chéri. Avec le petit vapeur pour lequel Mr. Lamar Powell te proposait une participation. Tu te rappelles ? Tu avais refusé mais j'ai pris le risque. Le navire a été réarmé à Liverpool en automne dernier, conduit aux Bahamas par son capitaine anglais. Il nous a déjà rapporté ce que certains considéreraient comme une fortune. S'il coule demain, nous aurons récupéré plusieurs fois notre investissement.

— Powell ? Ce méprisable aventurier ?

— Un habile homme d'affaires, chéri.

Les petits yeux de James clignèrent derrière ses lunettes.

423

— Tu le vois ?

— Oh ! non. Les profits sont versés à Nassau et nous recevons les relevés par le courrier apporté par des navires forçant le blocus. Le *Water Witch* rapporte autant parce qu'il ne transporte aucun matériel de guerre mais du café, des dentelles : des marchandises rares et chères. Puis il repart dans l'autre sens avec une cargaison de coton. Voilà, je t'ai tout expliqué. Tu peux dormir tranquille en rêvant à la découv...

— Tu m'as défié, Ashton, coupa James en agitant la feuille de papier devant le visage de sa femme. J'avais dit non à Powell, et toi, derrière mon dos, tu as pris nos économies...

Voyant que la manière douce avait échoué, Ashton cessa de sourire.

— Je te rappelle que cet argent était à moi, répliqua-t-elle.

— Légalement, il m'appartient. Je suis ton mari.

Les chariots de la *Southern Express* continuaient à passer, balançant leur lanterne comme un esquif sur une mer houleuse. Un homme criait, un autre sanglotait ; deux fusées explosèrent en une cascade de lumière qui mourut derrière les faîtes des toits.

— Qu'est-ce que tu as, James ? J'ai accru nos biens...

— Illégalement ! s'écria Huntoon. Qu'as-tu fait d'autre d'immoral ?

L'instinct d'Ashton lui conseilla de contre-attaquer, et vite, pour ôter tout soupçon de la tête de James.

— Que veux-tu dire par cette remarque insultante ?

— Je..., bredouilla Huntoon en relevant une mèche tombée sur son front moite. Rien.

Il détourna la tête mais Ashton l'obligea à la regarder.

— J'exige une réponse plus claire.

— Je... je me demandais si... si Powell est à Richmond, murmura-t-il en évitant les yeux de sa femme.

— Je le pense mais je ne pourrais le jurer. Je ne le vois pas, je te le répète. J'ai remis l'investissement initial à un homme de loi chargé de s'occuper du contrat d'association. Powell était présent et je ne l'ai pas revu depuis.

Le cœur d'Ashton battait la chamade mais elle savait de longue date que, pour faire passer un mensonge, il faut avoir des nerfs solides, un visage impassible, un regard ne se détournant jamais de la personne que l'on trompe. Elle sut que l'accès de fièvre de son mari était retombé en voyant ses épaules reprendre leur voussure habituelle. Ses velléités de virilité étaient aussi brèves que vaines.

— Je te crois, murmura-t-il.

Remarquant que les yeux sombres d'Ashton regardaient derrière lui, il se retourna, vit Homer sur la terrasse.

— Reprends ta ronde ! cria Ashton à l'esclave, qui décampa.

— Je te crois, répéta Huntoon. Mais te rends-tu compte de l'infamie dont tu t'es couverte ? Les spéculateurs sont une engeance méprisable. Certains disent qu'on devrait tous les arrêter, les juger et les pendre.

— Il est trop tard pour y songer, mon cher. Si on réclame une pendaison, il faudra deux cordes pour notre famille. Je te suggère donc de faire preuve de la même discrétion que moi au sujet du *Water Witch*. Par ailleurs, tu pourrais te réjouir de ce que j'aie eu le flair qui te manquait.

Ce fut dit sur un ton cinglant car elle en avait assez de cet homme qui se conduisait en enfant. Un enfant qui méritait le fouet, pas des câlineries.

— Mais, Ashton, dit James, retrouvant son ton geignard habituel, je ne sais si je peux toucher à de l'argent qui...

— Tu le peux et tu le feras, répliqua Ashton. Tu l'as déjà fait, ajouta-t-elle en montrant le paquet.

Huntoon ferma les yeux, s'agrippa au bord de la table.

— Seigneur, tu es si dure, murmura-t-il, des larmes perlant à ses paupières. Si dure. Tu ne me laisses rien à quoi m'accrocher. Tu fais de moi un homme indigne de ce nom.

Le ton pathétique de James ne fit qu'aviver la colère d'Ashton, qui n'eut plus aucune envie de l'épargner.

— Castré est le mot que tu cherches, chéri ?

Tremblant de haine, il la vit appuyer sa question d'un petit hochement de tête. D'un ton désinvolte, elle poursuivit :

— Dans ce domaine comme dans quelques autres, c'est exactement celui qui te convient. Nous le savons depuis des années, n'est-ce pas ?

Dehors, la nuit s'embrasa, le canon tonna.

— Sale garce !

Ashton éclata de rire.

Ecarlate, James cligna des yeux plusieurs fois puis se précipita vers sa femme, lui prit la main et la caressa.

— Pardon, pardon, chérie. Je suis sûr que tu as pris la bonne décision. Mon Dieu, je t'aime. Dis-moi que tu me pardonnes.

Après l'avoir laissé au supplice quelques instants de plus, elle accorda son pardon. Elle le laissa même la caresser et tenter de faire l'amour quand ils se mirent au lit. Incapable de conclure, il se retira d'elle, flasque et mou, mais se déclara heureux de savoir qu'elle l'avait pardonné.

Imbécile, pensa-t-elle en souriant dans le noir.

56

— JAMAIS de ma vie je n'ai passé une aussi curieuse fête nationale, dit George à Constance.

Penché à la fenêtre du salon, William rentrait le drapeau que Patricia et lui y avaient accroché la veille.

— Pourquoi, p'pa ? demanda-t-il.

— Parce que, ici, les discours sont pleins de bravoure et d'espoir, répondit George en pliant la bannière tricolore, et que là-bas, dans la péninsule, nous avons perdu.

— C'est vraiment terminé ? dit Constance.

— Presque. Le télégraphe du ministère signale que l'armée se retire sur le James. McClellan avait Richmond à portée de main et l'a laissé échapper.

— Parce que Lee a appelé Stonewall Jackson en renfort, expliqua William.

George hocha la tête d'un air sombre pour approuver

son fils, qui semblait faire partie des admirateurs du Vieux Jack.

On n'en comptait aucun au Winder Building. Combien de fois George n'avait-il pas entendu les railleurs du ministère se moquer de Jackson et de son habitude de tenir les bras en l'air avant la bataille pour bien faire circuler le sang ? Combien de fois avait-il entendu dire que les propres collaborateurs de Stonewall le jugeaient complètement fou ? Souvent pressé de conter des anecdotes sur la conduite bizarre de Jackson à l'époque où ils étaient cadets, George s'en abstenait, bien qu'il n'eût que l'embarras du choix. Ces plaisanteries l'écœuraient parce qu'elles avaient la peur pour source. Tom Jackson avait l'intelligence et l'ardeur d'un Josué. Sa « cavalerie à pied »* avait parcouru toute la vallée à marches forcées, contribuant à sauver Richmond.

Pendant une semaine, la bataille pour la capitale confédérée avait oscillé à travers une suite d'âpres engagements ; Mechanicsville, Gaines's Mill, Savage Station, Malvern Hill. Malgré des erreurs et des succès mineurs de part et d'autre, au bout de sept jours, le périmètre de défense de Richmond, que Bob Lee avait mis un mois à tracer et renforcer, tenait toujours. Le Vieux Bob s'était montré meilleur stratège et meilleur combattant que McClellan et ses commandants. Au cours des premiers mois de la guerre, il avait commis quelques faux pas mais ces sept jours avaient tout effacé. George craignait pour l'Union si Lee prenait le commandement en chef des armées confédérées.

L'établissement de la banque de Lehig Station se heurtait à un obstacle. Jupiter Smith, l'avocat de George, se précipita à Washington pour informer son client que le gouvernement local proposait une participation de l'Etat de Pennsylvanie.

— Il suggère que nous accordions à l'Etat quarante mille dollars de parts et une option de dix ans pour en

---

* Surnom donné aux troupes de Jackson à cause des marches épuisantes dont elles étaient capables (n.d.t.).

acheter une quantité égale à parité, expliqua l'homme de loi.

— C'est tout ? aboya George.

— Non. Une contribution de vingt mille dollars à la caisse des travaux publics serait la bienvenue. Mais ces suggestions sont faites le plus respectueusement du monde, George. Le gouvernement se rend compte que vous êtes un homme important.

— Je suis un homme qui a une massue au-dessus de la tête. Bon sang, Jup', c'est un pot-de-vin qu'on me réclame.

L'avocat haussa les épaules.

— Parlons plutôt d'un arrangement. Ou d'une pratique courante. Les banques de Philadelphie et de Pittsburgh ont accepté des arrangements de ce genre pour obtenir leur charte. A vous de juger si vous voulez en faire autant. Mais nous avons déjà acheté le bâtiment et, si vous refusez, nous devrons le mettre en vente. Moi, cela m'est égal que vous disiez non. Ça me fera seulement de la paperasse en moins.

— De gros honoraires en moins aussi.

Smith eut l'air peiné.

— Je maintiens que c'est un pot-de-vin, grommela George. (Il mâchonna son cigare.) Répondez oui.

Le major Hazard se révéla mauvais prophète en matière militaire. McClellan demeura à son poste faute de remplaçant compétent : les seuls anciens de West Point qui paraissaient capables d'assurer la victoire étaient passés au Sud. A la mi-juillet, George reçut une lettre lui proposant de prendre au Conseil de l'Académie la place d'un membre soudainement décédé. Les attaques redoublées contre l'école l'incitant à accepter, il demanda une entrevue à Stanton et le ministre lui donna son autorisation sous réserve que ces nouvelles fonctions ne perturbent pas son travail.

Bien que déjà débordé, George assura Stanton qu'il n'y aurait pas de problème. De leur bref entretien, le major ne tira pas la moindre indication sur ce que le ministre pensait de l'Académie. George en conclut que l'homme s'enfermait à dessein dans une forteresse circulaire, pour se garder de toute attaque, d'où qu'elle vînt.

Bien que l'entrée au Conseil de l'école signifiât un surcroît de travail, George s'en réjouissait. Sa tâche était devenue si frustrante qu'il appréhendait chaque matin d'ouvrir les yeux, d'enfiler son uniforme et de se rendre au Winder Building. Son travail sur les contrats d'artillerie était constamment interrompu par d'interminables réunions. Le service devait-il recommander l'adoption d'obus fusants ? procéder à des essais sur les obus au chlore ? George continuait aussi à recevoir des inventeurs d'armes manifestement insensées. Un jour, il perdit trois heures à étudier les plans d'une pièce à double canon destinée à tirer deux boulets reliés par une chaîne.

— Nous sommes aux petits soins pour les énergumènes et les bons inventeurs ne s'adressent plus à nous parce que nous leur accordons autant d'attention que leur coiffeur, dit-il un jour à Constance.

— Tu exagères encore.

— Tu crois ça ? Lis.

Il lui tendit le dernier numéro du *Scientific American*, dont l'éditorial avait provoqué la fureur de Ripley :

« Nous craignons que le talent de nos techniciens, le sacrifice de notre peuple et les efforts héroïques de nos troupes pour sauver le pays ne soient rendus vains par les incapables qui dirigent les ministères de la Guerre et de la Marine. »

— Ils nous prennent pour des imbéciles, et ils ont raison, grogna George quand sa femme eut fini de lire.

Une seule chose l'aidait à survivre au Winder Building : Ripley ne pouvait se mêler de tout et semblait maintenant enclin à ne pas s'occuper des questions d'artillerie. Ce changement s'était produit en avril, quand les canons Parrott avaient démontré leur valeur en réduisant rapidement en ruine le fort Pulaski de Savannah. George avait toutefois l'impression de s'accrocher au bord du précipice et ne savait pas combien de temps encore il tiendrait.

Mêlés à son travail et à la guerre, il y avait les

événements de la vie familiale quotidienne, certains amusants, d'autres ennuyeux. Grâce à quelque miracle, Constance avait trouvé une petite maison confortable à louer à Georgetown et ils déménagèrent à la mi-juillet. Pendant une semaine, George tourna en rond dans sa nouvelle demeure sans parvenir à mettre la main sur ses caleçons, ses cigares ou autres choses indispensables.

Un matin, Patricia trouva ses draps rougis à son réveil et bien que sa mère l'eût préparée à devenir femme, l'adolescente pleura pendant une heure.

William grandissait rapidement et son attitude à l'égard des filles passait de l'aversion à l'intérêt teinté de méfiance. Au début de la guerre, il se disait souvent impatient d'avoir l'âge de s'enrôler et de se battre pour l'Union mais la longue journée et la nuit plus longue encore du Bull-Run avaient mis fin à ces déclarations.

George se faisait du souci pour Billy, dont il ne recevait aucune lettre. En revanche, il ne s'inquiétait nullement de Stanley, qui vivait dans le luxe. Isabel et lui fréquentaient les personnages les plus influents de Washington, se montraient dans les réceptions les plus prestigieuses. George ne pouvait comprendre qu'un homme aussi incompétent que Stanley pût jouir de ces faveurs.

— Il y a des saisons pour tout, dit Constance en guise de réponse. Stanley est longtemps resté dans ton ombre.

— Et je devrais maintenant vivre dans la sienne ?

— Je n'ai pas voulu dire...

— En fait, c'est ce qui se passe. Et cela me rend furieux.

— J'en éprouve aussi quelque jalousie, si tu veux le savoir.

— D'un autre côté, je suis persuadé qu'Isabel est le principal artisan de leur réussite et j'aimerais mieux me faire pendre que de changer de place avec elle.

George tira une bouffée de son cigare.

— Je ne parviens pas à oublier que j'ai frappé Stanley après la débâcle. J'en suis peut-être puni.

— As-tu remarqué comme le ministre s'est montré aimable ? s'exclama Stanley Hazard un soir de juillet.

Isabel et lui revenaient en calèche d'une représentation d'une pièce de Shakespeare donnée au nouveau théâtre de Leonard Grover, situé sur l'emplacement de l'ancien *National*, dans la rue E.

— L'as-tu remarqué, Isabel ?

— Pourquoi Stanton ne serait-il pas cordial ? Tu es l'un de ses meilleurs collaborateurs. Il sait qu'il peut te faire confiance.

Stanley prit un petit air satisfait. Effectivement, il était en bons termes avec le ministre, dogmatique mais incontestablement patriote, et maintenait en même temps des relations amicales avec Wade, à qui il passait à l'occasion des informations sur des questions confidentielles. L'usine Lashbrook prospérait au-delà de toute espérance et Stanley envisageait de se rendre à La Nouvelle-Orléans pour y établir d'autres contrats de nature délicate mais potentiellement lucratifs. Etrange comme une guerre féroce pouvait complètement changer la vie d'un homme !

Seuls quelques aspects de son rôle de farouche Républicain lui déplaisaient et il en cita un à Isabel lorsqu'ils se mirent au lit ce soir-là.

— La loi de Confiscation doit être signée cette semaine. Elle prévoit la libération des esclaves dans les territoires conquis et l'enrôlement de Noirs. Mais ce n'est pas tout. Stanton m'en a glissé un mot au second entracte, pendant que tu étais aux toilettes.

— Ne prononce pas ce mot en ma présence. Que t'a-t-il appris ?

— Le président rédige en ce moment un décret, répondit Stanley, qui, cherchant un effet, marqua une pause. Il veut émanciper tous les esclaves.

— Mon Dieu ! Tu en es sûr ?

— Du moins, tous ceux de la Confédération. Je ne crois pas qu'il touchera à l'esclavage dans le Kentucky ou les autres *Border-States*.

— Ah ! je me doutais bien qu'il n'était pas aussi idéaliste. Ce ne sera donc pas une mesure humanitaire mais punitive, dit Isabel. Lincoln a autant de charme qu'un pourceau mais il faut reconnaître son habileté de politicien, ajouta-t-elle à contrecœur.

— Comment peux-tu dire une chose pareille ? Tu imagines des bandes de nègres libres déferlant sur le Nord ? Pense aux troubles. Pense aux emplois que perdront les Blancs. Cette idée est révoltante.

— Garde cette opinion pour toi si tu veux conserver l'amitié de Stanton et de Wade.

— Mais...

— Stop, Stanley. Lorsqu'on dîne chez le diable, on ne choisit pas le menu. Joue ton rôle de Républicain loyal.

Ce qu'il fit, bien qu'il fût exaspéré par les propos d'émancipation qu'on entendit soudain dans les bureaux et les couloirs, les salons et les cafés du Washington officiel et officieux. La proposition radicale de Lincoln choqua de nombreux Blancs qui en eurent vent et ne manqueraient pas de susciter une vive agitation sociale si on la mettait en pratique. Suivant le conseil de sa femme, Stanley garda toutefois son opinion pour lui.

Il ne fit pas de même sur une autre question lorsqu'il invita son frère à déjeuner au *Willard* pour pouvoir l'éblouir.

— A ta place, George, je ne consacrerais pas autant de temps au Conseil de West Point. Si Ben Wade et quelques autres imposent leurs vues, l'année prochaine il ne restera plus de l'Académie que des bâtiments abandonnés et des souvenirs.

— De quoi diable parles-tu ?

— Il n'y aura pas de crédits pour West Point. L'école a assuré une formation gratuite aux traîtres mais qu'a-t-elle donné à notre camp ? Un général dont on dit qu'il s'est saoulé comme un cochon à Shiloh, un autre si imbu de lui-même et incompétent qu'il n'a pu vaincre face à des forces deux fois inférieures en nombre. Je pourrais également citer une kyrielle d'officiers de moindre imp...

Stanley s'interrompit quand son frère posa sa fourchette et le fusilla du regard.

— Tu m'avais parlé d'un déjeuner amical. Sans politique. J'aurais dû me méfier, dit George.

Il sortit, laissant l'addition à son frère.

Stanley s'en moquait. Il se sentait ce jour-là généreux, riche et même beau. Il venait de remporter un petit triomphe. La précieuse institution de son vaniteux frère était condamnée, et ce dernier n'y pouvait absolument rien.

Elle était noire et belle. En chêne doublé de cuivre, mesurant plus de soixante-dix mètres du beaupré à la poupe. Une unique cheminée basse, en son milieu, mettait en valeur sa ligne élancée. Elle avait pour seules couleurs vives le rouge de sa figure de proue et l'or de ses sculptures, à l'arrière.

Cooper la connaissait intimement et l'aimait sans réserve. C'était une goélette à vapeur de mille cinquante tonneaux, avec deux machines oscillantes de trois cent cinquante chevaux faisant tourner une hélice qu'on pouvait sortir de l'eau pour réduire la résistance à l'avancée. Ses trois mâts pouvaient porter une grande voilure servant de moyen de propulsion auxiliaire. En ce vingt-neuvième jour de juillet, elle mouillait sur la Mersey, prête à partir, l'équipage à bord au grand complet.

Une file d'attelages amenait les passagers sur les dalles de la jetée. Bulloch accueillait en les saluant par leur nom chacun des hommes d'affaires ou des notables locaux invités — en toute hâte — à un après-midi de promenade à bord du n° 209.

Le capitaine Butcher, ancien officier en second de la malle *Arabia*, avait poussé les feux et attendait les derniers invités. Arriveraient-ils avant l'ordre, parti de Whitehall, d'empêcher le navire de prendre la mer parce qu'il y avait violation de la loi anglaise ?

Bulloch, informé par ses agents, gardait un visage souriant en accueillant ses hôtes en haut de la passerelle et en les conduisant au buffet servi sous un dais à rayures. Cooper arpentait la jetée et consultait sa montre toutes les minutes. S'ils ne partaient pas — si Charles Francis Adams avait atteint son but — le magnifique, inestimable bâtiment serait perdu pour la Confédération.

Un employé s'approcha de Bulloch pour lui montrer une liste.

— Il ne manque que ces deux messieurs, murmura-t-il.

— Nous partirons sans eux, décida Bulloch.

Il monta la passerelle, passa devant les matelots enrôlés pour la première partie du voyage. Soudain, Cooper vit un fiacre émerger de Canning Street et se diriger vers le bateau.

— Voilà peut-être nos derniers invités, James, lança-t-il du pied de la passerelle.

Bulloch alla à la barre, parla au jeune capitaine Butcher dont la brise agitait les favoris. La voiture s'engagea sur la jetée, ralentit. Avant même qu'elle ne s'arrête, un homme en sauta. Cooper sursauta en reconnaissant Maguire. Précédé par une odeur de poireaux, Marcellus Dorking apparut à son tour.

Depuis l'entrevue du *Pig and Whistle*, l'Américain avait été suivi de façon intermittente par plusieurs individus travaillant sans l'ombre d'un doute pour Tom Dudley. De Dorking il n'avait pas vu trace : les menaces contre la famille de Cooper n'étaient que paroles en l'air, propos de lâche pour inspirer la peur. Cela rabaissa encore le personnage dans l'opinion de Cooper.

Maguire et Dorking se précipitèrent vers l'Américain, qui barrait la passerelle.

— Une petite promenade d'agrément, sir ? dit Dorking en plongeant la main droite dans la poche de sa veste écossaise de mauvais goût.

— Exactement. Comme vous le voyez, nous avons des personnalités locales à bord.

— Nous devons cependant vous prier de retarder votre départ. Un train arrive en ce moment à la gare de Lime Street avec un gentleman qui désire parler au capitaine de certaines irrégul...

— Excusez-moi, coupa Cooper en faisant un pas sur la passerelle.

— Une minute.

Dorking saisit Cooper par l'épaule, le fit se retourner brutalement. Un matelot cria pour avertir le capitaine Butcher ; plusieurs invités froncèrent les sourcils en murmurant. Comme Bulloch commençait à descendre la passerelle, Dorking sortit de sa poche un petit pistolet argenté qu'il enfonça dans le ventre de Cooper.

— Poussez-vous qu'on aille discuter avec le capitaine.

Cooper n'avait jamais été aussi effrayé ni si directement menacé de mort violente. Toutefois, cette menace lui parut moins importante que l'impérieuse nécessité d'amener le n° 209 à destination. Se rendant compte qu'on pouvait voir son arme du pont, Dorking tenta de la cacher. Au moment où il en abaissait le canon, Cooper lui écrasa le pied.

— Nom de Dieu ! beugla Dorking en vacillant.

Maguire essaya de frapper Cooper, qui le repoussa et expédia son genou dans l'entrejambe du croqueur de poireaux. Les deux agents du consul Dudley firent la culbute sur les dalles de la jetée comme des acrobates mal entraînés.

— Cette croisière est exclusivement réservée aux invités, messieurs, leur cria Cooper.

Il grimpa rapidement la passerelle, demanda aux matelots de la relever. Le capitaine Butcher donna des ordres et les ouvriers des docks qui avaient observé la scène avec un amusement intrigué se hâtèrent de larguer les amarres. Parmi les invités, c'était la consternation.

Une eau brune apparut entre la coque du navire et la jetée. Maguire puis Dorking se relevèrent. Le second braqua son pistolet vers le bateau mais le premier lui abaissa le bras. L'amateur de poireaux lança un regard mauvais à Cooper, qui se pencha au-dessus du bastingage en criant :

— Il ne faut jamais se vanter, Mr. Dorking. Il ne faut jamais proférer des menaces qu'on ne peut pas mettre à exécution. J'espère que vous n'avez pas promis à Dudley de nous empêcher de partir.

— Taisez-vous, murmura Bulloch derrière lui.

Cooper se retourna, prêt à s'excuser, mais avec un

sourire que personne d'autre ne pouvait voir, Bulloch lui glissa :

— Beau travail.

Puis il retourna à ses invités, qui l'assaillirent aussitôt de questions.

Les silhouettes de Maguire et Dorking s'éloignaient. Appuyé au bastingage, Cooper se détendait, surpris de la rapidité de ses réactions, content de lui.

La rivière brillait comme de l'or ; l'air était salé, pas trop chaud. C'était un après-midi parfait. Bulloch promit de répondre à toutes les questions mais convia d'abord ses invités à boire le champagne qu'il avait commandé pour entretenir l'illusion d'une innocente promenade. Quand le calme fut à peu près revenu, il réclama poliment le silence et s'avança dans le soleil, juste au bord de l'ombre du dais.

— Nous espérons que vous prendrez tous plaisir à cette promenade à bord du navire appelé le n° 209, ou l'*Enrica*, mais qui portera bientôt son nom véritable. Nous voulons que vous passiez un après-midi agréable, sans vous laisser troubler par le fâcheux incident de la jetée. Pour être franc, je dois vous révéler que le voyage de retour se fera à bord d'un remorqueur qui nous attend à Anglesey.

— Qu'est-ce que cela signifie ?

— Enfin, Bulloch !

— Un sale tour, voilà ce que c'est.

— Une regrettable nécessité, messieurs, dit Bulloch, dominant les protestations de sa voix profonde. Nous avions été avertis, dimanche, que ce navire serait saisi s'il demeurait quarante-huit heures de plus sur la Mersey. Vous n'aurez aucun ennui avec les autorités si vous leur dites simplement la vérité. Vous avez été invités à une promenade en mer — celle que vous faites en ce moment. Seul changement de programme, c'est un autre bateau qui vous reconduira à Liverpool.

— Alors, les rumeurs étaient vraies ? Ce navire a été construit illégalement ?

— Sa construction a scrupuleusement respecté la loi britannique, cher monsieur.

— Ce n'est pas une réponse, intervint un autre invité. Quelle est sa destination ?

— D'abord la mer d'Irlande, ensuite un port dont il ne m'est pas permis de vous révéler le nom. Sachez seulement qu'il gagnera les eaux américaines avec un équipage différent.

Cooper sentit le long de son dos un curieux frisson d'excitation, aussi inattendu que sa bravoure maladroite sur la passerelle. Comme il avait changé depuis l'époque où il démontrait l'absurdité de la sécession et de la guerre à qui voulait l'entendre ! Il était fier de ce navire, fier d'avoir contribué à lui faire prendre la mer. Fier de son nom, que Bulloch lui avait révélé : l'*Alabama*. Fier de se tenir sur son pont flambant neuf tandis que, glissant sur la Mersey, la goélette voguait vers une destination que Bulloch annonça d'une voix tranquille à des invités stupéfaits :

— Elle part pour la guerre.

Tandis que le vaisseau confédéré s'échappait de Liverpool, George faisait route vers le Massachusetts, après avoir passé un jour et demi à Lehig Station. Il s'était entretenu avec Jupe Smith, selon qui le gouvernement local considérait maintenant d'un œil favorable la demande d'autorisation d'établissement d'une banque. « Quelle surprise ! » avait grommelé George avant de passer sept heures avec Wotherspoon à vérifier les livres, inspecter l'usine, examiner des échantillons de la production Hazard. Avant son départ, il passa voir les Hongrois et la quinzaine d'enfants dont ils avaient à présent la charge. Brett lui confia que, pour égayer sa solitude, elle aidait de temps en temps Mr. et Mrs. Czorna. Ce fut la seule fois où George remarqua quelque animation chez sa belle-sœur au cours de sa visite.

Après avoir vainement tenté toute la nuit de dormir sur la banquette du train, George arriva à Braintree recru de fatigue. Sylvanus Thayer le laissa se reposer trois heures dans un lit confortable puis l'éveilla et lui offrit un petit déjeuner gargantuesque. Pendant que son invité engloutissait six œufs, quatre tranches de lard et six toasts à cinq heures de l'après-midi, par une chaleur torride, Thayer s'épancha :

— C'est lorsque la situation leur échappe que les hommes ont le plus besoin de boucs émissaires, George. L'animal humain est entêté, souvent stupide. Il distribue indûment les blâmes parce que toute explication du chaos, aussi ridicule soit-elle, vaut mieux que pas d'explication du tout. Je ne dis toutefois pas que c'est toujours le cas. En temps de guerre, on a tendance à reporter toutes les responsabilités sur l'armée, à juste titre.

Le vieil officier tira un numéro de *Harper's* d'une pile de *New York Tribune* et poursuivit :

— Ce torchon malfaisant et le journal de Greeley exigent tous deux la fermeture définitive de l'Académie. De grands hommes sont sortis de notre école mais peu importe. L'armée a failli à son devoir et il faut clouer quelqu'un ou quelque institution sur la croix.

George finit son café, alluma un cigare.

— Je suis écœuré de les entendre dire que c'est nous qui avons formé l'ennemi, soupira-t-il.

— Je sais, je sais, répondit Thayer. (Ses mains, blanches comme la nappe, se crispèrent sur le bord de la table.) Nous avons aussi formé nombre d'officiers accomplis qui sont demeurés loyaux. Hélas, malgré tous ses efforts, le président ne semble pas les utiliser à bon escient. Peut-être s'ingère-t-il trop dans les questions militaires, comme le fait, paraît-il, Davis. C'est une observation, pas une excuse à notre inaction. George, nous devons comprendre que West Point est en guerre.

— Comment dites-vous ?

— En guerre. Ceux d'entre nous qui lui demeurent attachés doivent se mettre en campagne. Il faut combattre avec intelligence et fougue, sans jamais accepter la moindre possibilité de défaite. Nous ne devons pas attendre que nos positions soient enfoncées. Nous devons passer à l'offensive.

— J'approuve cette stratégie, colonel, mais la tactique ?

Les yeux du vieil homme étincelèrent.

— Ne cachons pas notre lanterne sous notre cape. Rappelons les services que nous avons rendus au pays dans l'Ouest et au Mexique. Clamons haut et fort la justesse de notre cause, murmurons nos arguments dans des oreilles influentes. Tordons les bras récalcitrants, frappons sur les crânes obstinés. Attaquons, George !

Les deux hommes poursuivirent leur conversation tard dans la nuit. Ils convinrent qu'il fallait appeler les anciens de West Point à défendre leur école. George écrirait à six membres du Conseil, Thayer s'adresserait aux dix autres. Ils ne se couchèrent pas avant trois heures et demie mais le vieillard se leva quelques heures plus tard pour accompagner son invité à la gare. Sur le quai bruyant, Thayer continuait à préparer l'assaut :

— Sur quels appuis pouvons-nous compter au Congrès ?

— Je vois principalement Cump Sherman — le frère de John — sénateur de l'Ohio comme Wade. Les deux hommes ne s'aiment guère.

— Cultivez le sénateur Sherman, recommanda Thayer en serrant la main de George, qui eut l'impression de recevoir son ordre de marche.

Après un court arrêt à Cold Spring, et un bref échange de doléances avec Benet, George traversa l'Hudson et entama sa campagne. Le professeur Mahan promit d'écrire davantage en faveur de l'Académie ; le capitaine Edward Boynton, camarade de promotion de George et Orry, s'engagea à terminer rapidement son histoire de West Point et à y insérer une réponse aux critiques dirigées contre l'école. Dans le train bondé qui le ramena à Washington, George se sentit un peu mieux : l'offensive était lancée.

Il espérait qu'elle n'avait pas été lancée trop tard. Le Congrès attribuant les crédits au début de l'année, il leur restait moins de six mois pour mener et remporter leur petite guerre tandis que la grande se poursuivait le long d'une route boueuse dont nul ne voyait la fin.

De retour au bureau, George trouva l'armée plus férocement attaquée que jamais. Halleck, rappelé de l'Ouest, avait pris le commandement en chef ; McClellan gardait l'armée du Potomac, servant essentiellement désormais à défendre Washington ; John Pope s'était vu confier l'armée du nord de la Virginie après sa victoire de l'Ile n° 10. Ce dernier s'aliéna rapidement la plupart de ses hommes en déclarant que les soldats du front ouest se battaient avec plus d'ardeur qu'eux et étaient plus résistants.

La politique de Lincoln à l'égard des Noirs provoquait des rixes dans les cafés et les camps militaires. Le seul point de la loi de Confiscation qui plût à quiconque, c'était la décision d'encourager les affranchis à émigrer dans quelque pays tropical non précisé.

— On ne fait que parler d'émancipation et nous n'y sommes pas prêts, dit George à sa femme. Personne n'y croit.

— Il faudrait y croire, pourtant.

— Bien sûr. Mais tu connais la réalité, Constance. La plupart des Nordistes se fichent bien des Noirs et ne pensent certainement pas qu'ils ont les mêmes droits que les Blancs. Ils font la guerre pour une seule raison : l'amour de l'Union et du drapeau. Je ne dis pas que c'est juste, je dis que c'est ainsi. Si émancipation il y a, je redoute les conséquences.

La fin du mois d'août vit une deuxième grande bataille du Bull Run, dont l'issue fut semblable à celle de la première. Vaincues, les armées de l'Union se replièrent sur Washington, où la peur d'une attaque directe de la ville se répandit comme un feu de prairie. Les adversaires de la guerre intensifièrent leurs attaques et réclamèrent la recherche immédiate d'une paix négociée.

Un jour orageux de début septembre, Stanton convoqua Stanley Hazard dans son bureau. Le ministre, ayant cédé à Halleck le commandement direct des armées, prenait tranquillement d'autres secteurs sous sa coupe. Autrefois méprisant à l'égard de Lincoln, il était entré dans les bonnes grâces du président dont il était devenu le conseiller et l'ami. A moins de cinquante ans, Edwin McMasters Stanton — petites lunettes rondes, barbe parfumée, visage de bouddha — passait pour l'homme le plus puissant du pays après le chef de l'Etat.

Stanton avait une opinion tranchée sur la montée de l'opposition :

— Il faut l'écraser. Nous devons mater les Démocrates pacifistes et autres poules mouillées, leur faire comprendre que, s'ils continuent à attaquer le gouvernement, ils risquent d'être arrêtés, emprisonnés et même accusés de trahison. Il faut mener la guerre à son terme.

La pluie se mit à battre aux fenêtres du bureau. Pensant aux machines de l'usine Lashbrook tournant à plein rendement, Stanley hocha la tête avec ferveur.

— Je suis tout à fait de votre avis, approuva-t-il.

— C'est moi qui suis à présent chargé des questions de sécurité, dont s'occupait auparavant Seward...

Le ministre de l'Intérieur s'était acquitté de cette tâche d'une façon dont on parlait beaucoup. On racontait qu'il avait sur son bureau une clochette et se vantait de pouvoir, en l'agitant, faire emprisonner n'importe qui indéfiniment.

— J'ai besoin d'un adjoint en qui je puis avoir confiance, poursuivit Stanton en posant sur le bureau ses mains grassouillettes. Quelqu'un qui veillera à ce que mes ordres soient exécutés avec diligence et sans question.

Stanley s'agrippa aux bras de son fauteuil, impressionné par les perspectives de pouvoir que Stanton étalait devant lui.

— Nous devons revoir les questions de sécurité et commencer à prendre des mesures énergiques contre les ennemis que nous comptons dans notre propre camp.

— Sans aucun doute, monsieur le ministre. Je me demande cependant comment atteindre cet objectif. A elle seule, la question de l'*habeas corpus* a soulevé une tempête de protestations contre la violation des droits constitutionnels.

Les mains de Stanton se portèrent à sa bouche, qui avait pris un pli méprisant. Les genoux de Stanley tremblèrent. En voulant montrer qu'il comprenait la situation, il avait irrité le ministre.

— Le pays a-t-il été fait pour la Constitution ? répliqua Stanton. Je crois que c'est plutôt l'inverse. Pour nos ennemis, le pays peut bien sombrer, ils se consoleront facilement en sachant que la Constitution demeure.

Se penchant vers le bureau, Stanley s'empressa d'expliquer :

— Ces gens-là ne sont pas seulement égarés mais dangereux. C'est tout ce que je voulais dire.

Stanton se renversa en arrière en caressant sa barbe, ce jour-là parfumée au lilas.

— Bien, fit-il. Un instant, j'ai cru vous avoir mal jugé. Vous m'avez servi loyalement, et une loyauté absolue est indispensable pour le poste que je vous propose. J'ai besoin d'un homme sachant être discret mais fermement résolu à réduire nos adversaires au silence.

Une main dodue quitta le bureau pour indiquer un grand tableau accroché à un mur.

— Voici l'organigramme de notre ministère, continua Stanton. Si nous jugeons bon d'établir un service spécial pour combattre les activités séditieuses, il ne devra jamais y apparaître.

— Je saurai y veiller, assura Stanley.

— Excellent, murmura Stanton. (Par-dessus ses lunettes rondes, il regarda le visiteur d'un air malicieux.) Si vous vous acquittez efficacement de votre nouvelle tâche, vous aurez amplement le temps de vendre des chaussures à l'armée.

Figé dans son fauteuil, Stanley n'osa répondre.

Le ministre continua à parler pendant un quart d'heure puis remit à son collaborateur un dossier contenant son plan confidentiel en vue de renforcer la branche policière du ministère de la Guerre. Sur la suggestion de Stanton, Stanley prit le temps de parcourir rapidement les six pages du document, en accordant une attention particulière à son préambule.

— Cette introduction est tout à fait juste, dit-il lorsqu'il eut achevé sa lecture. Il faut sévir. Ce sera d'autant plus nécessaire si le président met à exécution son plan de libérer les moric — les Noirs des Etats rebelles.

— Il y tient farouchement. A mon avis, ce qui n'était d'abord dans son esprit qu'une mesure punitive est devenu un impératif moral. Pas plus tard qu'hier, il a déclaré au Cabinet que s'il a des doutes en de nombreux domaines, il n'en a aucun quant au bien-fondé de l'émancipation. Seward, moi-même et quelques autres l'avons cependant convaincu de remettre la proclamation à un moment plus propice.

Stanton parut se tasser sur lui-même; son visage et sa silhouette s'assombrirent en même temps que le ciel. De la forme obscure s'éleva la voix puissante :

— Le changement de politique que le président propose est si inhabituel, pour ne pas dire radical, que nous n'osons le rendre public alors que nous subissons des revers sur le plan militaire. Pour que la proclamation reçoive un accueil un tant soit peu favorable, il faut la faire dans une période d'euphorie et de confiance. Bref, il nous faut une victoire.

Stanley serra dans ses mains le dossier, clef d'un pouvoir et d'une autorité accrus. Stanton avait été clair : il ne voulait pas d'un brillant penseur mais d'un soldat obéissant.

— Absolument, acquiesça-t-il, même si l'idée de tous ces Noirs étranges et hostiles, libres d'envahir le Nord à leur guise, lui faisait horreur. Une victoire.

Après avoir patrouillé autour de Frederick, dans le Maryland, Charles et Ab reprirent la direction du Potomac et du gué de White. C'était le 4 septembre, l'automne arrivait.

Déguisés en paysans, les deux éclaireurs chevauchaient lentement le long d'un chemin coupé d'ornières, entre des collines boisées aux flancs escarpés. Les feuilles n'avaient pas commencé à changer de couleur mais Charles se sentait déjà affecté par la mélancolie de la saison. Malgré sa répugnance à écrire, il avait envoyé trois lettres à la ferme Barclay et n'avait reçu aucune réponse. Il espérait que ce n'était qu'une nouvelle preuve de l'incurie de la poste militaire et non le signe que Gus l'avait oublié.

La lumière du jour traversant le feuillage des branches clignotait au-dessus des deux hommes hirsutes. La veste ouverte, Charles avait son revolver à portée de la main. La veille, près de Frederick, ils avaient trouvé du bon fourrage et Joueur semblait plus fringant. Il en allait de même pour Cyclone, le cheval d'Abner. Ces derniers temps, l'armée n'avait donné aux bêtes que du maïs vert.

Avant de dénicher du picotin pour leurs montures, ils s'étaient risqués dans Frederick même. Charles, contraint au mutisme du fait de son accent, avait parcouru seul la ville sans éveiller de soupçons. Ab s'était rendu dans un café et en avait ramené une information déconcertante :

— Charlie, ils se foutent d'être libérés. Tu crois que Bob Lee est mal informé ? On m'avait raconté que les gars du coin se soulèveraient pour nous aider quand on envahirait leur Etat.

— On m'a dit la même chose.

— Ben, la plupart des types, dans ce rade, s'intéressaient pas du tout à l'endroit d'où je venais. J'ai juste eu droit à quelques coups d'œil, une proposition à faire une partie de cartes, un verre de whisky que j'ai payé moi-même, et une vue panoramique sur un paquet de dos. Les gens d'ici vont pas nous donner à manger ni nous cracher à la figure.

Charles avait froncé les sourcils. L'armée s'était-elle à nouveau trompée dans ses prévisions ? En tout cas, il était trop tard : elle faisait déjà mouvement. Mr. Davis semblait effectivement en désaccord avec ses généraux sur la situation du Maryland. Pour le président, l'Etat appartenait au Sud, les Sudistes y seraient accueillis en libérateurs. Au camp, on racontait au contraire qu'on allait cette fois porter la guerre en territoire yankee, y rafler le bétail et les récoltes. Quelle que fût la vérité, les deux hommes avaient rempli leur mission. Après avoir quitté Frederick, ils avaient dormi

dans un verger isolé, la longe de leurs chevaux attachée au poignet, le fusil de chasse en travers du ventre, puis ils avaient pris le chemin du retour.
— Charlie, je peux te demander un truc ? dit Ab.
— Vas-y.
— T'as une petite amie ? Je demande ça parce que t'en parles jamais.

Charles pensa au soldat Gervais et à Miss Sally Mills.
— Le moment est mal choisi pour cela.
— Ça, c'est sûr mais ça répond pas à ma question. T'en as une ?

Charles rabattit son chapeau sale sur son front en regardant la route.
— Non.

La réponse était sincère : il n'avait pas de petite amie, sauf dans son imagination. Quand on a une petite amie, on reçoit des lettres. Gus l'avait embrassé mais qu'est-ce que cela signifiait ? Beaucoup de femmes distribuaient leurs baisers comme s'ils n'avaient guère plus d'importance qu'un quartier de tarte.

Le terrain changeait rapidement ; les collines devenaient plus hautes, leur pente plus raide. Dans les clairières et les rares endroits plats, il n'y avait ni fermes ni hangars car la terre était trop pauvre pour qu'on pût en vivre. Charles estima qu'ils devaient se trouver près du fleuve et en reçut bientôt confirmation en entendant les bruits lointains d'une armée de cinquante-cinq mille hommes quittant la Virginie en passant un gué.

Quand Petit Mac apprendrait la manœuvre, les Yanks sortiraient de Washington pour se battre. Au cours de ses missions d'éclaireur dans la péninsule, Charles avait eu sa part de combat mais il ne s'habituerait jamais à se battre ou à prendre la bataille à la légère.

Ils parvinrent au fleuve à temps pour voir arriver la cavalerie. Cinq mille chevaux, affirma Ab, avec de nouvelles brigades composées de vieux copains. Beauty Stuart, l'homme aux éperons d'or et au chapeau emplumé, commandait la division bien qu'il n'eût pas trente ans ; il avait pour adjoints les généraux Hampton et Fitz Lee. Le vieil ami de Charles avait en effet eu un avancement rapide puisqu'il était passé de lieutenant à général en quinze mois.

Les batteries d'artillerie volantes — innovation de Stuart — traversèrent l'eau dans un grand fracas. Abner poussa une exclamation en apercevant les troupes de Hampton sur la rive virginienne. La brigade regroupait le 2ᵉ de cavalerie de Caroline du Sud, nouvellement formé autour du noyau des quatre unités originelles de la légion.

Calbraith Butler, colonel du régiment, découvrit les deux éclaireurs penchés sur leurs chevaux et les salua en agitant sa cravache à poignée d'argent. Derrière lui chevauchait son second, le frère cadet de Hampton, Frank.

Charles, resté capitaine, se fit l'effet d'être le cancre de la classe. Toutefois, il ne pouvait nier qu'il préférait à présent la vie plus dangereuse mais plus indépendante d'éclaireur.

Il rappela à Abner qu'ils devaient se présenter au quartier général de Stuart pour y faire leur rapport. Éperonnant soudain sa monture, Hampton venait de s'élancer de la rive virginienne. Il repéra les éclaireurs, se dirigea vers eux dans un grand éclaboussement d'eau, reçut leurs saluts avec un chaleureux sourire puis leur serra la main.

Massif et martial sur sa monture, Hampton avait fière allure, même si son uniforme semblait élimé, comme ceux de toute l'armée. Charles remarqua sur son col trois étoiles — le même insigne que Stuart. Rien ne distinguait un général confédéré d'un autre.

— J'ai appris que vous aimez ce que vous faites, capitaine Main.

— Cela me convient mieux que commander des troupes, mon général. Oui, j'aime beaucoup ce que je fais.

— Ravi de l'entendre.

— Vous avez bonne mine, mon général. Je suis heureux de vous voir totalement rétabli.

Commandant des fantassins à Seven Pines, Hampton, monté sur son cheval, avait reçu une balle dans le pied. Craignant de ne pouvoir remonter s'il descendait pour se faire soigner, il était resté en selle tandis qu'un médecin lui enlevait sa botte, cherchait le projectile et l'extrayait. La blessure bandée, la botte rechaussée, il demeura avec ses hommes jusqu'à ce que la tombée de la nuit mît fin au combat. On l'aida alors à descendre de cheval, la botte ruisselante de sang.

— Je suis content de vous rencontrer car j'ai deux nouvelles qui vous feront peut-être plaisir, dit le général.

Intrigué, Charles attendit la suite.

— Dernièrement, le capitaine von Helm est tombé de cheval à l'exercice et s'est cassé le cou. Il était ivre. Un autre de vos excellents amis, le soldat Cramm, a disparu sans permission.

— Il est probablement à la traîne, avec quelques centaines d'autres.

— Cramm n'est pas un traînard, il a déserté. Il a laissé une lettre nous informant qu'il s'était engagé pour défendre le territoire du Sud, pas pour se battre dans le Nord.

— Je suis surpris qu'il n'ait pas fait appel aux services d'un avocat pour rédiger son petit mot, dit Charles en s'esclaffant.

— J'ai pensé que ces deux nouvelles vous apporteraient quelque réconfort.

— Certainement, mon général, même si j'ai honte à le reconnaître.

— N'ayez aucune honte. Ce qui est honteux, c'est qu'un aussi bon chef que vous ait perdu cette élection. Si nous n'avions que des Cramm et des von Helm, nous serions fichus. Bonne route, capitaine. Je suis persuadé que je ferai prochainement appel à vous et au lieutenant Woolner, déclara Hampton avant de rejoindre son état-major au galop.

Après avoir présenté leur rapport, Charles et Ab attendirent de nouveaux ordres et n'en reçurent pas. Ils mangèrent, soignèrent leurs bêtes, essayèrent de dormir et, le lendemain, allèrent voir le Vieux Jack mener ses hommes dans le Maryland.

Stonewall Jackson et ses exploits étaient devenus si célèbres qu'on avait de plus en plus tendance à ne voir en lui qu'une sorte de légende impossible à relier à un être humain authentique, et surtout pas au rustaud timide auquel le cousin Orry s'était lié d'amitié pendant sa première année à West Point. Pourtant, c'était un Jack bien réel qui montait habilement son cheval couleur crème et passait le gué en direction des arbres où la fanfare jouait un tonitruant *Maryland, My Maryland* pour l'accueillir.

Abner accorda quelque attention à Jackson mais fut plus intéressé par la longue colonne de fantassins qui le suivaient. Les hommes de Stonewall donnaient l'impression d'avoir marché, combattu et dormi dans leur uniforme pendant des années sans le laver une seule fois. Excepté leurs armes, ils ne portaient pas grand-chose : envolés les havresacs bien remplis de 61.

C'étaient donc les soldats fabuleux de « la cavalerie à pied » de Jackson, capables de couvrir cent kilomètres en deux jours. Charles contemplait avec étonnement ces rangées de barbes hirsutes, d'yeux brillants, de joues et de fronts brûlés par le soleil.

— Bon Dieu, Ab, beaucoup d'entre eux n'ont même pas de chaussures.

En regardant passer la colonne, Charles estima que la moitié des fantassins de Jackson marchaient pieds nus. Des pieds écorchés, meurtris, maculés de sang séché, couverts de poussière. Un homme pouvait supporter un tel dénuement par beau temps, mais qu'adviendrait-il en hiver ?

En examinant le visage ridé et maigre d'un soldat pataugeant dans l'eau peu profonde, Charles crut d'abord que l'homme avait quarante ans puis s'aperçut de son erreur.

— Ils ont l'air vieux, murmura-t-il.

— Nous aussi, dit Ab en se penchant sur l'encolure de Cyclone. T'as remarqué les poils gris de ta barbe ? Paraît que celle de Bob Lee est presque blanche, maintenant. Beaucoup de choses ont changé en un an. Et c'est pas fini.

Charles frissonna. Il regarda les pieds crottés marchant vers le Maryland et se demanda combien en reviendraient.

57

9 SEPTEMBRE. Une chaude lumière de fin d'été embrumant la campagne vallonnée. Feuillage jaunissant et se desséchant. Le moment de rentrer la récolte.

La cavalerie s'étirait sur une file de près de trente kilomètres de long. Derrière, les divisions de Lee manœuvraient, prêtes à foncer jusqu'en Pennsylvanie, disaient certains. De l'autre côté des collines aux contours flous, McClellan, sûrement. Venant en force de Washington. Lentement, comme toujours, mais avançant. On avait repéré le long du Potomac de faux paysans observant le passage du gué de White. Des éclaireurs de l'autre camp.

Hampton s'installa à Hyattstown, à quelques kilomètres au sud d'Urbana. Charles rangea dans le coffre contenant son sabre de Solingen tout ce qui ne lui était pas indispensable et en sortit sa veste grise de capitaine. Il ne fallait pas être grand clerc pour comprendre que l'invasion du Maryland provoquerait d'âpres combats et il tenait à être reconnu des siens. Lorsque des soldats chargèrent le coffre sur l'un des chariots à bagages, il eut l'impression de le voir pour la dernière fois.

Il roula sa veste, l'attacha derrière sa selle — une « McClellan » à présent bien fatiguée qu'il avait achetée neuve à Columbia. Cette selle avait été conçue, à partir d'un modèle prussien, par l'homme qui s'efforçait de les anéantir avec un tel acharnement. Curieuse, cette guerre.

Et affamante. Ab Woolner s'en était plaint pendant la moitié de la soirée :

— Personne dans le coin nous donnera à manger. Encore du maïs vert pour les deux-pattes comme pour les quatre-pattes. Mon vieux Charlie, faudrait qu'on appelle ça la campagne du maïs vert.

Charles ne répondit pas et vérifia sa poudre et ses

balles afin de dormir plus tranquille. Il en aurait peut-être bientôt besoin.

10 septembre. Charles et huit autres éclaireurs, sortis à la tombée de la nuit, rencontrèrent inopinément des vedettes en uniforme bleu. Ils chargèrent sur la route desséchée et n'entendirent aucun ennemi crier : *Black Horse! Black Horse!*

Des coups de feu. Un éclaireur abattu ; Doan, le malchanceux, perdit une autre monture. Les éclaireurs décampèrent au galop en emportant deux blessés. Charles, qui s'était chargé de Doan, se demandait s'ils étaient tombés sur des hommes de Pleasonton. Ces types tiraient et montaient mieux que la plupart des Yankees qu'il avait vus jusqu'à présent. Ou alors les vendeurs de chaussures, les mécaniciens apprenaient à se battre à cheval. Peut-être faudrait-il un jour se préoccuper de la cavalerie de l'Union.

A Urbana, des cavaliers de Hampton blessés vinrent se faire soigner dans une école que le général Stuart avait illuminée pour la soirée. Encore un de ces fichus bals, dont le vaniteux Virginien semblait ne pouvoir se lasser. La vue des hommes perdant leur sang gâcha la fête, la plupart des jeunes filles rentrèrent chez elles. Quelques-unes restèrent pour aider les infirmiers et, leurs jolis yeux ronds brillant à la lueur des chandelles, elles s'effarouchèrent de la crasse et de la puanteur de ces hommes étranges venus prévenir que des forces importantes faisaient mouvement dans la nuit, derrière l'horizon.

Quatre-vingt-dix mille Nordistes, en fait, et qui, pour changer, n'avaient pas la « lambinite » habituelle de McClellan. Bob Lee ignorait encore leur nombre et la vitesse à laquelle ils avançaient.

12 septembre. Marchant vers l'ouest, Lee eut l'audace — la folie — de diviser son armée. Charles apprit la nouvelle et devina le reste. Le Vieux Bob voulait assurer ses arrières et sa ligne de ravitaillement jusqu'à Winchester avant de porter un coup brutal au nord, en direction de Hagerstown — et peut-être même

de Philadelphie. Cela impliquait de neutraliser la garnison de Harper's Ferry. Cela impliquait de diviser ses forces. L'ordre en avait été donné le 9, mais Charles ne le savait pas encore.

Il avait fait la connaissance de Lee au Texas, avait dîné et longuement bavardé avec lui. Il ne s'agissait pas alors de bataille, juste d'escarmouches occasionnelles avec les Indiens. En outre, Lee avait souvent été absent, laissant le commandement à ses subordonnés. Charles apprenait donc à nouveau à le connaître, à travers des témoignages de sixième main.

Aux yeux de tous, le Vieux Bob passait pour un homme courtois, lent à se mettre en colère. Jamais on ne l'avait entendu jurer, jamais on ne l'avait vu commettre un acte indigne d'un gentleman. Mais le son du canon lui faisait bouillir le sang et lorsqu'il pariait sur le champ de bataille, il risquait parfois tous les jetons qu'il possédait, comme un joueur à bord d'un bateau descendant le Mississippi. Charles et Ab se dirent qu'il avait à nouveau joué le tout pour le tout. Lee avait estimé pouvoir diviser ses forces — idée qui, à elle seule, ferait hurler les auteurs de manuels de stratégie — et avoir ensuite le temps de les regrouper. Parce que Petit Mac lambinerait, comme toujours.

Le matin du 12, Stuart sortit de Frederick et prit le sillage de Lee. Charles, Ab et d'autres hommes de Hampton formaient l'arrière-garde, à l'affût de soldats en uniforme bleu. Et par Dieu ! il en vint, marchant à une vitesse incroyable. Qu'est-ce qui avait guéri McClellan de sa « lambinite » ? Une tasse de thé à l'amour-propre blessé, infusant depuis les combats de la péninsule ? La promesse d'une dose d'élixir à la rétrogradation du docteur Lincoln ?

Charles n'avait ni le temps ni les moyens de répondre. Lorsque l'arrière-garde traversa le Catoctin Ridge, il sentait déjà la fièvre d'une fatigue dont il savait qu'il ne se remettrait pas avant des jours, voire des semaines.

Peu de signes d'allégresse accueillirent les « libérateurs ». Près de Burkittsville, alors que leurs poursuivants étaient clairement en vue, soulevant la poussière

451

de la route, Charles passa devant une petite fille à nattes blondes qui, assise sur la barrière d'une ferme, agitait un petit drapeau de la Confédération. Ce fut tout ce qu'il vit en guise de soulèvement patriotique. Doan, qui s'était approprié le cheval d'un mort, cria à l'enfant de ne pas rester sur le chemin des foutus ventres-bleus qui arrivaient de la colline mais elle continua à agiter son drapeau.

A Burkittsville, au cours d'un bref engagement, Charles désarçonna un Yankee en lui expédiant les deux cartouches de son fusil de chasse dans la poitrine. Un autre ennemi lui rasa la joue gauche de son sabre avant que la troupe de Hampton ne parvienne à se dégager.

13 septembre. Les hommes d'Old Marse Bob * avançaient rapidement par les passes de la partie nord de la Blue Ridge. L'armée était à présent divisée, Old Jack marchant sur Harper's Ferry avec ses démons aux pieds couturés, la division de McLaws se dirigeant vers les hauteurs du Maryland et celle de Walker vers Loudoun Heights. Ces trois forces convergeaient vers une pointe de terre située au confluent du Potomac et d'une rivière répondant au doux nom chantant de Shenandoah.

Charles et les éclaireurs échangèrent des coups de feu avec une unité en marche en qui ils crurent reconnaître les soldats de l'Ohio de Jacob Cox, mais comment être sûr de quoi que ce soit quand on chevauche au galop, harassé de fatigue, tourmenté par la faim et la chaleur ?

Ce fut ce jour-là qu'un Yankee veinard trouva trois cigares à Frederick, là où les hommes de Daniel Harvey Hill avaient campé. Trois cigares enveloppés dans une copie magnifiquement calligraphiée et apparemment authentique de l'ordre n° 191. Qui avait laissé traîner ce document ? Personne ne le savait. On sut par contre bientôt qui en prit connaissance : McClellan, qui

---

* Lee. *Old Marse* est l'appellation respectueuse que les esclaves donnaient à leurs maîtres (n.d.t.).

apprit ainsi que Lee avait divisé son armée. Survolté par cette information, Petit Mac se lança comme un ouragan bleu. La surprise, l'initiative, le temps — tout commença à couler comme de l'eau entre les doigts du Vieux Bob.

14 septembre. Le matin, Charles vida quatre fois son revolver en trois quarts d'heure de combat à Crampton's Gap, la plus au sud des trois passes que les Confédérés s'efforçaient de tenir. A court de munitions pour son colt et craignant que Joueur ne soit touché, il prit son fusil de chasse. Pour cette arme aussi, les cartouches se faisaient rares.

Stuart envoya Hampton soutenir et protéger McLaws. Lee avait désespérément besoin de temps pour ressouder son armée avant que Petit Mac n'écrase facilement chacune des divisions séparées. La consigne : se retrancher, tenir les cols.

Mais les troupes tenant les passes fléchirent lentement. Les obus fédéraux creusaient des trous dans le flanc des collines et dans les lignes des gris. Lee n'eut qu'un jour de sursis.

Des cavaliers au galop fonçaient sur Harper's Ferry. Personne ne savait ce qui allait se passer et Charles se demandait avec inquiétude si les siens avaient perdu l'avantage. Chevauchant dans la nuit, il fermait parfois les yeux pour dormir quelques minutes, s'en remettant à Joueur.

Peu après l'aube, dans un brouillard gris comme l'uniforme confédéré, Charles, Ab, Doan et un quatrième éclaireur firent demi-tour. Ils échangèrent des coups de feu avec des vedettes en veste bleu foncé qui avaient forcé Crampton's Gap et avançaient sans relâche pour prendre l'ennemi entre leurs canons et la garnison de Harper's Ferry. Les passes étaient sûrement perdues. Lee pourrait-il sauver quelque chose, à commencer par son armée ?

15 septembre. A Harper's Ferry, aucun danger ne les attendait ; c'était au contraire la fête : le Vieux Jack avait obtenu une reddition inconditionnelle.

453

Les vainqueurs enfoncèrent les portes des dépôts et des greniers, trouvèrent quinze mille armes légères et du fourrage fédéral pour leurs chevaux affamés. Ils firent onze mille prisonniers, récupérèrent deux cents chariots en état de rouler, plus de soixante-dix canons et des munitions en abondance.

Il se passa une chose curieuse quand le Vieux Jack partit, à la fin de la journée. Vêtu de sa veste la plus sale et d'un chapeau cabossé, le visage grave, il avait l'air d'un diacre presbytérien ignorant et puant. En le voyant, ses hommes jetèrent leurs képis en l'air et l'acclamèrent. Mais les prisonniers yankees l'acclamèrent aussi, avec autant de force. Charles, étourdi de fatigue, hocha la tête d'un air incrédule quand un jeune soldat fédéral cria de sa prison de fortune :

— Bravo, Jack ! T'es quelqu'un. Si on t'avait avec nous, on vous mettrait une raclée, c'est sûr.

Quand vint le soir, Charles attacha la bride de Joueur à son poignet, s'adossa au mur de l'arsenal et s'endormit. Une demi-heure plus tard, Ab l'éveilla :

— Je crois qu'ils se préparent à aller quelque part plus au nord. Jack a commandé des rations cuites pour deux jours.

Avec l'obscurité descendit le calme, la paix étrange des heures précédant la bataille. Charles, qui attendait des ordres, se promena çà et là, vit des jeunots de dix-sept ou dix-huit ans cuire de la viande en plaisantant, en se poussant du coude dans la fumée de leur feu. Charles savait qu'ils n'avaient jamais été au combat. Les soldats ayant subi l'épreuve du feu étaient moins agités. Ils sommeillaient ou écrivaient des lettres ; les croyants lisaient de petites bibles pour se préparer à un éventuel voyage vers un ciel dont ils étaient sûrs.

Vers onze heures commença la distribution de munitions, tardive pour que la poudre reste sèche le plus longtemps possible. « Cinquante balles et doses de poudre par homme », dit un soldat à Charles. Conscient que les tambours ne tarderaient pas à battre le rassemblement, il alla retrouver Ab, qui dormait en tenant les brides de leurs deux chevaux.

Autour de grands feux allumés près de cours d'eau

bouillonnants, les colonels s'adressaient aux hommes aguerris comme aux nouvelles recrues :

— Rappelez-vous qu'il vaut mieux blesser que tuer parce qu'il faut du temps, et parfois deux ennemis, pour transporter un blessé à l'arrière.

Charles continua à marcher dans le noir.

— Lorsque nous serons déployés sur le champ de bataille, nous remporterons une victoire décisive, nous vaincrons les égalitaristes qui veulent vous déposséder de vos biens, de votre liberté, de votre honneur. N'oubliez jamais que les espoirs de huit millions de personnes reposent sur vous. Montrez-vous dignes de votre race et de votre lignée. De vos femmes, de vos mères, de vos sœurs, de vos fiancées — de toutes les Sudistes, qui comptent sur vous pour les protéger. Ainsi motivés, forts de la confiance que vous placez en vos chefs et en Dieu, vous réussirez. Vous ne pouvez pas échouer.

16 septembre. Jackson fit battre le rassemblement et mit l'armée en marche à une heure du matin.

Charles remonta à cheval. Le général Hampton, l'air reposé et l'œil vif, déploya ses régiments derrière la principale colonne. Charles se demandait comment le vieil officier parvenait à paraître aussi frais.

— Où on va, Charlie ? dit Abner.
— On suit Jackson. Pour protéger ses arrières.
— Ça, je le sais. Mais où il va, lui ?
— À Sharpsburg, d'après Frank Hampton. Une petite ville à vingt-cinq kilomètres d'ici. J'ai l'impression que, après la victoire de Jack, Old Marse Bob a décidé de se retrancher et de combattre.
— Comme on était divisés, c'était ça ou se faire enterrer, à mon avis, dit Woolner. (Charles approuva d'un signe de tête.) La « cavalerie à pied » a l'air épuisée.
— Elle n'est pas la seule.

Sharpsburg se révéla être un plaisant village dans une campagne verdoyante où se dressaient quelques collines mais aucun pic comparable à ceux qu'on trouvait le long du Potomac. Lee avait installé son quartier général à Oak Grove, à quelque distance au sud-ouest de la localité. Sa ligne principale s'étirait sur près de cinq kilomètres depuis le centre de Sharpsburg en suivant approximativement la route de Hagerstown. La cavalerie de Stuart remonta sur la gauche jusqu'à Nicodemus Hill, près du fleuve. John Hood disposait de deux brigades, Harvey Hill de cinq, dont les hommes se retranchaient et regardaient vers l'est, au-delà d'un champ de blé de quarante acres, en direction du terrain vallonné bordant l'Antietam, rivière coulant du nord au sud. C'était de l'est que Petit Mac surgirait probablement avec ses soixante-quinze mille soldats. Lui aussi avait des traînards mais c'était le joueur qui possédait le plus de jetons. Il pouvait en jeter à pleines poignées et rester le maître du jeu.

Tandis que Jackson plaçait ses troupes de manière à soutenir le secteur nord, Charles fut chargé de porter des ordres à Stuart ainsi qu'aux avant-postes établis le long de l'Antietam, en amont et en aval de l'endroit où la route de Boonsboro la traversait. Il aperçut de la poussière à l'est dans le ciel d'automne : les avant-postes reculaient. Les batteries fédérales de Hunt ouvrirent le feu, celles de Pendleton et de Stuart leur répondirent, d'une position plus élevée. Les lueurs rouges des pièces d'artillerie embrasèrent le soir.

Rentrant au galop, Charles aperçut des petits groupes d'hommes se faufilant à travers les épis du champ de blé. Lorsqu'il retrouva Abner devant le quartier général une heure plus tard, ce dernier déclara :

— Paraît que les piquets de chaque camp sont si près l'un de l'autre qu'on sent l'odeur quand on pète chez l'ennemi.

Il y avait eu des escarmouches sporadiques, que Charles avait entendues sans les voir, et d'intenses bombardements en fin de journée. A la tombée de la nuit, l'armée de Lee se tenait silencieuse le long de Sharpsburg Ridge, celle de McClellan de l'autre côté de l'Antietam et Dieu savait où encore. Dans la journée, les bois situés à l'ouest des lignes sudistes avaient paru menaçants à Charles : épais et sombres, ils pouvaient servir à cacher les préparatifs d'une attaque.

On n'entendit bientôt plus qu'un cri ou un coup de mousquet de temps à autre. Aux petites heures de la nuit, il se mit à pleuvoir une pluie fine. Quand le jour se leva, l'enfer commença.

17 septembre. Les vagues bleues déferlèrent de bonne heure des bois dont Charles se méfiait. Bannières déployées, les Yankees avançaient au pas de gymnastique : d'abord une double ligne de tirailleurs puis la force principale, tirant et rechargeant sans trêve, avançant. Un Sudiste s'écria :

— Joe Hooker !

Bel homme et remarquable combattant, Joe Hooker brandit le marteau de ses deux corps d'armée et l'abattit sur le flanc gauche confédéré. On envoya Charles à travers les lignes de Hood, posté à l'ouest de la route, dans un bosquet entourant une petite église blanche, afin de porter des instructions aux artilleurs de Nicodemus Hill. Les troupes de l'Union surgissant des bois ouvrirent le feu sur les hommes de Hood, et l'artillerie yankee, invisible, cachée derrière ces mêmes bois, commença son pilonnage tandis que les fantassins bleus chargeaient dans le champ de blé en courbant ou en tournant la tête comme pour éviter l'averse.

Les combats commencèrent à six heures. A neuf heures, chaque camp avait repoussé l'autre plusieurs fois de l'autre côté du champ. La croix de Saint-André, emblème du Sud, avait plusieurs fois disparu dans la fumée et le tumulte pour surgir à nouveau. La bataille prit de telles dimensions que Charles n'en perçut jamais que des détails sans en avoir une vue d'ensemble.

Revenant de Nicodemus Hill, tête baissée, revolver à la main, il fut pris dans une charge des Fédéraux contre les soldats de Jackson, qui attendaient parmi les arbres sur des crêtes rocheuses. Un colonel qui avait perdu plusieurs officiers fit descendre Charles de Joueur en le menaçant de son arme et lui ordonna :

— Tenez cette position à tout prix.

Il combattit donc dans les bois avec deux escouades de la « cavalerie à pied » pendant quinze incroyables minutes, tirant sur les Yankees qui traversaient la route en courant, la baïonnette étincelant au soleil.

Au milieu des hommes de Jackson, Charles tirait, rechargeait, criait, contribuait à repousser l'assaut qui coûta aux Yankees près de cinq mille hommes en moins d'une demi-heure. Quand la « cavalerie à pied » contre-attaqua en hurlant, Charles estima avoir rempli la tâche que lui avait confiée le colonel anonyme et courut retrouver Joueur. Il repartit, tremblant sous l'effet de l'excitation nerveuse et de la peur.

Comme il émergeait des rochers situés derrière la petite église, une silhouette bleue ensanglantée se dressa devant lui, poussant sa baïonnette vers Joueur. Charles tira, atteignit l'homme au visage — bien qu'il eût visé plus bas. Il vit la chair imberbe éclater, un œil jaillir d'une orbite sanglante tandis que le jeune soldat s'effondrait. Cette image le toucha profondément et déclencha en lui quelque mécanisme malsain.

Des obus éclataient, faisant trembler le sol. Charles se secoua comme un chien mouillé et accéléra, inquiet pour son cheval.

Vers onze heures, le centre de la bataille s'était déplacé vers une route encaissée située à l'est et légèrement au sud du champ de blé, que Charles parvint cette fois à traverser. Au cours des trois dernières heures, les charges s'étaient succédé dans un sens puis dans l'autre, fauchant les épis. Les tiges qui se dressaient fièrement la veille avaient disparu, piétinées, écrasées par des hommes vivants et morts.

Il eut l'impression de regarder dans un kaléidoscope démoniaque dont chaque scène sanglante apportait une variation dans l'horreur. Charles sentait qu'il perdait sa maîtrise de soi. Comme une nouvelle explosion dans le ciel lui faisait rentrer la tête dans les épaules, il pensa à un visage, à un nom, et s'y raccrocha.

L'envie qu'il éprouvait de descendre de cheval pour se cacher passa et il continua à avancer en direction de la route creuse, où les troupes de Lee ne s'efforçaient pas seulement désormais de sauver l'armée mais peut-être toute la Confédération.

Charles contraignit Joueur à aller de l'avant. Il était un homme à la dérive sur une vaste mer destructrice. Aucune cause, aucun slogan ne pouvait le sauver. Juste des lambeaux de souvenir.

Un nom.
Un visage.
Elle.

Près de la route, il se retrouva parmi des déments, des soldats gris exposés au feu pour la première fois, malades de peur. Il vit l'un d'eux jeter sa gourde, un autre glisser une, deux, trois, quatre balles à la file dans le canon de son mousquet, sans compter, sans s'en apercevoir ; un troisième, debout, braillait en serrant les poings, comme un enfant abandonné. Un éclat de fer volant dans l'air coupa en même temps sa jambe gauche et son cri ; du sang mouilla le sol comme le crachin du matin.

— Relève-toi ! Relève-toi, Bon Dieu !

Charles vit celui qui avait crié, un lieutenant à barbe rousse, le visage rougeaud, qui donnait des coups de botte à un cheval tombé à terre. Les hommes du lieutenant étaient accroupis autour d'un canon Blakely pris dans une ornière. Charles baissa la tête en entendant un obus exploser, se laissa glisser de sa selle, coinça la bride de Joueur sous un rocher. Puis il courut vers l'officier hystérique qui continuait à frapper la bête et le poussa sur le côté.

— Reculez. Cet animal ne peut plus avancer, il a une jambe cassée.

— Mais... mais on a besoin de ce canon, là-bas, sur la route. J'ai reçu l'ordre de l'y amener, pleurnicha le lieutenant.

— Ecartez-vous. Vous, les gars, lança Charles aux soldats, coupez les harnais. Nous allons tirer le canon par l'affût tandis que vous pousserez à la roue. Que l'un de vous s'occupe de mon cheval.

Sous une grêle de balles Minié dense comme un essaim d'abeilles, ils tirèrent le petit canon de campagne en jurant comme des dockers, suant, poussant mètre après mètre. Ils finirent par rejoindre un major qui dégaina son sabre d'un grand geste pour les saluer.

— Bravo, les gars ! Amenez-le par ici.

— C'est le capitaine qui a tout fait, expliqua un des artilleurs. Notre lieutenant, il chiait dans son froc.

— Qui êtes-vous, capitaine ? demanda le major.

— Charles Main. Eclaireur de la brigade Hampton.

— Je vous proposerai pour une citation si nous sommes encore en vie demain.

Charles fit demi-tour, retourna en courant auprès du soldat gardant Joueur. Le lieutenant barbu était assis par terre, près du cheval blessé, que Charles acheva d'une balle. L'officier leva vers lui des yeux larmoyants comme pour implorer le même sort.

— Viens, Joueur, murmura Charles d'une voix rauque avant de repartir vers le quartier général.

Il lui fut difficile d'avancer car l'artillerie fédérale se déchaînait derrière un rideau de fumée sur les hauteurs dominant la rivière. Charles ne vit pas le soldat qui le blessa. Il se sentit frappé à la poitrine, bascula sur le côté et faillit vider les étriers.

Hébété, il baissa les yeux, découvrit un trou rond à gauche d'un bouton de sa chemise. Il passa la main sous le vêtement, sortit le sac en cuir, troué lui aussi mais pas de part en part. Le livre avait arrêté la balle, sans doute morte mais néanmoins mortelle, qui l'avait atteint.

Charles croisa le flot de la brigade d'Anderson, envoyée en toute hâte sur la route encaissée pour tenter de sauver la situation. Le changement qui s'opérait en lui n'était pas causé par le spectacle de la mort — il l'avait déjà vu — mais par sa multiplication. Cadavres entassés, mouches vertes trottinant sur des moignons, corps accrochés aux barrières des fermes.

Une pièce d'artillerie tirée par des chevaux roulait sur la route de Hagerstown, près de la partie basse du champ de blé où les morts gris et bleus étaient si nombreux qu'on ne voyait presque plus le sol. Joueur dut se frayer un chemin parmi les corps sans vie, les têtes inclinées selon un angle anormal, les mains retenant le flot s'échappant de blessures mortelles, les bouches réclamant du secours, de l'eau. Implorant Dieu de mettre fin à leurs souffrances.

Charles voulut traverser la route devant les artilleurs lancés à toute allure, ne fut pas assez rapide, dirigea Joueur sur le bas-côté. Il entendit le sifflement de l'obus, vit les chevaux voler en l'air.

De la fumée l'enveloppa. Joueur rua, hennit pour la première fois de la matinée. Des entrailles, du sang, des os de chevaux retombèrent sur Charles. Hurlant de rage, il aperçut un Yankee blessé et désarmé qui s'efforçait de se relever à quelques mètres de lui ; il le mit en joue mais, au lieu de tirer, se pencha sur la droite et vomit.

Lorsqu'il reprit ses esprits, quelques instants plus tard, il chevauchait à nouveau en direction de la lisière nord de Sharpsburg. Soudain, il repéra à droite, gisant dans l'herbe rougie, un corps dont la forme lui parut familière. L'homme était allongé sur le ventre, le visage enfoui dans la couronne de son chapeau à large bord.

Tremblant, Charles descendit de cheval.

— Doan ?

L'éclaireur ne bougea pas. Des cadavres jonchaient les deux côtés de la route mais Charles ne vit nulle part le cheval de Doan.

— Doan ? répéta-t-il d'une voix étranglée, devinant ce qu'il allait découvrir en retournant le corps.

Ce fut pire que ce à quoi il s'attendait. Une balle avait percé de part en part la tête de Doan, inondée de sang. Quand Charles la souleva, un flot rouge coula des orbites, des narines, de la langue et des dents du dessous. Le chapeau était plein de sang, Doan était mort noyé.

18 septembre. Dans l'obscurité de la nuit, l'armée de Lee franchit le Potomac pour retourner en Virginie.

Vingt-trois mille hommes étaient tombés pendant la bataille, qui, se déplaçant vers l'est de l'autre côté de l'Antietam, avait duré jusqu'au soir du 17. N'ayant pas de plan d'ensemble, McClellan avait lancé ses attaques l'une après l'autre, avec sauvagerie mais sans les relier entre elles. Conséquence directe, Lee avait dû déplacer ses troupes d'un point de danger à un autre sans parvenir à prendre l'initiative. Il avait mené une série d'opérations de rescousse hâtives et relativement désorganisées, non une offensive s'appuyant sur un plan stratégique. Cette défense désespérée s'était faite au prix d'énormes pertes ; une attaque de front des positions de l'Union n'aurait guère été plus meurtrière.

Il y avait eu des moments où tout avait semblé perdu. Dans l'après-midi, les Yankees s'étaient avancés à moins d'un kilomètre de Sharpsburg, menaçant de couper à Lee toute voie de retraite. Il y eut aussi des moments dont on pouvait être fier, par exemple lorsque la division légère de A. P. Hill était arrivée en renfort, couvrant en sept heures une trentaine de kilomètres au cours d'une incroyable marche forcée.

Des politiciens qui n'avaient jamais commandé de troupes ou même tâté du combat reprochaient souvent aux généraux de calmer les combats à la fin de la journée et de ne pas exploiter leur avantage pendant la nuit. Ces critiques malveillants ne comprenaient pas, ne pouvaient imaginer quel terrible fardeau la bataille imposait. Elle était non seulement mortellement effrayante mais épuisante. Elle laissait les combattants vidés, affamés, assoiffés, prêts à s'étendre à n'importe quel endroit qui ne fût pas déjà occupé par un cadavre.

Ainsi donc, lorsque les combats cessèrent, les deux camps, exténués, avaient encore devant eux une longue nuit terrifiante, pleine de cris et de gémissements. Il fallait chercher les survivants. Des flammes de bougie voletaient dans les champs et les bois, comme les dernières lucioles de l'été. Les sentinelles ne tiraient pas, chacun cherchait les siens.

Cette nuit-là, Charles vit des ambulances transporter leur chargement de plaintes, des infirmeries de fortune où les chirurgiens, remontant leurs manches, amputaient par centaines bras et jambes mutilés. Il vit des cadavres gonflés par les gaz de la mort, et l'un d'eux exploser.

Le lendemain vinrent les premières estimations.

McClellan, adoptant une attitude défensive, avait manqué sa chance d'enterrer une fois pour toutes la Confédération. Alors qu'il avait l'occasion d'anéantir l'armée de Lee, il s'était contenté d'arrêter l'invasion. Lee n'avait pas été écrasé mais n'avait pas gagné non plus. Déplaçant d'un endroit à un autre ses unités de défense, il avait successivement repoussé cinq attaques apocalyptiques de l'aube au crépuscule ; trois fois dans les bois et le champ de blé ; puis sur la route encaissée, laissant des cadavres entassés sur un chemin des morts long d'un kilomètre ; enfin au pont situé en aval de l'Antietam.

Recevant des renforts dans les premières heures du 18, McClellan décida de tenir bon ; le haut commandement confédéré choisit de battre en retraite. Charles n'avait que des souvenirs fragmentaires de la veille. Il ne se rappelait plus tous les endroits où on l'avait envoyé, combien d'hommes il avait abattus. Plusieurs fois il s'était retrouvé seul pendant une heure ou plus, coupé de son objectif, loin de tout visage familier — mésaventure fréquente dans une bataille roulant çà et là comme une goutte de mercure. Il savait qu'il garderait à jamais le souvenir de sa peur constante pour Joueur, de son impression que cet après-midi de septembre était éternel, que le soleil, cloué dans le ciel, ne se coucherait jamais pour y mettre fin.

Sur la retraite, d'autres fragments de la tapisserie, notamment un incident dont il ne pouvait se rappeler le lieu bien que les images en fussent gravées au fer dans son esprit. Trois hommes en gris, dont un très jeune, de la salive au coin de ses lèvres craquelées, enfonçaient leur baïonnette jusqu'à la garde dans les cadavres de soldats de l'Union. Un lieutenant-colonel chétif, couvert de sang, parvint à se redresser dans le soleil et indiqua en levant la main qu'il demandait grâce, qu'il « s'attendait » à être épargné. Le jeune soldat aux lèvres fendillées fut le premier à le frapper, au ventre. Les autres plantèrent leur baïonnette dans sa poitrine puis tous s'éloignèrent à pas lents, avec un sourire d'ivrogne satisfait.

Ce seul souvenir enracina dans le cœur et l'esprit de Charles une conviction nouvelle. La guerre serait plus longue que quiconque ne l'avait pensé et livrée désormais sans l'esprit chevaleresque dont un lieutenant yankee nommé Prevo avait fait montre en acceptant de croire Charles sur parole, ce jour si lointain où des cavaliers de l'Union avaient poursuivi Gus. Les attitudes de gentleman avaient disparu avec les chevaux noirs et les jeunes gars joyeux qu'il avait conduits au printemps. Il aurait voulu se souvenir d'eux mais ne le pouvait pas à cause des bêtes massacrées, des corps mutilés ou gonflés, des trois soldats en gris avec leur baïonnette et leur sourire.

Qui avait gagné, qui avait perdu ? Quelle importance ? songeait-il en chevauchant avec Ab vers le Potomac, dans une longue file qui s'étirait au-delà des collines du Maryland. Ils se trouvaient à un kilomètre de l'arrière du 2e régiment de Caroline du Sud, troupes relativement fraîches parce qu'elles avaient été tenues en réserve pendant toute la bataille.

Au clair de lune, ils passèrent devant quelques fantassins qui s'étaient allongés non loin du fleuve pour se reposer. L'un d'eux leur lança avec un enjouement amer :

— Je parie que vous deux, de la cavalerie, vous avez pas été à la bagarre.

— Ouais, approuva un autre. Etre dans la cavalerie, c'est comme avoir une assurance sur la vie que personne touchera jamais.

Abner, pâle et fiévreux, dégaina son arme et la braqua sur l'homme qui venait de parler.

— Hé, là ! s'écria le fantassin en bondissant debout pour s'enfuir.

Charles saisit le bras de Woolner, l'abaissa lentement.

Le lendemain, le capitaine Main se comporta comme nombre de ceux qui ont participé à une grande bataille et ont survécu. Il ne souriait pas, parlait à peine, se sentait l'âme saisie par une dépression profonde. Il vaquait machinalement à ses occupations, obéissait aux ordres mais c'était à peu près tout. Et lorsqu'on demandait à Ab pourquoi son ami avait ce regard lointain, l'éclaireur expliquait :

— On était à Sharpsburg. Charlie y est encore.

58

SUR le combat que dans son camp on appelait bataille de l'Antietam, Billy n'écrivit qu'une seule ligne dans son journal : *L'horreur, au-delà de tout ce qu'on peut imaginer.*

Elle avait commencé à s'insinuer en lui pendant la progression de l'armée vers ce qui allait devenir le champ de bataille. Les sapeurs eurent du mal à avancer sur les routes du Maryland, encombrées d'ambulances d'où s'échappaient des cris que Billy avait déjà entendus auparavant mais auxquels il ne s'habituerait jamais.

Il vit la fumée, entendit la canonnade tirée de South Mountain mais ne parvint au sommet de Turners' Gap qu'après la tombée de la nuit, le 15. La diane réveilla le bataillon à quatre heures et, lorsque le jour se leva, les sapeurs découvrirent qu'ils avaient bivouaqué parmi les morts des deux camps. Les hommes, même les plus endurcis, rejetèrent ce qu'ils avaient mangé au petit déjeuner.

De Keedysville, où il parvint en fin d'après-midi, le bataillon fut expédié au front. Billy et Lije formèrent des détachements chargés de ramasser toutes les pierres des environs puis de les porter jusqu'à l'Antietam. Torse nu, Billy dirigea jusqu'au coucher du soleil l'empierrement du lit de la rivière et la création d'un gué où l'artillerie pourrait traverser. On procéda aux mêmes préparatifs pour l'infanterie.

Quand les chariots de matériel arrivèrent — bien tard — on commença à niveler les abords. A dix heures et demie, le travail fut terminé. Bien que ne cessant de bâiller et mort de fatigue, Billy resta éveillé une grande partie de la nuit à cause de son énervement. Demain, ce serait la bataille. Bison en serait-il ? Etait-il encore en vie ? Billy avait beaucoup pensé à Charles au cours des derniers jours.

Comme à l'accoutumée, les sapeurs reçurent des munitions — quarante balles pour la cartouchière, vingt pour les poches — mais furent tenus à l'écart du véritable combat. Billy, Lije et leurs hommes passèrent toute la journée sur une crête surplombant les gués qu'ils avaient construits la veille. La vue des morts et des blessés lui fit se demander si une cause, quelle qu'elle fût, valait le sacrifice d'autant de vies humaines.

Envoyés à l'avant le lendemain, les sapeurs servirent de soutien d'infanterie à une batterie proche du centre de la ligne. Ils furent harcelés par des tirs confédérés sporadiques, qui ne causèrent toutefois aucune perte parmi eux. Le lendemain, le bataillon se retira vers Sharpsburg par le pont auquel on avait déjà donné le nom de Burnside en l'honneur du général qui l'avait enlevé au cours de la phase finale de la bataille.

Le pont de bateaux fédéral de Harper's Ferry ayant été détruit par les rebelles, les sapeurs furent envoyés sur les lieux et, dans l'après-midi du 21, entreprirent de le reconstruire. Billy puisa dans ce travail un réconfort : avec leurs mains, leurs reins, leur sueur, les sapeurs créaient au lieu de détruire. Il parvint même à édifier une barrière mentale derrière laquelle il dissimula l'objectif de ces constructions.

De l'eau peu profonde, ils tirèrent les pontons pouvant être sauvés, les réparèrent avec le bois des caisses de rations. Billy, dont la barbe mesurait à présent deux pouces de long, vivait dans un état de torpeur constant et s'endormait parfois debout pendant quelques secondes. Brett lui manquait terriblement.

Dans la nuit du 22, des chariots arrivèrent avec le convoi normal de pontons et des renforts : le 15e régiment de sapeurs volontaires de New York. Billy travailla jusqu'à l'aube, pataugeant souvent dans l'eau froide, et fut relevé aux premières lueurs de la matinée du 23. Il s'étendit sous une couverture, dormit quatre heures puis mangea et se sentit prêt à repartir. Un groupe de sapeurs avait organisé une loterie : chaque homme tirait un papier portant une date devant correspondre à celle du jour où McClellan serait relevé. Le tirage se poursuivit jusqu'à la fin du mois de décembre.

Plus qu'une critique du commandant en chef, les hommes émettaient une simple constatation : Petit Mac n'avait pas poursuivi et détruit l'armée de Lee alors qu'il en avait l'occasion, et le Gorille original n'aimerait pas cela.

Deux jours plus tard arriva la nouvelle que Lincoln avait publiquement annoncée le 24. Le soir, autour des feux de camp, les soldats en discutèrent et, selon une longue tradition de l'armée, déformèrent les détails.

— Il a signé un document qui libère tous les foutus nègres du pays.

— Non, tu te goures. C'est seulement dans les Etats encore en rébellion au 1ᵉʳ janvier. Il a pas touché au Kentucky ou à des endroits comme ça.

— C'est quand même une insulte aux Blancs, commenta un volontaire du régiment « Pelle et Pioche » de New York. Aucun d'eux ne le soutiendra. Pas dans notre armée.

Beaucoup approuvèrent.

Incertain de sa propre réaction, Billy se rendit à la tente de Lije Farmer, passa la tête à l'intérieur, vit son ami barbu agenouillé, les mains jointes, la tête baissée. Billy se retira, attendit cinq minutes puis toussota et fit du bruit avec ses pieds avant d'entrer à nouveau. Quand il demanda à Lije ce qu'il pensait de la proclamation, celui-ci répondit :

— Il y a un mois, Mr. Lincoln recommandait encore instamment à nos frères noirs affranchis d'aller s'installer en Amérique centrale. La conclusion s'impose : il vient de promulguer une mesure de guerre, rien de plus. Pourtant, pourtant... (L'officier agitait l'index comme un maître d'école sur son estrade.) J'ai lu sur Washington, sur Jefferson et sur le vieil Hickory au langage ordurier des ouvrages montrant que les événements — que le fait même d'être président — ont parfois le pouvoir de changer un vil métal en or. C'est peut-être le cas ici, tant pour l'acte que pour l'homme.

— Il a exempté tout Etat réintégrant l'Union avant janvier.

— Aucun ne le fera. C'est pourquoi c'est une mesure de guerre.

— Alors à quoi sert-elle, si ce n'est à provoquer la colère des rebelles et peut-être des soulèvements qui n'aboutiront pas à grand-chose ?

— A quoi sert-elle ? Son utilité est dans son principe même, qui, aussi équivoque soit-il, est celui du droit. Elle donne enfin un fondement moral à cette guerre. Désormais, nous luttons pour sortir des fers des êtres humains.

— Je pense que cette décision va susciter une grande agitation, dans l'armée et à l'extérieur, dit Billy.

Il n'avait pas changé d'avis à la tombée de la nuit, lorsqu'il alla se promener le long du Potomac. Voulant chasser de son esprit le dégoût que les scènes de bataille y avaient fait naître et la confusion engendrée par ce tout nouveau tournant dans le cours de la guerre, il s'efforçait de penser à Brett.

Un bugle fit entendre une sonnerie mélancolique, dernier adieu aux soldats morts. D'un trait de plume, Lincoln avait-il fait mourir autre chose ? A quelle naissance assistait-on ? Billy, immobile, se posa ces questions en écoutant le clapotis du fleuve, les bruits familiers du camp et les dernières notes de la sonnerie.

En Virginie, Charles montrait à Abner Woolner le livre de Pope où s'était logée la balle.

— C'est un cadeau de qui ? demanda l'éclaireur.

— Augusta Barclay.

— Je croyais que t'avais pas de petite amie.

— J'ai une amie qui m'a offert un livre pour Noël.

— Ah ouais ? J'avais déjà entendu parler de gars sauvés par la bible qu'ils trimbalaient dans leur veste mais toi, c'est par Pope — le pape, quoi. Encore une histoire de religion.

Charles ne sourit pas, se contenta de hocher la tête sous le regard gêné et malheureux de son ami. Il remit le livre dans le sac, le glissa sous sa chemise.

Cooper Main avait emmené sa femme dehors pour lui apprendre la nouvelle.

L'heure était douce et grise, avec des étoiles scintillantes et une barre de lumière orange qui s'amenuisait au-dessus du Wirral. La brise automnale soufflant dans Abercromby Square chassait les cygnes vers leur nid caché dans les roseaux entourant l'étang. Quelques feuilles, déjà sèches et jaunies, tourbillonnaient autour du pied en fer noir d'un réverbère.

— On nous rappelle, dit Cooper. Le message est arrivé aujourd'hui avec le courrier de Richmond.

Judith ne répondit pas immédiatement. Main dans la main, ils marchèrent vers un banc où ils aimaient s'asseoir pour discuter des événements de la journée. Judah avait reçu la permission d'aller jouer à condition de ne pas trop s'éloigner et Cooper, qui ne cessait jamais d'être un père, guettait de temps à autre le retour de l'enfant.

— C'est une surprise, dit enfin Judith. On invoque une raison ?

De l'autre côté de la place, un vieux domestique sortit de chez Prioleau pour allumer les lampes à gaz flanquant la porte d'entrée. Au premier étage, au centre d'un linteau de fenêtre, une étoile solitaire gravée en bas-relief attestait de la loyauté du maître des lieux.

— La guerre ne se déroule pas bien pour les Yankees mais c'est la même chose pour nous. Les pertes ont été terribles au Maryland.

Et pas seulement en vies humaines. Quand la nouvelle de la bataille parvint en Europe, on fit de son issue une défaite pour la Confédération. Malgré leur gaieté de façade et leurs proclamations de victoire, les collaborateurs de Bulloch comprenaient la signification de Sharpsburg : le Sud ne serait jamais reconnu sur le plan diplomatique.

— On me réclame au ministère de la Marine, poursuivit Cooper. Mallory a besoin d'aide et pense manifestement que je puis lui en apporter. James a la situation bien en main, ici, et je sais qu'il a envoyé un rapport favorable sur mon travail après le lancement de l'*Alabama*.

Bulloch avait effectivement fait l'éloge de la réaction maladroite mais efficace de son collaborateur sur la jetée. Cooper était resté à bord du bateau jusqu'à la mi-août, date à laquelle il fut rejoint aux Açores, dans une baie de l'île de Terceira, par deux autres bâtiments. L'*Agrippina*, trois-mâts que Bulloch avait acheté, transportait un canon Blakely, une pièce à âme lisse de huit pouces, six autres canons de trente-deux, des munitions, du charbon et assez de vivres pour une longue croisière. Le *Bahama* avait à son bord vingt-cinq marins confédérés et le capitaine Semmes. Une fois sa mission secrète achevée, Cooper était rentré à Liverpool en paquebot vapeur.

— Que penses-tu de la requête de Mallory ? lui demanda Judith.

Il pressa sa femme contre lui. Le vent était froid ; à l'horizon, la lueur orange avait presque disparu.

— Cette ville me manquera mais je n'ai pas le choix. Je dois partir.

— Quand ?

— Dès que j'aurai réglé deux ou trois affaires en cours. Disons que nous serons en route vers la fin de l'année.

Judith prit le bras de son mari et le passa autour de ses épaules.

— Traverser l'océan en hiver, cela m'inquiète, fit-elle.

Ce qui inquiétait plus encore Cooper, c'était la dernière partie du voyage, de Nassau ou Hamilton à la côte confédérée, où il faudrait forcer le blocus. Toutefois, il n'en souffla mot pour ne pas alarmer sa femme et chercha au contraire à la rassurer d'une pression de ses lèvres sur sa joue froide, d'un murmure.

— Tant que nous serons tous les quatre, tout ira bien. Ensemble, nous pouvons résister à tout.

Judith approuva.

— Je me demande ce que dirait ton père s'il te voyait si attaché à la cause du Sud, ajouta-t-elle.

— Il dirait que je ne suis plus le fils qu'il a élevé, que j'ai changé. Nous avons tous changé.

— Seulement à certains égards. Je déteste toujours autant l'esclavage.

— Moi aussi, tu le sais bien. Lorsque nous aurons conquis notre indépendance, l'esclavage dépérira de lui-même.

— Notre indépendance ? Cooper, la cause est perdue.

— Ne dis pas cela.

— C'est vrai. Au fond de toi-même, tu en as conscience. C'est toi qui m'as parlé des ressources du Nord, de l'insuffisance de celles du Sud bien avant le début de cette horrible guerre. Tu m'en as parlé le jour où nous nous sommes rencontrés.

— Je sais, mais... Je n'admets pas la défaite. Sinon, pourquoi rentrer ? Pourquoi prendre des risques ? Le Sud est ma terre natale. La tienne aussi.

Judith secoua la tête.

— Je l'ai quittée, Cooper. Cette guerre est mauvaise, la cause qu'elle défend aussi. Pourquoi continuer à se battre ?

La lumière du réverbère tombait sur le visage de Judith, si beau pour lui. Pour la première fois, Cooper laissa sa femme pénétrer dans l'endroit secret où il cachait la vérité qu'elle avait déjà devinée, une vérité attestée par les dépêches concernant Sharpsburg.

— Nous devons nous battre pour obtenir les meilleures conditions possibles. Une paix négociée.

— Tu penses que cela vaut la peine de rentrer ?

Il acquiesça d'un signe de tête.

— Alors, nous rentrons, chéri, dit Judith. Embrasse-moi.

Une rafale de vent fit tourner des feuilles mortes autour des jambes du couple enlacé. Ils s'embrassèrent jusqu'à ce qu'un agent tousse en passant devant le banc. Comme Judith portait des gants, le policier désapprobateur n'avait pu voir son alliance et l'avait prise sans doute pour une femme légère folâtrant avec un galant. Cette pensée la fit glousser tandis qu'ils traversaient la place d'un pas vif. La nuit était tombée, il ferait bon être à la maison.

Dans l'entrée éclairée par une lampe à gaz, Cooper pâlit, montra une goutte de sang tombée sur le sol dallé.

— Mon Dieu, regarde !
— Judah ? fit Judith, les yeux agrandis par la peur.

Marie-Louise passa sa tête blonde par la porte du salon.

— Il est blessé, maman.

La gorge serrée, les mains moites, Cooper se précipita dans l'escalier menant aux chambres. Son fils avait-il été victime d'un voleur ou d'un sadique ? La moindre menace sur l'un de ses enfants le torturait comme une épine dans sa chair. Lorsqu'ils tombaient malades, il demeurait avec eux toute la nuit, toutes les nuits, jusqu'à ce que le danger soit écarté.

Il s'élança vers la porte à demi ouverte de la chambre de son fils en s'écriant :

— Judah !

Il poussa la porte, vit l'enfant étendu sur son lit, les bras serrés autour de sa poitrine. Sa veste était déchirée, sa joue égratignée, et son nez saignait.

Cooper se rua vers lui, s'assit au bord du lit, faillit prendre Judah dans ses bras mais se retint. Le garçon avait onze ans et se jugeait trop âgé pour ce genre de chose.

— Que... qu'est-il arrivé ?
— Je suis tombé sur des gars des docks. Ils voulaient me prendre mon argent. Quand j'ai répondu que je n'en avais pas, ils m'ont sauté dessus. Mais ça va, assura l'enfant avec une fierté évidente.

— Tu t'es défendu ?
— Du mieux que j'ai pu, p'pa. Ils étaient cinq.

Cooper ne put s'empêcher de toucher le front de son fils, de caresser ses cheveux bruns d'une main dont il essayait de contrôler le tremblement. L'ombre de Judith tomba sur sa manche.

— Il n'a rien, murmura-t-il, tandis que la peur commençait à refluer en lui comme le jusant.

59

DANS La Nouvelle-Orléans occupée, il faisait chaud ce matin-là. Ce n'était cependant pas la température qui échauffait la bile du colonel Elkanah Bent et des citoyens qui se tenaient avec lui au coin de Chartres et Canal Streets, contemplant une preuve tangible de l'extrémisme du général Ben Butler.

L'air limpide fleurait sur tout le café, comme à l'accoutumée, mais il s'y mêlait l'odeur du Mississippi et de l'eau de toilette des messieurs contraints à sortir parce qu'ils étaient dans les affaires. Des messieurs qui s'occupaient autrefois de coton et continuaient sans doute à le faire, de moins en moins clandestinement chaque jour. Les membres des classes supérieures restaient chez eux, peut-être parce qu'ils se doutaient du spectacle qui les attendait dehors.

Plus gras que jamais et tirant sur son cigare, Bent était aussi furieux que les civils qui l'entouraient, bien qu'il n'osât pas le montrer. Au son des fifres et des tambours, le 1er régiment noir louisianais défilait dans Canal Street.

Le général Butler avait levé cette unité à la fin de l'été après avoir commis une série d'autres actes révoltants comme la pendaison de Mumford, l'homme qui avait osé descendre le drapeau américain de l'hôtel de la Monnaie, ou l'ordre du 15 mai, permettant d'arrêter et de traiter comme des prostituées les femmes qui auraient des gestes ou des propos insultants envers les soldats de l'Union.

Farces d'écolier comparé à cela, pensait Bent. La simple existence de ce régiment de gardes, officiellement constitué le 27 septembre, lui semblait inimaginable, odieuse. Il plaignait les officiers choisis pour commander ces anciens cueilleurs de coton et dockers.

La ville bruissait de rumeurs engendrées par divers aspects de la « manière Butler » : le général yankee qui pillait l'argenterie des demeures privées serait relevé à cause des crimes commis contre la population civile ;

Lincoln ne permettrait pas aux gardes louisianais de servir dans l'armée fédérale afin de ne compromettre aucune éventualité — le retour d'un Etat frère égaré — avant l'expiration du délai fatidique fixé dans la proclamation.

Le régiment de moricauds n'était pas une rumeur, par contre. Bent l'avait sous les yeux : visages jaunes, tabac brun, sépia ou bleu-noir. Les Noirs souriaient de toutes leurs dents et roulaient des yeux en se pavanant devant leurs anciens oppresseurs, figés comme des statues, paralysés par la stupeur et le dédain.

Pour aggraver l'insulte, les fifres attaquèrent l'*Hymne de bataille* tandis que le régiment noir, l'un des premiers de l'armée, continuait à descendre vers le fleuve. D'une chiquenaude, Bent jeta son cigare sur le trottoir. Il y avait de quoi devenir sudiste — une engeance qu'il avait toujours haïe mais qu'il considérait maintenant avec une sympathie croissante.

Il sentit une démangeaison dans les mains quand l'idée lui vint de prendre un verre. Trop tôt. Beaucoup trop tôt. Mais il ne parvenait pas à chasser cette envie de boire à laquelle il cédait avec une fréquence croissante depuis quelque temps. Il n'avait aucun ami parmi les officiers de l'armée d'occupation ; rares étaient ceux qui lui adressaient la parole en dehors des nécessités du service. Bent s'exhortait à ne pas succomber à la tentation tout en sachant qu'il finirait par capituler. Un verre — un verre ou deux — soulagerait sa détresse.

Depuis Pittsburgh Landing, il n'avait cessé de sombrer. Il était arrivé au quartier général de Butler, à La Nouvelle-Orléans, après un difficile voyage jusqu'à la côte est suivi de quelques journées à bord d'un vapeur qui, doublant la pointe de la Floride, l'avait amené au port qu'on venait de rouvrir. Il eut droit à deux minutes d'entretien avec le petit politicien bigleux du Massachusetts avant de se retrouver à la prévôté — affectation idéale puisqu'elle lui permettait de donner des ordres aux civils comme aux soldats.

Bent connaissait déjà La Nouvelle-Orléans, dont il appréciait l'atmosphère raffinée et les plaisirs offerts aux messieurs ayant de l'argent. C'était dans les bordels de la ville qu'il avait acquis un certain sens de l'égalité des races : il était prêt à payer cher pour forniquer avec une négresse, surtout très jeune, et venait de savourer cette expérience la veille.

Bent suivit des yeux le régiment — le Bataillon d'Afrique, comme l'appelaient ces nègres présomptueux. Il fallait promettre de l'avancement aux officiers blancs ou les menacer de cour martiale pour qu'ils acceptent de commander une compagnie de ce nouveau régiment nègre, qui en comptait plusieurs.

Quelle remarquable volte-face le général Butler avait opérée en l'organisant ! A l'origine, il s'était déclaré contre cette idée puis, en août, avait changé d'avis grâce aux arguments, disait-on, de sa femme, de son ami Chase, le ministre, et peut-être aussi parce qu'il avait tardivement compris que l'apparition de régiments noirs frapperait les citoyens locaux d'apoplexie. Dans un premier temps, Butler déclara ne vouloir recruter que les hommes, quelque peu dégrossis, d'une unité noire formée pour défendre la ville avant sa chute. Il revint aussi sur cette position et enrôla bientôt les esclaves échappés des plantations.

En se dirigeant vers la vieille place, Bent croisa des visages inamicaux sur les trottoirs surplombés par de charmants balcons en fer forgé. Ah ! mais comme les civils s'écartaient pour lui céder le passage !

Ses pensées revinrent aux bordels. Il connaissait une maison à laquelle il s'était rendu par hasard avant la guerre, alors qu'il rentrait du Texas. Dans le bureau de la maquerelle étaient accrochés de jolis tableaux, notamment le portrait d'une femme liée d'une façon ou d'une autre à la famille Main. De quelle nature, ces liens ? Il l'ignorait mais ils étaient bien réels : au Texas, il avait vu dans la chambre de Charles Main la photographie d'une femme aux traits quasi identiques.

L'imagination de Bent avait été stimulée par les détails que lui avait confiés la patronne du bordel, Mme Conti. Ce tableau représentait une octavonne ayant travaillé autrefois dans l'établissement. En d'autres termes, une putain noire.

Bent pensait pouvoir utiliser un jour ce portrait contre les Main, dont la haine ne l'avait pas quitté. Il savait que la maison close existait toujours, qu'elle était encore dirigée par Mme Conti et présumait que le portrait n'en avait probablement pas bougé.

Lorsqu'il arriva place Bienville, il sentit qu'il ne pourrait plus tenir longtemps sans un verre. Il remarqua alors une femme blanche élégante descendant d'une calèche près du croisement de deux ruelles. Elle renvoya la voiture et, comme Bent, prit la direction de la cathédrale. Deux soldats noirs arrivaient dans l'autre sens, riant et plaisantant. La bande jaune de leurs culottes bleu clair indiquait qu'ils appartenaient à la cavalerie levée par Butler.

La femme s'arrêta, les soldats aussi, bloquant le passage. Elle leur dit quelque chose à quoi ils répondirent par un rire. Dégainant son sabre, Bent traversa la place.

— Ecartez-vous, enjoignit-il aux deux Noirs.

Ils ne bougèrent pas.

— Je vous ai donné un ordre. Descendez du trottoir pour laisser passer cette dame.

Ils ne bougèrent toujours pas. Ce genre d'insubordination n'était pas inconnu de Bent mais elle le rendait plus furieux encore que d'habitude du fait de la couleur de la peau des soldats. Ils n'auraient pas osé le défier s'il n'y avait eu Butler et le Vieil Abe. Depuis la proclamation du président, les négros se croyaient les maîtres du monde.

Comme le passage, la situation était bloquée et Bent, sous le regard hostile des deux hommes, commençait à s'inquiéter. Quelle stupidité de s'être occupé de ces deux brutes ! Et s'ils se jetaient sur lui ?

Il vit son salut en la personne de trois soldats blancs — dont un sergent portant une arme — émergeant de la Conti Street.

— Sergent ! cria Bent en agitant son sabre. Venez par ici tout de suite.

Le trio accourut, Bent déclina son identité et son grade.

— Emmenez ces fripouilles indisciplinées à la prévôté. Je vous suis pour faire mon rapport...

Rassuré, Bent put écraser les moricauds de son mépris :

— Si vous voulez faire partie de l'armée de l'Union, vous devez vous conduire comme des êtres humains civilisés, pas comme des singes. Disposez, sergent.

Le sous-officier dégaina son revolver et emmena les cavaliers noirs, qui semblaient effrayés.

A juste titre, pensa Bent. On les pendrait par les pouces à une poutre ou à un montant de porte, les pieds effleurant le sol. Une heure de ce traitement était la punition habituelle en cas d'insubordination. Pour eux, il ordonnerait une triple dose.

— Colonel ?

D'un grand geste, Bent ôta son képi devant la victime des nègres. C'était une femme d'âge mûr, séduisante.

— Madame, je m'excuse du comportement de ces... soldats.

— Je vous suis infiniment reconnaissante de votre intervention, déclara-t-elle avec l'accent chaud et mélodieux de la ville. J'espère ne pas vous offenser en faisant observer que les autres officiers de l'armée d'occupation ne vous ressemblent pas. En fait, je trouverais plus normal de voir en uniforme gris un homme de votre délicatesse. Merci encore et bonne journée.

Abasourdi, Bent marmonna un au revoir tandis que la femme disparaissait dans une entrée d'immeuble.

Il y avait si longtemps qu'on ne l'avait complimenté sur quoi que ce soit qu'il se dirigea vers le parvis de la cathédrale dans un état euphorique. Peut-être cette femme avait-elle raison. Peut-être se trompait-il depuis longtemps en haïssant les Sudistes. A certains égards, il était plus rebelle que Yankee. Dommage d'en prendre conscience trop tard.

Devant la façade de la cathédrale Saint-Louis, Bent s'arrêta soudain, l'attention attirée par deux hommes.

L'un était le frère du général commandant l'armée, un officier très en vue ces derniers temps à La Nouvelle-Orléans. L'autre...

Après un effort de concentration, la mémoire lui revint : Stanley Hazard, que Bent avait vu un an plus tôt au *Willard*. Que faisait-il là ?

La nappe était d'une blancheur aveuglante, l'argenterie lourde. La plupart des serveurs noirs en livrée se penchaient vers les convives avec une telle déférence que Stanley aurait pu croire que Lincoln et sa proclamation d'émancipation étaient imaginaires.

Le gentleman courtois et réservé qui partageait sa table portait les feuilles de chêne et les galons de colonel, quoique l'origine de ce grade fût un mystère pour Stanley. Avant de quitter Washington, il avait fait une enquête et dans une série de rapports, on se référait à cet homme sous le nom de « capitaine » Butler, officier dont le sénat avait rejeté l'hiver dernier l'affectation à l'intendance.

D'autres rapports conservés au ministère de la Guerre parlaient du colonel Butler — mais la plupart émanaient de son frère. Autrement dit, en temps de guerre, lorsqu'un officier était affecté à l'état-major de son frère, il montait rapidement en grade. Peu importait à Stanley que cet avancement fût légal ou non ; ce qui comptait, c'était l'influence et le pouvoir réels de cet homme.

Stanley s'abstenait de boire trop de champagne en prévision de la négociation difficile qui l'attendait. Tant que les deux hommes mangèrent, la conversation roula sur des sujets sans danger : la durée de la guerre, l'éventuel remplacement de McClellan et l'identité de son successeur. A ces deux dernières questions, Stanley connaissait les réponses (oui, McClellan serait remplacé par Burnside) mais feignit l'ignorance.

Butler l'interrogeant sur son voyage, Stanley assura :

— Oh ! excellent. L'air marin est salubre.

Il n'en avait guère respiré puisqu'il était resté étendu sur sa couchette pendant la majeure partie du voyage, ne se levant que pour vomir dans un seau. Mais il importait de paraître à son avantage dans tous les domaines aux yeux d'un adversaire commercial — une autre des petites leçons d'Isabel.

— Délicieux, ce repas, dit l'invité de Stanley en se renversant contre le dossier de sa chaise. Je vous remercie. Puisque votre visite est si brève, nous pourrions peut-être en venir aux faits.

— Volontiers, colonel. Pour information, je puis commencer par préciser que je suis propriétaire de la fabrique Lashbrook, à Lynn, dans le Massachusetts.

— Chaussures pour l'armée, commenta le colonel Andrew Butler en hochant la tête.

Un petit frisson courut sous la chemise de Stanley : l'homme savait apparemment beaucoup de choses. Il essuya de sa serviette la sueur perlant sur sa lèvre supérieure, se pencha en avant, dans l'ombre d'une fougère suspendue au mur.

— Cet endroit n'est pas très discret. Ne pourrions-nous...?

— Nous sommes parfaitement bien ici, répondit Butler avant d'allumer un gros havane. Des, euh, arrangements semblables sont négociés à la moitié des tables de ce restaurant. Pas au niveau que vous proposez, toutefois. Poursuivez, je vous prie.

Stanley se jeta à l'eau :

— Je crois savoir qu'il y a une forte demande en chaussures.

— Forte, en effet, murmura Butler.

— Dans le Nord, on a besoin de coton.

— On peut en trouver. Il suffit de connaître des sources d'approvisionnement, le moyen de faire entrer la marchandise dans la ville et de la transporter sur les quais, dit le colonel en souriant. Il est bien entendu que, pour chaque transaction, je perçois une commission de l'acheteur et du vendeur, n'est-ce pas ?

— Oui, oui. Pas de problème si vous pouvez m'aider à livrer des chaussures à la Conf..., à ceux qui en ont besoin et, en même temps, à obtenir des quantités de coton assez importantes pour que cela vaille la peine de courir des risques non négligeables. Il y a des lois qui interdisent de commercer avec l'ennemi, vous savez.

— Vraiment ? Je ne m'en étais pas aperçu, s'esclaffa Butler.

Stanley jugea bon de joindre son rire au sien puis les deux hommes sortirent et discutèrent des détails en faisant quelques pas. Dans la lumière douce du début de l'hiver, Stanley se sentit soudain parfaitement bien, incapable de croire que, dans des endroits reculés qu'il ne verrait jamais, des hommes vivaient dans la peur et la saleté, donnant leur vie pour des mots d'ordre.

A son troisième cigare, Andrew Butler se mit à parler de son frère :

— On l'a surnommé la Brute parce qu'il a menacé de traiter en prostituées les femmes de la ville faisant des remarques désobligeantes à l'égard de nos soldats ; on l'appelle aussi la Cuillère parce qu'il aurait volé l'argenterie de nombreuses demeures privées. Il est coupable de la première accusation, et fier de l'être, mais, croyez-moi, Stanley, si Ben voulait voler, il ne s'occuperait pas de babioles comme des cuillères en argent. Après tout, c'est un ancien homme politique, juriste, par surcroît.

Stanley Hazard aurait pu ajouter quelques informations qu'il avait entendues au sujet du général : par exemple, qu'il s'était enrichi depuis son arrivée à La Nouvelle-Orléans et que nul ne savait comment. L'origine de la fortune croissante d'Andrew Butler était par contre largement connue.

Ils approchaient du fleuve où mouillait un vapeur à aubes, blanc comme un gâteau de mariage dans le soleil, quand Butler poursuivit :

— Les gens de cette ville ont tort de condamner mon frère. C'est un administrateur plus équitable et plus efficace qu'on ne veut l'admettre. Il a nettoyé la pestilence qu'il a trouvée en arrivant, il a fait venir des vivres et des vêtements à un moment où on en avait grand besoin, il a rouvert le port au commerce. Mais on n'entend parler que de cette maudite brute de Butler. Heureusement, dans notre petite affaire, vous

et moi traiterons avec des gentlemen qui mettent le profit au-dessus des slogans creux.
— Vous parlez des planteurs de coton ?
— Oui. Leur sens des réalités s'est trouvé renforcé par la mésaventure arrivée à ceux d'entre eux qui ont commencé par me refuser leur coopération — et leur coton. Ces messieurs ont vu soudain disparaître tous leurs esclaves. Par la suite, quand ils ont consenti à livrer leurs récoltes, les esclaves ont naturellement fait leur réapparition pour se mettre au travail.

Sous la menace des baïonnettes de soldats des Etats-Unis, pensa Stanley. Ces histoires scandaleuses étaient parvenues à Washington mais il s'abstint de tout commentaire.

— Même en temps de guerre, il est souvent plus sage de se laisser guider par le sens des réalités que par le patriotisme, conclut Butler.

— Assurément, approuva Stanley.

Le champagne, le soleil, le succès des négociations firent tout à coup effet sur lui, lui donnant un sentiment de sa propre valeur qu'il n'avait jamais éprouvé de sa vie. Isabel serait fière de ce qu'il avait accompli. En tout cas, lui l'était.

A l'approche de la fin novembre, la plupart des officiers de l'armée du golfe savaient qu'ils auraient un nouveau commandant avant la nouvelle année. Les protestations contre la manière Butler étaient devenues trop nombreuses, les accusations de vol et de trafics en tous genres trop fondées. La venue d'un nouveau commandant entraînant généralement une réorganisation et de nombreuses mutations, Elkanah Bent décida qu'il devait mettre la main immédiatement sur le portrait.

Il surveilla l'entrée de la maison de Mrs. Conti trois soirs choisis au hasard et constata la véracité de ce qu'il avait entendu dire : le bordel était fréquenté aussi bien par les officiers que par leurs subalternes, bien que le règlement leur interdît toute promiscuité, comme il leur interdisait de se rendre dans ce genre d'endroit. Ces deux règles étaient transgressées par de nombreux hommes qui entraient furtivement chez Mrs. Conti et en ressortaient en chahutant — soûls comme des barriques. En une demi-heure, Bent assista à deux rixes qui achevèrent de le ravir.

Dans sa chambre en désordre située en face de la Bourse du coton, Bent échafauda un plan avec l'aide de son compagnon le plus secourable : une bouteille de whisky. Il en était à plus d'un litre par jour — et de la plus mauvaise qualité, à peine meilleur que le tord-boyaux du cantinier.

La femme qui dirigeait le bordel n'accepterait jamais de lui vendre le tableau et Bent n'était pas disposé à courir le risque de le voler la nuit : il avait gardé un souvenir précis du videur noir de Mrs. Conti. Il faudrait donc subtiliser la toile tandis que d'autres se livreraient à ce qu'en termes militaires on appelle une opération de diversion. Vu l'état imbibé de la clientèle, il ne serait pas difficile d'en créer une. Satisfait de son plan, Bent vida la bouteille et s'effondra sur son lit en se rappelant confusément de se procurer un couteau.

Le samedi suivant, en grand uniforme, Bent monta le bel escalier en fer forgé qu'il avait déjà gravi une fois. Il trouva au salon une foule tapageuse de militaires dont il ne connaissait aucun. Une chance.

Il commanda un bourbon au vieux Noir debout derrière le petit bar, but lentement son verre en écoutant. Quand les clients ne débitaient pas des vantardises devant les filles, ils parlaient du pays ou exprimaient des sentiments hostiles au Sud. Parfait.

Bent demanda un autre verre, sentit soudain un picotement sur la nuque. Quelqu'un l'observait-il ?

Il se retourna et vit une femme imposante et forte s'approcher de lui à travers la foule. La soixantaine passée, la masse de ses cheveux blancs arrangée en une coiffure étonnante, elle portait une robe de soie vert émeraude brodée de motifs orientaux.

— Bonsoir, colonel. Il m'avait bien semblé reconnaître un ancien client.

— Vous avez bonne mémoire, Mrs. Conti, dit Bent, soudain inondé de transpiration.

— Je me souviens de votre visage, pas de votre nom.

Adroitement, elle ne rappela pas leur querelle sur le prix de certains services spéciaux obtenus de la putain qu'il avait choisie ce jour-là.

— Bent.

Lors de sa première visite, il avait prétendu s'appeler Benton afin de ne pas compromettre la carrière qu'il croyait encore faire dans l'armée. Il n'avait pas encore appris que les généraux ne reconnaissent jamais le talent et sont seulement sensibles à l'influence.

« Et tu n'en as aucune, pensa Bent. A cause de ton père, qui t'a trahi dans la mort. Des Main et des Hazard, du général Billy Sherman et d'une ribambelle d'ennemis inconnus qui ont conspiré à ta... »

— Colonel, vous ne vous sentez pas bien ?

La veine qui saillait sur son front disparut, sa respiration se ralentit.

— Un simple étourdissement. Rien de grave.

— Colonel Bent, c'est cela, dit la maquerelle, avec dans le regard une lueur de doute qui échappa à l'officier.

— Je me rappelle que vous aviez pour videur un énorme nègre à l'air féroce. Je ne l'ai pas vu ce soir.

— Pomp voulait s'engager dans votre armée et comme il était affranchi, je n'ai pu l'en dissuader. Aux affaires, colonel. Comment pouvons-nous vous satisfaire ce soir ? Vous connaissez l'éventail de nos spécialités, si je me souviens bien.

Bent aurait voulu un jeune garçon mais n'osa le demander au milieu de tous ces militaires.

— Une Blanche, je crois. Bien en chair.

— Alors je vais vous présenter Marthe. Elle est d'origine allemande mais apprend l'anglais. Attention : son jeune frère est soldat dans un régiment louisianais. Je lui ai rappelé, à elle comme à toutes les autres filles, que mon établissement est d'une stricte neutralité mais vous éviterez tout désagrément en évitant toute allusion directe à la guerre.

— Certainement.

Bent commanda du champagne puis, de sa

démarche dandinante, se laissa conduire auprès de la putain.

— Très charmant, chéri, assura Marthe vingt minutes plus tard. Très satisfaisant.

Elle avait un accent lourd comme un plat de choucroute et des yeux d'un bleu de porcelaine qu'elle avait gardés fixés au plafond pendant tout l'intermède. Boulotte, le teint légèrement rosi par ses brefs efforts, elle jouait avec les anglaises encadrant son visage.

Bent, qui lui tournait le dos, se glissait péniblement dans son pantalon. Maintenant, se dit-il. Maintenant. Il prit la bouteille, but la dernière goutte de champagne.

La putain grassouillette et rose se leva, tendit la main vers son kimono de soie bleue — autre preuve de la passion de Mrs. Conti pour les vêtements orientaux.

— C'est le moment de payer, chéri. Le type du bar, en bas, prendra ton arg...

Bent pivota. La fille vit le poing lancé vers elle mais la stupeur l'empêcha de crier tout de suite. Le coup la renversa sur le lit où elle se mit à hurler de colère et de douleur. Se retournant à nouveau pour dissimuler à la prostituée ce qu'il allait faire, Bent se griffa la joue gauche au sang puis saisit sa veste et se dirigea vers la porte.

La putain se jeta sur lui, le frappa des deux poings en beuglant en allemand. Bent lui décocha deux coups de pied, s'engouffra dans le couloir obscur. Des portes s'ouvrirent, des visages apparurent.

Il se rappela qu'il avait oublié son sabre mais renonça à aller le rechercher. « Tu en rachèteras un autre, se dit-il. Le tableau est plus important. »

Il descendit l'escalier en titubant, le menton dégouttant de sang.

— Cette pouffiasse de rebelle m'a attaqué. Elle m'a attaqué !

Il déboucha dans le salon, où ses cris avaient déjà fait naître une expression de colère sur le visage des soldats.

— Regardez ce que cette putain m'a fait ! vociférat-il en montrant sa joue ensanglantée. Elle a traité le général Butler de chien galeux, elle a craché sur mon uniforme. Je ne paierai pas un sou dans ce repaire de traîtres !

— Tout à fait d'accord avec vous, colonel, approuva un capitaine à barbe noire.

Plusieurs hommes se levèrent au moment où Marthe, dévalant les escaliers, renforça l'effet du récit de Bent par un chapelet de jurons allemands. A travers la fumée épaisse colorée par les verres rouges des lampes, Bent vit la main du barman glisser sous le comptoir. Mrs. Conti surgit derrière lui d'une entrée : le bureau — exactement là où Bent se rappelait qu'il devait se trouver.

— Tenez-vous tranquilles, s'il vous plaît. Je ne permettrai pas...

— Voilà ce que nous faisons aux gens qui insultent l'armée des Etats-Unis ! brailla le colonel.

Il saisit la chaise la plus proche de lui, la fracassa sur le dessus en marbre du bar.

— Arrêtez, arrêtez ! s'écria Mrs. Conti, une note de désespoir dans la voix.

Plusieurs filles s'enfuirent en glapissant, d'autres s'accroupirent par terre. Le barman brandit un minuscule pistolet, deux sous-officiers se jetèrent sur lui ; le premier fit tomber l'arme dans un crachoir, le second passa ses deux mains derrière la nuque de l'homme et lui rabattit la tête contre le marbre, brutalement. Bent entendit le nez craquer.

Il souleva une autre chaise, la projeta contre un miroir qui se brisa en une cascade de débris.

Les soldats, dont la moitié étaient ivres, se lancèrent joyeusement dans la mêlée. Les tables volèrent, les chaises se brisèrent. Mrs. Conti tenta vainement de s'accrocher aux bras des énergumènes ravageant son salon puis renonça et quitta précipitamment la pièce quand la démolition commença dans les chambres. Un officier la rattrapa, la souleva et disparut en la portant sur son épaule.

Haletant d'excitation et de peur, Bent courut dans le bureau. Il reconnut le papier mural rouge, la série de tableaux, dont un grand Bingham — et le portrait de l'octaonne, derrière le bureau de la maquerelle. Il sortit de sa poche un couteau pliant, entreprit de découper la toile le long du bord intérieur du cadre. Il avait presque terminé quand une voix retentit derrière lui :

— Qu'est-ce que vous faites ?

Un dernier coup de couteau, la toile libérée se détacha, Bent s'empressa de la rouler.

Mrs. Conti se rua vers le colonel, qui lâcha le portrait et la frappa du poing à la tempe. Déséquilibrée, elle s'agrippa au bord du bureau. Sa magnifique chevelure dénouée, elle le regarda en bredouillant :

— Tu ne t'appelais pas Bent, la dernière fois, mais...

Il lui assena un nouveau coup qui l'expédia trois mètres en arrière, sur le sol. Elle se tortilla sur le dos en poussant des cris plaintifs tandis que Bent reprenait le rouleau de toile. Il se précipita dans le salon, le traversa sans s'arrêter et dévala l'escalier en fer forgé, laissant ses collègues finir le travail. A en juger par les hourrahs qu'ils poussaient et les bruits de casse qui poursuivirent Bent dans la rue, ils passaient un excellent moment.

La nuit avait été bonne pour tout le monde.

60

A la mi-novembre, Burnside amena l'armée du Potomac sur le Rappahannock. Les sapeurs s'installèrent à Falmouth, dans les huttes d'un camp immense, et attendirent. Rarement Billy avait entendu autant de récriminations :

— On traîne tellement qu'ils auront le temps de préparer leurs meilleures troupes pour les envoyer contre nous.

— Mauvais terrain, Fredericksburg. Qu'est-ce qu'on doit faire ? Marcher sur les hauteurs comme les habits rouges à Breed's Hill et se faire faucher de la même manière ?

— Le général est un merdeux qui sait juste se

peigner les moustaches. Y a pas dans tout le pays un officier capable de mener l'armée à la victoire.

Malgré les recommandations de Lije Farmer, qui l'exhortait à avoir confiance et à ne pas écouter les mécontents, c'étaient les mécontents que Billy commençait à croire. La confiance en Burnside ne fut pas renforcée quand la rumeur courut dans le camp qu'il demandait conseil à son cuisinier personnel en matière de stratégie.

Le temps humide et triste accrut le découragement de Billy et finit par l'affecter physiquement. Le 9 décembre, il commença à renifler, puis vinrent les frissons et les maux de tête. Le lendemain soir, alors que le convoi de pontons progressait vers un endroit préalablement reconnu le long du fleuve, il eut une terrible migraine et fut pris de violents tremblements qu'il avait peine à maîtriser.

Les sapeurs avançaient le plus silencieusement possible, dans un brouillard contribuant à étouffer les bruits. A trois heures du matin, le bataillon régulier, aidé par les 15e et 50e régiments de volontaires de New York, déchargea les bateaux tandis que les conducteurs des chariots s'efforçaient de calmer les chevaux. Tout le monde connaissait la signification des taches de couleur trouant le brouillard : sur l'autre rive, parmi les arbres et les maisons hautes brûlaient les feux des sentinelles confédérées.

— Silence, répétait Billy toutes les minutes.

Les hommes portant les bateaux ne cessaient de les faire tomber en traversant le champ labouré, de se bousculer et d'échanger des menaces. Cette campagne lancée si tardivement dans l'année ne leur plaisait pas. Elle ne rimait à rien, elle était condamnée.

Malgré la fièvre qui l'abrutissait et brouillait sa vue, Billy tenait bon, donnant ses instructions à voix basse, maintenant l'ordre, mettant la main à la pâte quand un sapeur affaibli vacillait et ployait sous le fardeau. Une pluie fine se mit à tomber.

Pendant une pause, il serrait les bras autour de sa poitrine dans un vain effort pour se réchauffer quand Lije Farmer apparut.

— Allez à l'infirmerie, dit-il en posant une main sur l'épaule de Billy. Vous êtes malade.

Le lieutenant se dégagea en protestant :

— Mais ça va !

Immobile, Lije ne répondit pas, mais Billy eut conscience de l'avoir froissé. Il allait s'excuser quand Farmer fit demi-tour et s'éloigna.

Billy fut envahi de honte puis d'un sentiment de mépris pour son ami. Comment pouvait-il croire à tout ce fatras religieux ? S'il existait un Dieu plein de compassion, comment pouvait-il permettre à cette guerre cauchemardesque de se poursuivre ?

Les sapeurs se remirent au travail sans cesser de surveiller les feux des sentinelles, de l'autre côté du fleuve. De temps en temps, le crachin les faisait fumer mais les rebelles disposaient sans doute de bois sec. Un feu situé juste en face d'eux attirait plus particulièrement leur attention parce qu'on voyait assez clairement la sentinelle postée à cet endroit. L'homme était grêle, barbu et marchait de long en large comme s'il avait toute l'énergie du monde.

L'aube allait se lever quand les premiers bateaux furent mis à l'eau. Les sapeurs en lâchèrent un qui tomba sur le fleuve avec un claquement sec comme un coup de fusil. Billy entendit quelqu'un s'écrier « C'est foutu ! » puis vit la sentinelle ennemie saisir un brandon et l'agiter au-dessus de sa tête, dans un grand arc d'étincelles.

— Pressons, les gars, ordonna Farmer. Plus besoin de faire attention au bruit, maintenant.

Les hommes s'activèrent avec poutres et madriers tandis qu'un petit canon d'alarme tonnait sur l'autre rive. Des silhouettes se mirent à courir devant les feux. Un détachement d'infanterie vint prendre position derrière les sapeurs ; des tireurs d'élite ensommeillés préparèrent leurs armes ; l'artillerie s'installa sur la falaise. Billy songea cependant que tout cela ne leur assurerait qu'une mince protection.

Cinq bateaux étaient ancrés, deux reliés par des planches lorsque les tirailleurs ennemis arrivèrent et ouvrirent le feu. Le teint jaunâtre dans la lumière de l'aube, le lieutenant Cross et un groupe d'hommes montèrent dans leurs bateaux et se lancèrent vers la rive ennemie.

Billy travaillait au bout du pont, qui parvint bientôt au milieu du fleuve. Des coups de feu commencèrent à claquer, une balle ricocha sur l'eau à sa droite, une autre s'enfonça avec un bruit sourd dans le plat-bord du bateau sur lequel il était agenouillé.

— Putain, si j'avais mon flingue, marmonna un sapeur.

— Ne gaspille pas ton souffle, dit Billy. Travaille.

Un des hommes apportant les madriers tressaillit, bascula sur le côté et tomba dans le Rappahannock.

Des mains se tendirent pour saisir et hisser le sapeur blessé. Billy n'avait jamais plongé les bras dans une eau aussi glacée. Lije accourut en disant :

— Courage, mes enfants. Notre âme attend le Seigneur. Il est notre aide, notre bouclier.

Billy, qui tirait du fleuve le blessé au visage ruisselant d'eau et de sang, tourna la tête pour lancer :

— La ferme, Lije. Le Seigneur, notre bouclier, n'a pas plus aidé cet homme qu'il n'aidera les autres.

L'officier à la barbe blanche sembla se rapetisser. La colère qui s'alluma dans ses yeux fit aussitôt place à de la tristesse. Les hommes avaient les yeux fixés sur Billy, qui aurait voulu s'arracher la langue. Il fit quelques pas sur le pont glissant pour rejoindre Lije, lui saisit le bras.

— Je ne voulais pas dire cela. Je suis profondément désolé d'avoir...

— Baissez-vous ! cria Farmer au moment où éclatait la fusillade.

Il poussa Billy, tomba sur lui. La tête du lieutenant heurta une traverse. Il essaya de se redresser mais trop de choses l'avaient épuisé : la maladie, la fatigue, le désespoir. Malgré la honte qu'il éprouvait, il se laissa glisser dans un trou noir réconfortant.

Plus tard, ce même vendredi 11 décembre, Billy se réveilla dans un hôpital de campagne, à Falmouth. Il y apprit que les sapeurs avaient travaillé toute la matinée sous un feu ininterrompu et construit deux des cinq ponts prévus sur le Rappahannock.

Trop faible pour se lever, Billy passa le samedi à écouter la canonnade. Le dimanche, Farmer apparut, circula entre les lits de camp, trouva son ami et s'assit sur une caisse près d'un poteau auquel pendait une lanterne. Lorsqu'il demanda à Billy comment il se sentait, celui-ci répondit :

— J'ai honte, Lije. Honte de ce que j'ai dit et de la façon dont je l'ai dit.

— Eh bien ! lieutenant, répondit le vieil homme d'un ton quelque peu guindé, je dois reconnaître que j'en ai souffert un moment.

— Vous m'avez épargné une blessure.

— Nul n'est parfait, et le pardon doit être dans le cœur du serviteur de Dieu. Vous étiez malade, exténué, dans une situation périlleuse. A qui pourrait-on reprocher un mot dur dans de telles circonstances ? dit Farmer.

Son visage de prophète s'adoucit quand il ajouta :

— Vous voulez sans doute connaître les nouvelles. Je crains que vos prévisions pessimistes n'aient été pleinement fondées. Ma propre confiance est bien affaiblie après les événements d'hier.

Et parmi les malades, les blessés, les mourants, Lije raconta à son ami comment les troupes fédérales avaient traversé le fleuve et ce qui leur était advenu.

61

CE même dimanche soir, trois hommes veillaient dans le bureau du ministre Stanton.

La brume du Potomac flottait au-dehors derrière les fenêtres ; le gaz sifflait et de petits claquements émanaient d'une source invisible. Stanley Hazard aurait voulu rentrer chez lui pour examiner les derniers chiffres de Lashbrook, qui avait doublé sa production déjà énorme grâce au contrat secret arrangé par Butler. Bien qu'il s'efforçât de masquer son impatience, il glissait involontairement de plus en plus vers le bord de sa chaise et ne cessait d'agiter le pied gauche.

Le major Albert Johnson, arrogant jeune homme qui avait été l'employé de Stanton à son cabinet juridique avant de devenir son collaborateur le plus proche, marcha à grands pas de la porte principale à celle de la salle du chiffre, fit demi-tour, traversa le bureau et recommença le circuit.

Le président était étendu sur le sofa qu'il avait occupé pendant la majeure partie de la journée. Vêtu d'un costume sombre démodé et fripé, il fixait le tapis d'un air accablé.

Lincoln venait de déclarer qu'un certain Mr. Villard, correspondant du *New York Tribune* de Greeley, était rentré du front le samedi et avait été amené à la résidence du chef de l'Etat à dix heures du soir. Là, il avait communiqué les informations qu'il détenait et protesté contre le maintien de la censure militaire sur ses dépêches concernant les vaines attaques de Burnside contre Fredericksburg.

— Je lui ai présenté mes excuses et ai exprimé l'espoir que les nouvelles n'étaient pas aussi alarmantes qu'il le croyait.

Aucun des trois hommes ne savait avec certitude quelle était la situation. Le ministre contrôlait la presse — les censeurs militaires lui faisaient leurs rapports — et les télégrammes envoyés du front. Il avait fait transporter les récepteurs du quartier général de McClellan à ses propres bureaux — en haut, dans la bibliothèque — peu après son entrée en fonction. Il avait même piraté le principal officier du télégraphe de McClellan, le capitaine Eckert. Stanley admirait l'audace avec laquelle le ministre s'était emparé des moyens d'information : rien d'important ne parvenait à Washington ou n'en sortait sans que Stanton soit d'abord mis au courant. Il se servait du télégraphe comme d'un cordon ombilical reliant plus sûrement son ministère à la résidence présidentielle et à Lincoln lui-même. Le président continuait à professer une grande confiance en Stanton ainsi qu'une admiration magnanime pour l'homme qui lui avait fait subir un affront sur le plan professionnel lorsqu'ils étaient encore avocats tous les deux. Stanton traitait à présent Lincoln de « cher ami » mais manipulait leurs rapports de manière que le président y occupe la place du partenaire dépendant, non dominant.

Stanley continuait à considérer Abraham Lincoln comme un pauvre abruti. Le président, allongé sur le côté, lui faisait penser à un cadavre ou à une sculpture d'un débutant sans talent. Les secrétaires du chef de l'Etat avaient donné à diverses personnes des sobriquets, parfois on ne pouvait plus adéquats, comme celui de « Mégère » attribué à Mary Lincoln. Mais comment pouvaient-ils appeler leur chef le Patron sans y mettre de la dérision ? L'homme ne serait jamais réélu, pas même si la guerre parvenait à une conclusion rapide et heureuse, ce qui semblait peu vraisemblable.

La porte de la salle du chiffre s'ouvrit, Johnson s'arrêta de marcher, Stanley bondit sur ses pieds. Stanton la franchit en tenant d'une main plusieurs feuillets jaunes sur lesquels étaient recopiées des dépêches décodées en provenance du front. Le ministre sentait l'eau de Cologne et le savon, ce qui indiqua à Stanley qu'il avait participé à quelque cérémonie officielle. Stanton se lavait toujours soigneusement et se parfumait après avoir été en contact avec le public.

— Quelles sont les nouvelles ? demanda Lincoln.

La lumière des lampes à gaz reflétée dans les verres des lunettes du ministre en faisait de petits miroirs éblouissants.

— Mauvaises, bougonna-t-il.

— J'ai demandé une information, pas un commentaire, répliqua la voix lasse du président.

Il se redressa sur son coude gauche, sa cravate dénouée pendant au bord du sofa. Stanton souleva le coin des deux premiers feuillets en disant :

— Le jeune Villard avait raison, j'en ai peur. Il y a eu des attaques répétées dans la ville.

— Quel était l'objectif ?

— Marye's Heights. Une position quasi imprenable.

L'air affligé, Lincoln fixa son ministre des yeux.

— Sommes-nous vaincus ?
Stanton ne détourna pas le regard.
— Oui, monsieur le président.
Lentement, comme s'il souffrait de douleurs arthritiques, Lincoln s'assit. Stanton lui remit les feuilles jaunes et poursuivit d'une voix calme :
— Une dépêche qu'on recopie en ce moment indique que le général Burnside avait l'intention d'attaquer à nouveau ce matin, peut-être pour effacer ses revers de la veille. Ses officiers l'en ont dissuadé.
Lincoln feuilleta les copies des dépêches avant de les jeter sur le sofa.
— D'abord j'ai eu un général qui faisait de l'armée du Potomac son garde du corps, maintenant j'en ai un qui célèbre une défaite en en suggérant une autre.
Secouant la tête, il alla à la fenêtre et contempla le brouillard, comme s'il y cherchait la solution du problème.
Stanton se gratta la gorge. Après un silence tendu, Lincoln se retourna, le visage semblable à une étude de la fureur affligée.
— Je suppose que les vapeurs nous apporteront bientôt de nouveaux blessés.
— C'est déjà fait, répondit Stanton. Les premiers blessés en provenance d'Aquia Landing ont débarqué ce soir. Les copies contiennent cette information.
— Je ne les ai pas lues attentivement. Je ne le supporte pas : au lieu de chiffres, je vois des visages. Je présume que les pertes sont lourdes ?
— C'est ce qu'indiquent les premiers rapports.
Plus pâle que jamais, le président se retourna à nouveau pour faire face à la nuit.
— Stanton, je vous l'ai déjà dit. S'il y a un endroit pire que l'enfer, je m'y trouve.
— Nous partageons tous ce sentiment, monsieur le président. Jusqu'au dernier.
Stanley prit soin de garder une expression peinée de circonstance.

Le mardi matin, des cris lointains éveillèrent Virgilia, qui tourna la tête vers la lucarne. Au-dehors, la nuit. Pas encore l'aube.

La vitre était intacte, fait rare au vieil *Union Hotel*. Des hôpitaux modernes, en cours de construction selon le plan Nithtingale, fourniraient mille cinq cents lits et permettraient d'améliorer les soins. Les crédits avaient été affectés un an plus tôt. Mais, en attendant la fin des travaux, il fallait se rabattre sur toutes sortes de bâtiments inappropriés, des édifices publics et des églises aux entrepôts et aux habitations privées — cela d'autant plus qu'en ce mois de décembre sinistre et froid, les erreurs de Burnside avaient déjà fait plus de mille deux cents victimes.

Les cris continuèrent, Virgilia se redressa, tendit la main vers la lampe posée sur le sol. Elle s'était endormie dans sa robe grise et son long tablier blanc. Elle ignorait quand on aurait besoin d'elle car personne n'avait précisé si les blessés destinés à l'hôpital de l'*Union Hotel* arriveraient à Washington par train ou par bateau. Elle savait en revanche comment ils arriveraient à Georgetown.

— Dans ces infernales carrioles à deux roues, marmonna-t-elle en allumant la lampe.

Certains des hommes qu'elle avait soignés depuis son entrée dans le corps d'infirmières de Miss Dix lui avaient confié qu'après avoir été transportés dans ces chariots qui faisaient la honte des services médicaux, ils souhaitaient presque qu'on les eût laissés là où ils étaient tombés. On procédait à des essais sur des ambulances à quatre roues mais il faudrait pour les obtenir de l'argent et du temps.

La lumière vacillante de la lampe éclaira le pauvre mobilier de la chambre, les planches grossières du parquet, le papier se décollant des murs. Tout l'hôtel était dans cet état : en ruine. Mais c'était là qu'on l'avait envoyée — à moins d'un kilomètre de la maison de George et Constance. Elle ignorait si son frère savait qu'elle était infirmière à Washington mais n'avait nullement l'intention de prendre contact avec lui pour l'en informer.

Malgré elle, Virgilia restait reconnaissante à Constance et même à la femme de Billy, qui l'avaient aidé à améliorer son aspect physique et à orienter sa vie. Mais si elle ne devait jamais les revoir, cela ne la chagrinerait aucunement.

Elle redressa le filet enserrant ses cheveux, sortit de sa chambre et descendit l'escalier, la lampe à la main. Elle avait une silhouette bien dessinée, une poitrine rebondie et dégageait une certaine autorité. Déjà on lui avait confié la responsabilité de la salle 1. Virgilia acceptait le salaire habituel de douze dollars par mois que certaines bénévoles refusaient. C'était pour elle une protection contre quelque malheur futur.

L'hôtel s'animait. Des cuisines s'échappaient des odeurs de café et de bouillon. Des infirmiers militaires, des convalescents se levaient de lits de camp pas très propres installés dans les couloirs et les salons du rez-de-chaussée. Le garçon de salle de Virgilia, un jeune artilleur de l'Illinois nommé Bob Pip, bâilla et cligna des yeux en la regardant approcher.

— ' jour ! Miss.

— Debout, Bob, debout. Ils arrivent.

Pour en avoir confirmation, elle s'arrêta devant une fenêtre aux carreaux brisés. Le peu de lumière tombant du ciel gris lui montra une longue file d'instruments de torture à deux roues serpentant dans la rue étroite menant à l'entrée principale. Elle se retourna pour inspecter à nouveau le hall, n'y vit aucun médecin. Ils étaient généralement les derniers à arriver, sans doute pour souligner l'importance de leur rôle, pensait-elle.

Malgré son antipathie pour les docteurs, Virgilia avait conscience que tous ceux qui travaillaient à l'hôpital luttaient pour une cause commune : secourir et soigner des hommes blessés dans des combats livrés à un ennemi haïssable. Ceux dont les plaintes s'élevaient des ambulances s'étaient battus pour Grady, son amant mort, contre l'armée d'aristocrates et de canailles que Virgilia détestait plus que tout au monde, l'esclavage mis à part. C'était la raison pour laquelle elle mettait tant de cœur à remplacer la saleté par la propreté, la douleur par l'apaisement, le désespoir par le réconfort.

Virgilia aimait son travail, elle avait la force nécessaire pour l'accomplir. Nombre d'infirmières bien intentionnées découvraient rapidement qu'elles ne la possédaient pas et retournaient chez elles. Virgilia avait dans sa salle une jeune femme dans ce cas. Arrivée à Washington depuis trois jours seulement, elle était manifestement bouleversée par sa tâche, mais Virgilia avait quand même de la sympathie pour elle.

Elle frappa à la porte d'un salon transformé en dortoir pour les infirmières. Les surveillantes comme elle avaient droit à de petites chambres individuelles — mince privilège.

— Mesdames ? Debout, je vous prie. Ils sont là. Pressez-vous. On a besoin de vous immédiatement.

Virgilia fit demi-tour avec une raideur militaire dont elle était inconsciente et se dirigea vers les portes de sa salle. Sur l'une d'elles, une plaque en cuivre ne tenant plus que par un clou portait l'inscription gravée — et inclinée à quarante-cinq degrés — « Salle de bal ».

Elle comportait quarante lits, un poêle central dans lequel Bob Pip jetait du petit bois tandis qu'un autre soldat allumait les lampes à gaz. Virgilia descendit l'allée en inspectant la salle, remettant une couverture en place quand c'était nécessaire. L'expérience de Miss Dix consistant à employer des femmes dans les hôpitaux avait débouché sur un succès inattendu parce que le plan d'origine — confier la responsabilité des salles aux infirmiers militaires — présentait deux inconvénients : les convalescents transformés en infirmiers se fatiguaient vite ; ils ne prodiguaient pas facilement et naturellement la seule chose qu'un blessé éprouvé par les combats désirait presque autant que la fin de la douleur : de la tendresse. Virgilia passait autant de temps assise au chevet des soldats, leur tenant la main et les écoutant, qu'à changer les pansements et assister les médecins.

Comme elle terminait son inspection, elle fut rejointe par son assistante, femme corpulente et sans grâce d'une trentaine d'années, avec un visage agréable et une épaisse chevelure châtain tressée en nattes et maintenue dans un filet. Elle avait confié à Virgilia qu'elle avait des ambitions d'écrivain et avait déjà publié quelques articles et poèmes avant que la ferveur patriotique ne la pousse à s'engager dans le corps des infirmières.

— Bonjour, Miss Alcott. Venez m'aider à accueillir les blessés.

— Certainement, Miss Hazard.

Avec une autorité manifeste, Virgilia reprit :

— Bob, Lloyd, Casey... Dans le hall, s'il vous plaît.

Elle prit la tête du petit groupe, remarqua l'expression tendue de Louisa Alcott. Bien que le hall ne fût pas encore en vue, on en sentait déjà les odeurs puissantes — des odeurs familières qui avaient soulevé le cœur de Virgilia la première fois qu'elle les avait affrontées.

Elle espérait beaucoup que Miss Alcott tiendrait le coup : quelque chose lui disait que cette femme avait l'étoffe d'une excellente infirmière. Elle venait d'une famille connue puisque Bronson, son père, le transcendantaliste, s'était livré à des expériences sur l'école et la vie en communauté. Mais à l'hôpital, ses origines familiales ne l'aideraient guère. Virgilia entendit son assistante s'exclamer « Oh ! Mon Dieu ! » quand le groupe de la salle 1 pénétra dans le hall.

D'autres groupes arrivaient d'autres salles pour prendre leur contingent de blessés. Ils étaient là, les courageux jeunes gars de Fredericksburg, marchant sans aide ou avec des béquilles, portés dans des civières, parfois si couverts de boue et de pansements ensanglantés qu'on ne voyait plus leur uniforme. Entendant Louisa Alcott hoqueter, Virgilia lui glissa rapidement :

— Portez sur vous un mouchoir imprégné d'ammoniaque ou d'eau de Cologne, comme vous voudrez. Bientôt, vous vous apercevrez que vous n'en aurez plus besoin.

— Vous voulez dire que l'on s'habitue à... ?

Mais Virgilia se dirigeait déjà vers les brancardiers.

— Quarante par là, dit-elle en montrant la direction de sa salle.

La vue des blessés lui fendait le cœur. Jeune soldat à la main droite amputée, homme plus âgé, blessé au pied, s'escrimant avec sa béquille et regardant fixement avec des yeux écarquillés ; caporal s'agitant sur une civière, des larmes coulant dans sa barbe crottée et répétant « Maman, maman ». Virgilia lui prit la main, marcha à ses côtés. L'homme se calma, l'expression d'angoisse disparut de son visage.

Le savon et le désinfectant qu'on avait répandus partout la veille se révélèrent impuissants face aux miasmes de saleté, de pus, d'excréments et de vomi qui envahirent bientôt la salle de bal. Comme toujours, cette puanteur eut un curieux effet sur Virgilia. Au lieu de l'écœurer, elle accrut son sentiment qu'on avait besoin d'elle, sa conviction que la lutte ne pouvait se terminer que d'une seule façon : en réduisant le Sud en ruine, comme l'avait si bien dit le parlementaire Stevens.

Bob Pip prépara serviettes, éponges et pains de savon. Un Noir apporta une bouilloire de la cuisine et versa de l'eau fumante dans les cuvettes. Les conducteurs des ambulances aidèrent à transporter les blessés dans la salle puis repartirent. Virgilia remarqua une grande brute malpropre qui la lorgnait et lui tourna le dos avec irritation. Les hommes la détaillaient souvent, non pour sa beauté mais pour l'ampleur de ses formes. Cela ne la gênait pas : auparavant, personne ne faisait attention à elle.

— C'est quoi, cette foutue baraque ? beugla une voix tonitruante à l'accent irlandais.

Derrière le poêle, qui chauffait à présent, Virgilia vit un soldat d'une vingtaine d'années, large d'épaules, la tignasse et la barbe rousses, se tortillant sur son lit de camp.

Comme Pip lui répondait qu'il se trouvait à l'hôpital de l'*Union Hotel*, l'homme essaya de se lever. L'infirmier l'en empêcha, le soldat fit une seconde tentative. Commençons par celui-là, décida Virgilia. D'autres blessés observaient la scène, il importait d'établir qui exerçait l'autorité dans la salle.

— Calmez-vous, dit-elle en s'approchant de l'Irlandais. Nous sommes ici pour vous aider.

— Laisse tomber l'aide, femme, et donne-moi quelque chose à manger. J'ai bouffé des clous depuis que Burny m'a envoyé crever sur cette saleté de colline.

L'homme agita son pied gauche, entouré de bandes tachées, avant d'ajouter :

— Tout ce que ça m'a valu, c'est de perdre quelques orteils, ou p't'êt' un peu plus. Bon Dieu, femme, reste pas plantée là. Je veux à manger.

— Vous ne mangerez pas avant d'avoir été lavé. C'est la règle, à l'hôpital.

— Et qui va le faire ? Je voudrais bien le savoir.

Le blessé inspecta la pièce en roulant les yeux pour montrer qu'il ne voyait personne qui en fût capable.

— L'une de mes infirmières, répondit Virgilia. Miss Alcott.

— Une femme, me laver ? Sûrement pas !

Au-dessus de la barbe, les joues de l'Irlandais avaient rougi. Pip posa une cuvette d'eau près du lit puis remit à Louisa deux serviettes, une éponge et du savon noir. Comme le soldat tentait de rouler sur le côté pour échapper aux deux femmes, Virgilia fit un geste en direction de son garçon de salle.

— Bob, aidez-moi.

Elle saisit le blessé par les épaules et, au prix de quelque effort, le maintint immobile.

— Nous ne voulons pas vous infliger des souffrances supplémentaires et nous ne le ferons pas si vous vous montrez coopératif. Nous allons vous déshabiller et vous récurer complètement.

— Partout ?

— Oui, partout.

— Sainte Mère de Dieu !

— Cela suffit. D'autres blessés ont besoin de soins. Nous n'avons pas de temps à perdre avec la fausse pudeur des imbéciles.

En disant ces mots, Virgilia ouvrit le col de l'uniforme d'un coup sec qui fit voler plusieurs boutons. Affaibli, l'Irlandais ne se débattit pas beaucoup et la surveillante montra à son assistante stupéfaite comment se servir d'une éponge. L'homme demeurait figé mais, lorsqu'elle lui souleva le bras pour lui laver l'aisselle, il se tortilla en gloussant.

— Pas de ça, dit Virgilia avec un petit sourire.
— Bon Dieu, qui aurait cru ça ? s'exclama le soldat. Une inconnue qui me cajole comme si elle était ma mère ! C'est pas désagréable après ce que j'ai traversé. Pas désagréable du tout.
— J'apprécie votre changement d'attitude. Miss Alcott, prenez la suite, je m'occupe du suivant.
— Mais Miss Hazard..., commença l'assistante, aussi écarlate que le soldat. Puis-je vous parler ?
— Certainement. Venez par ici.

Virgilia savait ce que Louisa allait dire mais elle fit obligeamment quelques pas et tendit l'oreille pour entendre la question murmurée. Elle répondit avec la même discrétion pour ne pas embarrasser Miss Alcott.

— Bob ou l'un des autres soldats termine le travail. Dans l'armée, on dit : « Les anciens lavent les bleu-bites. »

Trop soulagée pour être choquée, Miss Alcott pressa un poing contre sa poitrine et prit une profonde inspiration.

— Je suis heureuse de l'apprendre. Pour le reste, je crois que je pourrai me débrouiller. Je m'habitue à l'odeur mais je ne pense pas que je serais capable de, de...
— Vous vous en sortirez très bien, assura Virgilia avec une petite tape d'encouragement.

Louisa Alcott s'en sortit effectivement bien. En deux heures, avec l'aide d'une troisième infirmière, elles déshabillèrent et lavèrent tous les occupants de la salle. Puis les plantons apportèrent du café, de la soupe et du bœuf.

Pendant que les soldats mangeaient apparurent les médecins, reconnaissables à la ceinture verte qu'ils portaient sur leur uniforme. Deux d'entre eux, dont un homme âgé que Virgilia n'avait jamais vu, entrèrent dans la salle de bal. L'inconnu se présenta, précisa qu'il s'occuperait de tous les cas ne nécessitant pas de chirurgie. L'autre docteur, que Virgilia connaissait, avait déjà commencé à examiner les malades se trouvant au bout de la salle.

Chez les médecins militaires, il y avait un peu de tout : des hommes dévoués et talentueux, des charlatans sans expérience professionnelle. C'étaient ces derniers qui se comportaient le plus souvent comme s'ils étaient d'éminents praticiens. Brutaux avec les malades, cassants avec leurs subalternes, ils ne perdaient pas une occasion de proclamer qu'ils s'abaissaient en servant dans l'armée. Virgilia ne tolérait leur suffisance que parce qu'ils partageaient un objectif commun : soigner des hommes pour qu'ils réintègrent leur régiment et tuent d'autres Sudistes.

Le médecin qui s'approchait d'elle n'était pas un charlatan mais un docteur de Washington ayant une solide réputation. Erasmus Foyle faisait une tête de moins que Virgilia mais avançait avec le port d'un Brobdingnagien, comme au pays de Gulliver. Chauve comme un œuf à l'exception d'une mince couronne de cheveux noirs et gras, il arborait des moustaches effilées et parfumait son haleine avec des clous de girofle. Dès leur première rencontre, il avait fait comprendre à Virgilia qu'elle l'intéressait pour des raisons extra-professionnelles.

— Bonjour, Miss Hazard, dit-il avec une courbette. Puis-je vous parler en privé ?

Le dernier soldat que Foyle avait examiné, un homme aux cuisses bandées du genou à l'entrejambe, commença à s'agiter en gémissant. Ses plaintes se transformèrent en un cri aigu et Miss Alcott laissa tomber sa cuvette. Prompt à réagir, Pip la rattrapa avant qu'elle ne se brise.

— Donnez de l'opium à cet homme, Bob, ordonna Virgilia.

— Une forte dose, ajouta Foyle avec un hochement de tête vigoureux.

Il glissa son bras sous celui de la surveillante et l'entraîna, sa main pressant le renflement du sein droit. Elle allait le remettre à sa place quand il se passa quelque chose en elle.

Les hommes la regardaient à présent différemment et cela pouvait lui être utile. Rougissante de plaisir, elle laissa la main du docteur là où elle était.

— Par ici, dit-il.

Il la conduisit dans le couloir, hors de vue des blessés, et se tint devant elle, ses petits yeux brillants à hauteur de sa poitrine. Grady aussi avait aimé ses seins.

— Miss Hazard, que pensez-vous de ce pauvre malheureux en train de crier?

— Docteur Foyle, je ne suis pas médecin...

— Je vous en prie, je connais votre expérience, interrompit le docteur, qui dansait quasiment d'un pied sur l'autre. J'ai de l'estime et je dirai même de l'admiration pour vous depuis que le hasard nous a fait nous rencontrer. Veuillez me donner votre avis.

En parlant, le rusé petit homme avait glissé la main sous l'autre bras de la surveillante. « Il veut aussi tâter le gauche », pensa-t-elle, amusée et un peu ahurie par ce pouvoir inattendu.

— Je ne crois pas qu'on pourra sauver sa jambe gauche, répondit-elle.

Elle avait parlé à contrecœur : elle avait vu des hommes se réveiller après avoir subi la scie.

— Amputation, oui — c'est aussi mon avis. Et la jambe droite ?

— Elle n'est pas en si mauvais état mais la différence est minime. Vraiment, docteur, pourquoi ne pas consulter plutôt votre confrère ?

— Bah ! Il ne vaut guère mieux qu'un apothicaire. Mais vous, Miss Hazard, vous saisissez bien les questions médicales. De façon intuitive, peut-être, mais fort juste. Amputation dès que possible, conclut Foyle. Que diriez-vous de discuter d'autres cas ce soir en dînant ensemble ?

Virgilia éprouvait un sentiment de puissance grisant. Foyle n'était pas bel homme mais il était riche, respecté et il la désirait. Un Blanc la désirait.

Elle avait changé, sa vie avait changé. Elle éprouva de la reconnaissance pour le docteur Erasmus Foyle.

Pas au point cependant de lui appartenir.

— J'aimerais beaucoup mais qu'en penserait votre femme ?

— Ma... ? Je ne vous ai jamais dit que...

— Non. C'est une infirmière qui me l'a appris.

— La maladroite. Qui est-ce ?

— En fait, je tiens ce renseignement de plusieurs collègues. De cet hôpital et d'ailleurs. On dit que vous protégez si jalousement la réputation de votre épouse que personne ou presque ne connaît son existence.

Prenant un plaisir malin à le voir rougir, elle souleva le bras, signal péremptoire lui enjoignant de retirer sa main. Le voyant trop abasourdi pour réagir, elle lui saisit le poignet, l'écarta et le lâcha comme s'il était souillé.

— Je suis flattée de vos attentions, docteur Foyle, mais je pense que nous devrions retourner à notre travail.

— Attentions ? quelles attentions ? rétorqua le petit homme. Je voulais simplement vous entretenir en privé sur une question médicale, rien de plus.

Il tira sur le devant de sa veste bleue, ajusta sa ceinture et se dirigea d'un pas vif vers la salle de bal. En d'autres circonstances, Virgilia aurait éclaté de rire.

— Eh bien ! Miss Alcott ? demanda la surveillante lorsque les infirmières épuisées prirent leur premier vrai repas, à huit heures du soir. Que pensez-vous de notre travail ?

Fatiguée, irritable, Louisa Alcott répondit :

— Jusqu'à quel point puis-je être franche ?

— Autant que vous le voudrez. Nous sommes toutes des volontaires — toutes égales.

— Pour commencer, cet endroit est un trou à rats. Les paillasses sont dures comme du plâtre, les draps sales, l'air putride et la nourriture... Vous avez goûté la viande ? C'est sûrement une arme secrète de l'ennemi. Et les mûres en compote avaient tout l'air de cafards bouillis.

Des rires fusèrent parmi les femmes assises des deux côtés de la table à tréteaux. Louisa parut sur le point de pleurer puis se mit à rire elle aussi.

— Nous connaissons tout cela, Miss Alcott, dit Virgilia. La question, c'est de savoir si vous restez.

— Oh! oui, Miss Hazard. Je n'ai pas l'habitude de laver des hommes nus — du moins, je ne l'avais pas jusqu'à aujourd'hui — mais je reste, aucun doute.

Comme pour le prouver, elle mit dans sa bouche un gros morceau de bœuf qu'elle entreprit de mastiquer.

62

CE même mardi, date à laquelle le général Banks devait remplacer le général Butler à La Nouvelle-Orléans, Elkanah Bent fut convoqué devant l'ancien commandant à onze heures. Bent s'attendait à une enquête sur la bagarre chez Mrs. Conti mais n'aurait jamais pensé que le général en personne s'en chargerait.

— Une belle affaire que vous me mettez sur les bras pour mon dernier jour ici, maugréa Butler.

C'était un homme courtaud, rondouillard et chauve, au regard torve. Ses yeux se braquaient toujours dans des directions différentes et, selon une plaisanterie de ses subordonnés, on se faisait sacquer si on regardait le mauvais. Il semblait ce matin-là dans ce genre de dispositions.

— Je suppose qu'il ne vous est pas venu à l'esprit que la tenancière des lieux porterait plainte auprès des autorités civiles et militaires ?

— Mon général, je plaide coupable d'avoir exercé une justice brutale, répondit Bent, d'une voix qu'il voulait ferme. Malgré ses grands airs, cette femme est une prostituée. Ses employées vous ont insulté puis m'ont attaqué, poursuivit-il en montrant les traces d'ongles sur sa joue. Quand d'autres et moi-même avons protesté, elle nous a provoqués par d'autres injures. Je reconnais que les choses ont un peu dégénéré...

— Bel euphémisme, coupa Butler, louchant plus que jamais. Vous avez totalement saccagé la maison. Selon le règlement, je devrais demander au général Banks de réunir une cour martiale.

Bent faillit s'évanouir. Après quelques secondes de silence, Butler reprit :

— Personnellement, je préférerais passer totalement l'éponge... mais je ne peux pas. A cause de vous, et à cause d'elle.

Interloqué, le colonel marmonna :

— Pardon, mon général ?

— C'est pourtant clair, non ? C'est à cause de votre dossier que je ne peux me montrer clément, dit Butler. (Il ouvrit la chemise posée devant lui, en sortit plusieurs feuilles jaunies.) C'est un ramassis de blâmes. Quant à la femme, vous avez raison, c'est une prostituée, et je sais qu'elle m'a insulté plus d'une fois. Mais si je devais pendre tous ceux qui le font, il n'y aurait plus de chanvre dans l'hémisphère nord.

Le front de Bent devint luisant de sueur. Avec un grognement, le général se leva de son fauteuil. Les mains derrière le dos, la panse en avant, il décrivit de petits cercles, comme un pigeon.

— Malheureusement, les accusations de Mrs. Conti ne se limitent pas à l'incitation au vandalisme, continua-t-il. Elle prétend que vous avez volé un tableau de valeur, que vous l'avez frappée quand elle vous a surpris.

— Deux beaux mensonges.

— Vous rejetez ces accusations ?

— Sur mon honneur. Sur mon serment sacré d'officier de l'armée des Etats-Unis.

Butler lissa sa moustache du dos de la main, se mordit la lèvre.

— Elle a laissé entendre qu'elle retirerait sa plainte si elle récupérait son bien.

Quelque chose prévint Bent que c'était le moment critique, qu'il devait attaquer.

— Mon général, si je puis me permettre, pourquoi

passer quelque compromis que ce soit avec une femme d'aussi mauvaise réputation ?

— C'est que justement sa réputation n'est pas aussi mauvaise qu'on pourrait le croire. Elle appartient à une très ancienne famille de la ville, qui a donné son nom à une rue du vieux quartier... Certains des clients de Mrs. Conti sont aussi ses amis et occupent des fonctions importantes dans la municipalité. Je n'aime pas ces hommes mais je suis contraint de faire appel à eux pour diriger cette ville. Il faut donc que je leur jette un os, vous comprenez ?

« Nous y voilà, pensa Bent, furieux. Un compromis avec des traîtres. » Butler se laissa retomber dans son fauteuil avec des mines de chanteur d'opéra comique. Ridicule, cet homme, mais détenant un pouvoir dangereux.

— Je pourrais vous mettre à la tête d'un régiment noir..., commença le général (Bent faillit une deuxième fois tourner de l'œil) mais Mrs. Conti ignore sans doute que je ne parviens pas à trouver d'officiers blancs pour cette affectation. Elle ne comprendrait pas la subtilité du châtiment. A mon regret, je dois opter pour une punition plus manifeste.

Butler tira de dessous le dossier de Bent une feuille qu'il tourna pour que le colonel pût la lire.

— A dater de ce jour, vous êtes dégradé. Cela empêchera cette garce de brailler jusqu'à mon départ. Un membre de l'état-major du général Banks réglera la question des indemnités financières. Je crains que vous ne passiez le reste de votre carrière à payer cette petite escapade, lieutenant. Vous pouvez disposer.

Lieutenant ? Après seize ans dans l'armée, il se retrouvait au grade qu'il avait en sortant de West Point ? « Bon Dieu ! Non », cria-t-il à sa chambre en désordre. Il tira sa malle d'une alcôve, en souleva le couvercle, y jeta quelques livres, une miniature de Starkwether et, enveloppée dans du papier huilé, dissimulée parmi des sous-vêtements, la toile de Mrs. Conti, soigneusement enroulée. Il empila ensuite dans la malle toutes ses affaires à l'exception d'un costume civil, d'un chapeau à large bord qu'il avait achetés une heure après avoir quitté Butler, et de tous ses uniformes, qu'il laissa en tas sur le sol.

Un rideau de pluie balayait la jetée illuminée par des éclairs. L'orage secouait le sol, faisait trembler la passerelle glissante et estompait les lumières jaunes de la ville.

— Attention à la malle ! cria Bent au vieux Noir tirant le bagage sur les planches mouillées.

Le chapeau ruisselant, Elkanah Bent monta d'un pas chancelant à bord du *Galena*. Ses ambitions brisées par des ennemis jaloux, acharnés contre lui, il avait choisi de déserter plutôt que de servir dans une armée récompensant par une rétrogradation des années de loyauté et de zèle. Il avait peur d'être pris mais était poussé par une haine plus forte que celle qu'il avait éprouvée par le passé.

Une silhouette effrayante entourée d'un halo bleu lui barra le passage en haut de la passerelle. Calme-toi, s'exhorta Bent, sinon on te soupçonnera, tu te feras pincer et pendre.

— Monsieur ?

Le halo bleu disparut avec l'éclair et Bent, soulagé, s'aperçut qu'il avait seulement affaire au commissaire du bateau, tenant une liste de la main dépassant de son ciré.

— Votre nom ?
— Benton. Edward Benton.
— Heureux de vous voir, Mr. Benton. Vous êtes le dernier passager à monter à bord. Cabine 3, sur le pont supérieur.

Bent s'éloigna du bastingage sans pour autant échapper à la pluie, poussée par un vent rugissant.

— Quand partons-nous ? cria-t-il.
— Dans une demi-heure.
— L'orage ne nous retardera pas ?
— Nous lèverons l'ancre pour le golfe à l'heure prévue.
— Parfait. Excellent.

Bent chercha à tâtons la rampe de l'escalier, perdit

l'équilibre et faillit tomber. Il lança à l'orage un chapelet d'obscénités qui firent accourir le commissaire.

— Ça va, Mr. Benton ?
— Très bien, répondit Bent, qui ne tenait pas à attirer l'attention. Très bien.

Il lui fallut s'agripper des deux mains à la barre glissante pour hisser son corps las en haut des marches, vers la sécurité de sa cabine. Que lui restait-il ? Rien que le tableau, sa haine et sa détermination à ne pas laisser ses ennemis l'anéantir.

Non, se dit-il, en peinant sous la pluie, les yeux brillants comme un rocher humide. Oh ! non. Il trouverait le moyen de les anéantir avant.

Encore affaibli par sa maladie, Billy Hazard retourna au fleuve et, sous la protection des mousquets et des canons, participa au démontage du pont qu'il avait construit. Il eut l'impression de commettre une profanation. Il avait beau se dire qu'il ne devait pas faire d'une défaite militaire une affaire personnelle, il n'y parvenait pas.

Les chariots de pontons disparurent dans la nuit de l'hiver. De retour au camp de Falmouth, il confia à son journal ce qu'il n'osait écrire à Brett.

Encore un froid mordant ce soir. Quelqu'un chante Douce maison, *refrain curieux vu l'endroit où nous nous trouvons et notre situation. Rien que cette semaine, nos régiments de soutien ont perdu une vingtaine d'hommes qui ont déserté. C'est la même chose dans toute l'armée. Les gars s'enfuient, découragés. Même Lije ne cite plus que rarement les Ecritures. Il sait que les exhortations et les promesses sonnent faux. Burnside est rappelé, dit-on, et on spécule beaucoup sur l'identité de son remplaçant. Les plus amers ironisent : « Ne vous en faites pas. Il y a des dizaines de généraux aussi stupides qui attendent à Washington. » Et ils débitent une série de cours que ces officiers auraient suivis à West Point : « l'Art de la gaffe », « les Principes de la témérité ». C'est une purge difficile à avaler sans protester. On croirait que nous campons au bout du monde tant nos huttes semblent lointaines et lugubres, alors que Noël approche. Lorsqu'on regarde autour de soi, l'œil tombe sur un paysage uniforme de confusion et de cupidité. Mes hommes n'ont pas été payés depuis six mois. Là-bas, à La Nouvelle-Orléans — s'il faut croire les journaux de Richmond qui nous parviennent parfois quand les sentinelles font du troc (café du Nord contre tabac du Sud) — le général Butler et son frère volent le coton pour leur profit personnel. Grant chasse les juifs de la région qu'il commande sous prétexte qu'ils spéculent et enfreignent la loi. Il paraît qu'une cabale de sénateurs républicains réclame les têtes de Mr. Chase et Mr. Seward. Mais qui se soucie le moins du monde de notre pauvre armée ? Où est l'homme qui consacre toute son énergie à trouver des généraux capables de nous tirer du bourbier dans lequel une série d'erreurs nous a enlisés, apparemment pour l'éternité ?*

Si jamais tu lis ces gribouillis, ma chère femme, tu sauras combien je t'aime, combien j'ai besoin de toi en ce moment. Mais je n'ose te l'écrire de peur de laisser se glisser dans une lettre d'autres choses que je ne tiens pas à te dire. Je ne veux pas te contraindre à porter toi aussi un fardeau qui est le mien — le fardeau d'hommes qui se sentent abandonnés et n'osent pas dire tout haut qu'ils n'ont plus d'espoir.

63

D<small>EUX</small> jours avant Noël, Charles chevauchait en fin de journée vers la ferme Barclay. Un sac en crochet rudimentaire, pendu à sa selle, contenait un jambon de Westphalie provenant d'entrepôts yankees pillés au cours de récents raids nocturnes au nord du fleuve.

Le crépuscule avait quelque chose d'étrange et d'inquiétant. Les branches nues, les buissons, les barrières des prés le long de la route brillaient comme du verre. La veille, il avait plu et la température avait soudain baissé.

La plupart des nuages avaient à présent disparu et le

ciel, à l'ouest, avait une teinte violette, pâle près de la ligne des arbres, plus sombre au-dessus. La lune montrait sa sphère grise, avec un fin croissant lumineux dans le bas. Il y avait encore assez de lumière pour que Charles distingue la maison couverte de givre et les deux chênes roux se dressant comme de curieuses sculptures en cristal.

Joueur allait au pas : le chemin était traître. Les dents de Charles brillaient au milieu de sa barbe. Un sentiment de plaisir anticipé mettait un sourire sur son visage et l'aidait à chasser les souvenirs de Sharpsburg, qui le tourmentaient souvent. Il n'avait pas eu droit à la citation promise pour avoir amené le canon sur le champ de bataille. Soit le major avait oublié le nom de Charles ; soit, plus vraisemblablement, il faisait partie des milliers d'hommes qui n'avaient pas survécu à cette journée, la plus sanglante de la guerre. C'était la première occasion que Charles avait de se rendre à la ferme en plusieurs mois, bien que la cavalerie eût campé quelques semaines dans les parages, à Stevensburg. Hampton et ses éclaireurs, constamment en selle, n'avaient cessé de harceler l'ennemi de l'autre côté du Rappahannock.

Fantômes de la nuit, ils se glissaient derrière les lignes yankees, s'emparaient de chevaux ou faisaient une centaine de prisonniers (comme à Hartwood Church), coupaient les lignes de communication des bleus avec Washington, capturaient des chariots de ravitaillement (comme à Dumfries) et ne faisaient demi-tour que lorsque tout un régiment de cavalerie ennemi surgissait devant eux. Ils ramenèrent de leurs raids vingt chariots chargés de denrées aussi délicates que des huîtres en conserve, du sucre et des citrons, des noix, du brandy et des jambons — dont celui qu'il réquisitionna pour en faire cadeau à Gus. Au camp, on fêterait Noël dans les règles, quoique brièvement : Hampton avait l'intention de retourner dès le lendemain en territoire ennemi et Charles devait le rejoindre le soir du réveillon.

Au cours de plusieurs semaines de chevauchées et de combats dans la neige, la pression s'était faite plus forte sur la ville de Fredericksburg. Elle avait trouvé son point culminant dans une bataille sauvage et une défaite pour Burnside. Charles n'avait cessé de s'inquiéter pour Gus. Si les carnassiers efflanqués de Hampton effectuaient des raids de l'autre côté du Rappahannock, des détachements de l'Union pouvaient faire de même dans l'autre sens.

Une fumée transparente s'élevait de la cheminée et disparaissait dans le ciel. Des lampes invisibles éclairaient l'arrière de la maison et répandaient leur lumière par la porte à demi ouverte de l'écurie.

Charles se pencha sur l'encolure de son cheval. De la lumière dans l'écurie, à cette heure ?

Deux chevaux étaient attachés à la pompe, où pendait une stalactite étincelante. Charles présumait qu'il y avait une explication banale à la présence des bêtes mais ne pouvait s'empêcher de la trouver inquiétante, si près des positions ennemies. Il descendit de cheval au milieu de la route, conduisit Joueur sur le bas-côté et l'attacha à une barrière. L'animal frappa du sabot, souffla par les naseaux une haleine chaude qui fit un panache dans le froid.

Charles avança à pied vers la maison, distante d'une centaine de mètres. Dans le silence, ses éperons tintaient comme de petites cloches agitées par le vent. Il s'accroupit, les ôta. Tout cela lui paraissait un peu stupide et il se promit de n'en rien dire quand il apprendrait que les bêtes appartenaient à des voisins en visite.

Pourtant... Pourquoi la porte de l'écurie était-elle ouverte ? Pourquoi Washington et Boz étaient-ils invisibles ?

Charles s'arrêta à l'entrée de la cour pour examiner les chevaux. Leurs selles, vieilles et usées, ne lui apprirent rien. Il s'approcha à pas de loup de la ferme, dont les tuiles couvertes de glace reflétèrent un moment le clair de lune. Les chevaux, s'apercevant de sa présence, se mirent à frapper doucement du sabot. Charles s'arrêta près de la maison, tendit l'oreille.

Il entendit à l'intérieur un rire qui n'appartenait pas à Gus puis la voix de la jeune femme.

L'un des animaux remua et poussa un hennissement, le rire s'interrompit. Les bêtes s'écartèrent, révélant complètement l'entrée de l'écurie. Deux paires de jambes attachées aux chevilles apparurent dans le champ de vision de Charles. Boz et Washington...

Charles s'appuya contre le mur, le cœur battant. Gus était dans la maison, en danger. La femme qu'il aimait était en danger. Paralysé par la peur qu'il éprouvait pour elle, il resta un moment immobile, incapable de prendre une décision. Et s'il causait la mort de Gus en intervenant sans réfléchir ?

Une minute s'écoula. « Fais quelque chose, bon sang, se dit-il. Fais quelque chose. »

Secouant enfin sa torpeur, il considéra la porte de derrière. Pas question d'entrer par là, le sol gelé craquerait sous ses pas. Il tourna la tête vers la route, les chênes roux... En y grimpant, il pourrait peut-être s'introduire par une lucarne et surprendre dans la cuisine ou l'une des pièces de derrière les hommes qui avaient ligoté les deux affranchis. Qu'ils fussent yankees, il en avait à présent la certitude. Tout dépendait de l'effet de surprise.

Il gagna à pas feutrés le devant de la maison, s'assit par terre en bas du perron, ôta ses bottes. Puis il monta les marches avec précaution, tourna lentement la poignée de la porte.

Fermée. Bon, il ne s'attendait guère à ce qu'elle soit ouverte.

Comme il posait la chaussette sale de son pied droit sur une marche pour redescendre, il glissa, son corps partit en arrière et retomba sur les arêtes du perron avec un bruit sourd. Etouffant un cri, il roula sur le côté sur le sol gelé, écouta...

Au bout de quelques secondes, il cessa de retenir sa respiration. On ne l'avait pas entendu. Il devait faire plus attention, il y avait de la glace partout.

Parvenu sous l'un des chênes, il tendit les bras en l'air, agrippa la branche la plus basse et s'y glissa. De là, ce fut moins facile. Ses chaussettes et ses gants glissaient sur l'écorce gelée, il manquait de prise.

Avec une lenteur exaspérante, il finit par se jucher sur une grosse branche s'étendant au-dessus du toit.

Saisissant une branche mince située plus haut, il se mit debout, commença à avancer sur l'écorce luisante, glissant son pied droit de quelques centimètres vers la maison, puis le gauche et à nouveau le droit. Engourdi par le froid, il ne sentait presque plus rien en dessous des chevilles.

Hormis les étoiles et le croissant de lune, le ciel était noir d'un horizon à l'autre. Parvenu près d'une des lucarnes, Charles, en équilibre sur sa branche, étudia la situation. Il lui faudrait se pencher, saisir le rebord du toit surmontant la lucarne, s'y accrocher. Pas question d'essayer de se tenir debout ou à genoux sur le toit à cause de sa pente et de ses tuiles gelées.

Il avala sa salive, tendit le bras...

Ses doigts n'effleuraient même pas le rebord.

Il se redressa, se rapprocha de quelques centimètres. La branche sur laquelle il se trouvait ploya, se mit à craquer. Jouant le tout pour le tout, il se jeta en avant, les deux bras tendus. Ses mains se refermèrent sur le rebord de la lucarne, ses genoux heurtèrent les tuiles.

Charles demeura un moment pendu par les deux bras puis libéra sa main droite pour tenter de soulever le châssis.

Il tira. Sans résultat.

Il tira encore. Nouvel échec.

Fermé, bon Dieu. Avec un grognement de rage, il tira une troisième fois en pensant qu'il allait devoir casser la vitre.

Le panneau se souleva d'un centimètre.

Sa main gauche glissa sur le rebord mais il tint bon, pantelant. Il passa son autre main sous le châssis et, lentement, l'ouvrit assez pour pouvoir basculer dans l'obscurité froide et sèche de quelque endroit tendu de toiles d'araignées. Les yeux clos, il s'agenouilla sur le sol, le bras gauche parcouru de tremblements.

Il ouvrit les yeux et distingua au bout d'un moment quelques formes : des malles, un vieux mannequin. Il se trouvait au grenier. Une tache oblongue plus claire indiquait l'endroit où l'escalier conduisait en bas.

Nord et Sud (T. 2). 17.

Charles entendit rire à nouveau puis des paroles confuses prononcées par Gus. Elle semblait furieuse. Une gifle claqua, la jeune femme répliqua encore, avec colère, mais un second claquement la réduisit au silence. Charles eut l'impression de recevoir les coups.

Maîtrisant sa fureur, il se leva précautionneusement pour ne pas faire grincer le plancher ou heurter une poutre de la tête. Il enleva ses gants, souffla sur ses doigts, les fit bouger pour rétablir la circulation du sang. Déboutonnant sa vieille veste de paysan, il en sortit son colt chargé puis il s'avança vers l'escalier et commença à descendre lentement.

Parvenu sur la dernière marche, il mit près d'une demi-minute pour abaisser la poignée, ouvrir la porte — qui, Dieu merci ne grinça pas — et se glisser dans le vestibule.

A droite, la porte de la cuisine, d'où provenaient des voix à présent distinctes.

— Je voulais te demander, Bud, t'as déjà couché avec une femme ?

— Non, sergent, répondit une voix plus claire et sans doute plus jeune que la première.

— Ben, mon gars, on va s'occuper de ça tout de suite.

Le dos au mur, Charles se coula vers la porte.

— T'as déjà vu de plus gros nichons, Bud ?

— Non, sergent.

— Tu veux les reluquer de plus près avant qu'on commence vraiment la fête ?

— Si vous voulez aussi, sergent.

— Tu parles que je veux ! Bougez pas, ma p'tite dame.

— Ne me touchez pas.

Charles se trouvait à un mètre de la porte quand Gus avait parlé.

— Du calme, ma p'tite dame. Je voudrais pas bousculer une jolie petite rebelle comme vous, mais je dois déboutonner votre robe pour jeter un coup d'œil à c'te paire de...

Charles s'approcha du seuil, le doigt sur la détente de son arme, et découvrit les deux Yankees. Ni l'un ni

514

l'autre ne portait d'uniforme : c'étaient des éclaireurs, comme lui.

Ce fut le plus proche, un jeunot aux yeux bleus avec une moustache blonde rabougrie, qui le vit le premier.

— Sergent !

L'autre Yankee cachait Gus, qui devait être assise sur une chaise. Charles s'avança dans la pièce et commit une erreur en s'écartant sur la droite pour voir si la jeune femme était blessée.

— Gus, vous êtes... ?

Il aperçut trop tard le pistolet d'arçon que le jeunot avait glissé sous sa ceinture. L'arme jaillit, énorme, menaçante. Charles tomba à genoux et tira en même temps que le Yankee.

La balle du pistolet passa au-dessus de la tête de Charles ; celle du colt s'enfonça dans la bouche ouverte du jeune homme, ressortit par-derrière en éclaboussant le mur de fragments d'os et de chair. Gus poussa un cri. Le sergent regarda en roulant de gros yeux son camarade projeté en arrière contre la cuisinière puis Charles, un genou à terre, le colt fumant à la main.

Le Yankee tendit maladroitement la main vers son arme mais la peur ralentissait son geste et il comprit qu'il n'aurait jamais le temps de dégainer. Mouillant son pantalon, il s'enfuit en titubant vers la porte de derrière.

Charles s'avança près de la chaise de Gus et visa le dos du fuyard en murmurant :

— Saleté de Yank.

Gus lui tira le bras au moment où il appuyait sur la détente.

La balle pénétra dans la jambe gauche du sergent, qui franchit en gémissant la porte qu'il venait d'ouvrir. Il dévala les marches sur le ventre, roula par terre, laissant sur la glace une traînée sanglante.

— Je vais l'achever, ce...

— Charles !

Pâle, Augusta lui saisit le bras et le regarda. Elle eut peine à supporter la lueur de mort, la froide détermination qu'elle lut dans ses yeux.

— Charles, je n'ai rien. Laissez-le partir.

515

— Mais il pourrait...

Ils entendirent un cheval hennir puis des bruits de sabots. Boz et Washington crièrent de l'écurie. Lentement, Charles lâcha la détente du colt et posa l'arme sur la table. Il tremblait.

Saisissant Gus par les épaules, il se pencha vers elle.

— Je n'ai jamais abattu un homme dans le dos mais cette fois, je l'aurais fait. Vous êtes sûre que vous n'avez rien ?

Augusta acquiesça d'un petit hochement de tête.

— Et vous ?

— Non, répondit Charles.

La lueur folle de son regard s'estompait, les muscles de son visage se détendaient. Il s'agenouilla pour détacher les liens maintenant la jeune femme sur sa chaise.

— Quand vous avez fait irruption dans la pièce, j'ai cru que j'avais perdu l'esprit, dit-elle. (Elle parvint à rire nerveusement, se leva, s'étira.) J'ai cru que j'avais une vision. A ce propos, cela fait longtemps que je ne vous avais vu.

— Je vous ai écrit plusieurs lettres.

— Moi aussi. Une demi-douzaine.

— Vraiment ? fit Charles, ébauchant un sourire.

— Vous ne les avez pas reçues ?

— Non. Mais cela n'a plus d'importance, maintenant. Je ferais mieux d'aller à l'écurie délivrer vos affranchis. Joueur est resté sur la route — mes éperons aussi, et j'ai laissé mes gants au grenier. Je suis venu par le toit et j'ai semé mes affaires un peu partout.

L'humeur basculant vers la joie sans mélange, il sortit de la maison.

Une heure plus tard, en sous-vêtements et emmitouflé dans trois couvertures, il se reposait devant la cheminée. Gus avait nettoyé le mur. Washington et Boz avaient emporté le corps du jeune Yankee après avoir remercié Charles avec effusion de les avoir sauvés, leur maîtresse et eux.

Encore frissonnant, Charles contemplait le feu et repensait avec étonnement à sa conduite. Il avait tué un jouvenceau sans le moindre scrupule quant à l'âge de la victime et avait eu l'intention — l'envie quasi irrépressible — d'abattre un autre homme d'une balle dans le dos, et cela non sur le champ de bataille mais dans une cuisine. Ces changements extrêmes l'alarmaient. Qu'arrivait-il dans cette maudite guerre ? Que lui arrivait-il ?

Le devoir d'un officier consistait à anéantir l'ennemi, pas à y prendre du plaisir. Pas à chasser de soi tout autre sentiment que la rage. Le jeune éclaireur à la moustache rabougrie n'était pas un trait sur un tableau, un chiffre dans un rapport. Il avait eu des parents, un foyer, des ambitions banales, une petite amie, peut-être. Charles n'y avait pas songé avant cet instant. Une heure plus tôt, il n'avait pensé qu'à tirer, avec autant de détachement que sur du gibier à plumes en automne.

Gus revint dans la cuisine, s'approcha de lui.

— Qu'y a-t-il ? demanda-t-elle.

— Rien.

— Vous aviez l'air tourmenté quand je suis entrée.

— J'ai encore un peu froid, c'est tout.

— Vous resterez pour Noël ?

— Si vous le désirez.

— Si je le désire ? Oh ! Charles ! s'écria-t-elle tandis que les flammes se reflétaient sur les murs, révélant une tache qu'elle n'avait pas complètement fait disparaître. J'ai eu tellement peur pour vous pendant qu'on se battait dans la ville. La nuit, j'écoutais les canons en me demandant où vous étiez.

Elle s'agenouilla en face de lui, posa ses avant-bras sur ses genoux, leva vers lui un visage plein de douceur, sans défense.

— Que m'avez-vous fait, Charles Main ? Je vous aime. Mon Dieu, je n'arrive pas à croire à quel point je vous aime.

Elle tendit les bras, l'attira vers elle pour l'embrasser. Il se leva, passa un bras autour d'elle et la mena vers la chambre. Ils tombèrent sur le lit, se cherchant à tâtons.

— Gus, je devrais d'abord me laver...

— Plus tard. Serre-moi, Charles. J'ai besoin d'oublier la mort de ce pauvre garçon.
— C'était un sale gamin.
— Il croyait châtier l'ennemi.
— Aucun manuel ne prescrit le châtiment qu'ils voulaient t'infliger.
— J'ai passé un moment horrible mais c'est fini. Cessons de discuter et aime-moi... Qu'est-ce que c'est que ça ?

Les doigts d'Augusta avaient senti le sac en cuir sous le maillot de corps. Elle insista pour allumer une bougie tandis qu'il déboutonnait le vêtement. Après s'être fait quelque peu prier, il passa le cordelet par-dessus sa tête et lui tendit le sac.

La joie envahit le visage d'Augusta lorsqu'elle l'ouvrit.

— Tu portes ce livre tout le temps sur toi ? Et là ? C'est une balle ?

— Ce qu'il en reste. Mr. Pope m'a sauvé la vie à Sharpsburg.

Elle fondit en larmes, se jeta sur Charles, fit tomber sur lui une pluie de baisers. Ils ôtèrent leurs derniers vêtements en toute hâte et s'unirent presque aussitôt, avec une certaine maladresse due à la pression persistante des événements qui venaient de se dérouler. Moins de cinq minutes plus tard, il roula sur le côté et s'endormit.

Il s'éveilla une heure plus tard quand elle lui secoua l'épaule.

— Il y a de l'eau chaude dans la bassine, annonça-t-elle.

Elle avait passé une robe de chambre et sa chevelure dénouée pendait presque jusqu'à sa taille.

— Je te lave le dos et nous retournons au lit.

Plus détendu cette fois, Charles glissa avec Gus dans une grotte de chaleur. Ses mains caressèrent longuement chaque sein rond puis descendirent. Elle saisit son poignet, le pressa.

Le rythme de leur respiration s'accéléra. Pourtant des mises en garde continuaient à retentir dans la tête de Charles.

— Es-tu sûre que nous devions continuer ? Je suis un soldat, je ne pourrai pas revenir ici avant des mois.

— Je le sais, dit-elle en le caressant doucement dans le noir.

— Je pourrais ne plus jamais revenir.

— Ne dis pas de choses pareilles.

— Il le faut, Gus. Je quitte ce lit immédiatement si tu penses que cela vaut mieux.

— C'est ce que tu veux ?

— Grand Dieu, non.

— Moi non plus, murmura Augusta. (Elle l'embrassa, le toucha, l'amena à une rigidité telle qu'il en avait mal.) Je sais que les temps sont effrayants, dangereux. Nous devons suivre le conseil de Pope...

Sa bouche glissa sur son visage barbu, trouva ses lèvres, s'ouvrit. Leurs langues, humides et tendres, s'entremêlèrent un moment.

— Quel conseil ?

— Tout ce qui est, est bien. Aime-moi, Charles.

Il lui obéit et, vers la fin, elle laissa sa tête pendre en arrière en haletant :

— Je te veux pour toujours. Toujours, toujours.

— Je t'aime, Gus.

— Je t'aime, Charles.

— ... t'aime...

— ... t'aime...

— ... aime...

Le mot se répéta en écho comme une musique tandis que Charles poussait en elle. Augusta se redressa et cria sa joie d'une voix qui secoua la pièce.

Plus tard encore, au cœur de la nuit, elle dormait contre l'épaule de Charles en émettant de temps à autre de petits grognements. Ils avaient fait l'amour une troisième fois puis elle avait fermé les yeux. Lui semblait incapable de s'assoupir ou même de se calmer. Ce qu'il avait fait et appris cette nuit-là lui faisait garder les yeux ouverts et lui faisait battre le cœur beaucoup trop vite pour un homme enveloppé dans la douceur succédant à l'amour.

Il avait peur parce qu'il ne pouvait plus se cacher ses sentiments. Il avait compris qu'il aimait Gus lorsque, près de la maison, la crainte qu'il éprouvait pour elle l'avait un moment paralysé. Il avait eu confirmation de cet amour quand, dans la cuisine, il s'était d'abord soucié de Gus avant de s'assurer que le jeune Yankee n'était pas armé.

Enfin — et c'était le plus grave, peut-être — il avait failli tuer un homme dans le dos, avec une joie impitoyable, dans un endroit normalement à l'abri de la violence et de tous les autres poisons répandus par la guerre.

« Tu ne devrais pas être ici », se reprocha-t-il. Mais comment aurait-il pu être ailleurs ? Il était tombé amoureux de Gus à leur première rencontre. Comment pouvait-il être à la fois aussi heureux et déchiré ? Il aimait Gus. Elle était la passion, la paix, la joie, l'amitié. Il l'admirait, il la désirait.

Mais il y avait Hampton, et les Yankees.

Charles ne pouvait renoncer ni à Gus ni à son devoir. Il était irrémédiablement pris dans deux états antagonistes, l'amour et la guerre. Il n'avait d'autre choix qu'aller de l'avant, là où des forces contraires l'entraîneraient — les entraîneraient, lui et elle.

L'esprit envahi de sombres pressentiments, il passa un bras autour des épaules tièdes d'Augusta et la serra contre lui.

64

C'EST du suicide, répondit-il lorsqu'elle lui soumit l'idée. Même pour une abolitionniste comme toi !

— Tu crois que je m'en soucie ? Je trouve que c'est exactement l'endroit où il faudra être demain soir.

— Je suis de ton avis. Je t'y conduirai.

Ainsi George et sa femme, catholique romaine, se retrouvèrent-ils assis sur l'un des bancs de l'église presbytérienne de la 15ᵉ Rue. On n'y avait allumé qu'un tiers des bougies des lustres car l'heure était à la méditation. Le chœur chantait l'*Hymne de bataille* tandis que le pasteur, tête baissée, agrippait de ses mains noires le marbre de la chaire. Son court message aux fidèles, membres pour la plupart d'une communauté noire prospère (il n'y avait pas dans l'église plus d'une douzaine de Blancs), était tiré de l'Exode : « Et Moïse dit au peuple : " Souvenez-vous de ce jour où vous êtes sortis d'Égypte, de la maison de servitude ". »

Minuit approchait. Bien que peu attiré par la religion, George éprouva une certaine émotion en voyant les visages noirs tournés vers le ciel, beaucoup en larmes, quelques-uns avec une expression proche de l'extase.

Dans tout le Nord, de semblables services religieux célébraient la venue de l'année nouvelle. Le lendemain matin, Lincoln signerait la proclamation. George sentit la tension monter quand la dernière minute de l'année s'écoula. Le chœur puis toute l'église devinrent silencieux. Dans le clocher, le carillon fit entendre sa première note. Le pasteur leva la tête et les bras.

— Seigneur Dieu, l'heure est enfin venue. Tu nous a délivrés.

— Amen ! Loué soit Dieu !

Dans toute l'église, hommes et femmes proclamèrent leur joie et le son de la cloche parut s'enfler. Constance avait les larmes aux yeux. Bientôt, d'autres cloches lointaines firent écho à celle de l'église et les exclamations de bonheur redoublèrent. Soudain, une grêle de pierres s'abattit sur l'édifice ; George entendit des invectives, des injures.

Il se leva, plusieurs autres firent de même. Trois Blancs, dont lui, et une douzaine de Noirs se précipitèrent dans l'allée centrale, mais lorsqu'ils atteignirent le perron, ils ne virent que des ombres prenant la fuite.

George remit son sabre d'apparat dans son fourreau, écouta les cloches carillonner sous la voûte noire de la nuit. Son bref moment d'exaltation était passé ; les pierres l'avaient ramené aux réalités de ce premier jour de 1863.

Dans la calèche qui retournait à Georgetown par les

rues désertes, Constance se pressa contre son mari et lui demanda :

— Es-tu content que nous y soyons allés ?
— Très content.
— Tu avais l'air très grave, vers la fin de la messe.
— Je réfléchissais. Je me demandais si quelqu'un, Lincoln compris, sait exactement ce que cette proclamation signifie pour le pays.
— Moi pas.
— Moi non plus. Mais, dans l'église, j'ai eu le curieux sentiment que le terme de guerre ne convient plus aux événements.
— Si ce n'est pas une guerre, qu'est-ce que c'est ?
— Une révolution.

Constance serra en silence le bras de George tandis qu'ils affrontaient la morsure du froid. Il avait choisi de conduire lui-même plutôt que de demander à l'un des affranchis qu'ils employaient comme domestiques de quitter les enfants. Les cloches continuaient à sonner, annonçant les changements à travers la ville et le pays.

Washington avait connu une transformation radicale au cours des mois que les Hazard y avaient passés. Les affaires avaient rarement été meilleures — mais c'était le cas partout ailleurs dans le Nord. L'usine Hazard tournait à plein rendement et la banque de Lehig Station, ouverte en octobre, connaissait un grand succès.

Des centaines d'immigrants européens, attirés malgré le conflit — ou à cause de lui : la guerre entraînait une vague de prospérité — affluaient dans une capitale déjà surpeuplée. L'esprit martial des premiers jours avait disparu, emporté par les flots de sang versés dans les grandes batailles perdues par l'Union. On ne voyait plus défiler d'élégants uniformes ni de fanfares jouant en public. Dans les librairies et les magasins de nouveautés, les gens achetaient des billets de banque ou des képis confédérés ramassés par les chasseurs de souvenirs après la seconde bataille du Bull Run. Ils payaient avec des billets à ordre du gouvernement, de petites coupures émises par le Trésor (billets au dos vert d'une valeur inférieure à un dollar, appelés par dérision des « emplâtres »), ou des pièces frappées par des firmes privées et faisant leur publicité. Ils acceptaient la présence de serveurs noirs au *Willard* (tous les employés blancs s'étaient engagés) comme ils acceptaient celle, partout dans la ville, d'anciens combattants mutilés.

Au début de la guerre, chacun s'accordait à voir en Washington une ville sudiste. Mais, quelques mois plus tôt, Richard Wallach, frère du propriétaire du *Star*, avait été élu maire. Démocrate, partisan inconditionnel de l'Union, Wallach voulait poursuivre la guerre jusqu'au bout, à la différence des membres de l'aile pacifiste de son parti. A ces démocrates recherchant la paix, on donnait le nom de *copperhead**, un serpent venimeux.

L'émancipation était arrivée dans le district fédéral en avril. Stanley et Isabel avaient fait partie de ses plus ardents défenseurs, bien qu'au cours d'un des rares dîners réunissant les deux couples Hazard pour maintenir une façade d'entente familiale, Isabel eût déclaré que l'émancipation transformerait la ville en « un enfer sur terre pour la race blanche ». Les choses ne s'étaient pas exactement passées selon ses prévisions. Presque chaque jour des soldats blancs agressaient des réfugiés noirs, les battaient ou les mutilaient impunément. Les nègres n'avaient pas le droit d'emprunter les nouveaux tramways reliant le Capitole au Département d'Etat par Pennsylvania Avenue. Isabel déplorait cette étroitesse d'esprit lorsqu'elle cultivait ses amis abolitionnistes à tout crin.

Dans l'armée démoralisée, le changement ne faisait aucun doute. Etabli le long du Rappahannock, Burnside, contre l'avis de tous, continuait à échafauder des plans de campagne d'hiver, pressé qu'il était de racheter ses erreurs de Fredericksburg. Plus d'une fois George avait entendu des officiers supérieurs affirmer que Burnside avait perdu l'esprit.

C'était le nom de Joe Hooker qu'on prononçait le

---

* Littéralement, tête de cuivre (n.d.t.).

plus souvent comme successeur de Burnside. Quel qu'il fût, l'homme qui prendrait la relève devrait s'atteler à la tâche monumentale de réorganiser l'armée, de rétablir la discipline et le moral des troupes. Certains régiments refusaient de passer devant la résidence présidentielle mais faisaient un détour par la Rue H pour aller acclamer McClellan. Il y avait désormais des Noirs dans l'armée. Comme les « marchandises de contrebande », ils étaient souvent battus et recevaient trois dollars de moins par mois que les soldats blancs pour accomplir les mêmes tâches.

Dans le domaine politique aussi, le changement s'annonçait comme une quasi-certitude. Les élections au Congrès avaient été mauvaises pour les Républicains et le président mélancolique exerçait ses fonctions dans un climat de mécontentement croissant. On rendait Lincoln responsable de toutes les défaites militaires, on le traitait de « crétin de la campagne » ou de « négrophile flagorneur ».

Le changement était donc dans l'air. Nécessaire, non désiré, inéluctable.

De retour à la maison, Constance alla voir les enfants endormis puis prépara du chocolat chaud pour George. En attendant que l'eau chauffe, elle relut la lettre de son père reçue la veille.

Arrivé en Californie en automne, Patrick Flynn avait découvert une terre de nonchalance ensoleillée, fort éloignée de la guerre. En 1861, il y avait eu des rumeurs de révolte, de création d'une Confédération du Pacifique, mais on n'en parlait plus maintenant. Flynn écrivait que le cabinet juridique qu'il avait ouvert à Los Angeles ne lui rapportait quasiment pas un sou mais qu'il était heureux. S'il ne donnait pas d'explication sur ses moyens d'existence, il dissipait cependant les craintes de sa fille quant à sa sécurité.

Constance apporta le chocolat à George dans la bibliothèque. En chemise, les manches roulées jusqu'au coude, il avait l'air épuisé. Il avait disposé devant son encrier plusieurs feuilles de papier, certaines déjà griffonnées, d'autres vierges.

— Tu en as pour longtemps ? demanda-t-elle en posant la tasse près de lui.

— Il faut que je termine ce travail. Je dois le montrer demain — ou plutôt aujourd'hui — au sénateur Sherman à la réception du président.

— Sommes-nous obligés d'y assister ? Ces soirées sont insupportables. Il s'y presse tant de monde qu'on peut à peine bouger.

— Je sais, mais Sherman compte sur moi. Il a promis de me présenter au sénateur Wilson, du Massachusetts, président de la commission sur les affaires militaires. Un allié dont nous avons grand besoin.

— Quand attribuera-t-on les crédits ?

— La loi sera soumise à la Chambre dans deux semaines et la vraie bataille va commencer au Sénat. Nous avons peu de temps.

Se penchant au-dessus de son mari, affalé dans son fauteuil, elle lui caressa tendrement les cheveux.

— Tu fais preuve d'un zèle remarquable pour un homme qui n'a jamais aimé le métier de soldat.

— Je ne l'aime toujours pas, mais je suis profondément attaché à West Point, même s'il m'a fallu de longues années pour le découvrir.

— Viens vite te coucher, conclut Constance.

Il acquiesça distraitement et ne la vit pas quitter la pièce. Il trempa sa plume dans l'encre, reprit la rédaction de l'article qu'il avait accepté d'écrire pour le *New York Times*, l'un des plus fermes défenseurs de l'Académie. Il y réfutait l'argument favori du sénateur Wade selon lequel il fallait supprimer West Point parce que, sur huit cent vingt officiers de l'armée régulière, deux cents avaient démissionné pour passer dans le camp confédéré en 1861.

« Si c'était une raison suffisante pour faire disparaître une précieuse institution, écrivit George sous la lampe à gaz, nous devrions appliquer ce principe dans d'autres domaines et, nous rappelant les divers sénateurs et représentants qui ont aussi donné leur démission — notamment Mr. Jefferson Davis, que le sénateur Wade qualifie " d'âme de la rébellion " — dissoudre nos instances législatives nationales car elles aussi ont engendré des traîtres. Cet exemple révèle l'argument du sénateur Wade pour ce qu'il est : un fatras spécieux et démagogique. »

Ces trois derniers mots lui vaudraient des ennemis mais il n'en avait cure. La bataille était engagée et une puissante cabale visait à enterrer définitivement l'Académie dès cette année. Dirigée par Wade, elle comptait des hommes comme Lyman Trumbull, de l'Illinois, et James Lane, du Kansas. Ce dernier était tellement sûr de lui qu'il annonçait dans tout Washington la disparition prochaine de West Point.

George continua à écrire dans la maison qui se refroidissait, bâillant et luttant contre sa fatigue, mitraillant de mots ses adversaires dans une petite guerre dont l'issue lui paraissait presque aussi essentielle pour le pays que celle de la grande. Vers cinq heures, il finit par s'endormir sur sa feuille, une mèche de cheveux tombant sur sa plume abandonnée.

— Oui, je suis heureux de pouvoir dire qu'elle me rejoindra bientôt, déclara Orry Main au président.

Il tenait dans son unique main une tasse de punch mais avait refusé l'assiette qu'on lui avait présentée. Aussi habile fût-il devenu, il ne pouvait toujours pas boire et manger en même temps.

— Il est même possible qu'elle soit déjà en route, ajouta-t-il.

Orry s'inquiétait de l'aspect du chef de l'Etat qui, plus pâle que jamais, avait la posture légèrement voûtée d'un homme qui souffre. Outre ses névralgies, Jefferson Davis avait bien d'autres raisons d'être affligé. L'embargo sur le coton était un échec malgré la pénurie de matière première dans les fabriques anglaises ; la reconnaissance diplomatique de la Confédération par l'Europe n'était même plus un lointain espoir ; on le harcelait de critiques parce qu'il continuait à soutenir Bragg, fort impopulaire, et que l'on manquait de tout. A Richmond, on remplaçait le café par d'infectes décoctions de graines d'okra, de patate douce ou de pastèque, que l'on sucrait au sorgho. Des inscriptions à la peinture commençaient à apparaître sur les murs de la ville pour réclamer : « Halte à la guerre ! Retour dans l'Union ! »

L'après-midi du jour de l'an, de nombreux invités se pressaient à la résidence officielle de Clay Street, dans le quartier huppé de Court End. Davis avait à cœur de s'entretenir, fût-ce brièvement, avec chacune des personnes présentes. Malgré les épreuves, son sourire et ses manières demeuraient chaleureux.

— Excellente nouvelle, colonel. Je crois me rappeler que vous espériez la voir à Richmond bien plus tôt.

— Elle devait me rejoindre au début de l'année dernière mais la plantation a connu une série de malheurs.

Orry mentionna l'attaque de sa mère mais ne parla pas du problème de plus en plus aigu des fuyards. Quand Davis s'enquit de l'état de Clarissa, le planteur répondit qu'elle avait recouvré presque toutes ses facultés physiques.

— Et comment vous entendez-vous avec Mr. Seddon ? demanda le président.

— Très bien. Il a, je crois, une excellente réputation de juriste, ici, à Richmond.

Orry ne voulait pas en dire plus. James Seddon, du comté de Goochland, était devenu ministre de la Guerre en remplacement du général Gustavus Smith, qui avait lui-même exercé ces fonctions quatre jours après la démission de Randolph, en novembre. Orry n'aimait ni l'humeur sombre ni les opinions fortement sécessionnistes de Seddon. Il changea de sujet :

— Permettez-moi de vous poser une question sur un tout autre domaine, monsieur le président. L'ennemi arme des Noirs. Pensez-vous que nous aurions intérêt à faire de même ?

— Vous le croyez ?

— Oui, peut-être.

Davis pinça les lèvres.

— C'est une idée pernicieuse, colonel. Comme l'a fait observer Mr. Cobb, de Géorgie, si les nègres font de bons soldats, toute notre théorie de l'esclavage est erronée. Veuillez m'excuser.

Et le président se dirigea vers un autre invité. Orry

songea avec irritation que l'incapacité de Davis à accepter des vues différentes des siennes était une faiblesse néfaste.

Il but une gorgée de son punch trop sucré et se sentit seul parmi la foule rassemblée dans le salon central de la résidence qu'on appelait la Maison Blanche à cause de la couche de plâtre qui recouvrait les briques à l'extérieur. C'était une magnifique demeure, achetée par la ville et offerte à Mr. et Mrs. Davis.

Derrière Orry, quelques invités discutaient d'une rumeur selon laquelle on projetait de créer sur le continent un troisième pays, constitué celui-là d'Etats du nord-ouest de la partie supérieure du Sud. Ils en parlaient d'un ton agité, voire légèrement hystérique. La réception commençait à déprimer le planteur, qui se faufila vers la porte. Soudain il entendit une voix qu'il reconnut pour celle de Varina Davis.

— ... désormais, mon cher, je me réserve le droit de ne pas rendre les invitations. C'est mon Fort Sumter — et au diable les objections de Pollard, ce petit journaliste de rien du tout.

Orry ne se retourna pas pour voir la présidente mais sentit la tension de la voix sous le sarcasme. Une tension qui infectait le salon et la ville comme une pestilence.

Lui aussi en était victime. Outre la solitude, la séparation d'avec Madeline, il détestait son travail au ministère de la Guerre — la bataille incessante pour empêcher le général Winder d'arrêter arbitrairement quiconque était à ses yeux un ennemi de l'Etat. Présentement, le prévôt s'efforçait de débusquer les membres d'une société pacifiste hautement secrète, l'Ordre des héros d'Amérique.

Un rapport de source sûre avait informé Orry qu'Israel Quincy et deux autres hommes de main de Winder avaient emprisonné et battu trois personnes soupçonnées d'appartenir à cette organisation. La lettre de protestation du colonel Main était restée sans réponse et une visite personnelle aux bureaux de Winder n'avait eu pour résultat qu'une nouvelle algarade avec Quincy. Les suspects avaient été libérés uniquement parce que le général avait conclu, en définitive, qu'ils n'avaient rien à voir avec la société secrète.

Orry songea à Dick Ewell, de la promotion 1840 de West Point, qui avait perdu un bras au combat en août mais commandait toujours sur le champ de bataille. A Fair Oaks, au printemps, Oliver Howard était lui aussi devenu manchot mais le haut commandement de l'Union ne l'avait pas relégué dans un bureau. Peut-être était-il temps de demander une mutation sur le front.

Il se dirigea lentement vers le hall d'entrée, où Judah Benjamin était entouré de trois admiratrices. Le secrétaire d'Etat le salua avec chaleur, comme si le déplaisant incident survenu récemment n'avait jamais eu lieu. Benjamin s'était fait pincer dans une salle de jeu de Main Street où les détectives de Winder avaient opéré une descente. Le coup de filet, dirigé contre les déserteurs, n'avait ramené que quelques civils chagrinés, dont un membre du gouvernement.

— Comment allez-vous, Orry ? demanda Benjamin, la main tendue.

— J'irai mieux quand Madeline sera ici. Elle va enfin me rejoindre.

— Formidable. Nous dînerons ensemble pour fêter son arrivée.

— Avec plaisir, marmonna le colonel en poursuivant son chemin.

Il venait de songer qu'il serait injuste de sa part de demander une mutation juste au moment où Madeline arrivait enfin à Richmond. Elle comprendrait, mais ce serait injuste. Peut-être resterait-il quelques mois de plus dans la capitale.

Au pied du grand escalier, il se raidit en voyant trois personnes faire leur entrée : sa sœur, magnifiquement vêtue, le visage rosi par le froid, Huntoon et un autre homme portant un pantalon ample, une veste de drap fin et un chapeau rond.

— Bonsoir, Ashton... James, dit Orry tandis que l'inconnu se découvrait.

Huntoon grommela en regardant ailleurs ; sa femme assura avec un sourire glacial :

529

— Ravie de te voir, Orry.

Puis elle se précipita vers Benjamin sans prendre la peine de présenter le bel inconnu au regard endormi. Orry n'avait aucune envie de le connaître. A en juger par sa mise, l'homme était un de ces parasites infestant la Confédération : un spéculateur. Ashton et son mari avaient de curieuses relations.

65

LE jour de l'an, tandis que son mari se trouvait à la Maison Blanche de Richmond, Madeline fermait enfin la dernière malle, vérifiait pour la dixième fois ses tickets verts et faisait un ultime tour de la maison. Elle savait que le voyage serait long, salissant, pénible mais s'en moquait. Elle eût fait un détour par le centre de la terre avec Satan comme compagnon de route pour rejoindre Orry.

Son inspection terminée, elle frappa à la chambre de Clarissa, qu'elle trouva assise près de la fenêtre, devant la table à plateau inclinable sur laquelle elle dessinait autrefois de splendides arbres généalogiques de la famille. Le soleil tiède éclairait une feuille de papier où Clarissa avait griffonné au fusain un dessin maladroit qu'on eût dit tracé par un enfant.

— Bonjour.

La vieille femme sourit mais ne parut pas reconnaître sa belle-fille. De petits signes de l'attaque qui l'avait frappée étaient encore visibles : la paupière droite légèrement abaissée, une certaine lenteur d'élocution. A part cela, Clarissa était rétablie mais se servait rarement de sa main droite, qui reposait inerte sur son giron.

— Clarissa, je pars pour Richmond rejoindre votre fils.

— Mon fils. Ah ! oui. Très bien.

Le regard de la vieille femme, baigné de soleil, n'avait aucune expression.

— Les domestiques et Mr. Meek s'occuperont de vous. Je tenais seulement à vous prévenir de mon départ.

— Comme c'est gentil ! Merci de votre visite.

Les larmes aux yeux, voyant dans sa belle-mère l'image de sa propre mortalité, de son vieillissement futur, Madeline prit Clarissa dans ses bras et la serra contre elle. Ce geste impulsif surprit et alarma la mère d'Orry, qui haussa ses sourcils blancs, le gauche un peu plus haut que le droit.

La lumière mélancolique de janvier, la conscience qu'une année de sa vie avec Orry s'était écoulée firent jaillir les larmes de Madeline. « Je me conduis comme une idiote, se dit-elle, je devrais au contraire être au comble du bonheur. » Cachant son visage à la vieille femme calme et souriante, elle sortit de la chambre.

En bas, elle parla brièvement à Jane, chargée depuis l'été dernier de diriger la domesticité de la maison, puis descendit l'allée serpentante menant à la petite bâtisse qui avait successivement abrité Tillet, Orry et elle-même. Elle était maintenant occupée par le régisseur.

Des rayons de soleil perçant le feuillage éclairaient le pied d'un arbre où un esclave, mollement étendu, effritait un morceau d'écorce. Il jeta un regard insolent à Madeline, qui s'arrêta :

— Tu n'as donc rien à faire, Cuffey ?
— Non, m'dame.
— Je vais demander à Andy de remédier à cela.

Elle poursuivit son chemin, vaguement mal à l'aise.

En mai dernier, Hunter, le général responsable des enclaves yankees de la côte, avait ordonné l'émancipation des Noirs de Caroline du Sud. Le temps que Lincoln annule la décision, la nouvelle s'était propagée et une vague de fugitifs déferlait déjà des plantations. Dans ses lettres à Orry, Madeline faisait état des pertes affectant Mont Royal — dont le total s'élevait à dix-neuf.

L'année précédente, juste après la proclamation, Cuffey avait été l'un des premiers à s'enfuir. Philemon Meek s'était lancé à sa recherche et l'avait retrouvé gisant dans les marécages, inconscient, atteint de fièvres. Le régisseur avait ramené le fuyard dans les fers et s'était fâché quand Madeline avait refusé de punir davantage Cuffey. Elle jugeait en effet qu'il avait été suffisamment châtié en tombant malade et en se faisant reprendre.

Elle s'étonnait que le Noir n'eût pas essayé de s'enfuir à nouveau. Restait-il pour Jane — qui manifestement ne pouvait le supporter — ou parce qu'il avait en tête quelque plan tortueux qu'il mettrait à exécution après son départ pour Richmond ?

Madeline frappa à la porte du bureau, entra. Philemon Meek repoussa la bible qu'il était en train de lire, ôta ses lunettes. « Quelle chance de l'avoir trouvé ! » pensa-t-elle. Le régisseur, excédant de loin l'âge limite de la deuxième loi de conscription, adoptée en septembre, n'aurait pas à quitter Mont Royal. A moins, bien sûr, que Jeff Davis en vînt à enrôler les grands-pères...

— Etes-vous prête, Miss Madeline ? Je vais demander à Aristotle de charger les bagages.

— Merci, Philemon. Un dernier mot avant de partir : en cas d'urgence, n'hésitez pas à télégraphier. Je rentrerai aussitôt.

— J'espère que ce ne sera pas nécessaire et que je vous laisserai passer au moins une heure avec votre mari.

— Je l'espère aussi, dit Madeline en riant. Je meurs d'impatience de le revoir.

— Pas étonnant. Vous avez eu une rude année, avec les soins à donner à la pauvre Mrs. Main. Cela devrait aller mieux cette année si les bleus ne se rapprochent pas encore. Hier, j'ai entendu dire qu'un collecteur d'impôts a lu la proclamation de Lincoln près de Beaufort. Une foule de nègres s'était rassemblée autour d'un arbre qu'on appelle déjà le Chêne de l'émancipation.

Lorsque Madeline lui rapporta sa rencontre avec Cuffey, Meek grommela d'un ton irrité :

— Il n'a rien à faire, hein ? Je m'en occupe. Mauvaise graine, ce Cuffey.

— D'après Orry, il n'a pas toujours été comme cela.

Cuffey et le cousin Charles étaient très proches, dans leur enfance.

— Je l'ignorais. Je regrette parfois de l'avoir retrouvé dans les marais. Il faut le tenir à l'œil.

— Je suis sûre que vous saurez le faire. Vous avez accompli un travail remarquable, Philemon, tant vis-à-vis des esclaves qu'en ce qui concerne les récoltes. Prévenez-moi si vous avez besoin de quelque chose.

Le régisseur ouvrit la bouche pour parler, se ravisa puis se jeta à l'eau :

— J'aimerais que vous disiez à Jane qu'elle ne peut plus jouer au professeur. L'instruction, c'est mauvais pour les nègres, surtout en ce moment...

Le vieil homme s'éclaircit la voix avant d'ajouter :

— Je ne suis pas du tout d'accord.

— Je le sais, mais vous connaissez ma position. J'ai fait une promesse à Jane, et je crois qu'elle contribue, par ses leçons, à rendre le climat plus calme à Mont Royal.

— Quand même, apprendre à lire aux nègres... D'abord, c'est interdit.

— Les temps changent, Philemon. Les lois doivent changer aussi. Si nous n'aidons pas nos gens, ils se jetteront droit dans les bras des Yankees. J'accepte la responsabilité des leçons de Jane et de toutes leurs conséquences.

Meek risqua une dernière remarque :

— Si Mr. Orry était au courant...

— Il l'est, répliqua Madeline. Je le lui ai écrit l'année dernière.

Inutile d'en dire plus. De préciser qu'elle pensait que la Confédération perdrait la guerre, que les esclaves de la plantation deviendraient libres dans un monde de Blancs sans la moindre préparation. C'était la raison essentielle pour laquelle elle permettait à Jane d'instruire les Noirs.

Meek renonça.

— Je vous souhaite bon voyage. J'ai entendu dire que les chemins de fer sont en mauvais état.

— Merci de vous inquiéter pour moi.

Surmontant ses hésitations, Madeline s'élança vers le vieillard et le prit dans ses bras.

— Prenez bien soin de vous, lui dit-elle.

Le régisseur toussa, rougit.

— Saluez de ma part le colonel.

Toujours écarlate, il sortit appeler Aristotle afin que celui-ci conduise Madeline à l'arrêt de chemin de fer situé à quelques kilomètres de la plantation. En partant, la femme d'Orry fit signe à la quarantaine d'esclaves rassemblés dans l'allée pour lui dire au revoir.

Se tenant à l'écart, les bras croisés sur la poitrine, Cuffey observait la scène.

Ce soir-là, Jane faisait classe dans l'infirmerie.

Trente-deux Noirs s'entassaient dans la pièce passée au lait de chaux éclairée par de petits morceaux de bougie. Andy était assis au premier rang ; Cuffey, vautré dans un coin, quittait rarement Jane des yeux. Gênée par l'insistance de son regard, elle faisait de son mieux pour l'ignorer.

— Essaie, Ned, demanda-t-elle à un esclave efflanqué.

De son morceau de charbon — sa craie — elle frappa sur le couvercle de caisse qui servait de tableau.

— Trois lettres, insista-t-elle, les montrant l'une après l'autre.

— Je sais pas, répondit Ned en secouant la tête.

Jane frappa le sol de son pied nu.

— Tu savais il y a deux jours.

— J'ai oublié ! Je travaille dur toute la journée, je suis fatigué. Je suis pas assez intelligent pour me rappeler des choses comme ça.

— Si, Ned. Essaie encore.

Jane réprima son impatience. Elle avait l'impression de hisser des rochers sur le flanc d'une colline.

— Trois lettres : N, E, D. C'est ton nom, tu ne t'en souviens pas ?

— Non, bougonna le Noir.

Jane poussa un soupir de lassitude. Le départ de Madeline l'avait affectée plus qu'elle ne l'aurait cru et avait affecté aussi l'équilibre de Mont Royal en supprimant un élément modérateur. Juste mais sévère, Meek était fortement hostile à ces leçons. D'autres les méprisaient — tel Cuffey, qui se tenait silencieux dans son coin. Pourquoi ne restait-il pas dans sa case, comme ceux qui refusaient les cours de la jeune Noire ?

— Arrêtons pour ce soir, annonça-t-elle.

Cicero, le doyen des élèves, fut parmi ceux qui protestèrent le plus. Veuf depuis peu, trop âgé pour travailler aux champs, il aurait soixante-dix ans l'année prochaine mais jurait qu'il saurait lire et écrire avant son anniversaire. Il voulait mourir instruit, à défaut de vivre assez longtemps pour mourir libre.

Cuffey, qui se tenait tous les soirs au même endroit, rompit enfin son silence :

— Vaudrait mieux arrêter pour de bon, m'est avis.

Andy se leva.

— Si tu ne veux pas apprendre, va ailleurs.

Une vieille femme marmonna « Amen » et se cacha derrière Cicero pour échapper au regard furieux de Cuffey.

Jane prenait toujours soin de cacher ses sentiments à l'égard d'Andy, qui était son meilleur élève. Ils se retrouvaient presque chaque soir pour qu'elle lui donne des exercices supplémentaires. La dernière fois que Madeline l'avait envoyé à Charleston, il avait réussi à se procurer un livre pour lui — le manuel de lecture de William McGuffey destiné aux écoles des Blancs.

A son retour, il l'avait fièrement montré à Jane, le sortant de dessous sa chemise comme un trésor bien que ce ne fût qu'un vieux livre dépenaillé. Comment se l'était-il procuré ? Il avait refusé de le lui révéler et s'était contenté de répondre à ses questions en haussant les épaules : « Oh ! ça n'a pas été dur. » Il mentait, Jane le savait. En Caroline du Sud, un Noir qui achetait un livre courait un danger mortel.

Andy faisait de remarquables progrès, et c'était l'une des raisons pour lesquelles les sentiments de Jane à son égard changeaient. Une des raisons mais pas la seule. A deux reprises, il l'avait embrassée timidement. La première fois sur le front, la seconde sur la joue. Ce jeune homme plein de détermination changeait l'existence de Jane sans qu'elle comprît tout à fait pourquoi.

Répondant à Andy, Cuffey lança :

— Je pourrais bien. Personne est obligé de rester ici. Si on descend jusqu'à Beaufort, on sera libres.

La nouvelle de la proclamation de Lincoln s'était répandue dans le district comme un feu invisible. Les Noirs de Mont Royal, qui n'avaient jamais vu de portrait du président de l'Union, prononçaient son nom avec un respect généralement réservé aux divinités.

— Sûr, grogna Cicero, agitant le doigt en direction de Cuffey. Va à Beaufort. Tu crèveras de faim parce que t'es qu'un nègre ignorant qui sait ni lire ni écrire son nom.

— Tiens ta langue, vieil homme. Je crèverais pas de faim à Beaufort. On donne de la terre aux affranchis. Un lopin et une mule.

— Bon, et en vendant ta récolte, tu te feras rouler par les Blancs parce que tu sais pas compter.

Cuffey explosa de rage :

— T'es devenu un esclave bien sage ! T'as rien dans le ventre.

Andy s'avança vers lui mais le vieux Cicero le retint.

— Je déteste être esclave autant que toi, répliqua Andy. J'ai vu vendre ma mère, mes sœurs. Tu crois que j'aime ceux qui ont fait ça ? Non, sûrement pas, mais je pense plus à moi qu'à eux. Je vais être libre, Cuffey, mais je ne pourrai rien faire de ma vie si je reste ignorant comme toi.

Les Noirs silencieux regardèrent tour à tour les deux hommes. Des ombres dansaient sur les murs blanchis à la chaux. Des pieds raclèrent le sol, quelqu'un murmura. Cuffey ferma le poing et le brandit.

— Un de ces jours, je t'arracherai la langue ! cria-t-il.

— Quelle honte ! dit Cicero d'une voix basse mais ferme.

D'autres esclaves lui firent écho. Cuffey tendit le

cou, cracha par terre — un gros crachat blanc résumant l'opinion qu'il avait d'eux.

— Je veux pas de vos livres. Je veux foutre le feu à cette plantation, tuer ceux qui ont tué mes enfants et me tiennent enchaîné.

— Tu es fou, intervint Jane en se rapprochant d'Andy. Miss Madeline est la meilleure maîtresse que tu puisses avoir en ce moment. Elle veut vous aider à vous préparer à être libres. C'est une femme bonne.

— C'est une Blanche, et je la tuerai ! Je brûlerai tout ici avant d'avoir fini.

Cuffey ouvrit la porte d'un coup de pied, sortit de l'infirmerie et disparut dans l'obscurité.

Secouant la tête, les élèves de Jane sortirent eux aussi en marmonnant « Quelle honte ». Jane, debout près d'Andy, qui était resté, rappela l'un d'eux :

— Ned ? Nous pouvons travailler ensemble, rien que toi et moi, si tu veux.

Ned ne parut pas avoir entendu et continua à s'éloigner. Jane se couvrit les yeux de la main un moment puis regarda Andy.

— Il n'y a pas moyen d'aider Cuffey, n'est-ce pas ? Il est devenu mauvais à l'intérieur.

— Je le crois.

— Alors je préfère qu'il s'enfuie à nouveau et que Meek ne le pourchasse pas. Jamais un nègre ne m'a fait aussi peur.

Sans penser à ce qu'elle faisait, elle posa la tête contre la poitrine d'Andy, qui lui passa un bras autour de la taille et lui caressa les cheveux. Un geste naturel, réconfortant.

— Tu n'as pas à avoir peur de Cuffey, dit Andy. Je serai là pour te protéger. Toujours, si tu le veux.

— Quoi ?

— Je dis toujours. Si tu le veux.

Lentement, il baissa la tête et l'embrassa sur la bouche avec douceur. Il se passa en Jane quelque chose qui s'exprima par un petit rire surpris. Elle avait conscience qu'ils venaient d'engager leur avenir par ce simple baiser. Enfin elle s'avoua que depuis des semaines elle était amoureuse...

Des images surgirent dans sa tête, gâchant l'instant. Au lieu du visage d'Andy, Jane vit celui de Cuffey et, dans les ombres se tordant au plafond, Mont Royal en flammes.

— Résolution n° 611, dit le sénateur Sherman en tapotant son bureau avec le document. Comme vous le savez, si elle n'est pas adoptée par les deux chambres, l'Académie n'aura plus de fonds pour fonctionner.

George éternua, s'essuya le nez avec un immense mouchoir. De l'autre côté des fenêtres du bureau du sénateur, la neige tombait en estafilades presque horizontales.

— Quand la loi doit-elle être soumise ?
— Demain.

La pièce sentait le vieux cigare. Une horloge sonna le quart de dix heures. La plupart des habitants de la ville devaient être chez eux, blottis sous leurs couvertures, et George les enviait. Bien qu'il eût gardé son manteau de l'armée doublé d'une cape aux épaules, il ne parvenait pas à se réchauffer.

— Que fera la Chambre ?
— Elle la tripatouillera, répondit le frère cadet du général. Elle rognera sur les dix mille dollars destinés à la réfection des toits ; elle supprimera peut-être le chapitre concernant l'agrandissement de la chapelle. Les membres de la Commission des finances voudront montrer leur autorité mais je doute qu'ils apporteront des changements importants. Les haches feront leur apparition quand la loi sera transmise au Sénat.

— Wade est toujours aussi résolu ?
— Absolument. Il en devient fou. Vous connaissez sa haine du Sud.

— Enfin, John ! West Point n'est pas le Sud.
— Tous les sénateurs ne partagent pas votre opinion, George. Un nombre important d'entre eux suit Ben Wade, quoique certains vacillent. Ce sont ceux avec qui j'ai longuement discuté. Je sais que Thayer, vous-même et d'autres avez aussi déployé de gros efforts. C'est même ce qui vous a rendu malade, je crois bien.

George balaya d'un geste la dernière remarque.
— Quelles chances avons-nous de faire passer la loi ?
— Tout dépend de qui parlera, et de la force persuasive des arguments avancés. Wade prendra la parole longuement pour présenter toutes les raisons imaginables de rejeter la loi. Lane le soutiendra...
— Ce n'est pas une réponse, coupa George. Quelles sont nos chances ?
— Au mieux, cinquante pour cent, dit Sherman en fixant son interlocuteur.
— Nous aurions dû faire plus. Nous...
— Nous avons fait tout ce qui était possible, interrompit le sénateur. A présent, nous ne pouvons qu'attendre.

Il se leva, fit le tour du bureau, posa une main sur l'épaule du visiteur.
— Rentrez chez vous, George. Nous ne tenons pas à ce que nos officiers meurent de la grippe.

Le visage grisâtre, George sortit de la pièce à pas lents.

Dans la tempête de neige, il lui fallut trois quarts d'heure pour trouver un cocher acceptant de le ramener à Georgetown. Claquant des dents, il s'affala sur la banquette du fiacre et martela du poing la portière en disant :
— Nous aurions dû faire plus.
— Qu'est-ce qui se passe, en bas ? demanda le cocher.
— Rien ! cria George.

Il arriva chez lui inondé de sueur et abruti par la fièvre.

66

JUDAH se pencha au-dessus du bastingage et dit :
— Regarde, p'pa. C'est un Yankee ?

Cooper scruta la brume matinale, repéra le croiseur à vapeur que son fils montrait du doigt. Le bâtiment mouillait à l'entrée de la rade, voiles ferlées, et des matelots paressaient sur le pont. De son pavillon, qui pendait mollement, on ne distinguait que des couleurs : du rouge, du blanc et une partie bleu sombre. Doutant qu'il s'agît du drapeau de la Confédération, Cooper répondit :

— Je crois bien.

Une barque amena le pilote à bord; bientôt le bruit des machines s'intensifia et l'*Isle of Guernsey* pénétra lentement dans la rade. Le port, protégé au nord par de petites îles, abritait une multitude de bateaux à voile et à vapeur. Plus loin, Cooper découvrait les maisons pâles des latitudes tropicales, et la tache verte de l'île de New Providence.

Le vapeur transportant les Main avait affronté d'énormes vagues et des vents d'hiver violents pour les amener dans cette chaleur lourde. Pendant le voyage, le subrécargue britannique avait montré à Cooper la cargaison que le navire portait dans ses cales : carabines Enfield, moules à balles, barres de plomb, sacs de cartouches, pièces de serge. Il fallait maintenant la décharger et la monter à bord d'un autre bateau pour la périlleuse dernière étape à travers le blocus.

Judith, pimpante et d'humeur joyeuse sous le chapeau neuf que son mari lui avait offert pour Noël avec un peu d'avance, s'approcha avec sa fille.

— Voici un nouvel argument à l'appui de la démonstration que je voulais faire hier, dit Cooper. Ce bâtiment yankee monte la garde. Je me sentirais beaucoup mieux si tu me laissais chercher une maison à louer à Nassau, où...

— Cooper Main, interrompit Judith. J'ai dit mon dernier mot sur la question.

— Mais...

— La discussion est close. Je ne resterai pas ici avec les enfants tandis que tu vogueras joyeusement vers Richmond.

— Joyeusement ! grommela Cooper. C'est une traversée très dangereuse. Le blocus se resserre de jour en jour. Il est presque impossible de rallier Savannah ou Charleston, et ce n'est guère mieux

pour Wilmington. Je n'aime pas du tout vous faire courir de tels risques.
— J'ai pris ma décision. Si tu cours le risque de forcer le blocus, nous aussi.
— Hourrah ! s'exclama Judah en battant des mains. Je veux retourner au Dixie Land et voir le général Jackson.
— Je ne veux pas monter à bord d'un bateau sur lequel on va tirer, dit Marie-Louise. Je préfère rester ici. Je pourrai acheter un perroquet ?
— Chut, lui ordonna sa mère, avec une tape sur le poignet.
Cooper s'efforçait vainement de convaincre Judith depuis qu'ils s'étaient arrêtés à Madère pour faire du charbon. Autant renoncer. Peut-être ne rencontreraient-ils aucune difficulté, finalement. De nombreux bateaux guidés par de bons capitaines et des pilotes côtiers expérimentés réussissaient à se glisser à travers les mailles du filet sans même se faire repérer.
Il ôta son chapeau haut de forme, se pencha pardessus le bastingage et regarda le port de la ville. Ces îles, d'abord espagnoles puis anglaises depuis les Stuart, avaient toujours été un repaire de pirates. Nassau même, capitale coloniale comptant quelques milliers d'habitants, avait soudain pris de l'importance avec la guerre.
Des mouettes en quête de détritus formèrent un nuage tapageur à la poupe. L'air sentait le sel, des épices curieuses mais agréables. Dans moins d'une heure, l'*Isle of Guernsey* y jetterait l'ancre, un bateau plus petit transporterait les Main et leurs bagages jusqu'au débarcadère de Prince George.
Le quai grouillait de matelots blancs, de dockers noirs à l'oreille ornée d'une boucle en or, de femmes aux robes colorées sans occupation apparente, de marchands ambulants pauvrement vêtus offrant des perles au milieu d'éponges et de bananes. Près de montagnes étincelantes de charbon de Cardiff s'entassaient des balles de coton comprimé.
Cooper n'avait jamais entendu un brouhaha polyglotte comme celui de Bay Street, que remontait la

voiture de louage les conduisant à leur hôtel. Il discerna des accents américains familiers, une élocution saccadée toute britannique et un anglais abâtardi, étrange et musical, parlé principalement par les Noirs. La rue longeant les quais accueillait à grand-peine une circulation intense : si la guerre affamait le Sud, elle apportait manifestement la prospérité à cette île située au large de la Floride.

Après avoir installé la famille dans une suite, Cooper se rendit au bureau du capitaine du port, où il expliqua ce qu'il désirait en termes vagues et prudents. L'officier moustachu trancha brutalement à travers les circonlocutions du visiteur :

— Pas de forceur de blocus au port en ce moment. J'attends le *Phantom* demain mais il ne prendra pas de passagers. Juste la cargaison du *Guernsey*.

— Pourquoi pas de passagers ?

Le capitaine regarda Cooper comme s'il avait affaire à un débile mental.

— Le *Phantom* appartient au service Matériel de votre gouvernement, voyons.

— Ah! oui. Il y a quatre bâtiments de ce genre. Comme je suis du ministère de la Marine, le *Phantom* pourrait faire une exception pour moi.

— Libre à vous d'en parler à son capitaine, mais je dois vous avertir que d'autres diplomates de la Confédération ont tenté sans succès d'obtenir une place à bord d'un forceur de blocus du gouvernement. Quand le *Phantom* lèvera l'ancre, chaque centimètre carré du pont et des cabines sera occupé par des armes et des munitions.

Le lendemain matin, sous un crachin lui rappelant le bas pays, Cooper et son fils traversèrent Rawson Square pour aller regarder le port, ses marchands et prostituées, marins et journalistes, soldats du régiment indigène de l'île. Judith répugnait à exposer son fils au spectacle d'un port de mer mais Cooper avait déjà donné à Judah quelques conférences paternelles à Liverpool en se fondant sur le principe que la connaissance défend mieux que l'ignorance contre la perversité du monde. Marchant à côté de son père et sifflant une chanson de marin, Judah ne tourna même pas la tête quand un matelot perdit au jeu de pile ou face et beugla : « Putain de bordel de merde ! » Cooper sentait parfois son cœur prêt à éclater d'amour et de fierté pour ce fils grand et beau.

Le *Phantom* s'était faufilé dans le port pendant la nuit, en battant pavillon britannique. La veille, Cooper Main avait eu un entretien bref et inutile avec son commandant. Le capitaine du port avait raison : même le bras droit du ministre Mallory ne serait pas accepté comme passager à bord d'un navire du service du Matériel.

— Je suis responsable d'une cargaison précieuse, avait fait valoir le commandant. Je n'y ajouterai pas la responsabilité de vies humaines.

Le crachin s'arrêta, le soleil apparut. Deux journées languides s'écoulèrent. Le *Phantom* repartit — à nouveau la nuit — et le croiseur yankee disparut, sans doute pour le poursuivre. A la fin de la semaine, Cooper en avait plus qu'assez d'attendre et de lire de vieux journaux, même ceux l'informant de la stupéfiante défaite de l'Union à Fredericksburg.

Les enfants furent bientôt las du spectacle du port. La relève de la garde au palais du Gouvernement les amusa une fois mais pas deux ; la nouveauté des flamants cessa après une vingtaine de minutes, et louer un buggy pour un pique-nique à la campagne n'arrangea rien. Judith se résignait à apaiser une fois par heure les disputes éclatant entre sa fille et son fils. Contaminé par les enfants, Cooper était d'humeur irascible et prompt à distribuer les taloches.

Enfin, après presque une semaine passée à Nassau, la rubrique maritime du *Nassau Guardian* du lundi annonça parmi les arrivées de la veille le *Water Witch*, de New Providence, cargaison de coton en provenance de Saint George, Bermudes.

— C'est sûrement un forceur de blocus ! s'exclama Cooper au petit déjeuner. Le coton n'est pas une production importante aux Bermudes et Bulloch m'a appris que les forceurs prétendent naviguer exclusivement entre des îles neutres.

Avec son fils, il reprit donc le chemin du port et fut retardé en chemin par le cortège funèbre d'une des nombreuses victimes de la fièvre jaune. Lorsqu'ils parvinrent devant l'endroit où mouillait le navire, Judah retrouva des accents liverpooliens pour s'écrier :

— Mazette ! Vise ce sacré tas de coton !

— Ne parle pas comme ça, répliqua Cooper, fasciné pourtant lui aussi.

Le *Water Witch* était un vapeur à aubes d'approximativement soixante mètres de long et trois cents tonneaux, avec des mâts courts inclinés vers l'arrière, un gaillard ressemblant à une carapace de tortue, pour pouvoir fendre plus facilement une mer agitée. Chaque centimètre du bateau — coque, aubes, mâts trapus — était peint en gris.

Du moins, tout ce qu'on en pouvait voir car au-dessus du plat-bord s'élevaient des balles de coton brunes et carrées empilées sur le pont. A l'exception de quelques meurtrières permettant de voir, elles dressaient une barricade autour du kiosque de navigation.

Cooper et son fils se faufilèrent à bord en évitant les balles passant d'une paire de mains noires à une autre. Main demanda à voir le capitaine mais ne fut reçu que par le second.

— Le capitaine Ballantyne est à terre. Il est descendu tout de suite. Je suppose qu'il est déjà en train de tripoter les fes... (Découvrant Judah, l'homme s'interrompit.) Vous ne le trouverez pas à bord avant demain matin, quand nous commencerons à charger. Pourquoi vous voulez le voir, d'abord ?

— Je suis Mr. Main, du ministère de la Marine. J'ai besoin de me rendre d'urgence sur le continent avec mon fils, que voici, ma femme et ma fille.

Le second se gratta la barbe.

— On repart pour Wilmington mais le voyage est sacrément dangereux jusqu'à ce qu'on soit sous la protection des canons de Fort Fisher. Je crois pas que le capitaine voudra prendre des civils, surtout des jeunes.

L'homme parlait avec l'accent des fermiers pauvres

de la côte de Géorgie. Etait-il sincère ou commençait-il déjà à marchander ?

— J'ai ordre de me présenter au ministre Mallory dès que possible, déclara Cooper. Voilà une semaine que j'attends un bateau. Je paierai le prix que vous demanderez.

L'officier se gratta l'aisselle.

— La place coûte cher à bord. Nous avons une seule cabine mais on y met généralement des clous, ou des choses de ce genre.

— Des clous ?

— Ouais. Ils se vendaient quatre dollars la caisse juste après le début de la guerre. Maintenant, un des propriétaires du bateau et quelques autres messieurs ont monopolisé le marché, et le prix est monté à dix dollars.

Le marin sourit à Cooper, qui plissa les yeux de dégoût.

— Dites-moi, monsieur...

— Soapes.

— D'où êtes-vous ?

— De Fernandina, un port de Floride.

— Je connais. Sudiste, donc ?

— Oui, m'sieur. Comme vous et le capitaine Ballantyne. Votre nom à vous, c'est Main, hein ? Vous êtes parent avec les Main de Caroline du Sud ?

— Je suis de cette famille. Pourquoi cette question ?

— Oh ! comme ça. J'ai entendu parler d'eux, c'est tout.

Mr. Soapes mentait, Cooper en était sûr mais se demandait pour quelle raison. Nerveux à présent, le second cria en direction d'un docker descendant la passerelle en chancelant, une balle en équilibre sur son dos nu.

— Si tu fous mon coton à l'eau, sale nègre, tu crèveras de faim jusqu'à ce que tu l'aies payé. Soixante cents la livre, prix du marché.

Cooper s'éclaircit la voix.

— Dites-moi, Mr. Soapes, quelle cargaison emporterez-vous pour Wilmington ?

— Oh ! comme d'habitude, vous savez.

— Non, je ne sais pas. Qu'est-ce que c'est, d'habitude ?

Soapes se gratta le ventre, regarda partout sauf en direction de Cooper.

— Du sherry, des cigares de La Havane. Je crois qu'on a des caisses de fromage, ce coup-ci. Et puis du thé, de la viande en conserve et du café...

A mesure qu'il récitait sa liste, le second parlait avec moins d'assurance, et les joues de Cooper s'empourpraient.

— Nous avons aussi du rhum..., des formes à chapeau venant de Londres.

— Alors que la Confédération a désespérément besoin de matériel de guerre ?

— On transporte ce qui rapporte, répliqua le second, dont le courage s'évanouit après cette repartie. De toute façon, c'est pas moi le subrécargue, c'est le capitaine qui s'occupe de la cargaison. C'est à lui qu'il faut vous adresser.

— Je n'y manquerai pas, vous pouvez me croire.

— Il reviendra pas du bordel avant demain matin.

Cooper comprit que le second avait prononcé le mot « bordel » uniquement pour le mettre mal à l'aise à cause de la présence de son fils.

— Mon père m'emmène tout le temps dans ce genre d'endroit, intervint le garçon. Nous l'y rencontrerons peut-être.

Mr. Soapes parut un moment stupéfait puis se rendit compte qu'on se moquait de lui.

Plus tard dans la journée, Cooper se rendit chez J. B. Lafitte, l'agent local de Fraser et Trenholm. Il se présenta, posa des questions sur le capitaine William Ballantyne, de Fernandina, et obtint de nombreuses informations.

Ballantyne, originaire de Floride, passait pour un capitaine compétent mais peu aimé des matelots, à qui il menait la vie dure. Selon Lafitte, Ballantyne avait gagné une petite fortune l'année précédente. En plus de son salaire de capitaine — les cinq mille dollars habituels, qu'il exigeait en argent de l'Union, déposés dans une banque des Bermudes — Ballantyne se livrait à quelque spéculation personnelle à chaque voyage.

Le navire de Ballantyne ne filait au mieux qu'onze nœuds — allure dangereusement lente compte tenu des eaux où il croisait. Il n'avait pas été construit spécialement pour forcer le blocus mais simplement réarmé par Rowdler, Chaffer et Company, un chantier de la Mersey que Cooper connaissait bien. Selon Lafitte, le *Water Witch* était la propriété d'un consortium de Sudistes dont les noms, à sa connaissance, n'avaient jamais été rendus publics.

A son retour, le lendemain matin, Cooper, envoyé sous le pont, fut assailli par une odeur de viande salée. La cabine de Ballantyne empestait le tabac et était pleine de petites caisses portant des inscriptions espagnoles d'où se détachait le mot *Habana*.

— Des cigares, fit Ballantyne, désinvolte, lorsqu'il eut remarqué la curiosité du visiteur. Mon opération personnelle pour ce voyage. Asseyez-vous sur ce tabouret, je finis de m'occuper de notre manifeste, qui indique les Bermudes comme destination. C'est toujours là que nous allons, précisa le capitaine avec un sourire angélique.

C'était un homme au visage de lune, avec plus de poils dans les oreilles que de cheveux sur le crâne. Ventru, portant des lunettes, il avait un accent grasseyant qui rappelait davantage les Appalaches que le Sud profond.

La nécessité de se rendre à Richmond prit le pas sur la répugnance de Cooper — du moins pendant le marchandage sur le prix du voyage. Ballantyne avait un sourire onctueux et des manières flatteuses qui lui déplaisaient beaucoup.

— Voilà qui est réglé, conclut le capitaine à l'issue des tractations. Désolé de vous avoir manqué hier. Mr. Soapes m'a dit que vous avez un peu, euh, tiqué, sur la nature de la cargaison.

— Puisque vous abordez ce sujet, c'est exact.

Ballantyne continuait à sourire mais avec une pointe de hargne.

— J'ai préféré soulever le problème avant que vous le fassiez.

— Tiquer n'est pas le mot qui convient. Parlons plutôt de sérieuses objections morales. Pourquoi ce navire ne transporte-t-il que des marchandises de luxe ?

— Mais, cher monsieur, simplement parce que ses propriétaires en ont décidé ainsi. C'est ce qui ramène la braise.

Le marin frotta son pouce contre le bout de ses doigts, comme pour caresser un métal invisible.

— Vous gagnez de l'argent en transportant de la viande salée ?

— Bien sûr. A l'aller, j'ai déchargé un peu de coton à Saint George et, avec la place libérée, j'ai pris du lard. Je crois qu'il est destiné aux armées de l'Ouest mais je n'en jurerais pas. Tout ce que je sais, c'est que je l'ai vendu hier à un officier d'intendance confédéré... pour trois fois le prix que je l'avais payé aux Bermudes. C'est la meilleure viande qu'on puisse trouver dans tout l'Etat de New York. Les fermiers du coin aiment mieux vendre leur viande à notre camp qu'au leur. Ça rapporte plus.

Le visage livide, Cooper répliqua :

— Vous êtes un fieffé gredin, Ballantyne. Des hommes meurent faute d'armes et de munitions tandis que vous transportez du lard, des cigares et des formes à chapeau.

— Ecoutez, moi, je transporte ce qu'on me dit de transporter. Plus un petit quelque chose pour mes vieux jours. Je ne vois pas pourquoi vous montez sur vos grands chevaux. Tout le monde trafique !

— Non, capitaine. Votre manque de scrupules et de patriotisme n'est pas universel. En aucun cas.

Le sourire de Ballantyne s'évanouit.

— Je ne suis pas obligé de vous prendre à bord, vous savez.

— Je crois que vous auriez tort de refuser. L'attention du gouvernement pourrait être attirée sur la nature des biens que transporte ce navire.

Ballantyne agita les papiers qu'il tenait à la main et

riposta, d'une voix trahissant pour la première fois un manque d'assurance :

— Essayez de me couler et vous coulerez du même coup quelqu'un qui vous est proche.

— Qu'est-ce que cela signifie ?

— Vous êtes de Caroline du Sud, m'a dit Mr. Soapes. C'est aussi le cas d'une des propriétaires de ce bateau, qui portait avant son mariage le même nom que vous. Elle a vingt pour cent des parts du *Water Witch*, et un frère au ministère de la Marine.

L'eau du port clapotait contre la coque. Cooper pouvait à peine avaler sa salive, encore moins parler.

— Que dites-vous ? réussit-il enfin à articuler.

— Allons, cher monsieur, ne faites pas l'innocent. L'un des propriétaires du bateau est une dame nommée Huntoon, Mrs. Ashton Main Huntoon, de Richmond. N'est-ce pas une parente à vous ?

Voyant l'expression atterrée de Cooper, Ballantyne poursuivit :

— C'est bien ce que je pensais. J'ai additionné deux et deux après avoir parlé à Mr. Soapes. Vous allez voyager sur un bateau de la famille, Mr. Main.

67

PENCHÉ par-dessus la balustrade de la galerie, George regardait la salle d'or et de marbre du Sénat. Il avait mal dormi, s'éveillant souvent, partagé entre la crainte et l'espoir.

Wade, maître d'œuvre de l'attaque contre l'école, fut le premier à se lever.

— J'ai si souvent exprimé mon opposition à des lois de cette nature et à l'allocation de crédits à l'institution en question que je ne perdrai pas mon temps à argumenter contre elle.

A la manière de tous les politiciens, il fit aussitôt ce qu'il venait de s'engager à ne pas faire :

— S'il n'y avait pas eu d'Académie militaire de West Point, il n'y aurait pas eu de rébellion. C'est là qu'elle a couvé; c'est de là que sont sortis les principaux traîtres et conspirateurs.

Le débat, ainsi lancé, se durcit au fil des minutes. Le sénateur Wilson, président de la commission des Affaires militaires — que George avait longuement rencontré —, prit la parole pour reconnaître certaines faiblesses de l'Académie mais cita ensuite des faits contredisant Wade : les chiffres mêmes que George avait mentionnés dans sa lettre au *Times*. Wilson ne voyait pas en West Point le « berceau de la trahison » mais lui reprochait son caractère de « club fermé, dont les membres se targuent d'une supériorité sur les autres officiers de l'armée parfois très offensante ».

Le sénateur Nesmith rappela les noms de diplômés de l'école ayant donné leur vie pour l'Union (Mansfield et Reno, notamment, parmi les plus connus) et tenta d'émouvoir ses collègues en récitant un poème patriotique.

Aussitôt, Wade contre-attaqua : l'institution n'avait aucune utilité parce qu'elle formait des ingénieurs, pas les chefs d'une armée combattante. Habilement, il glissait dans sa diatribe une petite phrase qui ne cessait de revenir : Traîtres au pays, traîtres au pays, traîtres au pays.

George commençait à avoir mal à la tête. Wade triturait la réalité de manière révoltante. Lee était ingénieur mais aussi brillant stratège. Pourquoi déformer ainsi la vérité ? Etait-ce la nature de la bête politique ou une particularité de cette guerre, de ce moment, de ce nœud singulier d'intérêts et de passions ? Les hommes comme Wade éprouvaient-ils sincèrement la haine qu'ils exprimaient ? Cette possibilité, qui n'était certes pas nouvelle pour George, avait encore le pouvoir de le terrifier.

Il y avait bien entendu une explication plus cynique. Wade et sa clique vociféraient contre le Sud pour accéder au pouvoir. Et le sénateur, impitoyable, poursuivait :

— Je demande la disparition de cette institution. (Applaudissements çà et là.) Nous ne voulons pas d'intervention du gouvernement dans le domaine de l'éducation, militaire ou autre.

Sentant le courant contraire, John Sherman quitta son banc pour trottiner d'un collègue à l'autre. Foster, du Connecticut, fit observer que Yale et Harvard avaient formé autant de Sudistes que West Point.

— Yale n'est pas financé par le gouvernement des Etats-Unis, rétorqua Wade avec mépris.

On relança le débat sur le point de savoir si l'Académie avait ou non fourni des chefs compétents à l'Union. Cette discussion fut interrompue par le cadavérique sénateur Lane, du Kansas, qui conclut ses brèves remarques — une phrase ou deux — en répétant l'épitaphe de West Point qu'il colportait depuis des jours dans la capitale : « Mort d'esclavagisme ! »

Wade exprima son approbation en tapant des pieds ; Sherman trottina de plus belle.

Le débat se poursuivit. Wade proposa que West Point soit remplacé par un système d'institutions séparées propres à chaque Etat puis on passa au vote sur la loi de crédits.

— Ceux qui sont pour ?

Les oui furent sonores, fervents.

— Les contre ?

Les non furent encore plus bruyants mais — George en eut l'impression — moins nombreux. L'espoir lui jouait-il des tours ?

— Je procède au décompte, dit le vice-président Hamlin. Oui, vingt-neuf ; non, dix.

Des huées s'élevèrent dans la galerie et sur les bancs mais elles furent bientôt couvertes par de chaleureux applaudissements. John Sherman, l'air épuisé, tourna les yeux vers George, sans autre signe de satisfaction qu'une crispation spasmodique des lèvres.

Du Capitole, George prit le tramway pour se rendre au *Willard* et fêter l'événement au bar. Maudissant mentalement le travail sans intérêt qui l'attendait au Winder Building, il offrit tournée sur tournée aux autres officiers présents. Puis, demeuré seul, il s'approcha d'une table, s'assit et se mit à déclamer un slogan publicitaire qui avait retenu son attention dans un journal.

> *Contre le froid, contre la bruine*
> *Un petit verre de Morris's Gin.*

— Je crois que vous devriez rentrer chez vous, major Hazard, lui conseilla le garçon.

> *Si la terre connaît un nouveau déluge,*
> *Espérons qu'il pleuvra du Morris's Gin.*

— Vraiment, vous devriez rentrer, insista le serveur en emportant le verre encore à moitié plein de son client.
George se leva.

Chez lui, il annonça à Constance :
— Nous avons gagné.
— Tu as pourtant l'air sinistre. Et les jambes flageolantes. Assieds-toi donc avant de tomber.
Elle ferma les portes coulissantes du salon pour que les enfants ne puissent voir leur père.
— Aujourd'hui m'est apparu le vrai visage de cette ville, Constance, bredouilla George. (Se tenant la tête à deux mains, il contemplait une table à dessus de marbre, qui venait de se dédoubler.) Ignorance, préjugés, mépris de la vérité — voilà le véritable Washington. Certains des gredins du Sénat débitaient leurs mensonges comme s'ils récitaient les Dix Commandements. Je n'en peux plus. Il faut que je parte, d'une manière ou d'une autre...
Sa tête roula en arrière sur le napperon du fauteuil puis tomba sur son épaule. Constance s'avança derrière lui, tendit la main pour lui caresser le front. George ouvrit la bouche, se mit à ronfler.

Stanley semblait en revanche s'accommoder parfaitement de l'atmosphère byzantine de la ville. Il ne se considérait plus comme un nouveau venu — bien au contraire — et savourait ses responsabilités croissantes de bras droit de Mr. Stanton. De plus, il gagnait pour la première fois de sa vie beaucoup d'argent sans le secours de la famille.

Bien sûr, le vote des crédits pour West Point constituait un revers qui le rendit d'humeur maussade pendant quelques jours. Cette morosité était renforcée par celle du ministre, qui n'avait pas souri depuis que Burnside avait fait mouvement contre Lee, le 20 janvier, pour être stoppé deux jours plus tard par des pluies diluviennes transformant en bourbier les routes de Virginie.

Les apologistes de Burnside imputèrent à la main de Dieu l'échec de ce qu'on appela par dérision « la Marche dans la Boue », mais les hommes exerçant le pouvoir en accusèrent le général et le remplacèrent par Hooker. Joe le Battant annonça son intention de réorganiser l'armée, d'apporter des améliorations dans tous les domaines, de l'hygiène au moral — il commença immédiatement à accorder des permissions — et, surtout, d'anéantir les rebelles au printemps.

L'humeur de Stanley s'assombrit encore quand Isabel découvrit Laban, le pantalon sur les chevilles, forniquant avec une servante qui n'était que trop consentante. Stanley en fut réduit à caresser le postérieur de son fils avec une baguette de bouleau — opération devenant de plus en plus difficile à mesure que les jumeaux grandissaient —, à renvoyer la catin — ce qu'il fit sans mal — et à lui verser cent dollars — ce qui lui coûta beaucoup.

Un jour triste de la fin du mois, Stanton le convoqua. Bien qu'il eût passé la nuit à son bureau (cela lui arrivait fréquemment), le ministre semblait frais et plein d'énergie. Une estafette du ministère remplissant aussi les fonctions de barbier enduisait de mousse la lèvre supérieure de Stanton, qu'il s'apprêtait à raser.

— Regardez ça, dit le ministre en lançant sur le bureau un objet métallique.

C'était un grand penny de cuivre, frappé en 1857, dans lequel on avait découpé grossièrement le profil de Lincoln. L'estafette termina son travail, essuya la lèvre de Stanton. Stanley retourna la pièce, vit qu'on avait soudé au revers une petite épingle de sûreté.

— C'est ce que portent les ennemis du gouvernement ! explosa le ministre après le départ du barbier. Ouvertement !

Stanley, habitué aux accès de colère de son supérieur, déclara calmement :

— Je savais qu'on appelait les Démocrates pacifistes *copperheads* mais j'en ignorais la raison. Puis-je vous demander d'où vient cet insigne ?

— Du colonel Baker. D'après lui, il en existe un grand nombre. Stanley, les deux abominations de cette guerre sont la trahison et la corruption. Si nous ne pouvons pas grand-chose à cette dernière, nous sommes en mesure de lutter contre les traîtres. Je veux que vous rencontriez Baker plus souvent, que vous le pressiez d'intensifier ses activités et que vous les rendiez plus efficaces. C'est un ignare, un homme entêté mais il peut être utile. Je vous charge personnellement de veiller à ce qu'il le soit.

— Bien, monsieur le ministre. Songez-vous à quelqu'un en particulier contre qui vous voulez lancer le colonel ?

— Pas cette fois, mais je prépare des listes — des dossiers, pour les cas les plus graves, dit Stanton en se caressant la barbe. Voyez Baker au plus tôt, autorisez-le à engager des hommes supplémentaires. Nous allons lancer une attaque massive contre ceux qui tentent de renverser le gouvernement — en particulier ceux qui réclament une paix de lâches. Une dernière chose : le président doit tout ignorer de nos efforts. Comme je vous l'ai déjà dit, les services de Baker ne doivent en aucun cas figurer sur notre organigramme. Sa tâche est cependant essentielle et il faut lui fournir tout l'argent dont il a besoin.

Stanton sourit avant d'ajouter :

— En liquide. Sans traces.

— Je comprends. Je verrai le colonel dès cet après-midi.

Stanley s'en alla ravi de cette décision d'intensifier

la répression contre les organisations pacifistes fleurissant dans le Nord-Est et le Nord-Ouest, ainsi que contre ceux qui critiquaient le gouvernement dans leurs articles ou leurs discours. Par contre, il ne se réjouissait guère d'avoir à rencontrer plus souvent Lafayette Baker, personnage grossier, énigmatique et parfois effrayant qui avait réussi à s'insinuer dans les bonnes grâces de Stanton avant l'Antietam. Depuis, le ministre considérait Baker comme le grand prévôt de ses services. Le colonel dirigeait sa propre organisation — que Stanton qualifiait en privé de bureau d'enquête du ministère de la Guerre — depuis un petit bâtiment en brique situé en face du *Willard*.

En caressant la tête de cuivre, Stanley songea que des rapports plus étroits avec Baker pouvaient aussi présenter des avantages. Cela lui permettrait peut-être d'amener le bureau à examiner de près le comportement de son frère George...

En février, George rencontra par hasard un homme méprisant autant que lui les méthodes du gouvernement.

Les forges venaient de fondre des canons Rodman à âme lisse de quinze pouces pour le front du Rappahannock. Christopher Wotherspoon les fit charger à bord d'un train de marchandises qui les transporta à l'arsenal de Washington, pour inspection et approbation. Wotherspoon fut aussi du voyage et, pendant deux longues soirées, il s'entretint avec George d'affaires concernant l'usine. Puis le jeune directeur surveilla le chargement des énormes pièces en forme de bouteille sur des barges qui les transporteraient par le Potomac, jusqu'à Aquia Landing. George, qui put se libérer, descendit le fleuve à bord d'une canonnière et arriva au débarcadère sous une tempête de neige.

Quand la température s'éleva, la pluie remplaça la neige, et George regarda Wotherspoon houspiller les soldats qui, à l'aide de palans et de poulies, hissaient les Rodman de cinq mille livres sur des rampes spécialement construites. Des wagons à plate-forme renforcée transporteraient ensuite les canons jusqu'au front par la ligne Richmond, Fredericksburg et Potomac.

Charger les pièces prit une journée entière. George demeura sous la pluie jusqu'à la fin de l'opération, regardant ses canons avec une fierté non dissimulée. Quand la dernière pièce fut en place, une locomotive Mason flambant neuve s'accrocha aux wagons. On pouvait lire sur le poste de conduite l'inscription « Gal Haupt » et, sur le tender « Chemins de fer militaires des Etats-Unis ».

Un panache de vapeur enveloppa George, qui ne vit pas immédiatement l'homme moustachu d'aspect austère, portant des bottes crottées, qui était venu se poster près de lui. George avait l'impression de le connaître mais ne se rappelait pas qui il était.

L'homme mesurait une tête de plus que lui et, parfois, la seule existence de tels spécimens irritait George. Ce fut pour cette raison qu'il dit avec fierté, sans tourner la tête :

— Mes canons.
— Sur mon train.

Piqué, George se retourna et reconnut cette fois l'homme.

— Sur mes rails.
— Vraiment ? Etes-vous Hazard ?
— En effet.
— Ça, alors ! Je vous imaginais en rond-de-cuir pansu, incapable de mettre les pieds dans un endroit pareil. Vous fabriquez de bons rails, j'en ai posé quelques-uns.

Par-dessus le sifflement de la vapeur, George demanda :

— Etes-vous le général Haupt ?
— Non, monsieur. Je ne suis pas général. Quand j'ai accepté mon poste, en mai dernier, ce fut à la condition de ne pas avoir à porter l'uniforme. En automne, Stanton a essayé de me bombarder général de brigade de volontaires mais je n'ai jamais accepté officiellement. Devenez général, vous passez votre temps à faire des courbettes et à noircir du papier. Je suis Haupt, tout simplement.

L'homme fixa George comme un procureur examinant un témoin.
— Vous aimez boire un coup ? J'ai une bouteille dans le bâtiment, là-bas — la baraque minable qui tient lieu de bureau.
— Oui, j'aime boire un coup.
— Bon, vous voulez un verre de whisky ou pas ?
— Si vous invitez aussi mon directeur...
— Allez le chercher au lieu de parler.
C'est ainsi que naquit sous la pluie l'amitié de George Hazard et de Herman Haupt.

Haupt avait raison : le bureau n'était guère plus qu'une cabane dont le toit en planches laissait passer l'eau. La barbe luisante de gouttes de pluie, le « général » emplit deux gobelets sales. Wotherspoon, qui désirait faire le tour des vastes installations militaires avant son départ, avait décliné l'invitation.
— Je suis ingénieur civil de profession, déclara Haupt modestement. (Il passait pour l'un des meilleurs du pays.) J'ai pour tâche d'entretenir des chemins de fer de l'armée et d'en construire de nouveaux. C'est diablement difficile avec toutes ces paperasses. Et vous, que faites-vous ?
— Je travaille à Washington.
— Je ne le souhaiterais pas à mon pire ennemi. Que faites-vous au juste ?
— Je m'occupe de l'acquisition de pièces d'artillerie pour le service du Matériel. Autrement dit, je passe le plus clair de mon temps avec des imbéciles.
— Des inventeurs ?
— Ce sont les plus inoffensifs, répondit George avant de boire une gorgée. Je pensais surtout aux généraux et aux politiciens.
Haupt partit d'un grand rire puis se pencha en avant :
— Quelle opinion avez-vous de Stanton ?
— Je n'ai pas beaucoup de rapports avec lui. Sur le plan politique, il se montre extrêmement rigide et certaines de ses méthodes sont douteuses, mais je le crois plus capable que la plupart des autres.

— Il a compris plus vite qu'eux la leçon du Bull Run. Quand la guerre a commencé, rares étaient ceux qui avaient saisi la supériorité du rail sur les voies fluviales pour transporter les troupes. La plupart des généraux en sont encore à l'âge de la péniche mais le vieux Stanton a pris conscience de l'importance du rail quand les rebelles ont fait venir des renforts de la vallée par train et ont réuni deux armées pour écraser McDowell. Ils ont fait ça si vite que McDowell en a eu le vertige.
— Célérité, dit George en hochant la tête.
— Pardon ?
— La célérité — une des idées favorites de Dennis Mahan. Il y a plus de dix ans, il affirmait déjà que le chemin de fer et le télégraphe gagneraient la prochaine guerre.
— Si les généraux ne la perdent pas avant. Buvez un autre verre.
— Non, merci. Je dois essayer de trouver mon frère. Il est dans le Génie.
George se leva, Haupt lui tendit la main en disant :
— Ravi de cette conversation. Il n'y a pas beaucoup d'hommes intelligents et directs comme vous dans cette armée.
La remarque amusa George, qui n'avait guère fait qu'écouter.
— Je suis obligé de me rendre à Washington de temps à autre, poursuivit Haupt. La prochaine fois, je viendrai vous voir.
— Je l'espère bien, général.
— Herman, Herman.

Après s'être enquis des coordonnées des sapeurs, George monta en début d'après-midi dans un wagon à charbon d'un train à destination de Falmouth. Le chapeau rabattu sur les yeux, le dos contre le métal froid, il repensa à Haupt. Un an plus tôt environ, après l'adoption d'une loi instituant un réseau ferroviaire militaire, Stanton avait nommé à sa tête Daniel McCallum. Pour quelle raison celui-ci n'avait-il pas donné satisfaction ? George l'ignorait, mais Haupt n'avait pas tardé à le remplacer.

Haupt organisa ses services en deux corps, l'un pour faire fonctionner le réseau, l'autre affecté à la construction, et c'est avec ce dernier que Haupt était devenu célèbre. On le connaissait pour la rapidité avec laquelle il posait les voies, construisait des ponts — et se mettait en colère. Au moins, cet homme réalisait quelque chose, ce que George ne pouvait dire de Ripley. Ou de lui-même.

Il sauta du train à Brooks Station, trouva Billy surveillant la construction d'un rempart destiné à protéger la gare. Ils parlèrent plus d'une heure et George apprit que son frère venait de passer une semaine de permission à Belvedere. A l'aller comme au retour, Billy était passé par Washington au milieu de la nuit, ce qui expliquait pourquoi il n'avait pas fait un détour par Georgetown.

— Je comprends ton impatience de voir ta femme mais pas ta hâte de revenir ici, fit observer George en souriant.

— Je veux en finir avec cette guerre. J'en ai assez d'être séparé de Brett. J'en ai assez de tout cela.

Tel fut le ton de leur entretien : peu d'humour, une morosité envahissante. George ne parvint pas à égayer l'humeur de son frère et éprouva lui-même de la tristesse en regagnant la capitale.

A sa surprise, il ne s'écoula pas une semaine avant que Herman Haupt ne vînt le trouver dans le Winder Building. Les deux hommes se rendirent au *Willard* où ils prirent un plantureux déjeuner arrosé de bière. Haupt était furieux : il sortait d'une réunion au ministère de la Guerre. Lorsque George lui demanda ce qui s'était passé, il répondit :

— Oublions-le. Si j'en parle, je vais prendre un nouveau coup de sang.

— Moi, j'ai eu une nouvelle discussion avec Ripley ce matin et je ne suis pas de meilleure humeur que vous. Je ne cesse de répéter à ma femme que je ne resterai plus longtemps ici.

Haupt mâchonnait un cigare qu'il n'avait pas allumé.

— Si vous décidez de partir, prévenez-moi. Je vous ferai travailler à la construction de voies ferrées.

— Je sais fabriquer des rails, Herman, mais j'ignore tout de la façon de les poser ou de les entretenir.

— Vingt-quatre heures dans l'unité de construction et vous le saurez, je vous le garantis.

Libéré d'un grand poids, George sourit :

— J'apprécie votre offre. Je vous prendrai peut-être au mot plus tôt que vous ne le pensez.

Des vents violents, des températures glaciales et des tempêtes de neige continuaient à tourmenter les armées attendant le printemps. Charles réussit à se rendre trois fois à la ferme Barclay pour y passer la nuit. La première, il apporta deux carabines prises à des Yankees morts et les confia aux deux affranchis — un acte qui lui aurait valu le fouet dans son Etat natal. Mais il avait confiance en eux et il valait mieux qu'ils soient armés si les bleus traversaient le fleuve en force.

Sa seconde visite faillit lui coûter la vie. Revenant d'une mission de deux jours avec Abner derrière les lignes ennemies, il portait encore l'uniforme de l'Union avec lequel il s'était déguisé. Il neigeait lorsqu'il approcha de la ferme et Boz, le prenant pour un ennemi, lui tira dessus et le manqua de peu. Le temps que l'affranchi recharge son arme, Charles et Joueur avaient trouvé refuge derrière l'un des chênes. Cette fois, la balle s'enfonça dans l'arbre. Charles cria pour se faire reconnaître et Boz s'excusa pendant près de dix minutes.

Charles ne se rassasiait pas de la veuve aux yeux bleus. Il ne se lassait pas de lui parler, de dormir avec elle, de la toucher ou simplement de la regarder.

Gus voulait tout savoir de la vie de Charles. En dégustant un savoureux bouillon — dont il pêcha les os dans la marmite pour sucer la moelle — il lui décrivit la monotonie de la vie de camp en hiver. Celui de Jeb Stuart, situé au sud de Fredericksburg, avait été surnommé le Camp sans Camp tellement on s'y ennuyait.

Il brossa ensuite le portrait de cavaliers confédérés

dont le nom devenait légendaire. Turner Ashby avait brillé un an dans le ciel, comme une comète, montrant une témérité suicidaire sur son cheval blanc. D'aucuns disaient qu'il brûlait de venger son frère Richard, qui avait été tué. Ashby lui-même mourut dans la vallée en été. John Mosby avait été éclaireur pour Stuart quand ce dernier avait contourné l'armée de McClellan et commandait à présent des troupes montées irrégulières dans les comtés de Loudoun, Fauquier et Fairfax — région qu'on surnommait déjà la Confédération de Mosby.

— Les Yanks voudraient le pendre comme hors-la-loi, précisa Charles.

Dans le Kentucky, il y avait John Hunt Morgan, surnommé l'Eclair de la Confédération, et on commençait à entendre des histoires fantastiques sur un autre cavalier de l'Ouest, un fermier nommé Bedford Forrest, sachant à peine lire et écrire.

— Il a un surnom, lui aussi ?
— Le Sorcier de la selle.
— On t'a oublié, Charles.
— Oh, non. Ab, moi et tous les autres, on nous appelle les Eclaireurs de fer.
— On dirait un compliment.
— Je le prends comme tel, dit Charles en souriant.
— Les Yankees doivent vous considérer comme des cibles de choix.

Portant un os à sa bouche, il leva les yeux vers Augusta dont ni le ton ni l'expression n'étaient empreints de légèreté.

A la fin de la troisième visite, Augusta l'embrassa longuement sur la bouche avant de murmurer :

— Quand reviendras-tu ?
— Sais pas. Bientôt nous descendrons dans la partie sud de l'Etat chercher des chevaux. Nous en avons perdu beaucoup.
— Dis au général Hampton que je ne veux pas qu'il t'arrive quelque chose...
— Et toi, dis à Boz et à Washington de dormir avec leur carabine — chargée.

De retour au camp, il retrouva Abner, qui le surprit et l'irrita en le taquinant.

— Bon Dieu, Charlie, ça fait une heure que t'es là et t'as fait que parler de cette fille. Avant, tu parlais de Joueur et de la guerre de temps en temps. T'as oublié pourquoi on est ici ?

Charles réfléchit et s'aperçut qu'il n'avait rien à répondre à cette question.

68

Il était toujours pénible à Virgilia de demander au visiteur de partir. Bien qu'il fût étrange, les malades l'aimaient bien et attendaient ses visites du dimanche. Parfois, il ne venait pas parce qu'il n'avait pas réussi à se faire admettre à bord d'un vapeur militaire à destination d'Aquia Landing.

A chacune de ses apparitions, il apportait des bonbons, des crayons bon marché et du papier à lettre, des carottes de tabac, de petits pots de confiture et des billets de cinq ou dix cents qu'il distribuait aux blessés pour qu'ils puissent acheter du lait frais aux marchands qui passaient.

Virgilia soupçonnait le visiteur de se priver pour acheter ce qu'il donnait aux malades. Il ne devait pas gagner grand-chose puisqu'il n'était que gratte-papier dans les services de l'officier trésorier. C'était, avec son nom, tout ce qu'elle savait de lui, hormis qu'il semblait avoir besoin de réconforter les soldats hospitalisés.

C'était le début de l'après-midi, le soleil pâle de février brillait. Aquia Landing, vaste ensemble de docks, d'aiguillages, de baraques en pin et de tentes où vivaient des milliers de soldats, de civils et de réfugiés noirs était relativement calme. Le bâtiment étroit et long de l'hôpital abritait des hommes blessés au cours d'escarmouches ou tombés malades pendant l'infâme Marche dans la boue.

Virgilia sentait le moral des troupes remonter. Au printemps, le général Hooker conduirait ce qui serait peut-être la phase finale de la croisade contre les rebelles. Entendant des voix dans le hall, Virgilia s'approcha du bon Samaritain du dimanche, assis près d'un soldat endormi dont il tenait la main. Agé d'une quarantaine d'années, le visiteur était barbu et bâti en hercule. Il avait cependant des yeux pleins de douceur, un teint clair, des mains délicates.

— Walt, voici la délégation. Il faut partir.

Avec de lents mouvements d'ours, le visiteur se leva du tabouret que sa masse avait complètement caché. Sentant qu'on abandonnait sa main, le soldat ouvrit les yeux.

— Ne partez pas.
— Je reviendrai, promit Walt.

Il se pencha pour embrasser la joue du jeune blessé. Plusieurs infirmières trouvaient ce comportement anormal mais les soldats qui appréhendaient la scie du chirurgien ou souffraient horriblement appréciaient les baisers et les serrements de main de Walt. C'était le seul amour que certains d'entre eux connaîtraient avant de mourir.

— A la semaine prochaine, Miss Hazard, dit le visiteur du dimanche. Si je peux.

Il sortit en traînant les pieds au moment même où les membres de la délégation faisaient leur entrée par l'autre porte. Le groupe se composait de deux femmes et quatre hommes appartenant à la commission sanitaire, ainsi que d'un septième personnage envers qui les autres semblaient montrer beaucoup de déférence. Virgilia se félicita d'avoir passé le sol et les murs au désinfectant la veille ; cela atténuait les odeurs de maladie et d'incontinence.

— ... salle typique, soigneusement tenue par les infirmières bénévoles, comme vous pouvez le constater, monsieur le député.

L'homme qui venait de parler, membre de la commission, fit signe à Virgilia.

— Mademoiselle, pouvez-vous nous accorder quelques instants ?

Touchant ses cheveux, lissant son tablier, elle s'avança d'un pas vif vers les visiteurs. Tous étaient d'âge mûr à l'exception du parlementaire, homme grand et voûté d'allure peu avenante. Pourtant il l'impressionna lorsqu'il ôta son chapeau d'un geste théâtral — révélant des cheveux ondulés pommadés — et examina rapidement son visage et sa silhouette.

L'épouvantail à moustache blanche qui l'avait appelée poursuivit :

— Vous êtes Miss...

— Hazard, Mr. Turner.

— Comme c'est aimable à vous de vous souvenir de moi. Nous avons un invité d'honneur, qui souhaite inspecter certaines de nos installations. Puis-je vous présenter Samuel G. Stout, représentant de l'Indiana ?

— Miss Hazard, dit le parlementaire, stupéfiant Virgilia.

De ce corps de rond-de-cuir sortait la voix la plus profonde qu'elle eût jamais entendue — une voix d'orateur-né, capable de tirer des larmes et d'entraîner des foules. En prononçant les deux mots, il l'avait regardée avec de petits yeux marron rapprochés qui la firent frissonner.

— Nous sommes heureux de vous accueillir, assura-t-elle. De nombreuses personnalités de Washington passent par Aquia Landing mais, jusqu'à présent, aucune n'avait encore honoré notre salle de sa visite.

— Hormis se battre au front, il n'est pas de tâche plus importante que celle de remettre nos soldats en état de combattre, dit Stout. Je ne pense pas, comme Mr. Lincoln, que nous devons montrer de la douceur à l'égard des traîtres. Je suis de l'avis de Mr. Stevens, qui estime qu'il faut les punir sans pitié. Vous contribuez à hâter ce châtiment.

Des murmures d'approbation parcoururent la délégation. Une femme, énorme comme un ballon dirigeable, pressa un gant contre son front et s'exclama :

— Bravo !

Quoique consciente du comportement politicien de Stout, qui transformait une simple conversation en discours électoral, Virgilia était fortement troublée par sa voix et les idées qu'elle exprimait.

— Faites-vous partie du corps de Miss Dix ? demanda-t-il en s'approchant encore.

Elle acquiesça, sentit l'odeur de cannelle de sa chevelure.

— Parlez-nous un peu de votre travail, suggéra Stout en souriant.

Il avait des dents de travers, qui confirmèrent Virgilia dans sa première impression : physiquement, il n'était guère attirant. Pourtant, elle devinait en lui force et détermination.

— Ce jeune garçon, par exemple, continua-t-il.

En le dirigeant vers un des lits, il trouva le moyen de lui prendre le bras, ce qui provoqua en elle une réaction physique si inattendue qu'elle craignit de rougir.

Le soldat alité tourna vers les visiteurs un regard fiévreux.

— Henry montait la garde sur le Rappahannock, dit Virgilia. Des éclaireurs rebelles passèrent à proximité, il y eut un échange de coups de feu.

Le blessé posa sa joue contre l'oreiller, ferma les yeux. Virgilia entraîna les visiteurs à l'écart et murmura :

— On ne pourra sauver sa jambe droite. D'ici deux ou trois jours, les chirurgiens devront l'amputer.

— J'aimerais ravir la vie de dix rebelles pour les punir d'avoir infligé un tel sort à ce garçon. Je les crucifierais si ce châtiment était permis par notre société. Il devrait l'être. Rien n'est trop cruel pour ceux qui nous ont précipités dans l'abîme de cruauté de cette guerre.

Un des membres de la commission fit observer :

— Ne serait-ce pas un peu sévère ?

— Pas du tout. Un parent qui m'était cher, aide de camp du général Rosencrans, s'est fait tuer à Murfreesboro il y a moins de deux mois. On ne put restituer sa dépouille à sa famille tant le corps avait été mutilé. Les parties intimes...

Stout s'interrompit, conscient sans doute qu'il était allé trop loin.

Pas pour Virgilia, en tout cas. Stout l'excitait comme peu d'hommes l'avaient fait depuis qu'elle avait rencontré John Brown, le visionnaire. Elle guida les visiteurs dans la salle en éprouvant une curieuse impression de délire. Son esprit continuait à fonctionner assez bien pour qu'elle pût décrire chaque cas mais une partie d'elle-même demeurait libre pour contempler avec ravissement le parlementaire. Se pouvait-il qu'il la trouvât elle aussi très attirante ?

Sans s'en rendre compte, elle s'attarda exagérément devant chaque lit, ce qui incita Turner à battre du pied. N'obtenant aucun résultat, le membre de la commission se résolut à tirer une grosse montre de son gousset en disant :

— Je crains qu'il ne faille nous presser, Miss Hazard. Nous devons encore visiter les magasins de l'Intendance.

— Certainement, Mr. Turner.

Virgilia se dit que si elle laissait partir Stout sans lui faire comprendre ce qu'il avait éveillé en elle, elle risquait de ne plus le revoir. Après un temps d'hésitation, elle ajouta :

— Pourrais-je m'entretenir un moment en privé avec Mr. Stout ? Notre hôpital manque de certaines choses qu'il pourrait nous aider à obtenir.

Prétexte peu convaincant, elle s'en rendait compte, mais elle n'en avait pas trouvé de meilleur. Soupçonnant quelque chose, Turner et la grosse dame échangèrent un regard : il y avait outrage à la décence. Stout demeurait impassible mais ses yeux souriaient : il avait compris lui aussi.

Virgilia s'éloigna, il la suivit, tandis que le reste de la délégation descendait l'allée dans l'autre sens. Le feu aux joues, l'infirmière s'arrêta entre deux lits dont les occupants dormaient, se tourna vers Stout et murmura :

— J'ai menti tout à l'heure. Nous ne manquons de rien.

Le regard du parlementaire caressa un instant la poitrine de Virgilia, revint au visage.

— Je l'espérais, à dire vrai.

— Je... Je voulais simplement vous faire savoir combien j'admire les propos que vous avez tenus sur l'ennemi. Je partage votre haine du Sud et ne puis envisager une paix modérée comme celle que défend Mr. Lincoln.

Stout pinça les lèvres.

— Il n'y aura pas de paix modérée si les parlementaires de notre opinion l'emportent, déclara-t-il de sa voix profonde comme les registres graves d'un orgue. Si vous avez l'occasion de vous rendre à Washington, nous pourrons en discuter plus à loisir.

— Ce... ce serait avec plaisir. Je comprends les sentiments d'un homme dont l'ennemi a torturé un parent cher.

— Le frère aîné de ma femme.

Virgilia eut l'impression qu'il l'avait giflée. A en juger par la petite moue de sa bouche et l'expression de ses yeux, la révélation n'était pas fortuite.

— Votre... ?

— Femme, répéta-t-il. Depuis que nous sommes arrivés de Muncie, elle s'occupe de sociétés féminines, de comités humanitaires, etc. Je ne l'accompagne en public que lorsque la situation l'exige. Cela pour indiquer que nous avons peu de chose en commun.

— Excepté un certificat de mariage.

— Miss Hazard, je ne suis guère enclin à l'hypocrisie — sauf quand je m'adresse à mes électeurs. Ne soyez pas fâchée. Je vous trouve extrêmement attirante et j'ai simplement voulu être franc.

Virgilia eut soudain mal à la tête. Il lui vint l'idée répugnante qu'il avait déjà tenu ces propos, qu'il débitait avec l'aisance que donne l'habitude.

— Le fait que je sois marié ne devrait pas nous empêcher de nous rencontrer discrètement pour manger en échangeant des idées stimulantes.

Virgilia recula d'un pas.

— Ce n'est pas du tout mon avis.

— Ma chère Miss Hazard, dit Stout en plissant le front, ne laissez pas une sotte pruderie...

— Excusez-moi, monsieur le député, coupa-t-elle avant de s'éloigner d'un pas vif.

Furieuse de s'être laissé emporter par son émotion et d'avoir été ainsi humiliée, Virgilia franchit les portes à battant de la salle en les poussant brutalement.

69

LE bar, plutôt louche, était situé dans un quartier mal famé, dans la rue Q, près de Greenleaf's Point. L'endroit grouillait d'officiers de l'arsenal braillards, de civils en goguette, de malfrats et de prostituées — des Blanches, des Noires et même une Chinoise. Jasper Dills s'y était rendu avec une forte répugnance, uniquement parce que la rencontre ne pouvait avoir lieu dans les quartiers respectables qu'il fréquentait habituellement. Après tout, il répondait à l'appel d'un déserteur de l'armée.

Le cocher de Dills attendait au comptoir, un pistolet caché sous ses vêtements, ce qui rassurait un peu le petit homme de loi. On ne pouvait être trop prudent à Washington. Dills ne se serait jamais risqué dans un tel lieu s'il n'y avait eu l'allocation.

Bent, assis de l'autre côté de la table, entama son plaidoyer :

— Je suis désespéré, Mr. Dills. Je n'ai aucune ressource.

Les ongles manucurés de l'avocat firent tinter son verre d'eau minérale.

— Votre lettre quelque peu incohérente me l'a fait comprendre. Je vous parlerai franchement, et j'espère que vous tiendrez compte de chacune de mes paroles. Si je prends des dispositions — si j'écris la note à laquelle je pense — vous ne devez pas risquer de me compromettre. Vous devrez vous entendre avec l'homme que j'ai l'intention de vous présenter comme si le passé n'existait pas. Vous devez oublier vos difficultés à West Point, vos griefs imaginaires...

— Ils ne sont pas imaginaires, coupa Bent en frappant sur la table.

— Recommencez une seule fois et je m'en vais, murmura Dills.

Le déserteur se couvrit les yeux d'une main tremblante.

— Pardon, Mr. Dills. J'oublierai le passé.

— Vous feriez bien. Du fait de votre conduite à La Nouvelle-Orléans, plus une seule voie légale ne s'ouvre devant vous. Celle que je vous suggère est au mieux marginale.

— Comment... comment savez-vous ce qui s'est passé à La Nouvelle-Orléans ?

— J'ai des informateurs et je continue à m'intéresser à votre carrière. Mais peu importe, venons-en aux faits. Vous me garantissez que, à votre connaissance, vous n'avez jamais rencontré l'homme en question ?

— Oui.

— Mais il connaît probablement votre vrai nom. Pour cette raison — et aussi parce qu'il a accès aux archives militaires — nous vous donnerons une nouvelle identité. Disons un nom de guerre.

La remarque amena un sourire froid sur les lèvres de l'homme de loi.

Un nom de guerre, tout à fait, pensa Bent. Il faisait encore la guerre, cette fois pour assurer sa propre survie.

Une putain à la peau brune caressa l'épaule de Dills, qui lui prit la main et la repoussa. La fille lui jeta un regard mauvais avant de se diriger en jouant des hanches vers un autre client.

— Que diriez-vous d'un nom de l'Ohio ? proposa Bent. Dayton ? Ezra Dayton ?

— Suffisamment passe-partout, approuva l'avocat avec un haussement d'épaules. Vous devrez vous rendre au ministère de la Guerre pour la première rencontre. C'est possible ?

— On ne pourrait pas...? commença Bent. (Le regard dur de Dills le fit s'interrompre.) Oui, c'est possible.

— Bon. Avant de disparaître des effectifs de l'armée, vous vous êtes fait une réputation d'homme particulièrement brutal. Oh ! n'ouvrez pas la bouche en feignant l'innocence. J'ai lu une copie de votre dossier. En l'occurrence, ce penchant déplaisant plaide en votre faveur. Ecrivez l'adresse de votre garni sur ce morceau de papier. Demain, j'y enverrai un messager avec une enveloppe adressée à Ezra Dayton. Vous y trouverez une seconde enveloppe — cachetée, celle-là — que vous ne devrez pas ouvrir. Elle contiendra une lettre de recommandation destinée à l'assistant du ministre en matière de sécurité intérieure, Stanley Hazard.

Deux jours plus tard, à sept heures et demie du matin, Bent brossa le costume acheté à La Nouvelle-Orléans. Il s'était fripé pendant le voyage, mais il n'en avait pas d'autre. L'ancien officier avait l'intention de se rendre à pied au ministère de la Guerre afin d'économiser le prix d'un fiacre. Il ne lui restait que quelques dollars et l'entretien pouvait mal se passer. En ce cas, il serait acculé au vol — ou à pire.

En sortant de son immeuble miteux, il tourna à droite, passa devant un terrain vague où des réfugiés noirs avaient construit des cabanes avec des débris de charpente, sans doute volés. Bent jeta un coup d'œil méprisant aux hommes de couleur accroupis autour d'un feu de bois.

Au froid rigoureux de février avait succédé un temps doux. Sous un soleil éclatant, Bent se rendit d'un pas lent jusqu'au canal, le traversa puis franchit le portique à colonnes du bâtiment du ministère de la Guerre, qui lui parut immense : trois étages, avec des cheminées dépassant des branches dénudées des arbres.

A l'intérieur, un soldat armé lui demanda ce qu'il voulait. D'une main moite de sueur, Bent présenta la lettre cachetée ; le soldat l'envoya au premier. En chemin, Bent s'arrêta pour couler un regard dans une pièce où une sorte de gnome dodu à lunettes métalliques se tenait derrière un pupitre le séparant d'une file de quémandeurs : femmes en larmes, officiers et sous-officiers de l'armée, civils probablement en quête d'un contrat. Bent se rendit compte avec stupeur qu'il s'agissait de Stanton. Recevait-il régulièrement le public ?

Au premier étage, un planton conduisit Bent dans une vaste pièce, où Stanley Hazard trônait derrière un magnifique bureau en noyer. Celui-ci fit attendre le visiteur le temps qu'il ouvre la lettre et en prenne connaissance puis daigna enfin lui faire signe.

— Asseyez-vous. Mon temps est compté, ce matin.

Bent eut toutes les peines du monde à caser son postérieur dans un fauteuil. Le souvenir du passé fit palpiter une veine de son front mais il s'efforça de maîtriser ses idées de violence. Cet homme représentait pour lui le meilleur moyen — le seul, peut-être — d'échapper à la misère et à l'échec total. Bent devait oublier que Stanley Hazard avait un frère.

Cela lui fut plus facile lorsque Stanley eut un sourire d'une onctuosité réconfortante.

— Cette lettre de Mr. Dills vous présente comme Ezra Dayton mais précise qu'il ne s'agit pas de votre vrai nom.

— Quoi ? fit Bent, soudain terrorisé.

— Vous n'en connaissez pas le contenu ?

— Non, non.

Stanley lut à voix haute :

« Dayton est un pseudonyme. On ne peut révéler sa véritable identité à cause de certains rapports avec des personnes haut placées qu'il convient de protéger. Cet anonymat forcé ne diminue en aucune manière sa capacité à vous seconder et n'ôte rien à mes recommandations chaleureuses. »

— C'est... c'est très aimable de votre part, balbutia Bent, soulagé.

Stanley croisa les mains, détailla son visiteur.

— Mr. Dills propose de vous affecter aux services spéciaux d'un bureau de ce ministère qui n'a pas d'existence officielle. Il a pour tâche de purger la société de personnes dont les opinions ou les actes nuisent au gouvernement. Cela peut se faire sur ordre direct du ministre...

Cela, Bent le savait. Stanton détenait un immense pouvoir. Il n'avait qu'à murmurer pour qu'un adversaire du gouvernement disparaisse dans la prison de l'ancien Capitole.

— ... bien que, dernièrement, les ennemis devenant plus nombreux, ce soit le bureau lui-même qui prenne des initiatives. Ce bureau a pour chef le colonel Baker, également responsable de certaines missions confidentielles derrière les lignes ennemies. De temps à autre, je lui envoie un homme prometteur, et c'est manifestement ce à quoi pense Dills.

Stanley en resta là, attendit une réponse. Trempé de sueur, Bent bredouilla :

— Cela semble une tâche éminemment importante, et que j'accomplirai avec enthousiasme. Je soutiens fermement le programme du gouvernement...

— C'est apparemment le cas de tous les quémandeurs d'emploi, dit Stanley avec un sourire affecté qui mit l'ancien officier mal à l'aise.

L'instant d'après, il vint à l'esprit de Bent que le membre du clan Hazard qu'il avait devant lui était peut-être taillé dans la même étoffe que lui et ne méritait pas son hostilité. Stanley Hazard était hautain, ouvertement imbu de son importance — traits de caractère pour lesquels l'ex-colonel avait de l'admiration.

— N'oubliez pas, Dayton, que c'est Baker qui décide ou non d'embaucher quelqu'un. Je puis toutefois ajouter mes recommandations à celles de Dills.

— Je vous en serais...

— Je n'ai pas dit que je le ferai, coupa Stanley. Pourquoi n'êtes-vous pas dans l'armée ?

Bien qu'il se fût préparé à cette question, Bent sentit la panique le gagner.

— J'y étais, Mr. Hazard.

— Evidemment, votre anonymat nous empêche de vérifier ce point. Très habile, apprécia Stanley avec une ébauche de sourire. Vous pouvez au moins dévoiler les circonstances de votre départ.

— J'ai démissionné. J'ai refusé ma mutation à la tête d'une unité de nègres.

— Gardez ce genre d'expression pour vous. Le ministre est un fervent partisan de l'émancipation.

Bent eut à nouveau l'impression de basculer dans l'abîme de l'échec.

— Je suis désolé, Mr. Hazard. Je vous promets...

— Encore un conseil. Le colonel Baker est un

adepte de la tempérance. Si vous avez l'habitude de boire, abstenez-vous-en avant de le rencontrer.

L'espoir de Bent reprit son essor tandis que Stanley ajoutait, sur un ton de confidence :

— Cela mis à part, le colonel n'exige pas la sainteté ni même la pureté idéologique. Il ne demande à ses hommes que deux qualités : loyauté et obéissance aux ordres. N'importe quel ordre. Aussi... (Stanley agita la main) irrégulier puisse-t-il apparaître à certains constitutionnalistes fourvoyés. Me fais-je bien comprendre ?

— Parfaitement. Je possède ces qualités.

— Nous en avons besoin parce que nous sommes pris dans une lutte féroce. Les ennemis du gouvernement sont légion. Mais nul n'est hors de notre portée. Si cela vous dit de nous aider à atteindre notre objectif : écraser la subversion intérieure pendant que nos généraux écrasent son équivalent sur le plan militaire...

— Tout à fait.

— Alors, je vais moi aussi vous recommander. Comme je vous l'ai précisé, c'est Baker qui prendra la décision en dernier ressort, mais je m'y connais en hommes. Vos chances de succès me semblent excellentes.

Stanley prit une plume, griffonna rapidement quelques lignes au bas de la lettre de Dills puis sonna le planton pour se faire apporter une enveloppe, qu'il cacheta après y avoir glissé la feuille.

Le visiteur exultait : il avait complètement abusé Stanley Hazard, qui n'avait pas fait le rapprochement avec Elkanah Bent. Il avait envie de poser des questions sur George, le frère, mais ne voyait pas comment faire sans éveiller de soupçons. L'ancien colonel se força à oublier sa soif de vengeance ; il fallait d'abord se faire accepter par Baker.

Stanley lui tendit l'enveloppe cachetée en disant :

— Vous la remettrez au colonel Baker, 217 Pennsylvania Avenue.

— Merci, monsieur, merci.

Bent s'extirpa de son fauteuil, tendit la main droite

en oubliant qu'elle tenait l'enveloppe et la fit tomber par terre. Stanley se leva à son tour et, au lieu de serrer la main offerte, noua les doigts derrière son dos.

Piqué au vif par cet affront, le déserteur parvint à se maîtriser. Il se pencha péniblement en avant, ramassa la lettre.

— Une dernière chose, lui lança Stanley d'un ton sec.

— Monsieur ?

— Votre nom ne figure pas à la page d'aujourd'hui sur mon agenda. Notre entretien n'a pas eu lieu et vous n'êtes jamais venu dans ce bâtiment. Si vous violez ces instructions, vous pourriez avoir de graves ennuis. Au revoir.

Que feraient-ils s'il parlait ? Ils le tueraient ? Cette éventualité effraya Bent un moment mais son exultation reprit aussitôt le dessus. Il avait finalement trouvé une porte — même si elle n'était qu'entrouverte — menant aux allées du pouvoir.

En descendant l'escalier, il se promit de plaire à tout prix au colonel Baker. Par la suite, il pourrait peut-être retrouver George et Billy Hazard grâce à ce bureau spécial. De plus, le travail proposé lui convenait parfaitement. Il se voyait déjà interrogeant une femme suspecte. Déchirant sa robe, tendant la main pour la toucher...

Bent se sentit renaître lorsqu'il sortit dans le soleil. Les employés et les officiers couverts de galons se trouvant devant l'entrée regardèrent avec stupeur cet obèse qui dansait presque dans l'allée de President's Park.

70

POSTE à tribord devant la timonerie, Cooper contemplait le ciel. Etait-ce un effet de son imagination ou le manteau de nuages s'amincissait-il au point de laisser passer les rayons de la lune ?

Ballantyne lui avait dit que le succès de leur tentative dépendait de deux conditions : le courant adéquat et une obscurité totale. Le courant était favorable mais, depuis peu, le vent du large s'était levé, chassant les nuages. La vigie, invisible quelques minutes plus tôt, se dessinait nettement dans les barres traversières.

Le *Water Witch* naviguait depuis trois jours sans incident. Des navires fédéraux étaient apparus à l'horizon mais le forceur de blocus avait réduit ses feux pour faire moins de fumée et, aidé par son profil bas et sa couleur grise estompant ses lignes, était passé sans se faire repérer. Puis vinrent les heures dangereuses, ce court laps de temps pendant lequel un capitaine gagnait ses cinq mille dollars en or ou en argent yankee. Pourtant, Ballantyne semblait sans inquiétude et avait promis aux Main une coupe de champagne pour fêter leur succès une fois qu'ils auraient passé Fort Fisher.

Depuis le départ, Cooper essayait de se faire à l'idée qu'Ashton était l'un des propriétaires du navire, qui n'avaient manifestement cure du sort de la Confédération. Ballantyne avait toutefois assuré que personne d'autre à bord ne connaissait le nom des actionnaires et qu'il n'avait mentionné celui d'Ashton qu'afin de réduire Cooper au silence. La révélation avait eu le résultat escompté. Elle avait aussi profondément bouleversé Cooper, qui ne savait encore ce qu'il ferait de sa découverte.

Agrippé au bastingage, il sentait le vent sur son visage. Il faisait doux pour l'hiver. A bâbord oscillaient les feux de l'escadre assurant le blocus. Comment les Yankees pouvaient-ils ne pas entendre le clapotis régulier des aubes du bateau ? Bien que le *Water Witch* progressât très lentement vers le sud, tout près de la côte, en suivant le chenal, ses machines semblaient faire un bruit de tonnerre.

— Big Hill à tribord, dit la vigie à mi-voix.

Un matelot courut à l'arrière porter l'information à la timonerie. Cooper chercha sur la côte plate et déserte le point de repère, qui lui apparut soudain avec une netteté alarmante. Ce monticule annonçait aux forceurs de blocus qu'ils se trouvaient à proximité de Fort Fisher et d'eaux où ils seraient en sûreté. Dans le ciel, des plages blanches s'éclairaient et s'éteignaient entre les nuages poussés par le vent.

Ballantyne et le pilote s'étaient mis d'accord sur la route à suivre dans la dernière partie du voyage : approcher à vingt milles au nord de Cape Fear puis virer à bâbord pour passer devant le bâtiment le plus au nord de l'escadre yankee. Après avoir accompli cette manœuvre à la tombée de la nuit, ils étaient demeurés quasi immobiles jusqu'à ce que l'obscurité fût totale puis avaient commencé à descendre le long de la côte vers l'embouchure du fleuve.

Une progression lente, éprouvante pour les nerfs. A bâbord, toujours les feux bleus de l'escadre. Dans la clarté plus grande, Cooper distingua des mâts, une coque assez imposante pour être celle d'un croiseur.

A quelle distance ? Un demi-mille ? S'il pouvait voir le bateau yankee, sa vigie pouvait-elle aussi voir le *Water Witch* ?

Une fois de plus, il renversa la tête en arrière. Dieu ! les nuages avaient la minceur d'un voile. Certains des plus gros laissaient passer de la lumière sur leurs bords effilochés. Dans quelques minutes, le vent fraîchissant nettoierait totalement le ciel.

Cooper courut vers la timonerie, oublia dans sa hâte que les chaloupes avaient été abaissées au niveau du bastingage. Il se cogna la tête, poussa une exclamation qui lui valut un « La ferme ! » d'un matelot accroupi près du plat-bord. L'homme avait un bonnet en laine enfoncé jusqu'aux oreilles, le visage et les mains noircis au charbon. Cooper s'était soumis au même traitement après en avoir mis en doute la nécessité et s'être attiré de Ballantyne la réponse suivante : « Vous le ferez, cher monsieur, parce qu'il vaut mieux être sale que mort. »

Dans le kiosque de navigation, le clair de lune lui révéla le capitaine, le pilote et l'homme de barre, plongeant le regard dans un grand cône en fer-blanc destiné à masquer la faible lumière du compas.

— Capitaine, dit Cooper, vous avez sûrement remarqué le ciel. Il s'éclaircit.

— Oui, répondit Ballantyne.

Son sourire, défense universelle contre tous les ennemis et adversités, parut hésitant dans la lumière d'argent baignant le kiosque. Le pilote et l'homme de barre échangèrent des murmures.

— Pas de chance, ajouta le capitaine.

— N'est-ce pas trop risqué ? Ne devrions-nous pas faire demi-tour ?

— Quoi, fuir ? Les Yankees nous prendraient en chasse.

— Et alors ? Nous pouvons leur échapper, non ? Vous m'avez dit que nous sommes assez rapides pour semer n'importe lequel de leurs navires.

— En effet.

— Et plus nous approchons du fleuve, plus les bâtiments ennemis sont nombreux, n'est-ce pas ?

— Exact.

— Alors nous ne devrions pas courir ce risque.

— Seriez-vous devenu le capitaine du *Water Witch* ? grogna Ballantyne. Les armateurs m'ont donné des instructions claires : pas de retards inutiles. Je dois doubler Cape Fear quels que soient les risques.

Furieux, Cooper fit un pas vers le capitaine.

— La Confédération ne s'écroulera pas si une cargaison de formes à chapeau et de cigares arrive en retard. Je ne laisserai pas votre cupidité et celle de ma s..., de vos patrons mettre ma famille en danger. Montrez un peu de bon sens ! Faites demi-tour.

— Descendez, dit Ballantyne. Descendez ou je vous fais descendre.

Cooper agrippa le bras du marin.

— Maudit rapace ! Allez-vous écouter...

Ballantyne poussa Cooper, qui trébucha et faillit tomber.

— Dieu nous vienne en aide, murmura le pilote. Voilà la lune.

Blanche, presque pleine, elle semblait voguer derrière un nuage lumineux. Du seuil de la timonerie, Cooper vit à bâbord les mâts et la voilure de quatre grands vaisseaux s'illuminer comme un décor de théâtre. Une voix de baryton amplifiée par un pavillon héla le *Water Witch*.

— Ici le croiseur fédéral *Daylight*. Ohé du vapeur, mettez en panne et attendez l'abordage.

— Pousse-toi ! cria Ballantyne en bousculant l'homme de barre pour se pencher vers le porte-voix relié aux machines. En avant toute !

Cooper songea à l'enfer que devait être la salle des machines, avec toutes les écoutilles fermées.

— Mon Dieu, murmura-t-il.

Une flottille de petits navires venait d'apparaître derrière le croiseur. Comme des pucerons d'eau argentés, les vedettes fédérales prirent en chasse le forceur de blocus en soulevant à un millier de mètres derrière lui des gerbes d'écume éclairées par la lune.

Cooper se retourna, vit dans le navire un essaim de lumières bleues qu'il n'avait pas remarquées auparavant. Le grondement des machines du *Water Witch* s'intensifia, le rythme des aubes frappant l'eau s'accéléra. Un coup de sifflet retentit sur le croiseur, la voix désincarnée beugla dans le pavillon :

— Mettez en panne ou nous ouvrons le feu.

— Ballantyne, vous devez..., commença Cooper.

Sa voix fut couverte par les jurons et les cris des matelots apeurés.

— Foutez-le dehors ! brailla le capitaine.

La porte de la timonerie se referma en claquant.

— Frégate à vapeur ! annonça la vigie. Droit derrière.

Un bâtiment était effectivement lancé à leur poursuite, à deux milles derrière, toutes voiles dehors pour ajouter quelques nœuds à la vitesse donnée par ses machines. Le *Water Witch* bondissait à présent sur les vagues.

La gorge serrée, Cooper vit une, deux, trois traînées brillantes apparaître au-dessus du *Daylight*. La lune parut pâle comme une veilleuse lorsque les fusées éclatèrent, inondant toute la scène d'une lumière blanche. Même les mousquets des matelots des vedettes devinrent visibles.

Un canon du croiseur puis un autre crachèrent une langue de feu. Les obus tombèrent devant le *Water Witch*, soulevant des geysers brillant comme des diamants dans la lumière. A la première détonation, Cooper courut en bas.

La porte de la cabine était ouverte et Judith, les enfants dans les bras, tentait de ne pas montrer sa peur.

— Par ici, lui dit Cooper en la prenant par la main.

Un troisième obus explosa, plus près cette fois, et le navire oscilla en continuant sur sa lancée.

— P'pa, qu'est-ce qu'il y a ? demanda Judah.

— La lune s'est montrée et Ballantyne refuse de faire demi-tour, ce salaud. Il ne pense qu'à amener sa cargaison de luxe à Wilmington. Venez, *vite* !

Cooper tira sa femme par la main, si brutalement qu'elle poussa un cri.

— Où allons-nous ? gémit Marie-Louise.

— Aux chaloupes. Ballantyne a dû donner l'ordre de les amener. Notre seule chance est de gagner la côte en ramant.

Quand les Main arrivèrent sur le pont, Cooper découvrit avec stupéfaction que toutes les chaloupes se balançaient encore sur leurs daviers. Il arrêta un matelot.

— Mettez les chaloupes à la mer, que l'on puisse quitter le bateau !

— Personne quitte le bateau, m'sieur. On fonce vers le fleuve.

L'homme s'éloigna en faisant tourner une crécelle d'alarme aussi bruyante qu'un chapelet de coups de feu.

D'autres fusées répandirent leur lueur blanche, un obus frappa la poupe, la souleva. Judith et les enfants tombèrent sur Cooper, l'expédièrent dans les dalots.

— Papa, j'ai peur, geignit Marie-Louise, qui jeta les bras autour du cou de son père. Le navire va couler ? Les Yankees vont nous faire prisonniers ?

— Non, haleta-t-il en tentant de se relever.

Le *Water Witch* roula sous l'effet du ressac. Un coup de canon retentit, un obus siffla. Un matelot prévint son camarade du danger. Trop tard. La mitraille faucha les deux hommes, fit voler en éclats la vitre de la timonerie.

Judith se baissa, mordit sa main pour s'empêcher de crier. Une puissante détonation monta d'en bas.

— Nous sommes touchés à la coque ! cria un marin.

Aussitôt, le navire s'inclina fortement à tribord. Sur le pont, Ballantyne courait fébrilement çà et là afin de trouver des hommes pour l'aider à mettre une chaloupe à la mer.

— Salaud, murmura Cooper. Pauvre salaud stupide et cupide ! Les enfants, Judith, venez ! Nous monterons dans cette chaloupe même si je dois tuer pour cela tout l'équipage.

Avançant sur le pont fortement incliné, ils glissèrent côté tribord, où de hautes vagues épuisaient leurs formes contre la côte. « Au pire, songea Cooper, nous essaierons de nager jusqu'au rivage. » Il parvint à s'approcher du capitaine, qui s'affairait à amener une chaloupe.

— Ballantyne...

Avant que Cooper pût poursuivre, un autre obus toucha la coque. L'explosion fut suivie par un vacarme terrifiant : hurlement du métal qui se rompt, sifflement furieux de la vapeur, cris épouvantables.

Le côté bâbord du *Water Witch* s'éleva, parallèle à la mer. Cooper vit passer devant lui la tête blonde de sa femme, dont les lèvres formèrent le nom de leur fils. Où était Judah ?

Par-dessus le tumulte, les craquements, les cris, le grondement du ressac et des canons, Ballantyne parvint quand même à se faire entendre. Les cheveux dressés sur la tête, les bras en croix devant la lune, il beuglait :

— Les chaudières ont explosé. Sauve qui...

Le pont s'ouvrit entre ses jambes, l'engloutit, hurlant, dans une tornade de vapeur.

Soapes, le second, et deux autres membres de l'équipage sautèrent par-dessus bord. En bas, dans la salle des machines, des hommes à l'agonie hurlaient. Cooper fut projeté contre le bastingage avec une violence à lui rompre le cou. Il se releva, passa un bras autour des épaules de sa fille, tendit l'autre vers Judith. Le vapeur continua à s'abattre, sa quille monta vers la surface, les Main basculèrent dans l'écume blanche.

Battant des pieds dans l'eau, hoquetant, Cooper tenait fermement sa femme et sa fille.

— Où est... Où est Judah ?
— Je ne sais pas ! cria Judith.

Alors, parmi les débris retombant autour d'eux, il vit flotter un corps dont il reconnut les vêtements. Il confia Marie-Louise à sa femme, nagea vers son fils en luttant contre les vagues. Cooper avait le pressentiment que l'enfant était mort, tué dans l'explosion des chaudières. En couvrant les derniers mètres, il s'efforça de reprendre espoir en se disant qu'il se trompait.

Judah flottait, le visage dans l'eau. Cooper tendit le bras pour le saisir à l'épaule mais, gêné par une vague, lui toucha le crâne. La tête se retourna, révélant une face brûlée par la vapeur où les os affleuraient en plusieurs endroits. Une vague sépara le fils et le père, qui n'eut plus dans la main qu'un lambeau de peau.

— Judah ! gémit-il, tandis que le frêle cadavre s'éloignait. Judah ! Judah !

Pantelant, la tête ruisselant d'eau se mêlant à ses larmes, il parvint à retourner auprès de sa femme.

— Judith, il est mort. Il est mort !
— Nage, Cooper, dit-elle. (Elle le prit par le col, le secoua.) Nage ou nous mourrons tous.

Un moignon de mât tomba juste derrière eux. Cooper se mit à remuer les jambes et le bras gauche. Du droit, il soutenait Marie-Louise, secouée à présent de sanglots hystériques. Judith nageait de l'autre côté de la petite fille et aidait son mari à l'entraîner. Bientôt Cooper eut mal à la poitrine puis dans tous les muscles et chaque vague déferlant derrière eux menaçait de les engloutir.

Quelques instants plus tard, il sentit des débris flottant autour de lui le heurter. Il cracha de l'eau de mer et du vomi, s'aperçut qu'ils avaient nagé jusqu'à une zone plus calme où des cylindres plats enveloppés de papier et des petites caisses en bois portant des inscriptions en espagnol dansaient sur l'eau. Du sherry et du fromage, disparaissant puis refaisant surface, près de la côte.

Les pensées et les peurs de Cooper se fondirent en un délire ténébreux. Sans cesser de nager, il cria une dernière fois avant de perdre conscience.

71

DANS la pénombre couleur d'ambre, Orry passa devant un mur sur lequel quelqu'un avait peint trois mots, que quelqu'un d'autre avait tenté d'effacer : « Mort à Davis. »

Ni l'inscription — qui n'était pas rare à présent — ni quoi que ce fût d'autre, y compris son odieux travail, ne pouvait gâcher sa belle humeur. Il pressa le pas : le dîner avait duré plus qu'il ne l'avait prévu. Avec son vieil ami George Pickett, il avait vidé une bouteille de bordeaux à quatre dollars et fait le tour de leurs souvenirs en un peu moins d'une heure.

Pickett, camarade de promotion d'Orry à West Point, avait gardé toute sa séduction. Ses cheveux parfumés retombaient sur le col de son uniforme et son sourire avait toujours autant d'éclat. Les deux hommes abordèrent des sujets aussi variés que leurs épouses ou le gros Yankee Bent, que sa haine d'Orry avait poussé à comploter contre le cousin Charles lorsqu'ils étaient tous deux dans le 2e de cavalerie.

Pickett reprocha à son ami de gaspiller son talent en surveillant le général Winder.

— Dieu sait pourtant que ce pauvre fou a besoin que quelqu'un le surveille pour l'empêcher de nous faire honte aux yeux du monde ! répliqua le planteur.

Bien que le jugeant ennuyeux et ingrat, Orry trouvait son travail important. Tous les deux ou trois jours, des charretées de prisonniers arrivaient en ville, grossissant le nombre des détenus de Belle Isle et Libby, déjà surpeuplées.

— C'est Winder qui dirige ces prisons, tu comprends. Les Yankees seraient encore plus mal traités si le ministère de la Guerre n'intervenait de temps à autre contre les abus.

Pickett accepta l'argument. Quand ils en furent à la dernière goutte de vin, il avoua que, malgré sa promotion au grade de général de division en automne, il n'était pas heureux. Ces derniers mois, il avait commandé le centre du front de Fredericksburg sans beaucoup combattre. Entre les deux vieux amis semblait flotter une vérité non dite. La situation était mauvaise pour la Confédération ; militaires et civils sentaient s'insinuer en eux le poison du doute. Comme il fallait un responsable, des mécontents anonymes peignaient « Mort à Davis » sur les murs.

Si le repas fut parfois mélancolique, Orry y prit plaisir, de l'apéritif aux tasses de vrai café — trois dollars pièce et pas de question sur sa provenance. Pickett quitta ensuite son ami pour emmener sa femme à l'élégant nouveau théâtre de Richmond, bâti là où le *Marshall* avait brûlé l'année précédente. Orry, lui, devait aller chercher Madeline à la gare.

Il pénétra dans le hall noir de suie, se faufila entre de jeunes soldats aux yeux tristes allongés sur des civières ou appuyés sur des béquilles, des marchands ambulants et des prostituées. Sur un grand tableau noir, une inscription à la craie indiquait que le train aurait une heure et demie de retard.

La nuit tomba. Après une attente qui parut beaucoup plus longue que les quatre-vingt-dix minutes annoncées, une lumière apparut au-delà de l'extrémité du quai, sur le grand chevalet bâti à vingt mètres au-dessus du lit du fleuve. Le train entra enfin en gare dans un long grincement de freins, avec des éructations de fumée. Des voitures aux vitres presque toutes brisées descendirent des militaires en permission, des civils de tout poil, du plus prospère au miséreux. Orry, qui émergeait de la foule du fait de sa taille, cherchait vainement Madeline des yeux.

Avait-elle manqué une correspondance ? N'avait-elle pu partir comme prévu ? Des voyageurs faisaient signe aux amis venus les accueillir ; des visages las s'éclairaient. L'inquiétude d'Orry grandissait. Enfin, il la vit descendre du dernier wagon.

Sa tenue de voyage avait ramassé la poussière dont les trains du Sud étaient désormais envahis. Des mèches de cheveux défaites pendaient sur son front. Elle était belle.

— Madeline ! s'écria Orry, agitant la main comme un écolier, luttant contre le flot des voyageurs.

— Orry, mon chéri ! Mon chéri.

Elle laissa tomber deux cartons à chapeau pour se jeter contre lui, le serrer, l'embrasser en sanglotant.

— J'ai cru que je n'arriverais jamais.

— Moi aussi.

Rayonnant comme un jeune marié, Orry recula d'un pas.

— Tu vas bien ?

— Oui, oui. Et toi ? Il faut aller prendre ma malle, elle est dans le fourgon à bagages.

— Nous irons la chercher et nous prendrons un fiacre. J'ai honte de l'endroit où je vais t'emmener mais c'est tout ce que j'ai pu trouver.

— Je dormirais sur un tas de fumier pour être avec toi. Mon Dieu ! Cela fait si longtemps. Oh ! mais tu as maigri.

Les phrases se bousculaient, le bonheur perçait à travers la fatigue d'un voyage long et épuisant. Orry envoya un porteur noir prendre la malle, trouva un fiacre. Il s'installa sur la banquette à gauche de Madeline pour pouvoir lui passer le bras autour des épaules.

— J'étais impatient de te voir arriver, mais Richmond n'a rien d'agréable en ce moment. Les gens sont misérables, plus mécontents chaque jour. On manque de tout.

En découvrant le garni que son mari avait loué, Madeline réagit comme si elle allait habiter un palais. La regardant à la lumière d'une unique lampe à gaz, il lui demanda :

— As-tu faim ?

— De toi seulement. J'ai apporté des livres...

— Hourra ! Nous lirons le soir.

Malgré l'étrange et cruel basculement du monde, ils pourraient retenir au moins un peu du passé.

— De la poésie ? poursuivit Orry.

— Oui, Keats. Et *les Aventures de M. Pickwick*, que j'ai beaucoup aimées.

— Ici, ce livre est interdit. Trop vulgaire ou je ne sais quoi.

Incapable de maîtriser son effervescence, il s'approcha d'elle, encercla sa taille de son bras, lui embrassa la gorge.

— Tu me raconteras tout ce qui est arrivé à Mont Royal. Nous avons des heures et des heures à rattraper... Dans de nombreux domaines, ajouta-t-il en plongeant son regard dans les yeux de Madeline.

Il changea de position pour pouvoir refermer la main sur la chaleur d'un sein et embrassa Madeline avec tant d'ardeur qu'elle ploya en arrière. Elle se dégagea en riant, commença à défaire les boutons recouverts de tissu de son corsage.

Ils étaient nus tous les deux dans la chambre fraîche dont la porte entrouverte laissait passer un peu de lumière. Orry contempla les cheveux de sa femme répandus sur l'oreiller et, doucement, s'introduisit en elle. Il en éprouva un bonheur presque insupportable.

— Nous ne nous séparerons plus jamais, sanglota Madeline. Jamais. J'en mourrais.

De la fenêtre du second étage donnant sur Franklin Street, Mrs. Burdetta Halloran vit un fiacre s'arrêter devant la maison d'en face. Une jeune femme brune d'une beauté vulgaire paya le cocher, monta l'allée, frappa à la porte et attendit, l'air tendu. Un moment plus tard, elle s'avança vers un rectangle vertical d'obscurité et la porte se referma.

Une lumière de fin d'après-midi couleur citron éclairait à travers les rideaux en dentelle la fenêtre où Mrs. Halloran s'était postée plusieurs fois au cours du mois. A la vieille fille propriétaire de la maison, elle s'était présentée comme la tante d'une jeune femme soupçonnée de se vautrer dans le péché avec le monsieur d'en face. Elle voulait avoir une certitude avant la confrontation, avait-elle prétendu. Quoi que pensât la vieille de cette histoire, la somme qu'elle avait reçue à chaque fois lui avait fait garder le silence.

Qui était la garce ? Burdetta Halloran l'ignorait mais elle n'oublierait pas son visage. Avec de petits mouvements vifs, elle tira sur ses mitaines et dit à la vieille femme qui se tenait dans l'ombre poussiéreuse :

— Merci de m'avoir laissée utiliser votre chambre. Je n'en aurai plus besoin.

— Vous avez vu votre nièce...

— Entrer chez ce Mr. Powell. Oui, hélas !

— Je ne le connais que de vue. Il est très secret.

— Il a mauvaise réputation.

Burdetta eut peine à ne pas en dire davantage. Elle remit son petit chapeau à plumes, sourit et passa dans le couloir.

— Je sors par-derrière, comme d'habitude.

— J'en étais venue à attendre vos petites visites. Je regrette presque que vous ayez fini par trouver ce que vous cherchiez.

« Je n'en doute pas, vieille cupide », pensa Burdetta.

— Si ce Powell est une telle canaille, reprit la propriétaire, j'espère que vous réussirez à les faire rompre, votre nièce et lui.

— Je l'espère aussi.

Burdetta s'empressa de partir de peur d'être trahie par l'expression de son visage.

« Trahie » — c'était le mot adéquat. Lamar Powell avait trahi son amour et sa confiance. Burdetta Halloran n'avait pas l'intention de s'intéresser à celle qui la remplaçait. C'était lui qui méritait son attention. Il l'aurait.

Washington et Boz sentaient le printemps proche dans la terre humide et le vent de la nuit. Un pasteur vint à cheval de Fredericksburg pour parler à Augusta Barclay et, sans entendre la conversation, les affranchis devinèrent les intentions du révérend. Elles ne furent pas exaucées.

Lorsque les tas de neige de la cour se mirent à fondre, les deux Noirs remarquèrent à toute heure des cavaliers sur la route. La nuit, les coups de canon tirés le long du fleuve faisaient trembler la cime des arbres. Parfois, les explosions secouaient les vitres au point de leur faire émettre une plainte étrange. Après avoir souvent discuté entre eux de la gravité de la situation, Washington et Boz finirent par décider d'en parler à leur maîtresse. Aussi Boz entra-t-il un soir dans la cuisine en arguant :

— Faut voir les choses en face, Miss Augusta. Ils vont se battre bientôt et l'armée de l'Union pourrait passer par la ferme. C'est dangereux de rester ici. Washington et moi, on est prêts à mourir pour vous mais on veut pas que vous vous fassiez tuer. On veut pas mourir non plus si on peut l'éviter. S'il vous plaît, vous devriez aller à Richmond.

— Je ne peux pas, Boz.

— Pourquoi ?

— Parce que s'il vient me voir, il ne saura pas où me trouver. Je pourrais lui écrire mais la poste fonctionne si mal qu'il ne recevrait peut-être pas la lettre. Désolée, Boz. Washington et toi pouvez partir quand vous voudrez. Moi, je dois rester.

— C'est risqué, Miss Augusta.

— Ce sera pire de partir et de ne plus jamais le revoir.

Quand Billy quitta Lehig Station à la fin de sa courte permission, Brett retomba dans une morosité partiellement due aux inquiétudes de son mari au sujet de l'armée. Il prétendait que l'effondrement du moral des troupes ne l'affectait pas, qu'il était un officier de carrière, mais Brett avait noté des changements en lui : lassitude, cynisme, colère toujours prête à éclater.

Seul remède à sa dépression, les longues heures passées à aider les Czorna et Scipio Brown à s'occuper des enfants. Brett frottait les planchers, préparait les repas, lisait des histoires aux plus petits, apprenait l'alphabet aux plus grands. Chaque jour elle travaillait jusqu'à l'épuisement pour être sûre de s'endormir quelques instants après s'être mise au lit.

A la fin de l'hiver, Brown emmena deux des enfants à

Oberlin, dans l'Ohio, où habitait une famille noire désirant adopter un garçon et une fille. Pour le retour, il passa par Washington et ramena à Belvedere trois autres petites filles âgées de sept, huit et treize ans. Le lendemain de leur arrivée, il fit faire à chacune d'elles une promenade à cheval dans les environs. Contraint à de fréquents déplacements pour collecter des dons et visiter les camps de réfugiés, il était devenu un excellent cavalier. Comme les enfants, les chevaux semblaient sentir en lui une tendresse innée.

Il n'avait toutefois rien perdu de son ardeur militante et Brett, qui en était venue à l'apprécier, avait parfois l'impression qu'il provoquait délibérément les discussions avec elle. L'une de ces joutes eut lieu un après-midi de mars, lorsque la jeune femme et Brown quittèrent Belvedere pour acheter de la farine et d'autres marchandises chez Pinckney Herbert. Brown conduisait le buggy, Brett était assise à côté de lui — situation qui n'aurait suscité aucun commentaire à Mont Royal où on l'aurait pris pour un esclave. A Lehig Station, leur apparition ensemble provoquait inévitablement des regards hostiles et parfois des commentaires acérés, en particulier de gens comme Lute Fessenden et son cousin. Tous deux avaient jusqu'à présent échappé à l'armée.

Ils n'y échapperaient plus longtemps. Lincoln venait de signer une loi appelant sous les drapeaux pour trois ans les hommes valides âgés de vingt à quarante-six ans. On pouvait cependant se trouver un remplaçant ou acheter son exemption pour trois cents dollars. Cette issue de secours réservée aux riches provoquait déjà la colère des pauvres — et notamment celle de Fessenden et de son cousin.

Lorsqu'il faisait beau, les deux hommes traînaient presque toujours dans la rue, et c'était le cas ce jour-là. Comme Brett et le grand Noir repartaient en direction de la colline, le rouquin barbu Fessenden les aperçut et leur lança une injure.

— Je me demande si ce pays changera jamais, soupira Brown. Quand je vois de la racaille comme ça, j'en doute.

— Vous avez assurément changé depuis notre première rencontre.

— Comment cela ?

— D'abord vous ne parlez presque plus jamais de fonder ailleurs une colonie.

Brown se tourna vers Brett en demandant :

— Pourquoi les Noirs partiraient-ils maintenant que le président leur a accordé la liberté ? Oh ! je sais, la proclamation est une mesure de guerre, qui ne s'applique qu'au Sud. Mais Mr. Lincoln parle quand même de liberté, et nous en ferons un plus grand usage que tout le monde ne l'imagine, y compris lui-même. Vous verrez.

— Je ne crois pas que Lincoln ait changé d'avis sur la réimplantation des Noirs, Scipio. Le *Ledger Union* écrit que le président prévoit d'envoyer un bateau vers une nouvelle colonie au printemps. Près de cinq cents Noirs, dans un îlot proche d'Haïti.

— En tout cas, Abe ne m'y enverra pas — et le Dr Delany non plus. Je l'ai vu à Washington — je vous l'ai dit ? Plus de boubou, il veut un uniforme. Il essaie d'obtenir le commandement d'un régiment noir.

Par-dessus le clip-clop des sabots, Brett répondit :

— Billy prétend que les nègres sont mal accueillis dans l'armée. Ne vous offensez pas — ce sont ses mots, pas les miens — mais la plupart des officiers blancs se plaignent d'être envahis par les nègres.

— Qu'ils se plaignent. Pour la première fois, je me sens proche de la vraie liberté. Si quiconque essaie de me la refuser, je verserai jusqu'à la dernière goutte de mon sang. Avec sa proclamation, Mr. Lincoln n'a peut-être pas voulu déclarer libres tous les Noirs de ce pays mais c'est comme cela que je la comprends.

— C'est une interprétation extrême, Scipio.

— Vous dites cela parce que vous avez grandi là où il était normal de priver un homme de sa liberté, de le posséder comme une tranche de lard ou un morceau de bois. Mais ce n'est pas normal. Ou la liberté est accordée à tous ou c'est une supercherie.

— Je maintiens que vous avez une interprétation extrême de la...

— Pourquoi êtes-vous toujours sur la défensive ? coupa le Noir. Parce que je plante des épingles dans votre conscience assez profond pour faire mal ?

Il retint le cheval au bas de la colline pour laisser passer la carriole d'un boulanger, qui leur lança un regard méprisant.

— Regardez-moi dans les yeux, Brett, poursuivit Scipio. Et répondez à ma question : pensez-vous que la liberté est réservée aux gens de votre race ?

— C'est ce que pensaient les auteurs de la Déclaration d'indépendance.

— Pas tous ! D'ailleurs, nous sommes en 1863. Alors répondez : la liberté est pour les Blancs seulement ?

— On m'a appris que...

— Je ne veux pas entendre ce qu'on vous a appris, je veux savoir ce que vous pensez.

— Sapristi, Scipio, vous êtes d'une, d'une...

— D'une arrogance ? Oui, je suis orgueilleux, admit-il avec un petit sourire.

— Les Sudistes ne sont pas les seuls pécheurs, vous savez. A l'exception de quelques abolitionnistes, les Yankees ne veulent pas vraiment libérer les Noirs.

— Trop tard, lâcha Scipio. Mr. Lincoln a signé la proclamation. Et, en toute franchise, je ne me soucie pas de ce qui est mais de ce qui devrait être.

— Attitude qui, poussée à ses limites extrêmes, mettrait le feu au pays.

— Il est déjà en feu — vous n'avez donc pas lu les nouvelles, ces derniers temps ?

— Parfois, je vous déteste. Vous êtes si prétentieux !

— Je vous déteste pour la même raison. Parfois.

Scipio tendit la main pour tapoter celle de Brett mais retint son geste, de peur qu'elle ne se méprît sur ses intentions.

— Je ne discuterais pas une seule seconde avec vous si je n'étais convaincu qu'il y a quelque part en vous une femme honnête et sensée qui lutte pour percer votre carapace. Si vous me détestez parfois, c'est parce que je suis un miroir. Je vous force à vous regarder, à voir ce que vous êtes et ce que vous devez devenir si vous ne voulez pas faire injure à tous les morts de cette guerre.

— Vous avez raison, répondit Brett d'une voix calme et détendue. Personne n'aime qu'on lui montre ses erreurs — ni qu'on le pousse sur un chemin pénible et dangereux.

— Le seul autre chemin mène aux ténèbres. C'est celui que vous voulez prendre ?

— Non — non ! Mais...

Incapable de trouver des arguments, Brett n'en dit pas plus. Pourquoi fallait-il que Brown ne cesse de tourmenter sa conscience ? Il la forçait à remettre en question la croyance dogmatique de son père dans le bien-fondé de « l'institution particulière ». A se poser les questions que Cooper avait osé poser à leur père. Ce que Brown ignorait, c'était qu'elle éprouvait déjà les souffrances que cause la dissection des vieilles croyances. Elle lui en voulait seulement d'accélérer le processus.

Devinant l'humeur de la jeune femme, le Noir proposa :

— Arrêtons cette discussion avant de nous fâcher.

— Oui.

— Je m'en voudrais de perdre votre amitié, vous savez. Non seulement je vous estime mais il reste deux murs de l'école à passer au lait de chaux. Vous maniez le pinceau drôlement bien. Vous êtes sûre de ne pas avoir un peu de sang d'esclave ?

Brett ne put s'empêcher d'éclater de rire.

— Vous êtes impossible.

— Et résolu à vous faire changer. Votre brave mari ne vous reconnaîtra pas quand il reviendra à la maison après avoir renvoyé dans leurs foyers tous ces pauvres petits Blancs envahis par les nègres. Je vais vous dire une chose...

Brown cessa de sourire, tourna les yeux vers le soleil.

— Il vaudrait mieux que ce pays se prépare à faire leur place aux nègres parce que je ne veux pas passer ma vie comme Dred Scott. Comme quelqu'un qui n'est pas une personne, qui n'est rien. Beaucoup des miens partagent mon opinion. Nos chaînes vont se briser — les vraies chaînes et celles qui sont invisibles. Je le jure devant Dieu : nos chaînes se briseront ou le pays brûlera.

— Il se passera peut-être l'un et l'autre, Scipio, dit Brett d'une petite voix.

Lui aussi était calme à présent.

— Peut-être. J'espère que non.

Elle frissonna en comprenant soudain qu'il avait raison sur la question de la liberté. Elle se sentit changée et il ne lui resta qu'une pénible et maigre certitude : elle avait la nostalgie des jours anciens et redoutait leurs conséquences. Elle avait l'impression d'avoir trahi quelqu'un ou quelque chose et de ne pouvoir rien y changer. Leur discussion marquait un jalon sur le chemin dont ils avaient parlé. Un chemin qui ne permettait aucun retour en arrière.

L'homme à la barbe rousse, qui portait deux pistolets sous sa redingote, demanda :

— Vous pensez pouvoir aider notre bureau à accomplir la tâche que je vous ai brièvement exposée ?

— J'en suis convaincu, colonel Baker.

— Moi aussi, Mr. Dayton. Moi aussi.

Bent eut un étourdissement, mais pas uniquement parce que la réussite venait enfin après des semaines d'attente. (On était en mars, Baker avait plusieurs fois remis l'entretien en prétextant des affaires urgentes.) Il avait faim. A bout de ressources, il avait emprunté à Dills une petite somme qu'il faisait durer en ne prenant que deux repas par jour.

Lafayette Baker avait une carrure de docker, des yeux de furet. Bent lui donnait trente-cinq ans environ. L'entretien, long d'une heure, s'était ramené à quelques questions suivies d'un monologue décousu sur le passé du colonel. Il consacra un quart d'heure à la période des années 1850, lorsqu'il était *vigilante** à

---

* Citoyen de bonne volonté servant d'auxiliaire à une police débordée (n.d.t.).

San Francisco et purifiait fièrement la ville de ses criminels en les abattant ou en les pendant. Sur le bureau séparant Baker de son visiteur était posée une splendide canne en bois de pommier de Californie munie d'un pommeau d'or. C'était, expliqua le colonel, un cadeau d'un négociant reconnaissant de San Francisco.

— Je ne saurais trop souligner que le premier devoir de ce bureau, c'est de démasquer et de punir les traîtres. J'accomplis cette tâche en utilisant les méthodes de l'homme dont j'ai étudié la carrière et qui me sert de modèle.

Saisissant la canne, Baker montra un portrait accroché au mur, seul ornement d'une pièce par ailleurs monastique. Le personnage du daguerréotype avait une contenance sévère, de petits lorgnons perchés sur le nez.

— Le plus grand de tous les policiers : Vidocq. Vous le connaissez ?

— De nom seulement.

— Au début, c'est un criminel mais il s'est amendé et est devenu l'ennemi juré de la canaille dont il était issu. Vous devriez lire ses Mémoires, Dayton. Elles sont non seulement passionnantes mais aussi fort instructives. Vidocq avait une philosophie simple et efficace, que je suis à la lettre.

En parlant, le colonel caressait le pommeau de sa canne.

— Il vaut mieux arrêter et emprisonner cent innocents que laisser s'échapper un seul coupable.

— Je suis tout à fait d'accord, approuva Bent.

C'était moins l'opportunisme que le désir de travailler pour Baker qui le faisait parler à présent.

— Je l'espère, car seuls ceux qui partagent cette opinion peuvent me servir avec efficacité. Nous accomplissons un travail capital, ici, à Washington, mais nous menons aussi ailleurs nos activités spéciales.

Posant sur Bent ses petits yeux au regard indéchiffrable, Baker continua :

— Avant de vous utiliser dans la capitale, je propose de mettre votre ardeur à l'épreuve. Vous me suivez toujours ?

Malgré son appréhension, Bent n'eut d'autre ressource que d'acquiescer.

— Parfait. Le sergent Brandt réglera avec vous les détails matériels de votre entrée dans nos services, mais je vais vous révéler immédiatement en quoi consistera votre première mission.

Le colonel marqua une pause avant d'ajouter :

— Je vous envoie en Virginie, Mr. Dayton. Derrière les lignes ennemies.

TABLE

PROLOGUE : *Les cendres d'avril* 7

LIVRE PREMIER : *Une vision du monde tirée de Walter Scott* 21
LIVRE DEUX : *La descente*. 223
LIVRE TROIS : *Un endroit pire que l'enfer* 353

TAYLOR CALDWELL

CAPITAINES ET ROIS

Une malédiction a été jetée sur la « dynastie » Armagh et, parvenu au faîte de la puissance, Joseph voit l'un après l'autre ses espoirs s'effondrer et les siens frappés par le sort. Tel est le prix que devra payer cet homme pour son intraitable ambition.

Comme cadre à ce roman où s'affrontent des passions violentes et des amours condamnées, Taylor Caldwell a choisi le climat politique, économique et historique de l'Amérique de la seconde moitié du XIXe siècle. Elle nous montre aussi les véritables dirigeants du monde, les puissants personnages anonymes qui, de la coulisse, décident du destin des nations.

Cette famille Armagh n'est pas sans rappeler la « Dynastie de la Mort ». Ici encore, aucun personnage, du plus typé jusqu'à la moindre silhouette pittoresque, ne nous laisse indifférents. Tous ont une extraordinaire présence.

Un roman vivant, dramatique, où l'action ne se relâche jamais, où s'affrontent pour l'amour et la haine les tempéraments les plus divers et les plus tranchés, marqué de déchirements, de morts et de crimes, où le personnage principal souffre d'une mémoire trop fidèle. Un témoignage sur une époque.

IRWIN SHAW

LE RICHE ET LE PAUVRE

De la quiétude d'une petite ville américaine en apparence paisible au tumulte de New York, de la touffeur feutrée des cabinets d'affaires à la sueur âcre des rings, de la caniculaire Californie à la douceur méditerranéenne, la croisière se poursuit marquée par un destin implacable. Et si les meilleurs meurent, les méchants ne sont pas épargnés.

Un humour incisif, une sensibilité à fleur de peau, une clairvoyance sans pitié, un érotisme à la fois violent, lucide, cruel et contenu ne peuvent laisser en repos ceux qui acceptent de suivre Irwin Shaw. L'auteur du *Bal des maudits* a réussi avec *le Riche et le Pauvre* une fresque picaresque devenue un des plus célèbres feuilletons de la télévision.

LARRY MC MURTRY

TENDRES PASSIONS

Aurore Greenway fait partie de ces femmes remarquables qui donnent l'impression que le monde tourne autour d'elles. Agée d'une cinquantaine d'années, elle est encore très belle, remarquablement intelligente et parfaitement insupportable, mais son amour de la vie, sa soif d'affection s'imposent à tous les membres de son entourage, qu'il s'agisse de sa fille, Emma, de son gendre Thomas, dit Flap, de sa bonne Rosie, depuis vingt-deux ans à son service, sans parler de sa cohorte de soupirants transis, et qui souhaiteraient bien ne pas le demeurer.

De ces femmes qui donnent l'impression que le monde tourne autour d'elles... Et si c'était le cas ? Tandis que le temps s'écoule, imperceptiblement, tout change autour d'Aurore, choses et gens, — un divorce ici, une naissance là — mais elle demeure immuable, telle qu'en elle-même, toujours pleine du lait de la tendresse humaine qu'évoquait Shakespeare, et le répandant à profusion alentour, sans avoir l'air d'y toucher.

Ce roman singulier et profondément attachant décrit à petites touches des sentiments, des impressions à priori peu palpables : la fuite du temps, la perte des illusions, la transmission des valeurs essentielles d'une génération à l'autre, l'amour d'une mère et d'une fille enfin, en dépit des vicissitudes — et jusqu'à ce mystère suprême qu'est la mort.

Un livre doux-amer, terriblement drôle et follement triste, qui ne pouvait qu'attirer l'attention de Hollywood. C'est chose faite. *Tendres Passions* a été salué unanimement par la critique et le public. Ses interprètes : Shirley McLaine, Debra Winger et Jack Nicholson, ont obtenu les plus grandes récompenses pour leur interprétation magistrale.

JAMES JONES

TANT QU'IL Y AURA DES HOMMES

L'action se déroule aux îles Hawaii pendant les mois qui ont précédé l'attaque japonaise sur Pearl Harbour, mais elle aurait pu se situer n'importe où ailleurs, dans n'importe quelle ville, dans n'importe quelle armée du monde, partout où il y a des hommes en uniforme.

Ce n'est pas un livre de guerre, c'est un livre de soldats, un livre d'hommes. Deux caractères dominent ce livre : Robert Lee Prewitt et Warden. Ces deux hommes de trente ans se heurtent sans relâche mais malgré tout ils sont solidement attachés l'un à l'autre car pour chacun d'eux l'armée est le cœur et le sang de la vie. Warden aime Karen, la femme du capitaine, et Prewitt aime Alma. Ce sont ces quatre personnages qui tiennent la scène dans cette construction prodigieuse, d'un réalisme surprenant, où la tragédie et le rire se mêlent sans cesse.

De cet ouvrage a été tiré un film célèbre de Fred Zinneman interprété par Burt Lancaster, Frank Sinatra, Montgomery Clift et Deborah Kerr.

IRWIN SHAW

LE BAL DES MAUDITS

Le roman commence lorsque 1937 s'achève. Sur les pentes enneigées du Tyrol, Christian Diesti apprend aux hivernants l'art de skier. A New York, Michaël Whitacre se persuade, sans trop de difficultés, qu'il est déjà trop tard ce soir pour prendre la décision de ne plus boire et que, par conséquent, il n'y a aucune raison pour ne pas remettre cela à demain. A Santa-Monica, Noah Ackerman est au chevet de son père mourant.

Voici les trois personnages qui vont vivre, tout au long de ce volume, les instants les plus terribles et les plus beaux qu'il soit possible à des hommes de connaître. Diestl est nazi ; il s'en vante. Whitacre est jeune encore : il ne peut croiser une femme dans la rue sans en avoir envie, et il fait en sorte qu'elle le comprenne. Ackerman, lui, fait connaissance avec l'existence en général et l'antisémitisme en particulier... Et la vie va son chemin dans les différentes parties du monde.

Vient le jour où Hitler lance ses divisions sur la Pologne, et désormais la guerre s'empare de tous ces jeunes. Diestl est maintenant un soldat de la grande Allemagne, qui va de l'avant avec toute la force de son âme et de son corps. Sur l'autre continent, Whitacre n'en continue pas moins de désirer les femmes qu'il rencontre, et Ackerman saura bien vite que les civils, qu'il redoutait tant, sont les meilleurs amis de sa race, comparés à tous ces soldats. « Méfie-toi de l'armée, lui dit un de ses amis, c'est pas fait pour les gens bien. »

Achevé d'imprimer en octobre 1986
sur les presses de l'Imprimerie Bussière
à Saint-Amand-Montrond (Cher)

Presses Pocket, 8, rue Garancière 75285 Paris Cedex 06
Tél. : 46-34-12-80

— N° d'édit. 2307. — N° d'imp. 2506. —
Dépôt légal : novembre 1986.

Imprimé en France